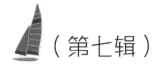

（第七辑）

青岛文艺

评论年鉴

2022

温奉桥 主编

中国海洋大学出版社

·青岛·

图书在版编目(CIP)数据

青岛文艺评论年鉴. 2022 / 温奉桥主编. —青岛：
中国海洋大学出版社，2024.3
ISBN 978-7-5670-3760-1

Ⅰ.①青⋯　Ⅱ.①温⋯　Ⅲ.①文艺评论－青岛－
2022－年鉴　Ⅳ.①I209.952.3-54

中国国家版本馆 CIP 数据核字(2024)第 019240 号

出版发行	中国海洋大学出版社		
社　　址	青岛市香港东路 23 号	邮政编码	266071
出 版 人	刘文菁		
网　　址	http://pub.ouc.edu.cn		
电子信箱	cbsebs@ouc.edu.cn		
订购电话	0532—82032573(传真)		
责任编辑	孙宇菲	电　　话	0532—85902349
印　　制	青岛国彩印刷股份有限公司		
版　　次	2024 年 3 月第 1 版		
印　　次	2024 年 3 月第 1 次印刷		
成品尺寸	170 mm×230 mm		
印　　张	30.75		
字　　数	560 千		
印　　数	1～1100		
定　　价	98.00 元		

发现印装质量问题,请致电 0532—58700166,由印刷厂负责调换。

青岛文艺评论年鉴(2022)

目录

Contents

◆ **特 辑** ◆

◆ **文学理论与批评** ◆

◆ 新视野·青岛印记 ◆

◆ 青岛文学现场直击 ◆

◆ 艺术广角 ◆

◆ 青·艺：观察与品评 ◆

◆ 谈艺录 ◆

◆ 岛上文事 ◆

特　辑

中国现代文学学科的构建

——评冯光廉先生的学术贡献

李春林 ■

冯光廉是蜚声学界的学者,在鲁迅学、中国现代文学的研究方面取得了令人注目的成就。他的研究既有鲜明的理论建树,又有细腻的文本分析,可谓宏观研究与微观研究的出色结合;同时他又能将自己的学术研究自觉地置于对民族和人民命运的思考基础之上,有着浓烈的使命意识与担当意识,闪现着他所崇敬的鲁迅遗风。

一、中国现代文学学科的理论建树

冯光廉对于中国现代文学研究所作的贡献,首先应予提及的是他对这一学科的规划与命名。

冯光廉于 2012 年明确提出,应以"中国现代文学"作为学科名称,废除现有的"中国现当代文学"学科名称。"其目的在于实现中国现代文学学科名称的规范化和协调性。中国现代文学学科名称具有三个最为显著的功能,能够解决学科名称所面临的困难问题。但对它必须重新进行解释,赋予它以新的内涵功能。"①

第一,全面涵容功能。它能包括中国各个民族的文学;包括海外华人文学;包括各阶级、阶层、党派的文学。这样,就有力地纠正了只研究汉民族的、大陆的、以无产阶级和人民大众为主的文学的偏狭。第二,整体贯通功能。"现代"二字可以具有更为广泛、丰富、深刻的内涵,凡是具有与中国固有传统不同的新因素,均可称为"现代性"或者"现代化"的新因素。这样从纵向上可以向上与 19 世纪中期以后具有新质因素的古代(近代)文学相贯通。从横向上看,又可实现与中国现代文学领域内多种类别样式相贯通,如中国现代作家写的古体诗词、古体散文(以前它们多被排除在中国现代文学研究视域之外)。而 21 世纪中国文学也在承续着 19 世纪末至 20 世纪初文学现代化的历史进程,仍可涵容在中国现代文学之内。这是纵向上的向下贯通。第三,协调融合功能。通行的中国现当代文学学科名称是一种并列混合,不能真正实现中国近百年文学的一体化,而中国现代文学的学科名称可

① 冯光廉《冯光廉学术自选集》,青岛出版社 2015 年版,第 631 页。

有效地解决这一难题。事实上,冯光廉的一系列贡献,均与中国现代文学学科的正确命名相关。冯光廉和他带领的青岛大学学术团队,经过初创期十余年(1986—1999年)的拼搏,在中国现代文学研究这一学科上迈出了具有历史意义的三大步:第一步,对近百年中国文学研究的历史和现状进行系统考察,写出了三部系列性专著,即《中国近代文学研究概论》《中国现代文学史研究概论》《中国当代文学研究概论》;第二步,对中国近代文学、现代文学、当代文学进行再认识,写出了三部系列性专著,即《中国文学现代化的先导——近代文学发展史纲》《中国新文学发展史》《中国当代文学史纲》;第三步,对近百年中国文学的体式流变进行梳理,写出了五部系列性著作,即《中国近百年小说体式流变史》《中国近百年诗歌体式流变史》《中国近百年散文体式流变史》《中国近百年戏剧体式流变史》《中国近百年文学批评体式流变史》。

冯光廉是这一系列著作的总策划人、总设计师,并且亲力亲为,撰写了诸多篇章,尤其是许多书的序言与跋,深刻而清晰地阐释了诸多系列研究的要旨和意义。他为《中国新文学发展史》所写的导论即为典型篇章。导论从文学价值观念、作家关注的主要对象、文学表现形态等几个角度比较了新文学与旧文学(古代文学)的不同,还从审美角度考察了两者的相异。冯光廉认为"中和之美"是我国封建社会最高的审美理想和审美规范,而中国新文学则建立了以崇高美为主要特征的现代审美观念。多样悲剧形态的确立,彻底打破了传统文学的"大团圆"结局,有力地激发人们从"瞒和骗"的大泽中解脱和觉醒。中国传统文学缺乏真正意义上的喜剧意识,止于滑稽,伤于溢恶;新文学则从社会历史发展和人的解放的高度对假恶丑进行理性批判,达到对美的肯定。导论还从审美角度考察了新旧文学之不同,应该说具有学术创新意义。其更重要的创新是为中国现代文学史的撰写提出了一个全新的体例:"以文学主题现象为线索,实行多维角度错综交叉,建构新的文学史框架。"①

冯光廉认为,文学史的发展是由多种内容、多重层面组成的有机统一体,但"创作主题现象占有最为重要、最为突出的地位。因为它是构成文学史的主体和核心的东西,其他则相对地处在从属的位置"。因之,他要求以此为中轴,"建立全景式的立体化的文学史体系"②(这一体例最初是由谭桂林提出的,有很强的创新性意义)。同时,"为了较好地建立以创作现象为中心、多维错综的文学史框架",他还提出了如下几个基本原则:整体性原则、错综性原则、开放性原则。这些原则在全书

---

① 冯光廉《冯光廉学术自选集》,青岛出版社2015年版,第606页。

② 冯光廉《冯光廉学术自选集》,青岛出版社2015年版,第606页。

的撰写中得到了较好的贯彻。全书的论述每每采用中外古今的比较研究方法,尤为令人称道。在他看来,中国新文学不是一个封闭的自足体,它不仅是中国古代和近代文学的历史发展,而且它同我国传统的哲学、政治、社会、伦理、文化、艺术、审美等各种思想观念有无法分割的复杂联系,因此,它有着对内的纵的开放性;中国新文学又是外国文学催生的结果,它同诸种形态的外国文化文学也有着各种各样的关联,因此,它又有着对外的横的开放性;而中国新文学的许多重要线索和素质,又被中国当代文学所承接,因而新文学又呈现出通向未来的开放性。基于此,《中国新文学发展史》一书在论述中国新文学的创作现象丛时,注意阐释它同中国古代文化和文学、外国文化和文学以及中国当代文学的关系,从而更加清晰地展现出中国新文学全方位(古今中外)开放性网络系统。如晚明文学革新对"五四"新文学的作用,在以往的文学史著作中较少提及,该书却给以较为厚重的笔墨。对这一文学革新虽然在明末清初业已中断却仍能对"五四"文学革命的先驱者们发生作用,该书用晚明文学革新诸种质素"已渗透为民族精神的基因"加以解释。这表明冯光廉关于文学与民族精神之关系的辩证认识,将文学的现代化与民族的现代化、人的现代化视为一体的重要观点在具体撰写时得到了较好的体现。对于中国现代文学与外国文化和文学的关系的阐释,该书也多有自己的开拓。如《野草》所受外国作家的影响,该书在已有的比较研究成果之外,又提出了望·霭覃和爱罗先珂对其的影响,体现出冯光廉所大力主张的学术创新精神。而对于中国新文学各种主题与中国当代文学的关联的论析,则体现着他的要以历史研究为中国当代文学发展服务的明确意识。

基于冯光廉关于历史从来不是单一的轨迹或线性连缀的理念,该书极为重视各种文学现象的联系与互补以及中国新文学各个主题群落的通联与碰撞、互渗与融合,从而使得这部文学史真正成为色彩斑斓而又主调鲜明的立体塑像。全书对中国新文学的理解与把握、思索与评判,昭示出不同凡响的史识与史才。如果说认为启蒙与救亡两大主题的对立与统一决定着中国现代文学的发展走向的解释有一定新意,那么关于文学为民族复兴与强大付出了历史代价的论述,以阶级政治的倾向性和现实主义内在规律二者关系认识的不同作为分野,将毛泽东文艺理论体系与胡风的文艺理论体系置于对峙的格局予以评析,就不独是史家的见地,而且是史家的胆魄。这部《中国新文学发展史》乃是辩证唯物主义与历史唯物主义学说在中国现代文学史这一学术研究领域的一个重要收获,其成就在某种程度上超越了以往的同类著作。学界有人称之为继王瑶本和唐弢本之后的中国现代文学史研究的第三个里程碑,可谓实至名归。

　　冯光廉为《中国近百年文学体式流变史》写的总序是又一具有重要指导意义的理论文献。该文指出,近百年中国文学史的研究虽然取得了诸多积极性成果,但对文学体式的生成演进的历史过程和经验规律,尚缺乏系统完整的专门性观照,研究相当粗疏,所以有必要撰写专门的文学体式流变史。中国近百年文学体式的创造性转化,体裁模式的生成机制,审美特征的全面建构,文体实现现代化、民族化、个性化的途径和方法,能给文学理论批评学和文体学提供生动的材料和丰富的经验。冯光廉考虑问题总是出于"经世致用"这一根本目的。至于如何研究,他提出要"开拓视野,打破近代、现代、当代的机械切割,以文学的现代化为中心,实现中国近百年文学研究的一体化"①,而这正是他观照近百年中国文学发展史的基本出发点,与他的整个中国现代文学研究乃是同一步调。显而易见,所谓"近百年文学"的理念要比已有的试图打破原来的中国现代文学研究阈限的"20 世纪文学""19—20 世纪文学"等提法要更科学、更严谨一些,具有更广的视域和更高的视点,于是有了更大的研究格局和更深的理论开辟。他提出该书的编撰目标是:从大量的创作文本中梳理近百年五种文体(在通识的四种文体之外另加文学批评——这又是一种创新)的流变轨迹,描画出文体发展的总体性线索和阶段性脉络,从纵向上展现其发展格局;从同中外文学、社会历史、思想文化的多重关联中分析近百年五种文体发展的动因、流变的规律和逐渐形成的文体规范,总结历史经验教训;自觉地站在当代的高度,在反思历史的基础上,提出前瞻性的看法,预示文体发展趋势;以历史-美学方法为主导,广泛吸取中外各种研究方法的优长,"力求使研究对象同研究方法达到基本的契合和协调"②。事实上,此处是提出了方法论和目的论的同一性问题,同样有某种理论创新的意义。冯光廉这些理论构建和研究路径、目的、方法等规定,在书中也都得到了较好的实现。

　　要之,《中国近百年文学体式流变史》是一重要的学术贡献。笔者认为,冯光廉所主持编写的三个系列著作俨然形成了一处值得关注的学术景观,成为治文学史者应去的学术之地。

　　冯光廉的另一成就则是属于鲁迅学方面。

　　而今鲁迅学早已成为一门独立学科。就对这一学科的命名与建设而言,其贡献首先是彭定安关于建立鲁迅学的首倡与论证,其次也许是张梦阳 2002 年出版的《中国鲁迅学通史》,复次也许是冯光廉和刘增人、谭桂林 2002 年主编出版的百万字《多维视野中的鲁迅》了。冯光廉为此书写的导论(以及其他相关著述)为鲁迅学

---

① 　冯光廉《冯光廉学术自选集》,青岛出版社 2015 年版,第 625 页。
② 　冯光廉《冯光廉学术自选集》,青岛出版社 2015 年版,第 626 页。

的建设和发展设计及构筑了一个庞大、复杂而又坚实、精妙的理论大厦。

冯光廉首先对鲁迅的"革命家"的称谓进行了辨析。他认为鲁迅从整体上说不是从事政治革命、经济革命的革命家，而是从事文学——文化革命活动的革命家。鲁迅的基本特质是"文化巨人"，因而必须从文化的角度来把握和阐释鲁迅。冯光廉为这部巨著规定了这样几个学术追求：首先是多维视野。鲁迅是百科全书式的伟人，他在文化的诸多领域如文化学、哲学、人格学、伦理学、思维学、宗教学、文化人类学、文学创作学、编辑学、批评学、美学、艺术学、语言学、翻译学、学术史、文化史、历史学、教育学理论和实践方面都有相当大的建树，因之我们的研究也必须"潜心于鲁迅在文化领域内的多向开拓，力图比较全面地阐释他的多方面的成就"①。其次是求异创新。冯光廉认为求异创新是学术研究的根本要求和生命所在。基于此，他提出撰稿人必须积极吸收融合有关人文学科的理论成果，对鲁迅进行新的阐释，赋予鲁迅研究以新的理论深度和思辨色彩；要借鉴有关人文学科的研究方法，开掘过去研究未及之内涵，有所突破和超越，赋予鲁迅研究以新鲜感和创造活力；以史的眼光和尺度重新探究鲁迅在哪些方面比他的前辈提供了新的东西，赋予鲁迅研究以清晰的历史感和扎实的可信性，体现史家风范。最后是历史反思。冯光廉重在把握鲁迅研究的总体态势和重要倾向及所存在的主要问题，以此作为我们研究的借鉴和创新的参照。从表层上看，这只不过是对该书撰稿人提出的写作要求，实质上却是为鲁迅学进一步深化所指出的途径，兼有理论和实践的双重意义。尤其是后面对于人文学科理论的吸收与融合，人文研究方法的借鉴与更新，人文学科历史的审视与定位，人文学科理论、方法、历史的内在关联，等等，都昭示出作者广博的知识、缜密的逻辑和深厚的理论修养，进一步丰富了鲁迅学的内涵与外延，为鲁迅学竖立了一块路碑。由于各位撰稿人能够按照冯光廉提出的要求和设想精心撰写各自所承担的部分，可以说全书达到了预定目的。现在，该书业已成为任何一位试图从事鲁迅学研究的学人所不能绕开的峰峦，不认真细读此书，容易陷于迷茫乃至盲目；不认真体会此书，就难以在鲁迅学路上前行。据了解，现在许多开设鲁迅研究课的院校多列此书为参考书目，这清楚地说明了这一点。

就鲁迅学本身的学科建设而言，彭定安首次提出了"鲁迅学"这一名称，并写出了《鲁迅学导论》这一专著，可谓鲁迅学的第一块路碑；而冯光廉主持编写的《多维视野中的鲁迅》，尤其是他撰写的导论，以及后来所写的《改革创新：鲁迅精神的灵魂和价值核心——重释鲁迅的总体视角论纲》《鲁迅传写作应实行三重视角的有机融合》等文，事实上对鲁迅学学科的本质、内涵、研究方法与规范、研究成就及前景

---

① 冯光廉《冯光廉学术自选集》，青岛出版社2015年版，第70页。

等项,在彭定安研究的基础之上又有新的发展和深化,可谓是在鲁迅学学科建设方面的又一重要贡献。

这诸多学术著作的问世,不仅成就了冯光廉本人的学术地位,而且带出了一批学术骨干、学术新人。这是冯光廉对中国现代文学研究和鲁迅学的另一方面的贡献:培养和壮大了合格的研究主体。

二、探求作家作品真谛,细微处挖掘大精神

冯光廉的大家风姿不独表现在他能够构建气势恢宏的理论大厦,登高望远,并且能够钻研具体文本,在细微处挖掘大精神,昭示出他对作家乃至读者的尊重,体现出他治学的坚实严谨。

冯光廉是著名的鲁迅学学者,对于鲁迅研究的成绩不单体现在他作为学术带头人(他先是山东师范大学中文系现代文学教研组主任,后来系青岛大学现代文学学科的创始人和奠基人,有很强的组织领导能力,曾带领学术团队编撰出版了多种著作),而且也表现在他个人的单兵作战方面。他的专著《鲁迅小说研究》是鲁迅研究的重要成果。关于此书,笔者写有《鲁迅小说研究的开拓与论辩》[1]一文,此处不再辍述。这里重点谈谈他对鲁迅诸多单篇作品的精细研究。

首先谈谈冯光廉对《阿Q正传》的研究。《阿Q正传》是鲁迅最重要的作品之一,由于塑造了阿Q这一具有世界性意义的典型人物而蜚声于海内外。因之研究《阿Q正传》的学术成果数不胜数,有人认为有必要建立一个鲁迅学的分支——阿Q学。冯光廉撰写的《〈阿Q正传〉研究之研究》是对阿Q这一形象的核心问题——精神胜利法的实质和成因及超时空性的研究。文章分析了以往各种观点的得失利弊,认为"把精神胜利法作为一种恒久性的普遍性的社会生命现象来认识,带有极大的包容性,既包容了过去和现在,也包容了未来;既包容了中国,也包容了外国"[2]。关于阿Q的精神胜利法的成因,他认为,把精神胜利法视为外在的强大压力禁锢和摧残的产物,同从社会的阶级和民族压迫、中华民族的屈辱史,劳动人民反抗斗争的失败史,同社会各阶级之间相互影响的观点,同小生产者生活方式的弱点和局限的观点都有一致性。显而易见,冯光廉对阿Q精神胜利法产生原因的评判语言精练,内涵丰富,涵容了各家学说[3]。他还强调,把精神胜利法当作一种

---

① 李春林《鲁迅小说研究的开拓与论辩》,《社会科学辑刊》1990年第3期。

② 冯光廉《冯光廉学术自选集》,青岛出版社2015年版,第470页。

③ 笔者曾在《鲁迅与陀思妥耶夫斯基》一书中将精神胜利法的成因归于"人在主观上要求能动作用充分发挥的无限性和在实际上实现的有限性的矛盾"(参见《鲁迅与陀思妥耶夫斯基》,安徽文艺出版社1985年版,第86～87页),看来亦可包容于冯光廉的观点中。

超时空的精神状态、思想特点、思维方法来看待,并不是忽视各阶级、阶层、集团、个人之间的差异性,而是包容了这诸多差异。但不能因这种差异性的存在,而否定或忽视精神胜利法的共同性和普遍性。"因为这将模糊对人类这一社会生命现象的分析,将会影响对阿Q这一艺术典型的深广久远意义的认识,将会妨碍对鲁迅创造阿Q这一世界典型的杰出成就的评估,并且容易在方法论上陷入机械论和形而上学的泥淖。"①笔者对此深以为是。对世界性的典型的分析,也需世界性的眼光。

关于阿Q的革命问题,学界亦是众说纷纭,莫衷一是。冯光廉在考察和评析了各家观点后尤其是作品的具体描写与鲁迅本人对此的说明后,指出了阿Q革命的基本动机及其危害性,尽管他有着参加革命的必然性,但如果"让阿Q式的革命党主宰中国的命运,必然造成中国社会的腐败和黑暗,人民更加遭殃"。鲁迅写阿Q革命的目的乃是为了暴露国民的弱点,而绝非肯定和赞美阿Q的革命。

此外,冯光廉对阿Q思想性格的流变性和统一性的分析,对假洋鬼子形象的阶级既非买办亦非资产阶级,而是地主阶级利益的代表和多重意义(反映了中国近代社会历史的面影,强化了对辛亥革命妥协性的批判,充实了阿Q的典型环境,深化了阿Q性格的悲剧意义,强化了小说的讽刺意味)的剔挖,对所谓两种"不准革命"(阿Q不准小D革命和假洋鬼子不准阿Q革命)的辨析,等等,都充满了历史唯物主义和辩证唯物主义精神,令人读后很有热天吃了冰激淋之感。

冯光廉对中国新文学的奠基作《狂人日记》的研究亦堪称精湛。《狂人日记》的研究学界歧异很多,但焦点是狂人到底是个什么形象。冯光廉研究的独到之处在于,他充分注意到鲁迅所自言的写作《狂人日记》之前的准备工作之一是有医学的知识,于是反复阅读了不少精神病学著作,以自己学到的医学知识去考察鲁迅依凭医学知识(以及外国的百来篇作品)塑造的人物形象,可谓是找对了解剖这一人物形象的武器与途径。冯光廉还多次拜访精神病医生,获得了更多的相关知识。所以,冯光廉对狂人形象的分析与论断就有着很强的信服力。他在用医学知识对狂人形象进行充分考察和审视后,得出了这样的结论——"由于鲁迅懂得精神病患者的特点,由于他把握了塑造狂人形象的艺术手法(既吸取了果戈理和迦尔洵等的艺术经验,也有他自己的创造),因而能巧妙地解决病狂的表象和战士的本质的矛盾,达到了科学和艺术的高度统一,病狂人的特殊言行及心理状态同战士的思想特点的有机结合。这结合和统一的奥秘,简言之,即在于:狂人不是一般的普通的狂人,而原先就具有反封建的思想基础;病狂固然危害了他的精神,但并未从根本上毁掉他的记忆、思维和言语能力;他凭着这些能力,对吃人的问题进行了更加深入的思

---

① 冯光廉《冯光廉学术自选集》,青岛出版社2015年版,第471页。

考和剖析,对吃人的旧势力、旧制度、旧传统进行了更加深刻的揭露和斗争"①。从创作主体的条件和准备,探寻和挖掘创作客体(人物形象)的本质特征,在当时可谓是一种学术创新。而研究者力图使自己接近创作者的知识储备,甚至进行带有田野调查风的相关访问,亦是一种学术研究在技术层面的创造。

学界曾有多人认为《狂人日记》是鲁迅小说创作的总纲(笔者亦如是),甚至几乎成为公论。冯光廉对此给予了反驳,他引用了布封的名言:"一个大作家绝不能有一颗印章,在不同作品上都盖有同一印章,这就暴露出天才的贫乏。"②同时指出,"总纲论"无助于说明鲁迅的伟大和说明他的小说创作的丰富性和独创性,论者本意在肯定鲁迅,赞扬他的小说成就,结果却事与愿违。

《狂人日记》有三处提到"真的人"。究竟如何理解这"真的人"的含义? 冯光廉也做出了独到的解说。他首先指出,作品中不同处所提及的"真的人",既有联系,又有区别。共同之处是不同地方所提及的"真的人",都是吃人的人和野蛮的人的对立物;不同之处在于,首次出现的"真的人"是一般意义上的"真的人",后面所说的"真的人"则超越了这类不吃人的普通人,而是具有更高的思想品格和人格特质的人。"他们思想健美,人格超凡,意志力强,具有远大的理想,崇高的目标;具有创造美好未来的伟力,是将来理想社会的创造者和主宰者。""这种超群出众的'真的人'是那种不吃人的人的'真的人'的进一步发展和进化,是臻于至美至善的理想人物。"③读到他的此种分析,不得不为他的发掘细微的功夫击节。若是说我们将鲁迅所建构的"真的人"视为海上冰山,那么文本表层上"真的人"可能不足冰山的七分之一;而冯光廉潜入水中,为我们探察出了水中的七分之六甚至更多的美妙与奥秘。

此外,他对于狂人的时代的考察,对于"劝转"描写的多重意蕴的探究,对于"大哥"的研究,对于小说的现实主义和象征主义的融合的创作方法的论说,对于文白兼用的寓意的剔挖,等等,都颇精湛,许多都是发前人之所未发,具有超前的意义。

在冯光廉的鲁迅作品细读中,他总是针对此前研究中的偏颇与不足,提出自己的新见。他曾说,他的治学方法主要是研究之研究,着重研究学术界的分歧点、薄弱点、困难点,立一家之言,正体现出他研究的创新性要求。他的大部分论文都充满论辩性,通过论辩指出以往研究的偏颇和薄弱所在,提出自己的新见。这些论辩性论著,往往充满学术的激情和自信,具有较强的可读性和启发性。如在《〈自嘲〉

---

① 冯光廉《冯光廉学术自选集》,青岛出版社 2015 年版,第 350 页。
② 冯光廉《冯光廉学术自选集》,青岛出版社 2015 年版,第 353 页。
③ 冯光廉《冯光廉学术自选集》,青岛出版社 2015 年版,第 361 页。

研究之研究》中，他针对有人认为该诗"名曰自嘲，实则嘲人"的观点，经过对作品文本的精细分析，认为诗作其实乃是"自嘲与嘲敌"的巧妙融合。在关于《论"费厄泼赖"应该缓行》的研究中，针对诸多研究者主张将鲁迅杂文中的形象与小说戏剧中的典型形象严格区别开来，提出要用"社会相类型形象"代替典型形象的情况，冯光廉一方面认为其有一定道理，但又担心如是说容易损伤鲁迅杂文的生动性、动态性、完整性、审美性和象征性的特质（诸"性"都是基于他本人研究《论"费厄泼赖"应该缓行》对其中的"狗"的形象的研究结论），会低估其巨大的文学意义和审美价值。他认为在考察鲁迅杂文形象特质的时候，不仅要注意与小说、戏剧等叙事性作品所塑造的典型人物的差别，还要注意与概念化的缺少审美价值和社会意义的类型人物的不同。所以他主张在"类型"二字后面加一个"性"字，改称为"'社会相'类型性形象"[1]。只增一字，看起来似乎是微观研究，其实捍卫了鲁迅杂文的文学本质，所着意的乃是具有宏观意义的整体性观照。冯光廉对《孔乙己》审美风格的论说（"含泪的微笑"），对《呐喊·自序》的悲凉基调的把握，对《从百草园到三味书屋》的写作动机的判定，"绝非是那种起因于心境老化的单纯怀旧，亦非是仅仅为了解除生活和创作的劳累，而是他深陷孤寂，却又不甘心居于其中时的寄托，是他汲取来冲刷自己受伤心灵的圣水"[2]。这些都关涉鲁迅作品和鲁迅人生的整体性认识，并且"有助于认识 20 世纪中国文学的基本特征"[3]。他对王统照和臧克家某些作品的研究（如对《山雨》的总体构思和结尾的分析以及所谓王统照思想的局限性的论断），同样具有此种风貌。冯光廉的微观研究，是置于宏观审视的基础上，又是为宏观研究服务的。

鲁迅所写多为"病态社会的不幸的人们"。冯光廉认为，我们应当注意到在这些人物中，鲁迅对于每一个具体人物的态度并不相同，"对于祥林嫂的惨剧，鲁迅是怀着无比深挚的感情进行描述的，内中灌注的是同情和关怀，哀痛和悲怜，而没有其他相关作品那样的批评和激愤。在情感的分寸上，鲁迅对祥林嫂这个病态社会不幸的人物，不仅区别于华老栓，就是同爱姑、闰土相比，也有明显的差异"[4]。注意到同类人物形象的差异，对其"同中求异"，不仅可以进一步彰显鲁迅人物画廊的丰富与复杂，并且有助于理解和体验创作主体的丰美及多层次的感情世界，提升我们对文化巨人的认识。

---

[1] 冯光廉《冯光廉学术自选集》，青岛出版社 2015 年版，第 430 页。
[2] 冯光廉《冯光廉学术自选集》，青岛出版社 2015 年版，第 510～511 页。
[3] 冯光廉《冯光廉学术自选集》，青岛出版社 2015 年版，第 494 页。
[4] 冯光廉《冯光廉学术自选集》，青岛出版社 2015 年版，第 380 页。

在冯光廉的鲁迅研究中,还每每提出关于研究方法的论说。他在对学界对祥林嫂所谓"反抗性"的错误分析的评判中强调:"除了要全面地、准确地把握鲁迅的社会历史观和创作观而外,还要端正我们的研究方法,从主观夸大、随意生发的思维方法和学风文风中彻底解放出来。"①这就点中了某些错误观点产生的另一重要根源。此说不单对鲁迅研究和中国现代文学研究有指导意义,对其他学科亦如是。其所关涉的是整个学界的问题了。

三、以学术研究为民族和人民命运服务

冯光廉曾经说:"将责任感、使命感和兴趣、激情、情怀有机融合起来,互渗互透,也许是学人不可或缺的精神特质。"②其实他本人正是这样一位类型的学者。

通读冯光廉的学术代表作后,会发现,他从来没有将学术研究视为仅是一种自我的经院之事,而是有着以此报效人民,为民族的命运和将来服务的明晰的自觉意识。他的鲁迅研究,他的中国近百年文学史的建构,都是直接或间接地为此服务的。当然这一点与他的主要研究对象鲁迅相关联:作为民族魂的鲁迅一生所从事的乃是以文学改造中国国民性进而立人、彻底摆脱为奴的时代,打造一个历史上从未有过的第三样时代的伟业,因而才吸引了一代又一代鲁迅学人。冯光廉是比较典型的一位。笔者在谈及彭定安时曾经说:"彭先生倾心于鲁迅研究,其主要诱因是倾心于鲁迅人格,他在鲁迅的某些方面、某些侧影中观照到了自己。而在他研读鲁迅的过程中,又自觉不自觉地受到鲁迅精神的强劲浸渍,从而形成了他自己的与鲁迅相呼应、相沟通的价值取向与人格魅力。"③此语也完全适用于冯光廉。

冯光廉的此种品格自然地或显或隐地蕴含于他所写的那些文字之中,我们在前面的评价中已经有所涉及。此处我们拟重点提及的是他 2014 年 80 岁时对鲁迅与孔子关系的研究——《鲁迅与孔子研究的另一面》④一文。

一般说来,孔子作为中国传统文化的主体部分儒家学说的代表人物,在五四新文化运动中,是被视为否定性人物的,他的那些宣传封建等级观念、扼杀个性发展的言论则一直处于被批判的地位。历代皇权统治者往往以孔子学说建构自己专制独裁统治的合法性。所以,作为反封建战士的鲁迅对孔子多有批判乃是题中应有之义。然而,不可否认的是,鲁迅对孔子的某些方面亦不乏肯定之处,也就是说两

---

① 冯光廉《冯光廉学术自选集》,青岛出版社 2015 年版,第 378 页。
② 冯光廉《冯光廉学术自选集》,青岛出版社 2015 年版,第 3 页。
③ 李春林《鲁迅风骨 托翁情怀——彭定安先生印象》,见王建中编《超越忧患的求索——彭定安先生学术生涯 40 周年纪念文集》,辽宁人民出版社 1998 年版,第 243 页。
④ 该文原刊载于《鲁迅研究月刊》2014 年第 8 期,后收入《冯光廉学术自选集》。

者思想有相通的地方。既然如此,鲁迅学者对此有意或无意的忽略,恐怕不符合鲁迅对民族文化遗产的根本态度,亦不符合今天建设中华民族新文化的需要。然而,鲁迅学界对此的研究主导倾向一直是以批判为主或不予置喙的。冯光廉认为:"这两位文化伟人的精神文化遗产及其影响正同时面对着我们,并且和我们当前及今后面临的形势与任务,有着直接而又密切的关系,必须做出恰当的判断和选择。"①出于建构完整的新文化,并以之为民族更好的命运、人民更好的生活服务的目的,冯光廉不顾遭到误解,勇敢地对鲁迅与孔子的关系进行了具有开拓性的正面研究。

冯光廉提出鲁迅与孔子的思想有通连性:鲁迅的人道精神与孔子的仁爱思想相通,鲁迅与孔子的积极入世的行为模式相通,鲁迅与孔子对人的道德品格的修养重视相通,并给予较为充分的论证。他认为我们应当摆脱目前主流认为的鲁迅与孔子一来一去、一去一来的二元对立思维的束缚,而是两者我们都需要:我们需要稳定和谐有序与发展改革创新的辩证结合;孔子中庸思想中的积极因素和鲁迅对中庸之道消极影响的批判,都是有用的思想文化资源。冯光廉还指出了鲁迅与孔子比较研究的三个难点:①在异同研究的基础上,将两人的思想文化进行科学的整合,形成新的思想文化系统和具有实践意义的总体思路,建构中国文化走向未来和世界的新方案。②从中国文化和世界文化的多重联系及长时段中,重新评估两人的精神文化的价值,对其思想文化遗产的未来前景和历史命运提出富有远见卓识的预测。③将新的学术研究成果运用到社会政治、思想文化的改革实践中去,使其真正健康有效地作用于社会,影响于民众,使中华文明充满生机,为人类文明的发展进步发挥更为巨大的作用。其实这里所指出的乃是鲁迅与孔子研究的进展方向和最终目的。同时昭示出冯光廉的鲁迅与孔子研究乃是为了中国文化走向世界,当然随之中国人就成为世界人。这也就解除了鲁迅当年所担忧的中国人要从世界人中被挤出的危机。所以,他的这一研究,乃是符合鲁迅当年的根本愿景的。然而,冯光廉在作鲁迅与孔子的比较研究时,始终对孔子的精神遗产有部分重要内容曾被历代封建专制统治者所利用这一情况保持着高度警觉,在求同研究中从未忘怀两者之异。例如,在肯定了孔子的中庸思想的积极因素后,他又写了这样一段话:"它[按:中庸]一方面包含有丰富的智慧内涵,有利于民族包容和谐宽厚团结精神的形成和发展,有利于提升国民的思想修养,而另一方面在复杂激烈的社会矛盾冲突中又容易被保守势力所利用,成为维护旧文化旧制度、反对革新创造的工

---

① 冯光廉《冯光廉学术自选集》,青岛出版社 2015 年版,第 132 页。

具。"①在引用了鲁迅对中庸之道的批判后,他接着写道:"鲁迅对现实生活里中庸之道的消极影响和危害性的揭露,对国民病态精神的批判,在当今乃至今后仍然具有很强的现实意义和长久的历史价值,成为优化民族精神性格,重铸国民灵魂的锐利武器。"②笔者对这段话特别欣赏,它表明冯光廉对鲁迅与孔子的比较研究的根本出发点还是为了更好地重铸国民灵魂,为了达到此目标而对孔子持拿来主义的立场,而绝非被孔子所同化。冯光廉对鲁迅与孔子的通连性研究,引发了学术界对鲁迅与孔子的关系问题的关注。2016 年中国鲁迅研究会和苏州大学文学院召开了鲁迅与孔子的学术会议,绍兴鲁迅纪念馆也举行了同样主题的会议,也许可以视为是对冯光廉论述的一种反响。

冯光廉这种在学术研究中蕴含对民族和人民的大爱,蕴含浓烈的对底层人民大众尤其是弱者和不幸者的深切关怀的人道主义立场和情怀,在其对于某些作品文本的分析中,也一再有所体现。

冯光廉在研究《藤野先生》的论文中这样写道:"鲁迅因救国而学医,又因救民而弃医从文,显示出崇高的人格精神。"③我觉得此处的行文别有一番深意:由学医而又弃医从文,这对于鲁迅本人来说乃是实现人生价值的一个重要拐点,通常会将两者的目的统称为"救国救民";但他却将两者分说,前者是"救国",后者是"救民"。我以为这里绝非仅仅是为了避免行文的重复,而是他认识到了"国"与"民"的不同,"民"是高于"国"的。这样,鲁迅由学医改学文,就不单是实现目的途径的上升,而且是目的本身的提升。此处不仅是研究主体善于发掘研究客体的幽深细微,而且昭示出研究主体本身的深厚情怀:对鲁迅的,更是对人民的。

在关于《一件小事》的研究中,冯光廉认为作品的重心是写"我",而非车夫,从而对作品的主题得以准确概括。针对有人认为"老女人"的形象十分可恶的观点,他则指出,从其外观上即可看出,她是一个经济状况十分窘迫的穷苦人,大清早顶着寒风出门,心事急迫。对于她是真受伤还是故意讹人,应从具体情况分析判断。她年老、体衰、饥寒交迫,被车把轻轻刮倒也会受伤。她摔坏后并没有责怪车夫,也没有讹车夫。车夫主动承担责任,"毫不踌躇地挽着她的臂膊,去警察分驻所"④,也表明她真的摔伤了。冯光廉认为,"如何理解老女人的形象,对她持何种态度和感情,这是一个相当重要的问题"⑤,这关涉作品的主题和思想意义的归纳和理解。

---

①　冯光廉《冯光廉学术自选集》,青岛出版社 2015 年版,第 145 页。
②　冯光廉《冯光廉学术自选集》,青岛出版社 2015 年版,第 146 页。
③　冯光廉《冯光廉学术自选集》,青岛出版社 2015 年版,第 444 页。
④　冯光廉《冯光廉学术自选集》,青岛出版社 2015 年版,第 327 页。
⑤　冯光廉《冯光廉学术自选集》,青岛出版社 2015 年版,第 328 页。

笔者认为,对"老女人"形象的道德和价值判断,事实上乃是一个读者或研究者的人道主义立场和感情的外化。冯光廉之所以给出此种分析,乃是基于他鲜明和强烈的人道主义思想和感情,使得他无法对一个不幸的弱者进行道德否定。与此相类似的是对《故乡》中杨二嫂的评判,他认为鲁迅对杨二嫂的批评中仍蕴含有某种同情,"把革命战士的鲁迅理解为铁石心肠,对杨二嫂之类的受侮辱受损害者深恶痛绝,无情嘲讽鞭挞,是不懂鲁迅的宽厚胸怀和人道情感的表现"[①]。在这方面,他对作品人物的理解与评判,可以说乃是基于与作者的共情——博大的人道主义感情。

关于《社戏》被选入中学教材但前半部分被删的问题,冯光廉很不以为然。因为小说的前后两部分是紧密联系、互相作用的。通过前一部分的反衬,既突出了人物形象,又深化了主题思想,还强化了感情力度。被删的主要理由是教材编者认为前半部分难懂,初中学生难以理解。他对此不予苟同,他不但主观判断当下的中学生理解力正在不断提高,而且进行了大量的客观调查。学生们反映说:"小说的头一部分内容并不难懂,是可以理解和接受的……实际上我们课外读的东西比这篇长多了,难多了……"[②]这不独是对鲁迅作品的负责,也是对学生(接受者)的负责,是基于对他们的深爱。冯光廉写有多篇关于中学课本鲁迅作品教学问题的文章,最有代表性的一篇当是《中学语文课本鲁迅作品选篇与编排问题之切磋》。这些文章表面上是给编者和教师看的,其实在学理性探讨的后面,却是他对孩子们的拳拳之心,唯恐他们不能很好地理解鲁迅,甚至理解得错误,从而影响了他们的思想和精神的成长。他还多次深入教学一线同教师和学生共同探讨。他的此种举措,令人想起钱理群的做法。他们同样将帮助学生们正确理解和接受鲁迅,作为自己的使命和担当的一部分。他们是鲁迅的"救救孩子"和"立人"伟大工程的赓续者。

对于冯光廉而言,此种使命和担当还突出地表现在他对研究生的培养方面。1985年,他在时任山东师范大学中文系主任崔西璐同志的支持下,排除了多年存在的学术限制,使学校现代文学教研组正式获得了招收研究生的资格。此后,冯光廉便指导谭桂林、魏建等十几名研究生共同撰写了《现代作家研究述评》一书,以《山东师大学报》(增刊)名义发行三千册。中国社会科学院文学研究所著名学者樊骏先生曾两次给冯光廉来信,高度评价这一做法,认为这是一个创举,希望他能够继续做下去,搞出一整套系统的研究书系,为研究生提供学术研究的入门之作。可惜由于冯光廉很快调往当时新成立的青岛大学任教任职,未能实现樊骏先生的构

---

① 冯光廉《冯光廉学术自选集》,青岛出版社2015年版,第416页。
② 冯光廉《冯光廉学术自选集》,青岛出版社2015年版,第395页。

想和重托。

冯光廉为年轻学者写的几篇序,他对大学生的学习生活的关心和指导(如《试让青春多收获——与文科大学生谈学习和研究》,该书由河南大学出版社出版时,将书名改为《挑战自我——与大学生谈怎样学习》,他还主编了《文科研究生治学导论》等),也都体现着他自觉为民族和人民命运服务的使命意识和担当意识。有学者称冯光廉为教育家,笔者认为也是非常恰当的。他认为把大学生研究生培养好、教育好,有助于他们及其家庭命运的改善,这同样体现出他的深厚的人道主义精神。

笔者认为,冯光廉学术成就的取得,第一,在于他能够坚定地站在历史唯物主义和辩证唯物主义的立场,熟练地运用其方法,对丰富复杂的文学现象进行深入分析考察。他强烈的创新意识,犀利的"求异思维",都与此相关。而高屋建瓴的恢宏气势,也是以此为底气;发掘细微的力透纸背,也是以此为前导。所以各项成果均能经受住历史的考验,不会成为过眼云烟。第二,这归功于他的生命意识和价值取向。他说:"我以为,体会治学的快乐,是治学的需要,也是人生的需要。因为寻求快乐,通过艰苦的跋涉而得到快乐,应该是人类永恒的精神追求。"[①]他的生命业已与治学紧密地胶结于一体,所以他能够长期坚持,锲而不舍。第三,这与他高尚的道德情操亦分不开。他在人际交往中有着根深蒂固的平等意识和宽厚精神。他曾先后带领学术团队共同完成多项学术成果。在其中,他既要求每位撰稿人按照既定的要求写作,同时又充分尊重每个人的学术个性。这也是一种和而不同吧!所以那些大部头的硕果,我们读起来既可以感受到百花般的灿烂,又能够领略到整体的和谐辉煌。

要之,冯光廉建构的不单单是系列性著作,而且还是一支有明确的科研目的、有厚实的科研素质、有良好的科研道德的科研队伍。这同样是一种贡献。

本文系国家社会科学基金重大项目"中国文学学术现代化进程研究"(21&ZD263)的阶段性成果。

原载于《东方论坛》2022年第6期。

李春林:辽宁社会科学院研究员。

---

① 冯光廉《冯光廉学术自选集》,青岛出版社 2015 年版,第 740 页。

漫漫无尽的追求

——徐鹏绪先生访谈录

徐鹏绪　周逢琴 ■

周逢琴：徐老师好！学生毕业近 20 年了，没想到能有机会对老师进行这么正规的访谈，可以聆听老师系统讲述自己的治学经验、治学方法和心得体会。这是一次很好的学习机会，我感到特别幸运。

徐鹏绪：逢琴好！20 年来你在学术研究上取得丰硕成果，很是为你高兴。我已老朽，这么多年也没有什么长进，愧对学生了。要说的也没有什么新鲜东西，老生常谈而已。会让你和大家失望的。

周逢琴：老师客气了！学生时常关注老师的学术动向，常见您厚重的学术专著出版，议论纵横的万字长文发表，您仍然保持着旺盛的学术激情和学术生命，祝愿老师青春永驻！

徐鹏绪：谢谢逢琴的美好祝愿！

周逢琴：那我就向徐老师请教第一个问题。您从 1963 年进入大学中文系读文学专业开始至今已有 60 多年，从学习到研究，一生都在同文学打交道。您能不能谈一谈对文学创作和文学研究的总体看法？

徐鹏绪：好的。中国的士阶层，有一个"以天下为己任"的优良传统，所谓"达则兼济天下，穷则独善其身"，有着"长风破浪会有时，直挂云帆济沧海"的远大志向。北宋大学问家张载在《横渠语录》中提出"为天地立心，为生民立命，为往圣继绝学，为万世开太平"的口号，充分表达了知识分子的抱负和情怀。一个人的能力有大小，贡献也会有大小的区别，但是不能没有这样一种抱负和情怀。虽不能至，心向往之。

我的专业是中国现代文学研究，但我却有尊重传统、崇尚典雅、追求唯美的学术立场和文学观念。我称自己是一个"文化上的保守主义者"和"艺术上的唯美主义者"。

"保守"表现在对民族文化传统的尊重和对典雅艺术风格的崇尚。我认为，一个民族的历史可以成为过去，但其文化遗产不会过时，它将超越时空而具有永久价值。马克思评价古希腊、古罗马神话时指出，随着产生它们的那个时代的一去不复返，这些神话也不可复制，于是它们便成为"高不可及的范本而具有永久的魅力"。治新文学者是以反封建为旗帜的，封建制度可以推翻，但中国古典文学中的汉赋、唐诗、宋词、元曲以及许多理论、学术著作，也已成为高不可及的范本而具有永久的魅力。

"典雅"者，典重而雅正也。这是主流文化的基本风格。每个民族、每个时代的雅文化，就是这个民族、这个时代的主流文化、先进文化，用现在的话说，就是属于正能量的文化。崇尚典雅，正是对先进主流文化的推重，抓住了它，也就把握了每个时代、每个民族文化的正脉，这正是构成文化传统的根干。传统文化是创造和建设新文化的基础和出发点，是文化创造和建设的雄厚资源。

我的"唯美主义"，强调"美"在艺术中的地位。一件作品，首先必须是艺术品，才能进入我们的批评研究视野，才值得我们对它的思想艺术价值进行阐释和评估；而成为艺术品的先决条件，就是它必须是美的。我喜欢阅读和研究那些展示社会之美、人性之美的作品。我并不否定那些暴露社会黑暗、人性丑恶的作品的价值；但就我个人来说，既不可能创作，也不可能研究这类作品。这种立场和观点，直接影响制约着我的学术研究方向和研究方法。

自近代文化转型以来，如何将引进的西方新思想和新理论方法与中国传统文化有机融合，已成为学术界每一个学者必须面对的问题。章太炎、王国维、鲁迅、胡适等人的一些成功的学术著作，都是他们深厚的传统文化修养与西方新的文学观念、理论、方法结合的产物。我个人不仅在古代文学典籍的阅读中陶冶性情、澡雪精神、汲取营养、获取知识，而且直接学习古人成功的治学经验和方法，在学术研究的思路、选题、操作等方面受到启发，获得灵感。我来青岛大学后写的第一部书《中国近代文学研究概论》和退休前后完成并以"优秀"等级结项的国家社科基金课题"中国现代文学文献学研究"，其选题都是在中国传统学术史上同类文献的启示下选定的。中国古代史书中

徐鹏绪　张俊才《中国近代文学研究概论》(天津教育出版社 1992 年版)

的"学案"，实际上就是学术史著作。《中国近代文学概论》正是受了"学案"这一文献形式的启发，才萌生了为中国近代文学修纂学术史的念头。《中国现代文学文献学研究》，也是受传统文献学影响的产物。

"文献学"的称谓虽然直到近代才由梁启超正式提出，但在中国古代大规模文献整理活动中，已经形成了一套包括校勘、考证、辨伪、辑佚、注释等内容的科学方法，古人称之为"校雠学"，实际上就是"文献学"。《中国现代文学文献学研究》不仅在选题上，而且在具体方法上，都得益于"校雠学"。在学术发展史上，有时候"复古"就是"创新"。我把中国传统学术史上早就存在的学术文献形式加以改造、发展，引入近代和现代文献领域，无疑是一种创新。所以，这本书一经出版，便得到好评。

除了从本国传统治学经验中汲取营养外，还要面向世界，借鉴域外经验，从中受到启发，得到灵感，获取新思路、新视角。无论取法传统还是域外，都不能生吞活剥，不能生搬硬套；要善于引进西方的新观念、新思想、新理论、新方法，有的放矢地解决中国学术研究中的具体问题。在中国学术新旧交替时期出现的康有为、蔡元培、章太炎、梁启超、王国维、鲁迅等近代学术大师的成就，有力地说明了这一基本规律。王国维、鲁迅所撰写的《宋元戏剧考（史）》《中国小说史略》是在东西方文学思潮交流碰撞背景下的产物。它们结束了中国戏曲、小说自来无史的局面，被郭沫若称为中国近代学术史上的"双璧"。

大师们的学术成就，是当代学者应该努力学习的典范。我撰写《中国现代文学文献学研究》时，也试图将中国传统文献学与西方文献学融合起来，建立中国现代文学文献的基本理论体系和叙述框架。虽然做得还不够好，但评审专家还是体会到了我在这方面所做的努力。有专家在鉴定意见中评价说："作者在中国古代文献学和西方文献学的基础上独创中国现代文学文献学，不但在其完整性、系统性上保证了该编著的学术品格，也是在其创新的意义上推进了文学文献学的发展，它将中国现代文学独特的学术经验和学术规范融入了传统的文献学，丰富了中国固有文献学的内容和意义，基础扎实，融新于旧，其学术意义和价值是无可辩驳的。"专家抓住课题在新与旧、洋与中的融合方面予以评价，应该说是理解了我的学术追求。

发展人文社会科学，无论是个人还是团队，都应该有明确的学术研究发展方略，要有一个总体的规划和思考。就个人来说，一个学者欲谋求学术上的发展，必须经过慎重思考之后确定一个总体思路，首先是划定自己的研究领域，也就是要对自己的学术研究进行准确的定位。谨守界域，是为了治学专精，而不是抱残守缺、故步自封。所以，在确定了自己的研究领域之后，还要时时关注学科之外乃至整个世界的学术发展大势，具有开阔的视野、高远的眼光。梁启超在《〈静安先生纪念号〉序》中谈到王国维治学的特点时指出，"先生之学，从弘大处立脚，而从精微处著力"，"故虽好从事于个别问题，为窄而深的研究，而常能从一问题与他问题之关系上，见出最适当之理解，绝无支离破碎专己守残之蔽"。

我个人于作家研究方面,选择了鲁迅,偏重于鲁迅生平史料及文献研究、鲁迅小说理论研究等,出版过《鲁迅学文献类型研究》《鲁迅小说理论探微》,还参与编写过《鲁迅生平史料汇编》及《鲁迅大辞典》《鲁迅杂文辞典》等大型工具书。系统研究鲁迅的小说创作理论主张的《鲁迅小说理论探微》一书,由天津人民出版社于1986年出版,30多年过去了,此书目前大概仍然是学术界对鲁迅小说理论进行集中研究的一部重要专著。

在现代文学总体研究上,我选择了文献学研究。现代文学文献学的建立,是现代文学研究走向成熟,也是学科走向成熟的标志,带有对学科成果进行整体总结梳理的性质,是本学科学术史修纂的前提。做这个题目,既要有扎实的治学根底,又要有掌控学科全局的眼光和能力,对学者是一个考验。选这样的课题,具有挑战性,可以激发学术激情。选题既经确定,便须下大力气将其做深、做细、做好、做透、做大。做深、做细、做好,主要是指单部著作而言;做透、做大,则是指围绕一个课题伸展开来,设计子课题,使研究形成系列、形成规模。例如,我主持的国家课题"中国现代文学文献学研究",首先做出一个完整的中国现代文学文献学,然后围绕着它又设计了《〈中国新文学大系〉研究》(对现代文学"总集"的文献学研究以及对现代文学"别集"的文献学研究)、《鲁迅学文献类型研究》(对现代文学作家的文献学研究)、《中国现代文学学科文献会要》(中国现代文学书刊及生平文献总目提要)等。这里既有完整系统的学科文献学著作和文献会要,又有单个作家、个别经典著作的文献学研究,形成了现代文学文献学研究的系列成果。这种做透做大的方式,容易产生较大的影响,形成自己富有特色的研究领域,有可能使我们在这个领域内居于全国领先的地位。

周逢琴:当年徐老师和刘增人老师追随冯光廉先生来青岛大学创办中系和文学院,使一所新建的大学现代文学专业迅速形成较大的影响,在全国有较大的知名度,并在教学科研评估中使青岛大学文学专业跃入 A 级专业的行列。这说明你们在学科建设方面的基本思路和具体措施方面有过人之处,您能不能谈一谈这方面的经验?

徐鹏绪:我是青岛大学中国现代文学学科的主要成员,是这个学科建设的重要创建人和策划者、决策者之一,因而也是最有资格对该学科的建设进行说明和阐释的人之一。

1986年暑假,山东省鲁迅研究会在黄县(今龙口)举办年会。与会的冯光廉、刘增人、宋益乔先生和我,知悉新的青岛大学创立,便在会下决议前往青岛,志在在这座国际化的美丽城市创建具有影响力的中国现代文学研究中心。至翌年年底,除宋益乔因故未能成行外，冯光廉，刘增人和我陆续调入青大中文系。加上此前来青大任副校长的崔西璐先生和从广西大学调来的鲁原先生，现当代文学学科便集结了五位能在业内独当一面的学者，团队基本形成。

学术团队是学科建设的基础，但如果没有学科发展的基本思路和整体规划，便会像一个人没有灵魂一样，只是一个躯壳。

因为校方没有现成的房子分配，我和刘增人只得暂住招待所。条件虽差，但大家还是在学科创建者冯光廉先生的带领下，全身心地投入了学科建设的规划、设计、论证工作之中。经过反复商讨，我们初步形成了思路。为了慎重起见，我们广泛征求全国各地专家的意见，并邀请外地专家来校进行细致深入的探讨。北京的严家炎、田本相、王富仁、吴福辉、蓝棣之，天津人民出版社的李福田，天津教育出版社的吴恩杨等先生都曾为此前来。经过反复论证，最终形成了学科发展的基本思路和整体规划。

基本思路，就是要打通中国近代、现代、当代分立的界域，对近百年中国文学进行一体化研究，以结束 20 世纪 60 年代后逐渐形成的将近代以来中国文学现代化的整体进程人为划分为近代、现代、当代三大块进行孤立研究的局面，从更广阔的视野中观察、梳理、描绘中国文学由古典过渡、转变为与世界文学接轨的现代文学的历史轨迹。我们用"近百年中国文学"来概括自己的基本研究思路。这既符合中国文学发展的实际，又与当时学术界的思潮相呼应。此时中国现代文学研究界提出"20 世纪中国文学"的口号。中国文学在 20 世纪前后，开始了由古典向现代的变革。对这一基本事实的认识，我们与"20 世纪中国文学"论者是一致的。但我们认为，"20 世纪"的提法欠妥。因为，中国文学的现代化，既不始于 20 世纪，也不终结于 20 世纪。所以我们便根据毛泽东同志关于"近百年中国史"的提法，提出"近百年中国文学史"的口号。这一口号更贴近中国文学发展的事实。

围绕这一思路，我们设计、制订了研究规划和工作计划。当时，与"20 世纪文学史"相伴的还有所谓"重写文学史"口号。观念改变了，按新的文学观念和视角重写文学史，这是顺理成章的事。所以我们的中心任务，便是从中国文学现代化的视角，重写近百年中国文学发展史。我们采取了"先分后合"的策略，按三个不同的层次，分三个工作阶段。第一步先完成近代、现代、当代三部学术史的写作，即《中国近代文学研究概论》《中国现代文学研究概论》《中国当代文学研究概论》。重写文学史，必须首先了解、理清近百年文学研究的历史、现状和未来发展大势，而这正是学术史，即学科研究史所应承担的任务。要想在真正意义上完成"重写"的任务，必须先了解过去是怎么写的，所以写好该学科的学术史是重新写好文学史的前提。

因为过去近代、现代、当代中国文学是被划分成各自独立的三个学科，为了工作上的方便，便决定还是先按这一划分，仍由以往研究近代、现代、当代文学的同志，分别承担近代、现代、当代学术史的撰写，到工作进行到一定程度后再加以整合。

撰写近百年文学学术史的举措说明，我们对近百年文学进行一体化研究和在新的观念、视角下重写文学史，并不是对当时学术界流行口号的盲目跟进，它源于我们自己对文学史发展客观事实的认识和独立的学术见解。

我们表达口号和学术研究的具体操作方式，都是独特的、扎实的、厚重的，有着鲜明的创新性特点。约在20世纪90年代初，三部学术著作均已如期完成并出版。《近代文学学术史》由徐鹏绪和河北师范大学张俊才完成，《当代文学学术史》由崔西璐先生完成。这两部书均列入天津教育出版社出版的"学术研究指南丛书"（实际上是一套学术史丛书）出版。《现代文学学术史》由冯光廉先生与湖南师范大学谭桂林先生完成。本来此书亦应由天津教育出版社与近代、当代部分一并出版，但因此前社方已约北京大学黄修己先生撰写，故冯著改由南京大学出版社出版。但黄修己先生并未按期完成文稿，事隔多年后，他的书也改由其他出版社出版，这就是北京大学出版社1995年出版的《中国新文学史编纂史》。

近百年中国文学学术史的修纂，在全国，可以说是由我们这三部书开始的。这三部学术史著作的产生，使近百年文学学科文献中增添了一种新文献形式——"研究之研究"文献。它们一经出现，就引起了学术界的关注。1993年《中国文学年鉴》中有署名蔡史的评介文章，称《中国近代文学研究概论》是"第一部关于中国近代文学研究的学术史专著"，"在近代文学学科发展史研究方面，这部专著无疑具有开创的意义"。中国社会科学院文学研究所1993年编《中国文学年鉴》（社会科学文献出版社1994年1月出版）指出它在近代文学学科研究史撰写领域的开创性意义。实际上冯著、崔著现代、当代文学为研究概论，在它们所属的学科中，也具有同样的意义。《中国现代文学史研究概论》出版后，业内同人先后在《文艺报》（1995年5月8日）、《光明日报》（1996年7月18日）、《理论与创作》（1996年第6期）、《东方论坛》（1998年第4期）撰文评介，认为此书"第一次把文学史研究主体作为文学史研究的一个重要问题提了出来"，肯定了此书作者的"时代的意识与科学的史观"（《光明日报》，作者范志强）。陶秋竹在文章中认为《中国近代文学研究概论》一书为"史"作"论"，显示了作者"历史家的禀赋"，即"史德、史识、良史之才"（《东方论坛》）。《中国当代文学研究概论》出版后，《山东社会科学》刊出吴开晋先生的书评，认为此书"把当代文学研究推向新的高度"（1991年第5期）。林方在书评中称此书为"一本宏观展示中国当代文学研究成果的好书"。此书曾获"中国当代文学研究成果表彰奖"。北京大学温儒敏先生将此书列入研究生学习书目。

第二阶段所要完成的属于第二层面的著作，是近代、现代、当代三部文学史。在理清了近百年文学研究的历史与现状后，我们重写文学史便获得了充足的底气，能够站在一个更高起点上进行新的探索。虽然仍将近百年文学史分为近代、现代、当代三段来写，但它们之间贯穿着中国文学现代化的历程这样一条主线，从而使三段文学史彼此间有了内在的一致性和有机的紧密联系。这个层次的写作，是下一阶段近代、现代、当代文学统一为近百年中国文学史的基础和准备。这三部文学史是：徐鹏绪、张俊才著《中国文学现代化的先导：中国近代文学史论纲》（百花文艺出版社 1991 年出版），冯光廉、刘增人主编《中国新文学发展史》（人民文学出版社 1991 年出版），鲁原主编《中国当代文学史纲》（中国文联出版公司 1993 年出版）。这三部文学史与当时流行的同类著作相比，其最显著的特点，就是紧紧把握住中国文学现代化进程这条主线，在客观描述近百年文学发展史实时，勾勒出其现代化的历史轨迹。近代文学史这部在书名中就鲜明地标出，近代文学是"中国文学现代化的先导"；并在"绪论"中写明，该书所描述的是近代文学创作中那些具有现代意义的文学现象，而对那些属于古典文学延续的文学现象则略而不写。

2004 年，我对《中国文学现代化的先导：中国近代文学史论纲》一书进行修改，出版《中国近代文学史纲》（中国社会科学出版社 2004 年 12 月出版）。郭延礼先生在《文艺报》（2005 年 4 月 14 日）发表《现代视野中的中国近代文学研究——〈评中国近代文学史纲〉》，指出："徐先生是把中国近代文学纳入他的现代文学视野的。他更多、更敏锐、更深刻地看到了中国近、现代文学之间的联系。通过自己的研究，他得出一个看似简单却十分深刻的结论：中国近代文学是中国现代文学现代化的先导，而当代文学则是现代文学的继续和发展。因而必须打破原有的割裂中国近、现、当代文学为三个孤立学科的形而上学的研究格局，对中国近百年文学进行一体化研究。这种思路恰与当时学术界初露端倪的关于 20 世纪文学研究的思潮不谋而合。"

《中国近代文学史纲》（中国社会科学出版社 2004 年版）

冯光廉、刘增人主编的《中国新文学发展史》出版后引起了学术界的广泛关注。李春林在《社会科学辑刊》（1992 年第 6 期）上撰文指出，该书"以'文学与现代'为主要视角，以文学主题现象为中心线索，进行多维度错综交叉的论述，建构了全新的文学史框架"，是"一次历史性突破"。著名现代文学史家黄修己在《中国新文学编纂史》中称《中国新文学发展史》"创建了一种前所未有的文学史体例"，这种条块结合的混合型体例是"开创性"的，是一种大胆的有益的"探索"。

鲁原主编的《中国当代文学史纲》也在业内引起广泛的注意和重视。史著出版后，中国社会科学院文学研究所、中国文联出版公司在北京发起举行该书的学术讨论会。《人民日报》（1993 年 9 月 2 日）、《光明日报》（1994 年 2 月 16 日）、《文艺报》（1993 年 8 月 28 日）、《作家报》（1993 年 8 月 18 日）、《中国窗口》（1993 年第 10 期）等多家报刊，刊载了《中国当代文学史纲》学术讨论会在京举行的消息。与会专家普遍认为，该书是一部体现了编著者鲜明的文学史观、史家个性，有突破、有创新的当代文学史著；特别肯定它打破文学史的"板块结构"，采用了以文学思潮为纲梳理作家作品、文学现象、文学论争，以显示文学发展的历史轨迹和运动规律的理念框架；认为该书不仅结构框架新颖，而且还有历史意识强、理论批评受到重视、新时期文学比重大等特点。《大公报》（1994 年 4 月 12 日）发表古远清以《强化当代文学史研究的学术个性》为题的书评，分析、评介了该书所取得的成就。

第三阶段是对上述研究成果的整合与拓展，这就是《中国近百年文学体式流变史》（此书由冯光廉主编，刘增人、徐鹏绪任副主编）的编著与出版。全书 120 万字，分五卷，分别对小说、诗歌、散文、戏剧、文学批评等五种文体的现代化体式流变进行了细致的描述和深入阐释。这是我们对近百年文学进行一体化研究的总结性、标志性成果。我们不去撰写一般形式的百年文学史，而是突出近百年文学体式的流变，是因为在我们看来，文学体式的变化，乃是文学最本质的变化。抓住了文学体式，也就抓住了文学本身。中国传统的文学批评、文学研究，总是抓住历朝历代的文体形制作为阐释的主要对象，例如汉赋、唐诗、宋词、元曲。《文心雕龙》有 50 篇，其中一半以上是文体论。这才是一种真正意义上的文学研究，我们将注意力集中在近百年文学体式流变的梳理、描述与阐释，就是要使文学现代化，最终落实到文学体式的现代化。而这种由古典向现代的文体转变，是由近代开始的，经过现代的质变，至当代仍在继续。这种流变的轨迹是很清楚的，是一种客观的存在。这也正是我们打破近代、现代、当代的人为界域，对近百年文学进行一体化研究的文学史依据。《中国近百年文学体式流变史》于 1999 年由人民文学出版社出版以后即受到学术界重视。著名学者董乃斌在《文学史学的若干问题》（《人民政协报》2001

年7月17日)中提出,该书"涉及小说、诗歌、戏剧、散文、批评等五种文学体式,但它的写法完全不同于已有的五种文学分体史,它是从这五种文体的体式和表现技法角度来描述其演变过程、寻觅其发展规律的,初步却真实地切入了文体的内部,细致地分析了许多属于文学表现上的问题,从而表现出与惯用历史-社会批评方法写成的文学史鲜明的差异,显示了'自律论文学史观'进入文学史研述实践的苗头",准确地阐释了这部史书在文学史修纂中的价值。

历时十余年,我们终于完成了规划的全部研究课题。在此期间,魏韶华、周海波、姜启等人先后调入。魏韶华的老舍研究,周海波的郭沫若研究,姜启的21世纪小说研究,都已取得了可观的成就。周海波承担了《中国近百年文学体式流变史》中文学批评和散文卷的写作,姜启承担了小说卷的写作。十年中,我们不仅在中国近百年学术史、中国近百年文学史的研究、修纂方面取得了具有开创意义的学术成就,与学术界、出版界建立了广泛的深度合作关系,产生了较大的社会影响,而且还锻炼、形成了一个既有独立工作能力又具有协作精神的高质量的学术团队,从而建立起以其持久的合作和优异的成果令世人瞩目的学科群体。

约在21世纪之初,学科建设进入第二个时期。新的思路,是进一步对现代文学作更深入细致的研究,途径是回到现代文学产生的原生态中去,对它重新加以审视,以便更客观地认识未经人为筛选的现代文学的本来面貌。这是将现代文学研究引向深入和取得突破的正确途径。具体做法是策划了三部著作:《中国现代文学期刊史》《中国现代文学副刊史》《中国现代文学出版史》。我承担了国家社科基金项目"中国现代文学文献学研究"。书稿撰成后以"优秀"等级结项,其副产品《鲁迅学文献类型研究》《〈中国新文学大系〉研究》分别由中国社会科学出版社、社会科学文献出版社于2004年、2006年先后出版。周海波承担了中国现代文学媒体研究方面的国家社科基金项目,项目结题、书稿出版后,引起学术界的关注。鲁原则致力于文学批评学的建立,出版了《文学批评学》(山东文艺出版社2002年出版),实现了他"跨世纪的文学思考"。冯光廉等主编的百万字著作《多维视野中的鲁迅》也于2002年由山东教育出版社出版。

20世纪末,作为学科建设成就的重要标志之一,青岛大学的硕士学位授予点获批。为了继续冲击博士学位授予点,校方引进姜振昌教授为学科带头人。陆续引进的还有李玉明、王金胜、佘小杰、贾丽萍等多位青年学者。姜振昌很早便以他的《中国现代杂文史论》《民国杂文大系》享誉全国,近年在鲁迅研究领域亦颇有建树,并承担多项国家社科基金项目。李玉明原为《山东社会科学》杂志副主编,对鲁迅研究,特别是《野草》的研究有很深的造诣,刚调入学校,便成功申报了关于《野草》研究的国家社科基金项目,结项后书稿由北京大学出版社出版,在《野草》研究方面有新的突破。周海波近年来不断有新的成果问世,并且又成功申报了国家社科基金重大项目。魏韶华在鲁迅、老舍和现代文学史研究领域辛勤耕耘、开拓,出版了《鲁迅与克尔凯郭尔比较研究》(中国社会科学出版社 2004 年版)、《中国现代文学史论》(社会科学文献出版社 2007 年出版)、《老舍与中国新文化建设》(民族出版社 2006 年出版,与他人合著)等,显示了深厚的功力。佘小杰出版了《中国现代社会言情小说研究》(中国社会科学出版社 2004 年出版),开拓了中国现代文学研究的新领域。学校近年又引进了新的学科带头人刘东方,在他的带动下,揭开了青岛大学中国现代文学学科建设的新篇章。

　　高校建设中最重要的是学科建设,而一个学科,是由梯队合理的个人构成的群体。建设过程中,一要每个个体都能各自为战,二要通力合作共同攻坚。在人际关系的协调中,每一个人都要有把自己纳入群体的团队精神,这一点至关重要。片面强调个人作用,人为拉大个体间距离,不利于学科建设的健康发展。这种团队精神的维持,靠的是每个人都能正确处理个人与集体的关系,克服"文人相轻"的陋习,以事业为重,大局为重。

　　学科建设的灵魂是能够站在本学科科学研究的前沿,准确把握学术发展的动向。在科研选题方面,或填补学术空白,或推进和深化热点、难点、重点问题的研究,这样才能引领学科不断前进。

　　学科队伍可以跨出本校面向全国,有些较大的学术工程,要倾全国之力方能完成。如当年由中国社会科学院文学研究所现代文学研究室发起的《中国现代作家作品研究资料丛书》,李何林先生主持的《鲁迅大辞典》,薛绥之先生主编的《鲁迅生平史料汇编》和青岛大学文学院冯光廉先生主编的《多维视野中的鲁迅》,都因其选题的重要学术价值及其前瞻性而吸引了全国一流学者的参与。

　　周逢琴: 徐老师,您的第一部学术专著《鲁迅小说理论探微》的主题与您的硕士论文的主题相同。您在跟随薛绥之先生读研期间,主要从事鲁迅生平史料的整理、研究和《鲁迅杂文辞典》等工具书的撰写,而毕业论文选了这个纯理论化的题目,请您谈一谈它的构思与写作。

　　徐鹏绪: 我是在论文答辩的前两个月才放下薛先生布置给我的整理鲁迅生平史料和撰写《鲁迅杂文辞典》的工作,着手构思我的毕业论文的。时间虽然仓促,但此前我曾关注过鲁迅的小说理论问题。再说,在大学读书期间,与现代文学相比,我更喜欢文艺理论,有较扎实的理论储备。我系统阅读过西方美学史和新中国成立后国内展开的几次关于美学问题的讨论文章,学习过黑格尔美学。我还用假期打工挣的钱买了俄国文艺理论家别林斯基、车尔尼雪夫斯基、杜勃罗留波夫的选集。我当时认为，毕业论文是学术论文，应该有理论深度，就选定了这个题目。新中国成立后，由于受极"左"思潮干扰，学术界较少有人关注中国现代化小说理论问题，更没有人专门对鲁迅小说理论展开来加以研究。所以，我向导师汇报选题时，薛先生问我："鲁迅有小说理论吗？"我说"有"。我的导师很民主，便说："既然你认为有，那就做下去吧。"我的论文答辩委员会主席是田仲济先生，他对标准掌握得很严。他自己在山东师范大学文学院带的四名研究生刚刚答辩结束，只有一名学生被授予学位。他认可并赞赏我的论文，答辩优等，授予学位。我们师兄弟三人，学位只授给我一个人。临别时他还握着我的手，用浓重的潍坊方言说："祝贺（读huò）你！"后来我的学位证书也是由他亲自签发的。

　　这篇学术论文后来经过修改和扩充，于1986年在天津人民出版社出版。书名《鲁迅小说理论探微》，是由责任编辑、著名出版家李福田先生改定的，原来书名中的"研究"是他建议用"探微"的，他认为这部著作对鲁迅小说理论的研究和阐释，不但是全面系统的，而且是深刻而精微的。

　　我的导师薛绥之先生对他的研究生选定的课题有一个极为严格的要求，即对自己的研究对象研究得不一定是最好的，但必须是知道得最多的，也就是说要对研究对象的原始资料搜集得最全面。所以，我对于鲁迅小说理论方面的言论锐意穷搜，进行了竭泽而渔式的搜索，巨细无遗，务求"一网打尽"。

　　鲁迅的小说理论，并不是以系统的理论形态呈现的，他没有小说理论方面的专著。

《鲁迅小说理论探微》（天津人民出版社1986年版）

他的小说理论见解和主张散见于他的小说史著和为古今中外小说所写的序跋题记以及对当代小说所进行的即时性批评中。表面看起来是零散的，但如果全面搜集了这些资料并加以清理、排比，就会清晰地看到其小说理论的整体风貌，其理论不仅是全面的系统的，而且是厚重的深刻的。《鲁迅小说理论探微》是一部在鲁迅研究界填补学术空白的创新之作，从1986年出版至今，已近40年，大概仍然是唯一一部对鲁迅小说理论进行全面、系统、深入研究的著作。

鲁迅关于小说的言论涉及小说创作的方方面面。《鲁迅小说理论探微》在全面占有材料的基础上,依据这些问题的逻辑关系构建起鲁迅小说理论的基本框架和理论体系,并对鲁迅的以现实主义为底色又兼容现代主义的小说理论进行了细致深刻的分析和阐释。宋益乔在《鲁迅研究动态》1987 年第 9 期上发表《于平实中见精微——评〈鲁迅小说理论探微〉》,说此书"是一部平实中见精微,精微处又不失平实的理论专著",肯定作者"治学态度的老实本分""指导思想的质实""论证方式的朴实",赞扬此书"寓精微于平实,在平易朴实的论述中时时闪烁出智慧、爆发出思想的光辉,《探微》在近几年出现的学术论著中不失为一本有独到精神的著作"。

周逢琴:在网络上一输入"中国现代文学文献学"字样,首先出现的就是您的《中国现代文学文献学研究》。王富仁先生生前在《中国现代文学研究丛刊》(2014 年第 12 期)上撰文称,此书为中国现代文学文献学研究的力作。对在这样一个漫长的历史阶段中的中国现代文学的成果作文献学上的系统完整的整理和总结的著作,这是第一部,也是唯一的一部。它的意义,不仅在于对以往中国现代文学研究成果的总结和陈述,而且是正式建构中国现代文献学的开始,其意义是重大的。这部著作受到中国现代文学和文献学研究界的关注和重视,中华文学史料学会会长刘跃进先生不仅为此书写序,还在《中华读书报》(2015 年 2 月 11 日第 11 版)上撰文称此书为"中国现代文学文献学的集成之作"。《光明日报》(2010 年 6 月 22 日第 7 版)还刊载了《中国现代文学文献学》研究成果简介。冯光廉先生在《东方论坛》2017 年第 1 期发表书评,认为该书是"中国现代文学文献学的拓荒之作"。徐老师能否谈一下这部著作解决了什么问题,它的价值和意义何在? 并介绍一下这部著作的产生和写作过程。

徐鹏绪:首先,该课题提出了建立中国现代文学学科文献学的总体目标。为了实现这一目标,第一是要在已有的现代文学文献研究成果基础上,从目前现代文学文献整理与研究的现状出发,汲取中国传统和西方现代文献学的理论方法,借鉴图书馆学、情报学的相关知识和经验,以建构较为系统完整的中国现代文学文献学的理论体系;第二是要设计一个能够包容现代文学各类文献的叙述结构和研究框架,并对已有现代文学各级次、各类型文献的基本特征及其价值予以评述。

这项研究从发生学意义上对中国现代文学文献学的基本概念和范畴进行界定,并总结其基本规律,综合运用文献学、传播学、接受美学等理论方法,尝试建构中国现代文学文献学理论体系的一种模式,即由"总论""本体论""功能论"三大部分构成的文献学理论体系,以突破中国古典文献学以史实考证为主的"实证"研究和西方现代文献学以文献信息的技术操作与应用为主的"实用"研究的藩篱,把中

《中国现代文学文献学研究》（中国社会科学出版社 2014 年版）

国现代文学文献学置于现代文化传播的视野中进行系统考察，赋予中国现代文学文献学更为丰厚的文化内涵，拓展文献学理论研究的维度和视野，从而结束现代文学文献工作长期以来停留在具体的史料整理、应用，在理论上则局限于方法论探讨的局面。这对于促进中国现代文学学科建设、推动中国现代文学与相关学科的平等对话及其在 21 世纪的发展，都将具有一定的理论探索意义。

这项研究还设计了一个现代文学文献学的叙述结构和研究框架，也就是现代文学文献学本体的结构模式。它包容现代文学学科各个级次的重要文献和每一个级次文献的各种类型，按一定的逻辑层次关系，构成一个有机的整体。研究认为，中国现代文学本身的文献，是指从 1917—1949 年这 32 年间所产生的小说、诗歌、戏剧、散文等新文学作品和现代文学理论批评著作。这是中国现代文学的一级文献，或称原始文献、原典文献。而作为中国现代文学整个学科的文献，除原典文献外，还应包括原典文献传播过程中生成的对现代文学进行批评研究的二级文献，以及对这些批评研究进行再研究的三级文献。每级文献中又分若干类型。这项研究将现代文学文献传播过程中生成的各类次级文献——"研究文献"和"研究之研究文献"纳入现代文学文献学的研究范围之中，使中国现代文学文献形成了一个有机的、开放的、富有生命力的学科文献谱系。而且在原始文献中，十分重视作家生平史料研究，特设一编，专门介绍和评述作家的表谱、传记、回忆录、日记、书信等不同的生平文献类型，以便于研究者知人论世。

关于该项研究的意义和价值，《光明日报》在成果简介中指出：新时期以来，现代文学研究界率先引进了西方的新理论、新方法，使学科获得新的生机，促进了现代文学研究的发展。但这一时期也普遍地存在着一种"重论轻史"、维新方法是尚的倾向，以致忽略、轻视对本学科基本文献的学习和掌握。医治不良学风的根本措施，就是既要加强本学科的理论方法研究，也要加强本学科的文献建设。因而，中国现代文学文献学理论体系和叙述研究框架的探索、研究和构建，对于促进本学科的健全发展无疑具有积极意义和重要价值，对于扭转浮薄不根的不良学风，倡导实事求是的优良学风,也是一种助力。

下面我介绍一下该课题的缘起和成书过程。

我与中国现代文学文献学结缘,是由于我的导师薛绥之先生的引导与影响。薛先生以毕生精力从事中国现代文学和鲁迅研究,其研究的重点是史料和文献整理、编纂。早在 20 世纪五六十年代,他就主持编纂了十几位中国现代作家和社团流派、文学报刊的研究资料、目录索引等,计三百多万字。为此,他曾被讥讽为“当代最大的乾嘉学派”。这在今天真正懂得中国传统学术史的人来看,是一种极高的赞誉,但在当时却是一顶足以压得人喘不过气的“帽子”。薛先生在险恶的环境下仍坚持自己的学术操守,在中国现代文学和鲁迅学的文献整理研究方面作出了令人瞩目的成绩。他在改革开放初期即推出了大型文献丛书《鲁迅生平史料汇编》和第一部大型中国现代作家辞典《鲁迅杂文辞典》,出版了专著《鲁迅作品注释异议》。薛先生治学,既能从大处着眼,又能从细微处入手。他在选题上既有那种囊括包举全体的气魄,又不乏纵观古今的超前眼光,是“终结”的,也是“前卫”的。如果说他的中国现代文学和鲁迅研究文献汇编的选题,体现了他开阔的学术视野和胸怀,那么《鲁迅作品注释异议》则显示了他扎实的一丝不苟的学风和深厚的学术功力。他善于选大题,又长于写短文,《鲁迅作品注释异议》中那些短小精悍的文章,读之令人叫绝。如今文章越来越长,书越来越厚,薛先生这些精粹的短文更显示出独特的价值。我在读大学本科时期,先生讲中国现代文学史和鲁迅研究课,我亲聆先生教诲,并得读他编纂的现代文学史和现代作家研究资料;读研究生期间,又亲承謦欬,追随先生左右。参编《鲁迅生平史料汇编》《鲁迅杂文辞典》和《鲁迅大辞典·事件分册》,便是我研究生学习期间的主要课程,我还受到严格的学术训练。

20 世纪 80 年代初,学术界出现新理论、新方法热,史料文献工作受到冲击。毕业留校后,我继续协助薛先生完成他主持的几个大项目。我希望对我们的工作进行理论上的梳理、总结和提升,建议先生忙完手头的项目后,主持《中国现代文学文献学概论》的撰著。先生命我起草编写提纲,时间约在 1982 年,我们正在天津人民出版社与责任编辑李福田先生磋商《鲁迅生平史料汇编》第一辑(已在 1981 年出版)之后几辑的出版事宜。因为当时正忙于《鲁迅生平史料汇编》的出版工作、《鲁迅杂文辞典》的定稿工作、《鲁迅大辞典·事件分册》的编写工作,薛先生后来又主持由山东鲁迅研究会发起的包括鲁迅所有著作的研究在内的《鲁迅著作研究资料》丛书的编辑出版工作,所以,文献学的选题只好暂时搁置。在《鲁迅杂文辞典》刚刚编就交出版社未久,《鲁迅著作研究资料》也只出版了孟广来、韩日新编纂的《〈故事新编〉研究资料》一种,薛先生便于 1985 年 1 月 15 日赍志以殁。后来我调到青岛大学工作,承担了一些新的研究课题。我尽管心里一直系念这个文献学的课题,但一直未提到工作日程上来。直到 1999 年青岛大学中国现代文学招收第一届研究生,这一课题才被重新提起。当时我手头的一些研究项目基本结束,这届研究生中的逢锦波性情沉静,工作扎实,知识面宽,又乐于跟随我从事这项研究,并将此作为硕士论文的选题。在我指导下,他对这一课题展开研究。由于受论文写作要求的制约,他只能先对中国现代文学文献学进行初步的理论思考,后来他又协助我进行国家社科基金资助项目"中国现代文学文献学研究"的论证。

国家社科基金资助课题获批立项后,我开始对全书的理论体系、研究框架、内部结构、章节安排等进行思考、研究、设计,并与逢锦波之后跟随我从事这项研究的研究生赵连昌、李广进行反复讨论、磋商,终于理清了思路,确定了编写体例,制订了写作计划,并开始按照我的总体设计试写。试写的第一篇《中国现代文学辑佚述略》在《山东社会科学》发表后即引起重视,《社会科学文摘》全文摘录。此后的几篇文章相继在《鲁迅研究月刊》等学术杂志上刊出。我们的研究和设计得到了学术界的认可,从而坚定了信心。在试写阶段,赵连昌、李广对我的一些设想心领神会,能将我的编写意图出色地落实在文章写作中,表现出良好的学术素质。他们承担了部分章节的写作任务,成文后经我修改补充,收入书中。赵连昌毕业后去上海大学攻读博士学位,李广因家庭需要回家乡就业。但整个课题只完成了第一编中的一部分,我只有独力承担第二、三、四、五编的写作,以及绪论和第一编的修改、补充任务。

后期给我的研究、写作以帮助的是文学院研究生李强和美术学院研究生邢启龙。由于在写作中需要不断翻阅各种资料,在电脑上写作极为不便,所以数十万字的书稿都是我写在一页页稿纸上的。李强、邢启龙不仅承担了资料查阅、核实工作,而且帮我把全部书稿输入电脑,制成电子版,从打字、排版,到校对,付出了艰辛的劳动。他们还分别承担了第二编第三章、第二章的写作任务,成稿后经我修改、补充,收入书中。

在青岛从事文献学著述,最大的问题之一是文献的匮乏。著名编辑、出版家、天津人民出版社编审李福田先生,鲁迅研究家、北京鲁迅博物馆《鲁迅研究月刊》副主编王世家先生慨然以自己的藏书相赠。中国社会科学院文学研究所赵存茂先生亦将该所编辑出版的《鲁迅研究》,从创刊号到终刊号全套赠予我,给我的研究提供方便。就中国现代文学学科来说,很少有人像他们那样有条件收集这么丰富的资料,而且大都是作者的签名本。这些书刊弥足珍贵,加上薛绥之先生生前的收藏,现都珍藏在青岛大学中国现代文学文献研究与检索中心资料室,必将嘉惠后人,灌溉学林。

　　李福田先生是最早认可薛绥之先生研究的学术价值并鼎力支持其研究工作的编辑出版家。新时期以后，天津人民出版社成为新文学研究的重要阵地，新文学研究领域的许多著名学者都在该出版社出版过学术著作。李先生任责任编辑的大型文献丛书《鲁迅生平史料汇编》《鲁迅研究资料》《中国现代文学期刊目录汇编》《中国文学大辞典》，以及"中国现代作家作品研究资料丛书"中多位作家研究资料的出版，都是可以载入当代出版史的事件。他奖掖后进，对青年学者也极力提携，出版他们的著作。我的硕士学位论文，也是我的第一部专著，便是由他任责任编辑的。王世家先生在鲁迅研究领域默默耕耘，《鲁迅研究月刊》由原来内部印刷交流的《鲁迅研究动态》成为现在这样一种高品位学术期刊，他是付出了心血的。当代朴学大师林辰先生在寂寞中逝去，他以数年时光为薛先生整理书稿，出版文集，其义举令业内同人敬佩感动。林辰先生退休后，与止庵先生以二人之力，花数年功夫，编辑出版 20 卷本《鲁迅著译编年全集》。为了支持《中国现代文学文献学研究》的写作，他将全集于 2007 年 7 月五校校样寄我使用。后又将 2011 年 10 月第二次印刷版（有校改）的唯一一套样书赠我。赵存茂先生为人为学笃实诚敬，他编辑中央文学研究所主办的《鲁迅研究》《中国文学研究年鉴》尽责尽力，默默奉献，不求闻达，受人敬重。他们对我的支持和帮助，是对我个人的，也是对整个学术事业的。他们对我的这项研究寄予厚望，使我在工作中不敢懈怠。

　　这项研究还受到许多师友的关心、支持和帮助。冯光廉、崔西璐、韩之友、郭延礼、张恩和、孙玉石、王富仁、刘跃进、张全之、孙郁、陈漱渝、黄乔生、张杰、周楠本、姜异新、金宏宇诸先生，都曾给我以精神上的鼓励和学术上的指导。姜振昌先生、刘怀荣先生为此书的出版尽心尽力。这些都是我不能忘怀的。

　　从提出这一选题的 1982 年算起，至今已过去了 40 多年。《中国现代文献学研究》的迟到是一件憾事，但它的晚出也免除了许多遗憾。直至该书结稿之前，王世家、止庵先生编辑的《鲁迅著译编年全集》方才出版，使《鲁迅全集》，也使现代作家"别集"的编辑出版类型中，终于有了一种体例严整的"编年体"文集。该书最后一编"研究之研究文献"，在 20 世纪 80 年代，还只有"研究目录索引"和"研究资料汇编"两种初级类型，而"研究述评"和"学术史"型制的出现较晚，直至该书结稿，才出现了黄修己、刘卫国主编的《中国现代文学研究史》这样一部完全意义上合乎史裁的中国现代文学学术史著作——这是"研究之研究"文献的最高形式，从而使本研究提出的"三级文献"的构想得以完满书写。所以，归根结底，是时代，是中国现代文学学科的发展，造就了《中国现代文献学研究》，使它能以现在这样一种完好的形

式呈现在读者面前。

时间不短了，可以对这次访谈做一个小结了。总的来说，作为学科的一个成员，我为了学科的发展可以无保留地付出一切，努力完成集体的科研项目。但治学毕竟是一种非常个体化、自主化的工作，所以作为群体中的个体，我在大多数情况下还是能够独立作战，很好地完成自己的科研选题。我个人至少在三个方面做了具有开创意义的工作：一是我的《鲁迅小说理论探微》填补了鲁迅研究和中国现代小说理论研究的空白；二是我的《中国现代文学文献学研究》是第一部以中国现代文学文献学命名的著作，构建了该学科文献的理论体系、叙述结构和研究框架，是"正式构建中国现代文学文献学的开始"；三是我和张俊才的《中国近代文学研究概论》是中国近百年文学学术史书写的开端，此书 1992 年出版，蔡史先生即在《中国文学年鉴》(1993 年)上撰文指出它是"第一部中国近代文学研究的学术史专著"，"将来如果出现另一部同类著作的话，一定会首先肯定和感谢本书作者的开拓之功"。

在所参与的大型集体科研项目中，我也能努力创新，有所发明，有所创造。《中国近百年文学体式流变史》以文体流变描述中国文学从古典向现代转变发展的历史，是一种全新的文学史书写方式。《鲁迅生平史料汇编》以时间为经、地点为纬的编排方式，有利于全方位立体化地展现作家的生平事业。《鲁迅杂文辞典》是第一部关于鲁迅的辞书，也是第一部关于现代作家的辞书，经过艰苦的探索，确立了该书的编写体例，即每一辞条均有两部分内容构成：一是知识性，即对辞目本身的知识性介绍；二是主题性，即对鲁迅相关情况的叙述。《鲁迅杂文辞典》编定时，文化部才发文成立了《鲁迅大辞典》编委会。薛绥之先生为编委之一，承担"事件分册"编写任务。《鲁迅大辞典》采纳了《鲁迅杂文辞典》的编写体例，吸取了它的编写经验。《鲁迅大辞典》不仅成为中国作家辞典编写的典范，在世界作家辞书编写史上也必将占有重要地位。

人还是应该有一个目标和追求的。我认为作为一个作家和学者，应该以自己的创作和研究，丰富民族的思想，丰富民族的情感，丰富民族的语言，净化、美化人的心灵。

然而非常惭愧，由于个人才疏学浅，没有什么建树。数年前，我写过一首《自嘲》诗，表达了我的愧疚和愿望：

笔走龙蛇四十年，分明非梦亦非烟。

经国大业何敢望，不朽盛事岂易攀。

盈尺积稿皆粪土，等身著作徒汗颜。

倘能青史留数语，此生无憾偿夙愿。

前程漫漫,人生苦短。常恨到老也不能有所成就。文明成果,正如沙里淘金。身为文人学者,一生能写出一两句为后人不忘的话于愿已足,又岂敢多望!

谢谢逢琴的采访。

原载于《新文学评论》2022年第11期。
徐鹏绪:青岛大学文学与新闻传播学院教授。
周逢琴:皖西学院文化与传媒学院副教授。

我的学术研究之旅

张志忠 ■

我出生于 20 世纪 50 年代前期。一眨眼，六十余年的光阴，六十余年的沧桑，"却顾所来径，苍苍横翠微"。但对于文学的阅读兴趣，我初心未减，痴迷依然，经常沉醉其间而不问今夕是何年。我曾经著文称谢冕先生的一生是"为诗歌的一生"，于我自己，也可以说是"为小说的一生"了。

从小喜欢听故事，是因为母亲擅长于讲故事，不但可以讲民间传说，还能讲《秋翁遇仙记》，即"三言二拍"中的"灌园叟晚逢仙女"，讲巴金《家》中的鸣凤投湖。我上小学的时候，北京的表姐送我一本名为《今天我喂鸡》的小学生优秀作文选，引发我精心写作文的心思。小学三年级开始阅读《林海雪原》，从此一发而不可收，成为地道的"书迷"。

最难忘的是 1966—1977 年十年间的阅读，那也许是一种颇为有效的"饥饿疗法"。小学毕业，中学的大门却迟迟未开，我从 1966 年初夏到 1970 年春天，足足在社会上晃悠了四年，无所事事又无书可读。此后又经历了上山下乡和回城当工人，仍然经常处在精神的饥渴之中。已经养成的阅读嗜好无法排解，尤其是前景的黯淡、心灵的郁结挥之不去，才下眉头却上心头，于是，千方百计地搜寻各种可以阅读的文字作品，就成为那段时期的心灵救赎。因为无书可读，所以我见书就读，从屠格涅夫的《前夜》、契诃夫的《契诃夫小说选》，到清人编印的佛家劝善变文小册子，从欧阳山的《三家巷》《苦斗》到巴金的《家》《春》《秋》，从残缺的线装本《金瓶梅》到手抄本《一把铜尺》《绿色的尸体》，有的时候在朋友处看到一本心仪的书，就接连几天前去把它读完，也顾不上看别人的脸色，有时候一本书无头无尾，也不妨碍我一头扎进去，急急忙忙地将其读下。读过杨荣国新编《中国哲学史》，读过内部出版的《黑格尔传》，读过《第三帝国的兴亡》，读过吕振羽的《中国通史》……读过若干本中华书局编选的《宋诗一百首》《宋词一百首》《话本选注》和中国少儿出版社出版的《古代诗歌选》。

如饥似渴的阅读，填充了我的青春岁月，也提升了我的文学修养。下乡当知青，体力劳动的繁重和日常生活的艰辛，年轻的活力可以抵御之，对人生之路的迷惘惶惑，却是痛彻骨髓的。家境贫寒，学历有限，笔头还算勤奋，于是开始写作，写新闻报道,写文艺表演需要的歌词、快书、说唱和小戏,以获得自我拯救。思想上不脱时代的窠臼,文字的娴熟也姑且赢得自我的肯定和他人的"高看"。

这是我从事当代文学研究的前史,也决定了我后来的人生抉择。有一些不算成功的创作经验,让我对一部作品的创作过程和个中甘苦有切身的体会,解读作品也常常会从作品的发生学去进行考辨,从文本的构成去进行审美评判。1977 年有幸参加高考,进入山西大学中文系读书,这也成为我学术研究的起点。在山西大学读书期间,我和他人合作,先后完成两篇论文:《论〈一个人的遭遇〉的成败得失》(戴屏吉、张志忠,《山西大学学报》1982 年第 3 期),《〈1844 年经济学哲学手稿〉中关于人的本质的论述——读书札记》(张志忠、孙恭恒,《山西大学学报》1983 年第 2 期)。许多年之后才发现,后者还被人大报刊复印资料哲学类转载,这也是我唯一一篇哲学类的文章,其背景是呼应那时刚刚兴起的关于人道主义与异化问题的思想论争。

在大学毕业之际考入北京大学中文系,师从谢冕、张钟先生读硕士研究生。那时正当改革开放时代揭开大幕,文学的潮流风云激荡,我从自身的浮沉感遇,生发出与时代命运的共振,也一直是立身于时代大潮中去感知现实体验文学的。同时,对于时代之走向,始终抱有一种审视与警觉,就像我追随多年的谢冕先生一样,着眼于推动主潮,不忘批判的目光。文学与时代的互动,文学蕴含的文化品格,文学自身的审美特性,大体上可以看作我从事当代文学研究的几个着力点。

注重作品的时代感,是因为深切地感受到个人、民众与时代的共振。这种一损俱损、一荣俱荣的共振,是中国故事的核心所在,是中国文学叙事的巨大动力。在和顾彬先生同桌进餐的时候,我曾经以高考制度的恢复向他辨析中国作家为什么讲故事的充足理由。走遍全世界,只要你高中毕业考试成绩优秀,就可以顺理成章进入大学,这可以讲是每个人的小故事。但对于 1977 年的中国,却是山回路转柳暗花明的大故事,牵一发而动全身。1977 年夏,中央召开教育工作会议,每一项举措,背后都有很多曲折,都决定着 570 万考生和他们家庭的命运,决定着中国高等教育的未来走向,决定着选拔人才的价值导向。

"我们命定遭逢这样的时代",狄更斯的名言经常被人们引用,他用一系列的矛盾修辞法,"最好的年代""最坏的年代""充满希望的春天""充满绝望的冬天"等描述时代的震荡与心灵的迷惘。鲁迅先生用呐喊彷徨、光明黑暗、希望绝望、鲜花坟墓等词语表达了对大时代的感受。"在我自己,觉得中国现在是一个进向大时代的时代。但这所谓大,并不一定指可以由此得生,而也可以由此得死。"①一路高歌、

---

① 　鲁迅《〈尘影〉题辞》,《鲁迅全集》第 3 卷,人民文学出版社 2005 年,第 571 页。

飞流直下，不是大时代，西山日落、绕树三匝，也不是大时代，唯有跌宕起伏、波澜曲折、绝处逢生、惊魂未定，才足以形成我们所处的大时代的深刻面貌。2020年的中国与世界，惊险，传奇，大悲痛，大回转，提心吊胆，日日惊心，隔洋叫战，朋友圈拉黑，流言与病毒齐飞，良知与苦难俱现，让我们对此有了更为切近的体验。

讨论文学与时代的关系，就是要发现作家怎样讲述中国故事，怎样表现时代变革和历史风云。20世纪80年代初期，正是改革开放的第一个浪潮，我也在顺应潮流的同时，寻找自己的独特视角。发表在《当代文艺思潮》（它从甘肃兰州崛起，是国内第一家当代文学研究刊物，已经停刊很久）上的《奋战在经济改革的战线上——论近年小说中的工业干部形象》（1984）就是在对改革文学研究的现有基础上，较为深入地梳理改革者形象——从一心抓管理的"铁腕人物"向关心群众生活困境、富有人道主义情怀的领导干部形象转换。此篇文章问世之后很快被人大报刊复印资料转载，近几年还被编入陈华积编选的《改革文学研究资料》。《当代》1985年第3期发表的《宏阔博大的历史感——读刘心武长篇小说新作〈钟鼓楼〉》关注了作品揭示的改革开放时代巨变与普通的老北京市民日常生活的关联性，研究视野从时代的政治命题向古都北京的文化蕴含迁转，和文化寻根思潮的崛起有暗合之处，考察时代与文学的关系问题，有了更为开阔的视野。

政治与文化，两者并不是相互排斥，而是相辅相成的。在《文艺研究》2017年第9期发表的《重建现实主义文学精神——路遥〈平凡的世界〉再评价》中，我就深入阐述了路遥对乡村政治权力运作的洞察与披示，以此对照和针砭当下一些乡土文学作品中对村支书和村主任的简单化、标签化的描写。我运用马克思、恩格斯经典现实主义理论，对被许多人看作"励志小说"的《平凡的世界》予以高度评价，肯定其对时代变革既具有现实感又富有前瞻性的书写，肯定其乡村生活百科全书的品格，也对作品中乡村伦理重建的内容进行了更高层面上的解读。

1986年秋天，时在中国社会科学出版社作文学编辑的王中忱向我约稿，由此进入《莫言论》的写作，这是我学术道路上的一大提升。卡西尔的《人论》刚有了中译本，让我得到文化人类学的理论导引，从"生命的一体化"入手解读莫言笔下的农民、庄稼树木、家禽家畜、大地山川之间互相流转、生生不息的有机链接；下乡当知青的生活经验和对如父兄般的农民的挚爱，使我对莫言作品中的乡村生活场景和农民形象有极大的认同感；恩格斯在论述易卜生剧作时对挪威自耕农生产和生活地位的精到分析，让我对莫言笔下富有足够自信与尊严的独立自主的农民形象与他们的经济状况有了新的理解。对莫言作品中孩子的眼光造成的陌生化效果，对凡·高般色彩绚丽的意象和感觉化的叙述语言的分析，对莫言小说与肖洛霍夫《静静的顿河》、冯德英《苦菜花》的关联性的发现,则让我暗自得意。《莫言论》于1988年提交出版社,1990年3月问世,不但在本土,在日本也产生积极反响。日本东京大学教授藤井省三先生在1991年4月翻译出版了莫言的短篇小说集《从中国的农村里来》,为译作"撰写近两万字的导读,介绍并数次引用张志忠的《莫言论》,肯定了作者对莫言持有的赞赏态度,认为该专著在评论莫言的创作方面'达到了作家论、作品论的高度水准',还引用了张志忠的'莫言的作品,是写生命的,但是,只要展现生命在时空环境和时代背景中运动的过程,就不能不带上历史的意味'"①。

　　20世纪80年代的理想气息,遭遇的重大坎坷,市场化初期的思想价值混乱从另一个方面对文学和人文知识分子带来新的挑战。它的集中表现就是关于人文精神危机的大讨。我也曾经有过"思路轰毁",情绪低迷,延续了两三年,在1992年以后重新振作起来,进入一个思考与写作的高潮时期。除了散见于报刊的长短文字外,还先后出版了《中国当代文学艺术主潮》《天涯觅美——军事文学论集》《迷茫的跋涉者——中国当代知识分子心态录》《1993:世纪末的喧哗》《九十年代的文学地图》《1966:风乍起》等论著,在思想界面上,把人文知识分子的精神史研究纳入自己的学术范畴。这是20世纪90年代文化人的一个普遍现象,走出有限的专业局限,在更为广阔的天空下思索。换言之,文学研究遭遇的困惑,无法在本学科的范围内加以解决,许多时候它是人文学科的共同困境。

　　同时,我的相关思考和20世纪80年代是相互关联的。在《莫言论》后记中我表述过这样的思想,作为当代中国资历最老、占据全国人口百分之八十以上(从古老的农耕时代走过来、人口比例最大)的中国农民,他们对20世纪中国的现代进程所起重大作用,独一无二,举足轻重。研究莫言,研究中国现当代乡土文学,是我进入本命题的一个切口。我接受了钱理群先生提出的判断,中国农民和中国知识分子构成中国现代文学最重要的两个群落,这是沉重的历史使然。我撰写《迷茫的跋涉者——中国当代知识分子心态录》,正是以文学文本作依托,在更为广大的舞台上聚焦中国当代知识分子的精神历程。

　　做当代文学研究,经常会感到它的思想容量的有限性,所以情不自禁地越轨跨界到更为空阔的舞台上,而且那是一个凭借个人兴趣随心所欲的时期。在解放军艺术学院任教时,给了我更多的研究空间。此后到首都师范大学工作,学术氛围浓郁,但相应地限制也多了。首都师范大学的中国现当代文学学科,在20世纪80年代曾经是很活跃的,因为各种原因,21世纪之初,却连硕士学位授予点都没有。我到首都师范大学之后,作为学科带头人,先是为本专业建立硕士和博士学位授权

---

① 　林敏洁等《莫言文学在日本的接受与传播》,《文学评论》2015年第6期。

点,2005年开始招生,然后在十余年间,将本学科推进到全国排名前20位之内,个中滋味,甘苦自知。在为学科建设尽心竭力的同时,专业论文写作逐渐占据我的主要研究空间。

这一时期的研究重心有几个方面。一是参与了朱寨先生主持的中国共产党领导文艺工作经验研究项目,借此机会把相关资料做了一次大范围的搜罗和阅读,由此写作了一组关于研究陈独秀、李大钊、瞿秋白、丁玲的文章,尤其是瞿秋白与葛兰西关于文化领导权理论的比较研究,是我的得意之笔。二是对于从20世纪90年代以来兴起的以现代性理论解读中国现当代文学的研究范式转换,做了较为全面的梳理与概括,对其中的含混嘈杂做了精心辨析。三是着力于中国现当代文学与世界文学关系的研究——对世界文学的关注,曾经用过很多力气。如果我没有考取北京大学中文系的中国当代文学专业硕士研究生,可能会留在山西大学中文系做外国文学专业的助教。21世纪以来,我曾经两度在河北省的文学刊物《长城》上撰写专栏,前一次是专门做影响研究与平行研究,写过整整两年12期,重点梳理艾特玛托夫和昆德拉与中国作家的比较研究,后一次是我在美国访学期间读到一批海外学者研究中国当代文学的论著,做了一些有深度的介绍。这些研究,都有些远离当时的学术热点,没有大的反响,但这些命题,也需要有人做研究,对于丰富和总结中国当代文学经验,是很有必要的。

申请各级别科研项目,在各高校中也是一大工程。2012年10月,我在河北唐山参加笔会,正是诺贝尔文学奖获奖名单公布的当晚,6时许,我们在餐厅进餐,举起酒杯,我突然灵光一闪,提议预祝莫言荣获诺奖。7时刚过,有个学生发短信给我,“莫言获奖了”,我激动得大叫两声“莫言获奖了!”“莫言获奖了!”许多年过去,有朋友还记得我当时激动得声音都变了。2013年我申请到三个科研项目:教育部人文社科研究规划项目“莫言的文学世界研究”,北京市社科基金重点项目“莫言与新时期文学创新经验研究”,国家社科基金重大招标项目“世界性与本土性交汇:莫言文学道路与中国文学的变革研究”。此前我还参加和主持过的国家项目有“中国共产党领导的文艺运动与文艺实践的历史经验研究”“社会大转型期北京作家群的形成、选择与困惑”等。“世界性与本土性交汇:莫言文学道路与中国文学的变革研究”是一个集体项目,要组建学术团队,培养学术新人,筛选和指导修订可以列为结项成果的书稿,组织一系列的学术研讨会,组织和推荐发表与项目相关的研究论文,还要掌握经费使用情况,这些是一个很费心费力的事情,终于在2020年夏季如期结项。

2019年末,到海南过冬,经历新冠肺炎疫情跌宕起伏。在扰攘不安中,一方面,我劝告青年教师们抓紧时间沉下心来做学问。我举的例子是,十年内乱喧哗骚动,中国社会科学院的两位学人却没有放松,李泽厚写出《批判哲学的批判》,刘再复写出《鲁迅美学论稿》,堪为榜样。一方面,我用 10 个月的时间,完成酝酿已久的《徐小斌论》25 万字的写作,身体力行。徐小斌是文坛的实力派作家,甘处边缘,在寂寞中探索,几乎每一部新作都可以看到她对艺术创新的苦心经营。对徐小斌的研究,我着手较早,虽然说已经有多年的笔墨消磨,临到动笔,却费了九牛二虎之力。我记住了列宁所言,没有革命的理论,就没有革命的运动,因此尽力拓展自己的人文社会科学视野,提升思考和写作能力。此书即将问世,我自己还比较满意,不敢说它达到了新的高度,但其超越了我此前所做的徐小斌研究,是可以确认的。

接下来我还会在学术研究的道路上继续前行,用苏东坡的诗句作结:"莫听穿林打叶声,何妨吟啸且徐行。竹杖芒鞋轻胜马,谁怕?一蓑烟雨任平生。"

原载于《名作欣赏》2021 年第 7 期。
张志忠:山东大学荣聘教授、博士生导师。

未竟之书

——宋遂良先生与他的时代

臧　杰 ▋

一、稿子

大多成年书写都与成长相关联。1979 年 2 月，宋遂良先生在《文艺报》发表了自己"复出"的标识之作《秀丽的楠竹和挺拔的白杨》，对周立波和柳青的艺术风格作了漫谈。这份写作早在 1959 年即已开篇，其时，他正在复旦大学中国语言文学系读三年级。

在是年 5 月 5 日的日记里他写道："今天我决定还是准备读周立波的作品，写一篇论文，我到处找有关材料，我就是有个性急的毛病……周立波的《山乡巨变》下册要在今年发表，他还有一本'文艺浅论'据《读书》杂志报导也将在四月份出版，最好能等到这两本书都出了再写就好了。"

有这个愿望的初衷是："因复习文学史看到蔡天心一篇分析《暴风骤雨》的文章，质量并不高。而北师大的文学史很多都引了这篇，看起来也只这么一篇有关文章，太不够了。像周立波这样一个作家。于是过去一个已经考虑过的问题又涌上了我的心头，我想写一篇论周立波创作的文章，从《暴风骤雨》《铁水奔流》到《山乡巨变》，周立波是我老乡，又是萧洛霍夫作品的喜爱者（我也是），这一切促成我这个愿望。"（1959 年 4 月 23 日日记）

与周立波相比，有关柳青《创业史》的阅读起于半年之后，他在 12 月 20 日的日记中说："怀着等待了很久的迫切心情，把一次发表在《收获》上的，柳青的新作《创业史》（第一部）看完了一大半……我从 1953 年看《铜墙铁壁》时起就喜爱着柳青的。他在长安县皇甫村落户了七八年，埋头努力。我早就盼望看他的新作了。还在《延河》上断续发表时，我怕看了不接气急人，没忙看它，这次可是忍耐不住了。"

也正是在这一年 5 月，宋遂良在《诗刊》发表了自己的文学评论处女作——《创造性的探索——从郭小川同志三首诗谈诗歌的民族形式问题》，并在样刊寄来之前收到了 30 元稿费。这对一个月只有 25 元津贴的他而言，无疑是一笔飞来的"巨款"。其时的他，还需要扶助正在读中学的妹妹读书。筹措学费，常常是令他最苦恼的事情。

　　稿子原本是写给《文汇报》的,因篇幅太长,编辑建议他改改投给《诗刊》。于是,他在 3 月 17 日突击修改了三个小时,随后寄出。寄出时的心情十分忐忑:"稿子寄出后又感到没有希望用,质量太低,深深地体会到基础的重要性。写文章就等于提炼酒精,要好几石粮食才能生产出一些来。"

　　这篇文章的发表,对宋遂良的鼓励不言而喻:"这个开端却给我带来一种宽广的前途,我希望这是一个良好的开始。"(1959 年 5 月 25 日日记)

　　可以说,早在 1956 年 8 月 10 日获知自己以"调干生"的身份考入复旦大学中文系之前,宋遂良就怀揣着一份作家梦(1953 年 2 月 18 日日记)。他是《文艺报》《新观察》《文艺学习》的忠实读者,对中国作协的工作动态以及各种公开披露的报告、文件,一直抱持着关注的热忱;1956 年 3 月,在北京举行的全国青年文学创作者代表会议对他有不小的鼓舞,他关心老舍关于《青年作家应有的修养》的报告、茅盾谈技术技巧、胡克实谈创作(1956 年 3 月 28 日日记),也对像中国作协第二次理事会扩大会议(1956 年 4 月 2 日日记)、《文艺报》有文章批评艾青"不振作"(1956 年 6 月 8 日日记)等等文坛动态有十足的兴趣。

　　有关周立波的文章,宋遂良前前后后写了几稿。1960 年 6 月 29 日,宋遂良收到《文艺报》"文学一组"的来信,"说文章不准备发表了,已转给了周立波同志本人,说他们想发一篇全面论述周立波创作的文章",并询问了宋遂良的日常研究兴趣与范围,准备约他写一些其他的文章。

　　10 月 18 日,宋遂良再次收到《文艺报》来信,希望他写一篇关于《创业史》艺术特色的文章。十一天后,《文艺报》又来信告知,希望他写"两结合"的问题。11 月 29 日,宋遂良完成了约一万六千字的写作。

　　兹后稿件寄出近半年,再无消息。1961 年 3 月 13 日,宋遂良在日记里说:"自从《文艺报》和《光明日报》两篇文章没有下落以后,我有些怕写,写了又不能发表,那是很急人的。然而我又知道,写是提高自己的一个重要途径。"

　　从 5 月 28 日收到的《光明日报·文学遗产》退稿信中,宋遂良发现了一些端倪,从改稿的情况看,报社原来是准备用的。他在日记中细数了自 1960 年下半年来写就的四篇长文,分别是:关于《山乡巨变》、关于《创业史》、"两结合"和评《鲁迅传》,都是经过编辑修改准备刊用的稿件,但结果都没有登报。

　　反复的阅读与写作,使得他对报刊上一些质量低下、观点偏激的文章很不服气。6 月 7 日,他第一次化名"梁文"投稿;7 月 30 日,他在《文汇报》"诗文丛话"中,终于又发表了一篇化名为"梁洁"的文章……

作为青年学生的宋遂良那时并不明白,他所有写作与发表的努力,可能都被他无法知情的"作者调查表"挡住了,这类表格通常附有"政治历史和社会关系有何问题?""结论如何?""本人表现"三项,还有一条需要组织盖章的"备注"。

显然,宋遂良是被特别"关注"的人物。1958年,他在"整团"中面临了三项结论:"赞同右派""怀疑胡风是否是真的反革命分子""仇视苏联"。1958年7月10日,他在团支部大会上被一致通过开除出团。

二、痛与爱

"开除出团"是令宋遂良甚为意外的决议,也让他后续的大学生活铺满了灰调。按当时"整团"的原则,处分团员并非最终目的。宋遂良接受了这一处分,也是因为他觉得自己的确走到了"右派"的边缘。在复旦大学中文系1956级92名学生中,有八人在"反右派斗争"中"落水"。

宋遂良领受的三项结论中,"赞同右派"赞同的是储安平。"怀疑胡风是否是真的反革命分子"源于办墙报。"仇视苏联"则是指不够尊重苏联专家。

宋遂良的同学多年后提示他,他意外被"开除出团"也与他风头太劲、锋芒太露有关:不是党员的他在学生会选举中得票遥遥领先;是话剧团的"当红小生";又有一手才情文章。他刚刚入校时,适值鲁迅先生逝世二十周年。为纪念先生,复旦剧社和中文系决定联合排演黄佐临先生改编的独幕剧《阿Q的大团圆》,导演是汪英森,上海大导演应云卫也来校做过艺术指导,而主演就是宋遂良;此后他在《刘三姐》《孔雀胆》中饰演过角色,成为复旦剧社的骨干;他同时又是学校大墙报"红色信号"的创作编辑主力,活跃的"宋Q"可以说在同学们中间一度十分闪耀。

从宋遂良的"复旦五年日记"中可以看出,除却面向《文艺报》《诗刊》《光明日报·文学遗产》《文汇报》的投稿式写作外,当时复旦大学中文系以论文为作业和频频组织课题的方式,让宋遂良有了相当充分的学术锻炼和写作实践积累。

他的日记充盈着这样的记录:调我临时参加批判郭绍虞先生的"中国文学批判史"的工作(1958年9月13日日记);搞批判刘大杰文学史,专就胡适观点来谈(1958年9月30日日记);年级决定在年内编一部《近代文学史》,我分工写早期的散文(1959年11月7日日记);我们要写一本《"文学的基本知识"批判》(1960年4月7日日记);我编写《辞海》条目很认真(1960年5月15日日记);现在年级里决定毕业前搞《鲁迅评传》大项目(1960年6月4日日记);着手《鲁迅著译编校作品按篇编年》(1960年12月5日日记);因为编《十年围剿》目录,开始接触《新月》《现代》等现代文学期刊(1960年12月15日日记)……

这些研究实践隐含了两个明确的时代指征:不避权威,展开学术批判与思想再造;适应意识形态转换和总路线形势的"研究大跃进"。

自 1952 年全国院系调整后,高校系统的整风与"三反五反"运动相伴随、相结合。"整风"的一个重要指向就是针对教职工的资产阶级教学与研究观念作无产阶级思想改造。1954 年第 9 期《文史哲》刊出了《关于〈红楼梦简论〉及其他》,山东大学的青年学生李希凡、蓝翎打响了质疑和批评"红学"权威俞平伯的第一炮,这一行动受到毛泽东主席的肯定,被称誉为是敢于向"大人物"开火的"小人物",因之在全国产生很大反响。在复旦大学,相应开展批判朱东润、郭绍虞、刘大杰等人的行动,自然不乏仿照的意味。工作方法几乎如出一辙,都是交由青年学生完成这一使命。宋遂良和他的同学们,在争先恐后地试着完成这类写作。

1959 年 2 月 9 日,正月初二,宋遂良和几个同学先后去给蒋孔阳、蒋天枢、刘国梁等先生拜年。在先生家都吃了一些糖,坐了一阵。他在日记中记道:"蒋先生又再三勉励我们多读书,老老实实,下苦功夫。不要以为写出书了,很够了,他说世界上没有哪一件做好了的事不是花过巨大的努力的。我问他近来搞什么科学研究吗。他说:书还没读好还搞什么研究。这话也是指我们说的。"

尽管一度陷入了对刘大杰先生胡适式研究观的批判,宋遂良对刘大杰的诸多研究还是有很深的认同,尤其是先生的《红楼梦》析说让他叹为观止,这也为他日后热爱《红楼梦》埋下了种子。在用"两结合"方法为《文学遗产》写"秦妇吟"的评论文章时,他也为自己的观点和刘大杰先生的看法有暗合而兴奋不已。

一如毛泽东在《一九五七年夏季的形势》一文中所谈及的任务——"为了建成社会主义,工人阶级必须有自己的技术干部的队伍,必须有自己的教授、教员、科学家、新闻记者、文学家、艺术家和马克思主义理论家的队伍。这是一个宏大的队伍,人少了是不成的。这个任务,应当在今后十年至十五年内基本上解决。"在青年学生中培养马克思主义理论家,成为高校和各级报刊、出版机构的着力所在。走在这一理念前面的《文艺报》在 20 世纪 50 年代早期就有了充分的先行实践,在工农兵和青年学生中发展通讯员队伍、形成新的文艺力量和话语表达空间是意识形态建设所需,这也使得像宋遂良这样有才干的学生受到了额外的关注。

中华书局在 1958 年 12 月印行了由复旦大学中文系文学教研组编辑的《〈中国文学发展史〉批判》,1960 年 5 月又印行了《中国近代文学史稿》,史稿的著述者正是"复旦大学中文系 1956 级中国近代文学史编写小组";上海文艺出版社则在 1959 年 7 月和 12 月分别印行了《中国现代文学史》上下册,作为"内部参考"资料。

《中国近代文学史稿》成书时还出过颇具"经典"气度的精装本,宋遂良一直未曾见过，他说："绪言初稿是我写的。散文那一节也是我写的，中华书局编辑对这个绪言很肯定，但后来出版时还是被改了不少，因为我不会写那么多政治话语。这本书的指导老师是鲍正鹄教授，后来做过北京图书馆的副馆长。"

应当看到的是，尽管这些研究带有明确的意识形态调整和"大跃进"意味，但在客观上也让当时青年学生有了切实的锻炼，同时鼓舞了青年学生与名家争鸣的勇气，使得他们的批评意识从一起步就带有鲜明的对话感，也在某种程度上延续了以文章存身立命的情怀。

这些书生化的生气，产生的影响是多方面的。即便宋遂良当时萌发出了相思的种子，也是借着文章作媒介——他恋上了复旦剧社中的一位师妹时，适值《文艺报》让他写《创业史》的文章，于是他就邀约师妹一起合作以创造更多的交流机会（1960 年 10 月 10 日日记）。

尽管宋遂良才华逼人，但他自带的家庭背景包袱和个人政治处境，都使得他萌动的爱情无法真正生根发芽。师妹在毫无征兆的情形下，在且"红"且"专"的语境里，很快与更进步的学长确立了恋爱关系。青年宋遂良的心伤与失落可想而知。

大学时代的宋遂良也并非没有爱慕者。但阴差阳错的故事一直像魔咒一般附着着他。自空军复转至中国人民银行浙江海宁分行工作后，一位姑娘对他动了芳心，在他们共同谋求奔赴大学的路途上，姑娘北上青岛入读山东大学中文系。但宋遂良一直是迟钝的，甚至无法唤起自己的爱恋。直至毕业时，他听到了消息：姑娘在毕业后进京，不久即披了嫁衣。

而他深深喜欢的，一位华中人民革命大学湖南分校时期的同学，却在分配到地方工作后面对"南下"干部的强烈追求，很快成为孩子的妈妈。可以说，就感情而言，宋遂良的复旦五年，就是一段隐匿着苦情的过往，不能爱、爱不了、爱不得纠合在一起，如同一剂五味杂陈的汤药，让他的青春喝下。

三、真与假

1961 年 9 月，宋遂良领到工作派遣单。因为当时华东六省一市是一个合作体，他被分配到了泰安一中。抵达泰安的时候，适值国庆前夕，这一月的粮票已然用光，如果单位不接收他，他就要挨饿了。自 1960 年起，迫于自然灾害的影响，学校实行固定饭量制，宋遂良每天的粮食定量下降到 16 两（一斤十六两旧制），正常需要 25～30 两粮食定量的他，常常陷于饿得学习不下去的窘境（1961 年 2 月 24 日日记）。

好在这座已经拥有 62 年办学历史的学校接纳了他，他甚至吃上了久违的白面馒头和红烧肉。泰安一中的前身,是美国牧师郑乐德 1899 年创建的谈道所,1905 年改名私立泰安萃英中学。学校的教学楼是一座约有 1700 平方米的美式建筑,多称北大楼,图书馆就在这座楼的地下室。

宋遂良的宿舍在北大楼的对面,系建于 1912 年的"小北楼",这座带有连拱外廊的建筑,每层由十间 12 平方米的小房间构成,原来就是教工与学生宿舍。宋遂良在最初来到的三年间,和一帮单身汉"生活清贫、精神富足、过得很愉快"。

他犹记得 1962 年的高考作文题目是二选一:《说不怕鬼/雨后》。"雨后"所释放出的话语宽松和想象宽松让他一度好不欢喜。两个月后,中共八届十中全会召开,以阶级斗争为纲,提高警惕、正确地进行在两条战线上的斗争成为鲜明的社会命题。在"四清运动"期间,宋遂良主动请求参加学校的淘粪劳动,企图以忍受滔天的臭气。

宋遂良似乎过于后知后觉。在一次公开讲评以"我的母亲"为题的作文时,他将两名同学的作文作了比较,一名同学将他的母亲——一位从未出过远门的普通山村妇女虚构成地主家的童养媳,在反抗婆婆虐待后逃离虎口投奔革命,参加徂来山战役、转战南北,在敌人监狱中经受严刑拷打,怒斥叛徒,身负重伤,翻身解放后又领导家乡人民战天斗地等等。另一名女生则写了自己的母亲因为生了两个女孩被婆婆歧视,对母亲同样不好的父亲离家参军,后另组家庭,撇下母亲一人在家伺候公公婆婆,委屈和操劳的母亲常常抱着她哭……

通过这次公开课,宋遂良对全是假话的作文提出批评,并建议同学们"用自己的语言,写自己的所见所闻,记有可能发生的事,抒发真情实感"。这次公开课随即被定性为"修正主义教育思想向无产阶级进行的一次猖狂反扑",是以"写落后人物"为主张反对"突出政治""反对党报(社论)"。

宋遂良随即面临了揪斗与看管,被关押在老教学楼的地下室里。在那里,他两三个月没办法洗澡,上厕所要集体请示。宋遂良说,如果不是自己在 1965 年已结婚成家,早就走上了自杀的路途,但既成了家,他就不愿"畏罪自杀"连累家人。在他被看管期间,妻子在送来的咸菜里包裹了一张小纸条,鼓励他好好活下去……

四、信

"文化大革命"结束后,宋遂良重回讲台时已经 42 岁了。尽管 42 岁还不到白头的年纪,但他已经白发如雪。

重拾授课热情的他再度拿起了文学之笔。1978 年调入《文艺报》工作的雷达回忆说:"我当时在文学评论组,负责人是刘锡诚。我刚来的时候负责看读者来稿,其中有一篇比较周立波和柳青的，叫做《秀丽的楠竹和挺拔的白杨》，作者宋遂良，复旦大学毕业，在山东泰安一中当老师。他来信说之前多次给《文艺报》投稿，有一次都要发表了，但他们单位的政工干预，最后没有发表。他说这是自己最后一次投稿了，如果编辑们还是觉得不行就洗手不干了。这封信深深打动了我，我就推荐给了阎纲、刘锡诚。阎纲在稿签上写道：谈风格难，要把风格谈好更难，这篇文章谈得不错。于是文章就这样通过了。宋遂良一跃成了山东的文化名人和一线评论家，在文坛活跃了很多年。"

宋遂良后来谈起这篇比较评述的诞生，说是自己做了反复的打磨，最终采用风格对照的方法成文，缘于他对"郊寒岛瘦"式总结的体味。是年第一期《文艺报》在二题刊发了一篇座谈会综述——《加快落实政策的步伐，彻底解放文艺的生产力》。这篇文章表明，宋遂良显然在"实事求是地、尽快地为蒙受冤屈的作品和遭到迫害的作者落实政策、恢复名誉"的范围内。这一年的 12 月 9 日，宋遂良被《文艺报》召至北京参加长篇小说读书班。在天安门广场的人民英雄纪念碑下，他手抚雕像泪如泉涌。12 月 15 日，"1979 年长篇小说座谈会"在北京沙滩北街 2 号中国作家协会会议室举行，宋遂良重新回到了中国文学的现场。

三个月后，中国作家协会山东分会发起"中长篇作者创作座谈会"，特邀宋遂良由泰安到济南作报告传达北京会议精神，包括刘知侠、王希坚、苗得雨、曲延坤、叶楠、左建明、尤凤伟等人在内的三十多名山东作家与会，会集了一时的核心创作力量，这也是宋遂良与山东作家和作家协会合作互动的最初。为了这场报告，宋遂良专门致信刘锡诚、郑兴万和阎纲，向他们请示可否传达胡乔木有关文艺与政治关系的讲话精神，并请明示其他注意事项。尽管在这次报告会的过程中，作为山东分会主席的刘知侠一度因宋遂良提及王蒙、高晓声而打断发言，但在座的山东作家也因此认识了宋遂良。

自 1980 年 6 月山东省第四次文代会开始，宋遂良与山东文坛的互动日益紧密。这一年《山东文学》刊发了他的《在艺术表现手法革新的潮流面前》（12 期）；一年后，《山东文学》又推出了他的第一篇针对山东作家的专论——《左建明和他的短篇小说》（11 期）。

因为被《文艺报》编辑部内定为重点撰稿人，这时的宋遂良，开始以评论家的角色挥发连通山东文学与中国文学中心地带的作用。而他的教学任务却丝毫没有消减。他 1981 年参与创办的《语文小报》成为语文教学界的重要内刊，其毕业于东北师范大学的妻子傅定萱也是语文教学中坚力量，上阵兼任《语文小报》会计。这份小报的编印发均由教研室的老师自行操办，1981 年 6 月 30 日刊行第十五期新版时已经印到了一万三千份。

出色的语文教学也使得宋遂良被确定为省内的教学骨干。他在 1980 年参加全省首届中学语文教师教学观摩时,将《梦游天姥吟留别》讲成了语文教学的经典案例。山东省电化教育室把他召至济南,将整堂课录制成录像带。他犹记得录像的头天晚上就住在地下室里,录完后,领了三十元路费就回泰安了。此后录像带在各师范院校广泛发行,让他一下子"红"了起来。《山东教育》有文章将省内的语文教学归为五派,分别是:杨天顺(烟台一中)的"能力派"、尹典训(青岛二中)的"作文派"、王旋(济南九中)的"思维派"、戴思明(济南一中)的"传统派"和宋遂良(泰安一中)的"兴趣活跃派"。宋遂良获悉后,在日记中记道:"我太可怜,怎么能搞成什么派。"(1981 年 4 月 11 日日记)

宋遂良总结自己的语文教学,策略其实还是紧贴传统,强调熟读勤写和培养与发展学生的兴趣。在他看,教学也是"功夫在诗外","怎么教"远比"教什么"更费思量。

因为频频出席省内外的文学活动,宋遂良开始被动员调出泰安一中,最早提议的是山东大学的刘光裕、解洪祥等人。

在承担教学任务之余,宋遂良还需应对抽调命题、阅卷、观摩课等事务的困扰,写作的时间常常被挤占。1981 年,宋遂良在泰安文教界的好友梁兴晨调至《山东文学》做编辑,宋遂良也不由萌发了这样的愿望:"离开中学,只要有时间,总可以做出一点成绩。而写文章,又应该是我的主攻目标。"(1981 年 3 月 19 日日记)

在与周立波的儿子周健明联系上后,宋遂良一度陡升出回湖南老家的愿望。其时的周健明刚刚当选湖南省文联副主席,正着手创办一本当代文学评论刊物(后名《理论与创作》,1988 年创刊)。对宋遂良的周立波研究,周健明评价甚高:"从文字看,你的功力很深,远在山东,资料如此缺乏情况下分析得极为准确,这是极不容易的。我相信,只要有关领导为你创造条件,你将成为一位我国当代的杰出的批评家。"

这时的宋遂良已远离故乡三十年,其妻子傅定萱也是湖南湘乡人,回归故土自然是他们最理想的选择。在这一年的山东省中学语文教学研究会年会上,会长田仲济先生已出任山东师范学院(1981 年 8 月改称山东师范大学,简称"山师")的副院长,在会议休息的间隙,他特别找宋遂良说话。田仲济正着手为学校的中国现代文学学科网罗人才,宋遂良和韩立群、孔范今、刘增人、袁忠岳等五人,都已进入他的视野。

为了宋遂良的调入,田仲济曾多番致信宋遂良,几乎每一个步骤和每一点进展,都会写信告知,从最初的个人名义请调,到致函商调,再到用外派人员置换、用毕业生置换,田仲济可谓用心良苦。获知宋遂良在 1981 年获评特级教师后每月还有三十元津贴,他专门修书一封,问宋遂良愿不愿意按文教厅的调动规定放弃津贴。及至调动事宜办至后程,泰安师范专科学校也向宋遂良伸出了橄榄枝,田仲济信中叮嘱他切勿去报到,"一切由我来收拾"。

五、推手

宋遂良在调入山东师范大学前,在中国作家协会山东分会的内刊——《山东作家通讯》上发表了文章《努力繁荣中、长篇小说创作研讨会上的发言》(1983 年第一期)。他从自己的视野出发,首次全面盘点了山东文学的创作实际。他尖锐指出:外省有的同志嘲讽我们说,评奖要找"政治代表"就到山东去……多年来我们在创作思想上是比较保守的、禁锢的。我们在指导思想上好像有一种怕出娄子、怕犯错误的框框,"不求艺术上有功,便求政治上无过"。于是,很多好作品的棱角被磨平了……我们这里也没有现代派,没有朦胧诗,没有"自我表现",没有存在主义,但是我们某些时候却有公式化、概念化、图解政策、有标语口号,有一窝蜂,有庸俗社会学,有无冲突论……

宋遂良的发言戳中了山东文学群体的要害,同时对具体作家指名道姓地做了特点和缺点的评述。他的坦陈显然是用爱护包裹的。是年年底,他在山东省文学研究所主编的《文艺评论通讯》上呼吁扶植青年作者的成长,又在 1984 年第五期《文艺报》发表了《山东的两个——记矫健与张炜》一文;次年,《文艺报》在第三期刊发他评王润滋、矫健、张炜的文章——《三点成一面》,可见,他对山东文学创作格局的形成有了由点到面的期待。

宋遂良说,一直延续至 20 世纪 90 年代,在比张炜年长的两代作者中,他几乎给有代表性的作者都写过评论,给看过作品、提过具体意见的更是无法统计。他也清楚地看到,大多作者的表现都是后劲不足,尤其在文学改变命运之后,作品的力量感往往是衰减的。能坚持走下来并在全国持续拥有影响的,可谓凤毛麟角。

他的这些写作,大多源自《山东文学》《大众日报》、山东各出版社的邀约以及作家个人的请求。其中,张炜是他评得最多、推荐得最多的作家。而这些写作,也耗费了他大量的心力与精力。

在他看来,培养和推荐青年作家,与在泰安一中教学生是一样的。老师之于学生,有教无类是原则,不可能总指望学生成名成家,有些目标,对于学生而言,是未知的;对于老师,能给予力所能及的帮助,则是本分。

可以说,作为批评家,宋遂良不算挑剔甚至可以说不够挑剔。但对于自主性的研究选择，他还是循着兴趣和性情走。在他进入山师工作前，田仲济先生曾建议他找一位能贯穿现代与当代的作家来研究。宋遂良最早想到的还是周立波，他一度启动了写《周立波传》、编辑周立波研究资料的规划，也着实参加过多场有关周立波的纪念活动，并且写出了最初的两章。没想到，周立波夫人林蓝对为尊者讳保持了极高的警惕，并通过一次会议告诉宋遂良，像周立波这样的作家，怎样评价是要经中央组织部批准的。

这种警惕性，让试图还原一个真实周立波的宋遂良很为难，他最终选择了止步。他在 1985 年 3 月 6 日的日记中记道："写了一点立波到上海的第二章，但没有兴趣，就放下了。"

林蓝通过中国作家协会创联部发公函来催问，宋遂良也没再硬着头皮写下去。与"周立波"的擦肩而过，让宋遂良的学术研究丢掉了一枝主干，有朋友提醒他再找个在世的权威做跟踪研究，他怎么也打不起精神。

对山东作家的爱护，和对以周立波为代表的湖南籍作家的关注，是宋遂良常说的文学评论的两翼。一边是工作与家庭的所在地，一边则是遥远的故乡。身处海岱的宋遂良，温良恭俭让是书生气质，湖湘传统中的"恰得苦，耐得烦，不怕死，霸得蛮"则是血液。算起来，比照对山东作家的研究推介，他对湖湘作家的研究体量根本无法对称。除了周立波，他对写出《芙蓉镇》的古华有不俗的评价，但也没作深入研究；他一度对湖南文学界提出的"茶子花派"有兴趣，但发现其实难副后，只是写了一篇《周立波和湖南作家群的崛起》后就没再跟进。尽管如此，他也还是对山东有深厚感情的异乡人，在他与妻子的日常交谈中，湖南话才是不变的"母语"。

为切实有效地推动山东文学的发展，宋遂良对青年评论家的成长格外关注，他毫不避讳地提携淄博师范高等专科学校的青年教师于清才。

1991 年，他和孔范今、陈宝云、袁忠岳、蔡桂林联名发起创办"跨世纪文学评论奖"，以扶持奖掖山东青年评论家。此间逐渐崛起的山东评论界的"四小名旦"——王光东、张清华、吴义勤和施战军，是他"命名"的。

吴义勤自苏州大学博士（系在职博士生）毕业后以"特殊人才"身份引进到山师，可以说是从吴义勤母校扬州师范学院"劫获"的，其间的力荐人正是宋遂良。吴义勤的早期研究以苏童为核心，他对苏童长篇小说《米》的故事拆解，以"在乡村与都市的对峙中构筑神话"为题刊发于《当代作家评论》1991 年第六期。对苏童《米》的关注，也是宋遂良《评几部"新写实"长篇小说》（载《文学评论》1993 年第五期）的个案解读之一。宋遂良对一个青年评论家的发现与激赏，源于他的文字能力、才情与艺术感悟力。恰恰吴义勤的博士导师范伯群，又是宋遂良在复旦大学的学兄，他为自己的动议致信吴义勤:"一个南方人感受一下北方的地气是必要的,有利于人性的健康发展……"

对吴义勤的发见,也是宋遂良为山师现当代文学学科,尤其是当代文学专业致力的痕迹之一。而对学科内已具气象的青年学者,宋遂良也不遗余力地扶持帮助,他主动写信给《文学评论》的老友蔡葵,推荐张清华和魏建的文章;魏建在1995年破格参评教授时受一票之挫,他在登门安慰的同时,多方奔走去做争取工作……(1995年9月28日日记)与此同时,他先后向学校举荐张炜、洪峰来校工作,希望以知名青年作家带动校园的文学气象。这些致力,在秉持一份公心之外,也颇有几分知恩图报的意气。1983年7月29日,宋遂良得田仲济先生信获知自己可以如愿调入山东师范大学时,他当即手书了一首小诗"感知遇之恩率尔以呈":"挣断绳索下小楼,天高月朗大江流。负笈扬帆从此去,平生已识韩荆州。"而在这首小诗的草稿上,最后一句原文是"为报海右韩荆州"。

田仲济在8月7日回信说:"希望以后不要那么客气,事实上我们的关系也不完全像你说的,我们是同志、朋友、同事等关系,我既不是什么韩荆州,今天也不容许出现那样个人权威的人物了。"

尽管先生如此说,宋遂良知道,帮助田老完成学科布局和学术规划,才是知恩图报的最好方式。按照当时田老要带领学科完成现代小说史、散文史、新诗史、报告文学史以及杂文史、文艺理论史的系列规划,宋遂良有针对地协助先生继续扩充中国现代文学研究室的队伍,试图将济宁的孔范今、袁中岳、刘振东一并引进到山师(孔范今后到山东大学,刘振东后到曲阜师范大学),力倡袁中岳老师与先行调入的孔孚、吕家乡老师共同在新诗研究上发力;宋遂良自己则在当代小说,尤其是长篇小说领域深耕。

自1982年由《文艺报》推荐参加首届茅盾文学奖初选开始,宋遂良又相继参加了1985年第二届茅盾文学奖、1990年第三届茅盾文学奖的初选工作。在他看来,"长篇小说是一个时代、一个国家文学成就的最主要的标志"。

每次初选"读书班"结束,宋遂良都会对全国长篇小说的发展态势作一次个体评判,并推出相应文章:1982年10月,他在《文艺报》发表了《文学向"人学"的深入——谈五年来小说创作的人物塑造》,指出文学的生命在于真实,真实才有力量,才能取信于人民,恢复生活的真实、塑造有血有肉的真人,是五年来文学在塑造人物方面的成就;1986年9月,他在《文汇报》发表了《对长篇小说创作现状的一点看法》,指出长篇小说把握当代生活仍有困难,老一代作家普通创作力衰退、艺术手法陈旧,中青年作家匆忙踏入阵地,在结构、主题深度、语言、典型化都有明显不足,生气中夹带着稚气;1991 年 3 月,他在《文学评论家》发表《长夜长读长篇》,指出尽管作家的创作视角、审美取向、文体风格存在着驳杂纷呈的态势,但现实主义仍是当前长篇小说创作的主流;长篇小说的创作和出版已经受到商业化的冲击,用故事敷衍篇幅,用议论宣示主题,以事件始末过程来形成结构的创作路子,被不费力地因循使用……

逢有与长篇小说有关的重要会议,宋遂良也循例而行。1987 年 8 月,"长篇小说创作信息交流会"在北京举行后,他写了《气度、文化意识和形式创新——长篇小说创作的现状和前景》(载《当代作家评论》1988 年第二期);他同时对长篇小说的历史书写也展开了自己的重述尝试,《英雄传奇的终结》试论了新中国成立初期革命历史题材的长篇小说,《在新的生活面前》则重顾了新中国成立初期反映现实的长篇小说。

1985 年,山东师范大学现代文学研究中心成立,宋遂良出任了研究中心主任,这是他第一次当"领导"。上任之初,他就开始辅助田仲济先生联合系里申报中国现代文学博士点,并给复旦大学的蒋孔阳、章培恒老师写信寻求支持与帮助(1985 年 12 月 21 日记)。同时,他和中心同人致力于研究生教育与当代文坛接轨,注重文学研究的现场化、动态化,直至中心在 1987 年因未核定为编制单位而被裁撤。

1987 年 12 月 7 日,山东文联党组成员周坚夫、陈宝云约宋遂良到文联谈话,力邀他到《山东文学》担任主编。想为山东文学谋一番局面的宋遂良,在盛邀之下有所动心,在向多人征询意见后竟获得了大家的一致支持。1988 年 1 月 21 日,他甚至按要求填写了"山东师范大学调出调入人员登记表",原本拟于山东省作家协会第三次代表大会开完后即走马上任。没想到,繁杂的人事纠葛让他不得不望而却步。

断然放下"出走"念头的他,决定还是以评论与研究保持与文学现场的关联。尽管他的文章此后仍在多种报刊上不断"开花",但因为 1989 年编定的《宋遂良文学评论选》直至 1991 年才印行,所以他的长篇小说系列研究——《从西山到香山:十年长篇小说印象记》还没有进入系统的梳理阶段,他在 1993 年底收到了退休的通知。

也是在 1993 年 12 月,宋遂良和王万森合作主编的《百家论杂文》由山东教育出版社出版,这本书实际上是田仲济杂文研究的一部专辑,从评述的角度再现了田仲济先生作为杂文家的思想历程,亦可视为宋遂良退职前完成的一份心愿与感念。

六、离休证

1992 年刚刚晋升教授职称的宋遂良,满以为自己会工作到 65 岁。但一个新政策的降临,使得宋遂良在1994年年初不得不面临退职的安排。尽管继行的返聘让他仍有登堂授课的机会,但紧密关注当代文学现场,参与学院背景各种学术会议的可能却由此消停。

1995年2月14日,评论家冯立三在《光明日报》发表《论中年评论家》一文,山东评论家中只选取了宋遂良一人。但冯立三并不知道,宋遂良已走到退场的边缘。

屈指一数,在山师工作的十年间,除却茅盾文学奖的评奖,宋遂良一直活跃于有影响的文学现场并抒发着自己的声音:1985年、1986年两届"黄河笔会",他强调没有爱憎就没有文学,没有人道主义也没有文学;1986年9月"新时期文学十年研讨",他见证了"黑马"刘晓波的跃出,并认为两代评论家在价值观念、审美、思维方式上存在差异是必然的,只有坦率对话、交流才能消除生疏、隔膜和相互戒备;1992年9月在北京大学举行的"后新时期:走出80年代的中国文学"研讨会,他以"漂流的文学"状态肯认"后新时期文学"的称谓、形容终极信仰与传统价值在经济大潮中的流失,并认为这次会议应视为"后新时期文学"的开端……

可以说,正是不间断的公共文学活动,使得他渐次逸出以《文艺报》为核心的人脉群体,为更多的业内同道所熟知。退职后,宋遂良的心态自然放松了许多,他多样的爱好、多种的情趣,一下子被唤醒。自1992年亚洲杯开始,到1994年世界杯开踢,宋遂良开始重拾大学时代就热爱过的足球,先后在《齐鲁晚报》《济南时报》开专栏评球,成为名动一时的教授球评家。

而在山东影视文学研究会的兼职,也使得他自1992年起写了大量影视评论的文字。1998年中央电视台电视连续剧《水浒》热播,他在《济南时报》开辟"昨夜水浒"专栏,千字文章都是边看边写,报社编辑多是一旁守候,颇有立等可取的况味。

也应看到的是,20世纪90年代渐次深入后,文学批评的理论语境与现实语境有了双重变化,以陈晓明、程光炜、洪治纲、郜元宝、胡河清、张新颖、李敬泽、吴义勤、何向阳、谢有顺等为代表的青年批评家逐渐崛起,也加速了宋遂良这一代评论家的退场。毕竟,社会历史学派的文学批评,在时髦的后现代主义、西方马克思主义、新历史主义批评等面前,有了一点点老旧。要做到语言和思维方式的更新,需要老一代评论家的自我适应与调整,这种努力放置于职业要求与约束中往往更为流畅也更易于实现,若依赖个体自觉,就不免疏懒。

对宋遂良来说,他也愿意相信,人心不会老旧,人性不会老旧,爱和美不会老旧,文学里性灵和才情也不会因为批评感知的不同和脱离生活与现实而老旧。相反,时髦的理论一旦不时髦了,往往会因为文本的混浊和理论的澄清而令人舍却。早在1985年写就的《我与文学评论》中他即已提到,自己认同批评是灵魂的冒险;

非常珍惜读作品时的原始感觉；表达的都是自己明白的、消化了的看法；比较重视语言的明畅晓达，文字的音律骈散，一直以明白易懂、感情真挚为诉求……

从文学专业领域向大众文化领域的转身，也使得宋遂良对知识分子公共性的话题，有了更多现实的认识与体悟。而在这之前的一些举动和言论，往往只是从专业出发——比如参与姚雪垠、刘再复的论争；就《红牡丹》济南首映不耐批评发声；探讨真假浪漫主义的问题；商榷政治与文学创作的关系；辨识海派批评家与京派批评家等等，都在文艺争鸣的范畴内。他的这些参与，一直秉持着文艺创作的多元化、反对乱扣政治帽子的自觉与警惕，这里面他的经验与经历之伤当然无从回避，但也是真实的由感而发、言由心生。1985 年，全国掀起《苦恋》批判风潮后，他迅速给《文艺报》的朋友们写信，希望《文艺报》不要卷入这场批判。

在此期间，为围合文学评论的阵营，他和阎纲也有过充分的交流，一次谈话提及的《评论选刊》动议，被他以"傅玉"的笔名作专文发表于《当代作家评论》。这份建议，促成了《评论选刊》的诞生。自 1985 年创刊至 1988 年终刊，《评论选刊》出版发行四年，对还原与呈现当时的文学评论现场极具意义，反映了当时"和衷共济、穷刊穷办"的理想主义。而 1986 年到福建开会，一场全国晚报的展览激发了宋遂良的落地想象，他在有姜春云（时任山东省委副书记兼济南市委书记）出席的济南文化战略座谈会上，做了《希望济南有一张晚报》的主题发言（1986 年 12 月 4 日记），为《齐鲁晚报》在 1988 年创刊推波助澜。

退职后的宋遂良不断活跃于济南的文化现场，他挥发着一个文学老教授的热量。2001 年泉城路拟设立英雄劳模雕像，他反其道而行之，建议为女明星巩俐雕像，这件事引发了舆论的轩然大波。在许多人看来这是对神圣性和经典的挑战。而在宋遂良那里，对女性和美的赞颂是他从未变动的初衷，更何况巩俐身上还载有开放和国际化的光环。宋遂良八岁时由浏阳老家到洪江追随叔祖父读书，那一年母亲刚刚诞下妹妹博英，临行前，母亲说："周嫂，请你看红鸡蛋煮好了吗？带几个让遂遂在路上吃。"他没想到，这是母亲留在他记忆里最后的声音，母亲在一年后病逝于逃难流转的途中。博英的成长和人生道路，后来一直是宋遂良最大的牵挂。在复旦大学读书期间，赚稿费、挤津贴给博英，是他义不容辞的事。博英后来因为父兄的政治包袱失去了投考北京大学哲学系的机会，一生经历坎坷，早早去世，是宋遂良难以了却的伤痛。

母亲和妹妹的经历，是他牵寄女性的渊源。他在复旦时所写的《秦妇吟》评论，在"文化大革命"后重新修改，以"话说《秦妇吟》"为题发表于《读书》1981 年第五期。收到样刊后，他觉得这是自己最完备的文章，风格、观点、独立思考都在其中

（1981年5月17日日记）。对这首借逃难妇女之口状述深重灾难的长诗，他唯独没说情感与记恋其实也深埋其中。收到样刊的那一天，他请博英夫妇和三个孩子去吃了冰激淋。

他所爱恋的女性命运也一样，当所有倾心与用力无济于事时，他会把这一切埋在心里。他和傅定萱老师的婚姻是一双落难者的相遇，他所有文稿的第一读者是"老傅"，他三种文集的整理也是由"老傅"一手完成。

受刘大杰先生的影响，宋遂良是《红楼梦》的忠实"红粉"。2008年在美国落基山下再见刘再复时，身处异国的刘再复和他说中国还有一经，就是"红经"。回国后，宋遂良也自觉走上宣讲"红经"的道路，在多种文化场所，听众哪怕是小学生、中学生，他也兴味盎然。

进入晚境，宋遂良最喜欢跟青年人在一起。他欣喜于这中间的青春与活力。有一年，他曾去追赶一队年轻人还受了批评，有文章问他《是谁在保护学生？》。那队年轻人中的两员，一位叫姜静楠，另一位叫杨存昌，后来均成长为思想活跃的教授，二人在2023年岁初相继英年早逝，不禁让宋遂良想起许多往事。他说，他曾激赏他们，也因之怀念他们。在他眼中，总有一个不息的青春中国。

和年逾九秩的宋遂良聊及人生，他常常会提到自己的"三千万"。说的不是钱，而是词：世界是"千差万别"的，也是"千变万化"的，同时又是有着"千丝万缕"联系的。三个"千万"连起来就是一个思维整体。看不到千差万别，人就没有容量；看不到千变万化，人就会教条、概念化，陷入经验主义；看不到千丝万缕，就不懂得内在的联系，就没有融通和等待，会有失对时空的整体把握。

他说，只有把"三千万"联系起来，这个人才不会枯、不易躁，才会丰富、通灵、不难看。

本文系《清气·宋遂良文学文献展》人物述评，在山东师范大学千佛山校区图书馆启幕至2023年8月17日闭幕；9月1日至10日在鲁东大学博物馆做了以"宋遂良与胶东文学"为主题的巡展；12月5日至2024年1月5日在复旦大学光华楼志和堂做了以"青春复旦"为主题的巡展。

臧杰：一级作家，山东省第三批签约文学评论家，青岛市作家协会副主席。

文学理论与批评

中国现代文体谱系中的"短篇小说"

周海波 ■

在中国现代文学史上,"短篇小说"是一个颇具文体学意义的概念。1918 年胡适的《论短篇小说》和鲁迅的《狂人日记》的出现,标志着"文学革命"的成功,标志着中国文学现代文体意识觉醒和成熟,当然也标志着中国现代文学的历史登场。恰如人们熟知的鲁迅所说:"在这里发表了创作的短篇小说的,是鲁迅。从一九一八年五月起,《狂人日记》《孔乙己》《药》等,陆续的出现了,算是显示了'文学革命'的实绩。"[①]鲁迅一方面强调了短篇小说与"文学革命"的内在关系——它是"实绩",是"文学革命"成立的标志;另一方面,鲁迅突出了短篇小说的"创作性"——与翻译小说、故事整理与讲述不同,它是一种创作,一种具有文体学意义的创作。正是如此,作为文体谱系的短篇小说为中国现代文学的研究提供一种新的可能性,小说是如何被发现并定义的? 短篇小说如何被定义,如何成为小说并被纳入中国现代文体谱系之中? 在何种意义上理解并讨论短篇小说的文体特征,短篇小说如何改变中国文学史的书写? 如何思考并回答短篇小说与文学史内在关系的问题,成为我们重新认识"中国现代文学"的课题之一。

一、"短篇小说"的定义及其文体学谱系意义

一个基本的事实是,中国现代文学史上的短篇小说走过了从寄生文体到独立文体的创造之路。所谓寄生文体是指短篇小说作为一种特别的文学体式,是寄生于小说(Novel)或说部等文体之中而获得生存可能性的。梁启超使用的说部、小说、新小说等,是一个大体倾向于 Novel 的文体杂糅的概念,既不能将说部与小说相提并论,也不能将小说与 Novel 混为一谈,但在梁启超的笔下,这些概念却能够杂糅一体,混合使用,小说成功地寄生于这些不同的文体之中。短篇小说之所以能够得以寄生,主要在于早期倡导"新小说"者并不特别在意小说的文体特征。梁启超在《饮冰室自由书》中谈到小说时,将日本文学中翻译英国近代小说家的作品,如《自由》《花柳春话》《春莺啭》《经国美谈》《佳人奇遇》《文明东渐史》等作品,都作为小说看待,"著书之人皆一时之大政论家,寄托书中之人物,以写自己之政见,固不

---

① 鲁迅《〈中国新文学大系〉小说二集序》,《鲁迅全集》第 6 卷,人民文学出版社 1981 年版,第238 页。

得专以小说目之"①。这与他在《新中国未来记》中所论及的小说文体大致相同，"似说部非说部，似稗史非稗史，似论著非论著，不知何种文体，自顾良自失笑"②。从这里可以看出，梁启超主要关注的并不是作为文体的小说，而仅仅是关注小说可以更好地完成其新民进而改造社会的功能特征。所以，无论翻译的小说作品，还是"专以小说目之"的创作，并不影响其提倡"新小说"以完成新民之大业。也可以说，在梁启超的小说理论中，"短篇小说"并没有引起他的特别重视，或者仅仅是小说的篇制大小长短的界限。小说作为一个文体概念，仍然停留在传统的"说部"和西洋小说"Novel"的概念上，寄生于这些似是而非的文体之中。

早期小说家与批评家不能明确地区别短篇小说与小说的概念，更多地执著于小说与社会改良的关系，在"小说之有不可思议之力支配人道也"的观念中沾沾自喜，或者热衷于谈论政治小说、历史小说、科学小说、军事小说、侦探小说、言情小说等概念，以类型化概念代替文体概念。这种文类的模糊性恰好给予短篇小说一个存在的空间，在"小说"这个概念中被作为"文学"生存下来。对此，张丽华在其《现代中国"短篇小说"的兴起》曾指出过，晚清以来有关"短篇小说"的论述，大都"先设了一种不证自明的现代文学观念与文类结构——短篇小说隶属于小说，小说隶属于文学，而文学又隶属于艺术"③。这种现象决定了中国现代短篇小说一方面带着寄生文体的某些特征，而又具有创作小说的文体独立性特征。梁启超提倡"小说界革命"及其"新小说"以来的小说概念，在有意无意的忽略中，包容了短篇小说的存在，承认了短篇小说之为小说的类型之一。尽管那个时代的人们提及小说这个术语时，往往停留在中国传统的说部或西洋文学的"Novel"上，尽管一般文人墨客不一定把短篇小说放在眼中，但当短篇小说进入人们的视野或成为小说理论家论述的对象时，"小说"与"短篇小说"自然而然合为一体，成为一个人们不想承认也要承认的文体概念，不仅为小说在文学上寻找到了一个确定的位置，而且突出强调了"小说为文学之最上乘"④。从早期一些报刊上发表的短篇小说作品来看，如《制造书籍术》《女猎人》《六便士》等，这些译作虽然不能与后来鲁迅、叶圣陶、郁达夫的小说相比，甚至也无法与《域外小说集》中的作品相比较，但大致具备了短篇小说文体的叙事要素。这些作品中的人物、故事、场景、细节等叙事手段，与古代笔记、故事等文类大致相同。这些作品之所以不被引起重视，主要在于缺少文体学的意义，也

---

① 梁启超《饮冰室自由书》，《清议报》1899（光绪二十五年），第 26 册。
② 饮冰室主人《〈新中国未来记〉绪言》，《新小说》1902 年第 1 号。
③ 张丽华《现代中国"短篇小说"的兴起——以文类形构为视角》，北京大学出版社 2011 年版，第 34 页。
④ 楚卿《论文学上小说之位置》，《新小说》1903 年第 7 号。

不具备创作小说的特征。因此,人们在讨论作为文体学意义上的短篇小说时,一般忽略了这类作品,或者仅仅将其作"短篇的小说"看待。出现这种文体类型认识上的差异,或不承认短篇小说也为小说类型之一,主要在于一种传统的文体观念制约了人们对小说的认识。当人们确认"小说为文学之最上乘"时,仅仅是承认了小说的文学性特征,而没有真正接受小说文体的文学性特征。之所以承认短篇小说的文学性特征,主要在于短篇小说是寄生于小说文体之中的一个类型,而不愿意承认短篇小说的文体性特征,则是因为短篇小说在文体上不入流,不是那种"名为小说,实则当藏山之文、经世之笔行之"①的文体。另一方面,晚清一些报刊从读者阅读需要的角度提出了短篇小说的问题。袁进曾指出,"《新小说》问世时,也注意到短篇小说"②。其实,1904年出版的《教育世界》、1904年创刊的《新新小说》、1906年创刊的《月月小说》、1907年创刊的《小说林》、1908年创刊的《宁波小说七日报》等刊物,在显著位置刊载过短篇小说作品。1904年《时报》创刊时,也曾在"发刊例"中说道:"本报每张附印小说两种,或自撰或翻译,或章回或短篇,以助兴味而资多闻。"明确提出了小说篇幅体制的问题。1907年创刊的《小说林》在《募集小说》征文启事中说:"本社募集各种著译家庭、社会、教育、科学、理想、侦探、军事小说,篇幅不论长短,词句不论文言白话,格式不论章回、笔记、传奇。"③同时在《特别广告》中也提及"本社所有小说无论长篇短著,皆购有版权"。这里将短篇小说置于重要的位置,突出了短篇小说与刊物的密切关系。当然,刊物主办者更多的是从刊物编辑与读者阅读的关系方面考虑小说篇幅的长短问题,而没有真正从文体学的角度思考短篇小说与刊物发展的问题。

较早意识到短篇小说的文体意义的,是紫英在为周桂笙所译的《新庵谐译》一书所作的序中的论述。在这篇文章中,紫英对有关小说与短篇小说的概念命名进行了辨正,表达了更清晰明确的小说文体思想。他认为:"泰西事事物物,各有本名,分门别类,不苟假借。即以小说而论,各种体裁,各有别名,不得仅以形容字别之也。譬如'短篇小说',吾国第于'小说'之上,增'短篇'二字形容之,而西人则各类皆有专名。如 Romance,Novelette,Story,Tale,Fable 等皆是也。"④紫英文章的意义在于,他意识到了"短篇小说"与其他小说并不是同一文类,应具有独立的文体学特征,"短篇"并非"小说"的附加或形容,而是构成为"短篇小说"的独特的方式。

---

① 《〈新小说〉第一号》,《新民丛报》1902年第20号。
② 袁进《近代短篇小说的崛起》,《上海大学学报(社会科学版)》2003年第4期。
③ 小说林社《募集小说》,《小说林》1907年第1期。
④ 紫英《新庵谐译》,《月月小说》1907年第1年第5号。

在西洋文学中，不同文体"各类皆有专名"，以区别于仅仅是作为小说的形容词而出现的"短篇"二字。但是，紫英并没有进一步归纳概括短篇小说的概念，说明"短篇小说"与"Romance，Novelette，Story"等不同文体的差异，也没有进一步说明"短篇小说"之于中国的文体学应有怎样的属性，与西洋的同类创作有何异同。紫英文章的意义在于，他已经意识到作为一种文体的短篇小说的意义，并试图去阐释这些差异，提醒人们关注小说与短篇小说的文体特征。1909年，岭南作家披发生在为《红泪影》所作的序中，同样意识到了短篇小说的文体学意义。他一方面指出中国小说所取得的成就；一方面又论及受西方小说观念影响，中国小说在文体类型方面发生的变化。他认为，中古时期的所谓小说，"大抵笔记、札记之类"①，与作为文体的短篇小说存在一定距离。由此可以看到，"新小说"思潮出现之后，在客观上引发了人们对小说文体的进一步思考，这些思考虽然没有从根本上改变小说文体观念，但却已经撼动了传统的小说概念，开始走向短篇小说的文体世界，短篇小说从寄生脱离出来而开始步入创生的阶段。

随后，《中华小说界》第1卷第3期发表的成之的《小说丛话》，既承认小说与社会存在不可分割的关系，认为这种说法"未尝不含一面之真理"，同时又认为这种说法有其不完整性。成之反对将小说所叙述的事实与社会现实对等起来，认为小说叙事是另一种艺术创造，是"第二人间之创造"。他指出："小说者，近世的文学，而非古代的文学也。"这一观点未必正确，但他至少从一个侧面说出了现代小说与古代小说的不同。所谓"近世文学"，是"近世人之美术思想，而又以近世之语言表达之者也"。在此基础上，成之认为，"小说者，第二人间之创造也"。所谓"第二人间之创造"者，主要是说小说与社会生活的内在关系，小说是作家在现实生活基础上的艺术创造，是以作家的想象力"造出第二之社会"。因为"人类既不能以现社会为满足，而将别求一更上之境"。正是这样，从文学上对小说进行分类，小说有散文与韵文之分，散文是"以目治者"，韵文则是"以耳治者"，二者的审美特征并不相同。因此，在小说文体中，散文里面则又分出文言与俗语，韵文里又分出传奇与弹词。小说作为无韵之文，"无论其为文言与俗语"，皆属目治者"无韵之文"。无韵之文的美在于文字，在于读者的阅读，目之所至，皆文言或俗语的文字之美。有韵之文则向着剧曲方向发展，"小说中弹词，皆是也"，是被听的艺术。在成之看来，"小说之美，在于意义，而不在于声音"。成之对小说的分类是在古代小说类型基础上进行的，具有传统目录学的特点。因而，中国文学受到西方文学观念冲击时，本来的小

---

① 披发生《〈红泪影〉序》，陈平原、夏晓虹编《二十世纪中国小说理论资料（第一卷）1897—1916》，北京大学出版社1997年版，第379页。

说分类已经不能适应小说文体的需要。在这一认识基础上，成之将近世小说又从另外的角度进行了分类。他根据小说所叙事实的繁简，分为"复杂小说"和"单独小说"，以此对应西文之"Novel"和"Romance"①，这里基本上就是对长篇小说与短篇小说的概念界定。

1918 年胡适的《论短篇小说》往往被作为中国现代短篇小说文体自觉的标志，而鲁迅的《狂人日记》则被视为创作上的成功实践，对中国短篇小说的发展具有里程碑式的意义。作为小说理论的《论短篇小说》与作为新文学实绩的《狂人日记》又显示了理论与创作的明显分享状态。在胡适的文体学谱系中，短篇小说区别于中国文学中的"笔记杂纂、不成长篇的小说"，而属于"英文叫做'Short Story'"的短篇小说。也就是说，作为一种文体的短篇小说是与西洋文学中的"Short Story"同类的，是在西洋文体学的统一架构中形成的文体概念和文体形态。关于"笔记杂纂"一类的小说，石昌渝在《中国小说源流论》中认为，古代志人、志怪小说为主的一类作品发展到唐代形成了更具文学价值的一类作品，这类作品被称为笔记小说，而"古小说中志人小说和涉及政治、历史、经济、文化、自然科学、社会生活等许多领域的剖记随笔之类的文字，发展成为一种具有史料价值的笔记体文字，这类作品叫做野史笔记"②。笔记小说和野史笔记同属于笔记文体，笔记小说则倾向于记叙故事，较具文学色彩。胡适认为，自汉到唐代的几百年间，出现了许多杂记一类的作品，如《神仙传》《搜神记》《世说新语》，"都不配称做'短篇小说'"。因为这些作品虽然"很有'短篇小说'的意味，却没有'短篇小说'的体裁"，"《世说》所记都是事实，或是传闻的事实，虽有结构，故不能称做'短篇小说'"③。在胡适的心目中，短篇小说是一种有别于长篇小说的文体，同时也有别于中国古代笔记类文章的文体，因为笔记是随手所记，而短篇小说则是经过作家的精心结构的创作。

当文学界对短篇小说的认识趋于成熟稳定时，张舍我同样坚持了短篇小说为"Short Story"的文体观点。在他发表的一系列有关短篇小说的论述文章，包括《短篇小说泛论》《短篇小说之定义》《短篇小说之要素》《短篇小说之分类》等文章中，可以读出张舍我对短篇小说文体认识已经走向成熟，对作为一种文体的短篇小说形成了比较完整的概念和研究的基本理论。他在《短篇小说泛论》中说，"短篇小说非小说 Novel 之谓，非长篇改短篇之小说，亦非篇幅不长之长篇小说（Novelette）"。这个看上去似是而非的定义，却比较恰当地描述出了短篇小说的特征。此后张舍

---

① 成（成之）《小说丛话》，《中外小说林》1914 年第 1 年第 3 期。
② 石昌渝《中国小说源流论》，生活·读书·新知三联书店 1994 年版，第 133 页。
③ 胡适《论短篇小说》，《新青年》1918 年 5 月 15 日第 4 卷第 5 号。

我在《短篇小说之定义》中引用那德司丁和滕恩、马太、毕金、胡适等人有关短篇小说的定义,从中提炼并形成了自己对短篇小说的认识:"短篇小说是一篇散文叙事,用美术底手段,表示一桩'竞争'或'错综'中底人物,而产生一种单纯底感想。"[1]这个定义虽然仍带有短篇小说作法的制约,但较之前者更具体,更有可操作性,已经比较注重文体学的特征,将叙事、手段、效果等方面集于一体,形成了较为严格和合理的短篇小说的定义。

二、短篇小说的文学性问题之争

小说或者短篇小说是否属于文学的问题,向来意见分歧较大。古典文学文体学谱系中,小说是不能登大雅之堂的,更何谈"短篇小说"。小说之"小",既是篇制的短小,更是文学体系中的小,被人小看的小。而在西方文学体系中,"Novel"和"Short Story"是两种完全不同的文体。近代以来,梁启超提倡"新小说",试图将中西方不同的文体概念融为一体,以小说新民、新社会,重新定义小说在文学中的位置。当然,提升小说的社会功能及其地位,与小说是否为文学并非一个问题,梁启超一方面认为"小说为文学之最上乘",但同时又以"藏山之文、经世之笔"作为小说的评价标准,因而导致"新小说之意境,与旧小说之体裁,往往不能相容"[2]。在梁启超眼中,小说并非是"藏山之文",但小说又是可以"以藏山之文、经世之笔行之"的文体。在梁启超的同道狄平子的眼中,"著小说之目的,惟在开导妇女与粗人而已",但他们又不能欣赏阅读"美妙之小说"[3],可见小说与文学相去甚远。

梁启超等人提倡"新小说",试图将小说纳入文学谱系,其目的主要在于将小说与文学置于一体,从文体上引起人们的重视。1901年,在《清议报》创刊100期之际,梁启超发表未署名的文章《中国各报存佚表》,其中说道:"自报章兴,吾国之文体,为之一变。"梁启超在此主要强调的是一种文章风格,也即他随后说的,"汪洋恣肆,畅所欲言,所谓宗派家法,无复问者"[4]。但同时,梁启超所说,也涉及近世文体的类型,也即报刊兴起以来所带来的文体风格与类型上的巨大变化。小说能够成为报刊传媒时代的重要文类,不仅在于小说与时代之间的密切关系,而且也是"报章兴"的直接结果。在此,梁启超使用了"觉世之文"和"传世之文"概括这些不同文类的文章。关于觉世之文和传世之文,梁启超在另一篇文章《湖南时务学堂学约》

---

① 张舍我《短篇小说作法》,梁溪图书馆1924年版,第6页。
② 《〈新小说〉第一号》,《新民丛报》1902年第20号。
③ 平子《小说丛话》,《新小说》1903年第7号。
④ 梁启超《中国各报存佚表》,《清议报》1901年第100册。

中解释说："传世之文，或务渊懿古茂，或务沉博绝丽，或务瑰奇奥诡，无之不可；觉世之文，则辞达而已矣，当以条理细备，词笔锐达为上，不必求工也。"①显然，在梁启超的笔下，作为长篇小说文类的"新小说"只能以其功利性、现实性和教育性列入觉世之文。至于短篇小说，并未真正进入梁启超的文体视野，无论在理论上还是在创作实践上，都少有作为论证材料的事例。公奴在《金陵卖书记》中说："小说之妙处，须含词章之精神。所谓词章者，非排偶四六之谓。中外之妙文，皆妙于形容之法；形容之法莫备于词章，而需用此法最多者莫如小说。"所谓词章精神是指中国古代文化中所强调的主要传统，义理之学、考据之学、词章之学分别从不同的侧面描述了传统文化的核心内容。义理之学主要指哲学，考据之学则是历史学的基础，词章之学则指文学精神的阐发。这三个方面虽然侧重点不同，但又大致与中国文人主张的道德文章联系在一起，即所谓知行合一，思想与生活的统一，是一个人德行修养的内外一致性。俞佩兰在为王妙如的小说《女狱花》所作的"序"中说过："近时之小说，思想可谓有进步矣，然议论多而事实少，不合小说体裁，文人学士鄙之夷之。"他所欣赏的《女狱花》主要特色就在于"思想之新奇，体裁之完备"②。以往小说的问题不仅在于思想，而且更在于小说文体，"议论多而事实少"，这种创作现象是"不合小说体裁"的。也就是说，小说创作在文体上讲究故事性，要有事实，有人物。小说的思想性，主要在于刻画人物与叙述故事的过程中表现出来。

1916年，陈光辉致信《小说月报》主编恽铁樵，特别强调"小说有异乎文学"，而仅仅承认小说为"通俗教育之一种，断非精微奥妙之文学所可并论也"。将小说作为通俗教育的一种读物，既是对小说文体功能的重视，又是对小说文体的贬低。陈光辉不承认小说为文学，并非不重视小说；恽铁樵强调小说为文学之一种，也不一定是看重小说的文学性。二者在小说与文学的关系方面，虽然争执不下，但并没有真正把握小说的文体特点。所以，在陈光辉看来，小说之所以不能与文学相比，主要在于："小说者，所以供中下社会者也。如曰中下社会既不足以言文学，则小说又何必斤斤于字句中求去取哉？"也就是说，小说与文学不同，小说不能被纳入文学体系之中，主要在于小说为中下层社会所需要，只能求其通俗教育的社会意义，"但求其用意正当，能足引人兴味者为上"③，其余均不足取也。对于陈光辉的观点，恽铁樵并未明确给予答复，但作为《小说月报》的主编，他当然认为小说属于文学的范

---

① 梁启超《湖南时务学堂学约十章》，周岚、常弘编《饮冰室书话》，时代文艺出版社1998年版，第485页。

② 俞佩兰《〈女狱花〉序》，陈平原、夏晓虹编《二十世纪中国小说理论资料（第一卷）1897—1916》，北京大学出版社1997年版，第137页。

③ 陈光辉《陈光辉君来函》，《小说月报》1916年第7卷第1号。

畴:"夫足以淘写性灵者,第一为诗歌,第二为小说。以故试问今之硕学通儒诸君子,其幼稚时代第一步通文理,小说与有力否?"恽铁樵承认小说的社会性、世俗性,承认小说是"低等社会"的精神需要。

在鲁迅眼中,现代小说是被"抬进'文苑'"①的。一个非常有意思的现象是,当现代作家以可读性、通俗性作为"觉世之文"的长篇小说的文体特征时,却又极力以文学性、艺术性作为短篇小说的文体特征,不知不觉间远离了"Short Story"的故事性,远离了短篇小说的可读性;当短篇小说努力向日常生活叙事、体现其"小"的同时,却又在追求短篇小说的传世特征。1907 年,摩西在为创刊的《小说林》所写的"发刊词"中说:"小说者,文学之倾于美的方面之一种也。"②摩西所言,虽然并不是特意所指短篇小说,但作为以短篇小说为倡导对象的《小说林》的发刊词,短篇小说的文体特征应当是刊物突出强调的一个方面。这里至少说明几个与短篇小说相关的问题:第一,小说的可读性与艺术性不是同一范畴的;第二,短篇小说以日常生活作为叙事,并不等同于小说的通俗性、民间性,当长篇小说以社会、家庭、悲情、爱情、战争、科学等作为吸引读者的重要内容时,短篇小说却走向了以日常生活琐事为主要叙述对象;第三,短篇小说的"小"作为"闾里小知"的"小",丛残小语的"小",并不完全等于篇制的短小。由此看来,短篇小说以其文体上的"小"追求艺术境界的博大,以小说说"小"的文体呈现出明显的叙事优势。正如恽铁樵所说:"我编小说过分认真,有似'大说'。"恽铁樵所说的"小说""大说"不是大与小的辩证关系,而是艺术创造中文体的大与小的艺术体现。小说的文体就是"寻常六辨士之价值者是也","为新闻为故事,述之而足以如人者"③恽铁樵所说的小说显然有别于梁启超的"新小说",大说是大叙事,说的是大事件、大故事,讲的是大道理,小说是在大说比较中的小,讲的是小事件、小故事,言说小道理。

有关小说是不是文学的问题,也体现在相关机构的功能及其对待小说的态度方面。教育部社会教育司通俗教育科和北京大学国文门研究所小说科就是这方面代表性的机构。1912 年,跟随政府一同迁入北京的教育部,就在社会教育司下设了主办宗教礼俗的第一科,主办科学美术的第二科以及主办通俗教育的第三科,随后于 1915 年 7 月 18 日,教育部在原来基础上重新设立了"通俗教育研究会"。这个研究会具有半官方的性质,主要以行政和学术的手段审核已经出版的通俗文学

---

① 鲁迅《我怎么做起小说来》,《鲁迅全集》第 4 卷,人民文学出版社 1981 年版,第 511 页。

② 摩西《小说林发刊辞》,《小说林》1907 年第 1 期。

③ 恽铁樵《编辑余谈》,《小说月报》1914 年第 5 卷第 1 号。

读物，它以"研究通俗教育事项，改良社会，普及教育"①为宗旨，研究会分为小说、戏剧、讲演三股。从通俗教育研究会的各股的功能来看，小说股所掌事项为新旧小说的调查、编辑改良、审核、撰译等事项，也就是说，小说股主要就已经编著出版的小说作品进行审核，并使审核工作制度化、常态化。这里有两点值得关注，一是小说与戏剧、讲演被纳入"通俗教育"之列；二是对所审核作品进行一定的奖惩，其中又以查禁为主，"改良小说，专事查禁，仍恐非正本清源之法，拟一面行文劝导，令自行取缔，以理其本源"②。与教育部通俗教育研究会的行政机构相比，北京大学国文门研究所小说科是一家学术研究机构，前者以审核调查等工作为主，后者以研究、授课、讨论为主，前者成员多以官员身份出现，后者成员多以学者教授身份出现。也就是说，教育部通俗教育研究会所要做的工作是审核作为通俗读物的小说，着重于作为读物的小说的教育功能、社会传播功能，立足于查处"不良小说"，消除"风俗之害"③，而北京大学国文门研究所小说科所进行的工作是研究小说的属性特征及其研究方法，把小说作为文体谱系中的分支看待，这在"大学者，研究高深之学问者也"④的北京大学，而且还要为小说单独设科，显得尤其不易。也可以说，在北京大学国文门的系统中，小说虽然仍然不具备与"国文"相提并论的资格，但它已经成为国文门的一个科目，尤其在刘半农、周作人、胡适等人的讲演中，小说特别是短篇小说已经成为令人关注的文体，

北京大学国文门研究所小说科，曾就小说的文体类型问题进行过讨论，据《北京大学日刊》所刊载的《文科国文门研究所报告》，1917 年 12 月 14 日"国文门研究所开第一次小说研究会"，教员刘复、周作人以及研究员袁振英、崔龙文等到会，刘半农作讲演指出，中国小说之所以发展缓慢，缺乏系统的科学的研究，北京大学国文门研究所既然设立小说一科，说明小说已经受到特别重视，因此，"当以科学的方法研究之"。在这个讲演中，刘半农特别指出："小说以神话为最古，其次为言情记侠之作，即所谓英雄儿女者是也。"他认为，这种类型的作品，"大都籍事实之奇诡以动人，藉文华之瑰丽以寄世"，因而，"文表并茂四字向为小说界中最美满之评语"。刘半农指出，要科学地研究小说，需要从历史和进步两个方面分别着手，所谓历史方面，"搜罗中国原有之小说，取其合乎小说之定义者（即有故事性质之谓），去其鄙陋无价值者（为各种宝卷唱本虽有故事性质亦不能认为小说），一一加以各别的研

---

① 《通俗教育研究会章程》，《中华教育界》1915 年第 4 卷第 8 期。
② 《教育部通俗教育研究会议决劝导改良及查禁小说办法案》，《京师教育报》1916 年第 30 期。
③ 《咨内务部据通俗教育研究会呈请咨禁〈眉语〉杂志请查照文》，《教育公报》1916 年第 3 卷第 11 期。
④ 蔡元培《就任北京大学校长之演说》，《东方杂志》1917 年 4 月第 14 卷第 4 号。

究",他特别提出对于短篇小说,要对中西小说进行比较分析研究。所谓进步方面是指西洋小说比较先进,应打破原有的文体局限,略展范围进行研究。① 周作人在随后的发言中,侧重于进步方面进行研究,尤其以近代名人著作为主。这个会议记录虽然稍嫌简单,但从中可以看到刘半农、周作人对小说问题的思考已经比较深入,对小说研究引入科学的方法,具有明确的指导意义和方法论意义,尤其以"文情并茂"为小说评价的标准,确立了小说为文学范畴的基本特征。由此开始,中国现代小说研究开始注重小说概念、小说文体类型以及中外小说史的发展变化。在随后举行的小说科第二次会议上,周作人的讲演更着重于从小说的历史发展及其特征出发,探究中外小说的文体属性。周作人之所以特别推举外国小说,其主要理由在于外国小说在艺术"所臻之境远非中土所及也"。他将中国小说分为野史、闲书和人生文学。周作人还就自己的小说研究作了设想,一是"拟就古小说中寻其历史的发展",二是"拟研究古小说中之神怪思想"。对此,刘半农的补充发言更清晰地表明了中国小说的类型及其意义,他将中文小说分为章回小说与白话短篇之笔记小说,研究文章之体式。作为研究员兼记录的傅斯年的发言,明确将小说导向文学一科,他表示研究小说应先从研究小说原理出发,并说,"小说事就其制作方面言之,则为术;就其原理方面言之,则为学"②。傅斯年的简要发言为小说的文学特质予以确认,寻找到了理论依据。

三、短篇小说如何成为一种创作

值得注意的是,尽管现代作家、批评家一直承认短篇小说等同于"Short Story"的概念,但在创作实践中,却并没有遵循这个基本概念,甚至以背离故事性的方式重构短篇小说叙事,逐步走向文学性的创作。1918 年 3 月 15 日,胡适在北京大学文科国文门研究所小说科第五次集会上,发表了题为"短篇小说"的演讲。这个演讲开门见山地批评中国文学中小说概念的混乱,"中国今日的文人大概不懂'短篇小说'是什么东西",他接着又指出,"现在报纸杂志里面,凡是笔记杂纂,不成长篇的小说,都可叫做'短篇小说'"。胡适是具有大智慧的人,他提出的问题、主张一定是他认为能够引起人们关注的,也可能是对于社会文化学术的发展产生重大影响的。胡适所论的前一句,显然是针对学界对小说的认识,甚至与其前来研究所座谈相关,而后一句则明显针对出版报刊界以及文学界对小说的定义。正是如此,胡适在提倡短篇小说的同时,对那些与短篇小说艺术精神相背离的现象进行了批评:

---

① 《文科国文门研究所报告》,《北京大学日刊》1917 年 12 月 27 日。

② 傅斯年记录《文科国文门研究所报告》,《北京大学日报》1918 年 1 月 17 日。

"那些古文家和那'《聊斋》滥调'的小说家,只会记'某时到,某地遇,某人作某事'的死账,毫不懂状物写情是全靠琐屑节目的。"这里他显然否定了短篇小说的故事性特征,而突出了"状物写情"的特征,或者说,短篇小说的叙事并不一定就是讲故事,而是要在小的"说"中表现人生社会。在胡适这里,突出了短篇小说的叙事性,试图重新建立了短篇小说作为一种文体类型之一的艺术形态:"短篇小说是用最经济的文学手段,描写事实中最精彩的一段,或一方面,而能使人充分满意的文章。"这个定义从根本上改变了短篇小说的文体属性,"描写事实中最精彩的一段",是极富文体学意义的定义,对后世短篇小说的叙事方式产生了重要影响。胡适的这个定义带来了小说叙事的"横截面"理论,以"横截面"呈现人生、社会"最精彩"的"一段,或一方面",这是胡适对短篇小说最精彩的定义,也是短篇小说能够从各类文体中冲出重围的最主要的动力。不过,胡适的定义不仅明确了短篇小说的文体特征,而且也从小说叙事的层面固化了短篇小说的文体形态,"纵剖面"的时间叙事让位于"横截面"的空间叙事。胡适眼中理想的短篇小说,应当是如《最后一课》《柏林之围》这样能够畅尽叙事、饱满写情的短篇,应当是如《愚公移山》《桃花源记》这样"有用心结构"的短篇,或者如《木兰辞》《石豪吏》这样用"最经济的文学手段"书写故事的韵文。但我们又看到,胡适所阐述的"横截面"小说叙事方法,并非短篇小说所独具,也并非是短篇小说所必具的文体特征。从胡适的论述及分析的佐证材料来看,《最后一课》《柏林之围》应属于他所说的"横截面"的艺术,而他所举例的中国小说《愚公移山》《桃花源记》《虬髯客传》等作品,则很难纳入"横截面"艺术之中。因此,在胡适的论述中出现了两种不同形态的小说类型,一个是在他的理论阐述中的"横截面"小说文体,一个则是在"中国短篇小说的略史"中陈述的故事化文体,这两种不同的小说文体虽然没有处于对立的状态,但却呈现出了不同的小说样式。作为"Short Story"的《最后一课》《柏林之围》与作为神话传说或人物传记的《愚公移山》《桃花源记》《虬髯客传》,呈现了两种不同的故事形态,两种不同的叙事方式。《最后一课》《柏林之围》的叙事张力呈现了短篇小说文体上的魅力。而《愚公移山》《桃花源记》《虬髯客传》的艺术魅力则更多来自故事的本身,体现在经济的手段与精彩的一段完美结合。如果从文体学的角度来看,《愚公移山》《桃花源记》《虬髯客传》具有文体上的宽泛性,既可以作为神话传说、寓言、散文或人物小传阅读,也可以成为胡适所认可的短篇小说阅读,而《最后一课》《柏林之围》则具有文体上的限定性,仅仅作为短篇小说而存在。从这个意义上,胡适在《论短篇小说》中主要强调了文学的"经济的"方法,篇幅短小,语言简洁,故事生动,因此他提倡的短篇小说,只能说符合文学进化的要求,而不一定符合文体学的要求。

从文体学的意义上看，短篇小说的"说"与长篇小说的"说"就并非是同一种"说"。胡适对此进一步论述说："那些长篇小说家又只会做那无穷无极的《九尾龟》一类的小说，连体裁布局都不知道，不要说文学的经济了。若要救这两种大错，不可不提倡那最经济的体裁，——不可不提倡真正的'短篇小说'。"所以，胡适不是一般性地讨论短篇小说的创作或艺术问题，而是从他一贯主张的文学进化论立场出发，在综合中西文体类型理论基础上，从文体建设的角度定义短篇小说。从现在的材料来看，胡适的观点并没有多少新意，他本人在演讲中也曾提到"为'短篇小说'之定义者，在西洋不止一家"。胡适本人对短篇小说的定义，也是"取其折衷诸家之说较为允惬者，参以已见"①综合而成。但无论怎样，胡适对短篇小说的定义，改变了中国小说的文体类型区分，将短篇小说纳入现代文体谱系之中。

虽然包括胡适在内的现代作家、批评家不愿意在短篇小说"短"的特征方面作文章，但不能不承认，"短"与"小"的文体特征始终伴随着短篇小说文体，在短的篇制内进行艺术创造，成为现代作家极大的意趣。1904 年 8 月《时报》在刊登短篇小说《黄面》时，特别作了如下的说明："本报以前所登小说，均系长篇说部。每竣一部，动需年月，恐阅者或生厌倦。特搜得有趣味之一短篇，尽日译成，自今日始，连日登载，约一礼拜内登毕。"②《时报》每天发表一部作品的一部分，每个星期发表完一个完整的作品，这种做法主要是考虑到读者的阅读需要，能够及时地、极大地调动读者的阅读兴趣，加快读者接受的阅读频率，提升报刊与读者的互动关系。1909年《小说时报》创刊时，就特别强调了刊物所发表的小说作品在篇制上的要求："本报每期小说，每种首尾完全，即有过长不能完全之作，每期不得过一种，每种连续不得过二次，以矫他报东鳞西爪之弊。"③这里同样注意到报刊与小说文体的关系，看重于每期刊物发表小说的完整性。但是，以此作为以短篇取代长篇的原因，显然是不能成立的。晚清以来报刊等媒体以发表长篇小说为主的做法，已经得到读者的广泛认可，尤其报纸每天发表一节，每节呈现一个相对完整的故事或人物、场景的做法，更能得到已经建立起阅读习惯的读者的认可。后来张恨水以一部《春明外史》叫响社会，成就了一部长篇小说的同时，也成就了《世界晚报》。因此，当现代报刊发展到一定时期，并非一定是短小取代长篇巨制，而是文学内部的一次文体调整。事实也是如此，那些处于长篇小说夹缝中的短篇小说，并没有在艺术上和读者的心目中产生太多的影响，也没有出现如胡适所言的世界文学由长趋短的发展趋势。

---

① 傅斯年记录《国文研究所小说科第四次会议记录》，《北京大学日刊》1918 年 3 月 22 日第 98 号。

② 《译者附言》，《时报》1904 年 8 月 4 日。

③ 小说时报社《本报通告一》，《小说时报》1909 年第 1 年第 1 号。

可以说,短篇小说的"短"是文体上的规定性,短篇小说不因其长而引起读者的关注,长篇小说也不会因其短而成为名篇。短篇小说和长篇小说各因其不同的文体而呈现出短或长的文体特征。

但是,胡适主要是从创作方法方面定义短篇小说的,而对其文体性质、文体特征与功能等问题,则基本上是回避的。从这个意义上说,胡适本人并未完全建立起"短篇小说"的文体意识,仍然拘囿于篇制长短的问题上做文章,"最近世界文学的趋势,都是由长趋短,由繁多趋简要"①,文章"结论"中的这个判断,几乎否定了他在前两部分中对短篇小说文体的所有论述。即使胡适在"结论"中没有完全否定他本人有关短篇小说的论述,但他对作为文体的短篇小说的认识仍然是表面化的,仍然以篇幅长短作为短篇小说的一个要素,未能就短篇小说的文体创造进行更深入的讨论。胡适提出了具有革命性意义的短篇小说"横截面"的创作问题,却没有提及短篇小说作为专有概念的文体特征的问题。也就是说,胡适在这篇专门论述短篇小说的论文中,仅仅就短篇小说创作进行了讨论,并没有真正回到文体的角度回答什么是"短篇小说"的问题,没有对作为文体的短篇小说进行必要的定义。从而在一篇文章中出现了两种不同性质的短篇小说作品。从短篇小说的文体属性来看,胡适在"什么叫做'短篇小说'"中阐述的短篇小说是一种类型,在"中国短篇小说的略史"中阐述的短篇小说则是另一种类型,这种文体类型的差异,不仅在于前者阐述的是外国的短篇小说,后者阐述的是中国的短篇小说,更在于前者是符合胡适本人对短篇小说的定义,而后者则并不完全符合短篇小说的定义。

如果说胡适主要发现的短篇小说的"短",突出了短篇小说的叙事性,鲁迅则主要发现了短篇小说的民间性和日常性。

鲁迅虽然没有对短篇小说进行过严格的定义和系统论述,但鲁迅对短篇小说的理解及其创作实践,从根本上改变了中国短篇小说的文体特征,创造了真正属于中国现代的短篇小说文体。鲁迅在他的一系列论述中,反复强调了短篇小说的"小"。"小品""间里小知""人间小书"等概念,突出了小说之"小"的意义。在鲁迅这里,"小"不仅仅是篇幅的短小,而且更是小说形态的小,叙事的人物、故事的小。

鲁迅、周作人翻译出版《域外小说集》以及整理出版《古小说钩沉》时,在融汇东西短篇小说文体中建立起了独特的短篇小说文体观念。鲁迅认为,他翻译的《域外小说集》"词致朴讷,不足方近世名人译本"。这里隐喻讽刺林纾的同时,表达了他与林纾翻译的小说为不同文体的观点,也就是说,同为小说,他的《域外小说集》中的小说与"林译小说"并不是一种文体。《域外小说集》》作为短篇小说,"异域文术

---

① 　胡适《论短篇小说》,《新青年》1918 年第 4 卷第 5 号。

新宗,自此始入华土"①。因此,主要以西洋长篇小说为主的"林译小说"是小说,而主要以"集中所录,以近世小品为主"②的《域外小说集》,同样也是小说。尽管"林译小说"与《域外小说集》所译作品在文体上并非相同,但却并不妨碍人们使用同一文体的批评标准进行批评研究。《古小说钩沉》是鲁迅于 1909 年至 1911 年辑录的一部古小说佚文集,收录周至隋散佚小说 36 种。鲁迅在辑录这些作品时,取班固《汉书·艺文志》对小说的定义,是稗官从街头巷陌的闾里小知者所得到的"丛残小语",是"人间小书,致远恐泥","况乃录自里巷,为国人所自心"③。这里,鲁迅所概述的短篇小说的概念虽然零散、不系统,却大致确立了短篇小说的基本形态和定义。第一,小说为"小"说,鲁迅用"小品"概括之。这里的"小品"是一个统称,即指与大说、长篇小说不同的文体,既是指那种篇制规模较小的作品,也是指作品讲述的是人间世事的小道理。第二,鲁迅所说的"小"还是日常生活的小,无论是"丛残小语",还是录自里巷的人或事,都是日常所见,具有世俗性、日常性,是生活的原生态。鲁迅表达了与梁启超完全不同的小说观念,将小说回归到"小"说与说"小",重回小说的民间性与日常性。在这方面,从鲁迅的小说创作更能清晰地看到他对"街头巷语"的艺术处理。《狂人日记》《孔乙己》《药》《阿 Q 正传》所叙述的故事,多为人们身边所见的人或事,平常可见,微不足道。第三,短篇小说经过了一个从采录到创作的过程,"稗官职志,将同古'采诗之官,王者所以观风俗知得失'矣"。也就是说,稗官与采诗之官的任务虽然不同,甚至有高下之别,但稗官与诗官的工作性质却是相同的,都是在"采"的过程中将作品集在一起。所谓"观风俗知得失",即是稗官所采集来的小说所具有的功能。鲁迅之所以强调这是"稗官职志",既是对班固所述采集古小说的方法的认同,也是对小说文体的确认。古代小说从采集到创作,是一个漫长的过程,而这也正是短篇小说之所以成立的过程。鲁迅认为,小说与小说文本的采集者"稗官"关系密切,尽管稗官的位置低下,但他们所进行的工作是有意义的。从古代小说到现代小说,最大区别当在"采集"与"创作",也是集体创作与个人写作的区别。鲁迅在这些未能展开论述的小说理论中,极为精到地概括了短篇小说的文体特点,这些概括较之胡适的定义,更为准确地指出了短篇小说的文体特征,为现代短篇小说的最终完成奠定了坚实的基础。

虽然现代短篇小说借鉴了西方小说的诸多艺术手法,并且在文体上进行了创新,但在实质上,短篇小说并未摆脱古代的文章观念,与古代小说甚至古代文学存

---

① 鲁迅《〈域外小说集〉序言》,《鲁迅全集》第 10 卷,人民文学出版社 1981 年版,第 155 页。
② 鲁迅《〈域外小说集〉略例》,《鲁迅全集》第 10 卷,人民文学出版社 1981 年版,第 157 页。
③ 鲁迅《〈古小说钩沉〉序》,《鲁迅全集》第 10 卷,人民文学出版社 1981 年版,第 3 页。

在着密切的关联。从梁启超提倡"小说界革命"到胡适论述"短篇小说"，文学界对小说的认识发生了重大变化。以"政治小说"为代表的新小说，虽然声势浩大，但并未引起一般读者的更多关注；风行一时的长篇小说，作为都市流行文学已经在新文学运动尤其教育部有目的的组织批判下，开始步入退潮期，文学界对中国古代文学的史传传统也在悄然发生着变化，史传意识逐渐淡化，文学意识逐渐增强。在这种情况下，短篇小说恰逢其时，作为文学文体受到普遍的关注。1917 年初，当胡适的文学革命刚刚提出时，钱玄同就提出了"小说戏剧，皆文学之正宗"[1]的观点，随后刘半农在《我之文学改良观》一文中也提出了"余赞成小说为文学之大主脑，而不认今日流行之红男绿女之小说为文学"[2]。钱玄同和刘半农的观点都非常有意思，钱玄同强调了小说的"正宗"地位，刘半农突出了小说的文学性，但却不承认小说为文学，他们都试图在小说的文学地位方面做文章。也就是说，当人们意识到小说的文学性时，已经改变了小说在人们心目中的地位。"短篇小说"就是在这种背景下出现，并成为中国现代文学的一种文体类型。

原载于《山东师范大学学报》（社会科学版）2023 年第 3 期。

周海波：青岛大学文学与新闻传播学院教授、博士生导师，青岛市文艺评论家协会名誉主席。

---

[1]　钱玄同《通信（致陈独秀）》，《新青年》1917 年第 3 卷第 1 号。
[2]　刘半农《我之文学改良观》，《新青年》1917 年第 3 卷第 3 号。

鲁迅与山东作家

——1913—1958：相关研究史料钩沉

刘　泉　刘增人 ▇

一、王统照与鲁迅

　　王统照（1897—1957），山东诸城人，字剑三，笔名有剑、梦观、提西、息庐等，1916 年开始向《新青年》投稿，1917 年开始发表白话短篇小说，1918 年考入北京中国大学英国文学系，1919 年 5 月 4 日在天安门广场参加学生爱国运动，1921 年 1 月 4 日成为文学研究会 12 位发起人之一，1922 年出版长篇小说《一叶》，1923 年主编北京《晨报》副刊《文学旬刊》，1924 年出任中国大学教授兼出版部主任，1919—1925 年参加"晨光杂志社""中国大学学报社"，创办《自由周刊》等，1926 年离开北京返回故乡，次年移居青岛，后来赴上海从事文学活动，主编《文学》《大英夜报·七月》等，1945 年春返回青岛，新中国成立后赴济南，先后担任山东省文联主席、山东省文教厅厅长、山东省文化事业管理局局长等。

　　山东作家最早认识到鲁迅及其小说作品的价值的，无疑是王统照。而联系这两位现代作家的情感与文学的纽带，就是彪炳万世的《新青年》杂志。1956 年 10 月 19 日，王统照在《文艺月报》10 月号上发表了《第一次读鲁迅先生小说的感受》，满怀深情地回忆起他 1913 年在济南读中学时有幸从《小说月报》第 4 卷第 1 号读到鲁迅以笔名"周逴"发表的短篇小说《怀旧》，看到编者恽铁樵先生对这篇小说的特殊重视与编辑方式，深感启迪。他后来曾追寻"周逴"的来历及有关背景，终于得知"周逴"即鲁迅的事实，颇具说服力地佐证了这就是山东鲁迅阅读史与传播史的序幕。

　　1923 年 5 月 4 日，鲁迅在日记中写道："王君统照来。"正式拉开了山东作家、学者与鲁迅交往的大幕。此后，鲁迅日记、书信中多次出现王统照的名字，记录着两位新文学家的交往。从王统照 1913 年初读鲁迅小说到 1923 年赴八道湾拜访鲁迅，整整经过了十个年头。十年里，鲁迅从一个名不见经传的神秘作者"周逴"，华丽转身，成为五四新文学的旗手；王统照也从一个僻处山东济南意气风发的中学生，成为在北京文化界小有名气的文学青年，弄潮时代的先觉者。不难看出，是从《怀旧》到《狂人日记》《药》《孔乙己》《阿 Q 正传》等鲁迅作品的感召，才把自幼便颇负文名但仅仅是熟读了五经四书的新旧交替时代的文学青年王统照招引到鲁迅府邸,进一步推动他置身五四新文化运动和文学革命运动前列,成为中国第一代现实主义文学流派——文学研究会的中坚人物之一。

1925 年,北京文化界爆发了以许广平、刘和珍为代表的北京女子师范大学(简称"女师大")学生与女师大校长杨荫榆以及支持她的北洋政府教育总长章士钊、专门教育司司长刘百昭的运动,史称"女师大风潮"。鲁迅、周作人、许寿裳、钱玄同等以《语丝》为阵地坚定地支持学生,陈西滢、徐志摩等则以《现代评论》等作阵地为后者声援。正当风潮如火如荼的关键时刻,一份旗帜鲜明站在学生一边的周刊及时地问世,发起人与主编人就是王统照。自 8 月 1 日刘百昭等指挥军警打进学校、紧锁校门、停电断粮、强行解散女师大四班学生以来,女师大事件迅速成为全国关注的中心,《自由周刊》及时地做出了旗帜鲜明的反应。长篇论文《吊章士钊并讨反动派》(宋介)、《女师大事件之起因的解剖》(汪清伦)重在分析论证。到汪清伦的《杨荫榆太不要脸面》刊出时,便进入短兵相接的时段。8 月 20 日赵逸庵则直称章士钊的《甲寅》为"老虎报",主张《自由周刊》"出而发起一大规模的'伏虎运动'"(章士钊主编的《甲寅》封面绘有斑斓猛虎,故世人咸称其为"老虎总长",该刊为"老虎报"——引者注)。编者在跋语中也明确表示:"章等凭借甲寅,日以其反动派的朽腐思想眦世人,我等惧重祸国家。故亦主张以堂堂之鼓,正正之旗,开始作'伏虎运动'。"在关键时刻,同声相应,同气相求,益发可见文化立场的共同性。

20 世纪 30 年代中期,王统照因为长篇小说《山雨》触犯当局,小说被迫删改,他也受到威胁,不得已卖掉故乡的田亩,"自费"到欧洲"旅游"避祸。1935 年归国,1936 年 7 月 1 日起,接编出版发行于上海的大型月刊《文学》。《文学》创刊之初,鲁迅与王统照同为该刊的编委。但鲁迅出于自己对傅东华等人的认知以及对《文学》编辑群体内幕的不满,对于《文学》的前途颇有保留。他在 1936 年 5 月 3 日夜致曹靖华信里指出:"从七月起,《文学》换王统照编辑,大约只是傀儡,而另有牵线人。"[①]后来事态的发展,完全不出鲁迅所料。1936 年 12 月 1 日,王统照在《文学》第 7 卷第 6 号的《编后记》中无法抑制地感慨道:

编者在"固辞不获"的情形下,强抑着心情从春天起续编本刊,每每发愁。(读者诸君! 这不是份使人高兴的"差事",我诚心地说,)好处说,是主持"选政"罢;(多寒碜无聊的话)往坏处说,简直是"自投罗网"。……要对得起读者作者,还要对得起编者自己的真心! 因此便多担上一份心事,终天丢不下。也许有人笑了:你这没

---

① 《鲁迅全集》(第 14 卷),人民文学出版社 2005 年版,第 86 页。

勇气没魄力的编辑者,为什么只是对人家诉苦?但这种"差事",(又是两个寒碜无聊的字眼)若只凭一支丈八蛇矛与一头撞死的傻劲能办的了吗?论来应分有丰赡的学识,鉴别文字的本事,更需要精心与耐力;这并不够,还得附带上应付环境的"才能"。读者请不要误会了这句话,但这确是必要而不可缺的"才能"!如果他想把这件工作继续下去,在现在中国的文坛上。编者却那样也不够!从寓楼窗外的林檎树发出新芽时起,直瞅到现在,那些干支上只挂着几片枯黄的死叶了,劲风与霜气催迫着我们又挨到隆冬,编者在寒宵的炉火旁边眼看着一堆一叠的函札,文稿,往往低叹。但这是为了什么,自己也说不出。……

1936 年 10 月 1 日,王统照与鲁迅、郭沫若、茅盾、巴金、冰心等 21 位文艺家共同签名发表了《文艺界同为团结御侮与言论自由宣言》。1936 年 10 月 19 日晨,鲁迅病逝于上海。当天夜半,王统照写下《噩耗》一文,发表在 1936 年 11 月 25 日《光明》第 1 卷第 10 号"哀悼鲁迅先生特辑"。

10 月 22 日下午,鲁迅先生"启灵祭"举行,执绋者六千余人,送葬者数万人。王统照亦在送葬的队伍中。据端木蕻良回忆:"鲁迅先生逝世后,我和统照先生同在送葬的行列中,他打着黑领带,默默地走着,不时取下眼镜,用手帕擦拭被泪水模糊了的镜片。"①

10 月 23 日,王统照又在上海《大晚报·每周文坛》发表《人格的启示》,他强调:"鲁迅先生所留予我们的,第一是他人格的伟大!不屈服于任何力量,任何人,任何的浮泛的温情的好话。……鲁迅先生永逝了!在艰苦挣扎中的中华民族尤其需要把鲁迅先生平生的精神保持下去,应付我们的这个时代!"10 月 24 日夜半,写诗《悼鲁迅先生以诗记感》,发表于 1936 年 11 月 1 日《文学》第 7 卷第 5 号。王统照把《文学》该卷该号编为"鲁迅先生纪念特辑",刊发茅盾、郁达夫等的悼念诗文 6 篇,画页 22 桢,并在《编后记》中深致哀悼。同日,他还在《生活星期刊》第 1 卷第 22 号"悼鲁迅先生"特辑发表文章,盛赞鲁迅精神的感化力。12 月 1 日,《文学》第 7 卷第 6 号出版,王统照编为"鲁迅先生纪念特辑(二)",刊出论文、散文三篇。

1937 年 10 月 17 日,为纪念鲁迅逝世周年写诗《又一年了》,刊于《烽火》第 7 期。1936 年夏,后来被誉为"捷克汉学的奠基人"的普实克,从捷克驻日本公使馆给《文学》主编王统照写信,并委托代转写给鲁迅的信,表达自己希望翻译鲁迅小说为捷克文本的请求。王统照当即转呈该信。于是有了鲁迅的《〈呐喊〉捷克译本序言》,1936 年 7 月 21 日作,收入《且介亭杂文末编》,见《鲁迅全集》第 6 卷。鲁迅和

---

① 端木蕻良《统照先生和我》,山东省政协文史资料委员会、诸城市政协文史资料委员会《王统照先生怀思录》,中国文史出版社 1991 年版,第 79 页。

捷克的文化交流,经王统照沟通,遂成为文坛美谈,成为中外文化交流史上值得浓墨重彩书写的一节。此事的始末,刘增人曾经撰写《关于鲁迅致普实克信的一点资料》,刊载于北京鲁迅博物馆鲁迅研究室编《鲁迅研究资料》第7辑,天津人民出版社1980年12月初版。原文节选如下:

一九七七年十一月,北京鲁迅研究室编《鲁迅研究资料》第二辑首次发表了鲁迅一九三六年七月二十三日致捷克汉学家Y.普实克院士的信,这对鲁迅研究,对中捷人民的文化交流,都是有意义的。编者在"注"中说明,普实克院士把他珍藏多年的鲁迅手稿三件及一九三三年鲁迅照片一张捐赠中国,现由文物局交北京鲁迅博物馆保存。鲁迅的信,就是据手稿抄录的。一九三六年夏,雅罗斯拉夫·普实克从捷克驻日本公使馆给《文学》编辑者写信(原文附后),并托代转给鲁迅先生一信,这就是鲁迅写信给普实克的原委。当时文学编者已由王统照代替傅东华(王统照从七卷一期接编,该期《文学》一九三六年七月一日出版),当即由王统照转交鲁迅。《鲁迅日记》同年七月十三日记有:"午后得Dr. Prusek信。"二十四日记有:"复Prusek信,附《捷克译本小说序》一篇,照相一枚,又别寄《故事新编》一本。"二十四日所记复信的称谓、内容与《鲁迅研究资料》第二辑所刊的二十三日复信完全相同;二十三日写信而第二天记入日记,这在《鲁迅日记》中并非孤例。到十月一日《文学》第七卷第四号上,王统照才函复普实克,所以有"我们觉得十分对不起,敬盼谅宥"的话。(Prusek,今译雅罗斯拉夫·普实克,一九三六年时,译为普鲁司克,或普鲁西克。)普实克致鲁迅先生信,原件存北京鲁迅博物馆,已由戈宝权同志译出,并全文引用在他的《鲁迅和普实克》一文中(见一九七九年二月《鲁迅研究资料》第三辑)。那么,从他同一时间为了同一目的的写给《文学》的信抄出来,是有益的。王统照的复信也可供参照。下面是普实克致《文学》信和王统照的复信,原载一九三六年十月一日出版的《文学》第七卷第四期。普实克的信,原刊上没有称谓和署名,亦不注日期。

1946年春,王统照回到青岛,先后两度执教于复校后的山东大学。1949年6月以降,王统照发表过若干诗文纪念鲁迅,主要有《十三年》(诗,载1949年10月19日《胶东日报》)、《在青岛市文化教育界纪念鲁迅逝世十三周年集会上的讲话》(载1949年10月20日《胶东日报》)、《纪念鲁迅先生发扬爱国主义精神》(论文,载1951年10月19日《大众日报》)、《有关鲁迅的杂忆》(载1956年10月10日《前哨》10月号,含两篇:《从阿Q正传的初刊谈起》《有关恋爱的几句话》)、《第一次读鲁迅先生小说的感受》(载1956年10月10日《文艺月报》10月号)等。

王统照作为山东现代文学的奠基人和领路人,同时又是山东鲁迅研究的先知先行者和毕生坚守者——历史就是这样写下来的。

二、傅斯年与鲁迅

傅斯年（1896—1950），山东聊城人，初字梦簪，后字孟真。1918 年，受到民主与科学新思潮的影响，与罗家伦、毛准等组织新潮社，创办《新潮》月刊，提倡新文化，影响颇广，成为北大学生会领袖之一。1918 年 5 月，鲁迅的《狂人日记》发表。1919 年 2 月 1 日，傅斯年在《新潮》第 1 卷第 2 号"书报介绍"栏内以"记者"名义郑重推荐，不久又以《新潮》编者的身份，向鲁迅寄送刊物，征求指导意见。

1919 年 1 月 16 日，鲁迅在致许寿裳信中称赞北京大学在蔡元培先生指导下呈现了一些新气象，其中傅斯年、罗家伦等的《新潮》杂志，颇强人意。1919 年 4 月 16 日，鲁迅回答傅斯年的信函，发表在 1919 年 5 月《新潮》月刊第 1 卷第 5 号，标题为《对于〈新潮〉一部分的意见》，现收入《鲁迅全集》第 7 卷《集外集》。

1927 年，傅斯年与鲁迅在中山大学共事，因为与顾颉刚的关系而疏离。

1935 年 3 月 2 日，鲁迅在《〈中国新文学大系〉小说二集序》中再次称赞傅斯年等《新潮》作家，充分肯定了他们与《新青年》编辑中枢一起，共同成为五四时期"为人生的文学"的代表性文学群落。

鲁迅与傅斯年的关系前后有变化，从相得到疏离，但傅斯年对《狂人日记》的介绍，却一直被认为是中国鲁迅研究史尤其是鲁迅小说研究史的开篇之作。

三、汪静之与鲁迅

汪静之（1902—1996），安徽绩溪人，原名汪立安，字静之，曾用名汪安、汪安富，笔名有静芝、逸文、蛀书虫等。1921 年考入浙江省第一师范学校，开始在《新潮》《小说月报》《诗》《新青年》等期刊发表新诗。6 月，开始与鲁迅通信，后曾拜访鲁迅，赠书给鲁迅。受"五四"运动新思潮的影响，与潘漠华发起成立了有柔石、魏金枝、冯雪峰等参加，由叶圣陶、朱自清为顾问的"晨光文学社"。1922 年 3 月，与潘漠华、应修人、冯雪峰组织了我国现代文学史上最早的新诗社团——湖畔诗社。

1922 年 8 月，汪静之的新诗集《蕙的风》出版后，引起胡梦华等的严苛批评。胡梦华的《读了〈蕙的风〉以后》发表在 1922 年 10 月 24 日《时事新报·学灯》，说其中一些爱情诗是"堕落轻薄"的作品，有"不道德的嫌疑"。11 月 17 日，鲁迅在 1922 年 11 月 17 日《晨报副刊》发表《反对"含泪"的批评家》（署名风声，后收入《热风》），指出胡梦华式的"批评""是坏现象，愈多反而愈坏"。

1933 年，汪静之来到青岛，任教于已经改名为市立中学的"胶澳中学"，宿舍被称为"山海楼"。与汪静之一起来青岛市立中学任教的还有翻译家章铁民等。汪静之非常喜欢青岛,解放后来青岛疗养,也执意要住在距离"山海楼"不远处的青岛疗养院。据说此间他曾经邀请郁达夫访问青岛。王自立、陈子善编辑的"郁达夫生平活动大事件"1934 年 7 月 6 日称:"应友人汪静之、卢叔桓之邀,离杭州经上海去青岛避暑,历时一个月。"①与汪静之一道任教于市立中学的还有王统照、陈翔鹤、张友松等。

四、冯沅君与鲁迅

冯沅君(1900—1974),河南唐河人,原名恭兰,改名淑兰,字德馥,笔名有淦女士、沅君、易安等。1917 年考入国立北京女子高等师范学校第一期国文班。1922 年毕业后考入北京大学研究所国学门读研究生。1924 年 2 月开始陆续发表短篇小说《隔绝》《隔绝之后》《旅行》《慈母》等。1924 年 12 月 1 日《语丝》周刊第 3 期公布主要撰稿人 16 人,淦女士与鲁迅、周作人共同列名其中。后来主攻古代文学研究,先后在金陵女子大学、复旦大学、中山大学、山东大学等著名大学任教。

鲁迅 1935 年 3 月 2 日在《〈中国新文学大系〉小说二集序》中称赞冯沅君的短篇小说集《卷施》,真实地为刚刚觉醒又还没有完全觉醒的五四青年写照。冯沅君深受鼓舞,一直以此作为文学创作与文学研究的重要原动力。冯沅君不仅把鲁迅看作自己投身中国新文学事业的"守护神"来敬仰,而且以鲁迅精神鼓舞自己,终身从事,最终将全部生命升华为文学创作与文学教育殿堂里的累累硕果。

五、台静农与鲁迅

台静农(1903—1990),安徽叶集人,原姓澹台,本名传严,字伯简,笔名有静农、青曲、孔嘉等。1925 年 4 月,台静农经由小学同学张目寒的介绍,初识鲁迅,此后两人关系密切,友谊深厚。台静农是在鲁迅精神影响下成立的"未名社"的主干之一,该社曾出版"未名丛刊"18 种,"未名新集"6 种,以及不列丛书名 2 种。1928 年台静农出版小说集《地之子》。鲁迅建议把原书名"蟪蛄"改为今名。后来鲁迅编辑《〈中国新文学大系〉小说二集》时,台静农入选四篇,分别是《天二哥》《红灯》《新坟》和《蚯蚓们》②。1926 年,台静农搜集当时文坛对鲁迅的评论,结集为《关于鲁迅及其著作》。这是台静农编辑的第一本书,也是鲁迅及其作品问世以来第一本评论鲁迅的论著。1927 年,瑞典汉学家高本汉曾通过来华考察的地质学家斯文·赫定委

① 王自立、陈子善《郁达夫研究资料》(下卷),天津人民出版社 1982 年版,第 707 页。
② 《鲁迅全集》(第 4 卷),人民文学出版社 2005 年版,第 246 页。

托刘半农在中国推荐拟提名鲁迅为诺贝尔文学奖金候选人,刘半农拟提名梁启超和鲁迅,并委托台静农写信探询鲁迅意见。鲁迅在致台静农的信中答道:"诺贝尔赏金,梁启超自然不配,我也不配,要拿这钱,还欠努力……我觉得中国实在还没有可得诺贝尔赏金的人,瑞典最好是不要理我们,谁也不给。倘因为黄色脸皮人,格外优待从宽,反足以长中国人的虚荣心,以为真可与别国大作家比肩了,结果将很坏。"①

鲁迅之于台静农,是亦师亦友的关系。他们一直过从甚密,据《鲁迅日记》记载,二人交往在 180 次以上。在他们 11 年半的交往中,台静农致鲁迅信件有 74 封,鲁迅致台静农信件有 44 封。这些书信中,鲁迅与台静农披肝沥胆,直抒胸臆,可见交谊之深。

台静农后来在青岛教书,依然与当时在上海的鲁迅保持通信联系。《鲁迅全集》中收有鲁迅 1936 年 10 月 15 日给台静农的信,该信为鲁迅逝世前 4 天所写,其时鲁迅已病入膏肓,但始终记挂台静农。1937 年,台静农又应北京大学教授魏建功之邀赴北平,商量整理《鲁迅全集》事宜,并于 7 月 4 日抵达北平,将许广平辑录的鲁迅遗诗录为副本。

可见,无论从交谊的深厚还是影响的深远看,台静农与鲁迅的关联,都无疑是山东鲁迅研究史上浓墨重彩的一章。

六、萧红、萧军与鲁迅

萧红(1911—1942),黑龙江呼兰人,原名张荣华,曾用名张秀环、张迺莹,笔名悄吟、田娣、玲玲等。萧军(1907—1988),辽宁义县人,本名刘蔚天,学名刘鸿霖,曾用名刘吟飞、刘羽捷、刘维信等,笔名有酡颜三郎、燕白等。

1933 年,中国大学的毕业生张智忠、孙乐文(又名孙朋乐)先后到青岛,筹划开办一家经营销售新文学的书店,得到青岛崇德中学教师乔天华、青岛《民报》副刊编辑于黑丁的赞同。同年 9 月,中国大学毕业生宁推之出资 500 元,孙乐文、张智忠出资 100 元,在刚建成的东方市场租赁北门一处二层楼,开办了荒岛书店。宁推之任书店经理,实际由孙乐文、张智忠负责,店员有丁振清、于志杰、张福泰等。书店正门在广西路,门牌为广西路新 5 号,门头牌匾由乔天华题写。荒岛书店主要经营新文学作品与书报,开业之后受到青岛进步文化界的普遍欢迎。荒岛书店又是青岛"左联"小组和左翼文化的重要活动地点。

1934 年 6 月萧军与萧红经大连赴青岛后,萧军在《青岛晨报》做编辑,他与萧红分别写下《八月的乡村》和《麦场》(即《生死场》)的初稿,并希望得到鲁迅这样的

---

① 《鲁迅全集》(第 12 卷),人民文学出版社 2005 年版,第 73~74 页。

文坛前辈支持以正式出版。萧军询问孙乐文,如果把信寄到上海内山书店,鲁迅是否能够收到?孙乐文回答也许是可以收到的。孙乐文还建议,最好将通讯地址落在荒岛书店,这样即便发生什么问题,也可以推脱是不认识的顾客随便写的,不要用真实地址和姓名,以免惹来麻烦。萧军接受了他的建议,在青岛给鲁迅写了第一封也是最后一封信,未曾想到,鲁迅先生很快就给来了复信。1934年10月9日夜,鲁迅寄给青岛荒岛书店一封信,收信人是书店经理孙乐文。《鲁迅全集》注明这正是给萧军的复信,是萧军心心念念的一封至关重要的信,一封决定命运的信。

此后不久,萧军与萧红就乘坐"共同丸"下等货舱,离开了居住了五个多月的青岛,奔赴上海。此后,二人就成为鲁迅家中的常客。鲁迅曾撰写《田军作〈八月的乡村〉序》,初弁于1935年8月"奴隶社"《奴隶丛书》之一《八月的乡村》,后收入《且介亭杂文二集》,见《鲁迅全集》第6卷。又撰写《萧红作〈生死场〉序》,初弁于1935年12月"奴隶社"《奴隶丛书》之一《生死场》,后收入《且介亭杂文二集》,见《鲁迅全集》第6卷。二人因为鲁迅的大力举荐,迅速成为20世纪30年代中国文坛的新人。萧红纪念鲁迅的文章,最著名的传世之作是回忆录《纪念鲁迅先生》。萧军则成为毕生捍卫鲁迅的斗士之一。

萧军编辑、出版过《鲁迅给萧军萧红信简注释录》,只限于鲁迅先生给萧军和萧红的53封书简。时期从1934年10月到1936年2月,约为一年零四个月:第1封信(1934年10月9日)、第2封信(1934年11月3日)、第3封信(1934年11月5日)、第4封信(1934年11月12日)、第5封信(1934年11月17日)、第6封信(1934年11月20日)、第7封信(1934年11月27日)、第8封信(1934年12月6日)、第9封信(1934年12月10日)、第10封信(1934年12月17日)、第11封信(1934年12月20日)、第12封信(1934年12月26日)、第13封信(1935年1月4日)、第14封信(1935年1月21日)、第15封信(1935年1月29日)、第16封信(1935年2月9日)、第17封信(1935年2月12日)、第18封信(1935年3月1日)、第19封信(1935年3月13日)、第20封信(1935年3月17日)、第21封信(1935年3月19日)、第22封信(1935年3月25日、3月31夜、4月4日)、第23封信(1935年4月2日)、第24封信(1935年4月4日)、第25封信(1935年4月12日)、第26封信(1935年4月23日)、第27封信(1935年4月25日)、第28封信(1935年4月28日)、第29封信(1935年5月9日)、第30封信(1935年5月20日)、第31封信(1935年6月2日)、第32封信(1935年6月7日)、第33封信(1935年6月15日)、第34封信(1935年6月27日)、第35封信(1935年7月16日)、第36封信(1935年7月27日)、第37封信(1935年7月29日)、第38封信(1935年8

月 16 日)、第 39 封信(1935 年 8 月 24 日)、第 40 封信(1935 年 9 月 1 日)、第 41 封信(1935 年 9 月 10 日)、第 42 封信(1935 年 9 月 16 日)、第 43 封信(1935 年 9 月 19 日)、第 44 封信(1935 年 10 月 2 日)、第 45 封信(1935 年 10 月 4 日)、第 46 封信(1935 年 10 月 20 日)、第 47 封信(1935 年 10 月 29 日)、第 48 封信(1935 年 11 月 4 日)、第 49 封信(1935 年 11 月 15 日)、第 50 封信(1935 年 11 月 16 日)、第 51 封信(1936 年 1 月 14 日)、第 52 封信(1936 年 2 月 15 日)、第 53 封信(1936 年 2 月 23 日)。此后,萧军和萧红移居鲁迅之家附近,就无须书来信往了。但仅就这 53 封信,就完全可以看出鲁迅与二人的关系,完全可以理解鲁迅辞世后二人的悲痛之切与忆念之深。

七、臧克家与鲁迅

臧克家(1905—2004),山东诸城人,号孝荃,借用名臧瑗望,笔名少全,何嘉等。1929 年考入国立青岛大学预备班,并开始发表新诗。1930 年考入国立青岛大学中文系,为该校该系第一届学生。1933 年,在王统照、闻一多等资助下自印出版第一部诗集《烙印》,次年由生活书店出版增订本,被誉为 1933 年诗坛新人。1934 年出版诗集《罪恶的黑手》,寄请鲁迅指正。1936 年将诗集《自己的写照》题字"鲁迅先生批评"寄赠鲁迅,鲁迅 1936 年 8 月 22 日日记记有"臧克家寄赠诗集一本"。

此后,臧克家创作了多篇诗文,纪念鲁迅先生。主要有以下篇目:1936 年 11 月 4 日晚,写《喇叭的喉咙——吊鲁迅先生》(诗,载 1936 年 11 月 15 日《作家》月刊第 2 卷第 2 号)。1949 年 11 月 1 日写《有的人——纪念鲁迅先生有感》(诗,载 1949 年 11 月 1 日北京《新民报》"萌芽"第 16 号),被认为是国内纪念鲁迅先生诗作中的经典。1951 年 9 月 15 日写《鲁迅先生与编辑出版工作》(论文,载 1951 年 10 月《新华月报》10 月号)。1956 年 9 月 17 日,写《鲁迅对诗歌的贡献》(论文,载 1956 年 11 月 12 日《解放军文艺》11 月号)。1956 年 9 月 23 日,写《鲁迅写的纪念文章》(散文,载 1956 年 10 月 13 日《人民日报》)。1956 年 9 月 24 日,写《"鲁迅六周年祭"在重庆》(散文,载 1956 年 10 月 15 日《文艺报》第 19 号);同日,又写《在反动统治下鲁迅年祭的遭遇》(散文,载 1956 年 10 月 15 日《文艺报》第 19 号)。1956 年 9 月 25 日,写《鲁迅的遗嘱》(杂文,载 1956 年 10 月 11 日《工人日报》)。1956 年 10 月,写《鲁迅是怎样从事编辑工作的》(论文,载 1956 年 10 月 16 日《新观察》第 20 期);同月,又写《从纪念鲁迅想起的》(杂文,载 1956 年 10 月 22 日《文汇报·笔会》)。1957 年 9 月,写《"遵命文学"与"奉命文学"——鲁迅先生逝世纪念有感》(杂文,载 1957 年 10 月 19 日《人民日报》)。1957 年 10 月 13 日,写《假如鲁迅先生还活着——纪念鲁迅先生逝世二十一周年》（杂文，载 1957 年 10 月 19 日《光明日报》）。1961 年 10 月 10 日，写《毛主席亲题鲁迅诗》（评论，收入《学诗断想》，北京出版社 1962 年 10 月第 1 版）。1961 年 11 月 10 日，写《再谈毛主席亲题鲁迅的诗》（评论，载 1961 年 11 月 9 日《人民日报》）。1976 年 10 月，作《伟大预言已经实现——纪念鲁迅逝世四十周年》（诗，载 1976 年 10 月 17 日《光明日报·光明》第 55 期）。1977 年 7 月 20 日，作《〈哀范君〉第三章"小"字试解》（杂文，收入《臧克家散文小说集》，长江文艺出版社 1982 年 12 月版）。1977 年，写《有的人的遭遇》（载 1978 年 4 月 20 日《上海文艺》4 月号，收入《学诗断想》1979 年 8 月四川人民出版社增订本）。1979 年 8 月 12 日，写《京华练笔三十年》（散文，载 1980 年 1 月《花城》文艺丛刊第 3 集），其中回忆道："《有的人》，这篇纪念鲁迅而写的短诗，是我到北京后的首产。三十年风云流逝，而这首小诗的生命力却依然旺盛。它在丙辰清明被抄在天安门广场革命同志的板报上，因为它，两位女青年被打成反革命（为此我写了《有的人的遭遇》一文）；它在大会上多次被朗诵过，它被选入中学语文课本，并且，许多报刊要我谈谈怎样写这篇诗的。《有的人》是一篇抒情诗，有感而发，好似不需要生活做底子。……"1979 年 12 月 15 日，写《关于有的人》（散文，载 1980 年 3 月 20 日《中学语文教学》第 3 期）。1980 年 12 月 9 日，写《三谈有的人》（散文，载 1981 年 2 月《语文学习》第 2 期）。1981 年 1 月，写《怎样评价人物——学习鲁迅的科学态度》（杂文，载 1981 年 1 月 21 日《光明日报》）。1981 年 4 月 13 日，写《〈有的人〉的产生过程》（散文，载 1981 年 8 月《中学语文教学》8 月号）。1981 年 8 月，写《有的人死了，他还活着——纪念鲁迅先生诞生一百周年》（散文，载 1981 年 9 月《人民文学》9 月号）。1981 年 9 月 3 日，写《百年怀人——鲁迅先生诞辰一百周年纪感》（诗，载 1981 年 9 月 20 日《光明日报》）。同日，写《念巨人——纪念鲁迅先生诞生一百周年》（诗，载 1981 年 9 月 24 日《北京日报》）。1986 年 1 月 8 日，写《读〈诗·寓言·小说——〈狂人日记〉新论》（评论，载时代文艺出版社 2002 年 12 月《臧克家全集》第 10 卷第 432～433 页）。1987 年 9 月 24 日，写《今之视昔——在〈鲁迅同斯诺谈话整理稿〉座谈会上的书面发言》（发言稿，载 1988 年《新文学史料》第 1 期）。1991 年 4 月 2 日，写《鲁迅的少作——我对〈自题小像〉的理解》（评论，载时代文艺出版社 2002 年 12 月《臧克家全集》第 10 卷第 158～161 页）。

无论从数量看还是从影响看，臧克家都毫无疑问是山东鲁迅研究的最重要作家、学者之一。

八、于黑丁与鲁迅

于黑丁（1914—2001），山东即墨人，原名于敏道，笔名有于雁、于潘、黑丁等。

1930 年在王统照指导下,在叶圣陶主编的《中学生》发表处女作。1933 年,在青岛参加"左联",主编青岛《民报》副刊及《汽笛》半月刊,与孟超、臧克家、崔嵬、吴伯箫等成为文友。1934 年由黄敬介绍加入中国共产党。1935 年秋赴上海,参加左翼文艺运动。1936 年 4 月 20 日致信鲁迅,开始了与鲁迅的交往。后经鲁迅介绍,他的短篇小说《路》,发表在孟十还主编的《作家》杂志。1938 年与臧克家筹组文化工作团,从事抗日宣传工作。1939 年赴重庆,参加"文协"工作。1940 年赴延安,任全国文艺界抗敌协会延安分会副主任兼秘书长,《谷雨》月刊编委,曾参加 1942 年 5 月延安文艺座谈会。1948 年,任中南局宣传部文艺处处长、中南文联副主席、中南作家协会主席,创办《长江文艺》。1963 年任河南省文联主席、党组书记等。

鲁迅在 1936 年 4 月 20 日、23 日、26 日,5 月 16 日的日记中,记录了于黑丁的来信。新中国成立后,于黑丁撰写了《鲁迅与我们》,深情回忆鲁迅对他的指导与帮助。

九、王亚平与鲁迅

王亚平(1905—1983),河北威县人,原名王福全,曾用名王减之,笔名有罗伦、亚平、玉女士、李篁、李荫、白汀、大威等。1932 年 9 月,"中国诗歌会"在上海成立,王亚平迅即联络袁勃、曼晴、左琴琳娜等在北平(今北京)组建"中国诗歌会河北分会",创办会刊《新诗歌》。1933 年夏,应蒲风邀请赴上海出席"中国诗歌会"会议,读到鲁迅关于新诗歌的文章,深受启迪。1934 年王亚平与袁勃同至青岛,任教于黄台路小学,后王亚平担任该校教务主任。1935 年 6 月 1 日,王亚平将其在青岛时期的诗作编为诗集《都市的冬》,由上海国际出版社出版,随即以《都市的冬》寄赠鲁迅。6 月 12 日,鲁迅日记记有"亚平寄赠都市的冬一本"。1936 年王亚平的长诗《十二月的风》和诗集《海燕的歌》出版。1936 年 10 月,鲁迅病逝于上海。王亚平在青岛主持纪念鲁迅大会,引起青岛社会对鲁迅的关注,也因此受到当局警告,王亚平只得从青岛流亡到日本避祸。

1937 年抗战爆发后,他赶赴上海,投身抗日救亡运动,参与《高射炮》《战号》等抗战报刊的创办与编辑。后在重庆参与"春草诗社"的创办,编辑出版了《春草集》《夏叶集》,以及《诗人》《星群》《春草诗刊》等。新中国成立后担任北京市文联秘书长兼党组书记等职务。1983 年病故。王亚平遗作及纪念他的文章结集为《永远结不成的果实》,2014 年 1 月由文化艺术出版社出版。

十、田仲济与鲁迅

田仲济(1907—2002),山东潍县(今潍坊)人,曾用名田霭宽、田仲稷,笔名有青、野、淦、仅、邨、小淦、田淦、青野、野邨、程帆、芎汀、陈绵、高力夫、柳闻、仅民、杨文、蓝海等。1926 年中学毕业后升入济南商业专门学校,后改在山东大学法学院商学系继续攻读。1929 年赴上海入中国公学社会科学院政治经济系继续攻读。1930 年赴济南任正谊中学教师兼黄台分校主任。1932 年赴掖县(今莱州)任山东省立第九中学语文教师。

1934 年 11 月 10 日,田仲济与友人的《青年文化》月刊创刊于山东济南,田仲济主编,参与编辑的还有冉晋叔、朱宝琛、苏亦农、孙珍田、尚希平、王卓青等,该刊由济南"北洋书社"出版并代理发行,为大 16 开本。这是山东进步文学期刊中最早发出抗日怒吼的"领头雁"。

该刊的主要栏目先后有论文、国际大事述评、诗选、小说作法漫谈、戏剧与小说、科学丛谈、散文杂感、小说、诗歌、随笔、文化情报、短论、珍闻一束、书评、青年园地、杂文、独幕剧、特载等。文学领域里的撰稿人主要有小淦、乡汀(田仲济)、宋宝琛、冀绍儒、子修、王卓青、来今、田贡楠、子修、戈忠、绍梁、李守章、惜萍、张文麟、陈锦、刘日新、秋梵、鲁缟等。

《青年文化》在济南率先了发出"抗日救国"的怒吼,同时又开辟了反击封建复古潮流的新阵地。1936 年 5 月 16 日第 4 卷第 2 期刊载了蔡元培、鲁迅、郭沫若等近七百人签名的《我们对于推行新文字的意见》,田仲济也是签名者之一。据已知史料,鲁迅的《关于新文字——答问》,也是在《青年文化》上与读者见面的。这也就从一个特定角度证明该刊在学术文化界的影响。

十一、葛琴、华岗夫妇与鲁迅

葛琴(1907—1995),江苏宜兴人,曾用名葛允斐、葛韵燕、何桂贞,笔名有柯琴、允斐、韵焦、戈琴等。1926 年由侯绍裘、张闻天介绍加入中国共产党。1932 年应《北斗》杂志主编丁玲邀约撰写短篇小说《总退却》,发表在《北斗》第 2 卷第 2 期。1933 年 12 月,葛琴在"左联"成员叶以群建议下给鲁迅写信,希望拜访并恳请为自己的书稿写序。12 月 12 日下午在内山书店与鲁迅会见,后至公啡咖啡馆长谈。1933 年 12 月 25 日夜,鲁迅为葛琴的小说集《总退却》撰写序言,指出:"这一本集子就是这一时代的出产品,显示着分明的蜕变,人物并非英雄,风光也不旖旎,然而将中国的眼睛点出来了。我以为作者的写工厂,不及她的写农村,但也许因为我先前较熟于农村,否则,是作者较熟了农村的缘故罢。"[1]1936 年 11 月葛琴在《〈总退却〉后记》里这样写道:"他(按指鲁迅——引者注)完全不像一个老人——虽然他上唇

---

[1] 《鲁迅全集》(第 4 卷),人民文学出版社 2005 年版,第 639 页。

是留着那么一抹浓黑的胡须,他更没有一丝老人的架子。那天我们在一家咖啡店里谈了两个钟头,我完全不感觉有什么拘束的必要,他很起劲的说着文学上的各种问题,和不断地给我们热烈的鼓励(我们可以想起,那时上海的出版界在怎样一个沉闷的状态中)。他的说话就和他的文章一般的有力,是那样充满着比青年更勇敢的情绪。当我从咖啡店里出来的时候,除了满意以外,更惊愕于中国现在还有这样一个青年的老人。"当葛琴的《总退却》出版遇到困难时,鲁迅又伸出援手,请赵家璧帮助,1937 年 3 月,才在良友图书印刷公司问世。1940 年,葛琴回忆这一段难忘的经历时写道:"我的第一篇小说《总退却》就是鲁迅先生亲自修改的。先生一共改过三次。第一次送去,先生看过后说,写得太乱,教我如何将头绪理顺,我根据先生意见重新写过;先生看后,又提出了很多意见,我又去重写;第三次送去后,当我去取稿时,看见稿子上先生删改了很多地方。先生说,就这样发排吧。当先生送我到门口时,我兴奋地问:还要过多少年我才能成为一个作家?先生哈哈大笑,伸出两个指头说:'至少还要 20 年。'"①葛琴与华岗于 20 世纪 30 年代结婚。葛琴与鲁迅的交集,于是递增为葛琴、华岗夫妇与鲁迅的交集,并且开创了由华岗发起、指导而获得成功的山东大学鲁迅研究事业。

华岗(1903—1972),浙江龙游人,曾用名及笔名有刘少陵、刘少侯、林少侯等。

葛琴、华岗夫妇与鲁迅的交集,开始于 20 世纪 30 年代。1932 年 9 月,华岗被捕,秘密写信给葛琴,称经商途经青岛得病住院云。葛琴立即向组织汇报。同时葛琴得到消息,交 300 元即可释放。鲁迅得知后,即刻将刚刚收到的稿费 100 元交给葛琴。鲁迅日记 1933 年 12 月 18 日记有"得葛琴信,即复",19 日,记有"午后复葛琴信",28 日,记有"午后收大阪朝日新闻社稿费百,即假与葛琴"。1934 年 1 月 4 日,记有"得葛琴信",18 日,记有"得葛琴信",8 月 25 日,记有"得葛琴信并茶叶一包",27 日,记有"复葛琴信",11 月 26 日,记有"得葛琴信并小说稿",1935 年 6 月 10 日,记有"葛琴寄赠茶叶一包",1936 年 8 月 9 日,记有"葛琴寄赠茶叶两包"。

后来在山东大学执教,也是华岗指导下成书的《鲁迅研究》三位作者之一的孙昌熙,曾经深情回忆华岗指导他研究鲁迅的实况。文章刊载于青岛市政协文史资料委员会、山东大学青岛校友会编《华岗纪念文集》,青岛出版社 2013 年第 1 版,第48~50 页。

十二、刘泮溪、孙昌熙与鲁迅

刘泮溪(1914—1978),山东昌邑人,字质灵。1940 年毕业于昆明西南联合大

---

① 丁言昭《革命"三剑客"之一葛琴》,《上海滩》2012 年第 7 期。

学(简称"西南联大")中文系(学籍为北京大学),毕业后曾任教于西南联大附中。抗战胜利后应聘到山东大学任教,历任山东大学文学院秘书、中文系现代文学教研室主任、中文系副主任、中文系副教授。其间,他还兼任山东大学《文史哲》编委、《山东文艺》编委、山东省作家协会副主席、济南市政协委员等职。

1953年,在山东大学校长华岗的倡导和主持下,刘泮溪和孙昌照、韩长经三人组成课题小组,在中文系开设了"鲁迅研究"专题课,此为全国高校教学之首创,后又将授课讲义整理编写成《鲁迅研究》一书,刘泮溪承担了全书大半部分内容的写作,特别是杂文部分。该书于1957年由作家出版社出版,后由香港波文书店翻印。此书是新中国成立后最早问世的以马克思主义观点全面系统地研究鲁迅思想和创作的专著,在学术界影响颇大。他在《文史哲》上发表了系列研究鲁迅的论文,有的后被收入国家出版管理局版本图书研究室编选的《鲁迅思想研究资料》中。

刘泮溪在他生命的最后两年里,除培养青年教师外,主要是参加国家出版总局组织领导的《鲁迅全集》的注释工作,具体负责《故事新编》的注释。

孙昌熙(1914—1998),山东安丘人,笔名钟咸。1936年考入北京大学中文系,次年随校迁徙长沙、昆明。1941年毕业于西南联大中文系,留校做朱自清先生的助教。历任西南联大中文系助教,华中大学中文系讲师,山东大学中文系讲师、副教授、教授。山东省鲁迅研究会会长,中国现代文学研究会、鲁迅研究会、闻一多研究会理事。

他1946年秋赴青岛任山东大学中文系讲师。他除去参加《鲁迅研究》一书的编写外,还先后发表《试论鲁迅〈中国小说史略〉的战斗意义》《鲁迅与〈山海经〉》《鲁迅与〈儒林外史〉》《鲁迅与〈聊斋志异〉》《鲁迅与高尔基》《鲁迅的比较文学观与研治古典文学的方法》《鲁迅的比较文学观及其研究古典文学的成就》等论文,出版专著《鲁迅"小说史学"初探》,以他为主撰写《鲁迅文艺思想新探》一书(1984年出版),主编鲁迅的《〈故事新编〉试析》一书等。

此外,还有杨振声、冯至、张友松、宋还吾、李长之、沉樱(陈瑛、陈英)、邱遇(袁世昌、邱青直)、王林(傅闻)、燕志儁(燕遇明)等,也都曾经以不同方式,在不同时段,得到鲁迅的支持或品题,其间应该各有若干故事可供书写。但愿有更多的朋友一起来钩沉辑佚,复原历史。

原载于《山东师范大学学报》(社会科学版)2021年第66期。

刘增人:青岛大学文学与新闻传播学院教授。

刘泉:青岛大学国际教育学院副教授。

身体美学:王蒙《猴儿与少年》的艺术超越性

朱自强 ▉

> 我歌颂肉体,因为它是岩石
> 在我们的不肯定中肯定的岛屿。
> ……
> 它原是自由的和那远山的花一样,丰富如同
> 蕴藏的煤一样,把平凡的轮廓露在外面,
> 它原是一颗种子而不是我们的掩蔽。
>
> ——穆旦《我歌颂肉体》

王蒙新作《猴儿与少年》蕴含"猴性"和"少年性",与"身体性"视域有着内在、深层、紧密的联系,本文试图以此来讨论这部在王蒙小说创作中具有独特而重要意义的小说。

我之所以从"猴儿"与"少年"联想到身体,是因为我曾经撰写过《童年的身体生态哲学初探》这篇论文。我在文中说:"生态学的教育就是使童年恢复其固有的以身体对待世界的方式。身体先于知识和科学,因此,在童年,身体的教育先于知识的教育,更先于书本知识的教育。""承认、尊重身体生活,就是承认、尊重歌唱、跳跃、嬉戏的孩童的生活方式,就是回到童年生命本真的状态,也就是回到人类生命本真的状态。"①在我的认知图示里,"身体"处于如此重要的地位,所以,自然在距离身体生活最近的"猴儿"和"少年"这里,感受到、认识到王蒙《猴儿与少年》的身体美学。

一、王蒙心里"乐"的是什么?

在我试图理解《猴儿与少年》的意义时,这部小说结尾处改写自程颢《春日偶成》的那首诗浮现脑海——"云淡风清近午天,群猴踊跃闹山巅。时人不识余心乐,将谓偷闲写少年。"这首诗一开始引起我的注意是因为诗中出现了小说题目中的"猴儿"("群猴")和"少年"。但是,后来更让我关切的是诗的后两句:"时人不识

---

① 朱自强《童年的身体生态哲学初探》,《中国儿童文化》第 2 辑,浙江少年儿童出版社 2005 年版。

余心乐，将谓偷闲写少年。"王蒙只将程颢的后两句诗改动了一个字，将"学少年"改成了"写少年"。也就是说，王蒙也许像程颢一样认为，如果"时人"将《猴儿与少年》看作"写少年"的小说，那就是"不识余心乐"的一种阅读。

那么，王蒙的这部小说"乐"的是什么？王蒙的文学世界丰富、深邃、博大。《猴儿与少年》也是如此。这部小说表现的"乐"，就像第八章写了"七个我"一样，也不会只有一个。另外，一部十万字多一点的小说，有二十九个小标题，不可谓不散。那么小说的意义核心是什么？王蒙心里最重要的那个"乐"是什么？

我的猜测是，王蒙创作《猴儿与少年》，要表现的那个最重要的"乐"，就是身体的快乐。小说中描写、表现了大量的"身体"生活以及与身体直接相联系的"劳动"生活。通过对这些关于"身体"和"劳动"生活的艺术表现的凝视，我几乎可以确认，王蒙是一个能够充分地感受和享受身体快乐的人。他在《猴儿与少年》中，将自己的身体美学投射在了小说主人公施炳炎的身体之上。《猴儿与少年》所表现的身体快乐超越了单纯感官的快乐，而是身心一元的快乐。

何谓身心一元的快乐？当我们置身于大自然之中，一定会产生精神的愉悦，这是以身体为基础和源泉的愉悦。比如，眼睛之于碧海蓝天，肌肤之于清风微抚，耳朵鼻息之于鸟语花香。当我们置身于游戏、体育和劳动活动之中，精神的快乐更是与身体的快乐合而为一。而在文学的美学表现中，"身体乃是比陈旧的'灵魂'更令人惊异的思想"①。

王蒙多次说过，他在一个艰难的时候到了新疆、到了伊犁、到了农村，但是，在那儿他确实得到了快乐。王蒙所说的快乐，就是身心一元的快乐。王蒙在离开新疆多年以后，还有两句维吾尔族谚语让他念念不忘。其中一句是：除了死以外，其他的都是"塔玛霞儿"。王蒙解释说，游戏、散步、歇着、唱歌都叫"塔玛霞儿"。可见，在维吾尔族人的人生观中，人生的快乐都是与游戏、散步、唱歌这些身体生活相联系着的。另一句谚语说的是，如果有两个馕，一个可以吃掉，另一个应该当手鼓，敲着它跳舞。王蒙所体认的这两句关于人生快乐的谚语，其幸福感都与"身体"有关。因此我才选择了穆旦《我歌颂肉体》中的一句，借为本文的题头诗。在《猴儿与少年》的美学表现中，经过生命历史的泥土的滋养，"身体"不是对生命的"遮蔽"，而是已经成为发芽、开花、结果的一颗"种子"。

《猴儿与少年》是一部身体美学——将"身体"作为审美对象的文学。王蒙的《猴儿与少年》是他的身体美学的一次强力表达。在87岁的耄耋之年，以小说强力表达自己的身体美学，这堪称是一个文学创作上不多见的"事件"。在这个意义上，

---

① 〔德〕尼采《权力意志》，商务印书馆1996年版，第152页。

《猴儿与少年》成为王蒙十分重要的、具有超越性的作品。王蒙通过书写《猴儿与少年》，展示了自己作为小说家的一个新的艺术形象。对"身体"美学的确证，是对人的生命的重要确证。书写身体美学的《猴儿与少年》是王蒙的健全的人性观、人生观的一次独特而有力的表现。

创作《猴儿与少年》，是王蒙最尽兴的一次语言书写。小说创作的语言作为一种书面语，与口语相比，它与身体的联系已经更加让人难以觉察。不过，王蒙在创作《猴儿与少年》时，语言与身体更加靠近。毕飞宇说："……无论是写小说还是读小说，它绝不只是精神的事情，它牵扯到我们的生理感受，某种程度上说，生理感受也是审美的硬道理。"①很多研究者指出了王蒙小说创作的总体风格是语言的"狂欢"性。我想进一步指出的是，王蒙的狂欢性语言是一种"身体"的语言。这种"身体"的狂欢性在《猴儿与少年》的语言表现中可谓登峰造极。

我读《猴儿与少年》的文字，特别是面对那些如烟花升空般噼啪闪烁、目不暇接的一连串的押韵诗、押韵文、押韵曲，还有用"之乎者也"的"乎"、"归去来兮"的"兮"，用"柒不楞登""捌不楞登"来咏歌的句子，似乎看见了王蒙的"身体"正在那里"手之舞之""足之蹈之"，感受到的也是"身心一元"的愉悦。

二、施炳炎与"身体"的"猴儿"和"少年"

在小说中，"猴儿"与"少年"，都是身体性存在。王蒙通过"身体"的书写，将"猴儿"和"少年"与施炳炎这一人物紧紧地连在一起，通过书写身体性的"猴儿"和"少年"，塑造着施炳炎的"身体"形象。

小说中的施炳炎因为"摊上事儿了"，于1958年来到北青山区镇罗营乡大核桃树峪村下放劳动。大核桃树峪村身处山区，四面环山，毫无平地，是一个需要"身体"的生存环境。在这里，"不独山羊与野鹿，还有野兔山狸山鸡山獾，加上一般家养的马牛犬猪，都善于爬山。上了山都是得心应脚，如履平地"。而猴子呢，"它们熟练地爬高就洼，攀援随势，蹬崖跃涧，轻脚熟道，出出没没，捡捡拾拾，翻翻找找，顺手牵羊，大享方便，活力闹山川"。

在大核桃树峪村，人得向上述动物们学习。施炳炎在这方面是有学习的天资的。小说写道："来此后，施炳炎的腰、股、膝，从大腿根儿到腿肚子到脚后跟到脚趾，都在发生戏剧性变化。莫非他的祖先给他遗留下了猿猴的基因？他的远远说不上发育良好的下肢，为什么走在山路上，踩到硬石滚石湿滑草皮泥泞险径与各种坡度上竟然没有任何为难，却只感到趣味与生动、新鲜与舒展，尤其是扎实与可靠

---

① 毕飞宇《小说课》，人民出版社2020年版，第16页。

呢?"在王蒙笔下,施炳炎简直就要变成"猴儿"了。王蒙还让施炳炎不无得意地想:"为什么,其他的'下放干部'今天这个扭腰,明天那个崴脚,一会儿这个肝颤,那个两眼发黑喘不上气儿来。而他施炳炎却是这么溜,按 21 世纪十几年的说法,他怎么到了伟大的小山沟,是这样 666 呢?"读这样的文字,读者不禁会想,在那样一个年代,具有"猴性"身体,对于知识分子的生存是多么重要的一件事情。《猴儿与少年》后记的题目就是"回忆创造猴子",我们是否可以说,小说主人公施炳炎其实就是王蒙创造出的一个"猴子"。

小说对施炳炎与"少年"的亲密关系的描写,也是从"身体"写起的。

"那天赶上了他与核桃少年侯长友与一拨孩子来到这棵大树下。施炳炎向孩子们学习爬树,他勇于攀援,他敢于与大树亲密接触,拥抱摩擦火烫,他不怕跌撞,他碰青额头、擦伤胸膛,血迹斑斑,他扎破手指与小腿;他摸到手上触到脸上的,是体表布满含毒纤维的多足花虫洋剌子,它们是鳞翅目刺蛾科中国绿刺蛾、黄刺蛾、梨刺蛾的幼虫。它们的火一样的热情烧得人脸颊生痛,好一个痛快过瘾!"对于一般的成年人,这样的爬树过程显然不是一个享受的体验,但是,王蒙塑造的施炳炎,却感受到了"好一个痛快过瘾",显然怀揣的是一颗少年心。

就在爬树的过程中,"炳炎看到了一个远处似乎是猴儿的活物,一闪而过。他叫了一声。什么?孩子们问。猴子,施炳炎答。……什么样的猴子,少年长友非常注意,他在意上心,追问炳炎。炳炎乃又上树,长友也再次爬树爬高,遍寻猴子不得,与炳炎二人相觑遗憾。炳炎后悔,看到蹿蹿跳跳的活物没有认真追踪"。施炳炎与少年侯长友的交往,一开始就有"猴儿"参与其中。

施炳炎是如何评价这次与"少年"侯长友的相识呢?"是一次巧遇,不,是伟大的机遇,是一次非同一般的感动和温暖。"将"向孩子们学习爬树"视为"伟大的机遇",既是对"少年"致敬,也是对爬树这一身体生活的致敬。因为与少年的交往,"在山村,在核桃少年身边,出现了第五个小老施:活泼喜悦,健康蓬勃,豁然无忧,欣欣向荣,春光明媚,东风和顺,阳光少年,童心无边,爱心无涯,信心钢钢地响"。

作为持着"儿童本位"这一儿童观的儿童文学研究者,王蒙对"第五个小老施"的书写,令我精神为之一振。王蒙的少年观(儿童观)具有从儿童这一生命存在汲取思想之源的倾向,令人想起中国现代文学中,周氏兄弟、郭沫若、冰心、丰子恺等人所代表的"发现儿童"的传统。两者之间,即使不是一脉相承,肯定也是多有牵连。

李敬泽敏锐而深刻地指出:"王蒙的小说一直有'猴性'、有少年性,直到此时,八十七岁的王蒙依然是上天入地的猴儿,是永远归来和出走的少年。他如一个少年在暮年奔跑……"①"如一个少年在暮年奔跑",这一来自身体的矛盾修饰式比喻,既是暮年王蒙的"精神"形象,也是暮年王蒙的"身体"形象。

三、《猴儿与少年》的"劳动"美学

根据"身体美学"的倡导者理查德·舒斯特曼的观点,身体美学的核心之一是通过身体进行"创造性自我塑造"②。在《猴儿与少年》中,王蒙一直表现着"身体生活"对施炳炎的精神自我的塑造。施炳炎通过"身体"而超越自我、重塑自我是《猴儿与少年》的重要主题。

《猴儿与少年》最关键的词语就是"劳动",与"身体"直接相联系的"劳动"。王蒙喜欢"劳动"这个词,他甚至谈及创作时,也把自己说成是"劳动者""劳动力"。与其说他喜欢"劳动"这个词,不如说他喜欢"劳动"这件事。

理解"劳动"这个词语的内涵时,王蒙更看重的是"体力劳动"。他在小说里写道:"是的,社会主义,头一条就是劳动,马克思主义就是劳动真经。要爱脑力劳动与体力劳动,尤其是体力劳动。大心理学家巴甫洛夫说过的。由此可见,没有从事过体力劳动的人,至少是一个残缺的人、遗憾的人、不完整的人、孱弱的人,寄生、无能,至少是走向懒散的人,是没有完成从猿(鱼、海豚……)到人的进化的亚次准人前期人。"小说里还说:"……另一种体验,雨季造林,成就了逍遥奔放、自由天机、恢宏驰骋,天地大美,道法自然,是劳动成就人文的狂欢嘉年华'一一'。"

当王蒙写下这些话语时,他也许觉得自己就是一个"完整的人"。当我们读到这些话语时,可以肯定地说,王蒙的劳动观是健全的。王蒙是真正劳动过的人。单三娅就说过:"很难想象当时瘦弱的王蒙能当多大的劳力,但他确实受惠于体力劳动锻炼,他的肩臂胸都挺厚实,不单薄,至今八十大几的年龄,不大出现肩疼腰疼这样的问题,直让我这个六七十岁的人惭愧。他回忆过在大湟渠的龙口会战,写到过扬场、割麦、植树、浇水、锄地、挑水、背麦子、割苜蓿、上房梁……这些要劲的活儿他全干过!"③

王蒙受惠于体力劳动的不仅仅是"肩臂胸"等身体,还有更重要的健全的人性观。在小说中,施炳炎通过"伟大的劳动","在换一个活法"。王蒙写道,"劳动使猿猴成人,使弱者变成强人,使渺小之人成为巨人"。他借施炳炎的话夫子自道:"施炳炎为自己的劳动史而骄傲,而充满获得感充实感幸福感成功感! 劳动是他的神

① 李敬泽《猴儿与少年》"推荐语",王蒙《猴儿与少年》,花城出版社 2022 年版,"封底"。
② 〔美〕理查德·舒斯特曼《通过身体来思考》,北京大学出版社 2020 年版,第 29 页。
③ 单三娅《又到伊犁——王蒙笔下的新疆》,《文汇报》2021 年 8 月 28 日。

明,劳动是他的心爱,劳动是他的沉醉,劳动是他的诗章!""他明明是城市小鸡屎分子。他今天忽然发现了自己的坚强、自己的潜力,自己的累不死也折不断的身子脖子关节四肢……"正是因为王蒙将"劳动"看得如此重要,对"劳动"如此挚爱,他才在小说中,表达对当下这个时代的离身体生活、劳动生活越来越远的人性异化的忧心忡忡——"机械化自动化智能化舒服化正在分担人的劳动,人的劳动能力人的五官四肢五脏六腑肌肉骨骼从而弱化退化,我的娘老子,人啊,人,请不要作废了报废了人体自身呀!"

身体是"自我"的根基,没有身体感受,难以建立起真实的、积极的、和谐的自我。海伦·凯勒的身体感受的痛苦是表象,而对身体障碍的超越才是她身体感受的本质。还有史铁生,他的那种独特的"自我"和人生体悟,只能以他的身体生活为根基来确立。王蒙也是如此。如果没有"劳动"来创造王蒙的身体,他所获得的"自我"将是另一个"王蒙"。《猴儿与少年》艺术生命力的源头,就来自王蒙被"劳动"创造出的"身体"。没有"劳动",就没有《猴儿与少年》的身体美学。

在小说中,最让王蒙铆足了劲儿来写的就是"伟大的劳动"。写劳动,他用的笔墨最多,投入的情感最深,歌咏的声音最大。越是写身体生活的"劳动",王蒙那洋洋洒洒、信马由缰的语言叙述,就越是恣意放纵,越是节奏鲜明、韵律铿锵。在小说的"劳动"书写笔墨中,最有特色,也是最尽兴的,是"雨季造林"一章。王蒙用"语言"的放纵和狂欢来表现身体、思想、情感的放纵和狂欢——"猛打猛冲,挖树苗,带泥土,溅泥水,抹皮肉,成花脸,染衣裤。三下五除二,装车,上车,雨中行车,其乐何如!半是树,半是土,半是苗,半是汤汤水水,半山是渚;半是叫,半是笑,哀莫哀兮有错误,乐莫乐兮栽大树!"

王蒙在《猴儿与少年》中创作了大量的押韵文。其中一段可称为"劳动之歌"——"劳动美,劳动逍遥,夏练三伏,冬练三九,却又行云流水,行于当行,止于可止。劳动累,拓荒黄牛,触处生媚。劳动壮,力拔山兮,高亢嘹亮。劳动乐,不食嗟来,温饱嘚瑟!青春岂可不辛劳?汗下成珠娇且骄,七十二行皆不善,土中求食最英豪。"

《猴儿与少年》对劳动的审美表现其来有自。获得茅盾文学奖的《这边风景》的创作始于1974年,至1978年完成初稿,直到2013年才得以出版。《这边风景》中就有很多关于劳动的表现。令人惊异的是,在创作这部小说的20世纪70年代的中后期,王蒙就已经形成了健全而审美的"劳动"观。小说中写道:"里希提现在进入的这个'轨道',是远比演戏或者作诗更伟大更根本也更开阔的一个事业,这个事业就叫作生产,叫作劳动。"接着,王蒙在里希提和乌甫尔的劳动中发现了"美"——

一个跟在他们后面的年轻的社员,抬头看了并排前进的他俩一眼,自言自语地赞叹道:"真漂亮!"

漂亮,什么叫作漂亮呢？他们根本不会想到自己的姿势漂亮与否。他们忠诚地、满腔热忱而又一丝不苟地劳动着;他们同时又是有经验的、熟练的、有技巧的。所以,他们干得当真漂亮。也许,真正令人惊叹的恰恰在这里吧！忠诚的、热情的和熟练的劳动,也总是最优美的;而懒散、敷衍或者虚张声势的、拙笨的工作总是看起来丑恶可厌。

不过,在表现"劳动"美学方面,《这边风景》显然没有《猴儿与少年》那样专注和用力。就与"劳动"有关的情节来说,最与《猴儿与少年》的"劳动"表现相近的是小说《失态的季节》的部分文字。这部小说的第八章和第九章所写的"七天当中有五天是下雨"的"造林",情节上与《猴儿与少年》的"雨季造林"几乎是一致的。而且,《失态的季节》写到"最需要改造的人们"挑水上山时,作家情不自禁的抒情与《猴儿与少年》的抒情也是相似的。但是,如果认真比较、细加体会,两者在内容和形式上又有微妙的不同。《失态的季节》在赞美"劳动"时,还留着诸如"思想改造"一类的时代印记——钱文就是这样想:"只有劳动才能赎罪。只有劳动才能净化自己的心灵。只有劳动才能不再白白吃劳动人民种植出来的粮食。只有劳动才能在当前的大好形势下不算是完全虚度光阴……"而在《猴儿与少年》中,对"劳动"的歌咏似乎与具体时代具体的"思想改造"无关,它献给的更是纯粹的"劳动"本身。在艺术表现形式上,与《失态的季节》的抒情喜用感叹号不同(最抒情的一段六百来字的文字里,就一口气用了八个感叹号),《猴儿与少年》更喜用歌韵来抒情。与感叹号相比,歌韵的抒情来得更"审美",情感表达得更眉飞色舞,因此,也就更让人陶醉。

在《猴儿与少年》中,王蒙对身体的劳动的赞美是彻底的,因为只有在《猴儿与少年》中,"劳动"的表现才成为王蒙进行自我确认的一种方法,只有在《猴儿与少年》中书写的"劳动",才超越了"劳动改造",升华至小说主人公的"创造性自我塑造"这一更高的文学审美的高度。

四、"身体"的"施炳炎":王蒙的镜像自我

要理解《猴儿与少年》的意义,要阐释王蒙在《猴儿与少年》中表达的身体美学,就要弄清楚小说家王蒙与小说主人公施炳炎之间的关系。

《猴儿与少年》是带有一定的元小说色彩的写作。小说是以年过九十的外国文学专家施炳炎"与小老弟王蒙谈起"他的"从一九五八年开始的不同的生活历练"这一讲述形式来书写的。但是,耐人寻味的是,呈现施炳炎的讲述内容时,小说家王

蒙并没有用第一人称"我"来叙述，而是一律用"施炳炎""炳炎""他"，也就是说是用第三人称来叙述的。这样一来，围绕"施炳炎"这个人物发生的故事，甚至是"施炳炎"这个人，就不是由"施炳炎"自己从内部交代出来的，而是被作家王蒙从外部观察乃至审视出来的。

王蒙曾说过一句十分重要的话："活到老，学到老，自省到老。我是王蒙，我同是王蒙的审视者、评论者。我是作者，也是读者、编辑与论者。我是镜子里的那个形象，也是在挑剔地照镜子的那个不易蒙混过关的检查者。"[①]也可以说，《猴儿与少年》里的"施炳炎"实际就是王蒙的分身。在小说中，"施炳炎"是"镜子里的那个形象"，而"小老弟王蒙"（也可以说是隐含作者王蒙）则是"那个不易蒙混过关的检查者"，一句话，《猴儿与少年》是小说家王蒙对"自我"镜像的一次"审视"。

在王蒙的写作面前，新批评的"忘记作者"这一主张是行不通的。读《猴儿与少年》，很难像新批评所主张的那样，将注意力从作者那儿完全转移到文学文本上来。作为小说家的王蒙太强大。他的小说互文性太强，总是让我想到作家王蒙身上来。于是，我就在"施炳炎"身上看到了许许多多与作家王蒙的重叠和关联。

1958年，是《猴儿与少年》叙事的焦点和原点。这一年，施炳炎到山区的大核桃树峪村下放劳动，而王蒙也是在同一年到同是山区的北京郊区门头沟肃堂公社桑峪大队接受劳动改造。王蒙在新疆度过了15年，其中，1965年至1971年，王蒙在伊犁地区农村劳动生活了6年。在小说中，歌唱伊犁的歌曲《亚克西》被施炳炎"不费吹灰之力"，改成了"山区的人民"的《亚克西》。施炳炎像王蒙一样，也沉醉于苏联小说，耽读庄子。施炳炎也和我在有限的生活接触里所看到的王蒙一样，"爱吃、爱看、有兴趣"。施炳炎和王蒙一样，有周游世界的经历。作为一个外国文学专家，施炳炎对数学竟然有这样的认知："……人间最最伟大的是数学，饱含着苍穹的崇高、真理的威严、人类的悟性、数字的绵绵，情感的无依无靠、智慧的无垠与有误，这样的学问啊——它就是数学。"而我们知道，小说家王蒙酷爱数学，对数学有很深的领悟。施炳炎是外国文学教授，而王蒙在28岁时在北京师范学院当过教师，后来也一直是学者型作家。

还有很重要的一个证据，那就是涉及"施炳炎"的感觉、感受的描述都是王蒙式的！这就触及了小说人物的语言与小说家的叙述语言之间的距离问题。显而易见，王蒙在创作《猴儿与少年》时，一反小说创作的常态，而消弭了两者之间的距离。"施炳炎"的自我叙述，其语感不折不扣用的是小说家王蒙的语感。

虽然委婉，但却非常有力地证明"施炳炎"就是王蒙自己的，是王蒙在《后记》中

---

① 王蒙《一辈子的活法——王蒙的人生历练》，北京出版社2011年版，第366页。

说的一段话:"一个即将满八十七岁的写作人,从六十三年前的回忆落笔,这时他应该出现些什么状态? 什么样的血压、血糖、心率、荷尔蒙、泪腺、心电与脑电图? 这是不是有点晕,晕,晕……"①王蒙说的这"六十三年前的回忆"显然指的就是王蒙自己的回忆,而在小说中,写施炳炎,正是从"六十三年前",即施炳炎"摊上事儿了以后"的"一九五八"年开始写起的。正因为王蒙笔下的施炳炎不是别人,而是王蒙他自己,所以"六十三年前的回忆"才会影响到他的"血压、血糖、心率、荷尔蒙、泪腺、心电与脑电图",所以才会"晕,晕,晕……"

当然,作为镜像自我,"施炳炎"与王蒙的最大契合还是两者的"身体"自我。像"施炳炎"一样,王蒙的自我也是由身体生活,特别是由身体的"劳动"生活塑造出来的。"从今天开始,他开始是另一位施炳炎青年同志,傻小子施,咬牙施,叫作能够吃大苦耐大劳的施……""而二十世纪一九五八,兴奋乐观砸不烂推不倒碾不碎的大壮施炳炳、炎炎炎、炎施施,是血性满怀的施还是筋骨如铁的施,哈哈,还是经打经捶的施。"……读这一段段文字,我感受到的不仅是施炳炎的自负,而且更是王蒙的自负。在王蒙身上,我一直感觉到他有一种颇为与众不同的自负。现在我似乎明白了,他最有质感的与众不同的自负也许很大程度上是来自"身体",来自"劳动"的自负。至少可以说,对于王蒙的"自我"建构而言,以新疆生活为底蕴的"身体"生活,与以"少共情结"为原点的"政治"生活具有同等重要的意义。

温奉桥说,王蒙把《猴儿与少年》发酵成了'陈年茅台的芳香',《失态的季节》《半生多事》中的那种'失态'的不平感、'置之死地而后生'的悲壮和决绝都消失了,王蒙与命运和记忆达成了新的和解。和解是超越,更是一种新的历史观、生命观的达成……②我想说的是,也许像《猴儿与少年》这样,在"身体"的层面上与历史和命运达成的和解,才是真正的,也是最终的和解。

通过塑造"施炳炎"这个"身体"的镜像自我,王蒙终于完成了对自身历史的价值确认。这不是普希金的诗中说的"那过去了的,就会成为亲切的怀恋",而是朝向现实、朝向未来的,因为历史岁月镌刻在"身体"上的,绝不仅仅是记忆,它还是并更是生命的继续。与观念上的和解相比,"身体"的和解是更彻底的和解,因为"身体"是不会骗人的,而观念则未必比"身体"更为可靠。

在《猴儿与少年》中,87岁的王蒙对"身体"的肯定,对"劳动"的歌唱,这难道不是王蒙对自己有磨难的人生的最终极的肯定?! 有文尾诗为证:"少年写罢须发斑,猴儿离去有猴山,此生此忆应无恨,苦乐酸甜滋味圆。""苦乐酸甜滋味圆"一句里的

---

① 王蒙《后记 回忆创造猴子》,《猴儿与少年》,花城出版社 2022 年版。
② 温奉桥《王蒙长篇小说〈猴儿与少年〉:1958·猴儿与魔术师》,《文艺报》2022 年 1 月 5 日第 3 版。

"圆"，是"大团圆"的"圆"，是"圆满"的"圆"，这一个"圆"字，蕴含的是一种多么透彻而达观的人生哲学啊！

总之，作家王蒙是"施炳炎"的审视者，而被审视者"施炳炎"就是作家王蒙的"身体"的自我。很显然，王蒙对这个"身体"的"自我"镜像十分满意。正如王蒙在后记中所说的，小说有明显的"自恋情调儿"。这自恋，王蒙当然是通过对"施炳炎"的表现来实现的——"听着施大哥的滔滔不绝，王蒙说：'太难得了，您这一辈子，不管嘛情况、嘛年纪，您总是一个劲地津津有味！您是神啊，您的人生观事业观就是津津有味啊！'"

《猴儿与少年》的"身体美学"不仅对王蒙自己的小说创作具有艺术超越的意义，对于当代小说创作，也平添了一道独特而珍贵的审美风景。既然作为王蒙的镜像"自我"的施炳炎年过九十，都依然"不管嘛情况、嘛年纪"，"总是一个劲地津津有味"，我们当然更可以期待 87 岁以后的王蒙，90 岁以后的王蒙继续为读者们"津津有味"地书写"津津有味"的新作。

原载于《中国现代文学研究丛刊》2022 年第 10 期。
朱自强：中国海洋大学名师工程讲席教授、博士生导师。

论中国当代先锋诗歌的语言变构

吕周聚 ■

20 世纪西方哲学界出现了"语言学转向",语言不再是简单的工具,而是成为哲学反思自身的逻辑起点,具有了本体论的意义。这种理论对诗歌创作产生了重要影响,诗人们从语言的角度来重新思考主体、世界、语言、诗歌之间的关系,语言成为诗歌的本体。于是,美国出现了以查尔斯·伯恩斯坦为代表的"语言诗派",法国出现了以菲利普·索莱尔斯为代表的"原样派"。前者主张诗歌要直接面对或体验语言本身,认为语言是经验产生的先决条件;后者主张创作应该以文字为中心,以"文字语义"来对抗文学中的现实语义。20 世纪 80 年代中国改革开放之后,西方的现代哲学理论传入中国,中国文坛开始关注"语言学转向"问题,张隆溪于 1983—1984 年在《读书》上发表《现代西方文论略览》,连同总论计 11 篇,其中多篇涉及"语言学转向"问题,这对多年以来中国文坛盛行的"内容决定形式"的文学观产生了巨大冲击。西方现代诗学的语言学转向颠倒了传统的诗(语言)与自然(实在)之间的关系,"即传统诗学是从'自然'(实在)出发来理解'诗'(语言),而现代诗学则从'诗'(语言)出发来理解'自然'(实在)"。这个"自然"已不是现实的"原自然",而是一个语言的构成物,即"语言现实",这样,"语言不再是一透明介质或镜子,而是一种建筑材料和一套建筑规则,任何语言化的自然实在都不是它的映现之物,而是它的构成之物"①。这意味着语言从工具论向本体论的转型,语言具有了本体的意义,语言即世界,人们对世界的认识仅仅是在语言所许可的范围之内。新时期文坛上出现的先锋诗歌也在不同程度上受到"语言学转向"的影响,诗人们开始关注诗歌语言,从语言的角度切入来重新思考相关的诗学理论问题,提出了一些新的诗学理论主张,先锋诗歌创作呈现出一派新的气象。

一

以北岛为代表的朦胧诗人在"文化大革命"时期开始创作,其作品以手抄本的形式在民间流传。"文化大革命"结束后,他们的部分作品得以公开发表,引起广大

---

① 余虹《西方现代诗学的语言学转向》,《文艺理论研究》1995 年第 2 期。

读者的关注，在社会上产生广泛影响，并引发了一场"懂"与"不懂"的大规模论争。当时人们之所以读不懂"朦胧诗"，除了这些诗人思想的超前性之外，另一个主要原因是其语言形式与当时流行的语言形式迥然不同。他们要从僵化的政治语言中解放诗的语言，还原诗性语言，诗歌语言因此而具有了朦胧性、模糊性和歧义性。

诗歌贵在创新，这种创新首先表现在语言的创新上，即语言的陌生化。顾城认为，"诗的大敌是习惯——习惯于一种机械的接受方式，习惯于一种'合法'的思维方式，习惯于一种公认的表现方式，习惯是感觉的厚茧，使冷和热都趋于麻木；习惯是感情的面具，使欢乐和痛苦都无从表达，习惯是语言的套轴，使那几个单调而圆滑的词汇循环不已，习惯是精神的狱墙，隔绝了横贯世界的信风，隔绝了爱、理解、信任，隔绝了心海的潮汐。习惯就是停滞，就是沼泽，就是衰老，习惯的终点就是死亡……当诗人用崭新的诗篇，崭新的审美意识粉碎了习惯之后，他和读者将获得再生——重新感知自己和世界"[1]。顾城对当时文坛上流行的公式化、模式化、标语口号化的诗歌语言表示不满，认为这种僵化的诗歌语言严重束缚了诗人的想像力、表现力与创造力。在顾城看来，语言是诗人感知世界、呈现世界的方式，他从海边沙滩上飞跑的寄居蟹那儿悟出了如何选择词汇的道理，"一句生机勃勃而别具一格的口语，胜过十打美而古老的文词"[2]。在空话、套话盛行的年代，顾城能够以充满灵性的语言进行写作，创作出了《生命幻想曲》《我是一个任性的孩子》《小春天的谣曲》等充满童真的作品，与当时流行的政治抒情诗相比，顾城的诗歌语言充满了陌生化。在这一时期，用陌生化的语言来进行创作成为朦胧诗人们的共同追求。顾城在静默的阳光下，读着来自诗友们的诗歌作品，如北岛的《走吧》、芒克的《土地》、舒婷的《致橡树》，这些诗歌作品对他来说充满了陌生感，其内心受到强烈的冲击。这种陌生化的语言对于那些已经习惯了模式化、公式化语言的读者而言，更加具有挑战性，"不懂"也就在情理之中了。

语言表现为具体的修辞，而修辞则有新旧之分。朦胧诗人抛弃了政治抒情诗常用的排比、拟人等修辞方法，选择运用新的修辞手法来进行创作。顾城大胆探索各种现代技巧，利用直觉创造意象，将抽象概念意象化，让意象进行非逻辑性流动转换，通过通感来实现各种感觉器官之间的自由转换，产生一种陌生而又美妙的语境，"我的影子，/被扭曲，/我被大陆所围困，/声音布满/冰川的擦痕，/只有目光，/在自由延伸"（顾城《爱我吧，海》），听觉"声音"转换成视觉"擦痕"，给读者留下深刻的印象。杨炼认为诗歌本身就是一个意象实体，"现代生活常常令人目不暇接，于

---

① 顾城《学诗札记二》，转引自孙绍振《新的美学原则在崛起》，《诗刊》1981 年第 3 期。

② 顾城《学诗笔记》，《青年诗人谈诗》，北京大学青年文学社 1985 年版，第 32 页。

是意象的跳跃、自由的连接,时间、空间的打破,也就没有什么可奇怪的了"①。他将意识流手法引入诗歌,其诗中的意象不是按照时空逻辑规则来进行排列,而是根据其情思的流动进行组合,"我游遍白昼的河滩,一条蛇尾/拍打飞鸟似的时间,化为龙/我走向黑夜的岩谷,一双手掌/摸索无声的壁画,变成鹰"(杨炼《礼魂》),这些意象都是作者的心理幻象,作者通过这些意象来表达他对历史的沉思和现实的关怀。象征是朦胧诗人们所热衷于运用的现代艺术表现手法,这也是朦胧诗之所以朦胧的一个主要原因,"黑夜给了我黑色的眼睛/我却用它寻找光明"(顾城《一代人》),这儿的"黑夜""黑色的眼睛"无疑具有象征的艺术张力。北岛认为许多陈旧的表现手段已经不够用了,"我试图把电影蒙太奇的手法引入自己的诗中,造成意象的撞击和迅速转换,激发人们的想象力来填补大幅度跳跃留下的空白。另外,我还十分注重诗歌的容纳量、潜意识和瞬间感受的捕捉"②。他用蒙太奇的手法创作出了一批富有新意的作品,"沿着鸽子的哨音/我寻找着你/高高的森林挡住了天空/小路上/一颗迷途的蒲公英/把我引向蓝灰色的湖泊/在微微摇晃的倒影中/我找到了你/那深不可测的眼睛"(北岛《迷途》),作品中的意象如同电影镜头一般自由地转换衔接,呈现出一个美妙的寻找过程。尽管通感、象征等修辞语法在现代诗歌中并不鲜见,但对 20 世纪 80 年代的诗人来说,它们却是陌生的修辞手法。"但朦胧诗使用得更多的却是以'通感'和'反逻辑比喻'为中心修辞格的新修辞方法,这类修辞法是在西方现代主义诗歌中被普遍使用的,故名之曰'现代修辞系统'。如果说传统修辞系统主要是通过类比联想获得一个比喻义世界的话,那么,现代修辞系统则是要通过对语义的有组织的偏离和破坏以创造一个超现实的象征义世界。"③读者没有见过这些陌生的修辞手法,无法理解用这些手法写出来的诗歌作品,抱怨看不懂实属正常。

维特根斯坦认为"思想即语言",强调语言在思想表达过程中的重要性,亦即有什么样的语言就会有什么样的思想,新的语言形式必然呈现出新的思想内容。诗歌语言的变化带来了诗歌主题的变异和深化。"于是重暗示、重含蓄的诗歌主题处理出现了;多层次、多侧面的主题出现了;'多种意念综合'的主题显现办法出现了;由于写直觉,由于运用象征手段在诗的第一主题后面,诗的第二主题也出现了;由于矛盾心理,交错感情构成的立体型主题出现了;这一系列复杂主题、抽象性主题,

---

① 杨炼《我的宣言》,《福建文学》1981 年第 1 期。
② 老木编《青年诗人谈诗》,北京大学五四文学社 1985 年版,第 2 页。
③ 周伦佑《第三代诗与第三代诗人》,周伦佑选编《裹渎中的第三朵语言花——后现代主义诗歌》,敦煌文艺出版社 1994 年版,第 5 页。

由于它们的不特定性,就对读者产生了一种从感情上,而不是情节上的吸引。"①由此来看,顾城当年一度引发争议的《弧线》也就不难理解了,它通过"弧线"将"鸟儿""少年""葡萄藤""海浪"联系到一起,我们可以从中感受到弧线的美,也可以从中发现欲望的舞蹈,可以看到被迫或主动的弯曲,诗中具有多重主题,读者可以对"弧线"有不同的理解。

诗人通过语言创造属于自己的作品,通过语言来建构自己独立的诗歌王国。北岛声称"诗人应该通过作品建立一个自己的世界,这是一个真诚而独特的世界,正直的世界,正义和人性的世界"②。这个"真诚而独特的世界"与北岛那种具有理性穿透力的语言是密不可分的。顾城声称"一滴微小的雨水,也能包容一切,净化一切。在雨滴中闪现的世界,比我们赖以生存的世界,更纯、更美。/诗就是理想之树上,闪光的雨滴"③。这个"闪光的雨滴"无疑来自顾城那清澈、透明的语言。杨炼认为,"一首成熟的诗,一个智力的空间,是通过人为努力建立起来的一个自足的实体"④。语言无疑是构筑这个"自足的实体"的材料,它不必依赖诗之外的辅助说明即可独立。语言是诗人向世界展示自己的方式,诗人因独特的语言而获得创作个性,获得存在的价值与意义。

在几近封闭的环境中,朦胧诗人没有机会系统地接受西方现代语言哲学的影响,但他们凭借诗人的敏锐触觉感受到了语言变革的信息,"在诗歌的演变中,语言的作用已成为问题的症结所在了:符号和意义的问题变得日益紧迫"⑤。他们虽然没有深刻系统地探讨诗歌语言,但他们却凭借诗人的才华向读者展示了现代语言修辞的艺术魅力,他们接续了"五四"以来现代主义诗歌的优良传统。对他们而言,诗歌语言不再是封闭的,而是敞开的;诗歌语言不再是僵化的,而是富有生命力的。

二

与在几近封闭的环境中开始写作的朦胧诗人不同,第三代诗人在改革开放的环境中开始创作,他们大多是在校的大学生,有更多的机会接受西方现代哲学和文

---

① 徐敬亚《崛起的诗群——评我国诗歌的现代倾向》,吴思敬编选《磁场与魔方——新潮诗论卷》,北京师范大学出版社 1993 年版,第 112 页。

② 老木编《青年诗人谈诗》,北京大学五四文学社 1985 年版,第 2 页。

③ 顾城《学诗笔记》,老木编《青年诗人谈诗》,北京大学五四文学社 1985 年版,第 31 页。

④ 杨炼《智力的空间》,老木编《青年诗人谈诗》,北京大学五四文学社 1985 年版,第 76 页。

⑤ 耿占春、耿占坤《新诗的创造性想象》,耿占春《改变世界与改变语言》,社会科学文献出版社 2000 年版,第 24 页。

学的影响。① 他们打出了"PASS北岛""PASS朦胧诗"的旗号,提出了许多新的诗歌理论主张,而对诗歌语言的探索则成为其一大特色。如果说朦胧诗人是自发地对诗歌语言进行探索,那么第三代诗人则是自觉地向语言本体论靠拢。他们受维特根斯坦、海德格尔等人的影响,从语言的角度切入探讨诗歌问题。

朦胧诗人打破了当时僵化的诗歌语言形式,但并没有完全改变人们已经习惯了的语言思维形式,僵化的语言形式仍不同程度地存在着;同时,迅速崛起的朦胧诗又很快成为一种时尚,许多人模仿朦胧诗的语言形式来进行创作,文坛上出现了一种新的诗歌陈词滥调、套话。"从十多年来的诗歌现状看,我们已经形成了一套规范的、专门的诗歌语言,或者可称之为诗歌的经典语言,只要你熟练地掌握了它的操作技能,那你就可以不费力气成为一个诗人。因为它成功地综合了一切现存的诗歌经验,一旦你进入状态,它就会跑过来,暗示你,引导你,规范你,让你不知不觉进入它的程序和系统之中。这套语言就像一种电脑病毒,逐步泛滥,不断侵蚀诗人真正的想象力和创造力。它使诗歌不断失去可塑性,甚至不能有充分清晰、明确的表达。它的伪饰成分使诗人既不能揭示特定的、孤立的个人生活经验和意义,也谈不上揭示诗人所处时代背景环境中具有普遍意义的关联,仅仅成为诗人自我陶醉、自我迷惑、自欺欺人的智力游戏,成为名副其实的'语言中的语言'。这套语言给了诗人基本的安全感,一种集体安全感,以至于一触及现实,它就会威胁这部分诗人,造成个体身份的丧失。由此可见,这种安全感的可怜、脆弱和有害。往大处说,它是语言的黑洞和诗人大量滋生的保险的'恒温箱'。"②这种空洞化的语言与顾城当年反叛的那种僵化的语言具有异曲同工之妙,呈现出模式化、公式化的共同特点,缺少陌生化,没有创新性。由此出发,以韩东为代表的"他们"诗群对朦胧诗人进行反叛,这种反叛表现在许多方面,而语言反叛是其中的一个重要方面。他们要反叛朦胧诗的经典语言,要使诗歌语言回归日常生活,追求诗歌语言的口语化。受维特根斯坦的影响,韩东意识到语言对诗人创作的重要性,提出了"诗到语言为止"③的主张,声称"我们关心的是诗歌本身,是诗歌成其为诗歌,是这种由语言和

---

① 杨黎曾说:"《名理论》这本书,在它出来的第一时间——也就是1988年的3、4月间——我就买到了。在这之前,我已经知道维特根斯坦这个人,也知道了他的一些观点。这和中国那个时候的大多数文化人一样,我是通过一些西方现代哲学介绍类的书——比如《西方现代哲学词典》《西方现代哲学概述》——而知道的。"(马策、杨黎访谈《言之无物或者关于诗歌的两种访谈》,《延安文学》2006年第1期,第167页。)

② 小海《小海诗学论稿》,北岳文艺出版社2018年版,第162页。

③ "在一次谈话中,云南诗人于坚告诉我,韩东的'诗到语言为止'来自维特根斯坦的一句话:'我的世界的边界就是我语言的边界。'"(西川《写作处境与批评处境》,陈超编《最新先锋诗论选》,河北教育出版社2003年版,第302页。)

语言的运动所产生美感的生命形式"①。他们从语言出发来重构"感官""语言"与"具体情境"之间的关系,要求澄清语义,反叛流行的话语方式,强调词的及物性。韩东虽然具有哲学功底,但他并未就"语言哲学"展开深入讨论,而是用自己的悟性将之应用到诗歌创作实践中去,如果将他的《有关大雁塔》与杨炼的《大雁塔》《你见过大海》和舒婷的《致大海》放在一起对读,则会发现其日常口语中所呈现出来的解构、反叛思想。多年之后,同是"他们"诗派的小海对"诗到语言为止"作出了说明:"为了有别于'朦胧诗人'所操持的崇高理念式的意识形态话语体系,他们从诗歌语言的技术层面提出了'语感说'等概念,但并未引起诗坛的足够注目。在这样的诗歌背景下,'诗到语言为止'这一命题,既是一个具有哲学意味的崭新的诗学命题,也带有一定的策略性,同时,无疑是针对当下诗坛正确的'临床诊断'。'诗到语言为止'使语言自身走到前台,首次成为挑战者的犀利武器,而且启发了新一代诗人们真正审视的直接面对诗歌中最具革命性的因素——语言,使诗歌彻底摆脱了当时盛行的概念语言,回复到语言表情达意的本真状态。"②

作为"大学生诗派"的代表,尚仲敏也意识到诗歌语言的重要性。与韩东主张"诗到语言为止"不同,他主张诗歌从语言开始,要对语言进行再处理。在他看来,"所谓写作,概括起来说,不过是:从在笔端奔涌的大量词组和句子中,做出适当的选择。写作就是选择"。这种选择表现为两种形式:一是让选择服从于意图,其结果是"对语义的忠实和执著,达到了诗以言志的目的,从而偏离了语言自身的本质特征"。二是让意图服从语言,"让事先的意图服从于语言,造就了一种从语言开始的诗歌。语言成了压倒一切的东西,它可能由于自身的语义而携带着我们内心的种种想法、意味和气息,但这只是后来的事情"③。这样,诗歌就成了一种纯语言活动,"诗歌从语言开始,这个命题本身,更多的是一种理论,而不是一种方法。单纯知道它是不够的。你必须经过千锤百炼从而形成自己的语言态度,这时你才能够称作是形成了自己的方法"④。他反对模仿,力求创新,"我最近企图追求一种语言的险情,一种突如其来的语言方法。上一句和下一句,被表面的一条线索联系起来,但实际上,它们的背后,却断裂开来,留有极大的空隙。读者无法预测下面的句

---

① 徐敬亚、孟浪、曹长青、吕贵品编《中国现代主义诗群大观1986—1988》,同济大学出版社1988年版,第52页。

② 小海《小海诗学论稿》,北岳文艺出版社2018年版,第161页。

③ 尚仲敏《反对现代派》,吴思敬编选《磁场与魔方——新潮诗论卷》,北京师范大学出版社1993年版,第231页。

④ 尚仲敏《反对现代派》,吴思敬编选《磁场与魔方——新潮诗论卷》,北京师范大学出版社1993年版,第232页。

子，我自己在事先也不经考虑，对正在写作的对象，难以预料即将发出的事情"①。由此出发，他反对诗歌中的象征语义，主张消灭意象，因为它造成了语言的混乱和晦涩，违背了诗歌的初衷，远离了诗歌的本质。"和人们内心有密切联系的，只有语言，当我们一经拨开语言的迷雾，我们就会达到内心，发现内心的真实。我们这样做的第一个步骤是，使语言非神秘化，打破象征主义对于语言的种种诡计和歧义。我们努力的最终结果，能够获得语言和隐藏在语言后面的内心的透明。"②所谓透明，即语言和内心的差异消失了，语言就是内心，内心就是语言。

于坚既是"他们"诗群的成员，又是"大学生诗派"的成员。他主张拒绝隐喻，在他看来，"诗就是诗存在的全部理由。诗'从语言开始'到'语言为止'"③。他要回到语言的路上，回到隐喻之前。隐喻之前是元隐喻，是命名，而隐喻则是正名。诗人要有命名权，并由此而成为"未被承认的立法者"。

如果说韩东、尚仲敏主要受维特根斯坦的影响，那么王家新、西渡等则更多地受海德格尔的影响。王家新对海德格尔的"语言和存在彼此照亮"有自己的领悟，在他看来，诗人所要呈现的世界不是客观的世界，也不是抽象的世界。"它是诗人通过具体的物象所把握的存在本身，是在语言的生发兴现活动中，世界的存在由隐到显的呈现。"④诗人要完成从"以我观物"到"以物观物"的转换。"'以我观物'即以自我君临一切，把主观的东西强加到客体上，结果是把一切都弄成'我'的表现，以放大了的自我涵盖住整个世界的存在。'以物观物'则视自己为万物中之一物，拆除自我的界限而把自身变为世界呈现的场所。"⑤西渡声称他只信任一种存在，就是语言的存在。"语言已命定地成为诗人惟一的领域。语言的发现，就是对存在本身的开掘，就是向远方推进我们经验的边界。诗歌的进步，在很大程度上应归功于这样一个事实，即诗人们已愈来愈清楚地意识到，只有作为语言的发现才是可能的。这样一种语言，它既不是表现的语言，也不是摹仿的语言，而是一种发明的语言。我们通过发现它，同时也将发现我们自身：在那一刹那，语言和存在彼此照亮。"⑥西渡 1991 年发表的《词语的谦卑》被视作时代精神无意识的现象显现。"它

①　尚仲敏《反对现代派》，吴思敬编选《磁场与魔方——新潮诗论卷》，北京师范大学出版社 1993 年版，第233 页。

②　尚仲敏《反对现代派》，吴思敬编选《磁场与魔方——新潮诗论卷》，北京师范大学出版社 1993 年版，第234 页。

③　于坚《拒绝隐喻》，吴思敬编选《磁场与魔方——新潮诗论卷》，北京师范大学出版社 1993 年版，第 310 页。

④　王家新《人与世界的相遇》，吴思敬编选《磁场与魔方》，北京师范大学出版社 1993 年版，第 169 页。

⑤　王家新《人与世界的相遇》，吴思敬编选《磁场与魔方》，北京师范大学出版社 1993 年版，第 170 页。

⑥　西渡《词语的谦卑》，《守望与倾听》，中央编译出版社 2000 年版，第 1～2 页。

在90年代初社会文化转型的情况下,适时地,并且清晰而全面地表达了对于西方'语言论'哲学、诗学的接受和理解,从而表明了中国当代先锋诗歌中存在着一种'语言论转向'。而这个表述本来可能在80年代就作出的。"[1]

车前子是当代先锋诗歌中的一个"另类",其诗歌创作表现出创新性与变化性。他早年的诗歌创作被归入朦胧诗,但他并没有止步于此,而是勇于自我否定,其后来的创作以"反抗第三代诗作为起点",特别重视诗歌语言形式的探索,将语言作为诗歌的炼丹术。他受法国"原样派"诗歌的影响,在1991年创办了同仁刊物《原样》。车前子认为,汉语诗歌的特性被汉字决定,他充分地利用汉字本身的特长,通过汉字游戏来表达自己的情思。在小海看来,"车前子的许多诗歌,是从字、词出发的,对每一个汉字的象形母题进行重新追溯、挖掘,命名意象,其中不乏隐喻、象征、挪揄、蒙太奇等现代技法,目的在于请君入瓮,让读者在他营造的迷宫中徜徉"[2]。他用这种方法创作出了《婚宴》《火车头旁的一家人》等作品。"他是从文字出发,从句子出发,他是不完整性的、碎片的、暴力的,他不想去抚平词语的皱褶,不求得语言细腻的光滑度,而是尽可能向诗歌固有程式的反方向运动,甚至不乏对这种完整性的尖刻嘲讽。"[3]作为诗友,小海对车前子诗歌创作非常熟悉,准确地概括出了其诗歌创作的特点。

无论是"诗到语言为止",还是诗从语言开始,都不能简单地理解成诗只停留在语言的层面,或者说诗的语言自身形成一个语言产生语言的循环过程,因为语言是应人们社会现实生活中的交流需要而产生的,它无法离开社会现实生活,一旦离开社会现实生活,语言就成了无本之木、无源之水,因此小海认为诗人仅仅把语言作为出发点和最终归宿是危险的。"如果诗人仅仅把语言当作语言的源头和写作的目的是难以为继的,那是对起码常识的缺乏。不排除语言有自身的目的和造就了自身的目的,但语言的产生一定有及物、言事、交流的基本给定意义。语言的目的不是在一个系统内部不断自治性循环的,仅仅为了实现自我空转。语言有服务于语言之外的宗旨。如果语言仅仅把语言视作自身的给养,语言将会反噬自身,甚至危及系统安全。"[4]这是对执着于诗歌语言本体的一种质疑,也是一种警示。

三

在同一时期,以周伦佑为代表的"非非主义"诗歌提出了更加激进的诗学理论

---

[1]　毛靖宇《当代先锋诗歌的"语言论转向"》,《诗探索》2009年第3期。

[2]　小海《小海诗学论稿》,北岳文艺出版社2018年版,第136页。

[3]　小海《小海诗学论稿》,北岳文艺出版社2018年版,第138页。

[4]　小海《小海诗学论稿》,北岳文艺出版社2018年版,第163页。

主张。周伦佑声称非非意识是从对语言的不信任开始的。"诗人使用文化语言。文化语言都有僵死的语义,只适合文化性的运算,而无法从事前文化之表现。怎么办? ——捣毁语义的板结性,在非运算地使用语言时,废除他们的运算性。"①由此出发,他要消除语义,要对语言进行还原,对语言进行三度程度的非非处理:一是"非两值定向化",主张超越"是"与"非"两值定向,主张语言的多值乃至无穷值,以使语言获得新的表现力;二是"非抽象化",为了使语言表达重新接近真实,非非主义从语言中清除抽象概念,从表达中清除判断和推理;三是"非确定化"。蓝马将语言分为"前文化语言"和"文化语言",认为"前文化语言"是一种"无语义语言","它既不代表什么,也不表达别的什么","文化语言"则是一种"有语义语言","它包括:文字、口语、编号、信号及计算机语言等"②。他要以"前文化语言"来代替"文化语言",这种观点看似革命,却内含着一种悖论,即他仍然是在用"文化语言"谈论"前文化语言"。换言之,"前文化语言"脱离了"文化语言"是无法存在的。小海对非非主义诗歌提出的"消除语义"的主张提出了质疑,在他看来,"消除语义"不过是对"语义"自身回复能力的一种智力测试游戏,是对"语义"本身的绝望或至少是厌烦的表现,哪怕是针对一个词的本身来说,这也是不公正的、侵略性的倒退。"对试图消除语义者而言,是非情感性的,也即是非人的、一个逐渐物化的过程。它同样是在追求一种手段,一种技术,长此以往过分依赖这种技术,必然会成为僵化的模式,甚至投机取巧的手法。"③小海认为这种取消语言现有功能和意义的做法,与西方后现代语义理论家们所提倡的"元叙述"和"零度写作"相似。"把语言还原为一种纯粹的符号系统,从而在此基础上重新接受全新的信息和未知的经验,从纯粹技术意义上讲,它开拓了一种语言体验上的可能性,可是最终也只能是归于方法论的一种立场而已,它的实验效果最终也还是仅仅停留在理论层面上。从我们当前诗歌创作的实践看,依此而行,虽然也产生了个别的优秀作品,但从总体上讲是不成功的,这种偶然性也无法令人信服。"④

后来蓝马也意识到"消除语义"和"前文化语言"所存在的问题,提出了"超语义"的主张。"通过语言超越语言,靠语言背叛语言,同时将语言从语言的僵化进程(语义化过程)中不断拯救出来,使语言不断重新持有向上超越的真气。……诗人之所以使一些语言文字成其为一首诗,借助的就是企图使语言背叛语言,使语言超

---

① 周伦佑、蓝马《非非主义诗歌方法》,周伦佑选编《打开肉体之门——非非主义:从理论到作品》,敦煌文艺出版社 1994 年版,第 317 页。
② 蓝马《前文化语言》,《非非》创刊号,1986 年。
③ 小海《小海诗学论稿》,北岳文艺出版社 2018 年版,第 164 页。
④ 小海《小海诗学论稿》,北岳文艺出版社 2018 年版,第 164 页。

越语言而形成的力。"①"超语义"是语言内部的变构，即通过对词汇、语法、句法的重组来达到创新的目的，这就重新回到了语言内部来讨论语言的变革问题。周伦佑也提倡"超语义"，力图从更高层次上推进诗歌语言的变革，从对语义的不信任，到自觉的"超语义"，这是他与蓝马达成的共识。他们主张"语感先于语义，语感高于语义"，主张诗歌语言的多义性，注重语言的多义功能，限制定型指意（义）词语和倾向性词语。他们认为语言不是工具，而是人存在的一种方式。"作为存在的基本形式，语言一方面给不确定者以确定（规范着），一方面给确定者以不确定（生成着）。因而它既是遮蔽的，更是敞亮的。存在的全部晦暗和光明从语言开始到语言结束。不管是对语言的否定，还是对文化的反抗，诗人在语言中的挣扎都不过是人类'伟大的徒劳'中的一种，丝毫不能改变我们命定（因而也是永恒）的语言困境。"②

为了达到"超语义"的目的，周伦佑提倡"非修辞"。"非修辞首先便是对传统修辞方法的摒弃：停止比喻！停止拟人拟物！不再像什么，什么般的什么，而是，是什么就是什么，紧接着是拒绝通感！拒绝反逻辑比喻！不再'芬芳地走'不再倾听'活的柱子'。香味就是香味，不必'听到'和'喊叫'；石头就是石头，不会'活着'或'死去'。要实现的最低和最高的目标都是直接性——语言的直接性！"③作为非修辞的附带结果，周伦佑还提倡"非意象"。"传统修辞方法产生'比喻意象'，现代修辞方法产生'象征意象'，非修辞取消了这两类意象产生的契机，便导致了非意象。"④"非修辞""非意象"是对传统诗歌修辞的反叛，旨在探寻更新的修辞艺术和意象艺术。他进行过一些前卫的试验，在《自由方块》《头像》等作品中插入一些自造的符号、图像以代替传统的汉字，通过这些符号、图像来表现自己独特的思想。

当代先锋诗人对语言表示怀疑，认为"诗人的最大天敌就是语言"。"这种理论认为语言只是表面符号，它与丰富而神秘的精神现象存在着不可逾越的现实距离，与诗人的心理事实就隔着整整一个世界。当诗人的强烈精神现象被感知，几乎是立即就泛化为抽象语言符号，一个真实存在的世界就这样轻易地被肢解了。"⑤谢冕指出这种观点的悖论性。"但当诗人表现对文化和语言的不信任时，他所使用的

---

①　《尚仲敏、杨黎、蓝马、周伦佑成都对话录》，《作家生活报》1988 年 11 月 25 日。

②　周伦佑《新的话语方式与现代诗的品质转换》，《文论报》1993 年 7 月 23 日。

③　周伦佑《第三代诗与第三代诗人》，周伦佑选编《褒渎中的第三朵语言花——后现代主义诗歌》，敦煌文艺出版社 1994 年版，第 5～6 页。

④　周伦佑《第三代诗与第三代诗人》，周伦佑选编《褒渎中的第三朵语言花——后现代主义诗歌》，敦煌文艺出版社 1994 年版，第 6 页。

⑤　谢冕《美丽的遁逸——论中国后新诗潮》，吴思敬编选《磁场与魔方——新潮诗论卷》，北京师范大学出版社 1993 年版，第 222 页。

依然是那些远古积累而来的符号系统。于是在文化的全部积蕴之中而又要超文化或非文化，正是怪圈中的徒劳挣扎。"①对于诗人而言，语言既是天堂，又是地狱，也许这就是诗人的宿命和无奈吧。

受维特根斯坦、海德格尔等人的影响，中国当代先锋诗人关注诗歌语言问题，从不同的角度切入探讨语言、世界、诗歌之间的复杂关系，语言不再只是呈现世界的工具，而是成了诗歌的本体。毛靖宇认为："我们所谓的当代先锋诗歌的'语言论转向'，是指当代诗歌中表现出来的这样一种倾向，即，诗人不再以常识信仰的语言之外的内在或外在世界的真实性，诸如情感、意象、事态、事件等为表现对象、本体依据以及表达手段。诗人不再将它们理解为一种可以独立于语言的真实和本质性的东西，而是将它们统统落实到语言的维度上进行理解。"②我们应该看到这种探索本身带有一种悖论性质，一方面它给当代先锋诗歌带来了新的诗歌观念和语言形式，另一方面将语言视为诗歌本体又带有一定局限性。"八十年代的诗人普遍是持'语言中心'论的，不管是'诗到语言为止'，或对'语感'的强调，都视语言为诗的根本问题和归宿。这种对语言的偏执导致对诗歌更本质方面的忽略和遗忘，使许多诗成为浅薄的语言游戏和语感训练。"③诗人把诗歌视为一个自足的语言实体，隔绝了诗歌与现实生活之间的联系，词语失去了及物性。在认识到语言本体的局限性之后，部分诗人开始修正自己的诗歌观念和路线，开始探索从语言向诗的回归。

本文系山东师范大学人文社会科学预研项目"第三代诗的诗学建构"（21SPR004）、国家社会科学基金项目"百年中国文学思潮中的美国因素研究"（19BZW097）的阶段性成果。

原载于《中国文学研究》2022年第3期。

吕周聚：青岛大学文学与新闻传播学院特聘教授、博士生导师。

---

① 谢冕《美丽的遁逸——论中国后新诗潮》，吴思敬编选《磁场与魔方——新潮诗论卷》，北京师范大学出版社1993年版，第222页。
② 毛靖宇《当代先锋诗歌的"语言论转向"》，《诗探索》2009年第3期。
③ 周伦佑《新的话语方式与现代诗的品质转换》，《文论报》1993年7月23日。

论何向阳诗集《刹那》中的"灵觉诗学"

徐　妍　卞文馨 ▋

21世纪以来,"多栖作家"的文学创作已被当代文学批评界视为一个重要的文学现象。2021年迄今,《小说评论》推出了学者、评论家吴俊所主持的系列的"三栖专栏"。"三栖专栏"即"三栖评论",选取学者、批评家的多文体写作现象为评论对象。"三栖专栏"之设立,其目的"就在针对创作领域自成一家的学者批评家现象,专题探讨其学术批评以外的多文体创作贡献,或就其学术批评与创作进行贯通研究"①。不仅如此,"三栖专栏""借此也想倡导一种风气,文学本是最有生命活力气象的领域,多栖写作本是文学题中固有之义。不要把文学狭隘化,把文学写小了。文学小了,文学家就成了侏儒"②。归根结底,"三栖专栏"之设立的根本价值在于:破除专业禁锢,逾越专业领域,发现新的文脉源头,引发新的文学革命。"三栖专栏"迄今所关注的多栖写作身份的学者批评家,按照关注的时间顺序有:南帆(2021年第1期)、张柠(2021年第2期)、张新颖(2021年第3期)、何向阳(2021年第4期)、孙郁(2021年第5期)、毛尖(2021年第6期)、张清华(2022年第1期)、李敬泽(2022年第2期)……21世纪的"多栖作家"身份的评论家当然不止于"三栖专栏"已经评论的名单——"三栖专栏"的评论尚在进行中,因为文学评论家陈福民、王尧、包括"三栖专栏"主持人吴俊等也是"多栖作家"身份的评论家,或可以统称为"多栖作家"。"多栖作家"在从事文学创作时,虽然选取了适宜于自身的不同文体,但大多不约而同地对既定的文学观念、文体边界、写作资源有所改变,由此以新的文学观念、文体样式和写作资源来回应21世纪以来中国,乃至世界所发生的诸多变局。其中,"多栖作家"何向阳的诗集《刹那》堪称是21世纪"多栖作家"所创作的一个典型文本。该文本无论是对21世纪以来的"无常现实"的应对,还是以诗画互文的形式对21世纪以来的个体生命的精神心理的探勘,或是以诗歌的样式在21世纪语境下对现代哲学原问题的新解,以及以"断句"的诗歌体式对中国古典诗歌传统的当代性转换,对于21世纪中国文学的发展走向而言,皆具有有待深思的多重意义。

---

① 吴俊《"三栖评论"专栏致辞——代首期主持人语》,载《小说评论》2021年第1期,第77页。
② 吴俊《"三栖评论"专栏致辞——代首期主持人语》,载《小说评论》2021年第1期,第78页。

一、《刹那》的真义：应对"无常现实"

在《刹那》的后记中，一向谨慎论及自己作品的何向阳，却对《刹那》作出了如此了然的断语："可以确定地讲，这是我迄今为止最重要的一部作品，而不是之一。"[①]这，为什么？

要知道，何向阳自 1980 年创作诗歌迄今，并不是一位以巨型史诗的体量或丰硕诗歌的数量来赢得诗界声誉的诗人。或许，多而重一直都不是何向阳的诗歌写作目标，相反，精而灵，才是何向阳的诗歌写作之道。而何向阳之所以选取这种让心魂与诗魂一道随缘而安的写作方式，在我看来，并非是由于"多栖作家"的身份让诗人何向阳分神，而更可能是因为何向阳的写作源自心灵和天命。或许，正因如此，继诗集《青衿》（2015 年，上海人民出版社出版）、《锦瑟》（2017 年，中国青年出版社出版）之后，何向阳的第三部诗集《刹那》忠于心灵、听从天命，于 2021 年 8 月问世了。它一问世，就获得了当代评论家们的关注和好评。的确，除了上述三部诗集，还创作过散文集《思远道》和《梦与马》、长篇散文《自巴颜喀拉》和《镜中水未逝》、理论集《朝圣的故事或在路上》《彼黍》《夏娃备案》《立虹为记》《似你所见》、专著《人格论》等，获得过鲁迅文学奖、冯牧文学奖、庄重文文学奖的何向阳，在文学世界中，一向以个人化的言说方式安身立命，并在变动不居的外部环境中保有一种理想主义精神，坚守爱与美的生命信念，的确是有少有的以不变应万变的具有"多栖作家"身份的沉思者。那么，在《刹那》中，何向阳又创造出怎样的意义世界和形式世界？《刹那》为何被创造？其真义何在？这些问题是我论及《刹那》时的重点所在。

关于《刹那》，多位当代文学评论家已同步作出了多角度的富有见地的解读，无须我一一复述。我试图让自己心无挂碍地进入《刹那》的诗歌世界，因为面对一个澄澈的灵魂和敞开的诗歌世界，我以为背负知识之累不如索性行囊空空地徒手前行。

如果仅从视觉来看《刹那》，读者很容易获知：它收录了 108 首诗歌，同时配以 35 幅摄影图画。诗歌，创作于 2016 年 5 月至 7 月末的夏日；图画，创作于 2016 年末至 2021 年的五年之间。诗画构成一种互文关系。但无论是不足三个月之短的诗歌时间，还是约五年之长的图画时间，都无法等同于何向阳在这段"无常现实"中的心理时间，更无法换算为"无常现实"与诗人"我"在诗歌世界中相伴相生后的至暗至明的神奇行程。只有人们调动起全部的感知觉来尽可能地感同诗人"我"在《刹那》中所记录的遭际种种，或许才有可能体悟出《刹那》的真义。

概言之，《刹那》的真义不是为了续写中国诗歌史上的"史诗"或抒情诗或叙事

---

① 何向阳《刹那·后记》，见《刹那》，浙江文艺出版社 2021 年版，第 215 页。

诗或哲理诗等已有诗歌类型，而是在多变的 21 世纪背景下记取生命的本相和生活的真相。21 世纪以来，特别是近年来，一切愈发不确定。"不确定性"，已成为近年来人们对 21 世纪人类境遇的普遍认知。而这种"不确定性"，在中国传统文化观念中，往往被称为"无常"。因此，在本文中，21 世纪以来的充满了"不确定性"的人类境遇被称为"无常现实"。不过，在中国传统文化观念中，"无常"虽与"不确定性"有相近之处，但是以"恒常"作为依托的。那么，人，如何应对"无常现实"？《刹那》如是认为：人，若想活成人的样子，唯有以理想的光芒和爱的信念应对"无常现实"，别无他路。在这个意义上，《刹那》的真义有二：其一，以诗歌世界铭记个体生命所必得面对的"无常现实"；其二，以诗歌世界信守个体生命的理想信念，并由此获得重生。

二、诗画互文中的心迹与神迹

从诗歌文本的内容来看，《刹那》是以诗画互文的形式来铭记个体生命在"无常现实"中的寂寞心迹。虽然《刹那》中的诗画皆是隐喻世界，但并不影响诗人对一段晦暗时光的记取。在《刹那》中，诗仰仗的是诗人的精神力量和诗歌的神性力量，画依靠的是个人的隐秘心语和万物的静谧物语；诗试图通过诗人与诗的相遇来重解个人与"无常现实"的关系；画试图通过自我与世界的相知来重探个人与世界万物的同源。这样说来，《刹那》意在以诗画互文的形式来铭记个人在"无常现实"中的一个个瞬间里的生命体验，并邀请有机缘的读者朋友们一道深思：人，在"无常现实"中，如何救助自身？如果联想到诗人创作这部诗集时的写作动因，就更容易理解诗人的真正诉求。在这部诗集的后记，诗人这样自述道："2016 年 5 月 6 日，我和哥哥赴青岛将母亲的骸骨安葬大海，完成了母亲一直以来的海葬的遗愿。24 日我确证乳腺结节并做局切，30 日出院。当天父亲体检结果不好，6 月 24 日父亲确诊胰腺占位早期，当天我手持电话，一边嘱托友人应对困难，一边应对自身病痛，心绪已然已经跌入人生的最谷底。父亲月底来京，多方论证后于 7 月 12 日手术并于 25 日顺利出院。两个月来的心身磨折，或是成就这部诗集的关键。"①如此大段地引用诗人自述，有一种"赘述"之感。但这段诗人自述，在我看来，是进入《刹那》的必经之路。这段诗人自述，看似语调平缓，语词轻柔，实则内含滔滔巨浪、滚滚巨石。而且，它不止表明了诗人创作这部诗集的心理动因，还隐含了诗人潜在的秘密情感：当"无常"接踵而至时，人，如何应对？或许，个人有个人的应对方式，但何向阳选取的是以诗歌的形式来应对"无常现实"。究其原因，或许在于："诗歌是向阳有可能从容安顿全部自我的一种最适宜的方式——在写作文体中，诗歌是向阳最适

---

① 何向阳《刹那·后记》，见《刹那》，浙江文艺出版社 2021 年版，第 217 页。

宜的文体。"①

初入《刹那》，读者尽可以自由地去阅读，随便你翻阅到哪一页，都会真切地感知到诗人"我"作为个体生命在一段晦暗时光里的心身遭际。不过，仔细体味，读者不难发现，这些诗歌并非随机排列，而是依时、依心、依诗、依天意地自然、有序地构成一体。更确切地说，《刹那》中的诗歌排序既忠实于诗人在晦暗时光里的种种经历和斑驳心迹，又依循了诗歌的创作要义和上天的神性意旨。可以说，这部诗集中的诗句看似独立，其实存在着一种隐匿的内在联系，皆铭记了诗人"我"在"无常现实"中的重生之历程：袒露为心迹，静默为神迹。

立虹为记，作为这部诗集的"题辞"，与似冰河、似雪山、似乱云的首幅图画一道，确立了这部诗集的哀而不伤的总基调，内含了诗人"我"所持有的悲情的乐观主义精神。第一、二首"一个叛徒/一个圣徒"②和"一个圣徒/一个叛徒"③以灵魂拷问的方式开启了诗人"我"的自我探寻。然而，探寻无果。第三首和一片灰黑的世界（2016.12.27 摄影）袒露出"无常现实"的真面目："暮色渐暗/夜已露出它狰狞的面容。"④但诗人"我"非但没有退下阵来，反而意欲应对到底。从第四首开始，诗人求助于诗歌，并引入第二人称"你"。"你"作为第二人称，在现代主义文学中常常被引入，通常被处理为与"我"互审和互杀的关系。然而，在《刹那》中，"你"则是"我"的援手和心灵中最亲密的人，"你"被幻化为"诗中之你"和"心中之你"。由于"你"的相知相助，诗人"我"经过几番摇摆和探寻，至第十四首"一心不乱"⑤而获得了一种暂时的宁静。从第十五首始，诗人"我"一面应对"无常现实"，一面信守生命的自由精神，进入"花园"，汲取"树"的血液，踏上了一条向光伸展的"天路"（2017.02.18 摄影），追随"神迹"，步入心灵的"宫殿"，一幅颇似冰河开化的图景适时出现（2017.02.23 摄影），诗人"我"的内心抵达了"光明如初"⑥之境。不过，"光明如初"之境并不为诗人"我"提供应对"无常现实"的答案，相反使得诗人"我"进入了灵魂中更为激烈的自我厮杀，只是诗人"我"在诗歌中的神性力量的庇护下，从"病患者"和"无助者"转换为"修行者"和自我的"救赎者"。而诗人"我"在诗句陪伴左右的自我探寻中，虽承继了现代主义诗歌的自我省思传统，但更追忆起中国古典诗歌的崇尚人情物理之传统——"那时的人心真实柔软/那时我们从未为自然的消弭而发出

---

① 吴俊《为内心自由赋形：何向阳的诗歌和多栖之意》，载《小说评论》2021 年第 4 期，第 38 页。
② 何向阳《刹那》，浙江文艺出版社 2021 年版，第 7 页。
③ 何向阳《刹那》，浙江文艺出版社 2021 年版，第 8 页。
④ 何向阳《刹那》，浙江文艺出版社 2021 年版，第 9 页。
⑤ 何向阳《刹那》，浙江文艺出版社 2021 年版，第 32 页。
⑥ 何向阳《刹那》，浙江文艺出版社 2021 年版，第 49 页。

喟叹"①。随着诗人"我"对中国古典诗歌传统的追忆，这部诗集中的图画由灰黑转向浅蓝、灰蓝。可以说，正是基于诗人"我"在中国古典诗歌传统中汲取了稳靠的情感力量，诗歌中的"病患者"——在现代主义诗歌中被隐喻为分裂的个人，重生为一个站在山顶之上的"觉者"——"风的力量不能将她移动"②。

何谓"觉者"？在"山顶"这一灵地之上，"觉者"不祛除"肉身"，但更趋近于"灵魂"。"觉者"即"灵觉者"。"觉者"是诗人"我"在回返中国古典诗歌传统之途对"个人"的重新发现。这一发现在 21 世纪背景下别有意义，为置身于"无常现实"中的"个人"提供了一条突围之路：灵觉的"个人"，在面对"无常现实"时，不必如理性的人那样直面"无常现实"，而应如灵性的人那样体悟"无常现实"；也不必纠结于是否能够如理性的人那样成为勇者或智者，而完全可以顺应本心地成为仁者或慈悲者。"觉者"亦是"坚信者"，如诗人"我"的体悟："惟有坚信者能够获得永生"③，而"觉者"或"坚信者"的信念是爱——与心身共存、与日月同体之爱。这样，当诗人"我"修行为"觉者"，且以信奉爱意、顺应本心的方式应对"无常现实"时，个人生命反而积蓄了始料未及的神奇力量：在烟熏黑雾缭绕的鬼影绰绰（2021.03.16 摄影）中，"我站在地狱的入口"④，"不喜不虑不忧不惧"⑤，超越宽恕与复仇，坦然"邀请死神偶尔来喝喝下午茶/席间再乐此不疲地与之讨价还价"。尽管此后诗人"我"面对"锋刃上的冷"依旧灵魂战栗，但"火焰""大海""星光"等，作为"爱"的信念的化身，一路坚定地庇护着诗人"我"生而还乡，并重新发现身体与灵魂的栖居地："嗯，这一切安详宁馨/带皮的土豆/紫色的洋葱/西红柿和牛尾在炉上沸腾/昨夜的诗稿散落于/乡间庭院里的/长凳"⑥。这部诗集中的最后一首诗歌初读上去颇有些晚祷诗的风格，但一读再读之后更多地感受到一位"觉者"的新古典主义活法——"无常现实"的劫难过后，一种诗性的日常生活已经开启。诗人的心身就在这一刻重生，或微笑死生。

三、"我"与"你"的灵觉对话

解读诗集至此，自然迎面相遇《刹那》中的核心问题：诗人"我"是谁？这是现代哲学的原问题。由这一现代哲学原问题，《刹那》又衍生了如下问题：诗中的"我"是

---

① 何向阳《刹那》，浙江文艺出版社 2021 年版，第 61 页。
② 何向阳《刹那》，浙江文艺出版社 2021 年版，第 7 页。
③ 何向阳《刹那》，浙江文艺出版社 2021 年版，第 97 页。
④ 何向阳《刹那》，浙江文艺出版社 2021 年版，第 151 页。
⑤ 何向阳《刹那》，浙江文艺出版社 2021 年版，第 153 页。
⑥ 何向阳《刹那》，浙江文艺出版社 2021 年版，第 213 页。

诗人何向阳吗？诗人何向阳与"多栖作家"何向阳是何种关系？"何向阳"是谁？谁是"我"？"你"是谁？等等。

概要说来，诗人"我"是诗人何向阳，但不全是。诗人"我"与诗人何向阳有诸多重叠之处，但又始终保持对话的间距，互为主体。而且，诗人何向阳只是"多栖作家"何向阳的身份之一，但这是上天所赐、最适宜于何向阳的最重要的身份，反过来说，何向阳也必将担负诗人这一身份应该担负的神圣使命。为何这么说？一方面，诗人何向阳"生长"于"多栖作家"何向阳的心身之中，"多栖作家"何向阳因诗人何向阳而获得了融通多重身份的可能性；另一方面，诗人何向阳的诗歌想象力生发于"多栖作家"何向阳对新时期至新世纪中国社会生活的观察、理解和体验。那么，问题又都回来了：诗人"我"、诗人何向阳、"多栖作家"何向阳皆归结于个体生命意义上的何向阳，那么，何向阳是谁？

我的理解是：不同时期、不同视角下的何向阳是不同的。我所认知的何向阳是一个有着丰富色彩的自然生命，还是一个以不变的心性应对万变的世界的个体生命。我第一次见到何向阳是在 2006 年 5 月 27 日第二届中国小说学会颁奖典礼现场——青岛香格里拉大饭店的大会厅。那时，我虽略读过何向阳的文字，但并不知晓何向阳出生并成长于信奉爱、追求美的文学艺术世家，有一种与生俱来的文学鉴赏力和艺术感知力。当时，我只从女性的直觉感知到何向阳是一位沐浴着天光的美好的人儿。后来，我得知她的父亲是南丁——一位新时期以来的河南文学界的杰出领导人，具有"清澈的精神品格"[1]；母亲是画家左春，毕生热爱美好的事物、崇尚自由的灵魂。何向阳在儿时虽曾随父母"下放"，但她在少年成长阶段和青春期阶段幸运地与中国当代社会的"新时期"相遇了，铺垫了理想主义和英雄主义的精神底色。在何向阳的文字世界中，可以大致寻觅到何向阳在青少年时期的阅读谱系：居里夫人、《简爱》、大禹、孔子、荆轲、文天祥、鲁迅、秋瑾、林徽因、张承志、曾卓、路大荒、及塞林格、昆德拉、凯鲁亚克、曼殊斐尔、悉达多、西蒙·薇依……血缘和书缘涵养了何向阳如湖水一样的诗美气质和内敛的静思品格：静美、涵容，笑意如和风细细拂面的池塘的波光；做人做事的原则却如湖底的岩谷坚硬，沉淀着冷凝多思的光焰。这种静美又坚硬的精神特质正如一位学者的评价："向阳是个理想主义者。对于这个世界，她有自己的温情想象，也有尖锐的进入，有时她需要沉默和静思。"[2]血缘和书缘还形塑了何向阳的精神心理，即何向阳是一位始终"在路上"的带有朝圣情结的人。如何向阳的硕士生导师、文艺理论家鲁枢元所说："'在路上'，

---

① 墨白《南丁先生的真实与真诚》，载《时代报告》2016 年第 12 期，第 66 页。
② 吴俊《为内心自由赋形：何向阳的诗歌和多栖之意》，载《小说评论》2021 年第 4 期，第 39 页。

是何向阳文学思维中一个潜在的、柔韧的、挥之不去的意象。何向阳的第一本论文集就取名为《朝圣的故事或在路上》；第二本文集《肩上是风》，其实还是'在路上'；其他一些文章的篇目，如《远方谁在赶路》、《穿过》、《梦游者永在旅途》，也都是'在路上'；在尚未结集的《三代人》一文中，她又用近万字的篇幅满怀热诚地分析了凯鲁亚克的长篇小说《在路上》。"①而《刹那》则是"在路上"的极致体验或极致救赎，或者说，是"在路上"的绝处逢生。当然，作为"朝圣者"的何向阳，"在路上"，并非时刻一往无前，而是不断犹疑和彷徨，既接受宿命，又执意独行。而这种执意独行的顽韧精神，分明带有鲁迅散文诗集《野草》的"笼罩性影响"②，也分明带有她所处的时代的反向推动。当何向阳于 20 世纪 90 年代从自由阅读者转向专业创作者和专业研究者时，她所钟情的理想主义和英雄主义被放逐了。彼情彼景，如鲁枢元所说："何向阳其实正是在诸神已经祛魅、诸圣已经逊位、神殿与圣山已经颓圮的时刻，踏上她的'朝圣'之路的。"③那，怎么办？20 世纪 90 年代初，何向阳就在一篇解读张承志的文章中寄寓了她的精神高格："难道果真不是产生英雄的时代吗？张承志不甘于此，于泥潭中始终高举那面满目疮疤但不褪颜色的理想之旗，他要重铸一种毁灭了的价值，重铸置死不顾的硬汉精神，他要重铸骑士，甚至，造一个上帝。"④虽然何向阳也曾为 20 世纪八九十年代之交的文学后撤现象寻找合理性解释："从另一角度看后退并不绝对是坏事"⑤，但她同时对此充满警惕，指出"后撤的初衷与后果的悖论同样存在于文学当中"⑥。而在文学的基本要义上，她更是一步不让。整个 90 年代，"灵魂""路""生命"等被放逐的语词一直存活在何向阳的文学世界中。21 世纪第一个十年，何向阳主张用一颗"心肠"⑦去理解另一个"心肠"，同时也在探寻未来的思想文化之路和文学之路。文化随笔《思远道》⑧传递出何向阳在 21 世纪语境下探寻未来思想文化道路的心迹：回到中国传统文化的原点——儒、道、释、墨侠中，重解中国传统知识分子的思想文化性格，重探中国知识分子的人格与文格的关系，以期探究 21 世纪中国知识分子的重生之路。《刹那》更是表明了何向阳作为理想主义和英雄主义的"朝圣"者，在"无常现实"中，血管里的血液非但没有

①　鲁枢元《苍茫朝圣路——我所了解的何向阳》，载《南方文坛》2001 年第 4 期，第 12 页。
②　罗岗、潘世圣、倪文尖、薛羽《鲁迅与我们的时代——围绕丸尾常喜〈明暗之间：鲁迅传〉展开的讨论》，载《文艺争鸣》2021 年第 11 期，第 103 页。
③　鲁枢元《苍茫朝圣路——我所了解的何向阳》，载《南方文坛》2001 年第 4 期，第 10 页。
④　何向阳《英雄主义的重铸——张承志创作精神管窥》，载《文学评论》1990 年第 3 期，第 154 页。
⑤　何向阳《后撤：后新时期文学整体策略》，载《当代文坛》1994 年第 6 期，第 4 页。
⑥　何向阳《后撤：后新时期文学整体策略》，载《当代文坛》1994 年第 6 期，第 5 页。
⑦　何向阳《我的批评观》，载《南方文坛》2001 年第 4 期，第 1 页。
⑧　何向阳《思远道》，中国社会科学出版社 2002 年版。

冷却,反而愈加灼热。只是此时血液的灼热是省思之后的涌动,且是以中国古典诗歌传统构成她血液的"血细胞"的。总之,我所理解的何向阳最初是新时期理想主义和英雄主义的坚信者,继而是后新时期解构主义思潮的省思者,如今是21世纪的理想主义和英雄主义的重建者。

至此,究竟谁是"我"?"你"是谁?在《刹那》中,由"我"统摄的诗句随处可见:"我日夜躺在这里/看月亮如何从圆满变成了一半"①"我一直在独语与合唱间踟蹰/但现在我有了选择"②"我忽略了喂养我的身体/我也忽略了供养我的灵魂了吗"③"我该怎样告诉你/许多年只是一年/许多首只是一首"……这些诗句中的"我"是一个在情感世界中独自成长的人,一个在"无常现实"中独自辨识自身身体和灵魂的人,最终独自成为海水的女儿和自然的女儿。但更多的时候,"我"由"你"引出、引导,与"你"如形影一般地一同走在路上,形成对话关系。即便"我"或"你"在诗句中被隐匿,也还是以隐匿的方式形成对照性质的灵魂对话。"多年前穿过你身体的风/如今仍能将我轻轻/撼动"④"茶在炉上/你在纸上"⑤"我已写了那么多/但还没有写出/你"⑥"想说给你的话愈多/就愈是沉默"⑦"我在人间使命尚在/原谅暂不能赴你的天堂"⑧"事隔多年/你雨中奔跑的样子/我仍能看见"⑨"原谅我不能身随你去/只把这一行行文字/沉入海底/陪你长眠"⑩"你在我耳边说的那些温柔的话/一如原野上盛开的轻盈的花"⑪……在这些诗句中,"你"的存在使得"我"壮大了情感力量,并对"我"进行纠正。在这个过程中,情感与理性、肉身与灵魂、死亡与永生、历史与现实、过去与未来这些充满悖论性的概念,被逾越边界,对重新理解个体生命提供了有着启示性的作用。在此,"我"和"你"并非只是现代主义诗学中的一种具有灵魂拷问性质的悖论性的"镜像孪生"关系——"'你'的形象,在相当一部分诗境中看作临镜者'我'的一种镜像"⑫,更是中国传统诗学中的天、地、人之间的相互依托关系。"我"是一个自己,也是无数个自己;"你"不止是另一个"我",还

---

① 何向阳《刹那》,浙江文艺出版社 2021 年版,第 56 页。
② 何向阳《刹那》,浙江文艺出版社 2021 年版,第 91 页。
③ 何向阳《刹那》,浙江文艺出版社 2021 年版,第 201 页。
④ 何向阳《刹那》,浙江文艺出版社 2021 年版,第 2 页。
⑤ 何向阳《刹那》,浙江文艺出版社 2021 年版,第 3 页。
⑥ 何向阳《刹那》,浙江文艺出版社 2021 年版,第 13 页。
⑦ 何向阳《刹那》,浙江文艺出版社 2021 年版,第 14 页。
⑧ 何向阳《刹那》,浙江文艺出版社 2021 年版,第 152 页。
⑨ 何向阳《刹那》,浙江文艺出版社 2021 年版,第 69 页。
⑩ 何向阳《刹那》,浙江文艺出版社 2021 年版,第 177 页。
⑪ 何向阳《刹那》,浙江文艺出版社 2021 年版,第 189 页。
⑫ 吴晓东《临水的纳蕤思:中国现代派诗歌的艺术母题》,北京大学出版社 2015 年版,第 239 页。

是"我"的灵魂伴侣、"不存在的爱人"①、"在此岸与彼岸间奋力泅渡的人"②、永远的父母亲、造就出"水""银河""星星""大海"等一切自然界性灵生命的造物主……

总之，"我"与"你"，与诗人何向阳、"多栖作家"何向阳，都与何向阳一道同属于一个精神族类，但又有所差异："我"是独行于《刹那》的诗歌主人公，"你"则是《刹那》中的诗性和神性的救赎性力量，"我"与"你"一并超越了诗人何向阳和"多栖作家"何向阳的经验世界，且将何向阳的个体生命空间提升至哲学空间，由此构成了"我"应对"无常现实"的精神性力量。也正是在《刹那》的哲学空间中，"我"与"你"具有个人的属性，也具有人类的共性。进一步说，《刹那》中的"我"在应对"无常现实"时，并未走向个体生命的封闭性，而是走向了个体生命的敞开性。例如，"我什么都不想/只想着/同苦与共甘的人类"③这首诗很容易让人联想起海子的诗歌《回忆》："今夜我只有美丽的戈壁空空/姐姐，今夜我不关心人类，我只想你"。两首诗虽创作于不同的语境和心境，但都情感真切，内心澄澈，且通向超度生命之路。不同的是，《刹那》中的这首诗将超度生命的力量投向"人类"，而海子的《回忆》将超度生命的力量转向"姐姐"。两种不同的处理方式没有高下之分，只是寄寓了两位诗人在不同文化语境下对生命敞开性的不同理解：如果说海子的《回忆》寄寓了海子对他所追寻的 20 世纪 80 年代理想主义的"放下"，那么《刹那》中的这首诗则寄寓了何向阳对她所坚持的 80 年代理想主义的"重拾"，或者说，《刹那》试图通过诗歌重建个人与人类的关联性，并始终确信："致力于表达无情的力量之上还有一种有信仰的抵抗。"④

四、"断句"：对中国古典诗歌传统的当代性转换

值得格外注意的是，《刹那》是以"断句"⑤的体式对诗人"我"作为个体生命在"无常现实"中如何获得重生进行探寻。因此，解读《刹那》中的"断句"之义，至关重要。因为"断句"的体式构成了《刹那》中"我"的重生之所在，可以说，"断句"于"我"是心灵之居所，"我"于"断句"是"断句"的发现者，因此，"断句"与"我"，既构成了相互依附的关系，也构成了相互催生的关系。

"断句"作为《刹那》的诗歌体式，很容易让熟悉现代诗的读者联想到现代诗人卞之琳所创作的《断章》。"断章"作为现代诗歌的一种体式，意指通过对"风景"的

① 何向阳《刹那》，浙江文艺出版社 2021 年版，第 109 页。
② 何向阳《刹那》，浙江文艺出版社 2021 年版，第 68 页。
③ 何向阳《刹那》，浙江文艺出版社 2021 年版，第 31 页。
④ 何向阳《我为什么写作？》，载《小说评论》2021 年第 4 期，第 42 页。
⑤ 何向阳《刹那·后记》，见《刹那》，浙江文艺出版社 2021 年版，第 217 页。

瞬间感悟来表现偶然性、相对性、复杂性等现代哲学命题。不过,《刹那》中的"断句"即便在某种程度上承继了"断章"的体式,也是诗人何向阳在某种特定情境下对"断章"的重写,即在忠实于个人生命体验的前提下,接受偶然性、相对性、复杂性等现代哲学命题,但又试图重建恒常性、本根性、顺应性等关涉 21 世纪中国人,乃至 21 世纪人类如何选取新的生命形式的现代哲学新命题。比较而言,卞之琳写于 1935 年的诗歌《断章》与卞之琳的 20 世纪 30 年代诗歌虽然在某种程度上接受了中国道家经典著作《庄子》的哲学思想的影响,也汲取了中国古典诗歌传统的养分,但在更大程度上则"与通常被称为象征派的法国诗人有明显的亲缘关系"①。而创作于 21 世纪第二个十年的何向阳的诗集《刹那》虽则在某种程度上接受了现代主义诗歌的影响:《刹那》中充溢着对身体、灵魂、命运、心灵、生存、死亡的沉思,颇具有葡萄牙诗人费尔南多·佩索阿(1888—1935)、俄罗斯诗人玛琳娜·伊万诺夫娜·茨维塔耶娃(1892 年 10 月 8 日—1941 年)、芬兰的瑞典语诗人伊迪特·伊蕾内·索德格朗(1892 年 4 月 4 日—1923 年 6 月 24 日)、美籍波兰诗人切斯瓦夫·米沃什(1911—2004)、波兰诗人维斯瓦娃·辛波丝卡(1923 年 7 月 2 日—2012 年 2 月 1 日)等国外现代主义诗人诗作的哲学气息,但在更大程度上则首先是在冥冥之中与"断句"这一诗歌体式的不期而遇:《刹那》中的"断句"并非是何向阳所预设的诗歌体式,而是何向阳在"无常现实"中的虚弱体能、特定心境,以及心身一呼一吸时的疼痛使得何向阳相遇了一语一默的"断句",即《刹那》中的"断句"与《刹那》的创作动因一样更多地是遵循上天意旨,而不是诗歌史上任何既定的体式或任何已有的理念。而对于写作者之所以遵从天意和写作本身的原由,何向阳深有体会:"你觉得一切细致入微、丝丝如扣的情节、细节、背景、道具……都是它本身所具有的,你不过是如实地予以描摹和记录罢了;你觉得一切安排,一切结构,开头和结尾、波澜和反复,一切惊人之笔、感人之笔,都是本来就注定如此的;你觉得一切语言,一切精辟的、幽微的、动人心弦而又别出心裁的句子,都不过是那个原有的世界的人与物自身所具有的特征,是那个世界自己提示出来的,或是那些人物自己说出来的,你不过是个忠实的速记员罢了。"②可见,在何向阳看来,写作世界中的一切安排非写作者的人力之所及,而是天意之安排与写作之本来。在此意义上,何向阳创作《刹那》中的"断句"与其说是为了以"断句"的体式来承继并重写中国现代诗歌史上的"断章"体式,不如说首先是为了忠实于自己的心灵自身。为此,她在《刹那》中遵

---

① 〔荷兰〕汉乐逸《卞之琳——中国现代诗研究》,陈圣生摘译,载《中国现代文学研究》1986 年第 4 期,第 188 页。

② 何向阳《我为什么写作?》,载《小说评论》2021 年第 4 期,第 45 页。

从上天的意旨,进而探寻了一种将"断句"作为应对"无常现实"的"诗歌疗法"。其实,患病期间的何向阳也会如普通人一样被纷至沓来的各种意绪所裹挟,只是她选取了独属于她个人的用"断句"的体式来处理各种意绪。但也就在这种说不清、道不明的各种意绪的支配下,写作"断句"的欲望油然升起,不可抑制。也基于此,何向阳通过"断句"来接续并重写"断章"的体式是命定之事。

不过,何向阳选取"断句"作为《刹那》的诗歌体式,虽是命定之事,难以阐释,但在某种程度上还是自有来由——"断句"中的文学血脉和思想精气多源自长养何向阳的中国古典诗歌传统。即便未必有人能够精确地描摹出来《刹那》中的"断句"在多大程度上承继了中国古典诗歌传统,即便何向阳自己也未必能够对此作出度量,但《刹那》与中国古典诗歌传统之间的关联有迹可循。进一步说,《刹那》中的"断句"固然接续了卞之琳《断章》中的"我"对"你"独语的叙述方式,但更流淌着中国古典诗歌传统的血脉。《刹那》中的首个"断句""群山如黛/暮色苍茫"不仅采用了中国古典诗歌传统的源头、中国最早的诗歌总集——《诗经》的四言体,而且选取了《诗经》中《蒹葭》的首句"蒹葭苍苍/白露为霜"的诗画手法——以景物暗寓诗人主人公"我"此时的心境,换言之,"我"的心境,也正是借助于《诗经》的四言体和《蒹葭》的寓情于景的手法才得以形象地表现。《刹那》中的一些"断句"文辞俊伟、幻美,有须眉之英气,在"我是谁"的追问层面上回响着屈原《离骚》的"逸响伟辞"[1];其思绪悲而不颓、自由飞扬,犹如《离骚》的"驰神纵意"[2]。《刹那》中的一些"断句"语言精简、劲健,情感赤诚,直抒胸臆,颇有《汉乐府》的古风。尤其,《刹那》中相当多的"断句"让人联想起中国绝句诗:姑且不说中国绝句诗的名称之一就是"断句",单说《刹那》中的情境描写、风景描写、心志描写都与绝句诗中的山水诗、咏物诗、言志诗相暗合,且在瞬间里借助外物发现本心。可以说,《刹那》中的"断句"汇合了中国古典诗歌的多种体式。与此同时,"断句"还配合以摄影图画,如果说"秦观是用王维的画来医病的,这叫做精神治疗法"[3],那么《刹那》中的何向阳的摄影也是用来"医病"的,这亦是一种精神治疗法。总之,《刹那》中的"断句"颇具有废名所说的"雷声而渊默"[4]的力量,倘若没有中国古典诗歌传统的"暗中"支撑,则很难产生这种神异的诗歌力量。

《刹那》中的"断句"不仅承继了中国古典诗歌传统,而且以"断句"的体式在 21

---

① 鲁迅《汉文学史纲要》,见《鲁迅全集》第 9 卷,人民文学出版社 1981 年版,第 370 页。
② 鲁迅《汉文学史纲要》,见《鲁迅全集》第 9 卷,人民文学出版社 1981 年版,第 371~372 页。
③ 丰今《秦观和陆游怎样欣赏王维的作品》,载《文学评论》1959 年第 5 期,第 137 页。
④ 废名《关于我自己的一章》,见王风编《废名集》第四卷,北京大学出版社 2009 年版,第 1824 页。

世纪背景上对中国古典诗歌传统进行了当代性转换。何谓"当代性"？这是一个被近年来的当代文学界所关注、说法不一的概念。从时间的维度而言，我个人认为，"当代性"不止是以"当下性"时间为反映对象，而且以"非当下性"的时间为反映对象，比较而言，对"非当下性"时间的反映往往比对"当下性"时间的反映更具有坚实的当代性，因为从潮流中退后往往是一种前瞻。这一点，如陈晓明所说："'当代性'在通常的意义上，当然是对当下的深刻意识，那些深刻反映了当下的社会现实的作品，更具有'当代性'。……但是，也有一部分作品体现出更长时效的'当代性'，可能具有一种'非当下性'特点，这显然是矛盾的。也就是说，它未必是迎合当时的潮流，或者并不在意识形态的总体性圈定的范围内。因为其'前瞻性''前沿性'，它并不属于当下性的时间范畴；或者相反，它的'落后性'使之无法与当下合拍。但是，随着时间的推移，它显现出一种坚实的当代性。……"①从空间的维度而言，我个人认为，"当代性"意指正在成长的对现代性的延展和修正，如丁帆所说：如果说概念混杂的现代性在西方哲学词典中意指"未完成的现代性"（亦即"开始死亡的现代性"），那么"当代性"则意指"正在成长的当代性"②，"当代性"正是在对"现代性"的延展与修正中不断完善自身理论体系与模式的，它是走进历史现场的语词结构。③客观地说，何向阳并未直接对"当代性"这一概念进行正面阐释，但她的文学创作和文学批评皆为"当代性"这一概念提供了一种内省的理想主义者的个人化理解。仅以《刹那》来说，《刹那》对中国古典诗歌传统的转换亦是对"当代性"概念的个人化理解。其一，在时间维度上，《刹那》中的"断句"是以对"当下性"时间和"非当下性"时间的交替、重叠、对照来理解"当代性"的概念，诗集中的"断句"虽将诗歌中的现实时间设定为诗歌主人公"我"在至暗时期的"当下性"时间，但同时又将诗歌中"我"的心理时间与诗人主人公"我"的记忆时间相交织，尤其将上述时间植根于中国古典诗歌传统的历史时间的纵深处，进而重建了21世纪中国诗歌的现实时间、心理时间、记忆时间和历史时间的多重合一的"当代性"时间。其二，在空间维度上，《刹那》中的"断句"是对"现代性"的延展和修正。概言之，《刹那》中的"断句"所追寻的"我"的自由生命理想始料未及地作别了现代人所推崇的两种生命样式——理性的人和感官的人，而重生为中国古典诗歌传统的源头之人——灵觉的人。更确切地说，《刹那》是以"断句"的体式、听凭个人生命的灵觉和21世纪的诗人天命对中国古典诗歌传统的回返与转换。如果说现代主义诗歌曾经以"封闭性和自我

---

① 陈晓明《论文学的"当代性"》，载《中国现代文学研究丛刊》2017年第6期。

② 丁帆《现代性的延展与中国文论的"当代性"建构》，载《中国社会科学》2020年第7期，第146页。

③ 丁帆《现代性的延展与中国文论的"当代性"建构》，载《中国社会科学》2020年第7期，第157页。

指涉性"①为 20 世纪中国诗歌作出了功不可没的历史贡献,那么,对于 21 世纪中国诗歌而言,现代主义诗歌普遍偏重于对自我世界与幽暗现实的咄咄逼视固然创造了一个格外内省、深刻的诗歌世界,但这样的诗歌世界在 21 世纪背景上则愈发显得理性和逼仄了。如果 21 世纪中国现代诗歌必得应对 21 世纪的"无常现实",就要在承继现代主义诗歌传统的同时,回返中国古典诗歌传统并由此获取诗歌的觉性和空阔性。或者说,21 世纪中国诗歌只有对中国古典诗歌传统进行当代性转换,才有可能探索出符合 21 世纪中国人应对"无常现实"的新路径。因此,《刹那》中的"断句"固然是由"梦魇""影子""暗夜""独语""灵魂""病痛""死亡"等现代主义诗歌意象所构成,但更是由"虹""臂膀""光明""伴侣""对岸""永生"等被"当代性"转换的古典意象所支撑。甚至可以说,在《刹那》中,在"我"身处"无常现实"时,"我"心灵的潮汐和情感的性状即是"断句"的现代形式;在"我"应对"无常现实"时,"我"的心灵的归属之地就是"断句"的古典诗歌传统。正因如此,在"我"的至暗时刻,是流淌着古典诗歌传统血脉的现代诗句如一只只温暖、有力的援手,托举起"我"的心身,至灵魂的救赎之地,给"我"带来重生——很多个"我"在 21 世纪背景下的古典诗歌传统中重生。

当然,如果依据《刹那》中的"断句"对中国古典诗歌传统的"当代性"转换,就说《刹那》带来了一场 21 世纪的诗界革命,那有些言过其实了。前文已述,《刹那》是为了忠实于心灵自身而写,并不是为了听命于任何观念而写。但《刹那》中的"断句"体式,在表达方式上,采用的是一种源自中国古典诗歌传统的写作方式——灵觉性写作,确与开篇已述的当代文学评论界对"多栖作家"的"三栖评论"所呼之欲出的"新'文学革命'"②和当代文学界已然破土而出的"新'小说革命'"③同气相求。21 世纪第一个十年,姑且不说经历了 20 世纪 90 年代的先锋转向的小说家们已开

---

① 吴晓东《临水的纳蕤思:中国现代派诗歌的艺术母题》,北京大学出版社 2015 年版,第 144 页。

② "新'文学革命'"这一概念,并未有学者明确提出,但 21 世纪文学写作,特别是"多栖作家"的文学写作先行于这一概念,并构成了 21 世纪文学创作的一个值得关注的写作现象。在"文学革命"之前冠以"新",是因为百年前的 1917 年初至 1919 年的五四运动后一段时期里发生了"反对旧文学、提倡新文学"的文学变革。百年后的 21 世纪中国文学在置身于中国社会文化结构由"被现代化"到"中国化"的变化时,21 世纪中国文学对中国古典文学文化传统的当代性转换,已经构成了新世纪中国文学发展的内驱力。

③ "新'小说革命'"的概念由王尧在 2020 年 8 月"第六届郁达夫小说奖审读委员会议"和 2020 年 9 月 25 日《文学报》发表的《新"小说革命"的必要与可能》一文中提出,其被这样界定:在"小说革命"之前冠以"新",是因为 1985 年前后的小说与相关思潮的巨大变化被称为"小说革命"。"小说革命"的概念并没有被广泛使用,参与其中的作家甚至也逐渐遗忘了这一富有重要意义的表述。倡导新的"小说革命",是基于这样一个基本事实:在社会文化结构发生变化时,文学的内部运动总是文学发展的动力。然而,在相当长时间以来,小说创作在整体上处于停滞状态。倡导新的"小说革命",即反对用一种或几种定义限制小说发展,反对用一种或几种经典文本规范小说创作。所以,倡导新的"小说革命"恰恰表达的是解放小说的渴望。

始逾越虚构和非虚构的边界,单说 21 世纪具有学者、批评家、诗人、小说家、散文家、杂文家等多重身份的"多栖作家"愈发开始反思现代以来的纯文学观念的渐趋精细化的问题,也开始以各自不同的方式逾越纯文学文体的边界,且通过对中国古典文学传统的当代性转换来获得新的写作资源,进而尝试着探索出既适宜于"多栖作家"的个人气质,又符合于 21 世纪中国人和 21 世纪人类的精神心理的新文学观念和新文学文体。这样说,是因为我们可以通过"多栖作家"在 21 世纪中国文学的写作获得非常重要的新文学革命的"新'文学革命'"和"新'小说革命'"的观念变革的思想踪迹。2010 年 4 月,新星出版社出版了李敬泽的杂文集《小春秋》。初看上去,《小春秋》不过是一本短制的专栏体随笔,曾于 21 世纪第一个十年期间发表于《南方周末》的"经典中国"栏目和《散文》的"经典重读"栏目。在内容上,《小春秋》通常被看作对《诗经》《左传》《论语》《孟子》《吕氏春秋》等的阅读心得,但倘若将《小春秋》放置在 21 世纪第一个十年文化失序的背景下进行体察,或许会发现:《小春秋》不仅隐微地叙写了一个人的大寂寞,而且创造了一种借《春秋》说当下的"新杂文体",开启了回到中国传统文化典籍那里去的"新'文学革命'"。《小春秋》之后,李敬泽继续创作"新杂文体",将目光投放到鲁迅那里,2017 年由中信出版社出版的杂文集《咏而归》承继了一个与众不同的鲁迅传统——"回到'子部'那里去"的鲁迅杂文传统,以及鲁迅的《故事新编》的历史叙事传统。不过,李敬泽选取"子部"作为杂文传统的写作使得《小春秋》和《咏而归》虽被高度赞誉,但难以被归类,更难以被解读。但通过李敬泽的一些访谈,会心者或许能够发现李敬泽创作《小春秋》和《咏而归》的写作动因,以及其中所隐含的文学观念、自身定位和文学目标。下面三段话语来自李敬泽的三次访谈:"我有一个根深蒂固的定见,现代以来,我们一大问题是文体该分的没有分清,不该分的分得太清。""当然,就个人的气质禀赋而言,我这个人什么'家'也不算,但如果你说我是个杂家,我倒是夷然受之。我对越界的、跨界的、中间态的、文本间性的、非驴非马的、似是而非的、亦此亦彼的、混杂的,始终怀有知识上和审美上的极大兴趣,这种兴趣放到文体上,也就并不以逾矩而惶恐,这种逾矩会甚至成为写作时的重要推动力。"①"我想探讨的是这种碎片化的经验的内在性,看看有没有可能在这一地鸡毛漫天雪中找到某种线条、某种形式、某种律动,或者说,我们如何在日常经验的层面建立起与历史、与社会和精神的总体运动的联系,一种整体性或拟整体性的自我意识,一种细微与宏大兼而有之的叙事。这其实也是这个时代生存和文学的一个关键性问题。"②这三段话语不仅表明

---

① 李敬泽、李蔚超《杂的文学,及向现在与未来敞开的文学史》,载《小说评论》2018 年第 4 期,第 8 页。

② 李敬泽《很多个可能的"我"》,载《当代作家评论》2019 年第 1 期,第 25~26 页。

了李敬泽所倾心的跨越"纯文学"文体边界的"杂文学"观念、所心仪的"杂文学家"的自我定位、所承担的重建 21 世纪文学总体性叙事的目标，而且构成了 21 世纪"新'文学革命'"的一种愿景和一种行动。如果说"新'文学革命'"尚处于呼之欲出的态势，那么"新'小说革命'"则颇有些公开化了。2015 年，《文学报》原社长、原总编陈歆耕在《人民日报》发表评论《小说"革命"的必要和可能》，直指"当下纯文学小说存在的缺陷"，主张重新来看"中国古代诗学中的重要理念"，认为 21 世纪文学的出路在于："需要通过一场现代的'文体革命'重树自身的精神高度，重获蓬勃生机。"[1]2020 年 8 月，"多栖作家"王尧在"第六届郁达夫小说奖审读委会议"上直言，以他的阅读和观察，当前小说总体上并不让他感到满意，认为小说界需要进行一场"革命"。在为《新批评》专刊撰写的文章中，王尧提出，小说发展的艺术规律反对用一种或几种定义限制小说发展，反对用一种或几种经典文本规范小说创作。倡导"新'小说革命'"恰恰表达的是解放小说的渴望。[2] 在此，王尧所提倡的"新'小说革命'"所说的"革命"，不是"断裂"，是"延续"中的发展，是探索 21 世纪小说新的可能性。[3] 而且，王尧不止是在观念上倡导"新'小说革命'"，而且在实践上——通过长篇小说《民谣》[4]的创作提供了"新'小说革命'"的一种路径：越过现代主义小说，回到中国传统文学典籍《庄子》的"结构力"那里去。如果说上述两位"三栖"作家的杂文写作和小说创作传递出了 21 世纪"新'文学革命'"和新'小说革命'"的可能性样式，"多栖作家"孙郁在《鲁迅与俄国》等学术著作中，少有地将论文当成大文化散文写作，这固然意味着他心仪于鲁迅的"暗功夫"，更意味着他对"文体家"鲁迅的承继。因为，文体之于孙郁不止是写作风格，更是思想方式，因为"写作者找到了一种思想方式的时候，文体就随之诞生了。同样的结果是，一种文体规定了一种思想的颜色"[5]。而这一观点与中国古代的文章观很是相似。同样是大文化散文，陈福民创作的《北纬四十度》（初刊于《收获》杂志 2018 年第 2 期至 2021 年第 4 期，由上海文艺出版社 2021 年 8 月出版）打通文史界限，通过回到中国第一部纪传体通史《史记》那里去的方式，反思了中国现代知识分子一代代赖以相信的现代文明论中的"误解、无知或者以讹传讹"。他认为："不同类型的文明在两千年的冲突共进中一直是在彼此砥砺互相学习的，他们共同构成了华夏文明共同体。"[6]"多栖作家"

① 陈歆耕《小说"革命"的必要和可能》，载《人民日报》2015 年 8 月 4 日。
② 王尧《新"小说革命"的必要与可能》，载《文学报》2020 年 9 月 25 日。
③ 王尧、舒晋瑜《当代小说需要"革命"》，载《中华读书报》2021 年 8 月 2 日。
④ 王尧《民谣》，初刊于 2020 年《收获》杂志第六期，由译林出版社 2021 年出版。
⑤ 孙郁《"思"与"诗"的互渗何以可能》，载《小说评论》2021 年第 5 期，第 51 页。
⑥ 陈福民《分明心事书中论——关于北纬四十度的前前后后》，载《上海文化》2022 年第 1 期，第 58 页。

在 21 世纪所创作的带有"革命"性质的文学作品不再继续举例了,已足以说明:"多栖作家"的文学创作是与 21 世纪中国社会文化的变化和新世界人类社会的变化应运而生的。在此意义上,何向阳的《刹那》中的"断句"体式不是一个人在写作,而是与 21 世纪的"多栖作家"的文学创作同步而行。可以说,《刹那》中的"断句"通过对"断章"的重写,尤其通过对中国古典诗歌传统的当代性转换,传递出一种讯息:当 21 世纪人类不由自主地处于一个非同以往的"无常现实"中,是否到了告别"九十年代延长线"的时候了? 是否到了走出"二十世纪中国文学"的时候了? 一个新时代的"文学革命"是否已然发生?

由上观之,何向阳的《刹那》首先是对个人生命中的一段晦暗时光的记取。但《刹那》并没有因此而失去光芒:不论"我"的伤口是否愈合,这部诗集的重点都是通过"我"与"你"的相互加持而不是相互辩难的对话,悟觉出个人如何依靠诗性和神性的召唤应对"无常现实"的幽渊,并重生为中国古典诗歌文化传统的源头之人——灵觉的人,而不是现代文化所推崇的理性的人或后现代文化所纵容的感官的人。而且,《刹那》中的带有某种个人精神史性质的诗歌写作,在忠实于诗人的心灵感受、遵从天意的前提下,采用了"断句"的诗歌体式。"断句"固然是对现代诗人卞之琳"断章"体式的重写,更承继了中国古典诗歌中的多种体式。这一方面意味着《刹那》接续了现代诗歌中的偶然性、相对性、复杂性等现代哲学命题,但更意味着《刹那》意欲重建恒常性、本根性、顺应性等现代哲学新命题,进而建立一种植根于中国古典诗歌传统的流脉中、有助于治愈现代人心身创伤、重生为"灵觉的人"的"灵觉诗学"。进一步说,《刹那》所意欲建立的"灵觉诗学"这一哲学问题是诗与活的问题,这是中国古典诗歌传统所安身立命的本根性问题。《刹那》对此在 21 世纪背景上作了个人性的当代性理解:何谓诗人? 以诗为生的人。何谓诗? 诗就是活。这样的当代性诗人,其内在意义不止是时间的,更是空间的,即"刹那"是永恒,更是"永在"。

本文是国家社科基金资助项目一般项目"鲁迅与百年儿童文学观念史的中国化进程研究"(19BZW143)的阶段性成果。

原载于《中国现代文学研究丛刊》2022 年第 7 期。

徐妍:中国海洋大学文学与新闻传播学院教授、博士生导师,青岛市文艺评论家协会副主席。

卞文馨:青岛科技大学数据科学学院辅导员、助教。

从"回归的美学"到"寻回汉声"

——杨键诗歌论

张立群 ■

作为 20 世纪 90 年代以来最重要的诗人之一,杨键以其特立独行的生活方式、渴望返回中国传统文化源头的理想而受到诗坛的瞩目。结合中国新诗诞生的历史特别是当代诗歌需要不断融入新的内容维持自身的发展,杨键的诗歌在整体呈现出来的"非现代"的趋势可命名为"回归的美学"。这是一条堪称"方向相反"的道路,不仅会在不同读者眼中见仁见智直至引起争议,还会因其罕见的特质成为近三十年来当代诗歌中最值得探究、辨析的个案。为了能够全面、深入地呈现杨键的诗歌世界和其诗学价值,本文拟采取一种整体化的研究思路,即将他诗歌的基本主题、创作心态和生活道路作为一个统一的整体,相互印证,进而在条分缕析的过程中揭示其诗歌的成因及其现实指向。

作品主题可以视为表达作者观点或见解的基本思想,通过文字具体表现,是作家心灵世界与外部世界交流、融合和反映的"接触坐标点"①。在此前提下,将作品的主题和相应的创作心态结合起来,具有内在的合理性和必要性。它既有理论的背景,又是一种有效的介入方法,对于考察杨键这样一个独特诗人的成因以及他和所处时代诗歌之间的关系,自然有着重要的意义。

一、以"忏悔"为起点

出于对少作的"不满",杨键出版的三本诗集《暮晚》《古桥头》《杨键诗选》均未收录 20 世纪 80 年代的作品。② 这一客观前提决定杨键"最早的作品"要从唯一写于 1993 年的一首诗《惭愧》讲起。《惭愧》通篇以"愧对"二字为线索,"愧对"的对象

---

① 陈鹏翔《主题学理论与实践》,(台湾)万卷楼图书有限公司 2001 年版,第 270 页。

② 所谓"不满"和"未收录",主要是指 20 世纪 80 年代中期处于练笔阶段的杨键像许多"60 后"诗人一样,曾受到过"朦胧诗"的影响,但很快就转向了西方现代诗歌。"杨键诗歌的学徒期,深受美国'垮掉派'诗歌影响",其习作"措词猛烈,颇具金斯伯格遗风",有上百首之多。杨键有意"悔少作"、没有收录这些作品,可理解为在告别"过去"的同时重新确立诗歌之自我、诞生一个成熟诗人的过程。关于这些经历,本文主要参考了傅元峰、李倩冉的《杨键文学年谱》,《东吴学术》2015 年第 2 期,和傅元峰、杨键的对话《当代诗歌的内在自我及其他》,《东吴学术》2014 年第 3 期。

包括乡村、园林、月亮、小溪、夜空、父母以及可以想到的所有人，同时还有"清净愿力的地藏菩萨"。《惭愧》是一首忏悔之诗，带有强烈的宗教色彩。由此联想到1992 年 12 月，与杨键感情甚深的二哥杨峰意外去世，"成为杨键生命中一个重要的转折点"。此后，杨键开始信奉佛教。而在写作上，"二哥去世后，杨键常常带着干粮一个人去江边，一徘徊就是一整天，并写下大量有关长江的诗"，深刻理解到"自然是文学诗歌的绝对源泉"。与此同时，其阅读的书籍也随人生的转折点而更改，"在西方诗歌仍然如潮水的年代，'他决绝地掉转头来，埋首研习中国的山川风物'，'在现代生活中与这些古典精神相遇并契合'，《道德经》、《论语》、《金刚经》……"并以此逐渐构筑起"一代最新（当然也是最旧）的诗人形象"①。《惭愧》可视为杨键重新确立写作起点的开篇之作，隐含着杨键诗歌未来走向的"精神密码"。

"忏悔"在现代汉语中可解释为认识到过去的错误甚至是罪恶、决心改正，常怀有强烈的情绪因素。"忏悔"还是一个佛学用语，既可指佛教规定的给犯戒者以说过悔改机会的宗教仪式，又可指其引申义，即为认识了错误或罪过而感到痛心并决心改正，旨在洗刷污染了的心，使之恢复清静。结合杨键 1992 年之后的生活历程，"忏悔"显然在相当长的时间内成为其内心的主旋律并具有浓重的宗教意识。这种情绪反映在诗中，是《惭愧》《悲伤》《题广济寺》《过错》《一首枯枝败叶的歌》等作品中，反复出现的带有普遍性的幻灭之痛、遗忘之伤以及不断重复的过失，而在《一棵树》（以上所列作品均写于 1993 至 1996 年）中，诗人更是以"我终究是包罗万象的佛塔，//写作是我的第二次耻辱，//第一次我是人。"将关于自己的生之忏悔写到极致。随着 1997 年秋，从二哥去世就为其鸣不平的父亲由于在五年内不断上诉，积劳成疾，溘然离世，杨键生命迎来了"又一个转折点"，"父亲一生勇敢倔强，以及生前最后一段时光对公平正义的求索，使得杨键开始成为儒家的信奉者"。从此，"佛的出世和儒的入世形成张力，两教论衡在他的诗歌中不断冲撞"②。杨键的诗歌开始关注现实，进入一个新的阶段，在写作上"彻底地朝向底层，朝向民众，受难。到现在还没有结束……"③

就具体的写作道路而言，"关注现实"意味着杨键的诗歌在保持内在一致性的同时，由"宗教忏悔"转向了"世俗忏悔"（即生命忏悔）④。这一和从奥古斯丁《忏悔录》到卢梭《忏悔录》颇有几分相似的"转向"，自是和杨键亲人相继辞世、必然承受

① 傅元峰、李倩冉《杨键文学年谱》，《东吴学术》2015 年第 2 期。
② 傅元峰、李倩冉《杨键文学年谱》，《东吴学术》2015 年第 2 期。
③ 庞培《杨键小传》，曹成杰、李少君主编《九十年代以后：当代汉语诗歌论丛》，南方出版社 2006 年版。
④ 在本文中，"宗教忏悔"和"世俗忏悔"，主要参考了梁庆标的《自我的现代觅求——卢梭〈忏悔录〉与中国现代自传（1919—1937）》中的说法，中国社会科学出版社 2014 年版，第 117 页。

来自生活的苦难有关,但与此同时,我们也应当看到,作为芸芸众生之一的杨键显然无法彻底摆脱世俗生活的困扰,他的诗也需要在持续进行的过程中实现一种"量"的扩张:尽管减少了几分宗教式忏悔的广度与虚幻,但却多了几分因世俗忏悔而生发的真实痛感和反抗力度。"没有过上好日子是我的耻辱,/没有获得安宁是我的耻辱,/我浪费了我的人生,/暗淡、渺茫的心,/就像秋天的江水。/我错了,/必须从头再来。"只要对比《行春桥》和此前《惭愧》对于"耻辱"的态度,便不难看出二者之间的具体差别。世俗式的忏悔直接、积极、承担着独立的人格和个体的思辨,隐含着改变和自证的力量,弥漫在杨键 1997 年之后如《清风》《1967 年》等作品之中。它丰富了杨键诗歌的忏悔意识并以多样性的表现方式成为杨键诗歌的底色,并不时以旁逸斜出的姿态为杨键的写作带来新的内容。

"忏悔"反复出现,一度造成杨键全部的诗歌理念及灵感均来自信奉宗教的印象。但一个简单的事实是杨键依旧通过不停地写作诉说内心的不安,他的诗歌在不时呈现佛教影响的同时也有《圣经》、羔羊意象和中国传统道家文化的踪影,而更重要的是他的"忏悔"也在不断走向世俗之路的同时逐渐形成更大的理想。在这个意义上,强调宗教在杨键承受生活苦难时以及重新确立写作起点时的意义不失为一种客观的态度——杨键在"忏悔",而他本人及写作也在持续的"忏悔"中成为"忏悔"的对象,预示着他的写作中必然会分裂出一个属于现实的"自我",从而与宗教式的苦行产生某种对峙的效果。以他自己的诗《命运》(1994 年)为证,"一个山水的教师,/一个伦理的教师,/一个宗教的导师,/我渴盼着你们的统治。""山水""伦理"与"宗教"虽有一定程度上的身份差异,但都是引领或曰指导杨键的"精神之师"。而实际上,1997 年之后的杨键越来越倾向于前二者也加速了其诗歌风格的定型。当然,无论是"宗教忏悔"还是"世俗忏悔",都需要针对具体的过失行为进而完成一种心灵的洗礼指向内心。作为长期浸润的过程,它们不仅造就了杨键诗歌对世间万物的悲悯,而且也加深了杨键诗歌对生命的深刻体悟——

> 马儿在草棚里踢着树桩,
>
> 鱼儿在篮子里蹦跳,
>
> 狗儿在院子里吠叫,
>
> 他们是多么爱惜自己,
>
> 但这正是痛苦的根源,
>
> 像月亮一样清晰,
>
> 像江水一样奔流不止……

——《暮晚》(1997 年)

而在另一面,"忏悔"作为伤感和悲观的代名词,意味着拒绝、封闭和向内收缩,决定了杨键诗歌在指涉具体对象时和当下有着时间和空间上的距离感和主观上的疏离感。在充满愧疚和令人失望的现实面前,诗人终需返回过去,建构属于自己的诗歌世界。

二、"自然山水"的意象群建构

"返回"过去的诗人就生活环境而言是走向了自然山水。"山水"同样是杨键的教师,并可以和"伦理"和"宗教"结合起来,成为一种生活、一种命运。在现代社会,回归自然山水在很大程度上意味着生活在边缘与自我放逐,是以,对于杨键的选择不能不从其主观意愿谈起——

多少次,我走在这条通向山上的石子路,/两边是青翠的蔬菜和高耸的冷杉树。/栅栏古老,盘着去年枯萎的丝瓜藤,/仿佛人世最纯朴的情感。//……树梢,墓碑,静悄悄的,/山坡上的草全黄了,连着蓝天……/什么时候我能放下笔,/像它们一样获得奥秘的宁静?//多少次,我走在这条通向山上的石子路,/我的双眼依然在寻找美德。/在山顶上,当我能够像落日一样平等地看着人世,/当不幸,终于把我变成屋顶上的炊烟……

——《通向山上的石子路》(1995 年)

或许,没有什么比具体的诗行更能说明一个诗人的内心:无论从性格还是经历上看,杨键都对宁静和自然有着天然的亲近。这样的性格特点与其信奉宗教有无关联还可作进一步的考证,但信奉宗教肯定会强化其对自然山水的依恋,因为那里有最原始的同时也是最朴素纯洁的气息与氛围。需要着重指出的是,1997 年父亲去世后,杨键与患有帕金森症的母亲生活在一起,每日照顾母亲日常的饮食起居,住在马鞍山一间住了 35 年的老房子里,很少外出。生活在边缘的他一日三餐素食,平常散步、写作,兼带照看二哥留下的儿子。他自言母亲的病痛成为了他的"桃花源"①,也在限定其居住环境同时进一步塑造了其诗中的"地理"。

尽管杨键在诗中多次出现与自然山水相关的意象,但仔细考察这些意象,会发现其笔下的"诗歌地理"一直有自己的独立性、完整性甚至是封闭性。这个结论可从以下两方面谈起:其一,是这些意象集中在水(如长江、运河、湖)、桥、村庄、乡村、

---

① 对于这种带有明显比喻性质的说法,本文主要参考了庞培的《杨键小传》(曹成杰、李少君主编《九十年代以后:当代汉语诗歌论丛》,南方出版社 2006 年版,第 169~170 页)和关于杨键的访谈《母亲的病痛是我的桃花源——杨键访谈》(《山花》2009 年第 8 期 B 版),在这篇文章中,杨键指出这个比喻的说法来自清代诗人郑珍。

寺院、古宅、土地、山路、树（如柳、冷杉）等之上，它们曾在中国古代诗词特别是山水田园诗中反复出现，属于典型的"古代"或至少是"前现代"意象群，有自己相应的时代和特定的寓意。"我写的那些诗都是山川草木的馈赠，虽然它们每一天都在被毁灭，仍没有忘记对我的馈赠，这种馈赠自《诗经》时代以来即没有中断。"[1]其二，是杨键在书写上述意象时对离开这样环境的拒绝与排斥。如在《一首枯枝败叶的歌》中，他就写到"我"归来后，对"漂泊在外的教训"的讲述："没有悲痛的能力，也没有欢乐的能力，/我们把土地，也就是灵魂，丢了。/唉，真悲惨，我们的处境就像是广漠荒野上的孤魂，/被风声吹到这儿，吹到那儿，彼此仇恨，忌妒……"而在《从江浦县去上海遇见大片的油菜花》中，他则以从江浦县一直蔓延到大上海的"油菜花太美了"，比"外滩的帝国银行大厦，/美得多"，表达他对现代化进程对自然造成的伤害和大都市喧闹物质生活的"否定"。通过类似这样的书写，杨键以一种不失偏激、狭隘的方式固执地建构起自己的"诗歌地理"，顽强地守护自己的心灵家园，他回溯与返还的渴望也因此得以呈现。

显然，杨键的"诗歌地理"延续了中国古代的隐逸文化并具有十分鲜明的怀旧风格。"这里是郊外，/这里是破碎山河唯一的完整，/……/我几千里的心中，/没有一点波澜，/一点破碎，/几十只鸟震撼的空间啊，我哭了，/我的心里是世界永久的寂静，/透彻，一眼见底，/化为蜿蜒的群山，静水流深的长河。"（《这里》，1996 年）但从现实的角度上说，陶渊明、王维式的古典山水田园肯定是无法返回了，城市化的进程以及无休止的欲求已经打破了自然的平静。杨键自是不愿看到甚至承认这样的事实，但就其诗歌展现出来的内容，我们可以读出他已通过语言意识到近乎残酷的现实：他笔下的山水自然总是有意无意地呈现出某种破败的景象直至染上阴冷灰暗的色调，并与现实形成特殊的"对应结构"。

很早就有人注意到杨键"诗歌地理"的象征意义，如同是诗人的好友庞培就曾指出——

从地理上，他的诗可明确分类出江、河、湖三大类。随着水域的不同，诗人的愤慨和柔情也渐由绚烂归于平淡。

长江——民族，历史，山水

河流（乡间小河）——民工、普通乡民的日常疾苦。

湖泊——个人、冥想、哲学、理性。[2]

---

[1] 杨键《霜（代诗人简历）》，《杨键诗选》，长江文艺出版社 2015 年版，第 202 页。

[2] 庞培《杨键小传》，曹成杰、李少君主编《九十年代以后：当代汉语诗歌论丛》，南方出版社 2006 年版，第168 页。

庞培的分类确实给我们认知杨键的"诗歌地理"带来很多启示，但随着杨键诗歌的增长，一切都在发生变化。那里有繁华而肮脏的水流（《运河》，1996 年）；有"家乡破败的屋顶"（《小村之歌》，2000 年）；有渴望被拯救的"清风"和"细雨"，最后只能"在寺院的废墟上吹过""在孔庙破碎的瓦片上落下"（《清风》，2000 年）；而往日细雨中的老桥和老桥边和谐的景象，已成为"记忆里的有些事情"，"要经过很久才能讲述出来……"（《长亭外》，2000 年）鉴于杨键笔下的自然山水反复出现、可以在类别划分的同时构成一个个"意象群"，所以我们完全可以借助主题学的方法，将其作为以有限的现实生活为背景进而观看世界的意图和角度。自然山水的"诗歌地理"及其表现反映了杨键现实生活与精神世界之间存在的紧张关系。他失望、焦灼，希望"山水的气息统驭着我们"、保持"高耸的德行"，将"田野"当作"唯一逃离死亡威胁的地方。//从这里，/我又重新走进万物交感的神奇混沌。"①但理想和现实的距离让向往和寻求最终成为一曲山水的挽歌。诗人只能将自然山水当作"心灵的故乡"，当作理解生命、寄托追思的一道母题，然后在继续追溯的过程中找寻自己诗意的栖居地。

三、在生命的临界点上

自然景物的衰败很容易让人联想到秋冬，一如山水的挽歌很容易让人联想到死亡。毕竟，依照时间法则，这些景象都意味着或预示了生命的结束，何况死亡、冬日和秋季、黄昏与落日本就是杨键诗中不断浮现的意象或背景。它们不仅可以和自然山水具有内在的关联，而且彼此之间也可以在特定的时间和空间上展开"对话"：

什么都在来临啊，什么都在离去，
我们因为求索而发红的眼睛，
必须爱上消亡，学会月亮照耀
心灵的清风改变山河的气息。

——《古别离》（1995 年）

死者的力量，
犹如冬天的风，
吹起我们这些落叶，

---

① 分别见同题诗《山水的气息统驭着我们》（2001 年）、《高耸的德行》（1996 年）和《田野》（2003 年），杨键《古桥头》，上海文化出版社 2007 年版，第 236、46、310 页。

向着有塔的群山飘去。
我们亲人的墓地就在那里。

——《冬至》（1999年）

那里是一片片安谧的杉树叶，
那里是历代游子的心。
那里逝去的一天天都静止了，
那里的安宁来自天上。

一条小径在树阴下伸展，
通向薄暮中的流水。
古代沉睡的智慧从那里苏醒，
死去的亲人，从那里回来。

——《薄暮时分的杉树林》（2000年）

　　而杨键的诗就这样拥有了类似于诺思洛普·弗莱在《批评的剖析》中所言的悲剧和挽歌的"神话原型"，并延续了中国古代文学中的悼亡书写。在宣告生命和死亡对立的同时，他的作品有了一切宗教和哲学的永恒主题。

　　为何杨键的诗歌有如此强烈的死亡意识，当我们将死亡、季节和黄昏作为一系列整体的意象话语？结合杨键的生活经历，我认为还是应当从亲人过早的离世特别是其二哥的意外死亡在其年少的心灵上投下了浓重的死亡阴影谈起。"我二哥的死使我完全背转身来了，不再跟这个现实发生关系了。在这么年轻的一个年龄，从此好像处在了一个比较隐逸的状态里面……在我二哥去世的第三年或第四年——有一个大清早，我醒来，突然觉得我家老二真的死了，不在了——在那个早晨，我的二哥彻底离开了我。当日，我简直痛不欲生，独自号啕大哭了半天，感觉跟我家老二一样死了，再也不在这个世上了……"①从此，悼亡诗在杨键创作中占有相当的比重。"1991年至今，他每年都要给亲爱的二哥写一首诗歌。至今已累积写了十五首悼亡诗了。"②而仅在2003年一年，他就写有《除夕夜》《死去的人向窗内怅望》《悼二哥》《再悼二哥》《悼祖母》《觅祖的道路艰难重重》等多首悼亡亲人的

---

① 庞培《杨键小传》，曹成杰、李少君主编《九十年代以后：当代汉语诗歌论丛》，南方出版社2006年版，第163页。
② 庞培《杨键小传》，曹成杰、李少君主编《九十年代以后：当代汉语诗歌论丛》，南方出版社2006年版，第163页。

诗,这些带有实录性质的、具有真情实感的作品,既有对逝去之人的怀念,同时也表达了相对于生者,"死亡要持续多久,/现在还不知道……"在记忆中留下的深深的印痕。

"死亡"增添了杨键诗歌的悲凉格调,同时也反映了其内心的沧桑或曰一种近乎与生俱来的感伤意识。死亡作为特殊而又敏感的主题,意味着书写过程中要承受直面死亡带来的压力,"死是我们羞于在别人面前提起的一件丑事,/也是我们这些凡人在世上最大的负担"(《冬至》,1999年)。显而易见地,生者是无法真正体验死亡的,生者只能选择特定的角度想象死亡、理解死亡。为此,我们有必要注意杨键笔下的这一类书写:"一个人死后的生活/是活人对他的回忆……/当他死去很久以后,/……在窗外/缓缓的落日/是他惯用的语调。/一个活人的生活,/是对死人的回忆……"(《生死恋》,1999年);"不是要等到死亡的时候,/我们才是死人,/不是要等到烧成灰烬的时候,/我们才是灰烬。"(《小镇理发室里的大镜子》,1999年)意图参悟生死、超越死亡,杨键的诗由此来到了生命的临界点,以轮回和循环的方式消除了时间和空间的界限。

虽然"秋天的时候我好像特别容易迷失自己",但"秋天"又是"一位细心的滋润者"(《古寺》,2003年);虽然"冬日的乡村邋遢而枯黄",但最终诗人要表达的是"我们受了苦原是为了轻松地离去"(《乡下记》,1996年);虽然回头看着"我所生活的地方"时,一切都染上沉寂和"太阳落山的悲凉",为此诗人不禁感慨:"啊,多么美好的夕阳,我永远也不会忘记在你里面的伤心事物。"(《心曲》,1993—1996年)但杨键笔下的黄昏和夕阳从来不都是远离、伤感、失落的代名词;相反地,"落日"不仅可以以"自己的无常向我们展示/化解痛苦的方法"(《山巅》,1999年),还可以以其"万丈金光",让"我"在享受"神奇的光芒"之后,"不会再有死亡……"(《落日》,2003年)对冬日、黄昏和夕阳别样书写,使杨键的诗在展示"死亡主题"时寄托了理性的关怀。对死亡的辩证思考一方面使杨键的诗获取了知性,一方面则为其写作带来了一抹亮色。这种在字里行间与死亡本意形成的张力,可作为杨键"以诗布道"的佐证。"爱上消亡""学习死亡"确实可以透彻人生、看清一切事物,但就诗人个体而言,这种独特的思路在一定程度上预示着杨键正在进行一次更为深刻的"告别",肯定有某种力量或某种执念让其处于生命的临界点时没有歧路彷徨和丧失自我——"因为我有一个神圣的目的要到达/……/我怀揣一封类似'母亡,速归'的家信,/奔驰在暮色笼罩的小径。/我从未消失,/从未战死沙场。//山水越枯竭,/越是证明/源泉,乃在人的心中。"(《不死者》,2003年)

那个属于杨键的"源泉",对于杨键和读者来说,都具有无边的诱惑!

四、献给"母亲"的歌

"源泉"可以先从母亲谈起,因为她是生命的源头。在 2020 年发表的组诗《有一年》中,诗人的《短句 9》里只有一行:"我对连自己的妈妈也没有写过的诗人非常害怕。"①母亲的伟大和对于子女的恩情是无法用语言形容的,或许正因为这是一个众所周知的真理,所以随着当代诗歌写作的深入,献给母亲的诗越来越少。但杨键的诗显然不属于这种情况。多年来和母亲相依为命,"久病床前有孝子",使其对母亲有着非常深的感情,并常常可以将和母亲在一起的感受和发现写入诗中。

他曾借助简单的场景写母子之间纯真的感情(《黄昏》,1996 年),也曾以形象化的拟人和比喻对母爱进行特殊化的处理(《母爱》,1998 年)。在杨键看来,生活无常,相对于残缺不全的"我们",母爱是"唯一的护身符"(《暗淡》,1999 年);有母亲的儿子是幸福的,"因为我是活着的"(《傍晚》,1999 年)。正因为如此,即使"我"醉心于自然和落日,但仍不能忘怀自己的母亲——

一段时间以后,/我又要到山上去坐一坐,/去调我破琴一样的心。/我会选择一块抬眼就能看见落日的地方,/我想坐下去,一直到石化。/可是我的老母亲怎么办,/如果我就此石化了?/留恋就像一阵寒风,吹着我回家,/在窗前,月亮在我的脸上洒下苦涩的泪滴。/我不会忘记怎么样让母亲幸福/仍然是我们所追求的最伟大的艺术。

——《一个孤独者的山与湖》(1999 年)

也正因为如此,当归来的孩子推开木门,"老母坐在床上,/好像一个桃花源"(《老人们·另一个》,2001 年)的场景,就能让一个诗人感到真正的满足,进而将其当作诗人创作的"桃源圣境"。至于在《奶妈》(2002 年)中,通过母亲给我讲当年给人当奶妈的故事,那个被喂养的孩子与母亲之间的深厚情意,更被诗人当作"一切优秀文学的源头"。

在对母亲和自己的生活现状进行实写的同时,杨键也逐渐开启了修辞之旅。从 2000 年之后的一些作品看,杨键有越来越将"母亲"和文化源头并置在一起的倾向,进而以隐喻和转喻的方式实现生命本源和文化本源的同构。在《妈妈》(2003年)一诗中,诗人一面写和母亲的现实生活,一面写着"我徒然地将你寻找,/妈妈,也许我寻找的只是古代一派纯真的气息";而在《古风》(2003 年)中,诗人将"永远喊下去的母亲的声音/触摸着我,比什么都神奇"和"古风"联结在一起,他希望心里

---

① 杨键《有一年(组诗)》,《草堂诗刊》2020 年第 1 期。

能够回响"古时候的声音","在古时候,清心寡欲是我那些先人的守护神"。不再局限于身边简单、真实的生活,而是向更为隐秘、深层和有价值的本源漫溯,可视为杨键近年来创作的"新动向"之一。

很早就意识到找不到"自己的源头","我们抛下圣人永恒的教育,我们崩溃了"(《长夜》,1997 年)很早就感受到"我们已经丧失了这样的养育,/已经把慈母抛弃"(《长幅山水》,1997 年)。现实中的慈母自是从未被抛弃,被抛弃的慈母是此时着重指"伦理"这位老师,还有其背后深远的文化根脉,为此,诗人只能在诗中写出新一轮的"忏悔":"我看见暮色里站满了列祖列宗,/我惭愧地站在大堤上,/双手空空,/早已丧失了继承的能力。"(《多年以后》,2002 年)而在诗歌之外,他更是通过文字表达——

大约十几年前,我就这样想,要将这一生奉献给自己的文化母体,但有时,哪怕母亲就在身边,我也没有能力认清她的面容。这就是为什么圣贤书摆在面前,而我们完全没有读懂的原因。我们对母亲的认知有多深,我们的感恩(原动力)就有多深。中国古老文明的秩序是因为感恩而形成的,这早在《周礼》里说得就很清楚,我们所需的是加快速度地将母亲的仪容辨认清楚。①

如果只是从学理上说,中国古老文明秩序的形成自是一个十分复杂的话题,并不是仅通过感恩形成的。但是,也正因为如此,许多人才会在读过这段话后对诗人有这样的理解而感到吃惊:这当然不是一个简单的认知"母亲"和在字里行间变换概念的问题,这是一次有限的同时也是一次有目的、有意义的象征,隐含着如何坚守自己头脑中的"文化母体"、恢复礼教并为之奉献终生的问题,和以诗为证:"我离开了泉源,/因而临近了患难。"(《泉源》,2002 年)应当说,在现代化、物质化程度高度发达的当下,还有人渴望以写作的方式认清自己在文化意义上的前世今生,其写作肯定会产生与众不同的效果:或是他者眼中的难能可贵,或是他者眼中极端的文化保守主义者,但无论怎样,肯定会形成一种真正意义上的"回归的美学"——"多年来,我的写作一直是一种向回走的写作,本质上我是一个复古派。"②相对于同时代其他绝大多数写作者,杨键的观念不新、视野也有些狭窄而偏激,但从最小的可能性开始,杨键却有摆脱"中国现当代文学的束缚的可能性",至于这种可能实现与否,则"取决于他能否自觉并克服自己的局限性,把它转为诗歌普遍化的契机"③。

---

① 杨键《古桥头》,上海文化出版社 2007 年版,"自序"第 1 页。

② 第六届"华语文学传媒大奖"专辑之《杨键的获奖演说:是诗人还在向我们提及心的存在》,《当代作家评论》2008 年第 3 期。

③ 〔日〕千野拓政《中国诗歌的可能性——从杨键说开出》,《东吴学术》2016 年第 2 期。

一面是生活中的母亲，一面是文化之源；一个是现实的故乡，一个是心灵的故土，杨键在现实和想象中不断徜徉与憧憬，并以此将"忏悔""自然山水"和"消亡""落日"等结合在一起，形成一个特有的诗歌世界。他是一个穿行者，也是一个回归者，吟奏着文化的古音符，而他的形象和内心也在持续感悟中日趋简单而复杂！

五、"精研我的存在"

从一定意义上说，独特的杨键本质上是一个典型的抒情诗人，因为他的诗几乎符合浪漫主义的全部特质：主观、回归过往的历史、热爱自然、远离物质文明等等。他的诗中不仅多以第一人称"我"为叙述主人公，还在不断表现诗歌主题、创作心态的过程中确立了一个特定的"自我形象"。

在《暮晚》"自序"中，杨键曾结合元好问的诗"抱向空山掩泪看"而写有——

我也想我的诗歌具有这样感人肺腑的力量。

但我怀疑我的诗歌的价值。

我怀疑，我的民族文化的精华没有在我的字里行间留下烙印而能够流传下去。

我坚信，如果我不能发现心中的无价之宝，我的语言也不会有什么价值。

时常，我必须放下它，来精研我的存在，不管身处何世，我都不能使它模糊不清。[1]

何为"精研我的存在"？怎样"精研"？依据作家韩东的解读，"杨键的诗歌完全不是以文学甚至诗歌为目的的，他的目的，按他的话说，就是：'精研我的存在'。杨键的写作和他的生活方式完全一体，并且后者才是他焦虑关注的根本。……诗歌在杨键那里并非是一件合法而自足的事，说得明白些，诗歌在杨键乃是工具。但这工具并非是为了自我表达，而是为了泯灭自我。在一个更高的层面上'诗言志'、'文以载道'成为必然和气象万千的。……总之，杨键因其卑微而伟大，因其软弱而有力，因其置诗歌写作于虚无的境地而成就了辉煌质朴的汉语诗歌"[2]。相信对于不同的读者，在理解杨键的话时可能会与韩东有所不同，但"泯灭自我"确实是一个值得深思的提法。在我看来，唯有将此处的"自我"理解为生活中那个世俗的杨键，并将诗歌中的"自我"和"诗言志""文以载道"联系起来，韩东的话才算最大限度地切近了杨键的本意。这个关乎存在及其意义的命题在深掘的过程中有着强烈的思辨色彩，它寄托着杨键的诗歌理想，见证着杨键的诗歌道路和心路历程，同时也突

---

① 杨键《暮晚》，河北教育出版社 2003 年版，"自序"第 1 页。

② 韩东《〈暮晚〉读后》，韩东《夜行人》，重庆大学出版社 2011 年版，第 141～142 页。

出了其诗中的另一个"自我"。

"具有自我省察意识""具有感人至深的内省力量"①一直是杨键诗歌的特色。他的诗中往往包含着两个"自我"并常常自觉、不自觉地在两者之间游移。通过那个非现实存在的、可以神游万仞的另一个"自我",他试图找到自己的"心",同时也是他印象中我们已经失去多年的"心"。"心本来是国家大道,是中国人的真传统,心的匿迹是我们这个时代真正的苦难。……心是什么? 心是天地人三位一体,唯有一体,生命才不会空洞。"②从杨键的具体创作来看,他的诗经历了从"树木、田野、小河……/样样都是心啊!"(《黄昏即景》,1995 年)到"哦,清淡的几笔,/来自于一颗心。/一棵无法陈述的心。"(《冬日乡村》,1999 年)的过程,再到"因为我的生命跟你们说的时间,/不是一回事。/我的声音的苍古之美被你们的抵抗之声践踏,/我有着难以延续的耻辱和悲痛。"(《暗哑》,2003 年)的过程。应当说,随着时间的推移,杨键对于"心"的理解呈现出不断深入、越来越具体的趋势。"心"是"通于无常""保持空性的状态"。在结合数位评论家"谈杨键"、对《不死者》《古时候》《多年以后》《荒草不会忘记》《跪着的母子》进行解读之后,杨键在说出这五首诗都表达了"与自己的文明中断之后的痛苦"之际,提出了关于"心"的"通"与"空"。"唯有空才能通,唯有通才有伟大的兴起,没有伟大的兴起就不可能有伟大的文学、伟大的艺术。"③而在对于杨键的一次"关注"式报道中,记者傅小平更是以综合杨键多年来言论的方式,指出杨键观念中所谓的"虚"与"无":"杨键自谓的'虚',来自对'无',还有对中国古人极力追求的'空性'的敏悟与体认。""杨键写诗写的是自己的心境",至于他的理想"就是找到我的心,它还是一个陌生人"④。

通过"精研我的存在",杨键似乎越来越明确并坚定了自己的写作。"多年来,我的写作一直是一种向回走的写作,本质上我是一个复古派。……我试图恪守先天地而生,独立而不改的精神,这是我的一个永恒的梦。"⑤这肯定是一个梦,因为它与现代化进程相反而令人生疑、难以接受,同时,由于它过于虚幻,所以需要人们去区分杨键诗中不断幻化出来的"自我"。值得补充的是,因"精研我的存在",杨键

---

① 傅元峰《论当代汉诗抒情主体在诗美整饬中的作用——以杨键、蓝蓝、潘维的诗作为例》,《扬子江评论》2011 年第 4 期。

② 第六届"华语文学传媒大奖"专辑之《杨键的获奖演说:是诗人还在向我们提及心的存在》,《当代作家评论》2008 年第 3 期。

③ 杨键《无隔的文明》,《名作欣赏》2015 年 7 月上旬刊。"数位评论家"指同期刊载了由傅元峰为主讲人,何言宏、卢倩、高思雅参加的《谈杨键》的讨论。

④ 傅小平《杨键:我的本来面目就是我的故乡》,《文学报》2016 年 11 月 24 日。

⑤ 第六届"华语文学传媒大奖"专辑之《杨键的获奖演说:是诗人还在向我们提及心的存在》,《当代作家评论》2008 年第 3 期。

的诗不仅日渐呈现远离尘世、曲高和寡的倾向，而且也在很大程度上提升了其诗歌中的"我"的视点："我还能在湖边见到古代式样的石拱桥，/我还能在湖边见到沉思默想的严肃的面容，/我满含了热泪，我知道/这是我在人世最重要的幸福。……远远的山坡，那刻了字的墓碑，/多么严肃，多么虚伪，/耸立着人的不朽的愚蠢愿望，/我移动，像黄昏般庄严，像落日或朝霞看着这一切：//……我哪儿也不住，它正是——一切的根源，/在山脉和湖泊之间，有着对人的拯救。"（《在山脉和湖泊之间》，1995—2000年）有多少启谕和拯救就需要有多少担当和忍耐，相对于90年代以来的诗歌主潮，杨键的写作太过高蹈同时也太过沉重。而对此，杨键所要解决的问题，必然是如何使"心"和另一个"自我"与自己诗歌写作及物，而不是以一种近乎为玄学的思想言论去对照诗中一个又一个具体的"自我"。

六、"寻回汉声"的"实存"

借用黑格尔《逻辑学》中的概念，"实存"在此处可以理解为一种关系式的存在。"实存"在反映自身的同时又映现他物，并以相对性的形式形成依据与后果互相依存、无限联系的世界。鉴于诗歌写作要以具体、可感知的文字表达自身的内部世界及其关系网络，杨键诗歌中的"实存"可作为其多年发展演变之后，留存或曰凝结而成的有效部分，它是诗人不断修正自己写作的结果，也是其晚近诗歌动向最突出的面相。

尽管杨键曾自言"实际上我的风格在1995年就形成了，以后基本上没有什么太大的变化"[1]，但风格归风格，它的稳定不能代替创作主题和心态的变化。处于落日光辉中的杨键可以以俯视的眼光看待现实的世界，但能够实现其诗歌理想或者说证明其价值的只能是他的诗歌，否则一切必将真正走向一种"虚无"。为此，我对其最近发表的一篇创作随笔《寻回汉声》抱有相当的兴趣。"我们这些汉语工作者的使命就是恢复对道的追求，寻回汉声，寻回汉语的道的容颜就是我们最根本的使命"；"回到汉语的字音义相合，这无疑是一场漫长的修复。由此，我们也可以发现，汉语的回归，其实是失散的人心的回归，是失散的自然的回归。"[2]尽管有很多相关的内容仍然有些过于复古和保守，但强调"寻回汉声"的提法在我看来是抓住了诗歌的本质，即语言和形式问题。由于新诗的形式从来是一个未获得广泛认可的要素，所以，诗歌的语言问题才如此重要。它不仅在涉及内容的过程中适度影响

---

① 夏强《从〈暮晚〉看杨键诗歌的写意性》，《文学教育》2010年第10期。该文引用此句时曾注明出处为：杨键《智慧存在于每一个行业——答南方都市报问（未删节）》，收入亿石编《杨键评论集（打印稿）》。

② 杨键《寻回汉声》，《草堂诗刊》2020年第1期。

到内在的形式建构,而且还会影响到诗歌的真善美,这一点一旦和 21 世纪以来诗歌写作过度追求叙事,许多作品或是哗众取宠或是成为直白浅表的废话之背景联系起来,杨键的诗歌确实可以说在自己内部和与外部诗歌写作对比与传播的博弈过程中,找到了自己的"实存"和具体的所在。

杨键很早就注意到语言的意义,早在写于 1995 年的《楼上夜眺》的结尾,他就不无感慨地写下:"夜明了,我心声的露水遍洒一地,/我想用语言改良的愿望终于失败,/我留下了声音,水远山长……"至 2003 年的《母语》,他又写下"我们现在的语言是什么样的语言啊?/它是怎样地没有礼仪,/它是怎样地没有温润,没有顺从,/它是怎样地用不忠于我们的源头来宣告我的死亡"。相对于日常人们对于语言的认识和使用,杨键的态度因只看到现行语言使用存有问题的一面而显得偏激,但从其渴望恢复语言原初状态特别是其诗歌风格来看,其自有内在的逻辑。"我们的白话新诗虽然有近百年的历史,依然得要重建我们汉语的空性、韧性、灵性,重建我们汉语的宫商角徵羽,重建我们汉语的桃花源、逍遥游,与归去来兮,乃至终重建我们汉语的山水精神与礼乐精神,似乎这些才是安顿我们身心的密码。"①白话新诗是在反叛传统的过程中诞生的,其矫枉过正、世俗化的趋势虽具有相当程度的合理性,但其遗留的问题也不少:对有规律可循的形式的解构、期待以大众化的方式实现自身的接受与传播,往往使其陷入封闭的体系难于自拔。新诗至少在印象上没有充分继承中国诗歌的伟大传统,最终只能导致其缺乏深厚的根基,在自说自话的同时日益显示其困境和难题。为此,我们有必要重视诸如杨键式的主张和写作。从观念上说,"寻回汉声"可以丰富汉语诗歌的创作,在接续传统的过程中提升诗歌语言的表现力,有助于新诗在形式上的探索。而就具体的写作来看,杨键的诗语言恬淡、流畅、优美,他注重语言组合的力量和意境的营造,拥有自己独特的诗歌语法。他的诗与其观念、主张保持着一致性,可以明显看到传统文化的影响和为复兴汉语美感和质感而做出的努力。结合杨键 21 世纪以来的创作情况,他的诗无论从题目还是内容,越来越有回归古典文化的倾向,而诗人转向绘画也易于其在诗中融入新的艺术技法,从而使其创作越来越圆熟、诗画相间。

在经历多年的探索之后,杨键将诗歌的重心放在"寻找汉声"上。应当说,在行进的道路上,杨键诗歌的主题、艺术一直在"变"与"不变"的过程中保持着稳定的状态。在具体分析其诗歌主题、心路历程之余,我们可以看到其诗歌尽管可以比作空谷足音,但同样在内部自我演变与外界对话的过程中在不同时期有相应的写作指向。比较而言,"寻回汉声"是其诗歌写作发展至今最具实践性和探索性的主张,这

---

① 杨键《无隔的文明》,《名作欣赏》2015 年 7 月上旬刊。

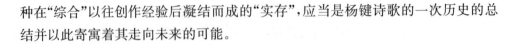

种在"综合"以往创作经验后凝结而成的"实存"，应当是杨键诗歌的一次历史的总结并以此寄寓着其走向未来的可能。

七、"哭"和结束语

杨键于2013年完成的长诗《哭庙》借用历史题材，将哭泣、咏叹、悼亡结合在一起，再次引起诗坛的关注。《哭庙》的关键词是"哭"，这个多因悲伤、痛苦而产生的动词，以哀歌的形式展示了杨键对于历史、文化以及现实的思考——他将"哭泣"献给去世多年的父亲，同时也献给了他心中的文明，集中展示了他长期以来思考的内心世界。有讽喻、忏悔，还有反思、叩问，通过《哭庙》，杨键将抒情的力量和历史话语结合在一起，长歌当哭、以哭为歌，而"诗歌话语自身的伦理力量"正蕴含其中。

鉴于篇幅所限，《哭庙》文本的具体分析这里无法展开，但《哭庙》的出现确实将杨键诗中的"哭"串连起来。事实上，在表现上述诗歌主题的过程中，杨键一直在"哭"，或是无声的流泪或是轻啜及至痛哭。但"哭"不是没有原因，也不是没有目的："哭泣，是为了挽回光辉"（《啊，国度！》，1995年）；"我们把哭声引入了/大好河山的祖国"（《古桥头》，1996年）；而在《新春献词》（2000年），他更是因"我们有太深太深的感情，但已发不出声音"和"我们有太深太深的郁闷，但已变不成语言"而在"沉默""暗哑"之后，放声痛哭："我想从长江的上游痛哭到下游，/我想抱着江水的桅杆痛哭。/……因为很久以来，/我就有放声痛哭的愿望。"既然想哭由来已久，那么在许多场合下无声的流泪就不足为奇。"哭"作为一种向外的动作，是一种释放，也是一种无可奈何的怅望和悔恨，"一切都过去了"，只是向内的、回溯的情感过于沉重，所以"我"要不时痛哭一场，达到一种缓释后的心理平衡和诗意的平衡。

也许没有多年的泪滴，就不会有《哭庙》的长篇累牍。在自己营造世界中徘徊已久的杨键显然已被压抑得太久了，同时他似乎也不甘心就此沉默下去，所以他要一哭再哭、一咏再咏、一叹再叹，并以此实现关于忏悔、山水、死亡、源头和自我的集束式的表达。像一位不屈的战士，更像一位守卫信念的清教徒，他拒绝任何意义上的命名，也不在意别人对他的不解与评价，他只是按照自己的内心进行写作，他的优点和不足都源自其灵魂深处的至高律令！

必须要看到杨键诗歌的合理性，然后才能更客观地面对其诗歌的问题。这种一分为二的考察方式决定最终要回到杨键的诗歌上。也许，他的"恢复"与"寻回"只是他自己的理想，与别人无关。但毫无疑问，杨键是通过自己多年的执着与努力，承担了这种看似"落后的行为"。从历史的角度讲，任何一位诗人的意义和成就都是与时代对话、与同时代诗人比较并最终由这个时代赋予的，而后才是在漫长的流传接受过程中实现所谓的经典化。是以,在非诗伪诗流行、热衷于标榜宣言、依靠网络哗众取宠的年代,我们还是应当强调杨键诗歌的意义,肯定其为诗坛带来许多新的内容和启示。相信很多人在阅读、谈论杨键的过程中,会联想到现代诗人废名,那位在白话诗流行的年代却一直用古典诗学理论分析白话诗的诗人。如果这种类比可以成立的话,那么,杨键是幸运的,因为他已被当代诗坛所认可并成为新诗与传统文化对话的一个代表,但他的意义和价值的凸显却在面向未来的时候具有很大的未知数。我们是从"他一生也许只能写一首诗,他可能只写了一首悼亡诗"的评述,和"我的故乡是我的本性。我的本来面目就是我的故乡"的自述中,看到以诗歌主题和创作心态为整体化研究思路的意义。其实,对于一个诗人,如果一生真的就写出一首广为人知的诗也没什么遗憾,但为此,杨键似乎还有很长的路要走,我们对于杨键的认知也需要持续下去。

原载于《南方文坛》2022 年第 4 期。

张立群:山东大学人文社会科学青岛研究院教授、博士生导师。

中国当代作家视域中的福克纳镜像
及接受变异研究

李萌羽 ■

新时期文学以来,在中外文化与文学的碰撞中形成了具有中国气派,蕴含现代性主题意蕴和审美特质的文学,而且这是一个持续发展的进程。在此过程中,中国当代文坛涌现出一大批在国内外具有影响力的作家,莫言于2012年获得诺贝尔文学奖这一突破标志着中国当代文学在世界文学中所达至的高度。中国当代作家的创作无论在主题意蕴的表达和文体形式的创新上都有一个质的飞跃,其文学观念的转变在很大程度上得益于外国文学的影响。

中国当代作家的创作受到了国外文学思潮及作家不同层次的启发,而在他们的访谈、随笔论及所受外国文学影响时,福克纳的名字被频频提及,莫言、余华、苏童、贾平凹、王安忆、格非、赵玫、迟子建、马原、郑万隆、吕新、李锐、叶兆言、刘震云、陈村等都曾提到福克纳对其创作的启发和影响,本文旨在梳理中国当代作家视域中的福克纳不同接受镜像,分析福克纳给中国当代作家带来的精神遗产,其"约克纳帕塌法"文本和现代派艺术表现手法对中国当代作家文学观念的转变和创作实践产生的影响以及中国当代作家基于本土文化经验与视野对福克纳的接受变异。

一、中国当代作家中的福克纳镜像

自20世纪80年代以来,福克纳在中国文坛引起了中国作家的普遍关注。据马原的回忆,福克纳"曾经在八十年代前期的中国引起爆炸性的轰动"①。莫言认为他在思想和艺术手法表现上受到外国文学很大的影响,在创作早期,对他影响最大的两部著作是加西亚·马尔克斯的《百年孤独》和福克纳的《喧哗与骚动》。福克纳在邮票般大小的故乡书写中所创造的文学天地激发了莫言创建"高密东北乡"文学共和国的梦想,而《喧哗与骚动》中"耀眼的冷的气味"的描写则丰富、拓展了莫言小说"超感觉"和印象主义的艺术表现手法。余华尊崇福克纳为"师傅",声称是福克纳教会了他心理描写。贾平凹指出福克纳等西方现代派作家作品"有大的境界

---

① 马原《小说密码 一位作家的文学课》,作家出版社2009年版,第325页。

和力度",表现了"博大的生命意识"①。苏童承认他的"枫杨树系列"有对福克纳的约克纳帕塔法县的"东施效颦"②。迟子建说:"福克纳算是一个地域色彩很浓的作家,但他的作品并不狭隘,因为他的作品不是靠风光和风俗说话的,还是人物的精神光辉起了关键作用。"③阿来在访谈录《阿来:文学即宗教》中表示"美国南方文学的代表当然是福克纳"。叶兆言认为"福克纳恐怕更多的是一位文学史上的作家,他是个你不得不在乎的老家伙"④。吕新在阅读随笔《八位作家和二十四本书》里,将《喧哗与骚动》《我弥留之际》与《百年孤独》《魔山》等一起并称为小说史上"不朽的峰峦"。赵玫把福克纳视为她"漫长的文学之路上的精神的旗",她感到了与之产生的"某种精神的契合"⑤。刘震云指出近年他开始重读经典,重读了福克纳,觉得福克纳对于细节的把握非常深入。在陈村看来,"福克纳用理性精心构筑的那个浑沌世界无疑是个圈套。它博大精深,读它的人必须有与作者相仿的智力和勇气"⑥。郑万隆在其寻根宣言《我的根》中特别提及福克纳等作家通过文学寻根而表达的文学超越性之启示,"从福克纳那样一批作家开始,他们想追求事物背后某种'超感觉'东西,也就是那些理想的内容和本质的意义"⑦。李锐认为,"福克纳是一个真正的大师,他以自己宽广深邃的情怀超越了一个民族和国家的历史"⑧。阎连科谈到了他对福克纳作品不同接受的情况,"我至今没有看完《喧哗与骚动》,而他的《八月之光》《熊》《我弥留之际》,我却看得津津有味"⑨。由此可以看到,中国当代作家观察和评析福克纳的视点既存在着诸多差异性,各有自己眼中的福克纳镜像,又对福克纳的精神遗产表达了一种心灵的呼应。

阎连科认为小说的本体意义在于其寓言性,"我至今偏执地认为,一切伟大的作品,都有其不可替代的寓言性"⑩。他解释说,他所理解的寓言性,"既不是单纯的寓言故事和故事中包含的弦外之音,也不是说它涵盖和深化了神话、传说和民间故事的意义"。在阎连科看来,寓言性是具有终极意义的隐喻性象征,"一切对人类现实经验的透析、描写的伟大之作,都有其深刻的某种不息不灭的喻义。都是关于

① 张英《文学的力量——当代著名作家访谈录》,民族出版社 2001 年版,第 147 页。
② 苏童《世界两侧》,江苏文艺出版社 1993 年版,第 247 页。
③ 文能、迟子建《畅饮"天河之水"——迟子建谈录》,《花城》1998 年第 1 期,第 116 页。
④ 叶兆言《叙事出神的威廉·福克纳——与叶兆言谈福克纳小说》,《北京文学》2007 年第 4 期,第 145 页。
⑤ 赵玫《美利坚夜空中最辉煌的星座》,《世界文化》2015 年第 3 期,第 37 页。
⑥ 陈村《关于〈小鲍庄〉的对话》,《上海文学》1985 年第 9 期,第 93 页。
⑦ 郑万隆《我的根》,《上海文学》1985 年第 5 期,第 46 页。
⑧ 李锐《终于过了青春期的美国》,《天涯》1996 年第 4 期,第 4 页。
⑨ 阎连科、梁鸿《巫婆的红筷子　作家与文学博士对话录》,春风文艺出版社 2002 年版,第 95～96 页。
⑩ 阎连科《20 世纪文学写作:寓言——让意蕴飞过时间的河》,《扬子江评论》2017 年第 6 期,第 28 页。

人类和人及人性久远、不朽的寓言"①。中国当代许多作家从福克纳的作品中得到了寓言性启示，一种对人类受难与救赎的悲天悯人的情怀，这正是福克纳作品超越性意义所在，因之中国作家们对福克纳的寓言性写作的精神遗产产生了强烈的共鸣。

福克纳的小说书写了南方人所承受种种苦难和精神创伤以及各种罪恶与人性的异化，从更广泛的意义隐喻了一种人类所共同遭遇的境况。然而，福克纳对人类抱有悲悯的情怀，对人类寄寓了希望，在接受诺贝尔文学奖的致谢辞中，福克纳不接受人类末日的说法，他相信人类不仅能够延续，而且能战胜一切而获得永存。"他是不朽的，并非因为在生物中唯独他具有永不枯竭的声音，而是因为他有灵魂，有能够同情、牺牲和忍耐的精神。"②

格非注意到，在福克纳建构的"约克纳帕塔法世系"中，对忍耐（endurance）这一理念的强调贯穿他创作的始终。"从他作品中出现四五十次之多的'忍耐'这个词等等方面，我们也不难看到福克纳所关注的事物的内在一致性。"③除此之外，我们看到，荣誉、勇气、牺牲、怜悯、同情也是福克纳小说反复诉诸的关键词，这些词汇是他毕生创作所表达的核心理念，被福克纳称为心灵的真理。

李锐同样钦佩福克纳对人类所怀有的深邃情怀，他指出："深藏于福克纳内心深处和他那些迷宫一般的小说底层的，是他深广无边的对人的悲悯情怀，是他永生不舍的对人的尊严的追怀，是他面对历史和时间无尽的生命感叹。福克纳是一个真正的大师，他以自己宽广深邃的情怀超越了一个民族和国家的历史。他注定要在这块崇尚机器和金钱的国土上，落在那些热烈、喧嚣，充满了欲望的视线之外。"④李锐对福克纳作品所传递的"悲悯情怀"和对人性的异化有着强烈的认同感。福克纳认为作家的最高职责是鼓舞人的斗志，记住过去曾经有过的光荣和美德，从而帮助人们战胜现在的苦难。福克纳对旧南方怀有既爱又恨的情感。一方面，他肯定南方文化中所蕴含的一种人类古老的道德力量以及人性的尊严；另一方面，他又深刻意识到了南方文化所背负的罪恶和沉重的历史负荷。他同时还鞭挞了现代工商业文明对旧南方的侵袭以及金钱对人性的腐蚀，深刻揭示了人性的堕落，人与人之间关系的恶化以及现代社会的精神荒原状况。

赵玫不但受到福克纳写作技巧上很大的启发，而且对其小说所表达的心灵的痛苦和精神的升华等审美意蕴产生了共鸣。"福克纳在他的一切先锋性的探索背

① 阎连科《20世纪文学写作：寓言——让意蕴飞过时间的河》，《扬子江评论》2017年第6期，第28页。
② 〔美〕威廉·福克纳《福克纳随笔》，李文俊译，上海译文出版社2008年版，第122页。
③ 格非《小说叙事研究》，清华大学出版社2002年版，第60页。
④ 李锐《终于过了青春期的美国》，《天涯》1996年，第44页。

后，所极力表现的其实只是生命的艰辛和意义。为此他满含深意地发明了易于他遣词造句的时态交错。他的美还在于他的精神是属于诗的。"①在赵玫看来，福克纳留给后世的财富是精神和灵魂。"因为诗，我们选择了福克纳。而选择了福克纳，在某种意义上就等于是选择了某种书写的思维方式。于是在追逐、失落以至深刻的痛苦中，他留下精神，并让你相信精神不死。因为你将随时可以从书架上取下他的书，并触到他鲜活的灵魂。"②

徐则臣作为"70 后"卓有成就的作家，也非常喜爱福克纳，他指出《喧哗与骚动》《我弥留之际》《押沙龙，押沙龙！》《八月之光》《去吧，摩西》这些作品"超越了南方、超越了美国、超越了人类的二十世纪"③。这种超越性在徐则臣看来，主要体现在"丰厚与博大"这一"文学极为珍贵的品质"上。"在他的诸多作品中，时时感到他涌动的宏大叙事的冲动。他希望把邮票大小的家乡处理成整个世界。他从不安于鸡零狗碎，从不安于琐碎的日常。他的'小'时刻在指向一个个'大'。"④徐则臣对当下文学出现的"小而温暖的精神抚摸式文学"的"小叙事"格局颇为不满，批评这种写作"琐碎、庸常，陷在一地鸡毛和日常现实的尘埃里不能自拔。整个文学都是趴在地上的，这就很要命"⑤。而福克纳小说的"丰厚和博大"对引领中国当代文学向大格局方向发展具有很大的启发性。

福克纳对中国当代文学的影响从 20 世纪 80 年代开始一直持续到 21 世纪的当下，他的影响是多方位、持久的。中国当代作家基于自己的经历和视野，对福克纳的评析既有不同，又有共性的感悟和理解。从作家创作观念和实践的层面来看，又存在两个重要的影响：一为"写什么"的唤醒，即福克纳的"约克纳帕塔法"世系及邮票说的启发以及对新时期寻根文学的影响。另一个则在"怎样写"的启迪。福克纳小说现代派文体叙述实验形式给中国当代作家们带来了巨大的震撼和独特的阅读体验，从而对他们的文体叙述革新产生了激励作用，因之，福克纳对新时期作家在"写什么"和"怎么写"之文学观念的转变和创作实践上均产生了重要影响。

二、"写什么"的唤醒

福克纳多次提及他的创作与美国南方的关系。"从《沙多里斯》开始，我发现我自己的像邮票那样大的故乡土地是值得好好写的，不管我多么长寿，我也无法把那

---

① 赵玫《美利坚夜空中最辉煌的星座》，《世界文化》2015 年第 3 期，第 37～38 页。
② 赵玫《美利坚夜空中最辉煌的星座》，《世界文化》2015 年第 3 期，第 37～38 页。
③ 徐则臣《孤绝的火焰——在世界文学的坐标中写作》，四川文艺出版社 2018 年版，第 21 页。
④ 徐则臣《孤绝的火焰——在世界文学的坐标中写作》，四川文艺出版社 2018 年版，第 21 页。
⑤ 徐则臣《孤绝的火焰——在世界文学的坐标中写作》，四川文艺出版社 2018 年版，第 21 页。

里的事写完……。它为别人打开了一个金库,却为我创造了一个自己的天地。
……我喜欢把我创造的世界看作是宇宙的某种基石,尽管那块基石很小,如果它被
拿走,宇宙本身就会坍塌。"①福克纳在此所说的"天地",即为他大多数作品的地理
背景——一个虚构的位于美国密西西比州的约克纳帕塌法县,他因描写这块"像邮
票那样大小的故土"而蜚声世界文坛。

福克纳的"约克纳帕塔法邮票说"在世界文坛上是一个著名的文学地理隐喻。
就微观层面而言,这枚小小的邮票是他构建的文学天地的一个基石,从宏观层面来
看,又是他小说中虚构的所有人物、事件及故事得以上演的一个舞台。这枚文学邮
票浓缩了作家全部的情感、想象力、创造力,故一枚小小的邮票,凝聚的是一个艺术
创造的大厦,它唤醒了中国当代作家"写什么"的创作主体意识,不但促生了新时期
寻根派文学思潮,而且对莫言、苏童、贾平凹、阿来、郑万隆等作家聚焦其乡土中国
一方水土的书写起了引领作用。

从一定意义上说,莫言开始有意识建构自己的文学地理王国是从阅读福克纳
的约克纳帕塔法县的"一枚邮票"开始的。他曾谈到 1984 年 12 月一个大雪纷飞的
下午,从同学那里借到了一本福克纳的《喧哗与骚动》的欣喜和感动。"他的约克纳
帕塔法县尤其让我明白了,一个作家,不但可以虚构人物、虚构故事,而且可以虚构
地理……受他的约克纳帕塔法县的启示,我大着胆子把我的'高密东北乡'写到了
稿纸上。他的约克纳帕塔法县是完全地虚构,我的高密东北乡则是实有其地。我
也下决心要写我的故乡那块像邮票那样大的地方。这简直就打开了一道记忆的闸
门,童年的生活全被激活了。"②受福克纳约克纳帕塔法文本的影响,莫言立下了自
己文学创作的目标:"一,树立一个属于自己的对人生的看法;二,开辟一个属于自
己领域的阵地;三,建立一个属于自己的人物体系;四,形成一套属于自己的叙述风
格。"③他因此在寻根文学的浪潮中创造了一个独特的"高密东北乡"文学地理世界。

莫言从 1980 年开始写作,但由于受当时单一化的现实主义创作模式的影响,
他没有意识到故乡的价值和意义,一直苦于无法找到文学的素材,福克纳的《喧哗
与骚动》对其把关注的目光转向乡土起了唤醒作用。在《秋水》这篇小说里,第一次
出现了"高密东北乡"这个术语,这是"高密东北乡"文学地理世界最初的图景,同一
时期,莫言还创作了"高密东北乡"背景下的《枯河》《透明的红萝卜》《红高粱》等作
品,这和他阅读《喧哗与骚动》处于同一个时期。其后的长篇小说如《天堂蒜薹之

---

① Meriwether, James B., and Michael Millgate, eds. *Lion in the Garden*, Random House, 1968, p. 255.

② 《莫言文集 用耳朵阅读》,作家出版社 2012 年版,第 26 页。

③ 莫言《两座灼热的高炉——加西亚马尔克斯和福克纳》,《世界文学》1986 年第 3 期,第 99 页。

歌》《丰乳肥臀》《四十一炮》《生死疲劳》《檀香刑》《蛙》也都以"高密东北乡"为背景，表现了百年中国的风云变幻以及人物的悲欢离合的命运。"高密东北乡"因之成为莫言作品的文学地理图标，在这片土地上有沼泽、红高粱地、山丘、红树林，莫言以丰沛的想象力虚构了一个既充满魔幻传奇、激情、野性、生命力、爱与温暖，又承载着苦难、罪恶、血腥、暴力、死亡、堕落的文学隐喻世界，向纵深处挖掘了故土历史、民间、时代的集体无意识记忆的资源，同福克纳一样，他也不满足于一枚邮票的书写，而是以此作为一个创作的原点和支点，以此隐喻人类的遭际和命运。

在中国当代作家中，苏童也受到了福克纳较大影响，他谈到自己创作时多次提到福克纳。"细心的读者可以发现其中大部分故事都以枫杨树作为背景地名，似乎刻意对福克纳的'约克纳帕塔法'县东施效颦。在这些作品过程情绪的流露。枫杨树乡村也许有我祖辈居住地的影子，但对于我那是漂浮不定的难以再现的影子。我用我的方法拾起已成碎片的历史，缝补缀合，这是一种很好的小说创作的过程，在这个过程中我触摸了祖先和故乡的脉搏，我看见自己的来处，也将看见自己的归宿。"①他把创作这些小说视为他的一次精神"还乡"。

与莫言有着丰富的农村生活经历所不同，苏童一直生活在城市，但他受到福克纳"约克纳帕塔法"世系较大的启发，他的枫杨树系列小说以记忆中的故乡为摹本，虚构了一个枫杨树的乡村文学地理世界。与福克纳一样，"枫杨树"故乡是他写作的"根"。"枫杨树乡村是我长期所虚构的一个所谓故乡的名字。它也是一个精神故乡和一个文学故乡，在它的身上寄予着我的怀想和还乡的情结。"②王德威认为，苏童小说中的"地缘神景"——"南方"，是"阅读的重要线索"。他指出："检视苏童这些年来的作品，南方作为一种想象的疆界日益丰饶。南方是苏童纸上故乡所在，也是种种人事流徙的归宿。南方的南方，是欲望的幽谷，是死亡的深渊。在这样的版图上，苏童架构——或虚构——了一种民族志学。"③

巧合的是，福克纳和苏童各自写了中美文学里的南方，在两位作家的南方世界里弥漫着颓败、阴暗、忧郁、潮湿的基调。《喧哗与骚动》中康普生家族的大宅长年累月为阴沉和死亡的氛围所笼罩，到了昆丁一代手里，该家族的财产全部被变卖。《押沙龙，押沙龙！》中斯特潘苦心经营的大庄园最后在一片大火中苦苦呻吟。苏童的南方图景中则"罗列了村墟城镇，豪门世家；末代仕子与混世佳人你来我往，亡命

---

① 苏童《世界两侧》，江苏文艺出版社 1993 年版，第 247 页。
② 王德威《南方的堕落与诱惑》，《读书》1998 年第 4 期，第 70 页。
③ 王德威《南方的堕落与诱惑》，《读书》1998 年第 4 期，第 70 页。

之徒与亡国之君络绎于途"。他的家族小说"暗藏了一则衰败的国族寓言"①，家族命运衰亡的书写与福克纳如出一辙。

贾平凹谈到阅读福克纳乡土作品所产生的亲切感。"我对美国文学较感兴趣，像福克纳、海明威这种老作家。看福克纳的作品，总令我想起我老家的山林、河道，而看沈从文的作品，又令我想到我们商洛的风土人情生活画面。读这两种作品都有一种对应关系，能够从中获得很多营养和启发。"②在此可以看出，贾平凹从乡土性这一视角洞察了福克纳的作品与他的家乡风土人情的关联性，在他早期的创作中，他写下了"商州三录"等系列充满浓郁商洛乡土风情的作品。在其后的《秦腔》《浮躁》《古炉》《高老庄》《土门》《高老庄》《带灯》等作品中，进一步表现了乡土社会因商业文明侵入所走向的衰败和蜕变。福克纳的很多作品如《喧哗与骚动》《圣殿》《斯诺普斯》三部曲也表达了对美国旧南方侵蚀的现代工商文明的批判和反思，贾平凹和福克纳的作品在乡土和文明的对立与冲突这一主题的反映上具有一定的同构性。

阿来强调他长期生活的世界独特的地理特点与文化特性，这使得他特别关注表现了地域文化特性的作家。"在这个方面，福克纳与美国南方文学中波特、韦尔蒂和奥康纳这样一些作家，就给了我很多启示。换句话说，我从他们那里，学到很多描绘独特地理中人文特性的方法。"③阿来借助"嘉绒地区"乡土的一隅的书写呈现了一个独特的文学世界。作为用汉语书写民族史的藏族作家，阿来在其代表作《尘埃落定》中以寓言的叙事为我们呈现了藏族土司家族的纷争、仇杀和灭亡，和福克纳的《押沙龙，押沙龙！》《八月之光》等小说有异曲同工之妙。而且，福克纳作品所揭示的黑人与白人的关系和阿来小说所反映的汉族与藏族的交往均表现了边缘族群身份认同的危机，又存在着一定的类通性。当然，两位作家并不止于向后看，而是以一种前瞻性的视角在审视传统的同时，寻找族群平等的途径，从而建构共同的人性关怀的精神取向。

1985年韩少功率先在一篇纲领性的文章《文学的"根"》中指出："文学有根，文学之根应深植于民族传统的文化土壤中。"④郑万隆在其寻根宣言《我的根》中特别提及福克纳等作家通过文学寻根而表达的文学超越性之启示，他还谈到拉美作家对福克纳的借鉴："拉丁美洲一些国家这样做了。他们是有着深厚又悠久的现实主

---

① 王德威《南方的堕落与诱惑》，《读书》1998年第4期，第70页。
② 张英《文学的力量——当代著名作家访谈录》，民族出版社2001年版，第147页。
③ 阿来《阿坝阿来》，中国工人出版社2004年版，第159页。
④ 韩少功《文学的根》，湖南文艺出版社1996年版，第4页。

义基础的,但他们不满足于那艺术史上'实实在在的模仿',⋯⋯创造了'魔幻现实主义',运用一种荒诞的手法去反映现实,使'现实'变成了一个'神秘莫测的世界',充满了神话、梦和幻想,时间观念也是相对性的、循环往复的。"①郑万隆非常推崇福克纳以及马尔克斯等拉美作家们运用"超感觉""魔幻现实主义的艺术表现手法"对乡土生活的超越,以表现人类生存的本体性主题。"更重要的是我企图利用神话、传说、梦幻以及风俗为小说的架构,建立一种自己的理想观念、价值观念、伦理道德观念和文化观念;并在描述人类行为和人类历史时,在我的小说里体现出一种普遍的关于人的本质。"

近一个世纪以来,福克纳所创作的"约克纳帕塔法"世系小说作为一个开放的、意蕴丰富的文学世界,不但被誉为美国"南方的寓言和传奇",而且更具有超越性的意义,他所书写的南方故事不仅展现了现代社会人类精神荒原的图景,而且表达了人类追寻"心灵真理",重构人类精神价值的艺术理想。受其激励,中国当代诸多作家也像福克纳一样,从各自的文学地理世界出发,表现了对历史、传统、现实与生命的普遍性思考。

三、"怎么写"的启迪

福克纳是一位在小说形式和写作技巧上锐意创新的作家,他作品中的象征隐喻、多角度叙述、意识流以及时空倒置等艺术表现手法形成了独具风格的福克纳文体风格。特别是他的作品在语言表达、感觉诉诸、意识流叙事、多角度叙述等方面对渴望突破和创新的中国当代作家解决如何写的问题提供了有益的借鉴。

福克纳对新时期作家在文体革新方面的重要影响在于解放了禁锢在他们头脑中的机械的、僵化的小说观念,唤醒了他们的文体自觉意识。在谈到福克纳的创作对现实的超越时,马原指出:"就像十九世纪没有一个作家把眼睛瞄在美国自身的生活当中一样,当时美国小说的着眼点几乎都在现实生活当中。只有这么一个怪人福克纳,他的小说从一开始就远远地避开了美国的现实。福克纳被称为'南方作家',他和另外一些南方作家称自己的小说为'南方的现实'。但是我们读他的小说还是觉到了强烈的梦魇的感觉,很难读出当代生活的气息。"②故马原认为小说其实就是一种由"作家本身的现实和幻觉交织"而成的想象,在本质意义上是一种虚构。他的小说《虚构》也具有福克纳作品中梦幻般的色彩。小说写了发生在麻风村的事情,之前他去过麻风村,阅读过麻风病的书籍,咨询过专家,这构成了小说部分

① 郑万隆《我的根》,《上海文学》1985 年第 5 期,第 45 页。

② 马原《小说密码 一位作家的文学课》,作家出版社 2009 年版,第 325～326 页。

真实的基础，但小说有着浓厚的梦魇的气息，小说的结尾还把故事的时间抹掉，整个小说写得如梦一般，虚化了真实和梦境的界限。

中国新时期作家的叙述策略也发生了很大的转向，由现实主义写作的对外部客观的、写实的叙述转向内在的、自我的以及主观的宣泄和倾诉。马原以莫言的语言风格为例，特别谈到了莫言的一些小说和福克纳的《喧哗与骚动》叙述语言的吻合性："作家莫言的语言不是一种节制的语言方式，他是那种汪洋恣肆的。那么他在李文俊翻译的《喧哗与骚动》这个文本里面正好找到对应了，一泻千里，奔腾浩瀚，正是他的风格，更重要的对他个人在那种方式里面找到一点呼应，使内心的情感找到一个出口。"①

莫言对福克纳的借鉴不但在语言表达风格上，更在于他独特的感觉主义的叙述方式上。莫言对气味描写特别敏感，在一定程度上源自阅读福克纳的《喧哗与骚动》所获得的启发。"福克纳让他小说中的人物闻到了'耀眼的冷的气味'，冷不但有了气味而且还耀眼，一种对世界的奇妙感觉方式诞生了。然而仔细一想，又感到世界原本如此，我在多年前，在那些路上结满了白冰的早晨，不是也闻到过耀眼的冰的气味吗？未读福克纳之前，我已经写出了《透明的红萝卜》，其中有一个小男孩，能听到头发落地的声音。我正为这种打破常规的描写而忐忑不安时，仿佛听到福克纳鼓励我：小伙子，就这样干。把旧世界打个落花流水，让鲜红的太阳照遍全球！"②莫言的小说充满各种具象、生动的感官描写，小说的画面感和视觉感尤为突出，而且打通了各种感觉的界线，侧重于表达超感觉的印象，这在一定意义上得益于他对福克纳小说通感的领悟和融会贯通。

余华对福克纳颇具匠心的创作技巧也非常赞赏，他指出："这是一位奇妙的作家，他是为数不多的能够教会别人写作的作家，他的叙述里充满了技巧，同时又隐藏不见……"余华非常钦佩福克纳写作的勤奋和精益求精："他精心地写作，反复修改，而他写出来的作品却像是从来就没有过修改，仿佛他一气呵成地写完了十八部长篇小说，还有一堆中短篇小说……"③余华认识到福克纳小说精湛艺术背后的付出，其成功来自对小说艺术技巧的反复实践和训练，以至于达至大化无形的境界。"威廉·福克纳就是这样，叙述上的训练有素已经不再是写作的技巧，而是出神入化地成为了他的血管、肌肉和目光，他的感受、想象和激情，他有足够的警觉和智慧

① 马原《小说密码　一位作家的文学课》，作家出版社2009年版，第176页。
② 莫言《莫言文集　用耳朵阅读》，作家出版社2012年版，第193页。
③ 余华《永存的威廉·福克纳》，《环球时报》编辑部编《二十世纪外国文学回顾》，人民文学出版社2001年版，第53页。

来维持着叙述上的秩序。"①他指出福克纳的艺术技巧,不是表现在"漂亮句式"、"艳丽的词语"上,"他深知自己正在进行中的叙述需要什么,需要的是准确和力量,就像战斗中子弹要去的地方是心脏,而不是插在帽子上摇晃的羽毛饰物"②。余华用此比喻形象地阐释了福克纳艺术技巧的核心所在。福克纳对余华在创作技巧上的创新产生了潜移默化的影响。

余华说之所以把福克纳尊称为师傅,是因为福克纳教会了他怎样进行心理描写,在此之前余华最害怕心理描写。后来他读到了福克纳的一个短篇小说《沃许》,小说描写了一个穷白人将一个富白人杀了以后,杀人者百感交集于一刻的心理感受,余华从福克纳这部作品里学到了心理描写的妙诀,特别是借鉴到了如何描写动态的、瞬息万变的心理,从此再也不害怕心理描写了。文学创作中,静态地刻画人物、描写场景不是太难,而能淋漓尽致、入木三分地挖掘人物的内心世界,表现人物复杂、多变瞬间心理状态,实属不易。先锋作家在开掘人物的心理世界上的突破在一定程度上与福克纳等西方现代派作家的影响有千丝万缕的关系。

福克纳的小说在艺术形式上最为显著的特色就是其多角度的意识流叙述。在中国当代作家中,赵玫是阅读福克纳作品较多,研究也较为深广的一位。赵玫对西方现代派文学非常熟悉,她尤其对福克纳的意识流创作手法非常欣赏,认为在西方现代文学史中代表性的意识流小说家有普鲁斯特、乔伊斯、伍尔芙和福克纳。她指出福克纳尽管稍晚一些,但"在艺术表现方面,他无疑是一个更具探索精神的大胆尝试者,《喧哗与骚动》堪称福克纳意识流小说的登峰造极之作。而他的意识流较之他的前辈们显然又有了新的拓展和开创"③。她认为福克纳的意识流叙述手法更为立体、多元和深入。"他似乎已经不再满足于那种线性的意识流动,而是让来自四面八方的不同人物的不同思绪不停地跳跃和转换着。那是一种环绕着的流动的声音,复杂的,模糊的,多元的,由此便造成了他小说中的那种独特的立体感觉。这无疑也是更接近生活的原生态的。"她慨叹"可惜伍尔芙也许根本就没有读到过福克纳的作品,否则,她一定会说,福克纳是美国乃至世界当之无愧的那个最伟大的作家"④。西方意识流文学兴起于 20 世纪二三十年代的欧洲,普鲁斯特、乔伊斯、伍尔芙都是著名的意识流作家。福克纳的意识流写作实际上受到上述欧洲意

① 余华《永存的威廉·福克纳》,《环球时报》编辑部编《二十世纪外国文学回顾》,人民文学出版社 2001 年版,第 53 页。
② 余华《永存的威廉·福克纳》,《环球时报》编辑部编《二十世纪外国文学回顾》,人民文学出版社 2001 年版,第 53 页。
③ 赵玫《灵魂之光》,河南文艺出版社 2002 年版,第 7 页。
④ 赵玫《灵魂之光》,河南文艺出版社 2002 年版,第 7 页。

识流作家一定程度的影响。但赵玫敏锐洞察了福克纳借鉴、继承欧洲意识流大家的创新,指出福克纳的意识流打破了欧洲意识流作家们单一线条的意识流叙述,而发展为多线索的、叠加的、复合的意识流叙述,这是她独到的发现。赵玫的小说《高阳公主》等作品也借鉴了意识流的描写手法。"特别是在开始写作的那些年中,我的作品中充满了那种形式感。意绪的任意流淌、时空的倒置、凝固或是运动的文字的画面、反理性、乃至标点和字体的变异……我不知道那样的写作状态是不是很好,但有一点是肯定的,那就是尝试本身所产生的挑战固有形式的意义。日后我的作品所形成的基本风格,便是由此而奠定的。"①莫言、格非、苏童、贾平凹等作家的作品也都穿插了大量意识流活动的描写,而且也都使用了多角度、多线索的叙事形式,很好拓展了作品的意义空间。

与其他作家关注福克纳小说的意识流、多角度叙述等创新性文体实验所不同的是,格非则对福克纳小说的反讽艺术更为重视,他认为:"反讽作为一种戏剧性的叙述方式,往往带有很强的主观性,但这种主观性是表面化的。这就使得读者与作者的合作总是小心翼翼。这种合作一旦成功,由于作者与读者之间达成了某种隐秘的带有嘲讽性质的默契,阅读就增添了快感和魅力。"②格非特意把《喧哗与骚动》杰生叙述的第一段挑出来作为分析的文本,"我总是说,天生是贱坯就永远都是贱坯……"③格非指出反讽是一种作家对读者巧妙引导和对叙事介入的重要形式,他用此段落来做例证,试图说明若福克纳从正面直截了当地告诉我们杰生是怎样一个自私、卑鄙、邪恶的人,读者只能被动接受作家的观点,而采取让杰生向读者毫无遮拦地流露自己卑劣的想法和呈现自己凶恶行为的叙述,从而达到了一种绝妙的反讽效果。"因此,反讽这一叙事方式对读者的引导实际上是一种作者与读者的秘密交流和共谋。"④格非认为无论作者采取何叙述方式,他们对读者始终存在着引导的意图,"这种引导构成了阅读过程中极为重要的一个部分"。由此看来,格非对福克纳的《喧哗与骚动》的叙述方式和细节描写非常熟悉,可以信手拈来,用它们进行小说叙事研究理论的文本阐释。

作为 20 世纪小说文体实验的探索者,福克纳在其作品中大量运用的意识流、多角度叙述以及时空倒置等富有创新性文学手法对中国新时期小说的文体变革产生了深远影响,莫言的感觉化叙事,余华的"元叙述",马原的"叙事圈套",苏童不断

---

① 赵玫《灵魂之光》,河南文艺出版社 2002 年版,第 136~137 页。
② 格非《小说叙事研究》,清华大学出版社 2002 年版,第 34 页。
③ 格非《小说叙事研究》,清华大学出版社 2002 年版,第 34 页。
④ 格非《小说叙事研究》,清华大学出版社 2002 年版,第 35 页。

变换的叙事视角,格非的"叙事迷宫",赵玫的"意识流",孙甘露的时间错位及故事的模糊化、碎片化,残雪的心理小说和无逻辑的文本等都与福克纳作品现代文体的叙述构成了一种互文性呼应。

四、中国当代作家对福克纳的接受变异

曹顺庆等提出了比较文学的变异学理论,主张"通过研究不同国家之间的文学现象交流的变异状态……探究文学现象差异与变异的内在规律性所在"①。尽管中国当代作家受到福克纳不同程度的影响,基于中国文化的视野和经验,以莫言为代表的中国当代作家对福克纳作品在借鉴和接受中更有主体性的创造,其作品存在着变异和改制的复杂状貌。

莫言有着非常强烈的创作独立意识,即便在其创作的早期,他一方面试图借助于福克纳、马尔克斯"两座灼热的高炉"的艺术手法丰富、拓展其作品在主旨和文体上表达的深度和自由度;另一方面又想竭力摆脱福克纳、马尔克斯的影响,创立具有中国气派的文学。"我认为我的作品中对外国文学的借鉴,既有比较高极的化境,又有属于外部摹写的不化境。现在我想,加西亚·马尔克斯和福克纳无疑是两座灼热的高炉,而我是冰块。因此,我对自己说,逃离这两个高炉,去开辟自己的世界!真正的借鉴是不留痕迹的。"②莫言"高密东北乡"的建构,受到了福克纳"约克纳帕塔法天地"的启发,他却认识到,对故乡的书写,若原封不动把它机械复现出来,是没有什么文学价值的,故他提出了"用想象扩展故乡",认为作家的创造性在于充分运用想象力和艺术虚构。"福克纳的那个约克纳帕塔法县始终是一个县,而我在不到十年的时间内就把我的高密东北乡变成了一个非常现代的城市。"③

福克纳的创作只聚焦于一枚邮票,苏童则在借鉴基础上,不但书写"枫杨树乡"这枚邮票,还独创了一个与之相对照的另一枚邮票——"香椿树街",前者代表乡村生活,后者代表城市生活,正是这两处地标构成了他笔下的南方的多维度景观。"香椿树街和枫杨树乡是我作品中两个地理标签,一个是为了回头看自己的影子,向自己索取故事,一个是为了仰望,为了前瞻,是向别人索取,向虚构和想象索取。"④苏童自嘲他"对于创作空间的贪婪",认为一个作家一生有一张好"邮票"就足矣,但是因为担心一张邮票画不好,所以就要画第二张、第三张。⑤ 从《飞越我的

---

① 曹顺庆、李卫涛《比较文学学科中的文学变异学研究》,《复旦学报》2006年第1期,第82页。
② 莫言《两座灼热的高炉——加西亚马尔克斯和福克纳》,《世界文学》1986年第3期,第99页。
③ 莫言《莫言文集 用耳朵阅读》,作家出版社2012年版,第27页。
④ 苏童《关于创作,或无关创》,《扬子江评论》2009年第3期,第1页。
⑤ 苏童《关于创作,或无关创》,《扬子江评论》2009年第3期,第1页。

枫杨树故乡》到《香椿树街的故事》，苏童驰骋在城乡之间，他作品主要以这两个文学地理图标为背景，描写枫杨树代表的乡村世界的温馨与阴暗的并存，香椿树街代表的城市的狰狞和温情的共生。他用两幅不同的笔墨书写着乡土、历史、现实、人生，欲望的追逐、生命的萎缩、扭曲、躁动，人性的残酷和温情。

受福克纳从乡土出发写作的启示，贾平凹立足于他脚下生活的土地，开创了一个具有西北地域特色的商州世界，而他笔下的商州世界受到中国传统文化、美学思想以及商州当地文化很大影响，他认为"我的作品受东方美学思想的影响深，那很大程度上得力于中国的文人画、民乐、书法和中国戏曲"①。贾平凹以商州为切入点，其系列作品展现了中国乡村在现代化进程中的"变"与"不变"。他的近作《山本》则是一部关于"秦岭志"的磅礴之作。他在这部小说的后记中写道："秦岭里就有那么多的飞禽奔兽，那么多的魑魅魍魉，一尽着中国人的世事，完全着中国文化的表演。"②自新时期的寻根文学思潮以来，贾平凹一直在用现代化的视野书写具有浓郁民间特色的秦岭故事，特别是进入 21 世纪后，这种回归本土文化的倾向性愈加明显。"贾平凹在新世纪以来创作的《秦腔》等一系列长篇小说的艺术风格，都是带有原创性的，本土的，具有中国民族审美精神与中国气派。"③

在艺术表现形式上，中国当代作家也在借鉴福克纳等国外现代派作家的意识流叙事、多角度叙述，打破时空顺序等艺术手法的同时，向中国传统文化和艺术汲取资源，如莫言的《檀香刑》采用了中国传统戏曲"风头、猪肚、豹尾"的模式，《生死疲劳》运用章回体和民间叙事的方式，并借鉴了佛教"六道轮回"转世的动物叙述视角，《蛙》则采取了融合"五封信""故事正本"和剧本为一体的杂糅结构，表现了莫言锐意创新的文体自觉意识。

余华在经历了 20 世纪 80 年代的先锋极端写作试验后，其 90 年代后创作的《活着》《在细雨中呼喊》《许三观卖血记》等作品则走向了艺术的简约。《许三观卖血记》这部小说的开头非常平实："许三观是城里丝厂的送茧工，这一天他回到村里来看望他的爷爷。"此外，刘震云的《一地鸡毛》《单位》，毕飞宇的《玉米》《推拿》等诸多小说也都采用了"现实主义"叙事的外壳，但这些作品又超越了机械现实主义的拘囿，在其"冷叙述"的背后有着强烈的反讽、荒诞和黑色幽默的意味，达至了一种现实主义文体和现代主义主题意蕴的变形性糅合。

王蒙被称为"东方意识流"的代表性作家，不但他早期创作的小说如《春之声》

---

① 金平《由"浮躁"延展的话题》，《当代文坛》1987 年第 2 期，第 80 页。
② 贾平凹《山本》，人民文学出版社 2018 年版，第 541 页。
③ 陈思和《试论贾平凹〈山本〉的民间性、传统性和现代性》，《小说评论》2018 年第 4 期，第 76 页。

《夜的眼》《风筝飘带》《海的梦》《蝴蝶》《杂色》带有意识流和梦幻特色,而且近年创作《闷与狂》《明年我将衰老》《女神》等作品继续运用意识流表现手法。王蒙多次强调自己的小说和西方意识流作品的不同,更多谈到了意识流的中国古代诗经的源头:"意识流的手法中特别强调联想,这也颇能引起人们的兴趣……它反映的是人的心灵的自由想象,纵横驰骋……中国文学一贯很重视联想……'赋比兴'中的'兴'就是联想。"①王蒙在总结自己的创作时说他广泛使用各种写作手法:"如实的白描,浮雕式的刻画,寓意深远的比兴和象征,主观感受与夸张变形,幽默讽刺滑稽,杂文式的嬉笑怒骂……体的叙事方法……民间故事(例如维吾尔民间故事)里大故事套小故事的方法……各种各样的心理描写(我认为,意识流只是心理描写的手段之一)……散文作品中的诗意与韵律节奏,相声式的垫包袱与抖包袱……"②王蒙的创作体现出拿来主义的"杂色"的风格。

就中国当代文学观念的变革而言,重新认识和解决文学创作中的"写什么"和"怎么写"是两个核心的要素。从一定意义上来说,一方面,福克纳的约克纳帕塔法文本对中国当代小说"写什么"产生的重要影响在于以"世界文学"的视镜激发了新时期作家的现代民族意识和寻根情结,使其认识到文学之根只有深植于民族文化的土壤,才能达至对历史、文化、人性、生命、性、欲望等普遍性主题的诉求。另一方面,福克纳小说对中国当代小说"怎么写"则促成了其文体变革意识的觉醒,特别是其意识流、多角度叙事为中国当代文学的由外至内的叙述转向产生了一定程度的影响。更为重要的是,基于中国文化和语境的视野和经验,中国当代作家的主体性选择使其在对福克纳作品借鉴、接受过程中进行着变异和改制,逐渐形成了具有"中国气派"的文学,汇入了世界文学的潮流之中。

李萌羽:中国海洋大学文学与新闻传播学院教授、博士生导师。

---

① 王蒙《王蒙文集》第 21 卷,人民文学出版社 2014 年版,第 314 页。
② 王蒙《王蒙文集》第 23 卷,人民文学出版社 2014 年版,第 44~45 页。

"顽世"现实主义与"后精英"写作

——20 世纪 90 年代的徐坤

马春花 ▌

1993 年,《中国作家》杂志连续推出徐坤三部小说:《白话》《斯人》和《一条名叫人剩的狗》。无论是对于作者本人,还是对于刊物来说,如此大动干戈地连续刊出作品,似乎都有点不同寻常,徐坤毕竟是一个文学新人。然而,这仅仅是个开始。之后两年,徐坤接连发表《梵歌》《先锋》《热狗》《游行》等一系列标志性作品,一举奠定小说的基本风格及个人的先锋身份,成为此一时期出现的"新生代"写作风潮的代表性作者。当其时,徐坤小说体现出来的戏谑风格、反讽精神与边缘立场,明显具有反精英主义、反宏大叙事的解构倾向,这不免让批评家们想起王朔,"女王朔"的刻板化标签由此被赋予徐坤。女人从来不是"女男人",徐坤当然也不是"女王朔"。其实,就王朔及其作品普遍存在的"厌女症"状况,以及王朔最终成为 20 世纪 90 年代初期中国流行文化的旗手来说,作为反潮流的女权主义先锋作家的徐坤,与其说是什么"女王朔",不如说是"反王朔"抑或"超王朔"。不过,考虑到王朔在中国当代文化转型中的典范性,"女王朔"的误读对徐坤迅速确立文坛地位却不无裨益,当然也是对其作品文学史意义的曲折承认。以后见之明而论,徐坤在 20 世纪 90 年代中国文坛的横空出世并非偶然,在当代中国社会从新启蒙到后新启蒙、从新时期到后新时期转折的临界点上,徐坤这样一个兼具游戏性与先锋性、大众化与精英化的女性作者的出现,恰好满足了中国对于"新生代"写作的别样期待:一种寄寓先锋幽灵、现实批判和未来想象于游戏性文字的后精英文学。

一、"女王朔"or"女堂吉诃德"

回忆初次见到徐坤的情形时,《中国作家》副主编章仲锷这样写道:"记得那是1992 年末,我第一次接触她的作品《白话》,不由得大喜过望,觉得又发掘出一位王朔型的作者,而且是女性。她那辛辣的笔触,流畅的语言和妙趣横生的幽默感,令人耳目一新。及至见到作者本人,又颇感意外,这是位十分年轻和娟秀的女士,说起话来挺腼腆的,并且是研究生出身从事外国文学研究工作的。真是人不可貌相。"①让章仲锷讶异的,不仅是徐坤的女性身份与作品风格之间的错位,还包括腼腆言行与辛辣行文间的错位,并由此感叹(女)人不可貌相。徐坤人与文之间的错位,让王蒙也印象深刻。王蒙称她"虽为女流,堪称大'砍'。虽然年轻,实为老辣,虽为学人,直把学问玩弄于股掌之上,虽为新秀,写起来满不论(读吝),抡起来云山雾罩,天昏地暗,如入无人之境"②。女性作者身份造成的巨大反差,令徐坤小说的讽喻性获得强化,至于男性作者们的错愕与震惊,则源于她穿越男权藩篱的游戏"性"姿态。

　　玩世不恭通常被认为是男性特权。在 20 世纪八九十年代之交的中国语境中,王朔是一个标志性的文化符号。通过对宏大叙事的调侃与亵渎,王朔小说瓦解了启蒙知识者的现代中国想象,引导中国文化走向一个世俗化时代。③ 王朔小说虽然透露着"我是流氓我怕谁"的玩世姿态,但实际却是以玩世的精神做超越的想象,其思想轴心依然秉承于 80 年代。与王朔一样,徐坤小说也具有去精英、反中心的特征,然而其内在精神却完全是 90 年代的。于是,在徐坤那里,一切彻底颠倒。"先锋"是傻蛋变撒旦,"载入史册"的"空画框"被改造成"洗衣机的托架"(《先锋》);悲剧式的"诗人之死"是知识分子被历史与现实双重阉割的后果(《斯人》);学者捧女演员不过是"老房子着火"的情欲闹剧(《热狗》);走向民间的"思想者"雕塑被偷下水道篦子的民工阉割,只好"双腿并拢,将被阉过的裆处使劲夹紧"(《鸟粪》);知识分子的历史苦旅竟源自一个来历不明的臭屁(《屁主》)。历史变成屁事,爱情变成偷情,思想变成割礼,信仰变成金钱。利用戏谑、反讽、拟仿、拼贴等方式,徐坤让雅俗、真假、善恶、古今、官民颠倒并置,各种对立意象在彼此反衬中扭曲变形,在模糊并消解真实与谎言、崇高与卑琐、精英与盲众、精神与物欲、空洞与意义等界限的同时,亦产生一种张力紧绷的反讽效果。

　　对于"女王朔"的命名,徐坤未置可否,但有意味的是,她称自己是"女堂吉诃德"。狡黠的徐坤,堪称堂吉诃德,因为作为一个女性作者,当她开始"满不吝""胡闹台"的时候,必定需要堂吉诃德式的勇气。如前所说,玩世不恭一直是男性的特权,徐坤的话语反串与戏仿,就变成对男性话语特权的挑衅,这种话语层面的性别越界,体现出女性作家的语言本体论自觉。徐坤将自我的这种话语实践看成"是在

① 章仲锷《徐坤漫议》,《山花》1995 年第 8 期。
② 王蒙《后的以后是小说》,《徐坤精选集·序》,北京燕山出版社 2014 年版,第 5 页。
③ 关于王朔在当代中国文化转型和大众文化兴起中的意义,可见韩琛《中国电影新浪潮》,中国社会科学出版社 2019 年版,第 181~195 页。

男权话语中心的社会里，做着女性争取话语权利的突围表演，一次来历不明去路也不明的狂妄冲杀"①。王侃因此将徐坤看成是一个有着自觉语言意识的作家，其超妙处在于对语言的性别政治的认识。② 徐坤话语方式的性别反串，并非如王蒙所说的女扮男装的"假小子"或海军里的女相声演员，而是以女性立场为基础重构了游戏话语的讽喻对象，其调侃嬉戏的是以男性面目出现的宏大叙事与精英神话，因而具有颠覆宏大叙事与男性特权的双重效用。③ 王朔的意义是将城市里的游手好闲者置于文本中心，以边缘来解构中心；徐坤呈现的则是特定阶层的社会地位在市场时代的结构性变动，并凸显出曾经置身社会中心的知识精英在消费社会降临后仓皇四顾的窘态。王朔在解构知识精英男性神话的同时，又建构起一种小市民形态的暖男神话（顽主们无不具有一颗贾宝玉式的爱女人与自爱自恋之心），而徐坤勾勒的后现代儒林外史却"展露了碎镜中扭曲、怪诞、荒唐的儒林景观，粉碎了任何自恋、自怜的余地与可能"④。从女性主义视角来看，徐坤不仅不同于王朔，而且在反男权的意义上甚至是一个"反王朔"。

当然，"女堂吉诃德"的自我指认也体现出一个女性作者的无奈，意味着女性只能扮成男人才能进入历史（His-tory）的状况，而以"女＋男名"而非"男＋女名"式的单向度、词缀—词根的形式，来指认女性在历史与话语中的位置，则是对这种男权象征秩序的体现、确认与巩固。在《从此越来越明亮》这篇融现实与历史、虚构与真实、小说体式与女权宣言为一炉的"新体验"小说中，徐坤在揭示"女＋男名"命名的男权陷阱的同时，也道出女性不得不接受的身份困境与认同危机。"女人没有自己的坐标系。我们自己的坐标系还没有鲜明而完整地确立。我们似乎只能在铺天盖地的男性坐标系中来确立自己，那么用男性来确定比附我们的位置也就是自然而然顺理成章的了。"于是，她也挪用了这种命名方式，"呼啦啦一道长风从天而落，雪地上开来一个女堂吉诃德"。其实，"女堂吉诃德"也并不比"女王朔"走得更远，堂吉诃德的疯狂壮举不过是对流浪骑士阿马迪斯的摹仿，其欲望是摹仿他者欲望的欲望，而"女堂吉诃德"则只能是对摹仿欲望的摹仿，离自我本真欲望也许更为遥远。但徐坤自拟为"女堂吉诃德"，包括戴锦华等女性主义批评者刻意区分徐坤与王朔，是否是因为堂吉诃德作为理想、浪漫与激情的象征，正符合徐坤所谓"茶已

---

① 徐坤《从此越来越明亮》，《北京文学》1995 年第 11 期。
② 王侃《历史·语言·欲望——1990 年代中国女性小说主题与叙事》，广西师范大学出版社 2008 年版，第 78 页。
③ 关于男性特权的变化可见蒋洪利《从〈男性统治〉到〈男性的衰落〉》，《山东女子学院学报》2021 年第 6 期。
④ 戴锦华《徐坤：嬉戏诸神（代跋）》，《遭遇爱情》，长江文艺出版社 2001 年版，第 315 页。

凉,血犹热"①的热切与躁动呢? 女性作者的徐坤们,毕竟无法像王朔及其"新生代"男性后继者们那样,彻底进入一个消解主体的"后"时代。

围绕着"女王朔"引发的指认与否认的辩论,其实是女性主义有意区别于后现代主义、"新生代"女性写作区别于男性写作的一种症候。与后现代主义肆意消解主体的倾向不同,女性主义者依然认为,具有自主反思能力的女性主体始终是其目标所在。通过在既定的话语网络内部寻找缝隙,颠覆性地调用既有的话语元素,就可以重构一个批判性的女性主体位置,巴特勒即格外强调话语戏仿的性别政治意义。② 徐坤对精英话语的挪用与戏仿亦可作如是观。概言之,以戏仿姿态进入并批判现实的顽世现实主义精神、置身精英话语之内却消解精英话语光环的"后精英"姿态和揭示宏大叙事内在的男权本质的女性主义立场,是促成了徐坤在 20 世纪 90 年代文坛迅速崛起的三个主要因素。

二、作为"顽世"先锋的"60 后"

徐坤的文化精英题材小说具有明显的顽世现实主义特征。顽世现实主义源自"玩世现实主义",即以玩世精神应对无聊现实的艺术姿态,是栗宪庭对 20 世纪 90 年代初期出现的绘画新潮流的理论概括。他将 20 世纪 80 年代以来的艺术群体分为三代:"知青群"是第一代,"心态和艺术都依赖于淳朴的现实";第二代是"先锋群","以形而上的姿态关注人的生存意义";第三代是新出的"泼皮群",特点是"无聊感"与"无意义感"。"泼皮群""出生于六十年代,八十年代末大学毕业",从出生起"就被抛入一个观念不断变化的社会里,而他们学艺术的生涯,又是在看着干预生活的艺术在实际现实中的失效,看着西方思潮影响下的艺术潮流来去匆匆,无论是生活,还是艺术,现实留给泼皮群的只是些偶然的碎片。几乎没有任何一种社会事件、艺术样式与价值观,在他们心灵中产生过恒久或深刻的影响。因此,无聊便成为他们对当下生存状态最真实的感觉"。无聊的生活态度带来两个艺术表征方式,一是"直接选择'荒诞的'、'无意义的'、'平庸的'生活片段",一是"通过把本来'严肃的'的'有意义'的事件滑稽化"③。

"玩世现实主义"思潮同样体现于文学创作中。被栗宪庭称为"泼皮群"的"第三代"画家,也大致对应于"新生代"作家群体。韩东诗歌《有关大雁塔》《你见过大

① 徐坤《北京以北》,昆仑出版社 2013 年版,第 67 页。

② 关于戏仿的性别政治意义,可见〔美〕朱迪斯·巴特勒《性别麻烦——女性主义与身份的颠覆》,宋素凤译,上海三联书店 2009 年版,第 186～194 页。

③ 栗宪庭《当前中国艺术的"无聊感"——析玩世现实主义潮流》,《二十一世纪》1992 年 2 月号。

海》,邱华栋小说《把我捆住》《环境戏剧人》,朱文小说《我爱美元》《弯腰吃草》《两只兔子,一公一母》《吃了一个苍蝇》等,都充满无聊感和无意义感,明显具有"玩世现实主义"倾向。尤其是《我爱美元》,作为儿子的"我"无聊至极,竟怂恿来访的父亲嫖妓,将对父权价值系统的亵渎与嘲弄推向极致。朱文以"美元"与"性"来解构主流价值系统的道貌岸然,这种毫无顾忌、玩世不恭的写作姿态,在引起广泛争议的同时,也成为"新生代"小说的标签。如果说"新生代"作家接续并颠覆的是余华、格非、苏童等作家的先锋写作,徐坤则直接联系于包括王朔痞子文学、崔健摇滚乐、"泼皮群"画家在内的"玩世现实主义"艺术思潮。当然,将徐坤小说看成"顽世"现实主义,既是强调与栗宪庭所谓"玩世现实主义"的共通性,也是为凸显徐坤作为女性作者的独异之处。徐坤主要采用戏仿、挪用、拼贴等话语修辞方式,以消解宏大叙事与男性神话的虚伪与矫饰,这种写作姿态与其说是痞子式的玩世不恭,不如说是以假面示人的话语嬉戏,其内在女性的忧伤、恐惧与小心翼翼,与玩世不恭的泼皮玩世并不相同,于是将"玩世"修正为"顽世",以更符合徐坤的女性主义气质:游戏反讽却非玩世不恭。

徐坤小说中的人物,基本上除了学者、诗人,就是画家、音乐人,或者歌诗一体的摇滚主唱,像《斯人》中的斯人既是诗人,又是艺名为"蚯蚓"的"学人"乐队主唱,《游行》中的伊克既是摄影记者、诗人,也是被林格成功包装的乐队主唱。徐坤在20世纪90年代发表的系列小说,基本可以看成是一部"玩世现实主义"文艺思潮的生成史,如果想了解20世纪90年代中国先锋艺术思潮的变迁,阅读徐坤小说应是一个不错的选择。徐坤在1994年发表的《先锋》,可算是一篇关于中国当代先锋艺术的"元小说",它以虚构的形式、滑稽戏谑的喜剧结构与语言修辞,深刻呈现了先锋艺术从风光无限到坠落尘埃,再到改头换面重新出场的整个过程,"废墟"成就了"先锋"的"存在",消费市场转眼就将"先锋"包装成"后卫"。废墟与高光、先锋与后卫、叛逆与怀旧、现代与后现代、前卫与国学驴唇对马嘴般地混杂嫁接在一起,正如那群被命名或自命为撒旦、嬉痞、雅痞的傻蛋、鸡皮、鸭皮、屁特画家们。傻蛋/撒旦那个写着"我要以我断代的形式,撰写一部美术的编年史"的"四方形的巨大空框",成为一个空白与实在、虚无与存在、确定与不确定彼此拆解撕裂的象征,其意义或许只能通过阐释来填充。但最终,"存在"的虚无也蜕变成"我与我的影子交媾"的"活着",甚至被改造为一个实用的、灵活转动的托架。

《先锋》由此将表象与象征、真实与仿真反讽式地叠合在一起,以一种不无"先锋"的形式,表达出中国现代艺术的内在悖论:一个需要在无限自否中确立的先锋自我最终只能通往绝对的虚无。作为一种(男性)精神自恋的产物,先锋艺术即使没有消费时代的降临，也必然面临自身瓦解的危机。不过，当傻旦在"影子啊，快回到我的身体里来吧"的呻吟声中，以自我了结的方式告别这一（前）先锋/"后"艺术的闹剧时，那个"满怀着崇高艺术理想""站在1990年6月的麦地里孤独守望"的画家撒旦，一个痛苦的理想主义的"先锋"形象，反而由此得以历史性地浮现。所有先锋艺术，注定死于成功，完成于祭奠。看似"胡闹台"的徐坤小说，与其说是否定精英叙事、先锋艺术，不如说是讽刺虚伪、矫饰、自大、自恋的伪精英、伪先锋。实际上，徐坤从不嘲弄艺术与知识的脆弱、痛苦与真诚，正如王朔也从不嘲笑小市民与边缘人的渺小、懦弱与失败。作为一个学者型作家，徐坤固然嬉戏诸神、颠倒先锋，但对于真正的人生和艺术，却始终保持一颗赤子之心。在她的笔下，被鸟粪淹绿的思想者终"以金属凄艳冰冷的光辉，鲜明地昭示人类灵魂的亘古不休"；斯人/诗人唱罢"莲花一开放啊，咱就涅了一把槃"后，从这个世界上永远消失；曾经梦想成为作家的女记者林格，在献祭完诗人、实验过学者、包装好摇滚乐手之后，也永久地从这个世界消失。死亡、涅槃和消逝，即是真正先锋的命运，只有成为不可见者，才是无须证明的永恒存在。

徐坤的很多小说最后定格为艺术家之死。如此终极定格是否定之否定，曾经在讽喻中溃败的艺术先锋魂兮归来，成为伟大艺术剧场上的唯一主角。在这个最终走向"反解构"的叙事过程中，反讽与反思、解构与建构、戏拟与批判相互补充，构成一个复杂的矛盾体：顽世现实主义内里是批判现实主义，未来虚无主义的背后是乌托邦浪漫主义。徐坤小说终而是一种"后精英"写作，是"精英文化话语内部的一次地震或颠覆"，是"一种反精英的精英文化，一幕反文学的文学突围，一个反先锋的先锋写作，一次文人、知识分子全面自弃中的自我确立"[1]。

三、徐坤小说与20世纪90年代中国

转折时期的特点往往是从一个极端走向另一个极端。如果说20世纪80年代曾建立起一个关于现代与启蒙、光荣与梦想的神话的话，那么20世纪90年代则起于对这一神话的告别与拆解。王安忆的《叔叔的故事》（1990年），开启了反思启蒙神话的序幕。小说通过重述"叔叔"的故事，意在揭示20世纪80年代启蒙主义话语面临的精神危机。王安忆笔下"叔叔"的故事，不再是将个人经验整合于民族叙事的"民族寓言"，而是降格为"叔叔"的个体性生命经验，那是一个仅仅相关于饮食男女的世俗故事。压倒叔叔的最后一根稻草来自儿子大宝，"叔叔忽然看见了昔日的自己"，"他人生中所有卑贱、下流、委琐、屈辱的场面，全集中于大宝身上了"，有

---

① 戴锦华《徐坤：嬉戏诸神（代跋）》，长江文艺出版社2001年版，第319页。

关苦难与救赎的启蒙神话，陷入到无以摆脱的个体性屈辱之中。王安忆解构父权话语与宏大叙述的方式，被徐坤和"新生代"发扬光大，成为 20 世纪 90 年代中国文学的重要特征。徐坤的《游行》是对《叔叔的故事》的接续，小说拆解的不仅有"叔叔"的故事，也有"兄长"和"弟弟"的故事，三者以诗、散文、摇滚乐的形式出现在在女记者林格的生命中。徐坤戏谑反讽的对象，不仅有革命历史神话，也有 20 世纪 80 年代的启蒙神话，更有连叛逆都被消费的市场神话。在徐坤看来，此一时代"知识分子繁复的精神困厄"[1]有其三个来源：革命的阴影、启蒙的溃败和市场的压抑。

实际上，徐坤 20 世纪 90 年代写作的意义，并不在于对革命与启蒙历史的重新解释，而在于对正处于市场经济转型之中、前程茫然同时却又充满无限机遇的 20 世纪 90 年代中国的描述与呈现。启蒙神话的瓦解表明知识分子作为社会文化主体的地位已经从中心转向边缘，这个群体被迫进行的自我调整与再确认，也表明市场中国社会结构的重组以及新的文化生产秩序的出现。在融入全球资本主义的市场时代，没有什么东西可以逃脱市场流通的法则，无论是大众文化还是先锋艺术，都将被置于生产、交换、流通与再生产的网络之中，而能否成为可以流通、消费、再生产的商品，成为衡量一切文化产品的主要标准，甚至是抽象风格、形象与表征，都渴望成为被包装的商品在市场中流动。[2] 徐坤小说中多次出现的艺术"包装"场景，正是市场时代文化商品化的重要方式。稚嫩的摇滚歌手伊克在林格的精心包装下，成为"窜红疯长"的摇滚歌星（《游行》）；"废墟画派"被包装成"解构主义的普遍原理与中国国情相结合的时代产物"（《先锋》）；小剧场女演员小鹅儿在"社科院的后现代中青年专家"陈维高的吹捧下迅速蹿红（《热狗》）；文字"高手"虽已作古，却仍被炒来炒去，连小保姆都可以编就高手的诗文在外贩卖（《一条叫人剩的狗》）。徐坤小说比较早地再现了 20 世纪 90 年代中国文化市场得以有效运转的秘密：围绕文化符号展开的由权力、性欲和资本主导的象征性交易。资本市场、大众媒介对于艺术的"包装"与"炒作"，代替了深度的语言"阐释"，仿真的表象代替了内在的真实，文化神话成为待售的文化碎片，文化精英则"处心积虑冲向市场，殷勤渴望再度辉煌"。辉煌的标志则是门票收入与画作价格。这是一个对知识和艺术进行商品化再生产的时代，一切都遵循市场交易的法则，包括性、身体与爱情。

因此，在调侃艺术精英激情投身商品大潮之外，徐坤还以喜剧化的方式表征了市场社会的情感交易。20 世纪 80 年代的情场是文学女青年献身艺术家的"神圣

---

① 徐坤《从〈先锋〉到〈游行〉》，《北京以北》，昆仑出版社 2013 年版，第 58 页。

② 关于先锋艺术在市场经济中命运的论述，可见韩琛《中国电影新浪潮》，中国社会科学出版社 2019 年版，第 23～24 页。

祭坛"，如此情形可见于小旦他娘与撒旦，林格与诗人、学者的故事。20 世纪 90 年代的情场则是交易欲望的市场，性爱必须理解为讨价还价的市场行为。陈维高"生平第一遭艳遇"在小鹅儿那儿只是一场身体交易。女强人枝子精心安排的浪漫生日晚餐，对画家松泽来说却标上不能承受的情感价格，因为"以假对假的玩，玩得心情愉快，彼此没有负担，同时毫无顾忌。以真对假的玩，那就没法子玩了。以真对真就更不能玩了"（《厨房》）。在市场中谈爱情，谁动心谁先输。《遭遇爱情》《离爱远点》即交叠情战与商战，其中的红男绿女旗鼓相当，如何在身体或情感上俘虏对方却又不损失经济利益，成为双方斗法的焦点。交易原则于是毁灭爱情原则，以为谈的是爱情，其实谈的却还是生意，在爱情买卖中，只有市场是胜利者。于是徐坤感喟道："以单纯赢利为目的的商场上究竟有否爱情？人间是否还有真情在？真可谓假作真时真亦假，人们都互相渴望着又互相惧怕，在精心算计别人的同时也失去了自身。这就是残酷的物质利诱的实相。"[1]"物质利诱的实相"的确残酷，但吊诡的是，市场似乎也提供了更多选择的可能与开放的空间。相比于 20 世纪 80 年代的献祭式爱情，市场中的女性因明了现实的真相反可能有更多的协商与议价空间。当然，对徐坤这样的"后精英"写作者来说，她更多关注的是"拎着情感垃圾上路"的"一般意思上的传统女人"，而非"让身体在表层操作"的小鹅儿式的"新新人类"[2]。

就此而言，徐坤置身其中的 20 世纪 90 年代，总体来说还是一个告而未别的过渡时代。启蒙神话的瓦解意味着 20 世纪 80 年代形成的新启蒙主义的统一性与共识性已不复存在，虽然统一性的丧失使"未完成的现代性焦虑"进一步加深，但从 20 世纪 90 年代的历史文化状况来看，统一性的破裂也有可能使那些被统一性精英话语所压抑的边缘与弱势力量得以出现。实际上，市民社会的出现与都市文学的兴起、思想界的"人文精神大讨论""新左派"与"新自由主义"论争等出现在 20 世纪 90 年代应该不是偶然的。"道术为天下裂"也许充满思想机遇，这既是一个礼崩乐坏混杂多元的时代，也是一个思想分化与新思想兴起的时代，市场时代的降临并不就意味着思想的溃败。实际上，从徐坤以及女性写作在 20 世纪 90 年代的繁荣来看，恰恰是宏大叙述与启蒙神话的破灭，让女性得以窥破知识与性别、市场与性别之间的权力交易，从而为女性写作提供了一次难得的文化机遇。说到底，女性写作的崛起正是得益于一体化的父权社会体系的松动。当然，瓦解启蒙神话、颠覆精英叙述也并不意味着全面认同市场意识形态。从徐坤与"新生代"写作来看，他们总体上还是一种"后精英"写作，顽世现实主义只是外在批判姿态，理想主义激情则

---

[1]　徐坤《关于〈遭遇爱情〉》，《北京以北》，昆仑出版社 2013 年版，第 63 页。

[2]　徐坤《关于〈厨房〉》，《北京以北》，昆仑出版社 2013 年版，第 62 页。

是被压抑的潜在立场,他们依然"是具有'反叛'色彩的接力者","关注的仍然是生存、文化、人的处境与精神趋向,只不过在接棒后没有在广场上奔跑,也没有按照既定规范的圆形跑道前进,而是跑向了四面八方和各个角落"①。

在《共产党宣言》中,马克思曾描绘过资本主义带来的世界性巨变:"一切固定的僵化的关系以及与之相适应的素被尊崇的观念和见解都被消除了,一切新形成的关系等不到固定下来就陈旧了。一切等级的和固定的东西都烟消云散了,一切神圣的东西都被亵渎了。人们终于不得不用冷静的眼光来看他们的生活地位、他们的相互关系。"②资本主义不但带来全球市场和新统治阶级,也生产出新的革命思想和革命阶级。徐坤笔下的20世纪90年代中国在某种程度上也面临着类似的历史状况,神圣的亵渎与统一性的瓦解,使人们不得不重新思考自我与他人、自我与世界的关系,而这种重新思考则意味着一种新的思想与文化可能性的出现。20世纪90年代的徐坤与"新生代"写作的意义或许就在此处。

原载于《当代作家评论》2022年第1期。
马春花:中国海洋大学文学与新闻传播学院教授。

---

① 张清华《精神接力与叙事蜕变——论"新生代"写作的意义》,《小说评论》1998年第4期。
② 〔德〕马克思、恩格斯《共产党宣言》,中共中央马克思、恩格斯、列宁、斯大林著作编译局译,人民出版社1997年版,第30~31页。

《有生》与先锋小说及新历史小说比较论

王金胜 ▋

---

20 世纪 90 年代的文学，无论是新历史小说、新生代小说还是女性写作，大都以个人性的经验和个体记忆为叙事立足点和价值立场，注重表现公共经验集体经验刻写在个体身上的历史创伤和印记，总体上表现出对于公共性历史的放逐和质疑。21 世纪以来，"历史"逐渐成为小说中被反复言说的对象，被赋予了不同的象征内涵和隐喻意味。胡学文的长篇《有生》在此"历史"叙事脉络中具有标本性意义。

本文从"历史"叙事入手，以先锋小说与新历史小说为具体观照点，进入《有生》与先锋小说和新历史小说的"历史"叙事之关联。由此入手，可在特定视角中窥见中国文学在近三十年间的转换与调适、赓续与更新，亦可见带有后现代意蕴的中国现代主义文学本土化民族化的历程、路径和方式。

一、个人化入思与叙事的自由

《有生》的"历史"叙事具有鲜明的个人化和"叙事性"特征。《有生》具有质朴的现实主义风格，塑造了众多个性鲜明、栩栩如生的人物形象，如如花、毛根、喜鹊、麦香、宋慧、白礼成，尤其是具有人性深度和精神高度的女性祖奶形象，传达了作家对个人/女性生活、情感、心灵及其命运的深切关注和思考。

《有生》虽以百年中国历史为背景，但小说没有重大历史事件和重要历史人物，其着力探寻和表现的并非历史脉络、趋势和规律。作家以历史/现实（小说中的当下生活书写，因其与历史的密切相关性，也因小说对历史/现实的整体性观照，故可统称为"历史"）为叙事背景和人物生活、生命转换的线索，自觉放弃对历史/现实的社会性史料的关注，以敏感的心灵进入人物日常生活和个体生命，通过其生命体验来感受、认知和描绘"个人"的历史——这一"个人"既是小说人物意义上的，也是主体入思意义上的。同样，《有生》虽注重历史/现实的相关性，实质上却是对历史、世界中"人"的生存状态和生命本相，以及不可预料、不可逆转的命运描述。

小说中写及战争、革命，也勾连政治和经济，但这里没有历史的风云变幻、政治的波谲云诡、时代的沧桑变迁和当下生活现实的绚烂多彩。小说着墨于"个人/女性"的"生""活"和"命"，她们在日光流年中的生活和生命流程，关于其情、其爱、其心之被叙述被讲述和描述的状态。与"历史"相比，《有生》更突出对历史氛围和历史体验的叙事"，更突出历史"叙事"和历史叙事中的"主体"——个体/女性意义上的双重主体。小说中的历史，是通过祖奶自身的历史经验和个人感性生命体验讲述出来的，换句话说，是作家借助祖奶形象想象和"幻化"出来的。因此，与通常的历史叙事相比，《有生》更具想象性、叙述性和文本性。在文学的想象、叙述和文本与历史的历史、事实和"史料"之间，作家更多体现出对前者的青睐。《有生》的"历史"呈现为个人化、感觉化（由祖奶的听觉嗅觉生成）的回忆和体验。如此作法，不仅提供了个人/女性/民间/底层维度上对历史进行把握和阐释的另一种可能，提供了另一种历史真实，勾画出被忽视被遮蔽的历史本相，其意义也在于小说以近六十万字篇幅持之以恒地扩展了历史叙事的审美空间。

在放逐了历史公共权威之后，《有生》没有被动记录历史的轨迹和烙印，作家获得了以更为灵活独特的个人化方式重写历史的自由。作为小说人物，祖奶的个人史、婚姻家庭史与中国近代、现代、当代史纠缠在一起；作为主叙述者，祖奶是一个饱经沧桑的百岁老人，其"历史"讲述通过不时被"现实"打断的回忆展开，在历史/现实交错的非线性叙述中，"历史"呈现出片段化和不确定性。

《有生》中"历史"并非客观的、外在于主体的规律性存在，毋宁说"历史"是祖奶这一叙述者建构的，通过"叙事"生成的。"历史学的目的是'复活'，使'遗忘的声音'恢复其向活人说话的力量。然而……复活不应该与重构相混淆，也就是说，考古学家一块一块地把花瓶的碎片拼合起来以便使它复活其原样时所从事的那种重新构造的工作。复活意味着洞悉过去生命内在的最深处以便在它们完全的新奇性与神秘性中把它们重新重构为先前的生命力，以此提警人们人类生活的不可化简的多样性，从而鼓励人们过一种先前正当谦卑的生活并且对其先辈们表示敬意。"①海登·怀特认同柯林伍德的看法，认为"复活"历史靠的是"建构的想象力"，历史学家的"讲故事"能力，即如何敏感地从不完整的、支离破碎的"材料"中制造出一个完整的故事的能力。"这种想象力帮助历史学家——如同想象力帮助能干的侦探一下——利用现有的事实和提出正确的问题来找出'到底发生了什么'。"②从写法和价值取向上看，《有生》属于新历史小说范畴，体现了从历史材料和事实中"发现故事"的敏感性和讲故事的能力，以及作家在当下"复活历史"的价值取向和

---

① 〔美〕海登·怀特《解码福柯：地下笔记》，米家路译，张京媛主编《新历史主义与文学批评》，北京大学出版社 1993 年版，第 139 页。

② 〔美〕海登·怀特《作为文学虚构的历史本文》，张京媛译，张京媛主编《新历史主义与文学批评》，北京大学出版社 1993 年版，第 163 页。

"建构的想象力"。在谈到历史的叙事性时,海登·怀特认为:"对于历史学家来说,历史事件是故事的因素。事件通过压制和贬低一些因素,以及抬高和重视别的因素,通过个性塑造、主题的重复、声音和视点的变化、可供选择的描写策略,等等——总而言之,通过所有我们一般在小说或许菊中的情节编织的技巧——才变成了故事。"①《有生》情节的结构组织,个性人物的塑造,对某些因素的抬高或贬低,叙事声音和叙事策略的选择,对历史事件做悲剧、喜剧、传奇或讽喻的处理,包括意义和价值的理解与赋予,较之更具事实性和公共性品质的历史,更具审美想象和艺术创造空间上的个人性、自由度。因此,即便新历史主义者再强调历史学家如何借鉴小说或戏剧等手法、技巧,也并不否认历史与文学的区别。"'历史'也可以同'文学'相对立,因为'历史'对具体事物而不是对'可能性'感兴趣,而'可能性'则是'文学'著作所表述的对象。"②这实际上是对亚里士多德史与诗、历史与文学关系辩证的延续。如果说,历史叙事是"扩展了的隐喻",是一个"象征结构",它"不'再现'(reproduce)其所形容的事件,它只告诉我们对这些事件应该朝什么方向去思考,并在我们的思想里充入不同的感情价值"③,那么,文学本身就是一个巨大的隐喻,一个巨大的象征结构,它更具有表现的可能性和更自由的表意方式与价值空间。在《有生》借由想象构筑和"复活"的历史中,我们感受到以往少为人知的个体的生命体验和被人们长久忽略的普通民众的历史——生活史、情感史和心灵史,触摸到一颗颗在历史长河中饱受苦难的痛苦或麻木的灵魂。这种历史是从日常生活和个体感性生命中生长出来的,它虽由虚构和想象生成,却更有朴素而刻骨的真实。

《有生》体现出散文化、片段化的"历史"叙事美学。小说既有鲜明的史诗性宏大叙事诉求,又有突出的日常生活叙事风格;人物、环境和故事情节、细节等方面,具有现实主义典型化特征,又有明显的散文化结构和片段化形态。

一方面,《有生》塑造人物心理、性格,描述其遭遇和命运,不乏戏剧性和偶然性因素。毛根、如花、北风、喜鹊等主要人物乃至花丰收、钱宝、麦香、黄板、乔秋、乔冬等次要人物都有程度不同、性质也不尽相同的"执"性特征。毛根性格执拗,他认定宋庄只有宋慧能理解和包容他,并帮他照顾患饥饿综合症的儿子毛小根。小说着

---

① 〔美〕海登·怀特《作为文学虚构的历史本文》,张京媛译,张京媛主编《新历史主义与文学批评》,北京大学出版社 1993 年版,第 163 页。

② 〔美〕海登·怀特《作为文学虚构的历史本文》,张京媛译,张京媛主编《新历史主义与文学批评》,北京大学出版社 1993 年版,第 168 页。

③ 〔美〕海登·怀特《作为文学虚构的历史本文》,张京媛译,张京媛主编《新历史主义与文学批评》,北京大学出版社 1993 年版,第 170 页。

力揭示其内心的孤独、亲子之爱,对宋慧的爱及不得不压抑这一情感的焦虑及其缓解焦虑的方式。再如神秘的养蜂女,她究竟来自何处,自杀还是他杀,因何而死,她与杨一凡经常收到的神秘短信究竟有何关系,小说并未提供关于这方面的确切信息和答案。最引人注目的是,命运多舛的祖奶先后经历三次婚姻,有过三位丈夫,生育九个儿女。其漫长人生充满难以言明的偶然性因素和突如其来的戏剧性事件。首任丈夫李大旺死于猛兽之口;次任丈夫白礼成趁回老家之际带着幼女白花莫名消失,音信皆无;第三任丈夫于宝山实为隐藏身份的土匪,被发现后枪决。九位子女中,李春以日伪高官侍卫身份死于枪弹,为躲避被抓壮丁无奈之下做拉骆驼生意的李夏却死于大哥投身的高粱军枪下,白杏死于神秘的病症,白果夭折于祖奶接生的过程中,于秋过量食用土豆被撑死,于冬死于修水库时的雷管爆炸,于枝因爱情无望自杀身亡。《有生》中的"历史"充满不期而至的偶然与巧合,它们常会改变人的生活道路,使其命运飘忽不定。这与先锋小说、新历史小说极为相似,甚至心神相通。

另一方面,小说在叙事结构和形态上却又偏离情节型戏剧型小说模式,在总体上采用历史与现实、回忆往昔与描述当下彼此交错的结构,有意识地打破连贯的情节线索,破坏故事的连贯性。在叙述方式上,时常在故事讲述的过程中,加入风景习俗描写和人物的思想、情感描述,叙述者也不时将当下的认知、情感渗入"历史",这进一步消解了"叙事"构成的有机性,强化了散文化、片段化和弥散性。《有生》这一叙事美学特征,解构了现实主义"叙事"之总体性和有机性,由此亦可见出其与先锋小说和新历史小说的另一关联。

那么《有生》形构这一叙事美学的原因何在,有何症候性意义?

其一,小说以个人化、民间化立场和视点,解构国族性、政治性立场、视点及其叙事范式,凸显个人世界和民间社会的丰富驳杂和自由精神。作家走入个人的生活、情感和心理深处,以民间记忆的方式,借助小人物的日常生活,书写日常"小历史"。更进一步说,《有生》讲的与其说是曾经被"大历史"压抑的"小历史",不如说是"小故事"。小说以祖奶回忆的方式、散文的笔调,在一股舒缓的怀旧的幽情中,讲述自己、亲人和周围那些自己接生过的人的情感和命运故事:祖奶的故事,如花的故事,毛根的故事,罗包的故事,喜鹊的故事,诗人北风(镇长赵一凡的笔名)的故事,等等。这些故事主人公之间的联系颇为松散,他们是以"祖奶接生的孩子"身份,在作家有意识设置的"伞状结构"中建立联系的。与20世纪中国长篇小说中常见的"家族模式"相比,《有生》的"伞状结构"使作家获得了更多想象的空间和言说的自由度。如果说,巴金《家》、陈忠实《白鹿原》、莫言《丰乳肥臀》等家族小说属于

"叙述",那么《有生》更具"描写"①特质。小说有意放弃历史的宏大、壮阔、厚重和建立在历史行程与规律之上的整体感,专注于祖奶等人物琐细的人生经验铺展而成的生活流程和生命轨迹,这些裂解了宏大历史的偶然、具体、个别因素和精细、别致的碎片,建构了别样的历史叙事诗学:悠长、细腻、舒缓是基本叙事语调,伤感、凄凉、幽婉、苦痛是叙事情感基质。

其二,强化历史/现实叙事的技术含量,追求文本化、审美化的叙事策略,让历史/生命通过"文本自身"得到更内在、更具"普遍性"的表达。在这一点上,《有生》的新历史小说气质,使之游离于经典现实主义叙事美学原则和主流历史叙事话语范式。散文化、片段化,可以看作小说由历史性(时间性)向共时性的转换,由历史的仿真性、模拟性向虚拟性、虚构性的偏移,由"历史"向"小说"乃至"文本"的倾斜。作家的想象力、叙述能力、修辞能力和语言表达能力得到了充分的释放,叙事更精细,文本更精致,技术含量和艺术纯度更高。这并不是说,《有生》中没有对乡土中国历史与现实经验的客观描写和作家对乡村生活经验的熟稔以及对历史的理性认知,而是说,相比之下,小说的想象性、主观性更为突出,作家赋予人物及其所处的自然和社会环境以更多的感性生命色彩,换句话说,作家更多以感性方式呈现未经"聚合"的自然、生活和人,赋予其根本性的"生命"认知。因此,有评论家认为:"胡学文一旦写到故乡,那里作为一个完整的图景和世界就会显现出来,人、风景、营生、表情乃至气息,用他的话说:几乎不需要想象,是自然而然的呈现。正是这样一种最朴素、本真的'自动'、'自然',让《有生》的乡土世界真正触及了坝上、北中国的'根',也给读者带来了一个长篇小说独有的真实、丰富又浩瀚无边的文学世界。"②实质上,这种"自然""自动"的"呈现"固然说明作家细腻真切的情感和扎实的写实能力,但也离不开先锋小说和新历史小说风潮过后文学遗产的催化和淬炼,离不开作家个人主体性和"纯文学"意识的确立,以及对"自我""内面"生命隐秘的青睐。《有生》赓续了以先锋小说和新历史小说为代表的 20 世纪 80 年代中期"文学/自我"、文学之"主体/本体"的相互作用、彼此"发明"的运作机制。

《有生》展现了作家娴熟的"讲"/"故事"的能力。人物大大小小的故事,被"讲"得扑朔迷离,凄婉伤感,鲜活轻巧,细腻曲折,许多带有"还原性"的场景、细节,逼真到可听可嗅、可感可触的程度。可以说,《有生》继承了先锋小说的文体实验和新写实小说。新生代小说之日常审美的遗产,融合、调和叙事性与故事性、先锋性实践

---

① "叙述"与"描写"的说法及二者的区别,参见卢卡契《叙述与描写》,刘半九译,《卢卡契文学论文集(一)》,中国社会科学出版社 1980 年版,第 38~86 页。

② 何同彬《〈有生〉与长篇小说的文体"尊严"》,《扬子江文学评论》2021 年第 1 期。

与大众性审美,展示了小说艺术上的成熟和审美品味。

20世纪80年代中后期以来,伴随着侧重"个体""内向"和文学本体论的现代主义文学的兴起,经典现实主义及其依恃的现代历史主义哲学和宏大史诗美学面临前所未有的挑战。尤其是进入20世纪90年代之后,历史与现实的迅速转换,使生活、世界的复杂性和不可预知性,超出了主体的理解和控制。先锋小说、新写实小说及作为其"后续"的新历史小说对不确定性、偶然性、荒诞性的浓厚兴趣,便是文学丧失了现实观照的整体视野和历史纵深感的典型症候。但是,对于另一些作家来说,历史并未终结,终结的只是已经固化、僵化的历史叙事模式和方式。胡学文便是其中一位。历史/现实整体性的消失,释放了生活和生命空间,也释放了文学的想象空间。问题的关键在于,如何处理"大叙事"解体后四处弥散的"小叙事",如何在"小叙事"之间重新建立一种新的联系,使之超越碎片化无机性存在,重建文学的超越性理想性维度。《有生》对历史/现实的个人化、片段化处理,既是对"小叙事"历史合理性和必然性的认同,也是其重建"历史"叙事的合法性前提。作家以"小叙事"为基础,尝试在历史/现实、过往/当下的关联中有所寄寓。这是小说立足当下、个体,重返历史、超越个体的价值选择和美学呈现路径。

二、"文本性"的解构与"真实性"的重构

因个人化叙史的基点和路径,想象力、技术性与故事性的调和及其民间野史秘史的写法,将《有生》划归为新历史小说,自有其合理性。但同时也应看到二者之间亦有不可忽视的差异。

首先,与新历史小说的解构性价值取向相比,《有生》有着突出的建构性品格。新历史小说的文学史意义主要在于其对"大历史"及其正史化叙事的解构和颠覆。作为一种挑战"中心"的边缘化写作,它以历史叙事革命者的身份自居边缘,挑战特定的正统意识形态,对革命、启蒙等宏大命题之合法性提出质疑。其质疑和挑战的方式,在人物塑造上,是以抽象的人性认知,将"人"物质化、欲望化,彻底反叛传统/正统历史叙事的精神升华和转换机制。历史在此成为基于人性本能的暴力史和勾心斗角、争权夺利的物欲权欲史。解读新历史小说无法脱离其与传统/正统历史小说的结构性关系,后者是进入前者隐秘世界的秘钥。

对于《有生》来说,新历史小说及其反叛对象既是一个坐标,却不是唯一的坐标,也就是说,《有生》并不处于与二者的结构性关系中。小说从建构性维度上看,具有传统/正统历史小说的基因;从解构性取向上看,亦不乏新历史小说的遗传。但从整体品质和内在精神向度上看,《有生》是一部诞生于21世纪的再建构性或重

构性历史叙事。

从小说主人公形象上看,"祖奶"饱含作家的深情与真情,笔法庄严正大,代表了一种穿越历史苦难和时代风云的生生不息的力量。在这一点上,"祖奶"与莫言《丰乳肥臀》的主人公"母亲"上官鲁氏有极大相通处。"母亲"和"祖奶"都是小说叙事的中心人物,她们都与历史、暴力、战争、饥饿、苦难、生育、土地、大地等相关。其苦难贯穿小说始终,都在多灾多难的历史/生命历程中,表现出坚忍、顽强、超拔、伟岸的意志品质,都能从容自若,坦然面对各种突如其来的灾难,共同拥有宽容、包容的"大地"品格。"母亲"和"祖奶"都是历史与现实中"女性/母亲/母性"的象征,她们在各自的生命历程中都生育了九个儿女,"祖奶"更是以接生婆的身份将万余生命引领到这个世界。同时,她们也都是历经苦难和磨难的底层民众的象征,体现着作家对自我、人民和民族认同的深切思考。

将《丰乳肥臀》看作新历史(主义)小说,是对莫言思想和文本的有启示的发现,同时,尚需看到莫言小说的意义未尝不可在其与通常新历史小说思潮关系的辨析中,得到更深入的发掘。①《丰乳肥臀》以重塑历史的形式,与陈忠实《白鹿原》一起,共同改造和提升了新历史小说的思想深度、精神境界和美学高度。在此脉络中,《有生》可看作对《丰乳肥臀》(及《白鹿原》)的承续和转换,也是作家胡学文摆脱前辈作家"影响的焦虑"的实践。

但"祖奶"和"母亲"形象在人性构成的复杂性及由此引发的阅读效果上却有不小的差异。"母亲"的九个儿女,都是与丈夫之外的其他男性交合的不伦结果,是借种、野合的产物。这种不伦大部分是被迫、被骗或为了生儿子而造成的。她与姑父乱伦,被败兵轮奸,剩下了七个女儿;最后与瑞典牧师马洛亚野合,生下一男一女双胞胎。只有这最后一次才是爱情的结晶。莫言赋予"母亲"强烈的野性和反叛性格,其生育也带有突出的反叛和复仇意味。或因此,"母亲"和《丰乳肥臀》遭受了激烈的道德化指责和非议。

相比之下,"祖奶"形象是在母亲和接生婆两个层面上塑造的。作为母亲,"祖奶"的九个儿女中,除了长子李春是被歹人强暴的结果外,其余子女都是常态感情和婚姻的自然产儿。最小的三个儿女于秋、于冬和于枝,本是她与隐匿身份的土匪于宝山所生,但在于宝山身份暴露被枪决之后,三个孩子改随母姓。"那一页翻过去了。至少暂时翻过去了。""祖奶"的生育,是女性之本,人性之常,不像《丰乳肥臀》中的"母亲"一样,与"性"关联。在"祖奶"漫长的生育过程中,唯一的也是最为

---

① 关于莫言与新历史(主义)小说之关系的阐述,可参看张清华《十年新历史主义文学思潮回顾》,《钟山》1998 年第 4 期。

强烈的生育欲望,出现在死神夺走五个孩子之后,"生育的欲望强烈而又疯狂",她"只在乎他壮实的身体"。但这显然也是在"我要生更多的孩子"的意义上,而不是在"性"的意义上。作为接生婆,无论在接生技艺和医德上,"祖奶"是一个近乎纯粹完美的,被乡民看作观音再世的神圣形象。如果说,"母亲"上官鲁氏兼具解构性和建构性,那么"祖奶"乔大梅更直接更完整地体现了小说正向建构性品质。

其次,文本性与真实性。新历史小说的"历史"呈现出明显的叙述性、文本性,历史成为"文本",历史事件和历史人物不是作为事实而是作为语言的编织物和叙事的后果或效果存在,因而其意义和价值也处于不断的重构中,呈现不稳定、不确定状态。这既与后现代历史哲学的兴起有关,也从结构主义语言学理论和叙事学理论中获取动力,后者恰恰是作为当代中国"纯文学"想象巅峰的先锋小说以及作为其转换和遗绪的新历史小说的重要资源。在这个意义上,新历史小说可称为"叙述主义的历史小说"。

海登·怀特指出:"所有的诗歌中都含有历史的因素,每一个世界历史叙事中也都含有诗歌的因素。我们在叙述历史时依靠比喻的语言来界定我们叙事表达的对象,并把过去事件转变为我们叙事的策略。历史不具备特有的主题;历史总是我们猜测过去也许是某种样子而使用的诗歌构筑的一部分。……所有的开头与结尾都无一例外地是诗歌构筑,依靠使其和谐的比喻语言。"[1]一向严肃的历史叙事尚且被视为"实在"或"真实"阙如的小说家或诗人式的基于某种叙事模式的编码,是一种关于"过去"的诗性想象,遑论以个人化想象和虚构扬名立身的文学?从深层看,新历史小说的叙事实验、文本革命与"放逐历史"之间构成无法剥离的形神关系。"'历史'固然是新潮作家逃离现实的一种表现,但更是他们的创作得以充分发挥的温床。在'历史'的庇护下,新潮作家可以不顾一切既成的文化和文学规范的制约,对于整个世界(包括历史和现实)进行纯审美化的自由建构与创造。正因如此,在新潮小说中'历史'的本来面目已经被新潮作家彻底消解了,经由新潮作家的误读与改写,历史最终只成了一种特殊的精神活动的思维载体和媒介。"[2]叙事形式和语言的游戏化,是历史的空洞化和时空结构的非理性化与非逻辑化的美学表征。新历史小说的历史文本化和语言的自我指涉性,并未否定"真实"问题,它对"真实"的淡化、质疑和放逐,是其作为一种"非现实主义"写作,不再将"真实"作为一个主要的文艺范畴。其目的或结果是解构现实主义传统真实观。作为一种文化

---

① 〔美〕海登·怀特《作为文学虚构的历史本文》,张京媛译,张京媛主编《新历史主义与文学批评》,北京大学出版社1993年版,第177～178页。

② 吴义勤《中国当代新潮小说论(修订版)》,北京大学出版社2018年版,第91～92页。

诗学，"新历史主义"同样强调文本生产、接受的历史性、文化性和意识形态性。其"新"恰在对传统历史观和真实观的颠覆，对历史和真实之性质的重新认识。新历史小说提供了不同于权力话语操控、修饰和叙述出来的历史与真实的另一种"历史"和"真实"，这一真实往往是在个人、民间、性别等价值维度上建构，与偶然、具体、个别、零散以及历史之无常、暴力与人性之恶等因素有关。

《有生》在叙事结构、叙事视角和人称等方面多有先锋性操作：历史与现实的交错叙事；以个人化、边缘化视角呈现多样化历史图景，凸显个人/民间叙史立场；使用当下叙事者的回忆方式，建立后设式叙事视角，强调"故事讲述的年代"与"讲述故事的年代"之间的距离，使叙述者自由出入历史/现实的不同时空中，完成历史/现实的对接和勾连；同时，叙述者"祖奶"在讲述自身经历和过去的故事时，也站在此时此境中对彼时彼境中自己的言行和心理做出评价。

以上种种，昭示着《有生》在某种程度具有"先锋性"或后现代性因素的"文本性"特征。但"文本性"只是《有生》使历史"陌生化"，获得新的文学性的艺术手法和技术手段——《有生》借此重新释放出历史/文学的双重能量。

《有生》具有朴素的、温和的现实主义风格，其用细密的写实文字营造出的"宋庄"和"祖奶"等人物具有现实主义文学的典型性。在《我和祖奶——后记》中，作家写到自己返乡看望祖奶的行程和场景，村庄的风景、氛围，"我"的感受，祖奶与"我"交谈、喝酒、聊天的情景和细节，以及对祖奶生平行状的简略介绍，无不具有细腻入微、亲切动人的真实感。但随后作家却告诉我们，这一切包括祖奶都是"虚构"和"臆想"。胡学文在《后记》中以虚构和"臆想"的形式抵达"真实"。接下来，他写道"我一直想写一部表现百年家族的长篇小说。写家族的鸿篇巨制甚多，此等写作是冒险的，但怀揣痴梦，难以割舍。就想，换个形式，既有历史叙述，又有当下呈现，互为映照。"[1]进而是"伞状结构"和祖奶及其他五个人物设置的叙述视角——作家之所以不以祖奶一个人物的回忆作叙述视角，亦是出于作家个人的"叙述"趣味，"省劲是好，只是可能会使叙述的激情和乐趣完全丧失"[2]。《后记》涉及的核心问题是"叙述"：虚构与真实，叙述形式、叙述结构和叙述视角。而"家族百年""长篇小说"则寄托着作家的宏大叙事欲望；将"祖奶"视为"宋庄的祖奶""塞外的祖奶"亦情词恳切、寄托遥深。可以说，《有生》有效地实践了作家的这一构想，充分体现了其"叙述/形式自觉"。

值得注意的是，小说对"叙述/形式"念兹在兹，既是为了突破既有家族史叙事

---

① 胡学文《我和祖奶——后记》，《有生》，江苏凤凰文艺出版社 2021 年版，第 941 页。
② 胡学文《我和祖奶——后记》，《有生》，江苏凤凰文艺出版社 2021 年版，第 942 页。

模式,亦是为了敞开历史/现实的多元景观。这一目的是通过主叙述者祖奶和如花、毛根、罗包、北风和喜鹊等"视角人物"达到的。通过五个小说人物作视角,小说以个人化的零散的方式,散点透视历史/现实之广度、深度和复杂、斑驳。但小说中多种声音的混杂和片段化故事、场景的驳杂,并未使其陷入彼此疏离和弥散的状态,究其原因,一在作家有意设定的祖奶与视角人物之间的接生与被接生的"拟家族"关系。二在所谓视角人物之本质是小说人物,由其观照和讲述的"现实"之间并不存在矛盾和悖离关系,毋宁说,不同的"现实"之间构成互补,不同的"现实"连成一体,形成整体性"事实"。三在小说虽有五个视角人物,但五个人物的"现实"讲述并非以第一人称而是以第三人称作叙述视角。这与新历史小说的解构性多视角设置却有根本不同。二者虽均以个人化视角来呈现多样化历史图景,但后者意在通过个体/边缘视角所内蕴的价值取向消解宏大叙事的同质性,且在深层隐含当下理性主体的缺失和历史/现实之仅作为某种修辞效果的存在。"在历史的边界上,年轻的写作者讲述关于他者的历史故事时,'自我'不只是招致怀疑和批判,而是被彻底遗忘,这就不得不留下一个同样可怕的副产品,那就是寓言性的丧失。因此,先锋小说本来可能在'话语讲述的年代'中隐含更为明确的历史理性的批判力量,然而,事实上,'讲述话语的年代'是以'遗忘'的方式缝合进这个'话语讲述的年代',并且其语言功能也是在无意识水平上完成的。历史/现实在多大程度上可以置换同样值得怀疑。其寓言式的书写仅仅是在对自我及其现实的'遗忘'意义上才能读出'讲述话语的年代'的隐涵。"①苏童《罂粟之家》《妻妾成群》、格非《敌人》等小说皆是如此。《有生》以第三人称建立的个人化多元视角,则是建构性和互补性的,其意不在提供一幅神秘隐晦、真假莫辨的"现实"和历史颓败寓言,相反,其"现实"是稳定的、可做出理性认知和判断的,并且尽管小说有意识地以祖奶的听嗅感觉和意识流动,"进入"历史/现实,但第三人称智性的介入,不仅使历史和现实具有可触摸的质感和可辨识的实感支持,且使历史("话语讲述的年代")/现实("讲述话语的年代")直接通过祖奶这一"智慧老人"的感觉、认知相联系,产生可信性和真实性效果。其四,作为强大坚韧的历史/生命喻像,祖奶不仅是宋庄的、塞外的,而且是人性、生命和人类意义上的,其世俗性、现实性和超世俗超现实,人性与神性兼具的品质,在根本上奠定了《有生》中历史/现实的"真实性"。

自20世纪80年代中期以来,"真实"不再是一个不言自明之物,而成为语言(叙述)问题,一个文化(意识形态)的实践。特定时代的"知识型"、认识范式和文化语境决定了人们对"真实"的理解和想象。如何辨识当下文学中的"真实",是本文

---

① 陈晓明《无边的挑战:中国先锋文学的后现代性》,北京大学出版社2015年版,第270页。

难以完成的任务。就《有生》来看,作家一方面认同作为一种语言事实和文化事实的"真实",将之视为一种话语建构或理论预设,体现着语言的某种功能。因此他自觉地借助"叙述""语言"营造自己的"真实"。这在很大程度上,体现了《有生》在历史/现实之认知及其表意形式的先锋性,隐含对语言之本体意义的凸显。另一方面,对先锋小说和新历史小说混淆历史与小说的界限,放逐、解构"真实"的激烈举措,作家持有所保留的态度,未必完全认同如下观点:"历史作为一种虚构形式,与小说作为历史真实的再现,可以说是半斤八两。"①《有生》采取"折中"方案,既有对历史情景、社会生活和民俗世情的写实性、客观性呈现,又以个人化、体验性、先锋性重构了历史与现实的"真实"。

三、"小历史"与"大叙事"

《有生》书写普通个人、乡间生活和中国民间生存的"小历史"。此处所谓"小历史"包括两层内涵。首先,小说中的"历史"是由祖奶通过回忆"讲述"出来的,实则是一部类似于余华《活着》的"口述史"。此时的叙述者仿佛一位深入田野调查研究的人类学者,他来到宋庄,在祖奶的院子里,和她闲坐,喝茶,聊天,听她讲自己的经历见闻和村庄轶事。这幅场景仿佛《我和祖奶——后记》所写。小说中的"历史"呈现为祖奶对过去的基于个体经验和体验、感悟和认知的"记忆",既是个人化的,也具有人类学蕴涵和意义。小说中以宋庄为原点的"现实",主要由两种方式得以获取和表现,一是以第三人称全知视角,围绕如花、毛根、罗包、喜鹊、北风等"视角人物"和宋品、麦香、宋慧、花丰收、乔石头、钱庄、黄板等,做自然客观的写实性描述。二是通过人物如宋慧、麦香、乔石头对祖奶的讲述和祖奶的倾听、感受,间接写及。

其次,无论是"历史"还是"现实",都以小人物的人生故事,描述乡间社会、乡间人物的日常生活和生命情态及其在百年中国的延续、繁衍。小说借用"大历史"框架并将之推远为朦胧的背景,使"大历史"转化为民间的日常生活史、情感史。"对生活的丰富性与复杂性的充分呈现,成为了当代小说生活化叙事的内在伦理。小说具有自身难以取代的内质,那就是通过叙事所呈现出来的,与我们的生活必然有所不同,这是小说存在的价值。"②将无名的乡间百姓作为叙述主体,使沉默无言的小人物发声,讲述他们的故事,作家化身乡间社会一员,细致观察和描摹乡间生活和人物的细部,写出其自身生活和生命的鲜活颜色与丰富层次。

---

① 〔美〕海登·怀特《描绘逝去时代的性质:文学理论与历史写作》,〔美〕拉尔夫科恩主编《文学理论的未来》,中国社会科学出版社 1993 年版,第 48 页。

② 曾攀《当代中国小说的生活化叙事》,《中国当代文学研究》2021 年第 2 期。

历史不是抽象的观念化的存在,它由无数的有名无名的个体生活组成,历史的生命便来源于此。可以说,《有生》是村落史、家族史、家庭史,乃至民间史、民族史,更是个人生活史和个体生命史。在小说中,除了作为标题出现的祖奶、如花、毛根、罗包、北风、喜鹊等六位人物外,"历史"部分出现的祖奶的父亲乔全喜、公爹李富、小姑子李二妮及祖奶的儿女李春、李夏、白杏、白果、白花、乔秋、乔冬、乔枝,"现实"部分出现的宋慧、麦香、安敏、乔石头、黄板等,都是个人的心灵史、情感史和命运史。"在伊格尔顿看来,文学的存在不是为了证实或证伪某些抽象的道德法则,而是肯定人的个体经验感知,展示人类生存状态和具体行动。"①小说将普通人作为叙述主体,意味着他们作为生活主体和感性生命主体,也是作家眼里的历史主体。作家由对他们的外在观照进入内在发掘,呈露出日常化历史自发的生机与活力,"大历史"冲击和裹挟下生命个体沉陷与挣扎于其中的困顿与贫乏、困境与危机,以及个体生命应对苦难与困境的调适与坚持。

《有生》如此结构和写法,颇有意味。首先,借鉴"口述史"写法,将人类学方法带入文学之中,使"历史"具有了当下的现场感,同时当下感受和当代意识也融入历史,用当下的体悟和"问题"来丰富与重塑历史。"现实"中时时浮现"历史"的影子,其深层积淀着祖奶的人世感悟和民族集体无意识,这一点在"蚂蚁"意象中体现得尤为明显。"蚂蚁"既出现于"历史"即祖奶的记忆中,又出现在祖奶当下的感觉或幻觉中,出现于祖奶母亲、父亲、女儿死亡的时刻,也出现于当下祖奶焦虑不安的时刻。值得注意的是,当下情境中"蚂蚁"的出现,始于祖奶唯一的孙子乔石头的出场,终于乔石头与喜鹊暗含危机的夜间相见。无论作为个人或民族"历史创伤记忆",还是作为死亡意识的表征,"蚂蚁"意象和"蚂蚁在窜"的幻觉、感受,反复出现多达数百次,更在深层有效地连接了历史与现实、历史记忆和当下体验。在此意义上,暴力、苦难、死亡等构成百年中国历史本然状态,而与其相关联的创伤、痛苦、压抑、烦闷等构成当下创作主体对历史/现实的根本体验和认知。而这一体验和认知在小说中,是通过形形色色小人物的"故事"和"蚂蚁"等细节来加以艺术把握的。也即《有生》的百年历史叙事,是充分文学化、艺术化的。吴义勤先生评价《有生》是"一种文学的大气象,一种艺术的大营造。捍卫了长篇小说这一伟大文体的尊严"②,指出了小说这一突出的艺术创造品质。

《有生》是一部"大叙事"作品。"大叙事"未必直接对应于"大历史",由小见大、由小及大需大情怀、大境界。《有生》超越常见的新历史小说之处,首在小说并未刻

---

① 郭玉生《伊格尔顿的"文学与道德"观》,《东方论坛》2021年第2期。
② 以上评价见《有生》(套封封底),江苏凤凰文艺出版社2021年版。

意设置"小历史"/"大历史"的对立。小说将历史从国家、民族层面向个体/民间层面的推进,具有反思传统/正统历史叙事和新历史小说的双重意义:尊重个体生命,关怀底层民众,描绘凡人世界的琐细卑微、喜怒哀痛,表现粗鄙却强旺的生命活力;同时,不流于对"大历史"的刻意解构以致亵渎,不将"小历史"置于"大历史"的二元对立结构中加以保守狭隘的处理,不过分渲染、美化民间社会和凡人世界。因此,《有生》并不以土匪娼妓、流氓官绅、草莽流寇、帝王后妃等常占据新历史小说主角位置的角色为主要人物并为之标榜,小说以常性写"生"、写人,在常人常性中照亮幽暗,掘发微光。

在以感性个体生命探究"人"的生存之真和生命之真方面,《有生》与众多新历史小说颇为相似,甚至有某种存在主义意味。但其差异也是明显的。新历史小说因对传统/正统历史叙事精神化崇高升华机制的反动,对"人"的生命化处理往往以本能化欲望化出之,"人"之恶、人性的贪婪自私、心理的扭曲变异,往往是被突出的因素,由这样的"人"构成的"历史"便成为个人的复仇史,暴力史,压抑无望的生存史,难脱陈陈相因的暴力循环和勾心斗角争权夺利的窠臼。这种历史虚无的写作,放逐历史理性和主体之人,时或蜕变为自娱自乐的语言嬉戏。《有生》召回历史与主体之人,并以人文主义为价值基底,借由生命之径加以重构。小说中尽管有战争、杀戮,如祖奶的父母和两个儿子李春、李夏皆死于战争及其引发的动荡、离乱;尽管也写到人性之自私偏狭,如李二妮、麦香;人性之恶,如赵再元;人性之软弱怯懦,如罗包,却并未将之视为人性的本质与真相,而是将其作为历史/现实中的经验性事实做客观本然的描述。许子东认为余华《活着》的特点不仅是多厄运,少恶行,而且多美德,少英雄"[1]。《有生》借常人生活之厄运,凸显人性之美德,与此相似。小说不仅将祖奶塑造为生生不息民族精神的化身,在黄师傅、祖奶父母、李富、宋慧、喜鹊、如花等人物身上,同样寄寓了人性伦理和道德魅力。

自清末历经现代、当代直至当下的漫长时空绵延,充满波折动荡的历史与时代变迁的整体观照,"拟家族史"架构关联各色人物,对历史的生命本真性认知,奠定了《有生》的史诗性品质。从小说将祖奶设定为主人公和主叙述者,并以其作为"伞状结构"的核心来看,《有生》未尝不是一部"女性命运的史诗"或"个体生命的史诗"。将祖奶作为叙事轴心,由其接生或牵系众多人物,以个体生活、生命和命运的特殊性勾连族群共同体的生活、生命和命运的普遍性。《有生》描述个人命运的变迁和"拟家族"的历史沧桑,它是古老人性的悲歌,带永恒意味的生存寓言,也是生命活性与原力的深情歌吟。小说在现时代的出现,投映着作家的现实思考,体现着

---

[1] 许子东《重读余华长篇小说〈活着〉》,《中国当代文学研究》2021年第2期。

作家"现在与过去"的强烈对话愿望——这一对话既发生在思想文化层面，又发生在历史叙事美学层面，从某种意义上说，民族文化复兴和共同体重建的历史诉求，召唤出《有生》式的生命史诗写作，这便是这部小说的"历史性"，《有生》借此建立了与传统/正统宏大叙事和新历史小说的复杂联系。由此历史/现实的对话和历史/文学的关联，可窥见《有生》的症候性意义。

原载于《中国现代文学研究丛刊》2022 年第 3 期。

王金胜：青岛大学文学与新闻传播学院教授。

"歌颂与暴露"：文艺批评论争与文学观念的转变

赵　坤 ■

相比"伤痕文学""写本质""悲剧性""典型性""人道主义、异化"等同期出现的文学批评新生词，"歌颂与暴露"并不是直接描述文学现象或指代文艺作品的批评术语。它是指发生在20世纪七八十年代之交文学批评领域的激烈论争，一场围绕文艺作品究竟是歌颂，还是暴露社会生活而展开的、关于文艺功能与文学批评标准的集中讨论。在20世纪80年代初期的思想解放运动中，这一批评现象的出现无疑唤醒了人们关于延安文艺时期鲁艺与文抗论争的历史记忆，以及被《在延安文艺座谈会上的讲话》所决断，并沿用到新中国二十七年文艺中的创作与批评原则。那么，20世纪七八十年代之交为何会再次出现论争，又以怎样的形态重新出现，出现后的"歌颂与暴露"与20世纪40年代的讨论构成怎样的批评史关系，其内在的理论框架如何等等一系列相关问题，是本文尝试通过历史化梳理的批评方式去发现的。

一

直接引发20世纪70年代末关于"歌颂与暴露"激烈论争的，是1979年《河北文艺》第六期"新长征号角"专栏发表的两篇文艺短评——淀清的《歌颂与暴露》与李剑的《"歌德"与"缺德"》①。《歌颂与暴露》强调了文艺的立场问题，认为"文艺是有阶级性的，有党性的，所以，随之而来的就有一个歌颂谁、暴露谁的问题。无产阶级文艺要站在无产阶级的人民大众的立场，歌颂人民，暴露敌人，以达到团结人民、教育人民、打击敌人、消灭敌人的目的。反动资产阶级总是站在相反的立场，歌颂他们自己，暴露人民，以达到他们反人民的目的"②。《"歌德"与"缺德"》更是将阶级性视为文学的根本属性，"如果人民的作家不为人民大'歌'其'德'，那么，要这些人又有何用？在创作队伍中，有些人用阴暗的心理看待人民的伟大事业，对别人满腔热情歌颂'四化'的创作行为大吹冷风，开口闭口'你是歌德派'。这里，你不为人

---

① 李剑时任《河北文艺》的评论编辑，接受主编田间的组稿任务，将原本要给《人民日报》的《"歌德"与"缺德"》用到了第六期。"新长征号角"为该期新开栏目。

② 淀清《歌颂与暴露》，《河北文艺》1979年第6期。

民'歌德'，要为谁'歌德'？须知，'歌德派'者，也在'歌'无产阶级之'德'时，于字里行间猛烈抨击地主阶级意识及其残余意识，并没有在笔端失去迅雷闪电。我们的文学，是无产阶级文学，它的党性原则和阶级特色仍然存在。鼓吹文学艺术没有阶级性和党性的人，只应到历史垃圾堆上的修正主义大师们的腐尸中充当虫蛆。……那些不'歌德'的人，倒是有点'缺德'"①。在20世纪七八十年代之交，当文学创作与批评逐渐摆脱枷锁，呈现复苏景象时，淀李二人这两篇短评，依然延续了此前判断文艺合法性的标准。

但淀李二人并不是"歌颂暴露"相关话语的最早"发明者"。在新时期初始，《白衣血冤》《于无声处》《班主任》《伤痕》《爱是不能忘记的》《乡场上》等控诉"四人帮"恶行的文艺作品在获得"伤痕文学"的命名之前，很长一段时间内是作为"暴露文学"被广泛讨论的。尤其是刘心武的小说《班主任》，在1977年第十一期的《人民文学》发表后，毁誉参半。否定性意见多认为该作调子低沉、质疑批判太多，属于暴露社会主义阴暗面的"暴露文学"。其中，评论者黄安思的反应最强烈，他先后在《广州日报》《南方日报》等报刊发表了六篇批判"暴露文学"的文章，影响最大的是《向前看啊！文艺》②。该文将揭露"四人帮"罪行的控诉性写作定性为"暴露文学"，并分为三类，第一类是塑造具有反抗精神的英雄人物，如《于无声处》；第二类反映极"左"思潮引起的社会问题，如《班主任》；第三类以个人遭遇表达"四人帮"是如何残害个人和家庭的，都属于"向后看的文艺"。在黄安思看来，这三类暴露阴暗面的文学都极其不符合三中全会"团结一致向前看"的精神，违背了社会主义现实主义的写作原则。黄文在当时代表了很大一部分人的意见，应和之声众多，这些声音号称任何"暴露"的写法都是反动的，也都破坏了中华人民共和国成立以来（甚至始自延安文艺时期）形成的文学规范，不能鼓舞人民群众建设四化的斗志，也无法反映社会主义的主流，动机可疑，面目可憎。

面对"歌德与缺德"的挑战，《文艺报》率先做出了回应。据刘锡诚回忆，由于当时感觉到矛头指向了三中全会提出的思想解放，主编冯牧当即提出，"《河北文学》最近一期发表的两篇文章是严重违反三中全会精神的。要有一篇文章批驳其中的观点"。③ 这才有了副主编唐因以于晴的笔名发表的《如此"歌德"》，"这篇文章（指李剑一文）是打着文艺要为社会主义歌功颂德的皇皇旗号，为创作上某种自命的

---

① 李剑《"歌德"与"缺德"》，《河北文艺》1979年第6期。
② 黄安思《向前看啊！文艺》，《广州日报》1979年4月15日。
③ 刘锡诚《在文坛边缘上》，河南大学出版社2016年版，第289页。

'歌德'派鸣不平,并痛斥不同意这类'歌德'派见解的'一些人'的"。① 其实当时即使冯牧不安排,《"歌德"与"缺德"》这类批评也已经引起了文艺界的极大反感,仅原发刊物《河北文艺》编辑部一家,两个月内就收到了反对意见的来稿118篇,中央和地方各级报刊更是出现大量质疑的声音。其中,韶华的《谈谈繁荣文艺创作的几个问题》、西来与蔡葵的《艺术家的责任与勇气——从〈班主任〉谈起》、王若望的《春天里的一股冷风——评〈歌德与缺德〉》、崔承运的《要鼓励作者大胆创作——驳〈"歌德"与"缺德"〉》、王向彤的《社会主义文学的歌颂与暴露问题》、中耀的《这是谁家的卫道士——评〈歌德与缺德〉》、陈子伶的《极左的招魂幡——评〈歌德与缺德〉》、涂介华的《假"歌德"真"缺德"》、洁泯的《关于"向前看文艺"》、黄树森的《向前看文艺杂识》、顾骧的《对〈向前看啊,文艺!〉的意见》、李基凯的《关于歌颂与暴露》、钟汉的《文艺创作与向前看》、周岳的《阻挡不住春天的脚步》、雷达和刘锡诚的《三年来小说创作发展的轮廓》等一大批评论文章都从不同层面表达了对这种论调的不满。

其中,韶华、以洪、西来与蔡葵等人对暴露文学的基本属性进行分类,将"暴露人民"与"暴露四人帮"加以区分,通过讨论"暴露文学"的不同对象、类型和效果,为暴露写作争取合法性,实现对暴露文学的有限度的认同,"'暴露'人民的,才是'暴露文学';暴露反动派、暴露敌人的则是革命文学。'四人帮'是人民的大敌,对于他们以及他们在人民中遗留的恶劣影响,难道不应该暴露、不应该清除吗? 如果不是像《班主任》这样,揭出病苦,引起疗救的注意,而是对'四人帮'在祖国健康躯体上造成的痈疽不予注意,不加反映,那还算什么革命文学? 应当指出,对于'四人帮',我们的文艺不是暴露得多了、过了,而是还不够,还要加强火力"②。这种概念的内部辨析在当时很有代表性,只是因为"暴露文学"在名称上勾连着延安文艺时期的激烈论争,再多再合理的新时期解释,也很难抹去已有的文学史记忆。所以评论界很快便借"伤痕文学"取代了"暴露文学"的说法,不再在"暴露"的语言修辞上打转。王朝闻的《伤痕与〈伤痕〉》、陈恭敏的《"伤痕"文学小议》、草明的《可喜的收获》、沙汀的《祝贺与希望》、雷达和刘锡诚的《三年来小说创作发展的轮廓》等文章是典型。他们一方面论证了伤痕文学出现的正当性、必然性,另一方面也反向批评了"歌德缺德"说法的"反动性","敢于对长期流行的夸夸其谈的文艺批评采取对立态度,敢于在行事风格上突破帮八股的框框套套,对现实生活有所发现,从而形成了主题和形象都带独创性,……小说《伤痕》的产生,是很值得欢迎的。当人们精神上的'伤痕'尚有待于彻底医治的现在,欢迎不欢迎《伤痕》这样的作品,应当说也是一种思

---

① 于晴《如此"歌德"》,《文艺报》1978年9月号。

② 西来、蔡葵《艺术家的责任与勇气——从〈班主任〉谈起》,《文学评论》1978年第5期。

想斗争"①。同时,还有文章对"歌颂与暴露"的提出动机表达了质疑,认为歌德派是假借歌颂之名,行破坏之实,是真正的反动,"其实质是打着歌颂社会主义、为四化服务的旗号,散布极左思潮,反对思想解放,反对双百方针,抵制三中全会精神的贯彻执行"②。显然,尽管论争双方对于新的文学生态的观点不同,但他们的表述形式在本质上却是相同的,都没有借重新的指导思想或新的理论批评方法来面对文本,而是习惯性地在批评态度上以彼之道还施彼身,以情绪大于内容的立场派批评,不断将反动的帽子扣向对方头上。在 20 世纪 70 年代末的暴露文学论争中,这两种操持同样批评话语逻辑的支持与反对派,使"歌颂与暴露"一时间成为广受关注的批评现象,吸引了全国 16 个省市参与讨论,形成粉碎"四人帮"之后第一次全国性的大规模讨论。

二

真正引起人们关注的,是文艺批评现象背后的思想解放运动。

在李剑、淀清的支持者看来,文艺界受到思想解放运动的影响,已经出现了阶级意识不清、思想混乱的情形,"再这样下去要出乱子"的。也有文章提起历史上的文艺批判,并借此夸张地预言"暴露文学"的危险性,必须严加防范,甚至有人直接将矛头对准文艺界的领导人,"现在有些领导文学创作的同志,是在俄罗斯和欧洲十八世纪文学的染缸里染过的。他们反对毛主席在延安文艺座谈会上的讲话,也反对鲁迅。他们认为这一套是完全对的"③。在特殊政治年代的惯性作用下,"歌德派"拥有延宕的语言环境、心理基础与接受模式。对于刚刚开始松动的新时期文艺思想解放,这类声音被视为某种信号。

在文化语境的压力下,论争在 20 世纪七八十年代之交的再次爆发,实际上与"歌颂与暴露"命题活的历史记忆有关。早在 20 世纪三四十年代,延安的文艺家们就曾有过激烈论争。以周扬为首的鲁艺和以丁玲为首的文抗彼此间就作家如何表现生活的问题,曾有过广泛深入、影响深远的讨论。由《文学与生活的漫谈》开始,周扬代表鲁艺提出了作家在面对生活时,要忽略太阳中的黑点,以歌颂光明为主,"一个作家在精神上与周围环境发生了矛盾,是可能有各种原因的。一种是周围生活本身是压迫人的,使人窒息的,是一片黑暗,作家怀抱着对于光明的热望不能和那环境两立,他拼命反对它。另一种是他处身在自己所追求的生活中了,他看到了

---

① 王朝闻《伤痕与〈伤痕〉》,《文汇报》1978 年 10 月 31 日。
② 周岳《阻挡不了春天的脚步》,《人民日报》1979 年 7 月 31 日。
③ 程代熙《程代熙文集第一卷 艺术家的眼睛》,长征出版社 1999 年版,第 294 页。

光明,然而太阳中也有黑点,新的生活不是没有缺陷,有时甚至很多;但它到底是在前进,飞快地前进"①。这一说法引起丁玲、艾青等文抗派的反对。丁玲派认为20世纪40年代初的社会生活,可歌颂的内容很有限,"现在这一时代依然不脱离鲁迅先生的时代"。在延安,作家依然需要保持发现和揭露问题的敏感性,"即使在进步的地方,有了初步的民主,然而这里更需要监督、监视。中国所有的几千年来的根深蒂固的封建恶习,是不容易铲除的,而所谓进步的地方,又非从天而降,它与中国的旧社会是相联结着的。而我们却只说在这里是不宜于写杂文的,这里只应反映民主的生活,伟大的建设"②。同样主张暴露的艾青则是从作家尊严去理解问题的,心里,作家创作具有独立性,其重要性必须受到承认,"如果医生的工作是保卫人类肉体的健康,那么,作家的工作是保卫人类精神的健康——而后者的作用则更普遍,持久,深刻。"③当然最典型的还是王实味。他的《政治家·艺术家》《野百合花》不仅在理论主张上提出暴露的必要性,暴露"与歌颂光明同样重要,甚至更重要。揭破清洗工作不只是消极的,因为黑暗消灭,光明自然增长"④。从彼时参与讨论的人数、发言内容以及影响来看,文抗人的暴露说法似乎得到了更多的呼应。但必须要注意到的是,关于歌颂或暴露,鲁艺和文抗都没有非此即彼的绝对论说法。他们是将其视为一个问题的不同侧面来讨论的,就像周扬们并没有绝对否定暴露,丁玲们也没有完全反对歌颂,双方仅就如何侧重以及为何侧重其中的某个面向展开了讨论。说到底,这不过是批评观或文艺观的差异,"暴露"和"歌颂"都只是建设新生活的必要途径之一,而不是唯一。

只是当时的社会历史语境无法给予该讨论以足够的时间和空间。1942年6月,《解放日报》刊登了范文澜、李伯钊和陈道的三篇文章,直接对王实味本人展开了批评。这些批评显然已经超出了周扬和丁玲们关于歌颂多一点、还是暴露多一点的文艺观论辩,甚至已经不再是围绕文艺问题本身的讨论了。而由此开始的持续不断地对王实味的批判,也将论争从问题转移到写作者,以阶级标准判断写作者的动机、质疑写作者的情感立场、阶级态度,这就使得"歌颂与暴露"这一原本属于文学创作内部的问题,被延宕至政治话语之中。

关于"歌颂与暴露"的讨论也开始发生变化,由一边倒地批判开始,"歌颂"逐渐成为唯一合法的写作形式,而"暴露"因为直接关系到作家的阶级立场,开始变得含

---

① 周扬《文学与生活漫谈》,《解放日报》1941年7月17日—19日。
② 丁玲《我们需要杂文》,《解放日报》1941年10月23日。
③ 艾青《了解作家,尊重作家》,《解放日报》1942年3月11日。
④ 王实味《政治家·艺术家》,选自王巨才主编《延安文艺档案·延安文学第33册》,太白文艺出版社2015年版,第297、298页。

混、犹疑、语焉不详。就连艾青这样的提倡尊重作家、尊重创作规律的"暴露派",也写起了批判王的文章,将自己与对方相区别,"批评必须有立场。批评延安,必须站在中国人民大众的立场上,站在抗日的、革命的立场上,却不是站在与他们对立的立场上"①。虽然艾青偶尔也还是提上一两句"延安不是不需要批评",却没有像原来那样具体说明,"需要批评"的是什么,为什么批评又怎样批评。就这样,"歌颂与暴露"的论争带来了两个直接后果,一是包括作家在内,各个层面都开始确认作家在延安的身份与处境;二是关于文学问题的讨论彻底由文学话语转向了政治话语。

尽管此前文抗与鲁艺的论辩有分歧,但周扬、丁玲、艾青、萧军、王实味等人,对文学信仰与功能的认识几乎是一致的。他们大都受到五四精神传统的影响,也因此对自身的作家身份保持着某种精英意识和使命感,认为作家有改造社会、改造人的能力和责任,"我们的革命事业有两方面:改造社会制度和改造人——人的灵魂。政治家,是革命的战略策略家,是革命力量的团结、组织、推动和领导者,他的任务偏重于改造社会制度。艺术家,是'灵魂的工程师',他的任务偏重于改造人的灵魂。……社会制度的改造过程,也就是人的灵魂的改造过程,前者为后者扩展领域,后者使前者加速完成。政治家的工作与艺术家的工作是相辅相依的"②。但后来的事实证明,文艺家们过于乐观的判断,在政治家眼里可能形成了某种不可理解的冒犯,而后《在延安文艺座谈会上的讲话》的发布,不仅对写作者和写作规范做出了指导性的意见,也证明了文艺工作者脆弱的、依附性的文化身份:"各个阶级社会中的各个阶级都有不同的政治标准和不同的艺术标准。但是任何阶级社会中的任何阶级,总是以政治标准放在第一位,以艺术标准放在第二位的。……'从来的文艺作品都是写光明和黑暗并重,一半对一半。'这里包含着许多糊涂观念。文艺作品并不是从来都这样。许多小资产阶级作家并没有找到过光明,他们的作品就只是暴露黑暗,被称为'暴露文学'。……'从来文艺的任务就在于暴露。'这种讲法和前一种一样,都是缺乏历史科学知识的见解。从来的文艺并不单在于暴露,前面已经讲过。对于革命的文艺家,暴露的对象,只能是侵略者、剥削者、压迫者及其在人民中所遗留的恶劣影响,而不能是人民大众。人民大众也是有缺点的,这些缺点应当用人民内部的批评和自我批评来克服,而进行这种批评和自我批评也是文艺的最重要任务之一。但这不应该说是什么'暴露人民'。对于人民,基本上是一个教育和提高他们的问题。除非是反革命文艺家,才有所谓'人民是天生愚蠢的',革命

---

① 艾青《现实不容歪曲》,《解放日报》1942 年 6 月 24 日。
② 王实味《政治家·艺术家》,选自王巨才主编《延安文艺档案·延安文学第 33 册》,太白文艺出版社 2015 年版,第 297、298 页。

群众是'专制暴徒'之类的描写。"①显然,《讲话》里提到的文艺创作与批评,政治标准具有绝对的优先性,艺术标准要让位于政治标准,文艺"为什么人"的重要性也明显高于文艺本身。按照这一标准,歌颂与暴露的论争中,艺术家们所强调的写光明与写黑暗"一半对一半"的说法就被视为"糊涂观念",除了要予以否决,还必须改造思想。因为"暴露"只针对阶级敌人,不能用在人民身上,用在人民身上的"暴露",反而暴露了写作者,说明写作者的阶级属性和情感立场出了问题。也就是说,20世纪三四十年代关于"歌颂与暴露"的大讨论,最终由《讲话》一语定调。

其中的话语逻辑,在彼时抗战的环境里是不难理解的。文艺观念错误就意味着写作者的立场、动机、阶级情感与身份属性的模糊,在全民族反抗侵略的形势下,真正的革命文艺家应该去批判侵略者、剥削者和压迫者,而不应该指向作为弱者、被侵略者和反抗者的人民。即使人民有问题,也是阶级内部问题,只需"教育和提高",不能"暴露"。纵然关于"教育提高"的方式还存在着方法论的盲区,但可以肯定的是,关于延安生活现场的暴露写法,根本不存在争议的必要性,因为在抗战的大背景下,任何暴露的动机都是反人民、反革命的,是有损于民族解放战争的。在20世纪40年代初的延安,反侵略的压力使团结成为时代的潮音,任何问题都要为抗战让路,作为意识形态重要舆论阵地的文艺界,自然也要纳入政治视野之内。于是,从周扬、丁玲等人论争"歌颂与暴露"时的全面性思路,到文学与现实的关系等问题,都被压缩到纯粹的向度。导致在很长一段时间内,文学的解释权并不独属于文学,新文学所开创的各种源流也无法在此间展开,政治标准的绝对性被放大,影响了近四十年的文艺观,也影响了文学创作与批评的集体无意识。以至于20世纪七八十年代之交,当《班主任》等新的文本出现时,黄安思、李剑、淀清等人习惯性地沿用阶级论批评,在延宕的历史记忆影响下,掀起了新一轮"歌颂与暴露"的批判。

三

如果说20世纪40年代延安文艺时期关于"歌颂与暴露"的论争将文艺问题政治化了,那么20世纪七八十年代之交,论争的再次出现或可视为文艺从教条政治话语里的自我赎回。这种彼此博弈的过程在20世纪40年代以来的批评史中,已经铺垫很长一段时间了。根据学者刘锋杰的观点,在20世纪七八十年代之前,关于"歌颂与暴露"曾有过两次短暂的突破。② 一次是1956年—1957年,文艺界借双百方针提出干预生活、揭露生活矛盾的必要性,代表性文章有徐懋庸的《我们需要

---

① 毛泽东《在延安文艺座谈会上的讲话》,选自《毛泽东选集》,人民出版社1991年版,第847页。

② 刘锋杰《从话语霸权到合法性的消解——对"歌颂与暴露"命题的讨论》,《文艺争鸣》2001年第11期。

杂文,应当发展杂文》、刘白羽的《在斗争中表现英雄性格》、康濯的《不要粉饰生活,回避斗争》、马烽的《不能绕开矛盾走小路》、征农的《也谈"百花齐放,百家争鸣"》等,他们以周扬、丁玲等人的全面论视角来讨论暴露对于歌颂的现实意义,"社会主义社会是光明的,但也不会没有阴暗的一面,现在官僚主义很多,这就是社会主义的阴暗面。只准歌颂,不准揭露,是不对的"①。第二次突破是在20世纪60年代初,主要是党内高层出现了反对"无冲突论"现状的声音,以周恩来和陈毅为主。1961年周恩来的《在文艺工作座谈会和故事片创作会议上的讲话》,陈毅的《在全国话剧、歌剧、儿童剧创作座谈会上的讲话》都提出要敢于表现人民内部矛盾、敢于暴露新社会的压迫、阴暗和"悲剧性的东西",批评了"套框子、抓辫子、挖根子、戴帽子、打棍子"的作风,也批评了"英雄人物不许犯错误"这种"新的教条"。但此时的文艺界早已经历了数次斗争,多数人选择了沉默。倒是像周扬、何其芳这样在20世纪40年代拥护"讲话"的歌颂派,表达出对"绝对歌颂"的反感,认为"不能因为反对暴露黑暗论就认为新社会的一切消极现象落后现象都不能反映","批评与歌颂不要分开,更不要对立"。然而这两次短暂的突破,在实际的展开过程中尚未来得及充分讨论,便在一浪高过一浪的批判声中被淹没了,直到《既要》出现,并成为影响时代文艺观的绝对依据,"歌颂"开始全面性地压倒"暴露",一直持续到20世纪70年代末。

所以20世纪七八十年代之交,当李剑、淀清等人看到伤痕文学表现出暴露阴暗面的踪迹,随即便产生了按照阶级标准对其进行批判的应激反应。在他们惯性的"歌颂"视野下,新社会是"并无失学、失业之忧,也无无衣无食之虑,日不怕盗贼执杖行凶,夜不怕黑布蒙面的大汉轻轻叩门。河水涣涣,莲荷盈盈,绿水新地,艳阳高照"。② 如此值得歌颂,也必然无法接受新时期文学出现的批判"四人帮"恶行的社会痛疽现象。因为一方面,他们已经被特殊政治年代形成的情感原则所塑造;③另一方面,除了这种批评方式,彼时也并没有别的文学批评原则可用。这就注定了"歌颂"与"暴露"之争必然要超越问题本身,涉及相关的文学悲剧性、真实性、典型性以及写本质等诸多周边问题。随着文艺界在作品和作家等多方面落实知识分子政策,尤其是1978年底"文艺作品落实政策座谈会"的召开(《文学评论》联合《文艺报》),恢复了特殊时期被错批的部分作家和作品的文学史地位;1979年5月,《林

---

① 征农《也谈"百花齐放,百家争鸣"》,《文艺报》1957年第8期。
② 李剑《"歌德"与"缺德"》,《河北文艺》1979年第6期。
③ 尧山壁在《"歌德与缺德"风波事件的前后》里介绍说,当时很多人误以为李剑是"一种思潮的代言人",但实际上,李剑的"青春是在动乱中度过的",所以他理论上并不成熟,该文属于抓新闻过程中的"失手之作"。

彪同志委托江青同志召开的部队文艺工作座谈会纪要》被撤销,新时期思想解放运动的大势推动了文艺界的反思,打破思想束缚、破除"左倾"僵化思想的愿望也日益强烈。就"歌颂与暴露"一事,1979 年 5 月的《红旗》发表了评论员文章,鼓励争鸣风气,"这些观点,同粉碎'四人帮'以来我国文艺界的斗争实践和创作现状很不相符,同党的三中全会提出的解放思想、实事求是的方针背道而驰,因而是片面的、错误的。……对此,有必要引起重视,开展讨论,明辨是非,统一认识,以利于社会主义文艺的进一步繁荣"①。之后,《人民日报》转载了《继续解放思想 繁荣文艺事业》,认为"有些同志对有些文艺理论问题发表了一些不同的见解,就认为文艺战线形势不妙,甚至认为'解放思想过了头''百花齐放放糟了'。这种看法是完全错误的"。《红旗》《人民日报》作为党报大刊,立足于思想解放的时代意识为文艺界的反思提供了基础。文艺工作者逐渐解放思想,开始重新评价中华人民共和国成立以来的文艺理论规范与标准,由"为文艺正名"开始,关于"文艺是工具论还是反映论""文艺与政治"的关系等相关问题陆续被提出,如何正视文艺自身的规律,怎样恢复文艺自身的艺术特性等文艺基本概念、基本问题引起了广泛深入的讨论,形成了文艺上的争鸣,这也为"歌颂与暴露"讨论的再次论及、展开,以及命题的延伸提供了话语场域。

就文学史来看,歌颂派粗暴的单向度批判,使论争集中朝向突破教条政治话语规范的方向。夏康达、洁泯、于晴、苏中等人,在当时就提出了长久以来单一的批评标准已经形成了严重的积弊,遮蔽了文学批评的丰富性,"文学作品是不以歌颂与暴露来分类的,更不以歌颂与暴露论优劣"②。"长期以来,评价文学创作,实际上存在一个荒诞的公式。这个公式是:歌颂=革命,揭露=反动。公式之荒谬是显而易见的。但长期以来,它却像宗教的符咒一样禁锢着文学创作。"③可见,新时期的批评家们已经意识到只关注歌颂与暴露的讨论,实际上忽略了文学作品的其它层面,阻碍了文学发展。持同样观点的还有作家们,王蒙的《礼炮与警钟》与茅盾的《温故以知新》提出了歌颂暴露之争本身就是退行性讨论,歌颂暴露之争本身就是退行性讨论,想要促进文学发展,要拓宽百家争鸣的声道,"我们的生活中到处充满了新生的、朝气勃勃的、正在成长的东西与陈腐的、因袭的、阻碍我们前进脚步的事物之间的剧烈矛盾,你想回避也回避不开。为了实现四个现代化,必须揭露这些矛盾,促进这些矛盾的解决"④。"如果有踏步不前的状态,其原因何在? 这有待于百

---

① 肖高《流毒不低估真理辩益明——从文艺界对〈"歌德"与"缺德"〉一文的争论谈起》,《红旗》1979 年第 9 期。

② 夏康达《也谈"歌颂"与"暴露"》,《新港》1979 年第 9 期。

③ 于晴、苏中《一个必须丢弃的荒诞公式——论关于歌颂与暴露》,《北京文艺》1979 年第 9 期。

④ 王蒙《礼炮与警钟》,《工人日报》1979 年 8 月 4 日。

家争鸣来寻究根源,对症下药。如何发展? 这也有待于百家争鸣来找出其规律。"①意识到过于强调"歌颂与暴露"的短长已经严重影响了文艺的健康发展,文艺领导层在掌握了基本情况后,决定召开讨论会。1979 年 9 月,时任中宣部部长的胡耀邦组织召开了"歌德与缺德问题座谈会",提出文艺批评要以"完全平心静气的方法、同志式的方法、讨论式的方法"代替"打棍子",尤其是理论宣传文章,要解放思想,不能僵化,"脑子一僵化,新东西就装不进去了。……新事物层出不穷,老框框、老东西要不断地'拔'",这样才能"使文艺上的争论纳入非常健康的轨道上面来"②。胡耀邦的讲话从根本上否定了此前的立场之争,提出了解决文艺问题的方法,温和的平息了这场转折期的文学事件,稳定了文艺界的普遍心态,为第四次文代会的召开作了铺垫。只是颇为值得思考是,面对这场历史论争的当代回声,尽管座谈会最终将"歌颂与暴露"作为基本的文艺论争,归于文艺范畴之内,但关于此次文艺论争的属性判断,还是再一次在政治话语的层面做了总结。

随后的第四次文代会在总结历史经验、指明文艺方向等方面,也是由党和国家领导人为文艺界的思想解放、理论创新和文艺回归文艺自身等问题作出指导性意见,"我们的社会主义文艺,要通过有血有肉、生动感人的艺术形象,真实地反映丰富的社会生活,反映人们在各种社会关系中的本质,表现时代前进的要求和历史发展的趋势。……围绕着实现四个现代化的共同目标,文艺的路子要越走越宽,文艺创作思想、文艺题材和表现手法要日益丰富多彩,敢于创新"③。这场几乎重启了当代文学的文代会给文艺界的重要启示是,无论从哪一个层面,文艺观念都需要作出改变。自此,关于"歌颂与暴露"的讨论开始转衍为文学理论基本问题,比如文学与社会现实生活之间的关系,或如何理解现实主义等。虽然这些问题涉及方面过多,很是复杂,但仅就文学的真实性维度来看,确实是文艺自我赎回所无法回避的问题。比如坚称文学是真实的领域,现实主义精神要反映生活真相,"首先要求反映生活中的矛盾,反映众多的生活面,描写各种人物,反映生活中正面和反面的,光明的和黑暗的"④。再比如强调"真实是艺术的生命",认为"只有那些写真实的作品,才能反映它们所产生的那个时代的某些本质方面,才能经得起时间的考验,具有长久的生命力"⑤。这些都还是紧贴着现实来讨论文学的,有写作合法性的无意

---

① 茅盾《温故以知新》,《文艺报》1979 年第 10 期。

② 尧山壁《"歌德与缺德"风波事件的前后》,《美文》2009 年第 1 期。

③ 邓小平《在中国文学艺术工作者第四次代表大会上的祝辞》,选自《党和国家领导人论文艺》,文化艺术出版社 1982 年版,第 184 页。

④ 洁泯《文学是真实的领域》,《文学评论》1979 年第 2 期。

⑤ 田中禾、何西来《真实是艺术的生命》,《十月》1979 年第 2 期。

识。真正将这一命题纳入文学本质性思考的是学者童庆炳。他不回避文学与政治的关系，将文学真实性总结为历史经验的积累，"遭遇了二十多年的坎坷命运之后，现在终于得到了多数人的承认"，并创造性地从真实性与社会本质、与社会效果、与崇高三个方面，厘清文学真实的概念，探索文学创作与批评的真实性边界，提出文学的真实性不只是局限在书写生活真相的层面，还需要真实地反映出"内在逻辑性"。因为真实性是作品赢得读者的基本条件，更重要的、也更难得的，是要在文学作品中呈现出比文学真实更重要的内容"崇高"，"文学必须真实，但真实并不是优秀作品的唯一要素。文艺除真实外，还必须崇高。真实能使人相信，崇高才能使人感动"①。这个说法将文学从教条政治话语中解放出来，把歌颂与暴露等问题收束在恰当的社会效果部分，梳理了文学与政治的关系，也真正从文学本体层面明确了文学（真实性）的属性与意义。由此可见，从"讲话"到第四次文代会，虽然统一思想或认识的集体转向并不符合文艺发展的独立性，但从后设批评史、文学史向前回溯，依然能够看到那些文学时光轴中的文本与批评，是如何受到时代语境所影响的。仅就歌颂与暴露的文学史论争以及由于论争而引发的讨论，是冲破还是受限于文学禁忌与批评规范，都不是文学艺术的规律所能独自决定的。尽管 20 世纪七八十年代之交的这场论争改变了时代的文学观念，为 20 世纪 80 年代繁弦多姿的文学形态铺平了道路，但不可否认的是，其所倚重的依然是新时期思想解放的社会历史大势。

作为一起 20 世纪七八十年代之交的批评事件，关于"歌颂与暴露"的论争反思了社会主义文学只允许"歌颂"的美学教条，将"暴露"的批判权正式还给了当代文学。其间，论争唤起延安记忆的同时，也反思了始自社会主义现实主义的文艺创作与批评原则，以至于干预生活、人道主义、写真实与写本质、倾向性、现实主义深化等关系到文学与社会生活之间的关键性问题，纷纷成为反思的切片。既激活了文学的想象与各种可能性，迎来了朦胧诗、寻根小说、现代派、先锋文学、新写实的黄金时代，也暴露出有些与文学本质、文艺自身规律有关的问题，可能从来都没有真正充分地讨论过。这大概也是为何直到今天，即使文学已经被边缘化了近三十年，依然会有批评逻辑、批评心理上神似"歌颂与暴露"的现象发生。也许关于现实主义的讨论，仍是悬而未决的。

原载于《文艺争鸣》2022 年第 5 期。

赵坤：山东大学副教授、博士生导师，山东省第二批签约文学评论家，青岛市首批签约文艺评论家。

———————————

① 童庆炳《文学真实性三题》，《文艺报》1981 年第 10 期。

地方学术：近代语言变革的突围路径

王　平

20 世纪 20 年代初期，"五四"文学革命初战告捷，开始进入理论建设阶段。新文学的倡导者们纷纷从各自的审美趣味、理论立场出发，梳理新式白话文学的前史，以期为今后的文学发展勾勒一条明晰的路线。今天重新审视这一时期的文学史叙事，会发现两条截然相反的前史叙事脉络。对于"何谓'五四'文学语言之先声"这个问题，胡适与周作人之间产生了根本性的分歧。

1921 年 1 月，周作人在《小说月报》上发表《圣书与中国文学》一文。此文的主旨是试图在古希伯来文学与中国新文学之间打开一条通道，让这股来自西方的精神力量牵引着新文学脱离旧有的、固定的思想中心。文中对传教士的白话文翻译评价甚高，他说："我记得从前有人反对新文学，说这些文章并不能算新，因为都是从《马太福音》出来的；当时觉得他的话很是可笑，现在想起来反要佩服他的先觉：《马太福音》的确是中国最早的欧化的文学的国语，我又预计他与中国新文学的前途有极大极深的关系。"①在列举了传教士白话译文诸种语言特性之后，周作人尤其赞赏它所流露出的文学趣味，认为其中所蕴含的文学价值不容忽视。

与周作人不同，胡适在《五十年来中国之文学》中谈及传教士的白话译文则一笔带过，以为这只不过是"传教士自动的事业"②。1922 年胡适写作此文的本意，是以桐城派古文和维新派"应用的古文"为衬托，来彰显自己所倡导的白话"活文学"之意义，以此为"五四"文学革命建构一种合法性。但有意味的是，在谈到梁启超的新文体时，即便是极为克制的表述也难以抑制他对梁启超的褒奖："梁启超当他办《时务报》的时代已是一个很有力的政论家；后来他办《新民丛报》，影响更大。二十年来的读书人差不多没有不受他的文章的影响的。"③

梁启超的新文体与传教士的白话译文体，作为两种并列的现代文学语言之先声，在 20 世纪中国文学的文学史叙事中各自沉浮，于林林总总的文学史建构中承

---

① 周作人《圣书与中国文学》，《小说月报》第十二卷第一号，1921 年 1 月 10 日。
② 胡适《五十年来中国之文学》，上海《申报》馆 1924 年版，第 17 页。
③ 胡适《五十年来中国之文学》，上海《申报》馆 1924 年版，第 26 页。

担着或隐或显的理论功能。从总体上看,新文体的意义更为学术界所关注。20 世纪 50 年代出版的《晚清的白话文运动》一书,旨在通过梳理晚清白话文运动的历史脉络,以批判胡适的白话文学理论。作者谭彼岸对胡适的理论观点大加挞伐,但是在梁启超的评价问题上却意外地与胡适达成了一致,不仅将梁启超置于白话文运动的先驱者位置,还认定他对"文学改革仍然影响极大"①。21 世纪以来,伴随着文学史观的嬗变,传教士的译文体对于现代白话文的意义愈发得到凸显。各种报刊史料相继被发掘、阐释,由此得出的理论观点对既有的文学史观念提出了挑战。有学者断言:传教士对语言文学变革所发挥的作用"远远超出了现在学术界对它的估计"②。

文学史的建构受波诡云谲的时代风云所制约,此长彼消、孰是孰非的吊诡现象尽可以从文学史叙事主体、理论语境等多方面作出解释,但历史发展的链条是清晰可寻的,这一点确凿无疑。那么,近代语言变革链条的第一个环节是梁启超的新文体,还是传教士的白话译文体?二者在语言古今演变的历程中各自承担了何种功能?若要对此进行阐释,首先需要拨开文学史叙事的重重迷雾,以更宽广的视野去探察语言文字在中国文化系统中的价值定位以及近代语言变革发生的历史机缘。

一、由五种要素构建的恒定文化系统

语言文字作为整个文化系统中的一个构成要素,从诞生之时即已承担了重要的社会文化功能,与自然世界相映照就是其中的一项基本功能。清代的王筠曾言:"古人之造字也,正名百物,以义为本,而音从之,于是乎有形。"③就汉字的造字方法而言,无论是传统的"六书"说还是近世的"三书"说,其基础均在象形。许慎对象形文字作过这样的界定:"象形者,画成其物,随体诘诎,日月是也。"④在他看来,随自然物体的样貌加以描绘,即形成了最初的文字,彼时世界和文字符号是一一对应的。在此基础上,唐兰进一步解释说:"凡是象形文字,名和实一定符合。"⑤

名实相符不仅是文字学的重要范畴,还是一个哲学命题,先秦诸子百家中的儒家、墨家、名家都对此有所阐发。墨家是基于功利性的实践活动来讨论名实一致问题的:"所以谓,名也;所谓,实也;名、实耦,合也;志行,为也。"⑥可以看出,在墨家

① 谭彼岸《晚清的白话文运动》,湖北人民出版社 1956 年版,第 24 页。
② 袁进《中国文学的近代变革》,广西师范大学出版社 2006 年版,第 91 页。
③ 王筠《说文释例》,中华书局 1987 年版,第 1 页。
④ [东汉]许慎《说文解字注》,段玉裁注,上海古籍出版社 1988 年版,第 755 页。
⑤ 唐兰《中国文字学》,上海古籍出版社 2005 年版,第 62 页。
⑥ 《墨子》,毕沅校注,上海古籍出版社 1995 年版,第 149 页。

眼中最终的"为"才是这一认识活动的落脚点,名"并非来自先验的象,而是来自实际的需要"①,其可靠性与存在价值要在实践中去验证、去实现。与重视实的墨家相对,名家的"离坚白之辩"则强调名较之于实所具有的优先性。这种对于名的形而上的思考看似纯粹的知识论辩,但其深层次目的却是"破坏语言,瓦解人们对理智和语言的习惯与执着,从而探究自由与超越的境界"②。在追求超越性这一点上,以语言为切入口的名家与直接追求"逍遥游"的道家达成了一致。

介于墨家的实践性与名家的超越性之间,儒家对于名实一致问题的思考其主旨是试图建构一种理想的社会人伦秩序。在孔子的构想中,治国理政的基本前提是"必也正名乎"③。在社会关系联结起来的网络中,每个人、每个社会单位必须承担起各自的"名"所对应的"实"的职责,在"礼"的约束和调节下做到各居其位、名正言顺。正所谓"君君,臣臣,父父,子子"④,家国同构,这样无论是微观的家庭组织还是宏观的社会、国家都将井然有序。⑤

其后,儒家一以贯之地秉承着正名思想,并在社会秩序的维系问题上逐步将重建礼乐政治的理想化蓝图落实为具体的政治统治方案。孟子提出了"善推其所为"⑥的观点,将抽象的"礼"转化成一种具有可行性的修养方法,即由亲及疏、由近及远地播撒人性之善。如果说孟子是将"礼"这个理论原点铺展到平面的人伦网络的话,那么荀子就更进一步,将它引入了一个立体的、上下有别的社会建构中。他指出:"若有王者起,必将有循于旧名、有作于新名","上以明贵贱,下以辨同异。"⑦简言之,荀子在儒家"法先王"思想的基础上又提出了"法后王"的观点⑧,认为在继承旧名的同时还应根据当下的情势来制新名,而制新名的权力理应归当今的君主所有。作为名的制定者,圣王应当以此来区分贵贱等级、厘清优劣差异,通过严明的政治治理让社会秩序得到确立,最终使"道"在天下弘扬光大。可见,荀子是把正名说融入了实际的政治统治策略之中。

---

① 申小龙《汉语与中国文化》,复旦大学出版社 2003 年版,第 125 页。
② 葛兆光《中国思想史》(第一卷),复旦大学出版社 2004 年版,第 196 页。
③ 《论语》,阮元校刻《十三经注疏》(下卷),上海古籍出版社 1997 年版,第 2506 页。
④ 《论语》,阮元校刻《十三经注疏》(下卷),上海古籍出版社 1997 年版,第 2503～2504 页。
⑤ "正名说"在孔子的思想建构中具有相当重要的意义,胡适甚至认为这是"儒家的中心问题"。参见胡适《先秦名学史》,《胡适全集》第五卷,安徽教育出版社 2003 年版,第 57 页。
⑥ 《孟子》,阮元校刻《十三经注疏》(下卷),上海古籍出版社 1997 年版,第 2670 页。
⑦ 《荀子》,杨倞注,上海古籍出版社 1996 年版,第 234 页。
⑧ 顾颉刚曾对荀子"法后王"思想的产生渊源作出分析,认为根本原因在于"制度",既然先王的"典章制度"已不可知了,不如法那有'粲然之迹'的后王。"参见顾颉刚《古史辨自序》(上册),商务印书馆 2011 年版,第 154 页。

法家的韩非子与荀子有师承关系,他也是从政治统治的角度切入名实一致问题的。与其师不同,较之于"道",韩非子对作为政治权威的"势"更为关注。他指出:"术者,因任而授官,循名而责实。"①同样是维系名实相符,在这里韩非子用的却是"责","责"字意味着刑罚和暴力,这与儒家所倡导的"礼"是格格不入的。但是在乱世纷争中,严酷的刑罚律令无疑更为有效,之后秦国也正是在法家权谋之术的辅佐下统一了六国。不过,"法家之言,皆应当时现实政治及各方面之趋势"②,它仅适用于血雨腥风的残酷乱世,却无益于太平之年的长治久安。显赫一时的大秦帝国之所以快速走向灭亡,近"势"远"道"的法家难辞其咎。

鉴于此,汉朝一统天下后"道"与"势"的关系问题随即浮现出来。对于这两个概念,余英时曾作过细致的辨析。在他看来,"道"寄寓着士的抱负与理想,是一种"精神凭藉"。"中国知识分子从最初出现在历史舞台那一刹那起便与所谓'道'分不开,尽管'道'在各家思想中具有不同的涵义。"③"势"则是政统,是现实的政治力量。在夺取政权后,"势"通常"需要在武力之外另发展一套精神的力量","以证明它不是单纯地建立在暴力的基础之上"④。在一定意义上二者是相互成全的,"势"需要"道"参与建构意识形态以确立合法性,而"道"也需要依靠政治权威来得到彰显与弘扬。

"道"若要转化为一种意识形态,必须与"势"所处的自然人文环境相契合。就汉代的社会经济形态而言,"多数人仍为农民,聚其宗族,耕其田畴"⑤,这决定了其核心诉求便是合于宗法、顺乎农时。先秦诸子之学除却需要警惕的法家外,其他诸派或如墨家强调功利性实践,或如名家偏重某一方向的知识论辩,唯有儒、道具备了构筑农业文明意识形态的潜质。

儒家的关注点是农业文明人伦社会秩序的理想化形态,道家的着眼点则是农业文明人与自然的和谐共存关系。西汉初年,经历了战争的荼毒,朝野休养生息之际,黄老之学曾短暂地复兴。但是从长远角度来看,儒家学说无疑更符合加强中央集权统治的现实需要,于是在汉武帝时代,董仲舒提出的"罢黜百家、独尊儒术"的政治原则得以确立,语言与儒家道统相结合所建构的伦理秩序即成为意识形态的基本要义。汉武帝对儒生拜相封侯,"自此以来,则公卿大夫士吏斌斌多文学之士

---

① 《韩非子》,王先慎集解,上海古籍出版社 2015 年版,第 481 页。
② 冯友兰《中国哲学史》(上册),商务印书馆 2019 年版,第 335 页。
③ 余英时《士与中国文化》,上海人民出版社 1987 年版,第 97~98 页。
④ 余英时《士与中国文化》,上海人民出版社 1987 年版,第 106 页。
⑤ 冯友兰《中国哲学史》(上册),商务印书馆 2019 年版,第 425 页。

矣"①。

被纳入政治体制的儒生,一方面要依据道统对政权的合法性作出阐释,另一方面还负有应对时势挑战的职责。比较而言,后者的意义更为重大。究其原因,在于"势"可细分为两个层面——权势和时势,时势如若不稳,权势也将无力支撑。儒生的学术指归在于敏锐地发现时势所提出的问题并生发出理论,当危机来临时承担起化解或补救的任务。值得注意的是,无论是古文经学还是今文经学都延续了孔子所开创的学术路向,致力于从经典著述中拓展阐述空间。儒家的道统于是成为一个具有弹性边界的载体,学术即执掌着这条边界,一些带有道家、法家思想印记的学说得以汇聚其中。

长此以往,跻身于政治体制、被"势"所抑制的儒家"逐渐丧失了其独立的批评的自由,儒生成了皇权之下的官员,他们不能不受到皇权的制约与束缚"②。与此同时,在与各派门阀世家政治力量的斗争中,士人阶层亦产生了分化,其思想意识一步步地从整体思维向个体意识位移。及至东汉末年,社会动荡,挣脱了大一统约束的士人终于迎来了思想与学术的自由。

"文学之自觉乃本之于东汉以来士大夫内心之自觉,而复与老庄思想至有渊源。"③当儒家道统因朝代更迭受到阻碍时,作为农业文明的另一种意识形态理论资源——道家自然成为士人们的选择。"比形于天地,而受气于阴阳,吾在天地之间,犹小石、小木之在大山也。"④生命个体与自然万物相契合,情感无须再受礼法的抑制,"人(我)的自觉成为魏晋思想的独特精神"⑤。从"士大夫内心之自觉"到"人(我)的自觉",这一转化的确与道家思想密切相关。但是魏晋南北朝时期各种政治势力此起彼伏,无法确立一个完整的意识形态体系,反而造就了活跃的思想氛围,此时道家、儒家以及异域传来的佛学均具有广泛的影响力。就士人的情感结构而言,在玄学的影响下已呈现出儒道融合的趋向。刘勰在《文心雕龙》中"把'情'和'志'连缀成词,铸成'情志'这个概念","这正是把'为情造文'和'述志为本'综合在一起的说法"⑥。也就是说,文学的自觉并非把儒家道统剔除出去,而是将道家的超越精神引入进来,从而为士人的情感世界打开了一片新天地。

隋、唐时代,再次形成了大一统的政治格局。为了实现中央集权,唐朝延续了

① [西汉]司马迁《史记》(第十册),中华书局 2014 年版,第 3790 页。
② 葛兆光《中国思想史》(第一卷),复旦大学出版社 2004 年版,第 271 页。
③ 余英时《士与中国文化》,上海人民出版社 1987 年版,第 343 页。
④ 《庄子》,王先谦集解,上海古籍出版社 2009 年版,第 157 页。
⑤ 李泽厚《中国古代思想史论》,天津社会科学院出版社 2004 年版,第 182 页。
⑥ 王元化《文心雕龙讲疏》,广西师范大学出版社 2004 年版,第 206 页。

隋代创立的科举取士制,破除了"察举选官制度下世族对选举的垄断"①。其后,《五经正义》这一官方颁布的经学权威典籍被认定为科举考试的标准内容。在儒、道、佛三教并行的文化氛围里,儒家学说一枝独秀,凭借调整社会秩序的优长重新参与了官方意识形态的建构。儒家的地位不断提升,科举考试"源源不断地把经过一定方式挑选的儒生输送到官僚机器中,使国家官员无论是在职位上还是在地区上都处于流动之中"②。流动意味着士人阶层是活跃的,具备了一条从民间到庙堂的上升通道;考试内容则划定了士人阶层的界线,保证了儒家道统的绵延流传。由此,士人阶层的组织形式渐具雏形,而这也标志着中国文化传统的最终形成。

从孔子的"正名说"到汉代的"罢黜百家,独尊儒术",从魏晋的文学自觉再到唐代的科举取士,从中可以辨认出一条清晰的线路,语言、道统、学术、文学、科举这五种要素依次贯穿其中,组成了一个圆形的闭环系统。五要素在其中各司其职:语言与名实相符的认识论相关,标志着以秩序为指归的思维方式;道统是士人的"精神凭藉",位居系统的核心位置,恒定又灵活;学术在系统的边界处发挥作用,一方面维护系统的稳定,另一方面又为道统补充新鲜的理论与思想;文学蕴含了个体生命的情感世界,情志交融的情感结构使士人在投身于道统的同时,也能保有一个舒缓的空间;科举则是系统的有效组织形式,精深的儒家典籍呈现为一条有形的疆域。

将汉、唐的文化体系作对比,就会发现汉代缺乏"自觉的文学"和"科举取士制"这两个要素。没有来自文学的超越性的情感滋养,加之缺乏有效的组织形式依傍,东汉后期士人群体的精神苦闷和溃不成军也就容易理解了。唐代系统趋于健全,五要素相互作用、彼此联结从而锻造出一个强大的文化传统。其间,拥有文言文、白话文两种书面语形式的语言是最为活跃的要素,它也被赋予了多种功能:例如与文学相联结形成文学话语,折射出士人精神世界的雅俗建构;又如与学术相结合形成知识话语,执守于系统的弹性边界。从宏观角度来看,知识话语较之于文学话语更具有先锋性,它堪称维护系统稳定的一道理论屏障。

二、知识话语的"先锋"与"缺憾"

传统知识话语之所以强大,原因在于它具备完善的自我修复力和同化力,可以从纵、横两个向度去应对时势的挑战。

纵向的挑战来自"中央与地方相对立"这个"大一统"政治模式所固有的内在矛盾,矛盾的关键点聚焦于土地以及因土地而产生的税赋问题。农业社会最重要的

---

① 王炳照、徐勇主编《中国科举制度研究》,河北人民出版社 2002 年版,第 43 页。
② 金观涛、刘青峰《兴盛与危机:论中国社会超稳定结构》,法律出版社 2011 年版,第 32 页。

资源就是土地，拥有土地即意味着占有经济利益和政治权利。秦朝建立"大一统"政权后，"全面推行郡县制，取消所有封邑，使溥天之下真正成为皇帝一人的直属领土"①。后世凡是实行中央集权制的朝代，皆沿用郡县制这一行政管理模式。②

在具体的行政实践中，实行郡县制的难点在于中央与地方的权力分配难以平衡。以何种标准划定穷乡僻壤和鱼米之乡的税赋比例？怎样避免土地兼并问题？对于富豪与地方官员沆瀣一气的现象，中央政府应该如何防范、干预？这些牵涉重大利益的治理难题是每一个朝代都要直面的挑战，在中央与地方之间向任何一方倾斜都会招致毁灭性的后果。如若倒向中央政府，北宋的灭亡就是一记警钟。钱穆曾对其原委进行过分析："宋代的政制，既已尽取之于民，不使社会有藏富，又监输之于中央，不使地方有留财；而中央尚以厚积闹穷。宜乎靖康蒙难，心脏受病，而四肢便如瘫痪不可复起。"③如若走向另一端、偏向于地方的话，那么中央财政势必会像明朝末年那样入不敷出、难以为继。据文献记载，1632 年，即崇祯五年，"340个县中有一半以上拖欠当年的税赋，而其中 134 个县分文未缴"④。

中央与地方始终处在一种博弈状态中，这一紧张关系会引致诸多严重的经济社会问题。面对时势的挑战，作为朝廷重臣的士大夫往往从学术的角度审时度势，向皇帝提出变革的主张以期化解矛盾、稳定局势。值得注意的是，士大夫若要进行改革，必定首先举起儒家"法先王"的旗帜，从经学典籍中找寻变革的依据。如北宋王安石在主导熙宁变法前，即在《上皇帝万言书》中直言："今朝廷法严令具，无所不有，而臣以谓无法度者，何哉？方今之法度，多不合乎先王之政故也。"⑤他进一步指出，"合乎先王之政"并不意味着因袭古时的法度，当务之急是将其主旨要义应用于对现实社会问题的思考、应对中。之后王安石组织编撰了《三经新义》，对《尚书》《诗经》《周礼》进行重新释义，借助于儒家经典来阐述对时局的认识。这套著作也被视为变法的理论依据。

士大夫主导的改革如果成功，即为中兴。如果像王安石变法一样失败了或者中兴之后故态复萌，那么就要面临王朝覆灭的结局。一旦动态格局陷入失衡状态、

---

① 周振鹤《中国地方行政制度史》，上海人民出版社 2005 年版，第 36 页。

② 每个朝代都会根据版图、人口等实际情况对郡县制作出调整，元代建立并延续到明、清的行省制可被视作郡县制的一种发展形式。

③ 钱穆《国史大纲》，商务印书馆 2010 年版，第 551～552 页。

④ 〔英〕崔瑞德、〔美〕牟复礼编《剑桥中国明代史》（下卷），中国社会科学出版社 2006 年版，第 147 页。

⑤ 〔北宋〕王安石《王文公文集》（上册），唐武标校，上海人民出版社 1974 年版，第 1 页。

朝代更迭①，宏大的知识话语体系就会作出调整，系统便再次呈现出逻辑自洽的稳定状态。南宋朱熹注解的《四书》即成为对道统的重要补充，以至于程朱理学的影响力贯穿到了后世的各个朝代。王朝变换，"势"亡而"道"存，知识话语的自我修复能力之强大由此可见一斑。

知识话语体系遭遇的横向挑战，主要来自佛教这一异域文化所引致的文化冲突。汉代佛教即已传入中国，起初中国文化作出的反应是"比附"，即用中国本土的相近文化因素对其进行解释和吸收。在各个思想派别中，唯有道家"与道合一"的超越性哲学与佛学具有一定的共通性，因此道家和佛学往往被放置在一起，道教就是在这种文化语境下兴起的。② 然而佛教终究未被同化，反而传播范围愈发广泛，以至于有能力和道家、道教相互产生影响。冯友兰曾提及一个例证：佛学的"空有"和道家的"有无"，这两个概念在意义上十分接近。魏晋南北朝时期"讲《老》庄之学者，受佛学之影响，故讲《老》庄时，特别注重于所谓有无问题"；"讲佛学者，受《老》庄之影响，故于讲佛学时，特别注重于所谓空有问题"③。

唐代中期，应和"大一统"政权的思想统一趋势，中国化的佛教禅宗出现了。我们知道，唐朝在儒、释、道三教并行的基础上着力提升儒家的地位，将其视作意识形态的理论基础，而儒家文化的特性即在于其世俗化倾向，孔子"未能事人，焉能事鬼？"以及"未知生，焉知死？"④的反问就彰显出儒家对于宗教的态度。在这样的文化氛围里，佛教中国化的路径也就清晰了，就是使庄严、神圣的"佛教思想在禅门中被日常化生活化"⑤。日常生活与俗文化相连，将禅宗与中国文化联系起来的纽带自然非白话文莫属。"禅僧们一般不承认经典的权威，不作祖述注释，反对雕琢语言"，"禅宗语录的语言是一种白话文体"⑥。与作为学术语言的文言文不同，白话文这一俗文体附着于文化系统的边缘，和士人的日常生活密不可分。通过这种日常生活的话语形式，禅宗得以进入士人的内心世界，使其"思维方式上越来越侧重于'内省'式的直觉体验"⑦。士大夫"情志交融"的情感结构因禅宗的融入而有所改变，这也间接导致了唐宋文学风格的变化。

---

① 关于朝代更迭的内在动力及过渡机制，金观涛、刘青峰认为农民起义在其中发挥了调节作用，"宗法同构体"与"一体化目标"则是改朝换代得以完成的"修复模板"。参见金观涛、刘青峰《兴盛与危机：论中国社会超稳定结构》第五章《中国封建王朝的修复机制》，法律出版社 2011 年版，第 145～174 页。

② 参见蒋维乔《中国佛教史》，上海古籍出版社 2019 年版，第 46～55 页。

③ 冯友兰《中国哲学史》（下册），商务印书馆 2019 年版，第 160 页。

④ 《论语》，阮元校刻《十三经注疏》（下卷），上海古籍出版社 1997 年版，第 2499 页。

⑤ 葛兆光《中国思想史》（第二卷），复旦大学出版社 2004 年版，第 92 页。

⑥ 徐时仪《汉语白话史》，北京大学出版社 2007 年版，第 41～42 页。

⑦ 葛兆光《禅宗与中国文化》，上海人民出版社 1986 年版，第 205 页。

总体而言,无论是纵向的还是横向的时势挑战,知识话语的应对措施都是以语言为先导。"微言大义"这一文言文特性使得经典重释成为可能,禅宗则借助于平易的白话文融入了士人的情感结构,学术和语言为文化系统构建的这道防线既坚固又灵活。然而时过境迁,明清之际面对挟科学话语而来的西方传教士,知识话语体系却遭遇了前所未有的挫折,"西学中源"说以及"礼仪之争"集中凸显出知识话语的尴尬与挫败。

明朝末年,天主教耶稣会传教士来到中国。为了尽快打开局面,这些来自西洋的传教士热衷于结交上层人士,且懂得入乡随俗,礼数周到。传教士赠送的礼物包括自鸣钟、望远镜、西洋乐器等新奇物品,深受达官贵人喜爱。借助这一渠道,西方的科学技术得以传入中国,其影响力之大远远超出了天主教带来的冲击。[①] 传教士顺势而为,开始和具有创新思想的中国人合作译介西方的科学技术书籍,从而引发了一场颇具声势的科学思潮。徐光启和利玛窦合作翻译的《几何原本》广为流传,天文、测绘、军事等方面的知识受到了朝野的重视。

在这种情势下,文化系统产生了应激反应,这一反应相当激烈,以至于在清朝初期形成了一种"西学中源"说,直接将西方科学技术的源头归结为中华文明。黄宗羲曾言:"勾股之术,乃周公商高之遗,而后人失之,使西人得以窃其传。"[②]这一并无事实依据的说法,其实还是沿用了既往的"比附"说。对于数学、天文尚可勉强比附之,但是物理、机械等知识门类已经超出了中国古代学术的范畴,根本无法对接。此外还有一个问题难以自圆其说,就是在科学技术方面,作为"支流"的西学缘何优于中国学问这个源头?

虽然"西学中源"说无法做到逻辑自洽,但这并不妨碍其广泛流传。有意味的是,"不但明朝遗民坚持西学中源说,康熙皇帝也看出了西学中源说对引进西学不无好处,加以提倡",甚至传教士们出于中国化传教的考量,"亦迎合中国君臣之所好"[③]。虽然三方的态度看似都在维护"西学中源"说,但他们的立场和目标却大相径庭。黄宗羲等明朝遗民努力坚守道统的立场,试图去同化西学;康熙意欲引入西学,说明他感知到传统学术无力应对时势的挑战了,"中学为体,西学为用"理念已是呼之欲出;传教士肯定"西学中源"说,则是一种反向的"比附",礼貌谦逊态度的背后是实力支撑的自信。

---

① 参见朱静《16—18 世纪的西方传教士与中西文化交流》,朱维铮主编《基督教与近代文化》,上海人民出版社 1994 年版,第 31~48 页。

② 全祖望《梨洲先生神道碑文》,黄宗羲著、李伟译注《明夷待访录译注》,岳麓书社 2008 年版,第 214 页。

③ 汪建平、闻人军《中国科学技术史纲》,武汉大学出版社 2012 年版,第 485 页。

实力的天平日益偏向西方,在华耶稣会传教士的中国化传教方式令罗马教廷深感不满。1704 年,"教宗克莱芒十一世批准了反对中国的法令《至善的天主》,法令禁止以'天'和'上帝'称呼'天主',同时禁止天主教徒参加祭孔或祭祖的活动"①。这一针对中国礼仪下达的法令直接威胁到中国文化传统的根基,让清廷深感震撼和愤怒。在双方多次交涉无果的情况下,1724 年雍正皇帝颁布禁令:禁止天主教在中国传教,"天主堂改为公所,误入其教者,严行禁饬"②。

"礼仪之争"其实是一个信号,寓示着传统知识话语不仅无法同化西方,反而有被西洋化的危险。既然学术无法应对西方文化的挑战,那么就用"势"来直接对抗。雍正二年即开始禁止天主教的 1724 年,《圣谕广训》刊刻、颁布。《圣谕广训》是雍正皇帝对康熙皇帝的十六条圣谕所作的阐释,涉及人伦、宗族、乡党、农桑、风俗、正学等方面,包含民众应严格遵守的各种行为规范,具有宗教经文的意味。其发行范围甚广,朝廷命令"颁发直省督抚、学臣转行该地方文武各官暨教职衙门,晓喻军民生童人等通行讲读"③。其后《圣谕广训》还出现了白话文版本,很显然,清廷试图以《圣谕广训》来抵御天主教这一"异端",以消解传教士在中国各个阶层的影响。

经过半个多世纪的沉寂,19 世纪初,基督教新教传教士来到了中国。碍于清朝对于宗教的严格管控,他们只能在广东一带试探性地活动。新教传教士的传教路径偏重于语言文化,他们编纂字典、翻译圣经,1815 年还在马六甲创办了开中文大众传播媒介先河的《察世俗每月统记传》。这种刊物"免费在南洋华侨中散发,其中的一部分还由专人带往广州,和其他宗教书籍一道,分送给参加县试、府试和乡试的士大夫知识分子"④。可见,与天主教耶稣会不同,新教传教士将传教的目标人群设定为中下阶层的士人群体,因此刊发的文章视内容深浅而分别采用文言和白话。

将《察世俗每月统记传》与《圣谕广训》进行比较,会发现这两种读物竟有一些共同的主题。以对"孝顺"的阐发为例,即可以看出它们的异同点。《察世俗每月统记传》突出"罪"的意识,目的是通过家常话式的劝谕来推广教义。"看书者须自省察,如有不孝顺之罪,快快要改。亦可见为人父者,实在要做好榜样与儿女孩子们看。若你不孝顺父母,将来你的儿子长大,就照样不孝顺你也。"⑤《圣谕广训》则阔谈孝顺的道理,将孝道与天地联系在一起。"上而天,下而地,中间的人,没有一个

---

① 〔比〕钟鸣旦《礼仪之争中的中国声音》,《复旦学报》(社会科学版)2016 年第 1 期。
② 顾裕禄《中国天主教的过去和现在》,上海社会科学院出版社 1989 年版,第 40 页。
③ 周振鹤《圣谕广训:集解与研究》,上海书店出版社 2006 年版,第 586 页。
④ 方汉奇《中国近代报刊史》(上册),山西人民出版社 1981 年版,第 12 页。
⑤ 《忤逆子悔改孝顺》,博爱者纂《察世俗每月统记传》,嘉庆乙亥全年卷,1815 年,第 1 帙。

离了这个理的。怎么说呢？只因孝顺是一团的和气，你看天地若是不和，如何生养得许多人物出来呢？人若是不孝顺，就失了天地的和气了。"①

两种读物的白话文都清晰平易，朗朗上口。尽管二者的指归截然不同，但在本质上它们都属于一种宣传话语，目的是向中下阶层推行其教义或思想，以争取更广大的支持力量。清廷竟然需要借此争取支持的力量，这一事实即昭示出：此时的清朝已根基不稳，正处于变局之中。而另一边的传教士则在广东一带悄悄地做着语言文化上的准备，他们在等待时势给予契机，意在以岭南为起点向全国扩展。

三、地方学术的兴起与知识话语的转向

19世纪中叶的两次鸦片战争猛烈冲击了清朝的"势"，与此同时太平天国运动又从根本上给予清廷以重创。"势"的溃败使得既有的一纵一横两种时势的挑战愈加严峻，"大一统"格局摇摇欲坠，两条地方路径开始显现出轮廓。

第一条地方路径来自传教士的足迹，这是一种由原点向外弥散的模式。清廷原本希望通过"势"的力量应对西方宗教文化的横向挑战，以弥补知识话语体系与西方近代文明无法对接的缺憾。但是精心构筑的壁垒终究抵御不了坚船利炮的攻击，《圣谕广训》在与传教士的白话文宣传竞争中也未能稳住阵脚。第二次鸦片战争后，清廷被迫解除了传教禁令，传教士以广东为起点一路北上，在各地建教堂、办学校、印书报。以此为契机，西方文化得到了一定的传播，在社会各阶层都开始产生影响。

第二条地方路径缘自"大一统"政权所固有的中央与地方的矛盾，这条路径并非线性的、整齐划一的，而是呈现出土地干旱龟裂一般的样态。如前所述，中央与地方的矛盾大都聚焦于财政税赋问题，这一问题在太平天国运动时期表现得尤为突出。咸丰三年即1853年，清廷财政紧张，面对这一窘境户部无计可施，竟然恳请皇上恩准用内廷的铜器来铸造钱币。户部官员的奏折言辞恳切："如果钱局官铜尚形丰裕，亦何敢冒昧渎陈？乃于无可设法之中，思及有可裨益之处。"②内外交困之际，清廷由于筹饷困难竟"允许各省及统军将领自行筹款"③，这相当于把中央的部分权力让渡给了地方。权力易放不易收，经此变故，"清政府要通过布政使来控制一省的财政在行政体制上已经失去了保证"④，"大一统"政权亦丧失了保持稳定的

---

① 《圣谕广训》，上海美华书馆，同治九年三月，1870年，第15～16页。
② 《户部奏请将内廷积存铜器发交钱局以资鼓铸折》，故宫博物院明清档案部编《清代档案史料丛编》（第一辑），中华书局1978年版，第7页。
③ 史志宏、徐毅《晚清财政：1851—1894》，上海财经大学出版社2008年版，第61页。
④ 周育民《晚清财政与社会变迁》，上海人民出版社2000年版，第291页。

基本条件。在这种情势下，各个地方纷纷出现了政治上、思想上的异动，偏离了以往的坐标定位。各地政治思想位移的路径，往往取决于时势与当地既有经济社会基础的相互作用。

两条地方路径交汇，古老乡土中国的版图上呈现出一幅复杂多变的图景，其中广东的地位可谓卓尔不群。对于清朝而言，广东尤其是广州具备重大的战略意义，究其原因，可追溯到清廷的"一口通商"政策。乾隆年间，英国商人捕捉到江南这块富庶之地所蕴含的商机，希望通过宁波港将生意扩展到江浙各地。众所周知，江南是南宋以来各个朝代的经济支柱，英国商人若到此地，势必妨碍清政府对江南地区的经济管控。在加税等举措宣告无效后，1757 年乾隆"下达谕旨，仅保留广东一地对外通商。从此，偌大的清帝国只剩下广州一处口岸延续对西方贸易"①。不仅如此，清廷还规定外国商人只能和政府批准的十三家商行进行交易。就这样，清朝凭借"一口通商"和"广州十三行"勉强筑起了一道贸易的屏障。②

尽管鸦片战争后清政府忍辱执行的"五口通商"政策使局面产生了变化，但广东仍是尽开风气之先的前沿地带，其与中央政府的关系也因此微妙而复杂。加之西方传教士在此地耕耘数十年，浓厚的宗教氛围也使广东与其他省份拉开了距离。由此可见，一纵一横两种时势挑战都以广东为斗争的阵地，两条地方路径的交汇使近代岭南文化既务实精进又开放多变。

从本质上看，两条地方路径的形成是知识话语体系自我修复力和同化力均已失效的表征。在与西方天主教的正面抗衡中，知识话语即已束手无策，其后遭遇的一系列挑战也都无力应对，由语言和学术构建的这一文化系统的弹性边界岌岌可危。这显示出农业文明所生发的文化系统无法抵御西方近代文明的冲击，语言、道统、学术、文学、科举这五种要素面临嬗变与重组，"道"与"势"的关系也将被重新定义。

士人阶层开始了对文化传统的深刻反思，于是一场以"经世致用"为主旨的今文经学运动拉开了帷幕。今文经学的理论先驱魏源将老子的学说作为了变革的理论依据，他在《老子本义》一书中指出："老子与儒合乎？曰：否否。天地之道，一阳一阴；而圣人之道，恒以扶阳抑阴为事。"③在他看来，儒家过于偏重世界的某一个侧面，这就导致其对世界的认知具有局限性。"老子道，太古道"④，比儒家的道统

① 李国荣、林伟森主编《清代广州十三行纪略》，广东人民出版社 2006 年版，第 49 页。
② 参见张洪祥《近代中国通商口岸与租界》，天津人民出版社 1993 年版，第 9～14 页。
③ ［清］魏源《老子本义》，中华书局 1955 年版，第 5 页。
④ ［清］魏源《老子本义》，中华书局 1955 年版，第 2 页。

更宏大，可以容纳更多的可能性。这一论断看似朴实，却具有颠覆性意义。我们知道，儒家的关注点是农业文明人伦社会秩序的理想化形态，所谓"扶阳抑阴"其实是对秩序所作的维护。魏源借用老子抽象的"道"来批评儒家用以建构现实秩序的"道统"，其用意就是在一阴一阳之间打开一个更为广阔的世界，以期对现有秩序进行重构。魏源认为，"故国家欲兴数百年之利弊，在综核名实始；欲综核名实，在士大夫舍楷书帖括，而讨朝章、讨国故始，舍胥吏例案，而图訏谟、图远猷始"①。像孔子一样，魏源也把"名实一致"作为了建构新秩序的起点，只不过较之于"名"他更强调"实"的意义。在魏源看来，若要探究名实之间的关系，士人必须舍弃书法、八股等缺乏实际效用的知识，去做实在的学问，只有在对现实世界的认知中才能使"名"与"实"真正相符。让士人放弃科举，远离文人的风雅圈子，转而投身于实学，魏源的这一构想颇具胆识。清代今文经学的兴起昭示出，在时势的压力下学术已经产生分化，恒定、严密的文化系统出现了松动的迹象。

在开风气之先的广州，对于实学的倡导和实践已然开始。为振兴岭南学术，两广总督阮元于1820年创办了学海堂。与当时的其他书院迥然有异，学海堂不设山长，只设学长，注重因材施教，甚至许可"诸生各因性之所近，自择一书肄习，随课呈交学长"②。阮元的办学目标即在于"打破专做帖括学者的迷梦，而引导之使之入于经史理文的范围"③。秉承这一宗旨，"除了训练地理学家与军事战略家之外，学海堂也是一个经学的论坛"④。阮元组织编纂的《学海堂经解》（又名《皇清经解》）卷帙浩繁，共收录一百八十余种著作，以古文经学为主，也有部分今文经学的著述涵盖其中，体现了包容、开放的学术品格。

梁启超十三岁时进入学海堂读书，在此打下了扎实的经学基础，并于浓厚的实学氛围中开始关注时事动向，对因"布衣上书"而声名远播的康有为甚是仰慕。1891年，康有为应梁启超"和同学陈通甫之请，始设教于广州长兴里的万木草堂"⑤，而万木草堂也见证了岭南地方学术的兴起。所谓岭南地方学术，是与岭南学术相对应的概念，指称康有为与梁启超在开放、包容的岭南学术氛围里对于今文经学所作的改造与创新，使其由一种前沿的学术思想演化成了具备政治锋芒的理论武器。

---

① ［清］魏源《圣武记》（下册），韩锡铎、孙文良点校，中华书局1984年版，第488页。

② 《学海堂志》，道光戊戌九月，1838年，第3页。

③ 容肇祖《学海堂考》，《岭南学报》第三卷第三期，1934年第3期。

④ 〔美〕艾尔曼《学海堂与今文经学在广州的兴起》，车行健译，《湖南大学学报》（社会科学版）2006年第2期。

⑤ 丁文江、赵丰田编《梁任公先生年谱长编》，中华书局2010年版，第15页。

岭南地方学术的成就之一就在于其对知识话语体系的革新与应用,而这则为近现代文化的转型提供了契机。有学者指出,作为今文经学的代表人物,"康有为与湘人的最大区别表现在其着意构建庞大的理想主义话语方面"①。与魏源等人相比,康有为对文化传统的思考更为系统化,今文经学也因此成为建构崭新社会政治秩序的理论依据。他在《论语注》中指出:"孔子之为《春秋》,张为三世:据乱世则内其国而外诸夏,升平世则内诸夏外夷狄,太平世则远近大小若一。盖推进化之理而为之。"②"三世"说意蕴深厚,可以从多个角度作出阐释,但其中有两个要点应当加以关注,即"进化之理"和"远近大小若一"。"进化之理"意味着社会是向前发展的,因而文化系统无须再进行自我修复,理论推新才是知识话语的主要目标;"远近大小若一"则寓示未来的时代再无国家间的区别,世界将臻于大同,同化力因而变得毫无意义。从这一角度可以看出,"三世"说其实是对知识话语的两项主要功能进行了消解。

梁启超对于"三世"说十分看重,认为"政治上'变法维新'之主张,实本于此"③。他还自称是今文学派的宣传者,且身体力行,用自创的新文体进行了卓有成效的报刊宣传。若细加探究,就会发现"宣传"一词富有深意,在这里它已经成为知识话语的一项新功能,而这则标志着学术的发展路向发生了根本性变化。

如前所述,自汉代以来儒生的学术事业主要体现在两个方面:一是依据道统对政权的合法性作出阐释,二是将学术和语言组成知识话语以应对时势的挑战。如今知识话语的功能已被"三世"说消解,在士人心目中政权的优先性也让位于民族的存亡。换言之,学术不再是阐释"势"、维护"势"的一种工具,而是要为"道统"的改变寻求契机。此时学术的功能就体现为"拆解",将五要素组成的既有文化建构拆开,之后才有可能在其基础上重建一种崭新的秩序。梁启超曾回忆在时务学堂与学生讨论学术的热烈场面,"自荀卿以下汉、唐、宋、明、清学者,掊击无完肤"④。此外,他还与夏曾佑、谭嗣同发起过一场"排荀运动",这均归属于"拆解"的范畴。

在对文化系统进行拆解的过程中,新文体的定位是执守于文化系统的边界。与以往的知识话语不同,由向内吸收同化(如禅宗)转为了向外扩散抒发,借助于"浅说"这种浅显的文言文将对于旧道统的批判和对于新道统的构想一并宣传出去。在这里,使用文言文比直接使用白话文其意义更为深远。我们知道,自先秦探

---

① 杨念群《儒学地域化的近代形态》,生活·读书·新知三联书店 2011 年版,第 253 页。
② [清]康有为《论语注》,楼宇烈整理,中华书局 1984 年版,第 28 页。
③ 梁启超《清代学术概论》,上海古籍出版社 1998 年版,第 79 页。
④ 梁启超《清代学术概论》,上海古籍出版社 1998 年版,第 85 页。

讨名实问题以来，语言就参与了文化系统的建构。文言文作为传统知识话语的语言形式已经嵌入了道统之中，成为一个显著的标志。鉴于此，使用文言文进行宣传就具有一种从内部进行反叛的意味，文言文的转换即象征着文化系统的转换。

通过对新文体的产生语境和功能特性进行分析，我们看到语言之古今转换涉及一个弘大的文化传统，而"'大传统'的更新和改变显然与地方经验的不断生成关系紧密"①。从学海堂到万木草堂，从岭南学术到岭南地方学术，正是广东自清代中期以来所累积的"势能"推动了学术的蜕变，继而引燃了今文经学这一文化系统内部的革命性力量。最终系统的边界处被炸开了一个豁口，新文体得以突围而出，现代中国文化与文学的转型之路即由此开启。

四、结语

近代语言变革链条的第一个环节并非文学话语，而是作为知识话语的新文体。中国传统的文学话语和知识话语均处在这个由语言、道统、学术、文学和科举制度构成的恒定系统中，语言与学术相结合形成的知识话语执守于系统的弹性边界，堪称维护系统稳定的一道理论屏障。因此，较之于文学话语，知识话语更具有先锋性。无论是"中央与地方相对立"这个"大一统"政治模式所固有的结构性矛盾，还是异域文化传播所引致的文化冲突，宏大的知识话语体系都会对其作出应对，使失衡的动态思想格局复归逻辑自洽的稳定状态。文化传统之所以恒远绵长，一个重要原因就在于它具备这条知识话语构建起来的防线。然而在清代，挟科学话语而来的西方传教士却使得传统知识话语束手无策。在这种情势下，时势的压力令学术产生了分化，既有的中央与地方的矛盾愈加尖锐，最终学术与地方这两种力量合流催生出地方学术这个薄弱环节。作为一种政治宣传话语，梁启超的新文体由此而得以从文化系统中突围。

可以看出，近代的语言变革、文学变迁与文化传统的转换、重构息息相关。与之相应，对于文化传统的阐释角度不同，即决定了现代中国文学史的理论立场纷纭复杂。周作人忽略新文体的意义转而襃扬传教士白话译文的价值，究其原因，就在于他对所谓的"固定中心"的戒备态度。周作人在《圣书与中国文学》中坦言："中国旧思想的弊病，在于有一个固定的中心，所以文化不能自由的发展；现在我们用了多种表面不同而于人生都是必要的思想，调剂下去，或可以得到一个中和的结果。"②很显然，周作人希望凭借外来的文化因素，从外界发力来对文化传统进行消

---

① 李怡《"地方路径"如何通达"现代中国"》，《当代文坛》2020年第1期。

② 周作人《圣书与中国文学》，《小说月报》第十二卷第一号，1921年1月10日。

解。遗憾的是,他并未真正认识到语言变革的内在机理。外来文化只是一种助推力,断然无法成为文化传统转型的主要动力。

对于传教士白话译文的历史意义,我们可以从文学情感结构和白话语言形式这两个层面来进行探察。众所周知,唐宋以来禅宗虽然在一定程度上改变了士大夫的情感结构和思维形式,但终究未能引致根本性的文学变革。而晚清的传教士白话译文尚未进入大多数知识者的个人情感世界,其文学意义之浅表也就可想而知了。从语言形式的角度进行分析,我们注意到作为俗文体的白话文附着在系统的边界处,《察世俗每月统记传》与《圣谕广训》就是在争夺民间的话语权。由此可见,在清代传教士的白话译文未能融入文化传统之中,因而注定无法成为近代语言变革链条的第一个环节,其作为"助推力"的历史作用在之后现代文学的建构过程中才得以彰显出来。

原载于《现代中国文化与文学》2021年第4期。
王平:中国海洋大学文学与新闻传播学院教授。

朦胧诗·三个崛起·新诗潮

冯　强　■

　　"朦胧诗""新诗潮"和"三个崛起"兴起的背景,是"一种取消诗歌的诗歌观"占据统治地位①,用谢冕的说法,"只有一种诗歌被允许,在被允许的诗歌当中只有一种思想被允许,在被允许的思想中只有一种表达方式被允许,在描写、表达思想的过程中,只有一种形象被允许"②。如此,写诗成了"给社论装韵脚的竞赛活动"③。本文尝试将这三个关键词历史化,讨论"朦胧诗"在启蒙主义主题与现代主义艺术之间的悖论处境,简单梳理其发生过程,以及"新诗潮"作为一个替代性概念开启的对"朦胧诗"的重新思考。借助李黎-谢冕和黄翔-艾青两个批评切片,文章也尝试探讨了朦胧诗-新诗潮论争中理性批判和修养的必要。

一、"朦胧诗":在启蒙主义主题与现代主义艺术之间

　　"朦胧"一词最早见于谢冕的《在新的崛起面前》,"有的诗写得很朦胧"④,之后章明《令人气闷的"朦胧"》进一步巩固了"朦胧诗"的命名——"为了避免'粗暴'的嫌疑,我对上述一类的诗不用别的形容词,只用'朦胧'二字;这种诗体,也就姑且名之为'朦胧体'吧。"⑤——使之成为一个广泛流传的概念,并被写入文学史。20世纪80年代至今,社会历史语境的变迁使得"朦胧诗"的起源、代表诗人和代表作品依然具有很强的再符号化特征,其边界总是处于游移之中。谢冕、章明在截然不同的意义上使用"朦胧"一词即是例证。

　　从"以《今天》为代表的'新诗潮'"⑥和"以朦胧诗为代表的新诗潮"⑦两种措辞看,学界对《今天》派、新诗潮和朦胧诗的关系存在争议,三者有时会夹缠在一起。

①　李黎《中国当代文坛的奇观——近年来新诗潮运动述评》,《批评家》1986年第2期。
②　转引自王尧《"三个崛起"前后——新时期文学口述史之二》,《文艺争鸣》2009年第6期。
③　顾城《"朦胧诗"问答》,《文学报》1983年3月24日。
④　谢冕《在新的崛起面前》,《光明日报》1980年5月7日。
⑤　章明《令人气闷的"朦胧"》,《诗刊》1980年8月。
⑥　洪子诚《中国当代文学史》,北京大学出版社2007年版,第236页。
⑦　姚家华编《朦胧诗论争集》序(1988),学苑出版社1989年版,第2页。

比如王光明基本上把"朦胧诗"等同于"新诗潮"①，老木、洪子诚则将"朦胧诗"视为隶属"新诗潮"的一部分，老木编选的《新诗潮诗集》一共推出 87 位诗人，大致把当时国内诗坛的朦胧诗人和第三代诗人（后朦胧诗诗人、新生代诗人）选排进来。洪子诚的《中国当代文学史》第 19 章"新诗潮"第一节《今天》与朦胧诗"，开篇即言"80 年代，当代诗歌中的创新活力，主要来自'崛起'的，以青年诗人为主体的'新诗潮'"②。在另一位学者张清华那里，"新诗潮"则被改造成更具囊括性的文学史概念，即"先锋（文学）思潮"，其脉络中，"朦胧诗潮"论被视为"先锋的诞生"③，朦胧诗和第三代诗同属于新诗潮（先锋思潮）。

北岛说："朦胧诗是官方的标签，那年头我们根本无权为自己申辩。"④作为一个带有审美、政治偏见的命名，有人将"朦胧诗"视为"由外行发明的一个低智商术语"⑤，但鉴于目前此概念仍被广泛接受，且对这段时间诗歌和诗歌批评的历史化也绕不开对"朦胧诗"的言说，我们无妨约定俗成。朦胧诗的诗人构成很驳杂，学界难以达成一致，当时的论争与以后的文学史写作将舒婷、北岛、顾城、江河和杨炼建构为主要代表诗人。朦胧诗内部写作风格上也存在较大差异，洪子诚认为其共同的首要特征是"诗歌写作上对'个体'精神价值的强调"⑥。包括洪子诚《中国当代文学史》和陈思和《中国当代文学史教程》在内的大学中文系教科书把"朦胧诗"追溯到 1978 年的民刊《今天》杂志，程光炜、孟繁华主编的《中国当代文学发展史》则把朦胧诗"最早的源头"追溯至白洋淀诗群⑦，张清华《中国当代先锋文学思潮论》（1997）则把 20 世纪 60 年代的地下诗人黄翔和食指视为"最先的探索者"⑧。洪子诚和程光炜主编的《朦胧诗新编》（2004）也是以《今天》为核心，尽量纳入"文化大革命"地下诗歌。

论者愿意首先挑明自身认同的一个看法，即"启蒙主义的思想性质和现代主义的艺术选择之间的分裂和悖论"，使得"朦胧诗"这一概念至今仍能继续向我们释放差异性，因而具有可讨论的价值和空间。"朦胧诗本身是一种'启蒙主义主题'与

---

① 王光明《艰难的指向："新诗潮"与二十世纪中国现代诗》，时代文艺出版社 1993 年版，第 197～198 页。
② 洪子诚《中国当代文学史》，北京大学出版社 2007 年版，第 234 页。
③ 张清华《中国当代先锋文学思潮论》，江苏文艺出版社 1997 年版，第 47 页。
④ 查建英《北岛访谈》，《八十年代访谈录》，生活·读书·新知三联书店 2006 年版，第 74 页。
⑤ 转引自洪子诚《中国当代文学史》，北京大学出版社 2007 年版，第 237 页。
⑥ 洪子诚《中国当代文学史》，北京大学出版社 2007 年版，第 238 页。"揭开层层朦胧的纱幕，问题的焦点只不过是在于：这个'自我'是什么样的我、以及这个'自我'应该放在什么位置罢了。"参见柯岩《关于诗的对话——在西南师范学院的讲话》，《诗刊》1983 年第 12 期。
⑦ 程光炜、孟繁华《中国当代文学发展史》，北京大学出版社 2011 年版，第 263 页。
⑧ 张清华《中国当代先锋文学思潮论》，江苏文艺出版社 1997 年版，第 36 页。

'现代主义艺术'的混合体"①，启蒙主义的思想性质带有公共性和清晰性，现代主义的艺术选择则绕开社会理性话语，重视个体情感，带有象征化和私人化特征；一面是与社会历史进程发生联动，介入和改变社会，另一面则是审美自律，拒绝权力的横加干预。陈思和主编的《中国当代文学史教程》把"墓志铭""纪念碑"等集体意象视为七八十年代"伤痕文学"的一部分。②诗人余怒甚至认为朦胧诗"流连于委婉讽喻的隐晦表达"③，将其纳入汉儒以来的比兴讽谏传统。从审美自律的角度，张枣在"朦胧诗"浮出地表、在《诗刊》等官方刊物公开发表作品中看到朦胧诗人身份认同的危机："文化界并未参透'朦胧诗'的实质，或者说，并没有真正懂得它们审美自律的意愿，也因此才会以'朦胧'（晦涩、古怪、看不懂）二字如此令人尴尬地命名这类新诗。"④这一危机即是，要么加入启蒙主义的伤痕写作，自觉纳入主流意识形态的"引导"，要么绕开彼时的主流，通过作品建立一个迥异于集体的私人世界。80年代黄子平、袁可嘉等围绕"伪现代派"和"中国式现代派"的讨论也与朦胧诗和当时其他文类创作内部同时存在的两个诉求密切相关。

如洪子诚所说，"朦胧、晦涩在'当代'中国，并非单纯的风格层面的问题"⑤，"有关朦胧诗的讨论，核心问题即有关理解的问题，即朦胧、晦涩的合法性问题"⑥。朦胧诗同时涉及审美和政治是无疑的，朦胧诗论争中两种大致的立场也与此紧密相关：一种以权力代言人自居，相当严厉，一种兼具思想启蒙主义和现代主义艺术立场，或偏于启蒙批判，或偏于现代主义，二者常常夹缠在一起。"朦胧""晦涩"固是诗人初步觉醒于长期艺术蒙昧后使用的新艺术手法，但相当程度上也是批判过程中不得已的避讳使然，于慈江总结为"一种诗化的社会批判"，"总的艺术观是社会责任大于艺术责任"⑦。

---

① 张清华《中国当代先锋文学思潮论》，江苏文艺出版社1997年版，第70页。

② 陈思和编《中国当代文学史教程》，复旦大学出版社1999年版，第264页。

③ 余怒《诗和反诗：余怒未消》，张后编《访谈家》2021年夏季号，第72页。

④ 张枣《现代性的追寻：论1919年以来的中国新诗》，亚思明译，四川文艺出版社2020年版，第241～242页。

⑤ 洪子诚《中国当代文学史》，北京大学出版社2007年版，第238页。

⑥ 邓程《新诗的"懂"与"不懂"：新时期以来新诗理论研究》，中国社会科学出版社2014年版，第18页。

⑦ 于慈江《朦胧诗与第三代诗：蜕变期的深刻律动》，《文学评论》1988年第4期。谢冕也曾将朦胧诗兴起的原因归结为"政治上的提防、或因为弄不清时代究竟害了什么病、于是往往采用了不确定的语言和形象来表述，这就产生了某些诗中的真正的朦胧和晦涩"，参见谢冕《失去了平静以后》，《诗刊》1980年12期。何同彬也把"朦胧诗论争"的核心问题还原为"文学与政治的问题，或者是文学的政治功能的问题"，参见何同彬《晦涩：如何成为"障眼法"？——从"朦胧诗论争"谈起》，《文艺争鸣》2013年第2期。

二、"朦胧诗"论争和"三个崛起"

朦胧诗论争的起点,要回到公刘发表于 1979 年《星星》复刊号的《新的课题——从顾城同志的几首诗谈起》。一方面老诗人表示,对某些诗作中的思想感情及表达方式"不胜骇异",比如顾城的《两个情场》——"在那边,/权力爱慕金币,/在这边,/金币追求权力,/可人民呢?/人民,/却总是它们定情的赠礼。"——就是"被极左路线扭曲了",需要"把扭曲了的部分一一加以矫正";另一方面,又主张同情之理解,"必须努力去理解他们,理解得愈多愈好。这是一个新的课题"①。

1980 年 4 月,在南宁、桂林召开全国诗歌讨论会,围绕怎样评价顾城、北岛、舒婷等青年诗人的诗歌。以谢冕、孙绍振、刘登翰等大学教师、学者为一方,以丁力、宋垒、李元洛等与作家协会关系密切的批评家为另一方,诗坛出现了较大争议。据徐敬亚回忆,新诗潮-朦胧诗的发难就始于此,孙绍振也是在这个会议上提出"新诗路越走越窄"②。5 月 7 日,《光明日报》发表谢冕的会议发言《在新的崛起面前》,文章认为 60 年来新诗在"左"的思想支配下,片面强调民族化、群众化,带来了文化借鉴上的排外倾向,"走着越来越窄狭的道路"。谢冕反对"引导",主张"听听、看看、想想,不要急于'采取行动'"③。章明《令人气闷的"朦胧"》主要批评老诗人杜运燮的《秋》和青年诗人李小雨的《海南情思·夜》④,"朦胧"此时主要被作为一种思想内容和诗歌风格对待。章明虽在学理上反对,却表示"没有'扼杀'任何一种风格的意图,谁愿意写'朦胧体'的诗悉听尊便"。此时的"朦胧"也与诗人的年龄没有直接关联——后来越来越与青年诗人联系在一起,比如刘登翰《一股不可遏制的新诗潮——从舒婷的创作和争论谈起》,开篇即是"一群年青的诗人向我们走来",把从描写英雄创造历史转向创造历史的无数普通人称为"这一代年青的歌者共同的美学追求"⑤。

不同青年诗人的作品或同一诗人的不同作品也受到不同对待。方冰认为梁小斌《雪白的墙》和《中国,我的钥匙丢了》不过写得曲折一些,诗意却清楚,不能算作朦胧诗;顾城的《一代人》和《祭》"含意蕴藉而深沉",《远和近》和《弧线》却"看不懂"。同样曾被视为朦胧诗人,实际上已经开始与第三代诗人同步的还有芒克、王小妮、王家新和车前子。比如芒克的《街》(1974)和《路上的月亮(之 5)》,后者只有

---

① 公刘《新的课题——从顾城同志的几首诗谈起》,《星星》复刊号(1979 年 10 月)。

② 转引自王尧《"三个崛起"前后——新时期文学口述史之二》,《文艺争鸣》2009 年第 6 期。

③ 谢冕《在新的崛起面前》,《光明日报》1980 年 5 月 7 日。

④ 章明《令人气闷的"朦胧"》,《诗刊》1980 年 8 月。

⑤ 刘登翰《一股不可遏制的新诗潮——从舒婷的创作和争论谈起》,《福建文艺》1980 年第 12 期。

两句,"生活真是这样美好/睡觉"。

1984 年,全国范围内清除精神污染运动展开不久,公刘撰文《诗要让人读得懂——兼评〈三原色〉》,不再继续"努力去理解"朦胧诗人,转向对朦胧诗的否定。文中公刘严厉批评了车前子发表于《青春》1983 年第 4 期的《三原色》,却称赞他发表于《星星》1983 第 5 期的《红烛——读闻一多诗后》——"远古时代有一位匠人/一生制了无数支蜡烛/有次手指被生活割破/那天就是红烛的诞辰//黑暗糊起茅屋的苦涩/红烛宛如竖着的手指/血滴在敲打他的桌子/匠人死了,还没燃尽夜色"——现在看来,它与闻一多的《红烛》都是典型的以社会启蒙为主线、以公共象征为主要手法的书面语中国抒情诗,或者周良沛意义上的"现实主义杰作",因为象征在这里只是一种服务于意识形态的手法,有事先确定和被服从的框架,不同于欧洲象征主义中真正"朦胧""晦涩"的私人象征①。在这个意义上,甚至杜运燮《秋》所运用的象征也仍旧是非象征主义的,与《红烛——读闻一多诗后》相比,前者只不过运用得更加隐蔽。诗人余怒认为从郭沫若《女神》开始,中间经过徐志摩、闻一多、艾青、何其芳等人的补充,一直到朦胧诗人,中国抒情诗才最终完成,"一部新诗史就是一部抒情诗的完成史",被隐喻-象征所支配的朦胧诗成为抒情诗的顶点,也耗尽了其可能性②。公刘盛赞《红烛——读闻一多诗后》"相当明朗、清新和警策,也很好懂。原诗只有八行,却充分证明了作者的才能";但对超出朦胧诗-中国抒情诗的另一种诗歌语体同样隔膜,比如这首《三原色》:"我,在白纸上/白纸——什么也没有/用三支蜡笔/一支画一条/画了三条线//没有尺子/线歪歪扭扭的//大人说(他很大了):/红黄蓝/是三原色/三条直线/象征三条道路//——我听不懂/(讲些什么啊?)/又照着自己的喜欢/画了三只圆圈//我要画得最圆最圆。"公刘"反反复复研究了不止十遍,到底还是莫名其妙,没有答案"。对车前子的下面这段自陈,公刘也很不满意,认为是"当今宣传某些所谓的现代诗的流行公式":

有个朋友问我,"三条直线"和"三只圆圈"是不是象征这个意思。真的,我没有想到。随意性会留给读者更多的想象空白,让读者和作者共同完成一首诗不是更好吗?! 要知道,我们并不比他们聪明……诗,不一定要有一、两句读后叫人拍案惊

---

① "根据象征主义的预设,我们可以设定以下原则:每种感受或感官、每一刻的意识都是独一无二的,因此我们实际经历的感受是无法通过一般文学的传统和普遍语言来重现的。每一位诗人都有自己的个性,每一个时刻都有自己的语调和元素的组合。诗人的任务是去找寻和发明一种特别的语言,以表现其个性与感受。这种语言必须用象征符号来完成,因为这样独特、一瞬即逝而又朦胧的感受,是不能直接用语言陈述或描写的,只能用一连串的字句和意象,才能对读者作出适当的提示。"〔美〕埃德蒙·威尔逊《阿克瑟尔的城堡:1870 年至 1930 年的想象文学研究》,黄念欣译,江苏教育出版社 2006 年版,第 15 页。

② 余怒《诗和反诗:余怒未消》,张后编《访谈家》2021 年夏季号,第 87 页。

奇的句子,应该给人一种整体的美(或者说整体效果)——不能把诗句割裂开来欣赏。①

对于公刘、方冰这些左翼诗人,真正构成"朦胧"的不是《红烛——读闻一多诗后》、顾城《一代人》这类诗歌——吊诡的是,很多读者印象当中,这些作品恰恰是"朦胧诗"代表作——而是《三原色》《弧线》等超出朦胧诗-中国抒情诗范畴的诗歌。与后者相比,这类诗歌至少在三个层面发生了巨大的变化。一是从情感-想象模式转向个体感受-体验模式,前者是主体对客体的积极升华与扩张,其主要手法即是隐喻-象征式的主体化,即"三条直线""三只圆圈"隐喻象征了"三条道路",后者则是主体主动的退隐和去主体化,而代之以主体对客体的倾听与凝视这样一种消极能力;二是从作者中心、作者以语言为工具控制意思和价值,转向读者摆脱作者的控制,平等地参与文本;三是语言不再是表达意思和价值的工具,语言开始具有本体地位,诗人从已经被反复隐喻-象征的书面语转向未被完全规训的日常口语("没有尺子/线歪歪扭扭的")。同余怒的观点类似,于慈江认为历史上的新诗始终在书面语中腾挪,向口语的几次借鉴总是很快沦为口号、顺口溜或快板辞,"朦胧诗"恰恰是尝试给这渐渐萎缩、僵化的诗歌书面语重新贯注活力与弹性。在"北岛们"的最后操作下,几十年来"一以贯之积存下来的新诗语体,已将其效益挥发到了极限,必将走向重新的营构"②。朦胧诗之后必然会寻求新的"语体",也就隐含了后继新诗潮的涌起。

朦胧诗论争的开端已经有了政治与审美的夹缠。方冰就认为北岛的《生活》(只有一个"网"字)"是作者对于生活失去坚定的信心,追求自由化,才会把生活看成是束缚人的'网'",同时方冰又告诫朦胧诗人及其拥护者,"不要听到一句不爱听的话,就认为是'又在打棍子了'"③。但棍子很快打来,臧克家《关于"朦胧诗"》开篇就指认朦胧诗"是诗歌创作的一股不正之风,也是我们新时期的社会主义文艺发展中的一股逆流"。他总结了诗难懂的三种情况,一种是含意深刻,一时不能全部领会,另一种是反动统治下采用的隐晦曲折笔法,而"朦胧怪诗"的社会根源则是"信仰危机"和"思想空虚"④。同一个刊物上,把这些有争议的诗称为"古怪诗""晦涩诗",认为它们"不是现实主义的,有的甚至是反现实主义的",脱离时代和人民,

---

① 公刘《诗要让人读得懂——兼评〈三原色〉》,《诗刊》1984 年第 1 期。
② 于慈江《朦胧诗与第三代诗:蜕变期的深刻律动》,《文学评论》1988 年第 4 期。
③ 方冰《我对于朦胧诗的看法》,《光明日报》1980 年 1 月 28 日。
④ 臧克家《关于"朦胧诗"》,《河北师院学报》1981 年第 1 期。

因而"'朦胧诗'这个提法很不准确,把问题提轻了"①。

论争的焦点之一是"三个崛起"论。"三个崛起"即支持新诗潮-朦胧诗的三篇文章,谢冕《在新的崛起面前》(1980)、孙绍振《新的美学原则在崛起》(1981)和徐敬亚《崛起的诗群——评我国诗歌的现代倾向》(1983)。题目中均出现"崛起"一词,于是并称为"三个崛起"。谢冕认为是"一批新诗人在崛起"②;孙绍振认为"与其说是新人的崛起,不如说是一种新的美学原则的崛起"③,在这种美学原则下,个人与社会的关系被重新思考;徐敬亚则径直认为"带着强烈现代主义文学特色的新诗潮正式出现在中国诗坛,促进新诗在艺术上迈出了崛起性的一步,从而标志着我国诗歌全面生长的新开始"④。"崛起"的朦胧诗被一步步指认为"现代主义",程代熙径直将《崛起的诗群》视为"一篇资产阶级自由化思想的宣言书"⑤。

从一开始,"现实主义"和"现代主义"的关系就是论争的关键因素。现实主义"诗歌传统"的捍卫者周良沛将现代主义的"象征"压缩为"象征手法与表现形式",以期为现实主义服务。"若是指学象征手法,不是搞象征主义,艾青的《向太阳》《火把》等等,从诗题起就有象征意义。然而它们却都是现实主义的杰作。"⑥即便朦胧诗的支持者如吴思敬,一方面承认"现代派对现实主义及其他流派的渗透和影响",另一方面也仍然坚持"现实主义等流派还是在独立地、健康地发展着"⑦。有论者指出,"谢冕工作的杰出意义"是"成功地把'异端'化为'正统'"⑧,这当然只能是事隔多年之后的感慨,因为在当时,每一位亲历者都承受了巨大压力。

1981年的"反对资产阶级自由化"运动虽不了了之,激烈讨伐朦胧诗和崛起论的声音却不绝于耳。1983年夏,郑伯农首次将"三个崛起"放在一起批判⑨;9月,新疆石河子的"绿风诗会"批判"三个崛起"的"自由化"倾向;10月,"清除精神污染"运动在全国展开;同月召开的"重庆诗歌讨论会"上,"三个崛起"即成为诗歌界清除污染的主要失的,其会议综述宣称,"我们和'崛起'论在对诗与生活、诗与人

① 丁力《新诗的发展和古怪诗》,《河北师院学报》1981年第2期,另参见《古怪诗论质疑》,《诗刊》1980年第12期。
② 谢冕《在新的崛起面前》,《光明日报》1980年5月7日。
③ 孙绍振《新的美学原则在崛起》,《诗刊》1981年第3期。
④ 徐敬亚《崛起的诗群——评我国诗歌的现代倾向》,《当代文艺思潮》1983年第1期。
⑤ 程代熙《给徐敬亚的公开信》,《诗刊》1983年第11期。
⑥ 周良沛《说"朦胧"》,《文艺报》1981年第2期。
⑦ 吴思敬《时代的进步与现代诗》,《诗探索》1981年第2期。
⑧ 韩毓海《谢冕的"现代"》,《文艺争鸣》1996年第4期。
⑨ 郑伯农《在"崛起"的声浪面前——对一种文艺思潮的剖析》,《诗刊》1983年第6期;30多年后,类似但程度尚不及的批判重新出现,参见张器友《"三个崛起"再思考》,《文艺理论与批评》2016年第1期。

民、继承与创造、如何借鉴外国文学等一系列问题上的分歧不但是文艺观的分歧，也是社会观、政治观、世界观的分歧，是方向、道路的根本分歧"①。一场诗歌内部的讨论最终演化成敌我矛盾，权力代言人与朦胧诗、崛起论划清界限。1980 年，《今天》被勒令停刊。1983 年"清除精神污染"运动之后，许多刊物不敢继续发表朦胧诗诗人的作品。1984 年 3 月 5 日，《人民日报》发表徐敬亚《时刻牢记社会主义的文艺方向——关于〈崛起的诗群〉的自我批评》，意味着论争的暂时中止。

三、"新诗潮"："朦胧诗"命名的重新思考

除了公刘《诗要让人读得懂》和吕进《社会主义诗歌与现代主义》两篇批判朦胧诗和崛起论的文章，1984 年是相对沉寂的一年。是年底，全国第四次作家代表大会召开，胡启立代表中共中央祝词，特别强调纠正"左"的偏向和保证创作自由与评论自由。也是在这次会议上，舒婷和谢冕当选中国作协理事。

1985 年，谢冕发表了一篇重要文章《断裂与倾斜：蜕变期的投影——论新诗潮》。说它重要，理由有三。一是"新诗潮"正式代替"朦胧诗"成为一个具有连续性的诗学概念。虽然更早的时候刘登翰和陈仲义已经使用了"新诗潮"一词②，但尚未明确地将其概念化，谢冕则将其与新文化运动关联在一起，"新诗潮——这是我们经过冷静思考之后提出的当前新诗运动的范畴——作为五四新诗运动整体的部分进入了新诗创作和新诗研究的领域"，这一关联使"新诗潮"获得一个长时段的连续纵深。二是不再将"新诗潮"的内涵局限于青年诗人，不再以年龄划分诗的整体变革，一切偏离僵化诗歌模式进行诗歌探索的诗人都被团结进来，"从艾青《鱼化石》开始，到曾卓《悬崖边的树》的发表，可以说，正是由于前辈诗人的倡导和带动，实际造成了诗的人的主题的崛起"。新的诗歌现象产生并不意味着一定抛弃过去，诗人和批评家的责任在于持续的选择，这就使"新诗潮"获得一个短时段的连续纵深，更好地修复了新诗传统。三是明确了"东方的诗人显然不可能按照西方的模式写西方的诗"，这不意味着文化上的排外，沟通的意愿和跨文化的视野仍是必要的，"新诗潮经历了一个快速的向着遥远地平线扫瞄的过程，因而获得了开阔的胸襟和视野"③。谢冕的文章平易朴实，带有强烈的沟通说服意愿，并且引发了后来对"朦胧诗"命名持续多年的重新思考。

---

① 吕进《开创一代新诗风——重庆诗歌讨论会综述》，《诗刊》1983 年第 12 期。
② 刘登翰《一股不可遏制的新诗潮——从舒婷的创作和争论谈起》，《福建文艺》1980 年第 12 期；陈仲义《新诗潮变革了哪些传统审美因素？》，《花城》1982 年增刊第 5 期。
③ 谢冕《断裂与倾斜：蜕变期的投影——论新诗潮》，《文学评论》1985 年第 5 期。

早在 1981 年，艾青就指出"朦胧诗的说法并不科学"①。1986 年，李黎《中国当代文坛的奇观——近年来新诗潮运动述评》沿用谢冕"新诗潮"的说法，明确把油印刊物《今天》视为新诗潮的先驱，认为"新诗潮的诗人们作诗的最基本宗旨就是'诗首先是诗。诗作为直接的政治宣传品的厄运早该结束了！'（杨炼）"。他同样质疑"朦胧诗"并非一个严谨的、科学的概念，而是新诗潮运动兴起时某些诗人和评论家"读不懂"之余的戏称，"无论是构成这一新诗潮的青年诗人还是支持、赞助这一诗潮的评论家，都尽量避免使用过这一概念，即并未对这一概念予以认可"②。这是一个敏锐的观察。顾城说"'朦胧诗'的提法本身就朦胧……根本上说，它不是朦胧，而是一种审美意识的苏醒，一些领域正在逐渐清晰起来"③。多多更是决绝："我根本就不是朦胧诗人，我从来就没有朦胧过。"④验之"三个崛起"，也无一处以"朦胧诗"行文。

王家新认为："存在的只是'今天派'，而所谓朦胧诗只不过是它在历史上形成的某种'氛围'。"⑤梁艳《朦胧诗、新诗潮与"今天派"：一段文学史的三种叙述》曾专门探讨当代文学史的叙述，《今天》作为新诗潮和朦胧诗的真正起源却被裹挟在"朦胧诗"的论争中，"朦胧诗""新诗潮"和"今天派"三个相关却并不相等的概念常被混为一谈，"伴随着'朦胧诗'的不断认可，却是《今天》形象的逐渐退化"。朦胧诗论争在其筛选过程中起到关键作用，通过论争，受主流文学界关注最多、八九十年代当代文学史叙述最多的"朦胧诗"代表是舒婷和顾城，《今天》派却被压抑和遮蔽⑥。亚思明更是认为文本意义上的"朦胧诗"并不存在，它是一个沿用至今的"历史伪概念"⑦。

其实 80 年代即有批评家将二者置于一处，并称"朦胧诗和新诗潮"⑧。于慈江则把以江河、北岛、多多、芒克和顾城等《今天》周边诗人们为先驱的"朦胧诗"运动归纳为"第一浪潮"，"整体主义""新传统主义"为"第二浪潮"，"他们""莽汉""非非"等为"第三浪潮"，"三个浪潮"都是"新诗潮"的组成部分。他把新诗潮不同浪潮之间的变延追溯到 20 世纪诸学说对人类理性能力的怀疑，人作为主体并不可无限发

---

① 艾青《从"朦胧诗"谈起》，《文汇报》1981 年 5 月 12 日。
② 李黎《中国当代文坛的奇观——近年来新诗潮运动述评》，《批评家》1986 年第 2 期。
③ 顾城《"朦胧诗"问答》，《文学报》1983 年 3 月 24 日。
④ 多多《多多诗选》，花城出版社 2005 年版，第 269 页。
⑤ 王家新《回答四十个问题》，《中国诗选》，成都科技大学出版社 1994 年，第 417 页。
⑥ 梁艳《朦胧诗、新诗潮与"今天派"：一段文学史的三种叙述》，《华东师范大学学报（哲学社会科学版）》2011 年第 1 期。
⑦ 亚思明《"朦胧诗"：历史的伪概念》，《学术月刊》2013 年第 9 期。
⑧ 丁力《我对朦胧诗和新诗潮的看法》，《北京作协通讯》1986 第 2 期。

展,而是受到种种限制,于是诗人"由一统性的主体扩张转向多个体的主体感受",作为新诗潮第一浪潮的朦胧诗恰恰徘徊在浪漫主义诗歌的想象-情感模式和现代诗歌的体验-感受模式之间。①

对朦胧诗-新诗潮的研究还有多种角度可以切入。比如王家新把"严厉年月"里"翻译所积聚的语言的能量"视为新诗潮的前史,包括戴望舒译《洛尔迦诗钞》(人民文学出版社 1956)、陈敬容译波德莱尔(《译文》"波特莱尔专辑"1957)、爱伦堡《人,岁月,生活》(人民文学出版社 1962—1964)等翻译对北岛、多多等《今天》派的兴起起了至关重要的催化作用。② 徐勇则从各个朦胧诗选的版本差异探究"朦胧诗派"这一总体指称下的多种形态:阎月君等编选的《朦胧诗选》以舒婷、顾城、北岛、梁小斌和吕贵品为主要朦胧诗人,1985 年修订本删去了杜运燮,车前子、王家新等非《今天》作者被纳入,2002 年再版时又增加了食指和多多;1986 年作家出版社《五人诗选》的诗人是北岛、舒婷、顾城、江河和杨炼,这个选本建构了大部分人对朦胧诗人的印象;1988 年徐敬亚等编选的《中国现代主义诗群大观 1986—1988》中芒克、多多、骆耕野、梁小斌、王家新、王小妮、徐敬亚亦被视为朦胧诗人;1993 年唐晓渡编选的《在黎明的铜镜中——朦胧诗卷》则正式以《今天》为核心,将"朦胧诗"追溯到 1978 年底《今天》的创刊。不同选本构筑了朦胧诗的不同脉络,其中"朦胧诗"论争在诗派的建构中至关重要,正是论争使朦胧诗派进入视野并沿不同方向展开。③

四、论争中的批判与修养问题

方冰批评北岛的《生活》是在追求"自由化"。相比之下,1980 年 7 月 23 日《诗刊》社举办的"青年诗作者创作学习会"上,艾青仍能从诗的内部形态入手讨论:"为什么是网,这里面要有个使你产生是网而不是别的什么的东西,有一种引起你想到网的媒介,这些东西被作者忽略了,作者没有交代清楚,读者就很难理解。"④同年《诗刊》第 8 期发表章明《令人气闷的"朦胧"》,"朦胧诗"论争的序幕正式揭开,而"青年诗作者创作学习会"的讲稿《与青年诗人谈诗》恰好发表在《诗刊》第 10 期上。这些偶然叠加在一起,艾青就"适逢其时"地被卷入朦胧诗论争的开端,遭到一些青

---

① 于慈江《朦胧诗与第三代诗:蜕变期的深刻律动》,《文学评论》1988 年第 4 期。张桃洲也曾指出"朦胧诗""游移于个体-群体之间的含混性",认为其基本特质之一即"小'我'与大'我'即个人与民族、时代的同构性"。参见张桃洲《中国当代诗歌简史(1968—2003)》,中国青年出版社 2018 年版,第 38 页。
② 王家新《"新的转机":1970 年代前后"创造之手的传递"和新诗潮的兴起》,《名作欣赏》2020 年第 3 期。
③ 徐勇《〈朦胧诗选〉的版本差异与"朦胧诗派"的多种形态》,《当代文坛》2021 年第 4 期。
④ 艾青《艾青全集》(第 3 卷),花山文艺出版社 1991 年版,第 462 页。

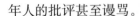

年人的批评甚至谩骂。

受谢冕《在新的崛起面前》影响，贵州诗人群创办《崛起的一代》，1980 年 11 月第 2 期推出"无名诗人谈艾青"专栏，收录哑默等人的 8 篇文章，其中以黄翔《致中国诗坛泰斗——艾青》态度最为激烈。他径直以"老人"称呼艾青，宣称"你和你的诗歌正在我们的精神世界中死去，在一代人当中死去，我们要趁你还活着的时候把你的牧歌送进火葬场"①。这已经不再是论争，而是充满怨恨的非理性的谩骂。

大部分文学史叙述把朦胧诗-新诗潮追溯至《今天》派，实际上《今天》的创办又受到以黄翔、哑默等贵州诗人到北京张贴"诗歌大字报"、散发油印与手抄《启蒙》很大启发②，由是李润霞才会说贵州诗人"在朦胧诗酝酿和崛起运动中扮演过重要角色却因为朦胧诗论争而被人为遗忘"③。他们针对艾青的极端行动也言在此意在彼，带有很强的象征姿态。次年，周良沛在《文艺报》上发表我们已经提及的《说"朦胧"》，为艾青辩护，反对将朦胧诗定于一尊，还能很好地保持一种相互协商的心态："过去，我们都被文化专制主义专政，现在我们能够百花齐放时，为什么还要自己捆起自己的手脚，订出一个统一规格，搞一花独放呢？"④贵州"崛起事件"之后，北岛、谢冕等人受到艾青误解。"崛起的不是年青诗人，'崛起'论者借'崛起'崛起自己"⑤，艾青这番话中我们能窥见其义愤。老诗人和一部分偏执的青年诗人陷入愤怒的循环，并各自将其转化为更为激烈的言辞。1981 年 5 月 12 日，《文汇报》发表艾青《从"朦胧诗"谈起》，尤其反感"一些人吹捧朦胧诗，把朦胧诗说成诗歌的发展方向"⑥，并开始对朦胧诗进行逾越诗学尺度的攻击。而这之前，程代熙刚刚发表《评"新的美学的原则在崛起"——与孙绍振同志商榷》，批评孙绍振"根本不屑于表现我们这个新时期的时代精神"⑦，各种偶然的叠加又一次把艾青卷入青年诗人的对立面，使原本处于劣势的朦胧诗处境更加雪上加霜。1983 年徐敬亚《崛起的诗

---

① 转引自李润霞《以艾青与青年诗人的关系为例重评"朦胧诗论争"》，《中国现代文学研究丛刊》2005 年第 3 期。

② 北岛在 1978 年 10 月给贵州诗人哑默的信中称："由于你们的鼓舞和其他种种因素，我和我的朋友们正在筹办一份综合性文艺刊物，希望能得到你们的大力支持……你们的诗歌已经震动了北京，就让北京再震动一次吧！"转引自张清华《中国当代先锋文学思潮论（修订版）》，中国人民大学出版社 2014 年版，第 33 页。

③ 李润霞《以艾青与青年诗人的关系为例重评"朦胧诗论争"》，《中国现代文学研究丛刊》2005 年第 3 期。

④ 周良沛《说"朦胧"》，《文艺报》1981 年第 2 期。

⑤ 转引自柯岩《关于诗的对话——在西南师范学院的讲话》，《诗刊》1983 年第 12 期；另参见王尧《"三个崛起"前后——新时期文学口述史之二》，《文艺争鸣》2009 年第 6 期；艾青《从"朦胧诗"谈起》，《文汇报》1981 年 5 月 12 日。

⑥ 艾青《从"朦胧诗"谈起》，《文汇报》1981 年 5 月 12 日。

⑦ 程代熙《评"新的美学的原则在崛起"——与孙绍振同志商榷》，《诗刊》1981 年第 4 期。

群》被围批,9 月的新疆石河子"绿风诗会"上,周良沛说:"我们是不是太天真了啊?你给他们讲学术,人家可不跟你讲学术。不是说要用不同的方法解决不同性质的矛盾吗?那好,是学术的就用学术的方法来解决,不是学术,就用不是学术的方法来解决。"①"清除精神污染运动"中,《诗刊》11 期先是发表程代熙的《给徐敬亚的公开信》,宣布徐文是"一篇资产阶级自由化思想的宣言书",12 期就有《艾青谈清除精神污染》,再一次坐实了艾青在朦胧诗-新诗潮诗人心目中的形象。

与之构成参照的是中国人民大学中文系学生李黎的商榷文章《"朦胧诗"与"一代人"》。他以艾青带有"朦胧诗"风格的《树》反驳艾青对朦胧诗的批判,尤其反对艾青不以艺术尺度评价朦胧诗②。李黎以诗歌泰斗艾青为辩论对象,且在论证过程中抓住了要害,让艾青很难对答。1986 年,李黎《中国当代文坛的奇观——近年来新诗潮运动述评》一文除了质疑"朦胧诗"概念,还逐篇分析了"三个崛起"。谈及《在新的崛起面前》时,他褒扬谢冕"平和的"观点、态度和文风,认为是 50 年代以来"批评家们所鲜有的形象"③。多年以后,谢冕回顾这段往事,"朦胧诗论争非常情绪化,很多语言都是不冷静、非理性的,也很难说是恰如其分的",而李黎的反驳文章,"在非常情绪化的环境中,能够以冷静、理性方式说出来。这让我有种说不出的感激和感动④。作为两代批评家,谢冕和李黎彼此最深刻的印象是"理性"和"平和",这里就引申出朦胧诗论争中的批判与修养问题。

凡批判都应是理性。在充分肯定《崛起的诗群》后,李黎指瑕其行文激情胜过理性,"受命于激情,而不易把握精当的分寸感"。朦胧诗的支持者曾说"中国新诗的发展的前途就是朦胧诗。如果说读者读不懂朦胧诗,那是读者的耻辱,应该提高读者的文化修养,到能够读得懂"⑤,其矫枉过正的姿态相当明显。在思维方式上,徐敬亚与柯岩等人后来径直将崛起论视为"新诗的全盘西化"、与宣称"朦胧诗永远不该是诗歌的主流"并无二致⑥,不同之处是后者可以将理性批判上升为借助权力强行干涉的"大批判",这也正是谢冕为什么在《在新的崛起面前》呼吁批评界接受以往多次对作家作品"采取行动"的历史教训、"适当容忍和宽容"的理由。

与余怒视朦胧诗为最后的讽谏诗歌不同,张雨认为"'朦胧诗'兴起,意味着一

---

① 转引自唐晓渡《我所亲历的 80 年代〈诗刊〉》,《今天是每一天》,山东文艺出版社 2007 年版,第 12~13 页。
② 李黎《"朦胧诗"与"一代人"——兼与艾青同志商榷》,《文汇报》1981 年 6 月 13 日。
③ 李黎《中国当代文坛的奇观——近年来新诗潮运动述评》,《批评家》1986 年第 2 期。
④ 谢冕《诗歌其实就是梦想——读李黎〈诗是什么〉有感》,《艺术评论》2014 年第 1 期。
⑤ 转引自方冰《我对于朦胧诗的看法》,《光明日报》1980 年 1 月 28 日。
⑥ 柯岩《关于诗的对话——在西南师范学院的讲话》,《诗刊》1983 年第 12 期。

个告别'谏者'的时代开始了"①。汉儒以来的比兴讽谏传统规定谏者要"温柔敦厚",朦胧诗的先驱作品如黄翔《野兽》(1968)、根子《三月与末日》(1971)和食指《疯狗》(1978)等早已告别温柔敦厚,展现出一股疯狂又混沌的审美政治能量。但诗歌批判与论争毕竟不同于诗歌,诗歌中允许的未必被诗歌批判和论争所允许,在这方面,李黎和谢冕、黄翔和艾青为我们提供了两种不同的批判和论争切片。

批判是文学研究者必须从事的工作,但批判须是理性的,非理性的谩骂不是批判;批判不仅要有理性,还要有修养,既能契理,也能契机。朦胧诗和崛起论可以对一体化的诗歌和诗歌批评形态提出理性批判,但也不应唯我独尊。反过来,为什么不能批判朦胧诗? 比如,李怡认为:"晦涩与朦胧,如果不是一种更为成熟的语言能力的结果反而是自我语言缺陷的无奈,如果不是思想与感受本身的丰富而恰恰成为对某些具有压迫性的感受的遮掩与回避,那么,对于它的警惕和批评是不是就具有特殊的意义了呢?"②又如,邓程认为"现代诗的晦涩和对语法的破坏主要就是由于隐喻(象征)的大面积使用造成的"③,朦胧诗最重要的手法是隐喻(象征),隐喻(象征)的目的虽是为了沟通,但隐喻(象征)的个人性却又拒绝了沟通,重要的原因即不断更新的隐喻缺少公共性,这就必然让朦胧诗陷入晦涩和不懂;而一旦懂得,朦胧诗又立刻会显示出让人厌倦和难以为继的一面。当然,这也只能是时过境迁之后的总结了。朦胧诗-新诗潮论争最初尚能保持的学理上起码的平等,却一步步滑向理性之外的权力干预,乃至论争一步步升级,除去权力代言人的傲慢,朦胧诗-新诗潮内部的偏执、非理性与不平和也难辞其咎。无论如何,有修养的文学批判或温柔敦厚的文学批判永远是被需要的。

原载于《文艺争鸣》2022 年第 4 期。
冯强:青岛大学文学与新闻传播学院副教授,青岛市首批签约文艺评论家。

---

① 余怒《诗和反诗:余怒未消》,张后编《访谈家》2021 年夏季号,第 72 页。
② 李怡《中国新诗讲稿》,中国人民大学出版社 2014 年版,第 165 页。
③ 邓程《新诗的"懂"与"不懂":新时期以来新诗理论研究》,中国社会科学出版社 2014 年版,第 24 页。

佛韵禅悟里的现代烛照：
论《桥》中佛教文化的"现代表达"

闫晓昀 ▋

中国现代作家群中，与佛教文化渊源深厚的，废名当属其一。作为黄梅子弟，废名长期浸染禅宗文化的经历，为佛禅思想的养成提供了基础，其本人亦身体力行。有关其学佛论佛的趣闻轶事，在现代作家笔下也有颇多描述。佛学背景决定了佛教文化视角在理解废名作品中的特殊作用，正如有研究者指出的，"不从禅理、禅趣、禅思来解读他的诗，是难以深入其堂奥的"①。统观废名作品，《桥》一书可谓尽显废名佛学底色的代表之作。与作者其他作品相比，《桥》中佛教元素最为丰盈驳杂，通篇沐浴在禅诗一般的清幽意蕴中，人物举止也充满"参禅悟道"的诗性与哲思意味。

那么，废名在《桥》中"礼佛"，他究竟表述了怎样的佛心禅意？这些"表象"内蕴着何种深层"奥义"？这些"奥义"又给《桥》带来了什么？本文即尝试以佛教文化为窗，浏览《桥》之风韵，寻求以上问题的答案，并思考当佛教文化行至现代，它以怎样的方式参与了现代文学建设。

一

欲借佛教"法门"深入《桥》之"堂奥"，首先要探明《桥》标识了哪些佛教文化质素。《桥》中佛韵，从意象选择开始便清晰可感。

落笔之初，废名曾想取"塔"为全书题目，因听说已有作品名为《塔》而作罢。尽管未能选用，但"塔"字的佛学语义是不言而喻的。作为"塔"的替代，"桥"同样极富佛理意味。废名在命名之初便暗示了《桥》的资源选择，《桥》中也自然而然地充斥了大量佛教意象。这些意象凭借极高的复现率为作品铺垫了浓郁的宗教底蕴，具备了呈现作品主旨的深层功能。

其中，"坟"这一意象最值得一提。现代文学史上，把"坟"作为审美对象大加渲染的，废名当算第一人。他笔下的"坟"有着别样的情调和语义。《清明》一节中有

① 王泽龙《废名的诗与禅》，《江汉论坛》1993 年第 6 期。

这样的描述："松树脚下都是陈死人，最新的也快二十年了，绿草与石碑，宛如出于一个画家的手，彼此是互相生长。怕也要拿一幅画来相比才合适。"一幕凄恐荒寂的场景，在废名笔下却诗情画意，而"'死'是人生最好的装饰""坟对于我确同山一样是大地的景致"等描述，已然超越了景物抒写，涉及生死认知的思考。

与"好生恶死"的民族传统观念不同，佛学理念里的"死亡"不过是轮回的一环，作者对此似乎深以为然。《窗》一节中，在鸡鸣寺梅院，"他（小林）在那里伏案拿着纸笔写一点什么玩，但毫无心思作用，手下有一枝笔，纸上也就有了笔画而已。胡乱地涂鸦之中，写了'生老病死'四个字，这四个字反而提醒了意识，自觉可笑，又一笔涂了，涂到死字，停笔熟识着这个字，仿佛只有这一个字的意境最好"——被世人回避的"死"字，在小林这里却"意境最好"，舍不得抹掉，当把这种"欢喜"同废名的佛学背景关联在一起时，逻辑便自然地通顺起来，其心思也可揣摩一二。无怪乎废名如此欣赏"坟"这个"大地的景致"，甚至要把它同"诗的题目"关联起来，将"坟"上升到了诗性高度，无形中赋予《桥》超然于世的佛学意蕴和哲学品格。

除坟以外，花、桥、灯、塔等暗含佛教指涉的意象也在《桥》中频繁出现。如《塔》一节中，细竹由画而想到史家庄门口塘的莲花，对小林说道："下雨的天，邀几个人湖里泛舟，打起伞来一定好看，望之若水上莲花叶。"雨天泛舟莲塘，伞如莲叶田田，这一场景如诗如画，用莲花叶比喻打伞，应景的同时，也暗自为风景增添了一丝"佛味"，毕竟"莲"的佛教语义再明晰不过。这个比喻让小林"很是欢喜"，称赞细竹道："你这一下真走得远"——经由眼前事物，到"走得远"的景致，小林显然已从具象世界升华到观念世界，满眼寂静悠远的禅意，这本身不就是禅宗理路吗？废名刻意选择"莲"作为思维跳板，是否也有向读者"明示"思想之意？答案令人寻味。

类似的表述在《桥》中不胜枚举，这些承载着佛教语义的意象被废名频频调用到词句中，处理方式也高度统一。无论是"放河灯"时借"灯"美化死之意韵，还是在"花面交映"中获得"拈花一笑"的片刻了悟，废名无一不是将意象主动放置在佛教背景中加以运用，使人物经由意象触发，到达超脱于客观世界的观念世界，并有所心得。它们的高度复现率使之具有极强的暗示功能，不仅将佛宗意味带入文本，同时也以强大的指涉力干预着读者思维，引导他们自觉地参与禅悟体验，使《桥》无论在文本层面还是接受层面上，均佛机遍布，昭示着一个观心看净的清虚所在。

仅从意象即可见，《桥》中佛韵实乃作者苦心孤诣为之。那么，废名想借其"苦心孤诣"表达什么？

"空"之理念，大概位列第一。《桥》中谈"空"的方法是多样的，"说梦"堪称最直接的手段。《金刚经》曾以梦喻空，认为"一切有为法，如梦幻泡影，如露亦如电。"鉴于"梦"与"空"在佛学思想中的互文意义,《桥》自觉地频频说梦,以表达对空的理解与追求。如细竹和琴子"摇步的背影",仿佛是在"梦里走路",两人过桥的"两幅后影"也"很像一个梦境"。这种场景极易使人跳脱对现实世界的体察,融化于似真似幻、刹那生灭的精神体验中。不仅作品提及梦的地方不在少数,反观废名造《桥》的方式,他的手法也是"痴人说梦"般的。他跳脱理性叙事,任凭意识随机跳跃,这种意念化叙事技巧与梦的缥缈不谋而合(后文将有详述),《桥》所铺陈的风情画卷,因此而具备了独特的内涵——"此画应是一个梦,画得这个梦之美,又是一个梦之空白"(《窗》)——梦、美、空,《桥》的深意尽在三字之间了。

与"说梦"功能相似的还有"镜子"。《箫》一节里,小林在女子闺房看见镜子,产生"镜子是也,触目惊心"的感触,话虽简短,但"触目惊心"四字却有点题功效。为何"触目惊心"? 无非是镜子隐喻的虚幻"镜界"与作者的认知不谋而合。因此,《桥》对具有镜像特征的虚境抱有极大热情,不遗余力地塑造一个个"美丽的虚空",使整部作品通过隐喻技巧成为一面庞大的镜子,返照着一个虚实难辨的世界。无论是《桥》中人,还是造《桥》人,都像废名在诗中写的那样:"如今我是在一个镜里偷生。"(《自惜》)在此,"我"与"镜"已难分主体客体,世界实为一种"无我"和"无常"状态,释家"四大皆空"的思想不证自明,废名在意象上的用心,也再次得以展现。

此外,"苦"也是废名钟情的佛家观念。无论当时还是现今,"田园牧歌"大概是多数读者对《桥》的第一印象。然而,与理想国想象相悖的是,《桥》中经常萦绕着哀伤气息,更值得关注的是,这一不和谐质素通常出现得十分突兀,并无逻辑铺设,连白昼和阳光也令人伤情,很有些为赋新词强说愁的意味。然而,这种"错裂感"恰好是废名有意为之。佛教认为苦是四谛之首,作为人生本质遍布方方面面,废名不惜以体验错位为代价,在《桥》的和谐光辉里杂糅了苦的滋味,借此宣讲佛家认知。需要注意的是,《桥》有意谈苦,却并未沉迷苦海难以自拔,而是"借题发挥",点出了"苦"中内蕴的超越性因素。《钥匙》一节里,小孩牵着羊,携母亲的手回家的场景打动了小林。"他想,母亲同小孩子的世界,虽然填着悲哀的光线,却是一个美的世界,是诗之国度,人世的'罪孽'至此得到净化。"这段描写非常典型。孩童牵手母亲的温馨画面,竟也填着"悲哀的光线",可谓无缘无故,但这种"无厘头"的苦却彰显了苦的本体性:它是事物本质,是自在之物,即使美好安宁也不能抵消。同时,废名也未止步于"诉苦",而是笔锋一转,将苦与美和诗等同,升华至"净化罪孽"的高度,为苦找到了"自救"路径。《清明》一节中也有类似描述,"琴子微露笑貌,但眉毛,不是人生有一个哀字,没有那样的好看"。此处的"哀"同样莫名其妙,但"哀"字里也不只有"苦"味,还滋养了美的体验,激发出作者的怜惜之情,从宗教角度看,这种广博的悲悯,的确是"救苦"的有效思路。

正因如此,《桥》里的苦才总能以柔情的面貌示人,美、诗、悯、爱附着其上,充满救赎精神。尽管并无救世之主,萦绕《桥》中的"苦",却也被母子的影像冲淡了,被女子的柔婉抵消了,被村庄的静谧覆盖了,被小儿女无邪的恋爱遮掩了。这造就了以"慈悲之心写人间悲苦"的废名,也使《桥》中无论妇孺老幼、山川景物、人际往来,均沐浴着柔情光辉,达成了乐园样貌,这也许是读者乐于将其视为牧歌的根本原因。虽然在救赎方法上略有差异,但价值观念上,《桥》依然与释家"救苦"的理念达成了共识。

在传递概念的同时,废名的"悟道"还涉及世界观思考。《黄昏》一节中,小林陷入了对"存在"和"世界"的思索,并得出这样的结论:"这个世界——梦——可以只是一棵树。"一个奇怪的公式形成了:世界=梦=树。梦的指涉自不待言,这里的树,显然也不是植物学概念上的树,它与"世界"和"梦"关联,成为承载着抽象观念的载体,很容易使人想到"一花一世界,一树一菩提"的说法。

为何世界的本质(如梦幻境)会是一棵树?追根溯源,还得从《桥》的宗教背景谈起。依照佛家观点,世间万物均有"真如",可互相转喻,这一点在禅宗一脉尤为明显。从谂禅师回答"如何是祖师西来意"时,答曰"庭前柏树子",意思是佛性触目皆是,自在而得,不必刻板求索,所谓"青青翠竹尽是法身,郁郁黄花无非般若"。这一理念观照下,上述公式丝毫不奇怪——世界本质是"空"(梦),空里充盈着无限真如,真如可散落在任何具象上。废名用树来隐喻世界,也许仅仅是思维随机掉落到"树"上而已,是树是花都不重要。《窗》一节中所言"人的境界正好比这样的一个不可言状,一物是其着落,六合俱为度量",即是这种认识的结果。"物"与"六合"同人一样,共具反映"境界"的能力,物我不二,处处智慧,《桥》也因此显得哲思意味十足,十分讨巧地传递出废名对佛教世界观的认同。

实际上,《桥》秉持"真如遍布"的世界观也属意料之中。郭绍虞曾说:"禅家靠悟,而诗人则于悟外更有事在。"这句话道出了"悟道"在宗教和文学里的差别:要写好禅诗,除心领神会外,还需让禅意有所"附着"。当这一虚实矛盾摆在废名面前时,"真如遍布"恰好为他提供了解决的好方法——死虽虚空,坟却是真实的;梦虽缥缈,镜却是可感的;世界虽抽象,树却是具体的。这也许是《桥》钟情于"意象"的原因,深意几乎都由它转喻,少有直白辩论。因此,《桥》从未沉入纯粹的理念世界,而是在实境中求虚境,从具象中觅抽象,所有的努力,都是为了形散神聚地打造一个"整体性意境",提点读者刹那"顿悟"。诚然,这对读者来说颇为艰难,无怪乎周作人称"废名君的文章是第一名的难懂"。①

二

于是一个疑问自然地产生了：废名冒着"难懂"风险，牺牲作品的可读性，将本该风情万种的故事讲出了思辨滋味，他究竟想"启悟"些什么？

直观来看，废名最想明示的，大概是对禅宗一脉的偏爱。上文我们遵循由表及里的理路，对《桥》中佛韵做出了梳理，从表象（意象）入手逐渐走进废名的思想深层（世界观），越到后面，禅宗的主导意味越突出，《桥》"悟道"的方法和"悟到"的结果，都汇向了"禅"的殿堂，《桥》的整体风貌，也同"水穷云起"的传统禅诗形成了呼应。

与其他外来文化相比，无论从时长、深度还是广度来看，佛教都是影响中国文化最甚的一脉，以至于有学者结论道，不研究佛教对中国文化的影响，就无法写出真正的中国文化史、中国哲学史甚至中国历史。② 中国文学史上不乏小说与佛教结缘之作，然而创作目的多在于宣扬封建文化价值观，内含有不少落后质素，冲淡了佛学理念的纯粹性和崇高性，有些作品甚至演变为"实用性迷信文学"，到了传统小说最盛的明清时期，世俗化最甚的净土宗几乎成为佛教辐射文学的凭借。幸运的是，现代小说家对此并非无所作为。

就《桥》而言，此中之"佛"，无论内涵还是外延，均呈现出"现代释家"风范。它的审美世界质地轻盈，富于理趣，并未出现传统小说涉及佛教时常见的世俗驳杂意味，这与《桥》对佛教资源的筛选直接相关。

面对不同宗派，出身禅宗之乡的废名，对禅宗一脉表现出明显偏好。禅宗独胜也成为佛教文化发展至现代的一个显著特点，以致出现谈"佛"也即谈"禅"的情势。禅宗主张"见性成佛"和"顿悟成佛"，一旦觉悟自身本性，无须漫长苛刻的修行便可达到理想境地，"担水斫柴"亦是"妙道"，这种简易性和通俗性与当时的变革语境十分相配。更为重要的是，面对佛教资源时，现代作家作为知识者，本能地依据个体定位作出了选择。他们继承了传统士人对禅宗的偏爱，崇尚理趣，追求静观体悟，侧面推动了禅宗的现代复兴。近代宗教家太虚法师在《中国佛学》的开篇谈道："佛法由梵僧传入，在通俗的农工商方面，即成为报应灵感之信仰。在士人方面，以士人思想之玄要、言语之隽朴、品行之恬逸、生活之力简，遂形成如四十二章经、八大人觉经等简要的佛学。……如此适于士人习俗之风尚，遂养成中国佛学在禅之特质。"这段论述不仅点明了佛教"下行"时的俗化归宿，更指出了其"上行"至士人层

---

① 周作人《枣和桥的序》，《周作人自编文集·苦雨斋序跋文》，河北教育出版社 2002 年版，第 107 页。

② 季羡林《我和佛教研究》，《佛教与中国文化》，中华书局 2005 年版，第 18 页。

面时,中国知识者们对"禅"的一贯追求。正是"简要"和"理趣",促成了现代小说家们对禅宗的选择。《桥》作为结晶之一,它对内观的追求,对整体性意境的执着,对"顿悟"的推崇以及行文方面的"不落言筌",都恰如其分地折射出现代文学对禅宗的偏向。

然而,经受了启蒙观念洗礼的现代小说家们,仅是用"禅"来娱己明心吗?当时代的重任落到作家身上,即使"禅"若废名,也实在难以(也许根本不能)闭门读经,只求自身超越。只不过,轻盈的表达更需借助趁手的工具,才能和谐而有效地释放沉重意义。对废名而言,他一向熟悉的禅宗,自然最理想不过。

实际上,禅宗本身即是内蕴着革新精神的宗教流脉,这一特质显然被废名感知并运用到《桥》之意"。那么,作为一名"现代禅人",废名经由"轻盈"的禅意,婉转地释放了哪些"沉重意义"?

首先,《桥》中内蕴的"平等"诉求,也许是禅宗这棵"老树"借废名之手,在现代文学土壤里开出的"新花"。在普遍认识中,清规戒律是佛教修行必要保障。然而,自慧能而始的南禅却走上了另一条道路。它进化为简易之法,强调"即我即心即佛",摈弃权威和戒条对"成佛"的规束,这一行为本身即暗含了反抗之意。据记载,慧能得法后避难于猎人队中,"每至饭时,以菜寄煮肉锅。或问,则对曰:'但吃肉边菜。'"(《坛经》契嵩本)禅宗破除权威、改革思想的自由之势,从这一著名典故中可见一二。革新后的禅宗主张成佛之路上并无高低贵贱,认为人人皆有佛性,而佛性本无差异。在现代思想萌芽的时期,这种潜藏于禅宗的平等观念显然被废名所发现、认同和择取,并结合现代背景进行了升华。在佛性平等的观照下,废名找到了表达个人理念的最佳方式,于不动声色中消解了伦理纲常和森严等级对于社会秩序的统摄,将众生放置于灵魂平等境遇。《桥》中人无论男女老幼,皆为无身份框定的自然人,与同时期常见的乡土小说相比,它并未致力于批判现有社会结构和伦理秩序,而是直接构造了一个无阶级差别、无身份差别、无等级差别,甩脱礼与名限制的理想社会。虽然从文化渊源来看是传统的,然而《桥》的思想本质却是极为现代的,它所宣讲的佛教文化,也在思想解放的语境中具备了时代使命的新意味。

因此,当把"禅宗"和"时代"两大要素捏合在一起时,《桥》谈死、谈空、谈苦、谈真如遍布,难免都内蕴了现代指涉。如面对《桥》的"悟空",当我们脱离浅表的宗教语义,从创造主旨上深入解读时,便会发现废名并未止步于感叹人事虚空,而是从认识论层面拒绝绝对控制的存在,毕竟"本来无一物",个体的存在尚被怀疑,统治个体的规矩和权威又将焉附?在"空"的统摄下,废名钟情于坟,似乎也获得了合理解释。由坟表征的"死",终将把世间诸灵接引到统一的"空"里,沐浴"大公平"的美丽光辉。这与传统文化中对人之归宿的设定有显著的不同。儒家用"君子"和"伦理"规范人的最终价值,传统的道家和佛家则把升仙、成佛作为终极向往,无论哪家,"人"总在框架中难以自由,而废名借"坟"悄然间消解了这些束缚,把它称作大地的景致。值得玩味的是,废名到此即止,并未进一步渲染"死"的宗教意义,由此也可猜度,虔诚礼佛的废名,"礼"的究竟是不是那个传统意义上的佛。又如《桥》谈"真如遍布",宣讲的显然是佛性面前万物平等,并无绝对权威或唯一道路可言。因此不难理解为什么《桥》中"救苦救难"的方法既非至高救主,也非法理佛经,而是在爱、美、诗的抽象话语中实现了苦的救赎,这种"泛神"式的崇拜,从根本上奠基了"平等"意识的存在基础。在中国文化刚从封建桎梏中解脱之际,这种将个人从秩序中抽离出来的表达,显然有它明确的意图,《桥》的谈禅论道也不再是"食古"那么简单。

其次,在获得真理的道路上,禅宗对"个体"给予了充分重视。它积极肯定自我在成佛之路上的能动作用,强调"佛是自作性,莫向身外求,自性迷,佛即众生,自性悟,众生即佛",主张"自识本心,自见本性",认为只有凭借"自性自度"才可到达理想彼岸。它注重精神实质,抛弃了刻板形式,消除了宿命观念,不计因果前嫌,主张依靠主观能动的现世修行顿悟成佛,暗含着积极的入世态度,同时也暗合了现代思潮对于个体意识的追求。废名显然对此十分青睐,遍布于《桥》中的"顿悟"时刻,其背后的文化指向颇耐人寻味。小林等人在外部环境的触发下,经由眼前物或景,片刻间即可在精神的自我升华中获得强烈的情绪体验。这种"顿悟"式的情绪描写看似是一部抒情小说采取的叙述策略,然而,主人公的情绪体验已不再捆绑道德教化等群体性规则,智慧与真理的获得也不靠救世神提点,而是人在主观能动中,依靠自悟,到达自由超越的审美境地。这一点在废名的"救苦"中体现得最为明显。尽管苦是《桥》的自在之物,但并非不可超越,它完全可以救赎,然而救赎的方法不再是讲经说法,艰涩修行,而是在寻常生活场景中,经由人(母亲、孩子、少女)之本身内蕴的人性力量(即爱与美等现代话语)实现"救苦",是一种典型的"自度",只不过自度的介质,与传统的禅学观念相比,更富"新意"而已。

似乎可以这样小结:《桥》中的禅悟,是带有现代意味的禅悟。禅宗里蕴含的现代性质素暗合了正在行进中的思想革命的步伐,这一特征被废名发掘并升华,"禅"也成为《桥》表达意义的趁手工具,为小说赋予独特风貌的同时,也在现代禅学者手里获得了新义。

倘若读者在废名的引导下渡过了这座晦涩的《桥》,便会发现对岸的第一道景观,是一个糅合了新质的禅悟世界。废名虽置身"佛"这座古老的大厦里思量世界,然而真正为他提供观望视野的,却是"禅宗"这扇与现代思想合拍的小窗。废名凭借对于禅宗的选择性传承,"借花献佛"地表达着对个性平等、反抗权威和个体自主等现代思想的认同,使佛学在新时期获得了契合时代的新品格与新内涵。这一事实证明传统与现代间并不存在黑白分明的割裂,传统里同样可能隐含着现代因子,可在升华中实现与现代思想的接榫,适应文明进程的需要。《桥》通过对禅宗革命性精神内核的发掘与光大,给传统理念种下了一粒现代转化的种子,同时也为佛教文化在现代开阔了一片新的生存空间。

三

由此可见,尽管《桥》拥有轻盈超越的禅境之表,但"话里有话",《桥》经常被当作牧歌理解,对废名来说,也许更多是被误读的无奈,正如他在《说梦》一文中谈到《桥》时的"吐槽":"我的一位朋友竟没有看出我的眼泪。"

《桥》的"眼泪"为何而流? 答案从被多次提到的"苦"中即可见端倪。《桥》的苦无非指向两个方向,悯人与救人——废名献给"佛"的那朵"花",始终是现代文学说不尽的那个"人"字。

小说,从文体本身来讲,便无法跳脱"人"而存在。小说旨在"讲故事","故事由人物间的矛盾冲突构成",组成故事的"事件"也是"具体的场景与人物组合"①。然而,《桥》毕竟是一部"参禅悟道"的小说,讲究空寂超越的宗教氛围,如何在打通人与佛之间屏障的同时还能两者兼顾? 在此,禅宗对于《桥》的意义再次显现出来。

如前所述,相比其他流派,禅宗的修行道路相对灵便,砍柴担水中亦可领会妙道,它强调主观能动的顿悟,修行的起点和终点都在"我"之上。这种对人的尊重,与"以人为本"的现代观念取得了一致,为现代禅学者的废名大开了小说叙事的方便之门,不仅解决了小说无法逃离"人"的问题,还保全了废名本人的"佛心"。同时,禅宗的简易与平易,促进了佛学从庙堂下行至普通民众,受众群体相当可观,以禅喻世,还可凭借其"地气"摆脱理论阐释和哲学宣讲,经由清晰易懂的具体生活表达主体思想,非常适合观念普及。两点综合在一起,驱使禅宗成为废名观察世界、表达价值的窗口,废名以此为据,以看似游离的方式汇入了"人的文学"主潮,造就了一个佛韵之外仍有"人气"的文学世界。

中国文学史上,与佛教有关的传统小说尽管常以"度人"为纲,但作为个体的"人",实则脱离在主线之外,或成为清规戒律的表征,或成为彰显佛之荣耀的中介,大多囿于"工具"而非真正的"目的"。即使颇得禅宗精髓的禅诗,也好以山水比禅,

---

① 周海波《中国"现代小说"的理论构成及其文学史意义》,《中国社会科学》2020 年第 4 期。

着重表现无人之境的空寂辽远,即使"有人",人物也无非是禅韵图景的点缀,反具"蝉噪林逾静,鸟鸣山更幽"的功效。

相形之下,《桥》虽"镜花水月",但始终没甩脱个"人"字,返照的仍然是社会主体的意义。如《路上》一节中,废名借小林之口说到,"这个路上,如果竟不碰着一个人,这个景色殊等于乌有"——美景之大美,需"有人"才能确立,与追求"无人"的传统禅诗相比,"人"字的分量可见一斑。与此类似,《窗》一节中这样写姐妹二人,"她还是注意她的蝴蝶,她还是埋头闪她的笔颖,生命无所不在,极此一枝笔,纤手捏得最是多态,然而没有第三者加入其间,一个微妙的光阴便同流水逝去无痕,造物随在造化,不可解,使造化虚空了"。这些语句均指向一个思维的向度:妙境若不为人(所谓第三者)欣赏和领悟,那真是彻底"虚空"了,可惜可叹。可见,"人"始终是废名观念世界的支点,每有所得,总是因人而起,最终也总要落回人之上,才算悟得正果,这使得《桥》并不像古典禅诗一样清虚,而是别具切实内里。从"无"到"有",从虚到实,可谓"禅与诗"的千古话题流转到废名手中后,发生的最显著变化。

在对"人"的关怀中,《桥》实际上将佛教传统的"出世"情怀,演化为一种现代的"入世"热情。这一结果,首先仍是废名的禅宗偏好决定的。也就是说,悟道要基于具象生活,世俗世界也可为理想世界。这一立足现实的主张,可谓禅宗最具现代意味的主张之一。《桥》中虽充斥着"虚境",但正如第一节所述,虚境总是经由具象和实景升腾而出,从未落入以空对空的理路,也许便是对这一主张的践行。作品看似对现世无亲近之感,实则颇为关切。

实际上,废名一贯不以"出世"为文学追求。在《妆台及其他》中,他曾说道:"我忽然觉得我对于生活太认真了,为什么这样认真呢? 大可不必,于是仿佛要做一个餐霞之客,饮露之士,心猿意马一跑跑到桃花源去掐一朵花吃了。糟糕,这一来岂不成了仙人吗? 我真个有些害怕,因为我确是忠于人生的……"这一表白,实在是再明显不过。似乎要为这表白作个注脚,《荷叶》一节里废名这样写道:"她当阶而立,对于小林是一个侧影,他不由得望着她的发髻,白日如画——他真是看得女子头发的神秘,树林的生命都在一天的明月了。上来的那两个女子,已在阶前最后几步,他望着她们很明白,但惊视着,当前的现实若证虚幻。"这段描写虚实交融,颇有思辨意味,然而小林对于"生命"和"虚幻"的形而上体悟,却是由"女子头发"触动而来。小林对女子的头发实在有莫名的热念:要去"高山上挂发",让头发成为"人间的瀑布",想躲到女子的"头发林"里看个究竟,"女子梳头"的场景更是频频出现,每每都能引发人物的超越体验。然而,我们在升华意境的同时,务必也要警醒,女子头发,本身就暗合情爱指涉,是世俗男女羁绊的表征。《桥》尽管披着空净的禅佛外衣，但故事骨血依然是小儿女的懵懂痴恋，人物无处不在的"悟"，也非凭空说道，而是始终有根人情的丝线牵引，未曾飞离到缥缈的观念世界中去，废名最终呈现的仍然是禅意观照下真、善、美的"俗常"图景。这是一个极度理想化的世界，它既有仰望星空的高远，又有脚踏实地的贴切，可谓废名对于现实社会的终极期待，此中深意，我们大概也可揣摩一二。

所以，《桥》写佛，究其根本，还是为了写人，写人之存在，写人之本性，写人之能动，写人之悲苦。这些沉甸甸的思考未被他人感知，废名才"不满"朋友看不到他的眼泪。由此也可再次确认，废名无意塑造一个只管沉浸而不升华的理想境地，他自有哀愁，这种哀愁对《桥》而言具有结构性意义，促使它最终呈现出挽歌氛围，传递的正是基于人之思考的"沉重意义"。但是，肯定"挽歌"的同时，我们也无法忽视《桥》的"牧歌"成分，毕竟无论表里，它都有作为牧歌存在的理由。浅表的宁静氛围自不待言，人的"自足"，也为《桥》的精神内里覆上了一层理想纱衣。这是一种强大的能力，在《桥》中，无论爱与美，还是慈与悲，这些崇高的精神体验，都是人向内开发，自求所得，人也从中解脱，获得崇高的精神升华，这种理想人性的确是构成"牧歌"的重要因素。可见，无论怎样定义，挽歌也好牧歌也罢，《桥》的目的始终明确而统一，它要表达的，始终是对人的思考与探索，"禅"这一古老词汇，也经由《桥》的转译，在废名手里获得了更为开阔的视野。

在《桥》落笔的 20 世纪 20 年代，对于作家们而言，时代的精神与目标都十分明了，在这种语境下，废名关注人、悲悯人、欣赏人，用爱与美等现代话语来"救苦"的行为，便有了更深刻的语义，贯通了作家对社会实际问题及其出路的思考。《桥》虽看似背离时代主潮，然而，但凡能看到作者的"眼泪"，便能感知它仍与疗救社会、呼唤人性的批判性小说保持了思想的一致。废名通过摹写"人"字，升腾了一个理想境地，这里的"理想境地"，结合现代语境来看，显然不仅是宗教范畴里的"得道"那么简单，其"道"中更有诸多现世意义。《桥》代表了现代作家应和现代思潮的另一套方案，其回响一样悠长深远。

可见，废名对传统的回归绝不是盲信式的宗教皈依，他追求的是一种既超脱又烟火的多重境界，考量世界的原则始终在于"以人为本"。废名凭借"禅"的超越性及独特内涵，离弃了仕途经济、道德规范、才子佳人、王权贵族、殿堂高阁等传统小说主题，转而关注普通民生，推动佛学与人学在精神本质上形成了交汇。他画出了一座颇具古典情韵的《桥》，然而仔细端详每条笔画，都能看到一个潜伏的"人"字，宣讲的仍是现代文明对于人的呼唤。这不仅证明废名的禅悟是与现实社会及现代思考融为一体的，同时也证明经由"现代表达"之后的佛教文化，同样与之密切相关。在这一创作主旨的带领下，《桥》看似佛性遍布，但并未出现传统意义上的庄严佛身、僧侣寺院、教理法事、宏伟大道，废名也无意说教，这种策略使《桥》无须恪守佛理框架，无须考量读者期待，避免了陈腐与媚俗，从根本上保证了佛家应有的自由与崇高，对佛教文化而言，这看似是"转化"，实则是"回归"。《桥》以其实践证明，当佛教与小说相遇时，未必一定要折中妥协，它完全可以在保障"清虚"本质和"度人"初衷的同时，还能有所拓展，收获"合时宜"的新意。

这种叙事目的的移动和由此而来的叙事效果，使《桥》的"作读关系"同传统小说相比差异巨大。传统小说追求"说书人"与"听书者"的亲密，听众越多，听得越明白，作品越成功，而《桥》对"作读关系"的态度可谓十分"豁达"。其中私人化的情绪相当丰富，如同一位特立独行的演奏者沉浸于个人表达，不凝视乐谱，也不取悦观众。在宣讲真义方面，废名也不用经文典故等惯常手段启迪佛理，而仅凭抽象的"造境"点悟读者。他总是将人物的悟道行为呈现给观众而不作深解——有共鸣者自然能领会深意，无共鸣者权当读一篇诗罢——客观上，这使得《桥》十分晦涩，然而这种晦涩造成的功效却是奇特的。读者在废名的"不求甚解"中，注意力不自觉地旁落到对朦胧意境和抽象观想的体悟中去，构成了作者、人物、读者共同参禅的奇妙景观，打通了三者之间的壁垒，对中国小说的现代化之路起到了有益的助动作用。

四

至此，《桥》中佛教文化的"现代表达"，终于从内容来到了形式。

《桥》问世之初，曾有人评论道："读者从本书所得的印象，有时像读一首诗，有时像看一幅画，很少的时候觉得是在'听故事'。"[1]这应该代表了绝大多数读者对《桥》的感受。朱光潜也认为《桥》"实在并不是一部故事书"，并把它称作"中国以前实未曾有过的文章"。废名为什么要放弃小说对"故事"的追求，架起一座"难过"的《桥》？《桥》又是凭借什么，成为批评家口中的拓荒之作？

答案仍在《桥》的一片禅心里。早在谈"空"时，废名便不得不直面一个问题——"空"作为至高智慧，想说透一二，一不小心便会落入言不尽意的窠臼。也许是实在道不明，也许是有意用语言的失效配合"空"的奥义。通观全文，"语言"二字，显然在《桥》中失去了小说叙事中应有的理性特征。废名在叙述的关节之处，频繁放弃对语言逻辑的追逐，致使《桥》中遍布了非逻辑性的碎片叙述，"故事"悄然旁落，只余"莫名其妙"的空白体验。刘西渭谈到作《桥》的废名时说："（他）渐渐走出

---

[1] 灌婴《桥》，《新月》1932 年第 4 卷第 5 期。

形象的沾恋,停留在一种抽象的存在。"①这一结论十分精准。

对抽象的重视为废名提供了体验世界的新视角,促使他放弃形象,采取了避开逻辑语言、在模糊印象中传达观念的方法。实际上,《桥》那镜花水月般的意境,的确难以描述,还是沉默、空白、观想等概念与之最为般配,正如废名借小林之口的"表白":"他欢喜着想表示一句什么,什么又无以为言,正同簌影不可以翻得花叶,而沉默也正是生长了。"(《荷叶》)也许在废名看来,"一落言诠,便失真谛",为保留真谛,"无以为言"大概是最好的选择。然而,文学创作毕竟无法割离对语言的依赖,为两全其美,废名最终主动或被迫地,选取了疏远"逻辑性"语言的折中方案,既满足了小说对语言的基本需求,又确保了语言不会束缚思想的恣肆。

在这一方案的引导下,越近结尾,《桥》的语言越跳脱,废名也越向"不落言诠"的语言理想靠近,有时干脆中止叙述,放弃完整表达,放纵意识游荡。如《钥匙》中,小林见到一处坟(废名着实钟爱坟),念到"'这不晓得是什么人的坟,想不到我们到这里……'他很是一个诗思,语言不足了,轮眼到那一匹草上的白羊,若画龙点睛,大大的一个佳致落在那个小生物的羽毛了,欢喜着道:'这羊真好看。'"——《桥》中人常常如此这般,玄妙意境充盈于心,却又无法言明,只好"顾左右而言他",真意但凭体会,正所谓"人的境界正好比这样的一个不可言状"(《窗》)。至此我们也似乎理解了《桥》"非逻辑性"中的"逻辑":如何能用"物"来表达"本来无一物"?以空对空,是无奈也是必然,然而,其结果却是十分奇妙的,废名的"不落言诠",带来的正是"妙不可言"的境界,境界中自有"真谛"滋长。

一言蔽之,在造《桥》的过程中,废名离弃了语言的逻辑性,转向非逻辑性表达。因此,既不脱离语言,又不依赖语言逻辑的"意念"二字升腾而出,成为废名"造境"最合适的砖瓦。其实,早在分析废名的意象处理时,"意念"的引领作用便可见一二。一般来说,小说采用意象,目的在于完善表达,使故事更为清晰,而废名却借由意象,每每将叙述引向更为模糊的境地。表面上看,似乎意象的语义非常明确(如坟),然而它最终指向的,却是莫可名状的体验(如空),遵循着由"实"到"虚"的理路。

因此,每当现实场景触动人物时,人物总是超越实境,置身"意念现实"之中。如《塔》一节中,细竹说到雨天泛舟的情景,激发了小林的想象,小林似乎已独立湖边遥望泛舟之人,并为此人姿容所吸引,赞美道:"你看,这个人真美。""这个人"显然是"无中生有",却来得如此自然,读者仿佛也跟随小林视线,实实在在地看到有

---

① 刘西渭《〈画梦录〉——何其芳先生作》,《李健吾批评文集》,珠海出版社 1998 年版,第 132 页。

人乘一叶扁舟漫行水面一样。这种人造的"意念现实"处处可寻,与实境相比,它往往更具美感。可以说,《桥》的诗学理路,正是从现实转向意念,探求现实中无法实现的妙境。在人物的思维跳跃中,《桥》成为现代乡土描写中的异端,由"色"走向"空",且色、空的转化总是不留痕迹,仅仅是笔锋一转,便将读者由"读故事"引向对境界的体悟。

实际上,这种以"意念"体察现实的方式,本身即是"顿悟"之道,所谓识心见性、以心生法,其中"心"的维度落实到文字上,无非便是联想、幻想、观想等内观倾向。因此,无论从客观还是主观来看,语言的废止,意念的升腾,似乎都是《桥》必然的归宿,目的在于穿越表象、直指人心。在这一理念的指引下,《桥》虽故事松散,但"意念"始终穿针引线,每每把叙事引向"虚境"和"内境"的统一终点。如《窗》一节中有这样的描述:"看她睡得十分干净,而他又忽然动了一个诗思,转身又来执笔了。……又想到笑容可掬的那个掬字,若深在海岸,不可测其深,然而深亦可掬。又想到夜,夜亦可画,正是他所最爱的颜色。"这段描写可谓"凌乱"无比,作者显然已经放弃了对真实世界的专注,完全跌进跳跃的意识世界。女孩的睡姿在此仅是一个跳板,在意识起跳后便失去了意义,之后引领叙事的,始终是流动的意识,它飞速地将阅读从实景引向虚地,由外部引向内部,以求实现"穿越表象,直指人心"的初衷。

这很像现代"意识流"小说的组织方法,"颇类似普鲁斯特与伍而夫夫人"(朱光潜语)。当代有学者提出"心象小说"①概念,用以概括《桥》的文类归属,也是十分有道理的,所谓的"心象","可以看做是废名在创造性的自由联想中生成的一个个拟想性的情境"②。正是这些非逻辑性的"拟境",赋予了《桥》一个整体性"心境",为"识心见性、以心生法"提供了可能的土壤。这种独特的架构方式,也许本身便是废名"参禅悟道"的一环,在作者意念的跳跃和语言逻辑的失落中,《桥》通过镜像式隐喻技巧,成为一面庞大的镜子,镜中孕养着一个似是而非的世界。废名深潜至这一"镜花水月"的非理性王国,形神兼具地传递出人生如梦、真如遍布等佛教精髓,小林等人也在这幻境中不停地"故弄玄虚",启迪读者共同感念"顿悟"妙道。

可见《桥》的"表"与"里"边界非常模糊,它们纠结交错,难分难解,废名也干脆放弃了对两者的分辨,"丢开一切浮面的事态与粗浅的逻辑而直没入心灵深处"③。因此,想从《桥》里获得情节上的满足似乎很难,在丢弃"事态"和"逻辑"的过程中,传统的小说创作对情节的执着也变得散漫,整部作品逻辑异常疏松,虽然以恋爱故

---

① 吴晓东在《镜花水月的世界》中即以此来指称《桥》一类小说作品。
② 吴晓东《镜花水月的世界》,广西教育出版社 2003 年版,第 195 页。
③ 孟实《桥》,《文学杂志》1937 年第 1 卷第 3 期。

事为主线,然而情爱进展显然比不同时代同题材小说平缓太多,几无激荡冲突,关键情节处甚至仅用寥寥数语一笔带过,无怪乎读者们觉得它不像一个"故事"。与这个不像"故事"的故事相配,《桥》的人物塑造也极其模糊,与其说"塑造",不如说废名像作写意画那般,随便涂抹几笔,为人物勾出个轮廓形神而已。

这种叙事方略,使《桥》从整体风貌来看,更像一篇美术作品。它虽写世俗村落,不外儿女情长,但读来满眼净寂空山、青田流水、莲动竹喧,尤其工于营造空旷、清幽、静默的无人之境。《碑》一节中有这样一幅场景:小林一人走在旷野,夕阳西下,别无行人,旷野辽阔,一目难穷,这一场景不禁使人联想到无量无边的三千世界,小林也仿佛悟得了此中妙处一样,"一眼把这一块大天地吞进去了"。这种空寂中见禅意的文学品格,跟传统禅诗毫无二致。从语义上看,"禅"本身即是静虑止观之意,主张以虚静心灵体悟心外之物。因此,受禅宗影响的文人历来追求虚空境界和清幽寒寂的审美情趣,以此修建心无挂碍、自由静寂的精神疆域。这在古典文学中不仅是一种精神所向,甚至成为判断作品优劣的标准,苏轼所言"欲令诗语妙,无厌空且静",大概即由此而来,《桥》亦堪此言。《桥》写景色,颇有"曲径通幽处,禅房花木深"的静娴;写境界,颇有"人闲桂花落,夜静春山空"的幽寂;写情韵,颇有"山花落尽山长在,山水空流山自闲"的顺达,于"空且静"中蕴藏了无限奥妙。"情节"对于小说的意义,在这抹禅机中悄然破除,换来一个整体性意境盘旋纸上。黄思伯曾说废名"一两句话,可以指出一个鲜明的境界,使人顿悟"[1],可谓一语中的,但当我们意识到这种"顿悟"是由"小说"而非"诗"来实现时,该小说的"破天荒"属性可谓再鲜明不过了。

至此,本节开头的问题似乎有了线索:废名为什么要离弃"故事",《桥》又是凭何而"破天荒"。

显然,废名要追逐的"彼岸",用传统数路已经无法达到,他必须艰难地开疆扩土,为其"佛心"寻找贴切的表现方式,在守住纯粹性与崇高性的前提下,把"现代化"了的佛教文化,恰如其分地传递出来。所以《桥》不得不对"作读关系"作出根本改变,放弃用故事取悦读者的老路,通过语言退场、情节淡化、意念升腾和境界塑造,尝试用人物的悟道启迪读者的悟道,最终实现作者本人的创作目的。

无意也好有意也罢,从结果来看,废名的确是通过佛教与现代思维的两相结合,为小说创作提供了全新的思路与面貌,实现了小说文体的"破天荒"。在现有文体框架下为《桥》做出准确的归类很难,《桥》也正如朱光潜所言,"体裁和风格都不愧为废名先生的特创"。这种新颖又艰涩的创作方略,造成了《桥》意料之中的"难

---

[1] 黄思伯《关于废名》,《文艺春秋》1947 年第 1 卷第 3 期。

懂",然而若能了望"难懂"背后的语义,所谓的"难懂"实则再容易不过。

五、结语

不少学者认为废名的小说隐含有一种"反现代性"主题。确实,在废名的文学世界中,少有对"现代"的直接表述,创作理念看似也更倾向于"传统"。他在思想激荡的年代,仍然从传统中吸取养料,构建起一个桃源风情的纸上世界,似乎也成为这一观点的明证。然而这里的"传统",早已非彼传统。作为一名现代小说家,废名凭借现代意识为佛教文化附上了一层滤镜,赋予它现代意味浓郁的内容、观念和言说方法,呈示了当佛教同现代文学结缘时,衍生出怎样的性格特征和外在形象,对传统佛教文化进行了一次卓越的"现代表达"。

这种"现代表达"的意义是相当卓著的。

首先,在"现代表达"中,《桥》实现了佛教文化的传承,使之在传统文化整体遭受质疑的时代获得了生存空间。它尤其坚守了佛教的崇高与纯粹,促使读者用严肃深沉的阅读态度来解读作品、消化义理,无形中赋予《桥》精英文学品格,将与佛教相关的小说从传统的消遣文学,提升至思辨意味浓厚的严肃文学。

其次,在"现代表达"中,《桥》亦实现了佛教文化的转化。它挖掘了传统佛教文化中的现代因素,将其纳入思想革命轨道,使之成为现代文学建设的一股力量,证实了传统文化是民族文化中难以抹除的根性组成。即使在变革时代,它仍具备生命力与塑造力,现代文学完全可以在全新的历史背景下,从传统中吸取适于自身发展的精神食粮。

再次,为寻求精准的表达方法,《桥》以其探索性实践促进了小说文体的开疆扩土,通过独有的叙事方略和文学风格,进一步打破了"小说"框架,为小说的现代化进程助上了一臂之力,丰富和影响了中国现代文学的形式与风貌。

美国学者史书美说废名是"传统中的现代"①,这是十分中肯的评价。废名通过对佛教文化的"现代表达",履行了全新历史背景下一位现代作家应尽的义务,无论从内容、形式还是目的上看,都是对佛教文化的新阐释。这不仅成就了废名在文学史上独特的价值,也为佛教文化在现代文学领域开辟了一方新图景。

在多数现代文人直接向西方文明寻求支持的时代,废名从自身文化资源中发现了进步的可能,为"传统"与"现代"搭建起沟通彼此的一座"桥",为现代性的表达开辟了另一条可行的道路。事实上,由内部实现自我突破,远比直接采纳外来观念要困难得多,但倘若实现,文化血脉的坚固与惯性决定了它将具备更为深刻的渗透

---

① 〔美〕史书美《废名:传统中的现代》,《殷都学刊》1994年第4期。

度与影响力,其颠覆意义也将更加显著。《桥》提示着我们文化传承与转化的必要性与积极意义,这些看似疏离时代的作品,维护了现代民族文学的多样性与完整性,为现代文学留存了一片风貌独特的园地。把握其中的文化符码,不仅可为现代文学的深解与重读提供可能的新维度,也可为当下民族优秀精神遗产的整理提供可能的思索依据。

原载于《中国现代文学论丛》2022 年第 17 期。
闫晓昀:青岛大学文学与新闻传播学院讲师。

繁华落尽现悲凉

——长篇小说《长安的荔枝》读札

王国梁 ■

"李善德低下头，倚靠着上号坊的残碑，继续专心读着眼前的文卷。他的魂魄已在漫长的跋涉中磨蚀一空，失去了对城墙内侧那个绮丽世界的全部想象。"以上是作家马伯庸长篇小说《长安的荔枝》中尾部的一段。文中的"李善德"是作家虚构出来的，被赋予了从岭南运送荔枝到长安的"总导演"角色，名曰"荔枝使"。

大使李善德之所以对城墙内侧那个绮丽的世界失去了全部的想象，原因是他几乎拼上性命才完成让贵妃吃到鲜荔枝的任务，期间风波诡谲、命途多舛。他不仅费尽心思研究出荔枝长途运输的各种保鲜技法，更在路线选择、驿站配置、飞骑手遴选等诸多环节都耗费心神，而耗费如此难以估量的巨大人力、物力的最终目的只是为了博美人一笑，不可不谓荒诞。在经历了如此巨大的荒诞之后，李善德的身心彻底被掏空，他一个从九品下的芝麻官，在京城打拼了二十载仍然要贷巨款才能勉强在京郊买一处安身的宅院，无论想象力多么丰富，也无法理解圣上的心思。

马伯庸的写作向来不让人失望，仰赖于其扎实的历史功底和对各种细节的把控。从角色的服饰装扮到官阶品级，再到长安的风貌物候等等，甚至上至皇帝贵胄，下到黎民百姓日常生活等各个方面，他均经过严格考究，正因为如此严苛，也才让读者感觉更加生动。跟随马伯庸的描述，人们仿佛真的置身长安街头，亲临曾经的繁华盛景。

当然，小说是虚构的艺术，历史小说也不能出其右。为了能够最大程度架构"一骑红尘妃子笑"的故事，马伯庸在文中匠心巧设了许多并不存在的角色和情节，比如"荔枝使"李善德、经略使的管家赵辛民、胡商苏谅、荔枝种植户阿僮姑娘，李善德在设法转运荔枝过程中遇到的各种艰难险境也均是虚构而来。目的当然是让整个故事看起来复杂无比，进而彰显出皇权社会中巨大的矛盾与隐忧。最关键的还是要把李善德这个人物立起来。于是我们看到，他被设定为混迹京城的一个芝麻绿豆大小的官儿，谨小慎微地平安度过二十年，而就在这一天，他告假半天，终于狠心花光所有积蓄买了处房产，但也就是在这半天，他的单位上林署一众人把他推到了风口浪尖上。上林署的署令先是好酒好肉地招待了他,后来又借他酒酣之际把一份遮蔽修改过的敕令文书交给了他。而他因为太过高兴,并未发现上面动的手脚。"荔枝煎"和"荔枝鲜"一字之差,让李善德仿佛从天堂跌到地狱。

荔枝三日味变的宿命他再清楚不过,而从岭南到长安五千多公里的距离,就算最精良的飞骑接力也无法保证三天送到,更别说还得保鲜。对李善德来说,这是个烫手的山芋,搞不好全家都得跟着掉脑袋。跟好友韩洄和杜甫的一番对话,更让他恍然大悟。皇帝命人"六一"之前送到荔枝,为的是博杨贵妃欢心,因为六月初一是贵妃生日,当然,这里也是杜撰的。

杜子美作为李善德好友,以同样的坎坷遭遇与他有相同感触,俩人不禁抱头痛哭。韩洄因为较其他二人更熟悉官场运作,因此给李善德提出不如利用最后这段时间好好去岭南盘盘道,没准还有其他希望。

李善德的岭南之行以及在岭南的遭遇是全文的重点。在岭南,李善德遭遇经略使的刁难、与胡商苏谅携手、与赵辛民周旋、与阿僮姑娘研究荔枝保鲜方法等等,李善德熬白了头,熬红了眼,但他仍然一刻不敢歇息,带着博一把,不成功便成仁的念头,李善德最终取得了成功。他把新鲜的荔枝送进了城墙内,送到了贵妃眼前,贵妃满心欢喜,李善德保住了脑袋,但却仍然沦为政治牺牲品。朝廷内,一枚小小的荔枝也能成为党派之间争夺利益的把柄,国相杨国忠和大太监高力士之间的角力也因为这枚荔枝巧妙布置各种机缘,目的就是在皇帝面前邀功争宠。

荔枝使李善德的人生高光时刻是他面见杨国忠的那一刻。他抱着必死的决心,向杨国忠连连发问,展现了一位臣子应有的气度与品质,但他也知道,冲撞杨国忠的下场无异于以卵击石,可他终究压抑了太久,从在长安混日子的时候,从他被设计接受运送鲜荔枝的时候,从他费尽周折把荔枝运回长安的时候,他的爆发是人之常情,却犯了大忌讳。最终碍于运荔枝有功,加之高力士的间接帮助,李善德一家被流放岭南。李善德成为一名种植荔枝的老农。当新一年的荔枝成熟,李善德还想着为朝廷进贡荔枝的时候,忽然得到消息,安史之乱爆发,皇帝和贵妃逃窜,国将不国,还吃什么荔枝呢?李善德重又陷入沉默,他把最大、最红的那颗荔枝剥开,递给自己的女儿,甘甜的汁水让女儿发出赞叹,同时击穿了李善德内心所有的希望。

看完这部小说后我在想,如果让我来写这段历史典故,我会如何去设计布局,如何去刻画人物。是否我也会如马作家一般通过小人物的视角反映历史的宏大叙事。我想我大概也会这样去写,文学的终极是人学,而作家不应只着眼于关键人物的命运,更要着眼那些小人物的成长轨迹。因为历史中存在着太多的巧合,而这些巧合往往是由无数的人共同作用的结果。是蝴蝶效应的互相叠加，还是上帝之手的玩弄把控？我们谁也无法判断，就像现在我正在电脑前敲打这篇与荔枝有关的文字，而远在千里之外的广东，是否有人正在享用着通过现代科技种植出来的新鲜荔枝呢？

原载于《青岛早报》（文艺评论版）2023 年 2 月 11 日。
王国梁：青岛市文学创作研究院编辑。

"《青春万岁》热"：
20世纪50年代革命理想主义的复归与重构

常鹏飞 ■

一、为何要谈"《青春万岁》热"？

1979年5月，上海文艺出版社编辑的作品集《重放的鲜花》公开出版，随即在全国文艺界引起轰动。《组织部新来的青年人》《本报内部消息》《在悬崖上》《小巷深处》等20世纪50年代曾被批判的作品名列在册，在思想解放的大势下可见"编选这些'毒草'出版"，"实际上是为它们向社会公开宣布平反"①。同月，王蒙的"处女作"——长篇小说《青春万岁》②在动笔写作的26年后也终获出版。只是相较前者无论发表时还是回归后的备受瞩目，同为"旧作"的《青春万岁》尽管在出版前就已将"后记"在"代表着权威、地位与'精英社会'"的"中共中央主办的报纸"上发表③，并公开预告"即将由人民文学出版社出版"④，可这部首印即17万册的小说却仍遭到了文艺评论界与官方部门的冷淡回应，甚至作为当时少有的一部以中学生生活为题材的作品，"团中央向青年推荐的读物中也没有把它列入在内"⑤。这显然与王蒙从中学生处得到的"三年来我一直收受着来自这些读者的热情来信"的反响不尽一致⑥，也和此后改编的同名电影"唤起成千上万不同年龄和职业观众的共鸣，获得了好评"的事实不相符合⑦。而一直以来，《青春万岁》的小说出版或电影改编，给人带来的似乎都是一经推出就随即引发热议或轰动的印象，至于从遭受

---

① 左泥《〈重放的鲜花〉走过的荆棘之路》，《编辑学刊》2004年第2期。

② 本文如无特殊说明，小说《青春万岁》均系1979年由人民文学出版社首次发行的"初版本"。此外，小说的主要版本还有《北京日报》《文汇报》《北京文艺》的"选载版"，以及1998年由人民文学出版社发行的"恢复版"。相关研究可参见温奉桥、王雪敏《〈青春万岁〉版本流变考释》，《华中学术》2017年第3期；张睿颖《王蒙小说〈青春万岁〉版本研究》，《中国当代文学研究》2021年第2期。

③ 王蒙为小说《青春万岁》所作的"后记"，实际经由人民文学出版社转给《光明日报》发表。参见王蒙《大块文章》，《王蒙文集》（第47卷），人民文学出版社2020年版，第39页。

④ 王蒙《〈青春万岁〉后记》，《光明日报》1979年1月21日第4版。

⑤ 张弦《关于〈青春万岁〉改编的一封信》，《电影新作》1983年第1期。

⑥ 王蒙《谢谢你，爱读〈青春万岁〉的朋友》，《语文教学通讯》1982年第4期。

⑦ 蔡师勇《朴素就是美——影片〈青春万岁〉导演艺术漫谈》，《电影新作》1984年第2期。

"冷落"到引起各方"热议"的曲折过程,则被有意或无意地忽略,"《青春万岁》热"自然也成为一个不言自明的话题。

既往研究对小说《青春万岁》少有专论,且多将其放置在"去政治化"的脉络中分析,因而作为一个迎合政治意识形态的被驯化的文本,小说就成为王蒙创作"进化"链条的前端而受到轻视或指摘。近年来,部分研究者在"重读"中开始关注到《青春万岁》的"复杂性",围绕"复调性主题与对话性文体"①,"对青年的政治驯化以及暗含的潜在抵抗"②,"生活与革命的关系"③,"'纯粹'与'杂色'的变奏"④等方面进行阐释,从而在"再解读"中重新激活了小说内部的矛盾性与多义性,只是尚未涉及对小说正式出版后接受情况的探讨。也有研究对小说《青春万岁》及其电影改编进行讨论,考察其中的乌托邦倾向与理想主义激情如何参与到 20 世纪 80 年代的人文精神建构⑤,呈现其中所蕴含的复杂意识形态和文化内涵⑥,但在讨论中却都将小说出版或改编引发的"结果"看作不言自明的"常识",这样也就难以透过其中的曲折变化发现小说与电影背后所涉及的更为核心的时代关切。

事实上,"《青春万岁》热"的背后,并非只是简单反映作品从被轻视到被广泛接受的变化过程,更牵涉到不同群体围绕这一变化的理解与评价。作为一部诞生于新中国初期的小说,《青春万岁》集中表现了中学生们"对美好生活的向往""为祖国献身的渴望",以及"那种纯真、善良的集体主义精神"⑦,这些要素无疑也是当时培育具有革命理想主义情怀的社会主义新人的核心构件。更重要的是,作为一部带有浓厚革命理想主义色彩的小说,《青春万岁》之所以在反思革命的 20 世纪 80 年代初再度引起热议,恰恰说明其中依然存在其时需要直面的现实议题,即 20 世纪50 年代的革命理想主义在"后革命"时代何以复归,又如何被重新理解? 由此,本文将深入探讨 20 世纪 80 年代初的"《青春万岁》热",经由分析小说及其改编从"冷落"到"热议"的过程,打开对革命理想主义理解的不同面向,并试图将之作为一个界面,呈现"后革命"时代各方话语对革命理想主义的承继与重构,及其背后所牵涉的对历史、现实与未来的不同理解和想象。

---

① 孙先科《复调性主题与对话性文体——王蒙小说创作从〈青春万岁〉到"季节系列"的一条主脉》,《福建师范大学学报(哲学社会科学版)》2006 年第 2 期。

② 宋明炜《规训与狂欢的叙事——论〈青春万岁〉》,康凌译,《东吴学术》2011 年第 3 期。

③ 金浪《生活与革命的辩证法——〈青春万岁〉与王蒙早期小说的思想主题》,《文艺争鸣》2020 年第 4 期。

④ 金理《"纯粹"与"杂色"的变奏——重读〈青春万岁〉》,《文学评论》2020 年第 4 期。

⑤ 李冰雁《抒情与集体主义叙事的乌托邦——从小说〈青春万岁〉谈到其电影改编》,《山东师范大学学报(人文社会科学版)》2013 年第 5 期。

⑥ 温奉桥、王雪敏《〈青春万岁〉:从小说到电影》,《井冈山大学学报(社会科学版)》2017 年第 5 期。

⑦ 王蒙《内容说明》,《青春万岁》,人民文学出版社 1979 年版。

二、最初的"冷遇"：从小说出版到电影改编

1978年9月，王蒙从北戴河改稿返回新疆时途经北京，与人民文学出版社的韦君宜短暂会面。韦君宜不仅告知他《青春万岁》可以立即出版，还特意提醒他到了甄别个人右派问题与调回北京的时机。年末，远在新疆的王蒙收到寄来的《光明日报》，竟意外看到了此前他经韦君宜建议为小说所作的后记，这无疑等于正式预告了小说即将公开出版的消息，当然也不无宣告为作家"平反"的意味。

实际上，韦君宜本建议请萧殷作序，以说明小说为"旧作"①，可因萧殷身体不好无法动笔，遂改为王蒙个人作后记。因为考虑到尚在"抓纲治国"的历史时期，作为一部写作时间与故事时间均开端于20世纪50年代初期的带有革命理想主义色彩的小说，基于对其面世后可能遭受的境遇的清醒预判与策略考量，作为出版方的韦君宜又在对后记的建议中，特别强调要"说明是当时写的，不一定完全符合当前规格"②。在出版之前，小说还得到韦君宜在具体内容上的修改意见，认为"只要稍稍改动一点易被认为感情不够健康段落——如写到的杨蔷云的春季的迷惑——即可"③。1979年经《北京文艺》选载的第2~4节同样注意到这个问题，回避了"爱情的懵懂等'不健康'的内容"，转而突出相对安全的表现小说人物学习生活的章节④。

需要说明的是，即将出版的小说虽是"初版本"却并非"初刊本"，其是王蒙对冯牧与韦君宜的修改意见有所参考的"删改本"，主要对苏联内容、爱情描写与小说结尾作出相应删改。可尽管已是经过预先删改的"洁本"，在思想解放的时代情境下，仍显得颇为尴尬。小说不仅未在官方与评论界引起相应关注，甚至有回忆谈到"经过'文化大革命'的淬砺，再读《青春万岁》，早无感动，只剩唏嘘"⑤。毕竟在"伤痕""反思"潮流大行其时的20世纪80年代初，到处充斥的不是对"文化大革命"造成的灵肉双重创伤的揭露、控诉和反思，就是对"意识流"小说等形式探索作品的热烈争议。在这样一个新旧交替的"危机"时刻，小说无论在题材主题还是形式技巧上

① 在小说《青春万岁》的出版历程中，萧殷无疑扮演了重要的角色，从审稿、改稿、数次推荐，再到"文化大革命"后对小说出版的关心，可谓执着始终、用心良苦。参见王蒙《〈青春万岁〉六十年（外一篇）》，《新文学史料》2013年第2期；王蒙《半生多事》，《王蒙文集》（第46卷），人民文学出版社2020年版；黄树森主编《百年萧殷纪念文集》，花城出版社2018年版。

② 王蒙《大块文章》，《王蒙文集》（第47卷），第30页。

③ 王蒙《大块文章》，《王蒙文集》（第47卷），第30页。

④ 张睿颖《王蒙小说〈青春万岁〉版本研究》，《中国当代文学研究》2021年第2期。

⑤ 汪兆骞《老去诗篇浑漫与——王蒙"季节系列"长篇与〈这边风景〉》，《我们的80年代：中国的文学与文人》，现代出版社2020年版，第142页。

都已显得颇为格格不入,所以作为"过时"的"旧作",就显然与同时期那些聚焦历史批判或形式探索的作品不能相提并论,遭受官方和评论界的忽视似乎也在情理之内。

　　同时,小说《青春万岁》的改编工作也由作家张弦重启。早在 20 世纪 50 年代,张弦就在《文汇报》上读过"连载版"的《青春万岁》,并两次向王蒙提出小说出版后要由他改编为电影剧本的想法。那时担任上海电影制片厂编辑的刘果生也注意到了小说,有意向王蒙组电影剧本稿,王蒙便顺势"'嫁祸于人',建议他去找友人张弦同志改编"①。不想随后政治形势发生变化,三人都沦为"右派分子",改编事宜也不了了之。及至 1978 年,身份尚未"改正"的刘果生再次找到王蒙联系小说的改编事宜,王蒙遂信告张弦询问改编意向,而对此已有多年夙愿的张弦当然欣然同意,并在次年春天就开始着手电影剧本的改编。后几易其稿,1981 年以《初春》为题在《电影新作》发表。可不想"认为'今天的青年不理解、不欢迎',这个题材'缺乏现实意义'的意见,如此之普遍,以致剧本从 1979 年 5 月初稿完成到今年(1982 年——此处为笔者所加)3 月以前这段不短的日子里,没有一位导演愿意接受!"对此,不仅张弦"颇感困惑和苦恼"②,王蒙也"根本不抱希望"③。

　　不过,随着 1981 年 5 月"首届全国中学生评选'我所喜欢的十本书'活动"的火热开展,情况开始得到改观。该项活动由山西师范学院《语文教学通讯》编辑部组织发起,得到团中央、教育部、中宣部以及山西省委的指导与支持,涉及全国二十六个省、市、自治区的两万七千多中学生。其间,活动在教师与中学生中反响强烈,各地出版与新闻部门也纷纷积极报道活动消息。最终经过长达半年多的评选,次年3 月,在全国 31 家出版社推荐的 289 部作品中,选出 10 本书籍。它们分别是:小说《红岩》《青春万岁》《许茂和他的女儿们》《李自成》;报告文学《新一代最可爱的人》;科学知识书籍《科学发现纵横谈》;青年思想修养读物《爱国与信仰》《青年修养十二讲》;语文辅导工具书《写作一百例》《语文基础知识》。可以看到,此次活动入选书籍的类别并非只有小说,而即使在仅有的四部小说中,《青春万岁》也排在仅次于《红岩》的位置。鉴于小说前期在中学生外所受的冷遇,就连王蒙本人也对其居然能够入选而"感到惊喜"④。而相较《青春万岁》,另外三部小说的入选似乎更加自然,特别是《红岩》《李自成》,早在 1979 年团中央向青少年推荐的暑期读物中就被

① 王蒙《写在〈青春万岁〉上了银幕的时候》,《大众电影》1983 年第 9 期。
② 张弦《关于〈青春万岁〉改编的一封信》,《电影新作》1983 年第 1 期。
③ 王蒙《写在〈青春万岁〉上了银幕的时候》,《大众电影》1983 年第 9 期。
④ 王蒙《谢谢你,爱读〈青春万岁〉的朋友》,《语文教学通讯》1982 年第 4 期。

共同列入①。

作为指导单位之一的团中央，此前显然并未意识到小说在全国中学生中的巨大"市场"。与此相反，对中小学相对熟悉的儿童文学作家严文井，对此有着更为清晰的认知，他直言"孩子们究竟读得怎么样？他们在读那些书，他们喜欢读哪些书？我们的教育主管部门、出版发行部门、我们的教师、家长，应该知道，应该很好地研究指导。我看，大家并不是情况很明的"②。这从一个侧面也说明官方与文艺评论界对小说普遍轻视或无视的事实。不过，在活动前的采访中，时任团中央书记处书记的高占祥倒是对活动的预期成效有着自觉的认识，他指出"发动读者评选，选票最多的给予奖励，这对写书的人，印书的人，发行的人，会起到促进和鼓励作用"③。也正因此，这次评选活动发起的目的虽然是"为了提高中学语文教学水平，为了引导和鼓励青少年的课外阅读"④，但在客观上却将小说《青春万岁》在"民意测验"式的评选中，推到了各方目光所及的前台，同时也极大地改善了此前小说被官方与文艺评论界普遍冷落与质疑的现实处境。

随后，小说改编的电影剧本在上海电影制片厂顺利通过，张弦的改编工作也开始出现转机。其实早在1979年小说《青春万岁》甫一出版，导演谢晋就将其推荐给黄蜀芹关注。张弦改编的电影剧本发表后，又经《电影新作》编辑王世桢再次推荐，并转去了上百封中学生评论剧本的来信，这也使得本就熟悉20世纪50年代女中生活的黄蜀芹，无论在情感上还是现实上都产生了强烈的拍摄动机。此后经历一番争取，时任厂长徐桑楚终于将《青春万岁》的剧本交由黄蜀芹导演。其间，1982年9月1日至11日，党的十二大召开，大会指出党在指导思想上已经完成了拨乱反正的艰巨任务，并提出"努力建设高度的社会主义精神文明"的时代任务⑤。随之社会"大气候"发生变化，"这部影片在拍摄过程中逐步升温，成了上影的重点片"⑥。经过两三个月的集中拍摄后，电影《青春万岁》终于出片送审。

可尽管拍摄前即有来自全国各地中学生的热烈期待，也得到上海电影制片厂的重点支持，但影片送审后的评价还是让作为导演的黄蜀芹大感意外。在场的电

---

① 《团中央向青少年推荐一批暑期读物》，《人民日报》1979年7月15日第3版。

② 田增科、左郁莲《支持·关怀·呼吁——访作家严文井同志》，《语文教学通讯》1981年第7期。

③ 田增科《"拜良师 求益友"——高占祥同志谈评书活动》，《语文教学通讯》1981年第8期。

④ 孟伟哉《中学生评书活动好》，《语文教学通讯》1982年第4期。

⑤ 胡耀邦《全面开创社会主义现代化建设的新局面》，中共中央文献研究室编《十二大以来重要文献选编》（上），中共党史出版社2011年版，第21页。

⑥ 张弦《魅力在于素质——黄蜀芹印象》，王人殷主编《东边光影独好·黄蜀芹研究文集》，中国电影出版社2002年版，第202页。

影评论家与学者的审片意见竟然还是影片倾向偏"左",认为"举国上下都在'反思',你们这影片怎么这样,充满了所谓歌功颂德,或者是幼稚的共产主义思想"①。而黄蜀芹对此也并非没有自己的思考,她也深知"电影所要表现的 20 世纪 50 年代中学生的共产主义理想显出的单纯状态与那时反思意识的主流思潮并不相符"②。所以一方面将不强调"历史上的是非功过"作为影片的立足点,让"观众离开影院后自己去思考,争辩"③;另一方面则借助拍摄手段弱化影片的政治意味,如通过对影片结尾字幕的有意设置去突出电影所叙故事的"历史性"④,试图通过塑造一代人对过往青春的"怀旧"姿态,进而减少所叙故事可能在政治意识形态方面带来的负面影响。

但来自电影评论家与学者的审片意见,显然也代表了当时评论界与官方群体的部分认知状况。事实上,小说出版之初的备受冷落,就颇能反映这种意见的大行其道。作为一部在 20 世纪五六十年代曾遭受不够"左"的指摘的小说,此时无论是小说本身抑或是改编影片却又都得到过于"左"的批评,究其根源,这背后显然是时代语境和现实需要产生了错动。也正是在这个意义上,小说与影片对 20 世纪 50 年代的"共产主义理想"的表现,就自然显得不无尴尬。但更值得注意的是,对"共产主义理想"的臧否本身亦承载着颇具时代征候性的社会现实,即 20 世纪 50 年代的革命理想主义显然并未随着"文化大革命"的结束而消逝。其不仅仍旧占据相当的社会心理基础,不时触动人们敏感的深层心理,更成为不同话语争夺或批判的对象,以致在小说获奖特别是电影正式上映之后,引发了更为广泛而强烈的热议。

三、获奖后的"热议":评论界、官方与中学界

随着影片的正式上映,对小说与电影中所表现的革命理想主义的争议也开始走向公开化。其中,大致存在来自三个方面的声音,即以中学生为中心的中学教育界,代表国家政治意志的官方话语,以及内部不无差异的文艺评论界。各方话语既有矛盾又不无相似,形塑了一个富有张力的聚合空间。具体涉及的,则是如何评价 20 世纪 50 年代中学生生活与其对当下青年的现实意义等议题。于是,他们在争议当中有意或无意地突出的部分将是问题的关键。因为哪些部分成为争论的焦点,并非只是"现象"更是"问题",背后所折射的实质上是他们从各自的话语立场与

---

① 张仲年、顾春芳《黄蜀芹和她的电影》,上海人民出版社 2009 年版,第 18 页。
② 张仲年、顾春芳《黄蜀芹和她的电影》,上海人民出版社 2009 年版,第 18~19 页。
③ 黄蜀芹《真挚的生活 真诚地反映——我拍影片〈青春万岁〉》,《电影新作》1983 年第 6 期。
④ 影片首尾的字幕均取自王蒙同名小说的序诗,结尾处字幕为:"所有的日子都去吧,都去吧,在生活中我们快乐的向前。"

情感结构出发,如何重新理解 20 世纪 50 年代的革命理想主义,以及对历史、现实与未来的认知差异。

首当其冲的是小说与电影中所谓"左"的问题。如前所述,小说出版前,作为出版方的韦君宜就对此有着清醒的认识,这也是她特别提醒王蒙另作后记的重要原因。王蒙在后记中也首先检讨小说"不象样子""多么天真、多么幼稚",以及小说人物对革命与社会主义的肤浅认识,进而在"扬弃"的意义上提出"好的,应该发扬,坏的,应该警惕和克服"①,以对可能遭受的误解或批评进行回应。可无论张弦改编的剧本还是黄蜀芹导演的电影,还是受到"难道今天还要去表现'左'的色彩和一群头脑简单的人?"②"难道五十年代的幼稚是值得歌颂和怀念的吗?"③的激烈质疑。他们指责小说和电影中的人物幼稚片面、激进盲从,甚至"假、大、空"式地美化历史,认为正是他们不切实际的革命理想主义催生了此后的历史苦难,因而他们理应为自己所造成的"伤痕"负责。由此不仅剥夺了小说和电影对过去历史的意义,更拒绝承认革命理想主义在当下的价值。持这种态度的,多为以热衷"伤痕"书写的知青一代为代表的青年作家。他们大多是在经历过"文化大革命"创伤后高呼"我不相信"的质疑者,小说与电影中的革命理想主义精神显然刺痛了他们本就不无偏激的情绪,所以无论批评还是忽略也都在逻辑之中。

只是因为小说的意外获奖和社会情势的日益缓和,特别是电影正式上映后带来的普遍关注与热切好评,使得这一批评的声音随之趋于微弱。首先,支持者的声音开始由被动说明转向主动抗辩,这尤其表现在具有 20 世纪 50 年代亲身生活经历的知识群体当中。张弦针对部分青年对 20 世纪 50 年代中学生的学习生活及其革命理想主义的批评,以亲历者的身份指出"这些振振有词的宏论却往往多凭主观想象,并无充分的根据"④;董健则选择将 20 世纪 50 年代初期与此后的极"左"历史进行区隔,认为"那时党的路线正确,国家政治生活正常,没有后来出现的那些极'左'的东西扭曲人们的灵魂和人与人之间的关系"⑤;邓友梅除同样认为影片中的人物与十多年后出现的"造反派""极左分子"有着本质不同外,更不无激动地反驳"如果把青年人对革命理想的追求,对组织纪律的服从和对落后现象的斗争热情也一律都划到'左倾'错误的范畴中去,我们的共产党人就干脆别革命了"⑥。而且他

---

① 王蒙《〈青春万岁〉后记》,《光明日报》1979 年 1 月 21 日第 4 版。
② 黄蜀芹《真挚的生活 真诚地反映——我拍影片〈青春万岁〉》,《电影新作》1983 年第 6 期。
③ 叶晓楠《形象·性格·时代感——影片〈青春万岁〉观后》,《电影新作》1983 年第 6 期。
④ 张弦《关于〈青春万岁〉改编的一封信》,《电影新作》1983 年第 1 期。
⑤ 董健《不仅为了美好的回忆——影片〈青春万岁〉观后》,《江苏戏剧》1983 年第 12 期。
⑥ 邓友梅《犹记风华正茂时——电影〈青春万岁〉观后感》,《文艺报》1983 年第 9 期。

这里开始有意或无意地将"左倾"从政治意识形态的本质化理解中剥离出来,重新赋予"追求理想""斗争热情""革命行为"等革命理想主义元素以价值进步的色彩。

王蒙对此则作出更加明确的总结,认为"说'左',无非是说五十年代青年的那种革命理想主义、集体主义、社会主义新中国的主人翁感、自豪感与责任感,以及对于思想品质教育、对于团的活动的重视等等"①,但更重要的是"如果说'左',这也是不带引号的左","这才是左倾的本意,这些年,一些人竟然只知带引号的'左'而不知不带引号的左了,甚至认为凡左都是带引号的、坏的,这真是惊人的、令人痛心的颠倒!"②显然,面对将 20 世纪 50 年代中学生生活及其革命理想主义热情指认为"左倾"的批评,他们一方面将之与之后的极"左"政治区别开来;另一方面则借助对"左"的重新诠释摆脱对左的污名化,进而重新肯定小说和电影所蕴含的革命理想主义的正面价值。值得注意的是,这代人不同于知青一代的是,他们无论在情感认同还是现实考量上,都有必要在对那段青春岁月"怀旧"式的重识中,重新确立起当下主体存在的历史位置的合法性,而对革命理想主义的重新正名显然成为这一行为实践的必要支点。

同时,小说与电影也终于得到来自官方层面的高度肯定。胡乔木坚持将影片作为具有鼓舞性的正面作品来提倡,他针对文艺界对阴暗面的过度揭露和意图否定影片的声音,对"现在文艺界有这种情况,看不起这种作品(指从正面影响读者或观众的作品),认为是肤浅的,作者是无能的,没本事。一些文艺作品还写伤痕,总觉得还没有写够似的"的现象提出批评,并在之后为影片作出"谈不上什么'左'倾"的权威认定③。可见国家意识形态对影片的正面定位,一方面在于纠正这一时期文艺界对暴露阴暗面的过度沉溺;另一方面则是看到了影片对"坚持革命乐观主义的信念"④以引导整合社会群体、服务时代发展的重要作用。

于是,在关于"左"的问题的批评与抗辩中,革命理想主义的"现实意义"也随即凸显出来。早先在王蒙及其同代人看来,"五十年代中学生生活中的某些优良传统和美好画面"本就是一种仍然值得温习与纪念的"宝贵"资源。⑤ 作为他们革命理想信念萌生的起点,这种"光明的底色"无疑能使经受过历史"伤痕"的"一代人壮志

---

① 王蒙《写在〈青春万岁〉上了银幕的时候》,《大众电影》1983 年第 9 期。

② 王蒙《比怀念更重要的——看〈青春万岁〉搬上银幕》,《光明日报》1983 年 9 月 29 日第 3 版。

③ 胡乔木《胡乔木同志关于电影的一些意见》,《电影》1983 年第 10 期。

④ 胡乔木《胡乔木同志在会见全国故事片电影创作会议代表时的讲话》,中共中央宣传部文艺局编《1981—1985:文艺通报选编》,文化艺术出版社 1986 年版,第 98 页。

⑤ 王蒙《〈青春万岁〉后记》,《光明日报》1979 年 1 月 21 日第 4 版。

满怀、青春焕发"①。情感之外，他们也不否认存在轻信和盲从的部分，但那与"左"无关，而是历史的局限，更不应为"极左分子"的错误负责。因为他们也是极"左"思潮的受难者，所以更愿意将之视为个体为坚定共产主义理想所遭受的坎坷与试炼，而这也将再次成为证明他们当下主体位置合法性的历史资源。由此"一旦党实现拨乱反正的政策，他们就又以百倍的革命热情投身于战斗"②，并如乔光朴、陆文婷一般重新找到自己的位置，再次融入时代建设的主力军。

可在20世纪80年代初的时代语境下，所谓"现实意义"显然不可能止于对20世纪50年代历史的"怀旧"，其隐含的受众群体更应指向以中学生为主的青少年群体。争议的焦点也在于，20世纪50年代的革命理想主义对青少年有何意义以及能否被理解与接受的问题。其实，面对可能的质疑，他们早在小说出版之初就主动否认了革命理想主义已经过时的说法，并针对被十年浩劫所践踏摧毁的美好生活与真理信念，强调"对于深受林彪、'四人帮'摧残和毒害的青年一代来说"，其"无疑有着启发和教育意义"③，从而突出小说在当下的正面价值与现实意义。

只是随着社会情势的发展和认识与思考的深入，他们也开始不满足于对"现实意义"的狭窄理解，认为尽管针对青年问题的关注与揭露有必要，但更应该发挥文艺的社会教育与引导意义。在他们看来，当时社会所充斥的对"文化大革命"历史的一味控诉或反思，不仅只是历史的一个面向，甚至还会因此造成对新中国成立初期某些正面传统的盲视。在这个意义上，简单以为"只有那些表现'人的价值'、'自我奋斗'、'自我实现'的作品，才能占领八十年代青少年的读者市场"④的想法，就被从事实和意义的双重层面反证了认知的偏狭。也正因此，"五十年代初期中学生们的那种沸腾的、充满激情的生活，纯真的友爱，集体主义精神，对美好理想的向往和追求，对祖国建设事业献身的渴望"等革命理想主义元素，才得以获得价值意义的某种"颠倒"，重新成为"实现四化最关键的八十年代新一代人"具有"现实意义"的历史资源⑤。同时在对两个"除旧布新"的历史新时期的比附中，历史从断裂处也再次获得了某种承继性，因而"为了挑起四化建设的重担，当代青年已清醒地认识到不能老是在摩挲'伤痕'和反省'失足'中度日"，他们开始意识到"自己这一代人的历史重任"，并"重建共产主义的理想信念"⑥，"现实意义"也由对过去的批判

---

① 刘思谦《读〈青春万岁〉致王蒙》，《读书》1980年第3期。
② 邓友梅《犹记风华正茂时——电影〈青春万岁〉观后感》，《文艺报》1983年第9期。
③ 刘兴辉《王蒙的"处女作"——〈青春万岁〉》，《新文学论丛》1979年第1期。
④ 宁然《这并未过时——从〈大学春秋〉获奖想到的》，《光明日报》1984年8月4日第4版。
⑤ 张弦《关于〈青春万岁〉改编的一封信》，《电影新作》1983年第1期。
⑥ 呈祥《准确把握当代青年的审美信息——看电影〈青春万岁〉有感》，《文谭》1983年第11期。

与反思重新转向对未来的想象与构建。

中学生们则由于年龄、经验与视野的局限，多从小说或电影中看到学习为了什么、如何认识学习，如何处理同学关系，如何看待个人与集体、个人与事业的关系等切身性问题。面对身边"理想、信仰，很多人却不屑一顾"①的社会风气和学习生活的压抑与焦虑，他们极易被 20 世纪 50 年代中学生们充满热情与希望的学习生活所感染，进而产生羡慕与向往的情绪。而个人成长中自我确认的需要与社会转型中的时代要求的叠合，也使他们极易接受小说与电影，并从其中得到振奋向上的精神力量和心理慰藉。中学教师群体多出于教育工作者的角度，既重视指导学生从中实现鉴赏能力、审美知识的培养，也充分肯定其对"中学教育和青年一代有着深刻的现实教育意义"②。也正因此，小说与影片才得以被国家意识形态所关注，并将其看作对开展青年工作、引导教育青年具有"现实意义"的"主旋律"作品，不仅以此对充斥其时的揭露阴暗面的潮流进行反拨，更从人生观教育的角度，把它们归入"对这一代青年进行共产主义理想和共产主义信念教育的教材"③当中。

综上可见，在各方话语的争议中，对革命理想主义正面价值的认同最终占据强势位置，但在这一位置内部又存在不无差异的理解面向。在国家意识形态的认知中，小说与电影的现实意义集中在思想政治教育与社会动员价值，旨在通过对革命理想主义的推崇与阐释，为 20 世纪 80 年代初的社会群体，尤其是青少年，提供理想的角色期待和社会规范，以塑造符合现代化意识形态需要的时代新人；中学教育界则更加重视革命理想主义对中学生的学习生活的示范效应，使其成为激发学生对知识的追求、对人生的自我实现的精神力量；文艺评论界无疑对小说与电影中的思想动能与情感意蕴更加关注，不仅突出革命理想主义对一代人的情感抚慰作用，更意在将其作为行为主体在历史新时期重塑自我与投入社会主义现代化建设的重要思想资源。

四、调适与更新：革命理想主义的新时代逻辑

众所周知，20 世纪 80 年代初期是革命与革命理想主义双重受挫的危急时刻，革命的失败及其历史后果，让那些曾经对革命的许诺深信不疑的人们，普遍感到被背叛与被欺骗，以致他们对激进的革命理想主义也产生了强烈的质疑，并催生出普

---

① 《历史的回顾 青春的赞歌——上海市中学生座谈影片〈青春万岁〉的发言摘编》，《电影新作》1983 年第 5 期。

② 《继承和发扬五十年代青年的革命精神——彩色影片〈青春万岁〉座谈会纪要》，《人民日报》1983 年 9 月 25 日第 7 版。

③ 《〈文艺报〉编辑部和本刊编辑室联合召开电影〈青春万岁〉座谈会》，《电影》1983 年第 9 期。

遍的虚无主义情绪。那么,问题就在于,在这样的历史情境之下,小说与电影中所表现的 20 世纪 50 年代的革命理想主义,何以再次获得正面的接受与认同? 个中逻辑是否产生变动? 又有何意味?

作为 20 世纪 50 年代社会精神塑造的核心逻辑,革命理想主义存在的合法性,自然是以与其结合的革命的正当性为前提。新中国成立初期,除旧布新的火热氛围、党政方针的正确引导、社会建设的成功实践,都极大验证了党从武装斗争到执政建设的成功过渡,革命的正当性与有效性因而更加深入人心,乃至成为不可撼动的真理。革命对未来所作出的许诺,以及由此对人民的召唤与动员,便也同时具有了无可置疑的合法性。为充分调动个体的主动性,并对之进行必要的规范以形塑社会主义新人,个体存在的身份认同与人生意义也被纳入这一框架当中。正如邓友梅在谈到 20 世纪 50 年代初的青年人时所言,"他们在精神上""那么富有","感到整个世界都属于他们","他们有干不完的事,有用不完的力气。为什么? 因为他们有理想,有生活目标,自觉到中国青年的光荣责任,而这就是幸福"[1]。因而在"'为保卫什么而去反对什么'"的"革命精神"驱动下[2],小我-大我、个人-集体、专-红、索取-奉献、批判-歌颂等一系列二元对立项产生,革命理想主义也在对前者的不断克服中,获得了集体主义、革命信仰、爱国主义、牺牲精神、乐观主义等核心意涵。

及至 20 世纪 80 年代初期,尽管社会中弥漫着革命受挫与理想破碎后的虚无感与幻灭感,但却未能跳脱此前已牢牢扎根于人们思想与情感深处的心理结构,并依然共享着 20 世纪 50 年代革命理想主义的认知逻辑。他们依然"认为——人就应该对历史、国家、民族、社会承担责任,人就应该追求有明确意义感的生存方式——这两种信念所核心支撑起的理想主义信念"[3],借以获得进取目标、精神力量与人生价值。也正因此,20 世纪 50 年代的革命理想主义才没有丧失其存在的全部合法性,而是被证明无论在个体、社会还是国家层面都仍具有重要的"现实意义",以致"每当人们回忆起那些朝气蓬勃的年代,就不由热血沸腾,壮心倍增",而"在这历史转折关头,在全国人民为了实现四个现代化的雄伟目标而开始新的长征的时候","呼吸到了那举国上下,为了一个目标,共同奋斗的热烈气息,怎不令人心潮起伏,跃跃欲试呢?"[4]这不仅与主体在虚无主义的挤压下急于寻求个人身心安

---

[1] 邓友梅《犹记风华正茂时——电影〈青春万岁〉观后感》,《文艺报》1983 年第 9 期。

[2] 萧殷《读"青春万岁"》,《文汇报》1957 年 2 月 23 日第 3 版。

[3] 贺照田《当社会主义遭遇危机⋯⋯——"潘晓讨论"与当代中国大陆虚无主义的历史与观念构造》,贺照田、余旸等《人文知识思想再出发》,唐山出版社 2018 年版,第 104 页。

[4] 王鸿谟《真正的青春》,《人民日报》1979 年 7 月 14 日第 6 版。

置的情绪相契，更与 20 世纪 80 年代初期的改革意识形态潜在地相合。于是这也不难解释，其何以在革命热情消退的危机时刻，能够再次引发广泛的热议。

但推究根源，围绕小说与电影的热议乃至论争，无论肯定抑或否定的意见，背后实质上都取决于对中国的革命历史、社会现实与未来图景的不同认知与判断。伴随着"文化大革命"的结束，暴力的激进革命终于被强制停止，但其所遗留的诸种后果也彻底凸显出来。这种极其复杂的社会形势，无疑为整个社会的转型带来难以克服的困境，也成为革命理想主义本身招致激烈批评的现实原因。但从另一个方面来看，在思想解放风潮的推动下，新的矛盾又重新激发了人们对理想未来的期待，强化了人们思治图变的决心，于是"告别""以阶级斗争为纲"的暴力政治运动，发起一场广泛深刻的社会变革，无疑成为官方与公众一致的迫切需要。也正因此，党的十一届三中全会召开，正式作出了"大规模的急风暴雨式的群众阶级斗争已经基本结束"，"全党工作的着重点应该从一九七九年转移到社会主义现代化建设上来"的官方宣告。① 而且这一颇具共识性的历史决策，在试图摆脱革命的激进实践的同时，显然也意识到了革命本身仍承载的政治权威与现实效用。首先在新的现代化建设尚未完全展开之时，延续革命对未来的许诺，以缓解人们对党和国家意识形态的质疑与现实发展程度不高的焦虑；其次是召唤社会大众依旧潜在的革命理想主义的心理结构，以解决他们人生意义无处安置的难题。所以尽管官方通过对"文化大革命"历史的批判，对"极左"路线的反拨，实现了执政理念的重大转换，但却并未完全否定革命本身，而是将"文化大革命"视为封建主义的复辟，以剥离出革命本身所负载的正当性价值。"改革"因而也被看作对现有制度的"自我革命"，对"革命事业"的重新规划，以在淡化革命的负面色彩的同时重启现代化建设的新征程。由此随着各项社会政策的落实，大量冤假错案的平反，以及改革初步成效的显现，进一步地维护了官方意识形态及其改革实践在历史新时期的合法性，也使革命理想主义重新成为具有时代号召力的思想资源。由上可见，"改革"是以与既往"革命路线"之间形成的断裂而获得其合法性的，同时基于革命传统的稳固性及其现实效用与心理惯性，又使得"改革"需要以"革命"的"另一种名义"进行，至于这种"告"而"未别"的状态，无疑也正是革命理想主义重新引起热议与认同的根由所在。

不过 20 世纪 50 年代革命理想主义的这种构造，虽然在国家整体强有力地调控下，既赋予了主体以人生意义又实现了社会建设力量的获得，但正由于这种构造

---

① 《中国共产党第十一届中央委员会第三次全体会议公报》，中共中央文献研究室编《三中全会以来重要文献选编》（上），中央文献出版社 2011 年版，第 1、4 页。

过于偏重"号召人们去关注大问题,去召唤人们的崇高感、使命感"①,往往又造成了其结构的单一性,对作为集体组成部分的个体更缺乏有效关注。尤其是在"文化大革命"之后,革命在理论与实践上遭遇双重失败,就更加凸显出了革命理想主义的乌托邦式的抽象与虚幻。所以,虽然历史并非可以截然二分,革命理想主义的复归也实有其历史机制的惯性使然,但更为关键的是,在时代语境与现实需要的双重错动之下,20世纪50年代革命理想主义的个中内涵与运作逻辑,显然也需要作出必要的调适与更新。

事实上,在对20世纪50年代革命理想主义的认同背后,已经显示出了新的审视与思考。早在小说出版之初,王蒙就坦言:"我已经不那么激动了,我已经知道了写作需要承担什么样的责任和风险","我还懂了人不能没有理想,但理想毕竟不可能一下子变成现实"②。张弦也在改编剧本时,认识到时代和生活已经发生的变化,所以"完全不意味着希图青少年观众把剧中的某个人物,某些行为,某种思想,直接照搬,模仿,学习"③。在黄蜀芹看来,"我觉得理想归理想,你曾经信仰过这个,但实际生活不那样理想"④。显然,因为"反右""文化大革命"的切身体验,他们已不再如20世纪50年代之初那般对革命理想主义选择无条件地信服,而是在经历过痛苦与反思之后,产生更加复杂的认知与理解。

对黄蜀芹来说,"小说和剧本呼唤真诚呼唤理想"⑤当然使她感动,但更重要的是历史是延续的,因而中国革命历史的长处或短处也将完全折射于现代,几代青年人中也必存在共鸣之处。于是,在思索中她得出结论,"近几代人的共鸣点恐怕也就是那筑在我们心中的长城——理想、追求与美的向往,只是每一代人都在用自己不同的方式筑着",表现在不同时代就是"战争时期的青年用血肉、五十年代的青年用热情、八十年代的青年用开拓精神"⑥。在这里,革命理想主义不再被指认为一种20世纪50年代特有的历史资源,而是在不同时代的现实需要与个体追求之中,可以通过不同的形式予以构造,并成为在历史链条上的每一代青年人都应具有的主体属性。这样,就在淡化了特定时期意识形态色彩的同时,将个体价值与时代发展再次联结,不仅生成了一代人理解自己的入口,更使其真正成为跨越时代裂痕的

---

① 贺照田《当社会主义遭遇危机……——"潘晓谈论"与当代中国大陆虚无主义的历史与观念构造》,贺照田、余旸等《人文知识思想再出发》,第55页。

② 王蒙《我在寻找什么?》,《文艺报》1980年第10期。

③ 张弦《关于〈青春万岁〉改编的一封信》,《电影新作》1983年第1期。

④ 张仲年、顾春芳《黄蜀芹和她的电影》,第21页。

⑤ 张弦《魅力在于素质——黄蜀芹印象》,王人殷主编《东边光影独好·黄蜀芹研究文集》,第202页。

⑥ 黄蜀芹《黄河边断想》,《光明日报》1985年5月9日第3版。

具有历史延续性的精神资源。

对此,王蒙当然也有自己的思考。他认为之所以"要让'青春''万岁',当然不是说可以'红颜永驻','长生不老',而是说,保持青年人的理想、热情、献身和友谊,是一件至关重要的事情"。在他的理解中,这些青年人身上的"极可宝贵的东西"①并非一成不变,而是有随着经验与学识的累积而失去的危险。因而面对"文化大革命"之后革命热情消退、社会认同松动与个人信仰迷失的社会状况,他看到"每个时代都有自己的特点,都有自己的渺小、平庸,哀叹,也都有自己的伟大、崇高、进取",问题在于"要追求,要提高和丰富自己的灵魂","与其抱怨","不如从自己做起,用自己的全面发展来充实自己的青春,用自己的友爱去温暖同龄人的心"②。也正是在此意义上,永远保持青年人式的理想主义,就成为主体抵抗自我失落、更新自我追求的核心动力。所以如果说在黄蜀芹那里革命理想主义是一种形显于外的时代表征,那么在王蒙这里,其则成功被转化为在时代或个人的危急时刻进行理想重建的主体自觉。

也正因此,在 20 世纪 80 年代初的时代语境之下,革命理想主义经由被指认为过时、幼稚、盲目,甚至政治意识形态上"左"的归类,到成为一种被"扬弃"的历史资源。既沿袭 20 世纪 50 年代革命理想主义中将个体价值与革命议程相联结的意义框架,重新肯定集体主义、爱国主义、牺牲精神等核心质素,又在拨乱反正、思想解放、人道主义潮流的时势驱动下,努力回避此前对个体价值的否定,转而同时肯定主体本身的探索与发展。从而在对宏大叙事的宣扬之外,同时赋予主体重建理想信念的可能,并生成以现代化建设为目标、以自我追求为支点的新时代逻辑,以参与到重估历史、参与现实、建设未来的议程当中。

五、从"革命理想主义"到"新理想主义"

总的来看,在"《青春万岁》热"中,认同和支持 20 世纪 50 年代革命理想主义的声音,一方面着重宣扬革命理想主义对"文化大革命"造成的灵肉"伤痕"、社会不良风气与青年思想问题进行解决的效用;另一方面则从实现"四化"建设的时代需要出发去论证革命理想主义的"现实意义"。由此在团结一致"向前看"的改革共识下,国家意识形态和文艺评论界也才从中学教育界对小说与影片的热烈反响中,注意到革命理想主义所蕴含的现时价值,并在对其重新评价与理解的过程中渐渐合拍,显示出革命理想主义本身的复杂多义性,以及由此得以被各方征用的可能。

---

① 王蒙《谢谢你,爱读〈青春万岁〉的朋友》,《语文教学通讯》1982 年第 4 期。

② 王蒙《谢谢你,爱读〈青春万岁〉的朋友》,《语文教学通讯》1982 年第 4 期。

更为重要的是，革命理想主义的这一当代转换，尽管因应了改革时代的现实需要，却并未彻底斩断与革命传统的历史关联，而是在推进革命图景重新规划的同时，更加重视人的自我追求与现实需要。换言之，其既不同于改革之前以实现革命理想的名义去发起政治动员与阶级斗争的功能，也与 20 世纪 80 年代末及 90 年代以来丧失社会政治想象的"历史的终结"式思维相异。因而这一"转换"的可贵之处也就在于，通过对革命理想主义的时代逻辑的调适与更新，生成了能够弥合革命理想与个体需求之间结构性断裂的"新理想主义"，其不只保留了应对新矛盾与变革现实的政治势能，同时突出对人的主体意志的充分肯定，从而在"革命"受挫之后得以构造出新的社会想象。

正由于此，即使在意欲切断与革命关联的 20 世纪 80 年代初，革命理想主义也仍并非可有可无。相反，无论是出于社会心理上对人生意义与价值认同的急迫寻求，还是现代化意识形态的强烈召唤，都要求在"后革命"中国的现实语境之下，重新审视 20 世纪 50 年代的革命理想主义，同时将其作为革命年代的宝贵资源，在顺承与重构中借以生成重新构建未来新可能的结构性力量。正如德里克所言："对将来的预期是我们历史意识的一部分，没有这种预期，我们如何赋予过去以意义？又如何把握我们的今天？"①也正是在此意义上，"《青春万岁》热"中所呈现的 20 世纪 50 年代革命理想主义的复归与重构，为我们重新认识、思考革命与理想主义乃至当代思想探索与社会实践，提供了别样的借镜和可能。

原载于《汉语言文学研究》2023 年第 2 期。
常鹏飞：中国海洋大学文学与新闻传播学院博士研究生。

---

① 〔美〕阿里夫·德里克《后革命时代的中国》，李冠南、董一格译，上海人民出版社 2015 年版，第 381～382 页。

身心的"病痛"与灵肉的"疗救"

——王蒙小说中的"医疗叙事"

张波涛 ▌

20 世纪后半叶，欧美人文社科领域出现了一场"空间转向"，代表学者有法国加斯东·巴什拉、米歇尔·福柯、亨利·列斐伏尔，美国詹明信以及当代学者罗伯特·塔利等人。这一转向强调要突破惯性的"历时性"思维，把"空间"问题化，探讨其背后的心理、文化、政治等意识形态价值。近年来，借助"空间"理论来开展文学作品研究逐渐成为国内文学研究界一个比较前沿的热点。

而作为中国当代文学史上的重要作家，王蒙虽然是当代文学研究领域的一个热点，但是对其小说空间的研究却非常少，而他的作品中其实存在着丰富的空间元素。根据粗略统计[①]，从 1953 年出版的《青春万岁》第一次提到的"医院"到 2022 年10 月发表的《霞满天》中的"霞满天"长者院，在王蒙 70 多年的创作史中，医院、精神病院、医学院/校、疗/休养院等以医疗场所为核心的"医疗空间"意象贯穿始终，从未断绝。不仅如此，甚至随着时间的流逝，"医疗空间"在他作品中还呈现出越来越高的频率。因此，王蒙笔下的"医疗空间"应当被视为一个有阐释价值的"现象"，是一个研究王蒙小说非常值得把握的"纵切标本"。如果从结构主义符号学的角度出发，将空间意象化、结构化，可以发现王蒙笔下的"医疗空间"有着三重"所指"：既是"文明"更新的象征，又为社会微观权力"斗争"提供了一个"战场"，还是知识群体受难与拯救的叙事平台。而这三个角度，又都是以"病痛—救治"为基本逻辑从身体、灵魂两个层面展开运作，共同构成了属于王蒙的"医疗叙事"。

一、符号性所指："文明的象征"

很多当代文学作家有着医学专业教育或者医疗从业背景，如毕淑敏本职就是医生、余华在写作成名之前是牙医。他们的职业决定了他们对涉医空间非常熟悉，医生的职业会给他们带来外人难以体验的感受，所以他们在"医疗空间"范围内取

---

① 此处结论参考了张波涛 2017 年硕士学位论文《论王蒙小说中"空间"元素的文化诗学意义——以中短篇小说为例》，中国海洋大学文学与新闻传播学院中国现当代文学专业。

材、在医疗叙事中建构自己的作品是非常自然的。但是王蒙并无医学专业教育背景或从业经历，其妻子、儿女也并未从事医疗行业，而从王蒙持续旺盛的创作热情、《王蒙自传》以及从公开渠道获知的活动情况来看，他也并非久病缠身的医院"常客"。所以，"医疗空间"在他笔下的大量出现，且呈上升态势，不能简单化地归因为他的"就医体验"。

美国学者爱德华·W. 苏贾指出："存在的生活世界不仅创造性地处于历史的构建，而且还创造性地处于对人文地理的构筑，对社会空间的生产，对地理景观永无休止的构形和再构形。"①也就是说，自然地理景观和人文地理景观等空间性的存在同"时间"（历史）一样，都是对"生活世界"的一种建构，是有着社会性内涵的。具体到对王蒙及其作品的研究，以"医院"为代表的"医疗空间"应当被视为一个意识形态符号或思想文化意象，以及一个表征故事关系的结构（兼顾具象及抽象层面），据此来挖掘其深层内涵。那么，就这些"医疗空间"中最重要、出场最多、最具代表性的"医院"而言，它除了"救死扶伤"等生物学、保健学等表层"工具性"功能或者维护社会稳定的社会学功能之外，还具备什么样的文化符号价值呢？要回答这个问题，必须了解中国近代的"医院"发展史。

传统中国并无"医院"这种形态的医疗机构，古代医疗机构除了官方的"惠民药局"外，民间主要是私人医馆。汉语中的"医院"一词最初只指"西医医院"，即便现在有了越来越多的"中医医院"，但日常通用的"医院"一般默认西医医院，否则"中医医院"也就不必专门冠以"中医"一词做定语来区分。"医院"是随着"西医""西药"传入中国的，而且这种规模化、体制化的建置，显然要晚于零散的、逐渐的、个人的"西医"或"西药"的传入。据记载，中国第一家西医医院诞生于 1835 年的广州，是由美国人伯驾创办的"广州眼科医局"，发展为今天的中山大学附属第二医院②。此后，基督教会开始在中国大规模兴学、兴医，逐渐造成了"教会医院在中国近代医院中占据中流砥柱地位"③的局面。

教会的这种做法是完全可以理解的：通过把"行医"与"传教"密切结合在一起，基督教士试图以"身体救助"为切入点，来诱导中国人"精神皈依"。在这种情况下，可以想象的是，最初西式"医院"和中国的传统医疗机构给中国人所带来的最大不

---

① 〔美〕爱德华·W. 苏贾《后现代地理学——重申批判社会理论中的空间》，王文斌译，商务印书馆 2004 年版，第 16 页。

② 参见《广州研究》1986 年第 11 期第 21 页"广州之最"栏目；张宇：黑龙江中医药大学 2014 年博士学位论文《中国医政史研究》，第 101～102 页。

③ 苏全有、邹宝刚《对近代中国医院史研究的回顾与反思》，《南京中医药大学学报（社会科学版）》2011 年第 1 期。

同感受可能未必在于它们各自的疗效,而是在于它们背后的"文明":与中医自带的"亲切""可信"之观感不同,"医院"和洋枪洋炮、不平等条约等舶来物一起构成西方在中国人心中的"可怕"而"先进"的形象。

于是,出于"师夷长技以制夷"的动机,近现代很多知识分子都是从学西医开始投身救国事业的,有名的有孙中山(曾是中山大学附属第二医院的学生)、鲁迅(曾在日本仙台医专学习)、郭沫若(曾在日本九州帝国大学学医)、冰心(曾在北京协和女子大学学医)、郁达夫(东京第一高等学校医科部毕业)等。也就是说,在很长一段时间里西方的"医院"代表着"卫生"、先进技术,代表着现代文明,是"救亡图存"的重要途径。这一思路和实践延续到了新中国,西式的"卫生"甚至成了政治任务,出现了"爱国卫生运动"这种说法和实践。① 即便是现在,面对无处不在的"西医",有着几千年历史的中医也只有通过与西医结合才能进入现代医疗体制,必须通过把自己"西医化",把中医诊疗机构"医院化""实验室化"来获得生存空间,即便如此,却仍然时不时遭到来自中国人自己的"伪科学"指控。因为,在以"医院"为代表的西方理性启蒙主义话语的影响下,中国长期把"科学"视为"现代化"的"最优解"。在这种语境下,"医院"已经被意识形态化了,它不仅仅是"治病救人"的场所(空间),还是一个文明的"灯塔",特别是用来启蒙落后中国或中国落后地区(如乡村)的"灯塔"。除了"医院"外,王蒙笔下的"医疗空间"还包括很多"医学院"或"医科大学",这样的小说有《小说瘤》《歌神》《蝴蝶》《名医梁有志传奇》等,在《莫须有事件》中还出现了"(中华)医学会(M省分会)"。有趣的是"学院""大学""学会"这些事物无一例外也都是学习西方的结果,更加明显地代表了国人对"科学"("赛先生")的崇拜。所以,《活动变人形》中的这样一个细节便不难理解:"他叫醒了倪吾诚,拿出听诊器,静宜觉得敬畏异常"②——静宜的敬畏,便反映出民间对西医所代表的"西方""先进""科学"的复杂心理。

而与"医院""西医"一起进入中国的还有以现代科学为依据的卫生观念,这种对身体、健康的格外关注在王蒙心中扎根的原因,除了可能与他在民国时期受到的中小学教育有关之外,更深刻的应该是受到了他父亲王锦第的影响。王蒙在自传《半生多事》第二章"父亲"中提到,父亲王锦第"热爱文化,崇拜欧美,喜欢与外国人结交",近乎狂热地教育孩子们——也就是王蒙姐弟——要洗澡、体育运动,最终"使我等始终认定挺胸洗澡体育不但是有益卫生的好事,而且是中国人接受了现代

---

① 直到现在,几乎每个城市都还设有"爱国卫生运动委员会"这种机构。
② 王蒙《活动变人形》,《王蒙文集》第 2 卷,人民文学出版社 2014 年版,第 148 页。

文明的一项标志"①。在王蒙的自传式小说《活动变人形》中，倪吾诚对别人非常"狂狷桀骜"，但对眼科医院院长赵尚同却十分敬畏，原因非他，"最使倪吾诚服气的还是他的(科学)，他的外语"②。所以《小胡子爱情变奏曲》里面明显是以王蒙为原型的"老王"才会"自幼笃信科学医学"，而"笃信"的又岂止是小说中的"老王"呢？在这种背景下，王蒙小说中出现的大量"医疗空间"就可以理解了，它们隐含了一种对国家复兴的期待、对"现代文明"的向往。这是王蒙小说中"医疗空间"的第一重所指。

二、共时性所指："权力的战场"

福柯曾以赫西福地方军人医院为例，说明"医院"和其中的空间安排是如何为一种"驯训技术"③服务的。在福柯眼中，因为医院是直接以人的"身体"为对象来展开工作的，而"身体"只能在空间中展现，所以"医院"既是处理"身体"的"空间"，也是处理"空间"的"空间"，或者说，"医院"正是通过改造"身体"的空间形态以及在空间中伸展的规则和能力，而实现了对"身体"，进而对精神的驯服。如果说中国人将西式的"医院"视为一种现代文明的象征是一种前现代的空间殖民心理学，那么，福柯将"医院"视为通过"规训"人的"身体"而规训人的意识的一系列空间工具之一则是一种后现代的空间政治学，它揭示的是"权力—空间—生物(身体)"三者之间的单向关系。具体到王蒙的小说中来，"医疗空间"在"权力—空间—生物(身体)"之间建构了什么样的关系？或者说，是如何通过对空间的操作(结构和功能上)来规训"身体"和"灵魂"(人格)呢？王蒙笔下的一些特殊"医疗空间"又能发挥什么样的文本权力呢？

在"医院"面前，人的弱小、被动以及"物性"显露无遗，这一点首先体现在就医的程序设计上("程序"就是一种空间的流动性)：在整个"医院"，多样化的"名字"被均质化的"病人"所取代，所有人都被抹平了个性，而退变成一个冰冷的"医疗代号"；"病人"像商品一样，被抽象成一个"空间体"，沿着医疗工业的"传送带"行进。这套程序的第一道手续是"挂号"，所以，"挂号室"就成了病人遇到的第一处实体空间：挂号室有分发"号"的权力。王蒙在《选择的历程》中细致地描绘了"我"与现代医院挂号程序的"遭遇"，"挂号室的窗户极小，位置又低"，这导致"我弯下腰，低下头，却又要提起黑眼珠隔着窗户试图一睹挂号工作人员的风采。模模糊糊看

---

① 王蒙《王蒙自传(1)：半生多事》，花城出版社 2006 年版，第 8 页。
② 王蒙《活动变人形》，《王蒙文集》第 2 卷，人民文学出版社 2014 年版，第 250 页。
③ 〔法〕戈温德林·莱特、保罗·雷比诺《权力的空间化》，陈志梧译，包亚明主编《后现代性与地理学的政治》，上海教育出版社 2001 年版，第 34 页。

到……"①对外的"窗户"小，正如碉堡的枪眼，又像是窥视的镜头，表明了这种设计的"警惕性""排外性"：可以防范外部袭击。而"位置低"，则说明了挂号室的设计是以何人为本位的：这样的设计，外面的患者只能"站"着，而里面的医护人员可以"高高坐在挂号室内"。"挂号室"这个实体空间负责生产"挂号权"，而"挂号权"与社会上其他一切权力都是相通互认的："现在在她名下挂号，可不是件容易的事。干脆说吧，各色人等的社会地位，可以以能不能被她看脚丫子划线。有地位、有本事、有门路的可尊敬者，那是挂的上周丽珠的脚气号的，反之就硬是挂不上。这也是必须承认的社会差别之一。"②通过把医疗与社会其他领域的权力挂钩，"医院"把技术权力化、等级化了，在病人面前获得了一种高高在上的地位。王蒙通过一个小小的"挂号室"透漏出了"医院权力系统"的冰山一角。当病人通过"挂号"系统获得准入资格，便等于把自己的"身体"处置权自愿、迫不及待地让渡给了"医院"，正式进入"医院"的生产"流水线"。在接下来的"工序"当中，病人在各种复杂的工业化、科学化、西化的专业名词与设备面前产生一种惶恐心理（臣服的表征），比如王蒙写道：

　　他到许多医院、中医院、医学研究机构就诊，各派各医用尽了各种检查手段，把他从里到外翻过来又翻过去，卸成零碎再拼接成整块。③（《室内乐三章》）

　　来到现代化的大医院他不禁诚惶诚恐。各种设施，各种技术，各种医护人员。查二便查血查唾液汗液。查头查脑查身查脚。查心肝脾胃肾。查声带查小舌查脚趾缝。查脉搏查血压查脑电心电脑血流。查颅腔胸腔腹腔鼻腔口腔。查 CTABF 扫描……原来每个部位每个项目上都蕴藏着致命的病变危！他被折腾被震慑得心灰意懒。生老病死，我佛慈悲，真是何等的痛苦！查声带时医生把器具捅入他的咽喉，他哇的一声呕吐不止。④（《虫影》）

　　但即便如此，仍然要心怀感激，"谢谢了，医院、医务室！谢谢了，现代西洋医学仪器与把人卸开、把里子翻到面子上来的检查身体的技术！（《虫影》）"⑤

　　"医院"的权力还延伸到了"医院"自身空间之外发挥作用，"医院证明"成了一种"社会流通物"，医疗资源成为一种社交"硬通货"，"医院"成功地把自己的权力嵌入了其他社会空间的内部。在这种情况下，"医院"及其"证明"早已不单纯是"技术性"的了，而是一种权力的"符号"，所以在某些情况下已经完全与真正的"科学"无

①　王蒙《王蒙文集》第 14 卷，人民文学出版社 2014 年版，第 155 页。
②　王蒙《王蒙文集》第 10 卷，人民文学出版社 2014 年版，第 457 页。
③　王蒙《王蒙文集》第 14 卷，人民文学出版社 2014 年版，第 329 页。
④　王蒙《王蒙文集》第 14 卷，人民文学出版社 2014 年版，第 173 页。
⑤　王蒙《王蒙文集》第 14 卷，人民文学出版社 2014 年版，第 174～175 页。

关了。《悠悠寸草心》中的老唐夫人嫌组织给的拉锁厂支部副书记是个"芝麻官"不想上任，可一个"革了一辈子命"的老党员自己不好直说是因为"乌纱帽"太小，于是她"就去医院开了一个全休三个月的证明"①，以此来推诿拒绝；《夏之波》里的老张，先是靠着"医院证明"病休三年不上班，可一旦面临落聘的危险，"医生不断开来日益健康直至完全彻底健康的证明，就像以前不断开来日益病弱直至完全彻底病趴下的医疗证明一样"，"又过了一些时日，老张送来了只能半日工作的半休证明"②，何其滑稽；而《虫影》中的工程师在得到"医院证明"之后则狂喜："我有证明了！……一切的流言蜚语、见不得阳光的阴影和不怀好意的目光都将在医院的断然证明面前碰个粉碎，然后烟消云散！……这是多么美妙、多么幸福啊！"③在这些例子当中，"医院证明"并不能"证明"它本该"证明"的事物，它已经蜕变为"身体"与"权力"之间关系的鲜明符号，而"医院"就是"贩卖"这种权力符号的工厂。所以，医生就是工人，病人则变成了有待维修的"机器"："看他那个样子，不像是检查一个人，而像是检查一台铣床。"④在被物化的过程中，"人"的主体性尊严荡然无存。

在王蒙的中短篇小说中，围绕着"医院"产生了很多"闹剧"，同时在闹剧式的作品中往往少不了"医院"。前者如在《枫叶》当中，因为枫叶丢失造成了阿枫对妻子儿女的怀疑，继而引起关于自身健康的疑神疑鬼，为此：

他去医院检查身体，吞了许多钡，有许多指标都呈阳性，检查到最后最后，他才脱去了癌症嫌疑的帽子。

为此他十分欣慰，欣慰完了他向女儿提出，他不是中、晚期，而是超晚期老年痴呆症患者了。⑤

在《山中有历日》中，吕二凤装腔作势喝农药，村干部见怪不怪，明知吕二凤是做戏，但故意将计就计、假戏真做，还真把她给抬到"医院"去了：

……一起到了医院，医生也完全进入程序，下令用肥皂水然后是生理盐水冲洗肠胃，注射阿托品，并用探喉压舌片放入吕二凤的嗓子，探喉压舌催吐……总而言之，感谢我国农村合作医疗的成功，这次是把吕二凤治了个三魂出窍，二魂涅槃。在医院把她折腾了几个小时，吕二凤服服帖帖了。⑥

---

① 王蒙《王蒙文集》第13卷，人民文学出版社2014年版，第162页。
② 王蒙《王蒙文集》第14卷，人民文学出版社2014年版，第246页。
③ 王蒙《王蒙文集》第14卷，人民文学出版社2014年版，第175页。
④ 王蒙《王蒙文集》第10卷，人民文学出版社2014年版，第275页。
⑤ 王蒙《王蒙文集》第14卷，人民文学出版社2014年版，第435页。
⑥ 王蒙《王蒙文集》第12卷，人民文学出版社2014年版，第346～347页。

这种"治",与其说是抢救身体,还不如说是给吕二凤一点"教训",规训她的精神。但是,这种精神规训又是以"身体"的名义开始并围绕"身体"而展开的。

不仅一般作品中的闹剧关注到了"医院",多篇闹剧式的作品也都以"医院"为重要空间。如《满涨的靓汤》《郑重的故事》《球星奇遇记》《怒号的东门子》《小说瘤》《选择的历程》,《莫须有事件》则是直接以"医院"为背景的。在这些故事当中,"医院"一改其整齐圣洁、救死扶伤的刻板形象,发生了许多令人哭笑不得的荒诞情节:医院竟然诊断出了"小说瘤"①和"餐馆焦虑综合征"②;为了治牙跑遍中西"医院",然而最后牙科医生却犯了脑出血送去了内科抢救③;一个医院的药剂师屡次发错药甚至闹出人命,但他最擅长的却是传播文艺界小道消息,并因此被称为"民间文联主席"或"第二文联主席"④……在戏谑中,"病"与"医"都变得不再真实,作者以这种戏谑的方式深刻地揭露了一个事实:在非常态的社会环境下,"医院"管控身体、生产权力符号、干涉其他社会领域和进程的功能越来越强化、越来越明显,作为其设计初衷的技术功能越来越弱化,"医疗空间"不再生产"健康"而是生产权力的"符号"。

这种"工厂"和它产出的"符号"可以使得正常的生活工作流程暂时中断,它有合法的权力中止社会其他领域的常规进展,而这——至少在名义上——可以维护其他空间正常甚至更好地运转。在此意义上,"医院"——虽然总是与病痛相关,却因为它饱含着人们的期待而成为一个生产美好、幸福的"乌托邦"。不过,王蒙笔下的"医疗空间"是丰富而充满张力的,它同样存在与"乌托邦"相反的一面:作为一种特殊的"医院","精神病院"是一个令人不安的"异托邦"(heterotopia)——一种存在于现实空间边缘的"异质性"空间,它作为社会"正常空间"的"对立"和"倒转",在某种意义上成为反映社会真实的一面"镜子"——不过是一种反向的反映。王蒙多部小说中出现了"精神病院"空间,比如《蜘蛛》《球星奇遇记》《一噎千娇》,以及2022年出版的《猴儿与少年》。

与"医院"主要目的是为了"修复"处于非正常状态的人体有所不同,疯人院、精神病院还有一个非常隐晦的灰色功能:将"病人"集中管理起来,以避免他们的"破坏性"妨碍健康社会的正常运转效率(益)。也就是说,"精神病院"某种程度上就是一座"监狱",作为一个社会极端病态的集中收纳所,把精神病人与"正常"社会隔离

---

① 王蒙《王蒙文集》第14卷,人民文学出版社2014年版,第337页。
② 王蒙《王蒙文集》第14卷,人民文学出版社2014年版,第397页。
③ 王蒙《王蒙文集》第14卷,人民文学出版社2014年版,第160～162页。
④ 王蒙《王蒙文集》第12卷,人民文学出版社2014年版,第10页。

开来。就如福柯所言,这个异托邦"保留给某些相对于他们范围之社会、或人类环境而言处在一种危机状态(a state of crisis)的个体"①,因为这些"个体"有着成为"系统破坏者"的极大风险。

外界的规则在这个"异托邦"空间内是无效的,"非常态"在此处获得了"常态"的地位,它容纳了对"正常状态"的否认,囚禁了对"理性秩序"的抵制,是人类社会的"西伯利亚流放地"。所以,在小说叙事上,此类空间意象的突然出现往往可以充当一个"破局者",在情节陷入僵局之时负责以"合理"的"非理性"打开另一层叙事空间。在《猴儿与少年》中,当侯长友陷入一场稀里糊涂的命案时,作者的处理是让他"变成""精神病",并补充建构了他的"病史",把他送进"精神病院"——这一叙事操作发挥了双重效果:一是在内容上施展了真实的情节的拯救权,让侯长友跳出这场令人棘手的是非;二是在结构上发挥了想象的文本的颠覆权,它在叙事即将结束之时颠覆了作者在此前叙事中所建立的美好、淳朴的侯长友形象的可信性,否认了施炳炎回忆的真实性,把整个小说的叙事变成一个巨大的谜案,让施炳炎对侯长友的情感变得充满反讽性质和"喜剧"的荒诞效果,迫使读者不得不重新审视侯长友的"真相"以及小说的内蕴。这是王蒙小说中"医疗空间"的第二重所指。

三、历时性所指:"复活的圣殿"

苏贾指出:"空间性同时(又出现了"同时"这个词)又是一种社会产物(或结果),也是社会生活中的一种建构力量(或媒介)。"②如果忽略"医院"内部空间设计的权力表征,以及与社会其他领域之间的共时性权力勾兑,而是把"医疗空间"放在更广的动态的社会历史结构之中,便可发现它不仅是一套社会变动的"心电记录仪"(通过自己的功能变迁以及空间设计变动等),而且有时还会充当一枚历史发展的"心脏起搏器"。因为在功能上,"医院"可以革去身上的痼疾,让病人继续并且更好地生活下去,而疗养院作为"疗养"机构则是身心的调节者、能量的补充者,"医院""疗养院"两者都是生命过程中的一个节点、一处驿站:在此歇脚之后,重新启程。于是,对一些文学家来说,"医疗空间"因其鲜明的功能隐喻,可以在充满希望的新时代(比如"改革开放新时期")被构建为一座"复活的圣殿",帮助作者完成"受难者"涅槃重生的叙事,从而参与到对新时期的美好想象中来。

---

① 〔法〕米歇尔·福柯《不同空间的正文与上下文》,陈志梧译,包亚明主编《后现代性与地理学的政治》,上海教育出版社 2001 年版,第 23 页。

② 〔美〕爱德华·W. 苏贾《后现代地理学——重申批判社会理论中的空间》,王文斌译,商务印书馆 2004 年版,第 11 页。

　　"医/疗养院"的"疗救"作用,在王蒙"文化大革命"后复出之初的作品中表现得尤为突出。"医院"在王蒙笔下出现的次数越来越多,或许暗示着作家本人对社会问题(某种意义上的"疾病")的关注越来越多。而"疗养院"在"文化大革命"后一度凸显又迅速减少、"医院"依然保持上升态势的文本现象,则似乎象征着遭遇不幸的知识阶层"劫"后重生的庄严与漫长。"医院"意味着病痛,也意味着治愈(的希望)。在《如歌的行板》中,被政治运动和惨淡家庭折磨的萧铃因为癌症住进了"安定医院"①,"医院"成了她的临时避难所。《深渊》当中,高桂琴第一次受伤住院是为了捍卫自己和梅轻舟的爱情,而多年后数次住院却是因为梅轻舟对她的背叛,身体的疾病成为灵魂伤痛的一种隐喻。在《布礼》当中,钟亦成因为抢救仓库火灾而受伤住院,这是身体上的病痛,同时下放干部副队长、筑路队保卫干部和公安特派员在病房里就对他展开了讯问,所体现出的严重不信任(甚至是"敌视")则是钟亦成心中的病痛("病房"变成了一间"审讯室"),肉体与精神在"医院"遭遇了双重折磨;在小说最后两个小节(即"一九五九年十一月二十七日""一九七九年一月"),作者打破了正常的故事时间,分别写了钟亦成在"医院"获救以及最后平反昭雪——前者是肉体生命的得救,而后者则是政治生命、内在灵魂的得救——这种跨越时间的"并置"让"医院"变成了一种独特的象征,代表着暗中守护正义的历史力量,肉体与精神又遭遇了双重拯救。所以,可能正是出于同样的逻辑,《蝴蝶》中落魄之际的张思远是在公社"医院"结识"天使"秋文的。

　　在《光明》当中,廖国梁被"四人帮"势力胁迫,自己也因恐惧而变得疯疯癫癫并住进了"精神病院"——这个连强权也无法侵入的"异托邦",成为他的临时避难所——但"据医生介绍,打倒'四人帮'以来,廖国梁的病情有明显好转。一九七八年以来,恢复之快完全超过了医护人员的预料"②。在"四人帮"倒台后,邵容朴不计前嫌地搞清真相为廖国梁"平反"之后,医生甚至宽慰地说:"再有个把月,他就可以回家了。"③在这个情节当中,"医院"显然被政治化、意象化了,"文化大革命"导致廖国梁"入院",而他"出院"则又预示着对过去的告别以及新的开始,获得医治的不仅仅是他的身体病痛,更重要的是他精神上的创伤,而此时的"医院"就不仅仅是"医院"了。

　　与"医院"侧重"肉身"的救治有所不同,"疗养院"的"精神疗救"意味更加显豁。就在王蒙"复出"初期所写的作品中,"疗养院"悄然登场了,这个空间让"患者"从

①　王蒙《王蒙文集》第 10 卷,人民文学出版社 2014 年版,第 258 页。
②　王蒙《王蒙文集》第 13 卷,人民文学出版社 2014 年版,第 125 页。
③　王蒙《王蒙文集》第 13 卷,人民文学出版社 2014 年版,第 126 页。

"物"变成了"人","医疗"从"大工业"变成了"手工业",甚至从"工业"变成了"农业"。在 1980 年的《海之梦》中,饱经风霜的缪可言在海边疗养院获得了新生的力量;在 1981 年的《湖光》中,"疗养院"并没有能够挽救"秀梅"并非由于"疗养院"本身,反而是因为秀梅看到了"江青咆哮法庭"的电视画面,换言之,"疗养院"这一疗救空间被恶性的政治力量——以某个具体政治人物为符号——粗暴干涉破坏了;在 1982 年的《听海》中,老人在疗养地"听海"之后变得仿佛重获光明、年轻了起来;在《夏天的肖像》中,曼然在滨海疗养所,从那个年轻画家以她为想象中的模特所做的一幅肖像上看到了自己童年的梦幻影子、过去的诸多美妙幻想以及在当下生活中"含蓄的渴望和飞不出茂林的鸟儿的痛苦"[1],让自己从丈夫、单位、多病的儿子所组成的那个牢笼般的他者世界中暂时性地脱离出来,感叹"我还没有那么老,我还活着"[2]……王蒙笔下的主人公在疗养院往往能重新找回逝去的、被遗忘、被封存的力量,对他们来说,这个医疗空间变成了一个"复活的圣殿":他们遍体鳞伤而来,精神抖擞而去。所以,这注定只是一场短暂的停留,完成使命之后便功成身退、匆匆离去:进入 20 世纪 90 年代之后,"疗养院"便很少在王蒙笔下再次出现。这便是王蒙小说"医疗空间"的第三重所指。

王蒙小说对"医疗空间"的长期偏好让其不能被简单视为一种单纯物理性的故事载体、一个空白的背景。事实上,如果引入结构主义符号学的视角,将其笔下的"医疗空间"进行意象化、结构化考察,便可发现"医疗空间"其实是王蒙思想文化地图的一个重要板块:"医疗空间"大量进入王蒙的小说,来源于西方传教"医身诱心"的殖民逻辑影响,以一种"文明的象征"的符号身份存在于写作的潜意识之中;进入文本后,作者又通过对"医疗空间"的结构设计以及叙事操作,再现了一个共时性的"权力运作"的场景,展示了它是如何通过对身体的操作来发挥对精神和文本的改造权力;而在历时性的叙事中,作者又将其打造成了"文化大革命"后曾身心受难的知识群体与灵肉得救的"复活圣殿"。综合起来看,王蒙小说中"医疗空间"的这三重"所指"其实共享了"病痛—疗救"逻辑,又都将意义注入"身体-灵魂"二元结构形成了一个四元矩阵,在历史与社会语境中获得了意识形态意义,最终共同积淀成了王蒙小说"医疗叙事"三重异质同构的"文本地层"。

张波涛:中国海洋大学文学与新闻传播学院博士研究生。

---

[1]　王蒙《王蒙文集》第 14 卷,人民文学出版社 2014 年版,第 214 页。

[2]　王蒙《王蒙文集》第 14 卷,人民文学出版社 2014 年版,第 211 页。

从"红罂粟丛书"看 20 世纪 90 年代
女性文学的商业出版与写作

在当代商业文化大潮中,女性文学获得了新一轮的蓬勃发展。1995 年女性文学的发展尤为令人瞩目,浮出历史地表达到了一次高潮。在这一年,众多女性文学丛书的出版是女性文学高潮的一大标志,集中展现着女性文学的成果和商业运作下的女性文学的出版与销售方式。出生于不同年代的女性作家呈现出各具特色的个人化写作方式,丰富了女性意识和女性立场的表达,既受到了肯定、欢迎、鼓励,也不乏质疑、不解的声音。

本文从具有代表性的大型女性文学丛书"红罂粟丛书"的出版发行入手,梳理"红罂粟丛书"的出版经过,并以此为例分析外部环境、时代语境对女性文学发展的影响,探究女性作家在商业时代中的不同写作策略与面貌。

一、1995 年女性文学的"高潮"与"红罂粟丛书"的出版

1995 年对于中国女性文学而言是意义重大的一年,作家兼学者徐坤将这一年称作"中国女性写作的狂欢之年"、中国女性写作的"高潮体验"[①],作家林白提到这一年"女作家的运气都格外好,每个人都出了七八本书"[②]。这一年中,召开了"女性文学国际学术研讨会"(天津市社会科学院主办)、"中国当代女性文学研讨会"(中国当代文学研究会与河北女子文学杂志社联合举办)、"女性文学国际研讨会"(北京大学主办)等各种女性文学会议,众多文学刊物开设女性文学专栏。大量女性文学作品、作品集和多部女性文学丛书的出版是女性文学蓬勃发展的佐证和极佳助力。

1995 年出版的女性文学丛书包括河北教育出版社出版的"红罂粟丛书"(王蒙主编)、"蓝袜子丛书"(陶洁、钱满素策划)、"金蜘蛛丛书"(戴小华主编),华艺出版社出版的"风头正健才女书"系列(王朔总策划、陈晓明主编),四川人民出版社出版的"红辣椒女性文丛"(陈骏涛主编),云南人民出版社出版的"她们文学丛书"(程志

---

①　徐坤《双调夜行船:90 年代女性写作》,山西教育出版社 1999 年版,第 7 页。
② 林白《语言中的方方》,《作家》1996 年第 1 期。

方主编)……这样大规模地出版女性文学丛书形成了女性文学出版和女性文学发展的高潮,无疑会极大地扩展女性文学的关注度和影响力。其中,河北教育出版社出版、王蒙主编的"红罂粟丛书"是最具代表性的一套大型女性文学丛书,具有较高的影响力和学术研究价值。评论家何西来指出这样一套中国当代女作家的大型丛书"大概在共和国的出版史上是有开创性的","五四"以来专门出一套这样大规模的女性文学丛书"在现代文学史上大概也要算空前"①。丛书共收录徐小斌、张抗抗、林白、徐坤、赵玫、毕淑敏、铁凝、迟子建、陈染、张欣、池莉、残雪等 22 位优秀的中国当代女性作家的代表作品,作家数量庞大、涵盖面广、系统性强,遗憾之处是未收入 20 世纪 90 年代同样具有重要影响的女性作家王安忆、张洁、谌容。

1995 年女性文学热潮的形成有多重原因。首先,这些女性文学丛书的出版带有献礼的性质,最主要的原因是 1995 年联合国第四次世界妇女大会要在北京召开,以此为契机,政府、机构对妇女问题均投以极大的关注,妇女研究机构纷纷成立,许多女性主题的大型活动在北京举办。借此东风,中国女性文学创作及研究成果成为重要的发展和展示的对象,女性文学作品成为出版社争相出版的热门书籍,女性文学借此机会获得了蓬勃的发展。

另一个重要原因是 20 世纪 90 年代文学与市场的联系愈发密切,文学出版走向市场化,文学成为一种新的消费商品。出版商敏锐捕捉到世界妇女大会所带来的女性问题关注度的提升,发现了女性文学这一热点,借助文化市场及媒体宣传的运作,将女性文学作为出版的一个新的拓展方向,体现了出版商们的"战略眼光"和"阵地意识"②。以"红罂粟"丛书为代表的女性文学丛书一经出版就受到市场追捧,给女性作家带来了更多的曝光和关注度,激起了新一轮女性文学热潮。对一大批不同年龄和风格的女性作家的关注,彰显了女性作家作为一个性别群体的独特力量。此外,学者、批评家的参与丰富了女性文学批评,很多学者、评论家在评论时都关注到了女性文学有扩大文学空间的意义,如"红罂粟丛书"的主编王蒙在讨论会中提到"红罂粟丛书"能够"扩大我们文学的空间",刘心武则谈到"红罂粟丛书"名字的"民间化"特征,体现出一种"很民间化的文化空间"的开拓③,可见学界对女性文学价值的认可和理论话语生产的热情。由此,形成了"作家作品、出版市场、学院批评三者互动频繁"④的繁荣景象。

---

① 赵中伟《检阅女性文学 开扩出版空间——作家专家评"红罂粟丛书"》,《出版广角》1996 年第 2 期。
② 牛素琴《红罂粟蓝袜子金蜘蛛——河北教育出版社三套大型女性文学丛书》,《出版广角》1995 年第 5 期。
③ 赵中伟《检阅女性文学 开扩出版空间——作家专家评"红罂粟丛书"》,《出版广角》1996 年第 2 期。
④ 马春花《"社会订货"与 1990 年代的女性小说》,《东方论坛》2020 年第 5 期。

二、商业运作与男性凝视下的"红罂粟丛书"

这场女性文学的繁荣不乏叫好声,但是也有学者提出应警惕繁荣背后潜藏的问题和隐患。如戴锦华指出这场女性文学的繁荣背后"有一种男性的运用"[①],还有学者认为其中蕴含着对男性窥见的自觉迎合,担忧商业动机的驱使可能带来不利影响。这涉及两方面的问题,一方面是男性在女性文学丛书从出版发行到发展繁荣过程中的影响、支配作用;另一方面是女性文学与文化市场的商业运作的关系。女性文学在1995年的繁荣,就其生产方式而言,是将此前较为小众的女性文学纳入文化市场的结果,"与90年代文化市场达成了密切的合谋关系"[②]而变形为大众文化的一种形态,多家出版社出版这样大型的女性文学丛书即是出于商业化的考量,而这一过程中始终有男性的影子存在。

以"红罂粟丛书"为例,"红罂粟丛书"的成功是女性文学与商业化的文化市场合作的结果,其中鲜明体现出文化市场的商业运作之于女性文学的影响。丛书出版后出版社即策划了一系列商业促销活动:举行丛书首发式暨作品研讨会、开展签名售书活动、邀请知名评论家写作评论文章并发表在报纸与杂志上,还在中央电视台开设《三昧书屋》栏目谈论女性文学的发展现状等等。

首先,就"红罂粟丛书"的生产方式而言,它是"由男人策划、出版、男人主编的女人的书"[③],丛书的主编王蒙先生是男性,丛书出版后讨论会、研讨会、访谈中的权威评论大多出自男性作家、学者、评论家之口。评论家王绯就曾质疑过女性文化、女性解放由男性完成可能具有的不彻底性:"压迫女人由男人来领头,解放女人也由男人先站起,我们这套书的主编也是由男作家王蒙来担任,这使我感到迷惑。"[④]"红罂粟丛书"从生产、宣传到界定女性文学价值优劣的过程中都有男性的影子,女作家的作品由男性来阐释、评判,这样一种生产与被生产、评论与被评论的关系,体现出了一种具有性别差异的主体与客体关系,女性作家、女性文学作品处于被审视、被评判的位置,男性则拥有意义建构的权力,其中暗含了一种性别等级关系。

其次,就丛书的名称来看,"红罂粟"这一带有比喻性质的命名并非河南教育出版社早就定下的,而是邀请入选的女作家参加北戴河女作家笔会,在其间让女作家

① 林晓云《第二性的权力话语:中国当代女性主义文学批评形态特征论》,中国市场出版社2010年版,第26页。

② 贺桂梅《人文学的想象力:当代中国思想文化与文学问题》,河南大学出版社2005年版,第201页。

③ 铁凝《珍贵的良心——写在"红罂粟丛书"出版之际》,《出版广角》1995年第5期。

④ 赵中伟《检阅女性文学 开扩出版空间——作家专家评"红罂粟丛书"》,《出版广角》1996年第2期。

们自己为这套丛书取名。"一群女作家把自己关在一间房子里,让自己的愿望梦想和想象自由飞翔,红罂粟这个名字横空出世,它一出现,大家不约而同都静了下来,说:就是它"①。"红罂粟"这一命名带有自喻的意味,含有女性作家对自我的想象和评价。女作家池莉谈及"红罂粟"的命名时突出其"美丽非凡而又生命力强健而又充满个性"②的特征,林白赞美罂粟花的"无比妖娆、夺人心魄"③之美,迟子建希望丛书如花一般"美丽、高贵、充满争议而又率尔不群"④。由此可见,女作家们在认同"红罂粟"的命名时,一方面是爱罂粟花的美艳,以此自比,另一方面是基于红罂粟在固有认知中的妖、毒属性,力图以具有争议性的和含有危险、邪恶意味的命名达到颠覆固有认知的目的,既是对传统的贤良淑德女性形象的反叛,又是如破除对罂粟花的污名化一般反思既往对女性形象邪恶化、特殊化、怪异化的处理,显示出女性作家们对女性和女性写作重新定位的意图。

其他女性文学丛书诸如"红辣椒""蓝袜子""金蜘蛛"等的命名方式与"红罂粟"具有一定的相似性,都是以一些奇异但与女性特征具有一定相似性的物为比喻,具有一定的颠覆性和反叛性,"将自己置于传统道德符码中不洁净的一方,以造成一种不安的氛围,从而对秩序本身形成一定的威胁"⑤。但这种以又美又毒的物想象女性的方式将女性置于非常规的特殊位置,并且带有一定的欲望色彩的引导,是将女性及其作品置于被观看的"他者"位置上的传统思维的一种延续。而且值得注意的是,这一名称恰是由女性作家自己提出并获得一致认可的。

再次,就丛书的样式设计及销售策略来看,丛书的封面是"符合传统女性想象的"⑥,更值得关注的是,作品集前刊登的女作家的照片并不是通常所见的一张作家的代表性照片,而是女作家从小时候到成人后的系列照片。这种将女作家不同年龄段所拍摄的照片一一列出作为展示的编排方式,使女作家自身成为丛书的一大商业亮点与卖点,吸引读者的眼球,激起读者阅读女性文学作品和进一步了解女性作家的欲望。这背后体现了出版社的营销策略,将女作家作为某种文化明星加以展示和推销,在某种程度上是对女作家的消费。20世纪90年代后期的"美女作家"便是这一商业策略更为直接和成功的运用,不仅在封面和作品中设计富有暗示意味的图案与图片,而且借助大众传媒将女性文学中的隐私性内容和女性作家的

---

① 池莉《愿做罂粟》,《华北电力大学学报(社会科学版)》1996年第1期。
② 池莉《愿做罂粟》,《华北电力大学学报(社会科学版)》1996年第1期。
③ 林白《猜想〈红罂粟〉》,《华北电力大学学报(社会科学版)》1996年第1期。
④ 迟子建《香气》,《华北电力大学学报(社会科学版)》1996年第1期。
⑤ 贺桂梅《1990年代的"女性文学"与女作家出版物》,《现代中国》2003年第3辑。
⑥ 贺桂梅《人文学的想象力:当代中国思想文化与文学问题》,河南大学出版社2005年版,第199页。

私人生活作为关注热点和炒作噱头,从而达到一种类似女性明星炒作的效果和女性文学商品化的结果。

由此可见,要想分析 20 世纪 90 年代的女性文学,就不能忽视"文化市场的商业运作和大众传媒巨大的传播、变形和再构造的能力"①,有研究者分析指出 20 世纪 90 年代的女性书写具有"被建构"②的特征,由上述对"红罂粟丛书"的分析可知,文化市场的商业运作为女性文学的传播提供助力的同时,女性作家及其作品也面临着在男性主导的文化的塑造下"被编码成诱惑的符码,欲望的符码"③,成为被窥视的对象的危机。那么,是迎合市场需要成为男性欲望的承载,还是运用反讽、颠覆等写作策略发出不一样的女性声音,传达女性自己的性别诉求,形成了女性写作的不同策略与面貌?

三、商业时代中的女性书写

20 世纪 90 年代的女性写作是"幻影密布、歧路横生的"④,商业化进程带来了新的文化生产方式和多元话语可能的同时,也对女性文学提出了新的挑战。90 年代的女性写作与 80 年代的女性写作相比,已经由 80 年代的女性话语与主流话语的协同转变为具有了"充分的性别意识与性别自觉"⑤。这一时期女性写作的特点之一是女性作家基于对社会的都市化变迁的敏锐把握,在都市空间中挖掘并表达女性的独特经验,书写被男性话语遮蔽的女性声音。有的作品讲述了都市女性在现实生活中疲惫、困窘的性别体验和爱情在都市生活中经受的挑战,有的作品传达出不再将希望寄托于男性身上或现代化进程中的思想转变,显示出反思父权传统和现代商业化社会中女性的地位与遭遇,寻找女性自我的意义。

铁凝始终关注并书写时代变迁中的女性生活并深入剖析人性。她的小说《对面》讲述了有较高社会地位的现代女性也免不了在男权社会中被窥探、侵犯的困境,并表达了对男性潜意识中的邪恶一面的暴露和批判。男主人公"我"的性窥视源于内心奔腾的性的欲望,这是现代社会中人的欲望膨胀和异化的表现,含有对现代文明的反思。而偷窥行为中主客体的设置和在隐私暴露后女性无处躲避甚至走向死亡的悲剧结局,则说明现代社会中男性与女性仍具有不平等的权力关系的现实。

---

① 贺桂梅《1990 年代的"女性文学"与女作家出版物》,《现代中国》2003 年第 3 辑。
② 薛晓霞《"被建构"的女性书写——以"红罂粟"丛书为例》,《当代文坛》2022 年第 6 期。
③ 王绯《论女性文学与商品市场》,《妇女研究论丛》2001 年第 2 期。
④ 戴锦华《奇遇与突围——九十年代女性写作》,《文学评论》1996 年第 5 期。
⑤ 戴锦华《奇遇与突围——九十年代女性写作》,《文学评论》1996 年第 5 期。

迟子建的《向着白夜旅行》中的女主人公是一个聪明、爱想象的都市女性,她与重归的前夫马孔多一同前往漠河看白夜奇观,目的是重温、实现昔日的浪漫约定,但事实上马孔多只是一个亡魂,理想中的白夜是永远无法抵达的地方,旅途延续了昔日的磨难与叛卖,浪漫理想之旅实际上是融合了孤独、绝望的想象的一场幻梦,不是爱情神话与男性神话,反而是对女性将希望与浪漫理想寄托于男性身上的质疑。

除了对商业社会中的女性个人生活的直接书写外,对历史情境中的女性命运的叙述同样显示出对父权秩序下的女性生存状态的关注。如徐坤的《女娲》以对历史长河中女性命运的探索重构女性话语,是女权文化失落后的造人神话的现代书写,小说以于家的媳妇李玉儿从 1930 年到 1990 年的生活经历为主线书写了于氏家族混乱的生存、繁衍过程。李玉儿在婆婆的压迫下生养了十个儿女,之后她也由受害者转变为施害者,成为大家庭中拥有绝对权力的太祖母。不同于通常所见的家族叙述中将女性塑造为被动、弱小的存在,《女娲》中的于家是一种母权模式主导下的中国家庭,展现出女性对于家庭的掌控能力和女性主义叙述的反叛性。然而悖论之处在于,虽然李玉儿和她的婆婆于黄氏在家庭中拥有权力,但是始终处在为夫家的传宗接代献身的大原则下、传统的妇道的规范下,"她们的行为目的却是为父权模式服务的"①,展现了父权秩序对女性的压迫以及女性成为父权意识的模仿与代理者的悲哀,书写了周而复始、恶性循环的民族寓言和女性传统。

如果说 90 年代女性书写还有亮色,那么不得不提对商业社会、都市生活中的姐妹情谊的书写。在陈染的小说中,姐妹情谊是一个重要的主题,如《另一只耳朵的敲击声》中的黛二和伊堕人,《破开》中的"我"和殒楠,在女性的生存空间被挤压时,姐妹情谊给女性以支持和彼此呵护。在张欣笔下,女性情谊是女性在艰难、残酷的都市生活中可靠的支撑与抚慰,在《首席》《永远徘徊》等作品中都有处境不同、性格相异但情谊深厚的女性人物,她们的姐妹情谊让人感动。

随着 20 世纪 90 年代现代化、商业化进程的推进,出现了"现实挤压、生存困窘"②的现实危机,中国男性知识分子面对西方文明和新的世界文化语境下的新的"种族/性别/权力规则"③产生了新的焦虑,转而寻找新的移置方式,比如以性别书写喻指种族、政治,或是塑造丑恶的女性形象作为男性悲剧的来源,达到将 90 年代的危机与焦虑转嫁于女性的目的。而 90 年代的女性作家则以女性的声音对男权话语与性别秩序提出疑问,她们大胆书写自己的个人经历、性体验、自己的身体,以

---

①　王一燕《女性主义与母权模式:徐坤〈女娲〉中的国族叙述》,《南方文坛》2004 年第 5 期。

②　戴锦华《重写女性:八、九十年代的性别写作与文化空间》,《妇女研究论丛》1998 年第 2 期。

③　戴锦华《重写女性:八、九十年代的性别写作与文化空间》,《妇女研究论丛》1998 年第 2 期。

独特的女性经验揭示男性话语主导下的历史与社会如何将女性塑造为附庸、玩偶或怪物式的个体。但是，这些对女性身体与女性自身独特经验的张扬在与90年代的商业浪潮相遇时，则会因对女性文学的商业化的包装、运作而被赋予某种商业品格，陷入男性的窥探与支配之中，显示出男性中心的文化传统对女性作家及其作品的限制与改变。但是，也正是在这种形势下，愈发显示出女性文学存在与发展的意义、女性作家必须写女性的意义，个人化的女性经验可能有时不被男性中心的文化传统和商业化环境全然接受，但是对女性生命状态和生活状况的真实表达具有不可替代性和重要性。

女性文学内含对女性独特的情感与经验的表达和对父权秩序的解构，在走向文化市场时就势必面临男性目光的审视和被消费市场操控的威胁，女性作家也采取了不同的写作策略，在迎合、反讽或反叛中构造了性别写作与文化市场的复杂关系，既有对女性主体性的建构和女性自我的张扬，也难免在消费市场中因为主动或被动地承载、迎合男性的欲望而在一定程度上削减了女性文学的反叛力度。一个值得注意的现象是，很多女性作家为了避免太过鲜明的性别写作可能带来的风险，而表现出对超性别写作的追求。如铁凝提到自己写作时想要"摆脱纯粹女性的目光"，希望获得"双向视角"或称"'第三性'视角"①，认为这样更能准确把握女性的生存境遇和深刻挖掘人性。这一方面反映出了很多女性作家不愿承认自己的作品是单一的女性视角的事实，女性作家对纯粹的女性视角的抗拒背后有认为女性是低于男性"第二性"的固有认知的某种延续；另一方面，这也是一种有效的拓宽女性写作空间的写作策略，例如铁凝的小说《对面》就采取了男性与女性视角相融合的视角，以男性的视角观察与评价女性的同时，赤裸地展示了男性的窥视欲并表达了女性对男性弱点的批判。

四、结语

女性所具有的社会边缘性的特征使女性获得了主流叙事之外的一种书写视角，通过反思与拆解使笔下的历史和现实呈现出另一种面貌，带来了启示与重构的价值，正如程志方在"她们文学丛书"序言中所写的那样，有了"她们"，"我们"才可以"超越历史""赢得明天"②。但是，女性文学的成长之路并非一帆风顺，20世纪90年代的女性写作相较80年代而言具有了更鲜明的女性立场和女性表达，然而在男性主导的意识形态话语中没有清晰的女性的位置，女性意识、女性立场并不能

---

① 铁凝《对面》，河北教育出版社1995年版，第374页。
② 程志方《她们——"她们文学丛书"序》，《出版广角》2000年第10期。

得到毫无保留的接纳与支持,同时在商业时代女性文学面临着商业浪潮的冲击与改造,女性文学的繁荣下也有无法摆脱的男性的影子。世界妇女大会等外在因素促成了1995年女性文学的繁荣,在高潮之后,女性作家们如何进一步探索挣脱男性话语的束缚,如何在当代商业文化大潮中获得更为独立、自由的发展,更好、更深刻地讲述女性的经验和发出女性的声音,是女性作家在今后仍将面临的考验。

鹿苇:中国海洋大学文学与新闻传播学院硕士研究生。

新视野·青岛印记

青岛印记：作为一种审美建构

温奉桥 ▌

青岛印记是一个内涵丰富的开放性概念，既是一个历史的概念，更是一个当下性的自觉审美建构，承载着青岛地域文化的独特意义。

自 1917 年青岛现代文学史上第一部小说燕齐倦游客的《桃源梦》开始，青岛印记就成为本土文学创作的一个显著特色。在中国现当代文学史光谱上，一大批文学经典都留下了深浅不同、浓淡各异的青岛印记。

同时，青岛印记又是一个时代性概念，在不同时代具有不同内涵。对于 20 世纪 30 年代文学创作而言，如老舍的《骆驼祥子》《月牙儿》、沈从文的《三三》《边城》，青岛印记主要表现为某种客居者的"青岛体验"，到了 60 年代姜树茂的《渔岛怒潮》，青岛印记则带有更多的时代性和意识形态色彩。

当然，青岛印记最本质的内涵是海洋文化。海洋，不仅仅是一种自然存在，更重要的是一种文明和文化形态，甚至是一种世界观，这是青岛印记的深层动因。因此，青岛印记不是一般意义上的地方性写作，而是一种自觉的美学行为。

海洋在中国传统文化中形象较为模糊，对海洋的描写多采取遥望性、想象性视角，缺乏情感性投射，基本没有摆脱"海客谈瀛洲"的虚妄，恰如作家张炜所言："漫长的海岸线并没有抵消浓重的'土性格'，正统文化中的某种自我认定，隐蔽和遮盖了海洋的冲动。"

21 世纪以来，青岛印记文学创作迎来了一个自觉的全面发展的时代，小说、诗歌、散文、报告文学、儿童文学等全面开花，尤凤伟、杨志军、郑建华、高建刚、刘涛、阿占、艾玛、方如、连谏、余耕、于钦夫的小说，许晨、李旭、铁流的报告文学，于潇湉、刘耀辉、张吉宙的儿童文学，刘宜庆、盛文强的散文等，都产生了广泛影响，立体性地呈现了青岛的历史、文化、精神图景。仅就小说而言，杨志军的《潮退无声》《无岸的海》《最后的农民工》《海上摇滚》《风中蓝调》，高建刚的《太平角》《陀螺大师》，刘涛的《最后的细致》《跳飞燕儿》《恐慌》，余耕的《金枝玉叶》，方如的《背叛》，于潇湉的《鲸鱼是楼下的海》《海上漂来你的信》，米荆玉的《海怪》，于钦夫的《回家》等，合力重塑了青岛印记文学形象，把青岛印记文学创作推向了一个新的精神高度。

当然，在不同的作家那儿，青岛印记内涵和表现形态各不相同。例如，青岛印记在尤凤伟那儿被内化为某种精神底色,体现为某种先锋性、探索性;在杨志军《最后的农民工》中,则表现为"弄潮儿"文学形象的现代意识;在高建刚《太平角》《陀螺大师》中,则沉淀为某种浪漫主义美学风格,不一而足。

就当下青岛印记文学创作而言,特别需要一提的是阿占、艾玛、连谏近年的小说创作。

阿占是近年来青岛文学的一个"奇迹"。小说《制琴记》一经发表,立刻引发了文坛的广泛关注,《新华文摘》《小说选刊》《小说月报》等纷纷转载,产生了广泛影响。之后,《人间流水》《满载的故事》《不辞而别》《石斑》《墨池记》等喷涌而出,《人间流水》更是被《新华文摘》封面推荐,简约的艺术形式和某种抽象性的完美共契,构成了阿占小说的魅力所在。最新中篇小说《后海》(《中国作家》2023年第3期),以冯氏家族命运的变迁,整体性地呈现了青岛百年城市变迁史,标志着阿占的青岛书写由当下转向了历史,由"传奇"转向了庄严的正史叙事,视野更为开阔,格局更加宏大。阿占长期生活在青岛老城,二十多年的记者生涯,使她有机会走进生活的深处,因此,她的小说不但写出了这座城市的人间烟火,更写出了这座城市活的灵魂,在一定程度上升华了青岛印记的书写方式和文化内涵。

艾玛是具有全国影响力的"70后"作家,具有鲜明的艺术个性。此前,她的小说大多围绕"涔水镇"展开,如《浮生记》《一只叫得顺的狗》。艾玛最近几年的创作中,特别是《岛》《芥子客栈》《看不见的旅程》等,青岛印记得到了进一步呈现。特别是最新长篇小说《观相山》(《收获》2023年第2期),艾玛重回日常,更为冷静地凝视和书写当下生命状态、精神生态,从自然景观到日常风俗充满更为强烈、鲜明的青岛印记,更重要的是,这种青岛印记不是外加的、涂抹上去的一层色彩,而是一种内在的精神品质。《观相山》标志着艾玛的小说跃上了一个新的思想和艺术的高度,是迄今为止艾玛最重要的作品。

不必讳言,是电视剧《门第》让连谏走进了千家万户。连谏的小说多写普通人的日常烟火,尤其擅写都市男女的细碎情感,毛茸茸、热烘烘,带有生活的丰腴质感和体温,好看,耐读。然而,连谏显然越来越不满足于"婚恋作家"的标签,开启了一个艺术自我突围过程。连谏近年的小说,向某种历史感和抽象性转变,特别是长篇小说《你好,1978》《迁徙的人》,极大地突破了"婚恋"小说的拘囿,自觉思考和回应时代课题,采取一种历史性的远景观照,将城市变迁与人物命运、时代脉搏相勾连,大跨度地呈现了青岛社会历史文化景观,表现出了某种超越性审美旨趣,并努力建构一种新的小说叙述方式。

在阿占、艾玛、连谏笔下,青岛印记不再是作为一种景观或某种装置性存在,而是自觉地从美学层面展开书写,开始转化为一种本体性审美存在,呈现一个更内在、更本质的城市形象,从一种文化和审美角度,重构了青岛城市的文化新形象。青岛印记逐渐沉淀为了一种美学风格,转化成一种文化和审美形象。

但是,也必须清醒看到,如何在更深更本质层面上构建青岛印记,讲好青岛故事,还需要更长时间的积淀和探索,这仍然是青岛作家面临的时代课题。

温奉桥:中国海洋大学文学与新闻传播学院教授、博士生导师,山东省文艺评论家协会副主席,青岛市文艺评论家协会主席。

"新世纪青岛女诗人"创作初探

罗 蕾 ■

诗歌,是最为精粹的文学形式,被誉为"文明塔尖上的光辉"(吉狄马加语)。一个城市的诗歌群落,往往能够最直接又最诗意地反映出这个城市的现实风貌、文学精神与文化特质。青岛,别名琴岛,历史悠久,文脉绵长,自近现代以来,许多诗人在此留下足迹,并将青岛印象凝聚笔端。进入 21 世纪,悄然崛起的青岛女诗人群体则在抒情或叙事的作品中描摹青岛影像,讲述青岛故事,李林芳、小西、江红霞、王惠娟、高伟、刘棉朵等人的诗歌无不烙着青岛印记,她们的作品常以海洋书写、岛城叙事见长,从而重绘了近年来青岛诗歌富于海洋底色与地域特征的半壁版图。

如果说 20 世纪八九十年代的青岛女性诗坛主要是探寻女性意识逐步觉醒的道路,那么及至世纪之交,青岛女诗人们的创作已然突破了单一的女性视角,回归词语本身,逐渐呈现出经验与技艺日臻圆熟,个性色彩、多维视野与艺术形式全方面发展的态势。李林芳以丰厚而细微的生活体悟,展示了山峰与海平面之间包容了幸福、忧伤、向往和期待的乡土,以及乡土之上的温情;小西于日常生活情境中关注现实,以"反抒情"的姿态审视人性与命运,诗作清晰、倔强,有辨识度;江红霞以女性的丰富感知探寻生命和存在的意义,岛城平凡生活里被遮蔽的诗意真理由此被发掘;王惠娟在孤独中守望自我的灵魂家园,其宁静致远的诗句浸染着浓郁的抒情风格;高伟以瑰丽偏执的文字书写都市女性对爱情的感知与体验,高张女性主义旗帜;刘棉朵的新女性诗歌风格浪漫叛逆,语言铺叙颇显张力与哲思……她们的诗作呈现出不同面向,或精细幽微、敏感多思,或静水流深而又视野开阔,其诗歌写作场域舒展开放,构成了诗歌地理版图上一方融合了乡土、都市与海洋文化气质的靓丽景观。

笔者尝试以"新世纪青岛女诗人"及其诗歌作品为研究对象。探究的角度一是文学地理意义上的,青岛受齐文化与海洋文化影响,务实而开放,下辖七区三市,既是新旧动能转化之下的现代化滨海都市,也有厚重的北方乡土底色,青岛女性诗歌因此呈现出独特的地域色彩与空间特征;二是女性诗歌意义上的,"新世纪青岛女诗人创作"不是一种简单的标签,而是一个不断交汇与融合着的诗歌群落,通过对内容、风格有异有同的诗歌文本进行分析,可以辨析新的文化语境下青岛本地女性诗歌样本所表现出的审美特质、时代特色及其与 20 世纪八九十年代的中国当代女性诗歌,乃至中国传统诗歌、西方诗歌之间的复杂关联与演进。

21 世纪青岛诗坛活跃着的女诗人们来自各行各业,她们对青岛这座城与诗歌创作有着十分的热忱。其中既有从 20 世纪 80 年代就开始创作的,如李林芳、高伟,也有新锐诗人小西、江红霞、刘棉朵。作为一个诗歌群落,她们的创作受到青岛本土地域文化、自然人文风物的影响,如其笔下的岛城空间构筑与海洋书写别有特色,仅以部分诗集名称为例,李林芳的《听螺记》、小西的《风不止》《深蓝》、江红霞的《午休时间的海》、高伟的《风中的海星星》都透露出对海洋风格的偏爱。她们笔下的城市风貌、乡村生活、海洋图景无不将自然与人文、"景"与情汇于一炉,实境与心象相伴而生,互相浑融。作为一个诗歌群落,她们的探索带有女性特质又超越了女性特质,呈现出独特的地域文化背景和或"寻根"或"先锋"的面向,趋向多元、多维。

值得注意的是,即使是在同一诗歌群落,也有乡村记忆与城市镜像的不同写作内容。如李林芳的艾洄是泥土味儿的,艾洄的土地山川、日月云霞、草木麦稼、乡人乡情都是那么美好,一个个凝结了情感质感的意象暗示着诗人空灵、和缓、沉静的内心图景;而江红霞的《背对大海》《她们》《辽阳东路》则氤氲着烟火气,姿态自然、平实,"让生活的热量充盈于内心"①,字里行间起伏着岛城女性凡俗生活的悸动。即使是在同一诗歌群落,也有身体与智性的不同写作取向,如高伟沉湎于爱情,她的《99 朵玫瑰和一首绝望的歌》《99 只蝴蝶和一首涅槃的诗》《梅花 99 弄和一首复活的诗》偏爱普拉斯式的"自白",将身体美学伸展到极致,而刘棉朵的《风移动的是那些细小的事物》《无名的事物》《一切事物都不会一分为二》则超拔向上,有着节制的思考。在近年来青岛女诗人的群落中,有人以抒情见长,有人保持着反抒情的姿态,有人则发展着自己的"诗歌叙述学"②……这种种不同催生了诗歌意义多维度、多层面的叠加,显示出 21 世纪青岛女性诗歌"缪斯琴音"复调多声部的质感。

当然,"新世纪青岛女诗人"们的创作有时也有偏颇之处,如无难度写作和浮泛的抒情,如有时语言表演欲望过强,而诗思散漫。"语言的弥漫式的飘动淹没了诗歌的诗性,语言的自由舞蹈颠覆了读者习以为常的阅读经验。"③当女性诗歌文本中词语组合方式变得平淡、重复,其所指涉的意义变得淡薄,则是时候做出调整了。

---

① 江红霞《与诗歌有关》,《诗探索》2020 年第 1 辑。

② 孙基林、赵毅衡、马启代等学者先后围绕"叙述性诗学""'叙事'还是'叙述'""诗歌叙述学"等话题撰文,展开思考。笔者认为,以"诗歌叙述学"为切入点,对"新世纪青岛女诗人"的作品展开观照更为妥当,因为她们的诗有时"并不追求讲出故事,只是通过语感去描述或陈述,呈现其生命体验或者生活事件、行为过程"(孙基林主编《诗歌叙述学前沿文汇》,山东大学出版社 2022 年版,第 5 页)。

③ 董秀丽《20 世纪 90 年代女性诗人的"共同诗学"》,《哈尔滨师范大学社会科学学报》2014 年第 5 期。

笔者希望通过认真评析 21 世纪青岛女性诗歌的成败得失及启示，对推动青岛文学发展，尤其是诗歌创作的进一步繁荣产生抛砖引玉的积极影响；以新时代新旧动能转化下的青岛为背景板，勾勒青岛女性诗歌与北方乡土、滨海都市、海洋文化之间的密切联系，打造青岛女性诗歌这一城市文化名片，可以提升青岛的文学、文化影响力；通过为"新世纪青岛女诗人"笔下的城市风景、海洋书写与文化符号造像，为推动青岛文旅事业略尽绵薄之力。

本文为 2020 年青岛市哲学社会科学规划项目（QDSKL2001051）的阶段性成果。

罗蕾：中国石油大学（华东）文法学院中国语言文学系讲师。

老舍在青岛的文学"避暑"

李　莹■

　　1934 年 8 月,老舍接受国立山东大学的聘书,随后寓居青岛,期间曾写过多篇关于青岛避暑热潮的小品文,以老舍式的幽默吐槽"青岛几乎不属于青岛的人了,谁的钱多谁更威风,汽车的眼是不会看山水的"(《五月的青岛》)。老舍讽喻的当然远不止气象学意义上的避暑。然而,若回望老舍的文学之路,35 岁的他在职业作家梦遇阻后取道青岛,教书、写作双轨并行,以短短不到三年时间完成作品约"131篇,计 90 余万字"(《老舍青岛文集》),这段经历何尝不是一段文学意义上的"避暑"。只不过老舍"避暑"并非追随有钱有闲者的赶时髦,也不见洋风洋味的摩登派式,而是他在明确了文学理想之后的自愿蛰伏、沉淀、调适。老舍自嘲为"暑避者",无奈却也中肯,因为他的"避暑"不图放松享福,反而在课堂内外、校园内外"忙得出奇,忙得要哭,忙得人兽不分"(《忙》),但不可否认的是,正是在"避暑"期,伴随人生阅历的深广,老舍的创作也逐渐自觉,文风更为厚重,不仅为日后的文学活动积累了丰富的素材和经验,也收获了与"避暑"精神同道的珍贵友谊。

一、红樱绿海中的"避暑"写作

　　老舍在《樱海集序》自述:"我早就想不再教书。在上海住了十几天,我心中凉下去,虽然天气是那么热。为什么心凉? 兜底儿一句话:专仗着写东西吃不上饭。"因"一二八"后沪上书业不景气,老舍便到国立山东大学教书,但心里仍然紧绷着成为职业作家的梦想之弦。10 月初,他刚到校不久,一个意外的事件让他好久好久打不起精神来——挚友白涤州因感染回归热骤然离世,万分悲痛之余,他开始更自觉地思量写作与人生的关系,"我是个爱笑的人,笑不出了"。细心体察世相,同时更能冷眼反观自己,1935 年,老舍清醒地感知自己的创作"在风格上有一些变动……这个变动与心情是一致的。这里的幽默成分,与以前的作品相较,少得多了。笑是不能勉强的。文字上呢,也显着老实了一些,细腻了一些。……有人爱黑,有人爱白;不过我的颜色是由我与我的环境而决定的"(《樱海集》序)。《樱海集》的十几部短篇小说,写出了老舍"避暑"期文学观的质变。

在国立山东大学时期,老舍以文学的方式更加关注现实人生和世间万象。学校放暑假,正值青岛举办第四届铁路展销会,盛况空前。尽管他写文章抱怨"不去吧,似嫌怯懦;去吧,还能不带着皮夹?……售品所处有'吸钱石',票子自己会飞。饱载而归,到家细看,一样儿必需的没有,开始悲观"(《暑避》),但据《青岛时报》记录,会场批评簿留有老舍的评价:

平汉馆特开农品及矿品陈列室,沿线农作品,及天产一览无遗,年来国内到处经济死化,农村破产,复兴农村及开发天富,实为急务,此二陈列室设计深堪钦佩,市内布置为艺术化的及系统化的,尤深得展览观摩之旨,非以装潢粉饰见胜者也。(《会场拾零》)

这段现实主义风格的简评,透视了老舍对社会经济尤其是农村民生的深切关注,由此看来,展销会让老舍悲观的,哪里是"票子会飞"。他在这时期构思写作的长篇小说《骆驼祥子》,即缘起于对普通人物命运的思考。可以说,无论是老舍板着脸幽默的青岛,或是娓娓道来新从南方来的小风里红樱绿海的五月之青岛,实为同工的异曲,在老舍的文学地图上,是同归于探幽现实意旨的殊途。

二、钢笔与粉笔之间的"避暑"节奏

老舍"避暑",最主要的精力用于平衡教书与写作的关系。从国立山东大学中文系的学程可知,1934—1935学年老舍开设专业课文艺批评、小说作法、高级作文和欧洲文学概要,1935—1936学年度开设高级作文、欧洲文学概论、文艺思潮和欧洲通史。尽管老舍有在齐鲁大学教书的经验,但客观而论,这份工作量并不轻松,更何况老舍备课、讲课极为认真,《文学概论讲义》即他教学工作难得的缩影。课堂以外,老舍保持着极为规律的创作节奏,平均每天保证两千字,暑假里要写十几万字。无论从教书或写作来看,可以说他将两者兼顾到极致了。

一直在"钢笔模式"与"粉笔模式"之间切换,长期保持这样的状态,即便对成熟的学者型作家而言,也不乏挑战性,但老舍以一种智性的方式让两支笔具有了融通的可能——讲演。除在校内的《诗与散文》等几场讲演外,他还应邀在青岛的市立中学、李村中学、基督教青年会、铁路中学、文德女中发表多场新文学写作、中小学教学等主题的讲演,且不论寒冬酷暑时节,现场听众都热情踊跃。从现存的讲稿或记录稿看,老舍讲时主要结合自身的经历或见闻,语言生动风趣,京味儿十足,极具逻辑性。教学相长,想必他分享教书写作经验之前,难免经历一番自我复盘。在梳理、沉淀、总结、反思的循回往复中,老舍的文学经典意识也逐渐清晰明朗。后来出版的创作经验集《老牛破车》，可称讲演记录的另一种形式。全面抗战爆发后，老舍辗转重庆、昆明、西安等地，也在不同场合作讲演，自称之前的储备对他出口成章功不可没。

在教书、写作之间忙得连轴转，老舍仍热心于支持、鼓励学生的各种文艺活动。因学识渊博却低调谦逊，幽默风趣而平易可亲，老舍深得学生喜爱，被称为"笑神"，他黄县路 12 号的寓所也成了学生粉丝团的第二课堂。学生请他发表讲演、指导办刊和写作等事情，老舍向来舍得时间。"我们'文学会'开会时，老舍师来参加过几次，也曾到他家里举行过。他果然为《益世小品》写了文章。每次去看他，总非常热情、坦率，正在写作时也立即站起来，拉手，问又在写些什么，读些什么，想些什么。"（徐中玉《记老舍师四十八年前给我写的序文》）对文学院学生创办或者参与编辑的刊物《刁斗》《益世小品》《山大年刊》等，老舍慷慨支援稿件。1934 年除夕夜，老舍不仅到校出席留校学生的消寒同乐会，还秀出十八般武艺——讲笑话、划拳、舞剑，欢闹着给学生们拜年。在学生们的回忆里，"笑神"老舍可敬而从容。

三、共饮苦露的"避暑"情谊

国立山东大学是青岛最为重要的文化地标，汇聚了大批知名作家、学者。1934 年 9 月至 1936 年 5 月，老舍执教中文系，虽说"暑避"，但毕竟是在青岛，怎能少得了悠闲的雅趣。他严格自律，却并不真的蹲守书斋，而以为"会友论文，胜于海浴"（《诗三律》）。宴饮是会友的灵魂曲目，"少侯约同柬招太侔夫妇、洪浅哉、唐凤图、李仲珩、舒舍予、水天统、毅伯、达吾、仲纯诸友七日晚饮于寓庐"（《黄际遇日记》）。如果说《黄际遇日记》是对大学文人聚会的简笔勾勒，那么，《避暑录话》则是其杯酒论文的点睛之笔，"避暑"同道共话避暑，可谓各行其是，各显神通。酒在"避暑"客的饭桌上，也熏染了文学色彩，被称为"苦露"，似有说不尽的况味。

"他好饮酒，但从不过量却能'不激不随'四平八稳，与他的为人一例，对各方朋友只要有其长处，他绝无冷落待遇。"（《老舍与闻一多》）王统照对老舍与酒的素描最为贴切。综观老舍宴饮的朋友圈，无论是上述国立山大的同事，还是青岛当地文人王统照、王亚平、孟超、杜宇、刘芳松、李同愈，或是到青岛短暂停留的王余杞、臧克家、吴伯箫等，他们文学观念、立场各异，却可以共饮共谋共情，如吴伯箫回忆"那是在阴霾灰暗的天空下黄金一样的友谊"（《无花果——我与散文》），思索个中缘由，也许，谁不是在苦露的微醺中避文学与人生之暑气呢。

1935 年 9 月 15 日，老舍在《避暑录话》发表终刊辞，同时作《诗三律》，字里行间满是对"故人南北东西去"的不舍。11 年后，国立山东大学在青岛复校，老舍应允校长赵太侔担任文学院院长,还委托王统照代为置办一座海滨寓所。遗憾的是,这一切未能成行。"何年再举兰陵酒,共听潮声兼话声。"(《诗三律》)当年一问,先生可曾记否?

原载于《博览群书》2022 年第 8 期。

李莹:中国海洋大学文学与新闻传播学院讲师。

世态之"相"的呈现与挖掘

——评艾玛长篇小说《观相山》兼 对青岛文学发展路径的思考

林树帅 ■

一

小说《观相山》发表于《收获》杂志 2023 年第 2 期,是作家艾玛以青岛为故事背景创作的一部长篇作品,主要讲述了居住在青岛观相山上的一对夫妇——范松波与邵瑾半年左右的生活经历,以及潜藏在二人生活微澜之下的种种过往事件。在《观相山》之前,艾玛已创作出版了《四季录》《白耳夜鹭》《路过是何人》等一系列作品,已经是一位形成了自我风格的较为成熟的作家。关于自己写作的动因,艾玛曾言"真正让我着迷的,是日常生活本身",因为"在不确定的世界里,个人唯一能把握的东西,都在里面了"①。正是有了这种探求生活真相的执念与真切且深刻的感受力,才有了将其落于笔下进而表达自我的冲动。而作为异乡人的艾玛在青岛定居近二十年,这座城市及其所包含的生活的一切也已经成为其生命中不可移除与忽视的重要组成部分,因而书写青岛便也成为艾玛创作之路上一个无法回避的课题。可喜的是,正如艾玛形容自己是一个"慢热"的人,《观相山》也并不是一部为写青岛而写青岛的急就章与敷衍之作,其中有着艾玛二十年来对于这座城市深刻的观察、体验与深度的融入,也在其中寄予了她对于生活本相的独立思考,从而促成了这样一部厚重且韵味悠长的作品。

(一)世态之"相"的呈现

作为一部以青岛城市生活为题材的作品,《观相山》中可以说无处不充溢着浓郁的"青岛味道",首先这从小说的题目上便可见一斑。小说名为"观相山",而在青岛的确也有那么一座"观象山",并且从作品里的具体描写来看,基本也是以现实中观象山为原型进行的创作。然而二者却有一字之差,这种差异则恰恰体现出了作者关注视角的不同与侧重。现实中观象山名字的由来颇有渊源,最初因该山位于

---

① 李魏《平淡之下的波澜壮阔与暗流涌动》,《青岛日报》2023 年 6 月 5 日。

大鲍岛村东侧,故名为"大鲍岛东山"。后1897年德国人侵占青岛,在山上修建贮水池,该山便改名为"水道山"。1905年,因此山海拔较高,是城区的制高点之一,德国人便将原位于馆陶路1号的皇家青岛观象台迁至于此,并在1911年正式将此更名为"观象山"。因而,现实中观象山关注的乃是天象。而小说将"象"改为了"相",这就从某种程度上意味着作者视角由上而下的转移,其所聚焦的已不再是那触不可及、虚无缥缈的"天象",而是落回到了现实人间的世态之"相"。就如同一个人站在山顶俯视山下,时刻观照着我们每个人在世俗生活中的流转变迁和喜怒哀乐。因而这部小说最为鲜明的特点之一便是对青岛这座城市日常生活的展示与氛围的营造,即对于世态之"相"的呈现。小说中通篇写到的大海、海鸥、啤酒屋、扎啤等城市元素以及各种场景、地点甚至公交线路等城市生活的细节,基本上是对青岛日常生活图景的一种原生态式的还原,例如小说开头就这样写道:

邵瑾买好啤酒,在海边看了会儿海鸥,回家就比平常晚了点。

走到楼下她抬起头看了看自家阳台,范松波在阳台上抽烟,见她抬头,他冲她挥了挥手,指间有轻烟缭绕。

邵瑾常在下班后去单位附近的一家老啤酒屋买啤酒,一般买一扎,用塑料袋拎回家,如今她和范松波两人常在晚餐时对坐小酌,俨然一对老酒友。①

寥寥几行,便将青岛这座城市日常生活的特质和节奏展示了出来。同时,小说在对世态之"相"的书写上也表现出鲜明的时代印记。若仔细阅读作品,我们不难发现,小说中故事发生的时间应当是2021年的下半年,所以作品中在很多地方的叙述上便不可避免地带有当时疫情时期生活的影子。比如小说开始不久便写道:"已有很长一段时间没看到过成群结队的游客了。若是以往,这个季节的海边早已被蜂拥而至的游客占领了。"疫情前后游人多寡的对比勾起了人们对于曾经疫情之下生活的苦楚回忆。而这种体验更为让人感到真切与共情的,或许就是小说中有关主人公邵瑾发烧的一段情节:

邵瑾睡到半夜,不知怎么就发起烧来。范松波觉到她的异样,起来开灯一看,只见她脸色苍白,但额头上却都是汗。他找了支体温表给她夹在腋下测了测,果然是发烧了。他连忙把一条毛巾拧湿了,从冰箱里拿出冰块包了,给她敷在额头上。他问她喉咙疼不疼,邵瑾闭着眼,摇了摇头。范松波倒宁愿她说疼的,那他就知道她是扁桃体发炎了。她的扁桃体经常发炎的。范松波有点紧张了,过了一会儿,又狠心叫醒邵瑾,问今天有没接触什么别的人,在养老院有没戴口罩。

---

① 艾玛《观相山》,《收获》2023年第2期。本文中所有对作品的引用均出于此。

病中的邵瑾甚至还不忘叮嘱自己的丈夫:"要是明天一早,我还不退烧,你去报告社区好了。"使人们在作品那近乎真实的叙事世界中似乎又回到了刚刚远去不久的疫情时代。除了故事背景的生活化与时代感,小说所展现的世态之"相"还表现在小说中人物生活状态真实的世俗化书写上,即作品里人物所面对和经历的与我们普通人几乎无异。既有着来自生活的种种苦恼,如房贷、养老、工作、职称、工资、疾病诸多问题,同时也会遇到世俗生活所赐予的各种"美好"时刻:夫妻之间的温情、朋友之间的依靠、生活中"小欢喜"的偶然发现等等。因而总的来看,从广度上讲,《观相山》对于生活之"相"进行了很好的呈现。

(二)"相"中之人的揭示与挖掘

如果说对于世态之"相"的展示体现的是小说所观照的世俗世界的广度,那么,对于其中人物的深入刻画和挖掘则表现出小说之于现实思考的深度。关于"相",佛家有一个概念叫作"住相",指的是佛法意义上未觉悟的人对于我们这个感性世界的执着与停留,从而人才会生出所谓的尘世烦恼。《金刚经》中称人要实现觉悟,超越一切分别,生出脱离边执的清净之心和佛性,就需做到"应无所住而生其心"①,即达到对于世俗世界的"不住相"。若以此来反观《观相山》这部作品,我们便会发现在作者艾玛的笔下,大部分人物恰恰都是"住相"之人,即构成这些人物生活演进主体的正是他们对于自己所处世界的执着和眷念,尤其是小说中所着力刻画的人物的过往经历对其当下生活所产生的种种影响,关于此也有论者称之为是一种"精神暗伤"。例如小说中的主人公邵瑾,其心中始终无法释怀的就是自己曾经的男友松涛,而松涛十年前的自杀更是成为其心头难以解开的心结。因而在小说里,松涛虽然是一个未曾真正登过场的潜文本人物,但却始终存在并影响着邵瑾的现实生活,小说中就多次写到邵瑾的这种精神羁绊:

今日是松涛的忌日,邵瑾当然不会忘记。一大早,天还未亮,她醒来,听到远远的一声轮船汽笛的长鸣,她闭着眼,一动不动地躺着,想起来松涛,她叹了一口气,在心中对他说:

"一别十年,你可还好?"

邵瑾将自己的人生看成是一列越来越长的火车,每一节车厢都封存着一段过去,有一节车厢是属于松涛的。中途停下打开车厢翻看无意义,而火车一直向前,每一节车厢都将和她一起抵达终点。

---

① 陈秋平、尚荣译注《金刚经·心经·坛经》,中华书局 2016 年版,第 49 页。

松涛辞世十年,她开始长白发了。这让邵瑾感到了一丝伤感。她希望自己尽可能地看上去精神,她不能接受的,是一种垮掉的感觉。垮掉会让她觉得不体面。而松涛会介意她的不体面。

甚至连邵瑾后来与范松波的结合,其中一个重要的原因也是作为堂兄弟的二人在长相上的相似。

除了邵瑾之外,《观相山》中几乎所有的人物也都有着同样的精神羁绊,像范松波就因早年离婚而产生对于女儿得慧的愧疚感:

在他的心里,得慧不管多大,首先就是那个牵着他的衣角、仰脸看着他、哭着喊"爸爸别走"的小女孩。这辈子倘若有什么令他对得慧感到愧疚的事,大约就是这个了。

前男友飞飞的失踪也造成了程凌云对他父亲的牵挂,小观的精神问题则起因于哥哥大观的意外死亡,以及松涛当年的自杀也与其父母的真相和朋友大观的死密切相关。哪怕像小说中的老曹、小观妈、李阿姨这样一些次要人物也同样有着属于自己独特的心路历程,皆是驻留在我们这个世俗生活的过往与当下之"相"中的普通人。而《观相山》中只有一个真正实现"不住相"的觉悟之人,就是作者所特别设计的僧人妙一这个角色。在小说里,妙一曾与松涛交好,一度出家后又还俗,以在寺庙做工为生。按照邵瑾的看法,对于妙一而言,"生活就是他的菩提道场,是他的庙,这座庙才是最适合他的"。因此《观相山》里的妙一既可以身处鱼龙混杂的闹市而心性如一,又能凭借自己的智慧去引导"众生皆苦"的世俗之人,成为小说中既在"相"中却又能超越于"相"的开悟者。然而这样一个超越者某种程度上也是作为一种对比性的存在,印证了小说中大部分的人物作为世俗世界里真实"人"的切实感。就像周作人晚年提及与鲁迅失和时所说的那样:"我也痛惜这种断绝,可是有什么办法呢,人总只有人的力量。"所以对于绝大多数人而言,我们终归还是只有人的力量的凡夫俗子而已。因此,《观相山》这部小说的深刻性就在于其对世俗之人生活内蕴的一种深度揭示,展现了每一个普通人都会面对的对于过往、当下以及未来的羁绊与思考。

二

从对现实生活的人文关怀和现实主义创作的艺术精神来看,《观相山》无疑是一部优秀的长篇作品,体现了作者艾玛对于生活深刻的洞察力及深厚的艺术表现力。然而引发我们思考的是,《观相山》创作上的成功某种程度上与青岛文学中的其他杰出作品相似,都是建立在一种传统文学的创作路径与价值评价体系之上的成功。基于此,如果我们进行多角度的思考,那么也许会发现青岛文学未来发展的更多新空间。

(一)如何使青岛文学"沉下去"

所谓的"沉下去",主要指的是从读者的接受层面去探索青岛文学如何与最广泛的青岛市民的精神文化生活实现更好的融合,所以这就需要我们去思考青岛的本土文学对于当下的青岛市民阶层到底是怎样的一个存在。既然我们现今公开提出像"青岛印记"这样的口号,竭力地使其成为青岛社会公共领域内的一个文化旗帜,那么我们的文学创作就不应仅还局限在传统的创作界、研究界和文学爱好者这样一个内部循环的小圈子中继续故步自封,使其日趋走向"象牙塔"。而应当将广大的市民阶层纳入到我们的视野之中,真正沉下身去调研、了解当下青岛市民所关心的时代、社会、城市中的焦点性问题及其自身独特的审美趣味和倾向。在以往,我们是有过一些较为成功的经验的,如20世纪90年代青岛话剧院编排的《海边有个男儿国》《工人世家》等作品就曾因与青岛市民在时代精神和生活感受上产生广泛的共鸣而获得普遍好评和欢迎。所以我们经常说作家总是希望遇到理想的读者,现在我们可能需要更多思考的是如何能够成为广大民众眼中理想的作家。这二者之间必然存在差异,也需要作家们在创作理念和艺术上进行大胆的调整和改变,这也将是未来我们需要着重探索的课题之一。只有这样,我们的青岛文学才会获得更广泛、更坚实的民众基础,真正实现青岛文学"沉下去"的目标。

(二)如何使青岛文学"走出去"

对于现今的青岛文学而言,我们目前的创作的确已收获了诸多丰硕的成果,也有很多作品获得了全国性奖项的认可。然而实事求是地讲,青岛文学与当下国内的其他一些知名地域性文学相比仍然存在着不小的差距。我们目前还面临着如何能够使青岛文学从青岛"走出去",真正跻身于全国文学版图的现实困境。特别是在这个过程中,我们亟须解决的是怎样能够将青岛从一个地域性概念上升为一个真正独树一帜的文化符号的转变问题。其中既需要我们的作家具有自我革新和深化的努力,同时也启发我们应当在外部推广手段上有所探索和突破。有时候仅仅追求作品的数量和质量不一定能够换取外界对我们的关注,反而先有了关注度可能更有利于我们的文学作品"走出去",被更多的人了解和认可。因而在这方面我们是可以进行一些探索的,例如可以利用当下流行的抖音等新媒体平台来进行推广和宣传,以及推动我们文学作品的影视化改编等。特别是后者,有着颇多可供借鉴的历史经验,如20世纪80年代的电影《红高粱》、90年代王朔小说的影视化以及近些年来《人民的名义》《隐秘的角落》《漫长的季节》等"爆款"影视剧的出现都极大带动了原著文学作品的阅读热潮和传播速度。因此，青岛文学想要谋求真正的"走出去"，就应当着重在这些方面调动我们的力量和创新性思维。

（三）如何使青岛文学"活起来"

所谓"活起来"，更多涉及的是文学内部的创作问题。我们经常说要实现青岛文学的繁荣，而繁荣有一个前提，就是多而不同。客观来看，目前我们的作品在文学样式、书写角度、题材内容等方面可以说已达到了一个相当丰富的水平，然而在文学创作的具体技术层面却显得较为传统和固化，探索性、先锋性略显不足，缺少在这方面真正让人眼前一亮、感到惊讶甚至拍手叫绝的作品。因此我们期望青岛文学的作家群体能够将自己创作的主题内容与艺术技巧并重，在继承既有的良好传统的前提下，产出更多拥有文学自身活力和魅力的优秀作品。

林树帅：青岛农业大学人文社科学院讲师。

青岛景观建构的三重维度

霰忠欣 ▮

　　文学对于城市而言究竟有怎样的意义？在高速发展的现代社会,我们已经拥有一定的科学技术,建造城市的原材料,便利的交通工具,迅捷的沟通渠道,但文学依然不可或缺。如果我们将文学与书籍存在的本质进行关联思考,便可发现文学作为书写存在的记忆库,对于实现记忆与想象延伸的可能,而这对于城市未来的发展,甚至存续而言是具有根据性的,关于青岛景观建构的三重维度便是植根文学于城市的意义展开的。

　　第一重维度是基于地理原点的传记地图。对于一座现代化的城市而言,地理原点的确立能够最为迅速地建立起自身轮廓。在艺术实践中,这种存储以可视化的传记地图的形式存在,侧重于景观的地区性,包括历史建置、历史事件、自然地理、资源环境、气候特征等,景观的呈现可以是局部的,也可以是整体的,代表文学风貌中的历史。在历史统辖之下,这种符号化的特征往往着重表现在对于政治、社会、人民的书写之中,因此具有某些权威的特质。

　　在当代文学创作的整体背景下,变动的城市即是创作的原生态布景,社会结构的剧烈变革引申出文学创作的一系列主题。比如尤凤伟以农民进城打工题材为主的系列小说,铁流的《支书与他的村庄:中国城中村失地农民生存报告》,陈亮的《桃花园记》,人物的成长轨迹与社会活动的路线图构成整体性的发展脉络,形成地域与时间互动关系之上的传记地图。

　　相较于内陆城市,青岛不仅集山海大观,具"渔盐之利",同时因为其曾被德国和日本强占这一特殊的发展阶段,早在新中国成立前,其现代工业(尤其是以纺织业、啤酒制造业、橡胶制品业等为主的工业)在全国皆占有一定地位。这些既存的地理元素直接或间接地反映出作者生长参与的地域特征与情景,因此具有建构的真实性与现实性。

　　比如小说作品中,艾玛《白耳夜鹭》对于荒僻渔村的呈现,阿占《满载的故事》对渔民生活的白描,盛文强笔下增扩至东海的《海怪简史》《渔具列传》;诗歌作品中,刘饶民《青岛的春天》(组诗)、谢颐城《船歌》、毛秀璞《青岛天主教堂》(组诗)、张毅《穿越城市与大海的过程》、耿林莽《海之波》、韩嘉川《你好,红嘴鸥》、卢戎的报告文学《相逢是首歌》等。这些作品中,作家或汲取某一元素,或通过更新边界以实现景观重置。在此情况下,地理、历史、文学形成紧密的同盟,创作者对特定土地区域的依附,也意味着将实现一个因他而存在的外部世界,并构建出具有指向意义的地方,实现基于文本的疆域建构。

第二重维度是作为共同体的"记忆的箱子"。根据滕尼斯的观点,"共同体是一种持久的和真正的共同生活",是一种集体意识形态的体现。在城市发展中,对于共同体的理解涉及信念、情感,在作品中往往表现为共同的归属意识。作家书写的过程,即是有意识地投射,基于此形成支撑记忆的载体"箱子",在偏向直觉的表达中,实现带有"地理情绪"色彩的意义传递。在青岛历史城区更新过程中,广兴里所在的大鲍岛历史文化街区,其实就是一座生活记忆博物馆,里院作为岛城极具特色的地方体系,是具有象征性的空间符号。

黎权的近作《重返街里》(组诗)是一组带有明显情感标识的创作。诗人通过以永泰里、骏业里、吉祥里、广兴里、平康五里为主的院落,实现纵横景观的排列,同时将目光转向日常。诗作中点亮的灯笼、举着小票喝馄饨的食客、被指认的房间、悬挂的晾衣绳,代表生活的阡陌透视,成为支撑景观的记忆。

在更多世俗化的形式传递中,具有地域特色的社会文化得以展现。值得注意的是,诗人在创作过程中所展现出的熟悉的陌生感带着重估的雄心,但是诗人保持着克制,在"总想回去"的脚印中,保留了"又一轮朝阳,穿过1907的老虎窗"的可能,也正是对于既往基于共同体意识的唤醒,以及不曾开垦的未来可能。这种双重诗意审美,才构成诗作中街里的魅力,成为混合的新的创造。在"重返"的过程中,"街里"不仅代表那个"生活过的空间",同时也成为可被洞察的人文空间。

第三重维度是文本内部空间的营造,即并行的岛城。文学景观的独特性在于其介于现实与想象之间的游离,即作家拥有分割、解构,保持混沌的权利,而这对于文本内部空间的营造至关重要,这种营造往往会介入更多主观之下作家与时代之间的隐秘联系。比如何敬君的《逝水年华》,将个人记忆打造为现代人生存语境的平行印迹;阿占的《后海》中,前海与后海之间的推演也成为个体在时代下艰难的精神跋涉;而刘涛的《冬日联想》中,那个在囚笼般的正方形中行走的"我",也成为一幅生命肖像。即便文体殊异,他们却共同呈现出岛城之上的灵魂。这在某种程度上,也形成一种小范围意义的并行。

在此延伸之下,作家从"所观"抵达"所是",岛城可以成为无数座岛城,这种营造需要实现地方与时代之间更为抽象的联姻。当作家将城市的外部特征与内部灵魂合而为一,文学作品便会成为时代之下"一个站立的符号"。以乡土文学为例,在现当代文学作品中,故乡几乎是所有作家皆会聚焦的创作原点,作品中常常出现远离故乡的隔膜,即"失根"状态。在不同作家笔下,故乡是区域化的,但是当我们将其放置于特定的时代语境,会构成一种去地域化的状态。因此,岛城不仅属于山东半岛,也属于每一座正在经历现代化城市变迁的地方。

当下文学创作中,地域的蓬勃发展与边界的模糊并行不悖,二者彼此拉锯,彼此关联,在引领与被支配之间此消彼长,而这其实也构成青岛与时代之间的现象联结。

霰忠欣:中国海洋大学文学与新闻传播学院博士研究生。

青岛文学现场直击

五蕴皆苦与精神暗伤书写

——关于艾玛长篇小说《观相山》

王春林 ▌

　　一方面，由于运用电脑所导致的写作便利，另一方面，也由于以字数计酬的普遍实行，当然，肯定还与文学界一种作品的体量越大作品便越显得厚重的流行观念影响有关，当下时代中国文坛长篇小说创作领域的注水现象日益普遍。

　　那些因为不注水而严格控制文本篇幅，以尽可能小的字数体量承载表现尽可能丰富的生活容量与思想内涵的长篇小说写作者，绝对应该赢得我们充分的尊重。在笔者看来，本文所主要讨论的作家艾玛的长篇小说《观相山》（载《收获》杂志2023年第2期），就是这样一部不仅与注水无关，而且带有高度浓缩性质的优秀作品。

　　从题材的角度来说，《观相山》是一部密切关注思考当下时代现实生活的，与时代现实带有突出短兵相接性质的长篇小说。小说故事发生的时间应该是在2021年，很多地方留下相应的疫情时代的痕迹。虽然艾玛书写时内敛与节制，但阅读时依然能够产生难以自抑的强烈痛感。比如，小说开始不久的一句："已有很长一段时间没看到过成群结队的游客了。"观相山位于青岛，一个典型的旅游城市，这看似特别简单的一句，却能在第一时间勾起我们那刚刚逝去不久的真切生命痛楚。当然，更令人印象深刻的，恐怕还是邵瑾感冒发烧后的相关情况描写。

　　那一天半夜时分，邵瑾突然发起烧来。丈夫范松波一时间很紧张："过了一会儿，又狠心叫醒邵瑾，问今天有没有接触什么别的人，在养老院有没有戴口罩。"因为身处非常时期，所以邵瑾在服用了感冒冲剂之后，专门叮嘱范松波："要是明天一早，我还不退烧，你去报告社区好了。"她如此一种建议丈夫去主动"告密"的说法遭到了范松波的严词拒绝。等到第二天早上范松波再次郑重强调她看上去的确是患了感冒而已的时候："她心里掠过一个念头，还好那病毒杀伤力不大，'倘若……'不过一转眼，她就赶紧抛开了这个想法，觉得这种猜想对松波不公平，一个教师以学生为重，她也是赞许的。再说，极端恐惧的情况下，人人都无法预料，谁都不是圣人，自己也说不好会怎样呢。"是啊，最扎心的其实是最后一句话。在一种极端恐惧的情况下，任是谁恐怕都无法保证自己不做出一些甚至连自己都无法容忍的不堪行为。从根本上说，这不是某一个体的问题，而是一种普遍意义上的人性问题。当艾玛在《观相山》中把书写上升到普遍人性层面进行深刻反思的时候，一种批判性意义和价值的具备毋庸置疑。

艾玛的长篇《观相山》中更重要的，是作家关于普通民众艰难日常生存境况的真切书写。这一点，突出不过地表现在范松波和邵瑾这一对夫妻身上。

范松波是一所中学里教学水平很高的数学老师，邵瑾虽然是社科院主办的杂志《半岛社科论坛》的副主编，但因为主编由社科院院长挂名，所以她实际上可以被看作这家杂志社的"掌门人"。照理说他们的日常生活应该不艰难，但实际的情况却并非如此。"范松波还有十年才能退休，邵瑾至少还有十二三年，她还没想过退休后要做什么，无暇去想。"不是不愿意去想，而是根本就没有时间去展开相关的未来遐想。虽然邵瑾一直期盼着能够有一天哪怕是开着家里这辆老旧的轿车携同范松波一起去天南海北地自驾游，但她却又特别明白，由于日常生活中经济负担过重的缘故，这些其实是难以实现的人生梦想。

经济状况的窘迫之外，关于当下时代现实社会思想与精神领域的情况，艾玛也更多地借助于暗示性手法的运用而有所关注与表现。这一方面，有不少细节特别耐人寻味。比如邵瑾在编刊过程中的一次特别遭遇："那年他（滨海大学一个年轻的讲师）写了篇关于波普尔、加缪和奥威尔的文章，四处投稿不中，退而求其次，投到她这儿。二战结束那年，有人想撮合波普尔、加缪和奥威尔合写一本书，未成。那篇文章就是关于这本没写出来的书的，邵瑾读完非常喜欢。那时她还只是一名小编辑，就编辑部副主任、主任、副主编、主编一路争取过去，后来这篇文章发在了他们杂志的'外国哲学家'栏目里。这件事放在如今也是不可能的了。"身为思想家的波普尔，以对绝对真理也即决定论的颠覆而著称于世。既是作家，也是存在主义哲学家的加缪，非常深刻地揭示了人类的荒诞处境。奥威尔，以具有突出反乌托邦色彩的《一九八四》精准预言表达了极权主义状况下人类无法逃脱的悲剧命运。

尽管说以上的生存境况描写已经足够惊心动魄，但《观相山》中更令人惊艳的，其实是掩映于生存苦境之下的精神暗伤书写。这一点，集中体现在邵瑾与范松波、范松涛那带有突出阴差阳错色彩的情感与婚姻遭际上。邵瑾，原本是范松涛情投意合的女友，与松涛因小观而发生严重误解，进而产生不可调和的尖锐冲突分手。后来范松涛在遥远的青海祁连县自杀弃世，如此一个事件的突发，遂使得邵瑾一下子坠入了某种自责的精神深渊中而难以自拔。在通过程凌云了解到事情的全部真相后，邵瑾才最终确认，范松涛之所以自杀弃世的主要原因，乃是因为他"很厌恶他自己"。但这就是邵瑾所苦苦求索的终极答案吗？情况恐怕并没有那么简单。实际的情形或许正如邵瑾在面对多年未见的小观时所突然感悟的那样,生活在很多时候其实并没有逻辑,生活里的很多事情也并不都能够在理性的层面上获得圆满的答案。又或者,所谓的答案,可能也正潜藏在问题的求索过程之中。

从艺术结构的角度来说,整部《观相山》可以说由相互交叉的三条结构线索编织而成。如果说邵瑾与范松波和范松涛堂兄弟俩的情感纠葛以及相关的家庭故事是结构主线,那么,小观和小观娘,程凌云、飞飞与文老师的故事就可以被看作两条次要的结构线索。先来看小观和小观娘这条线索。首先,是关于小观娘的一个外貌描写:"小观娘那年不到五十,身上有淡淡的茉莉花香气,长着一双好看的丹凤眼,薄妆浅黛,风韵犹存。"大约正因为小观娘留给了邵瑾以风韵犹存的印象,所以,等到范松涛执意要搬到小观家去和小观娘一起照顾小观的时候,邵瑾才会生出一种事关男女关系的无端猜测。但其实,小说中这位刚出场时风韵犹存的小观娘,乃是三重的被侮辱和被损害者。具体来说,她的第一重被损害,来自罹患精神病的小儿子小观;第二重被损害,来自大儿子大观醉酒后因车祸而丧生;第三重被损害,则很可能与小观的舅舅紧密相关。因为小说中的相关描写特别隐晦,所以我们也只能给出一种猜测性的分析。相关细节有三。其一,小观和小观娘一起居住在一栋部队的家属楼里。其二,虽然说他们能居住在部队的家属楼里,明显与小观的那位军人舅舅有关,但小观娘和小观舅舅之间却又似乎有着难以调和的矛盾冲突。其三,当邵瑾假装指责松涛是个坏蛋的时候,小观娘不仅曾经强调:"松涛才不是坏蛋,你们都不是,你们都是好孩子,我才是……"而且还进一步指着小观骂道:"你能有今日,靠了谁呢？酒都不给我喝一口,往后啊,王政委来也好,刘团长来也好……哼! 往后啊,可别指望我喝了……"虽然这个时候的小观娘已经略有糊涂,但只要把她的这些话语连缀在一起,我们就不难断定其中某种性侵害问题的存在。然后是程凌云、飞飞和文老师的故事。程凌云原本是文老师儿子飞飞的女朋友,没想到的是,有一年夏天飞飞中途下了火车后,却再也没有回来,就此彻底失踪。由以上分析可见,无论是主要线索中的范松涛、邵瑾、范松波,甚至那个看上去让人厌恶的老曹,还是次要线索中的小观、小观娘、大观、文老师、飞飞,他们几位都因其生存状况的难称乐观而可以被看作五蕴皆苦。而五蕴皆苦,自然也就与小说中那位曾经一度出家的佛教徒妙一发生了关联。当邵瑾询问妙一到底应该如何看待杀生这一现象的时候,妙一给出的回答是:"众生皆苦,止杀心自祥。"然后,"邵瑾不再说什么,她只觉得难过。""她把目光挪开,一时更加难过起来。她不知为何难过,但这难过是属于她自己的,这点她是清楚的。"邵瑾不知道自己"为何难过",但身为读者的我们却知道，正如她曾经的那一次无端号哭一样，邵瑾在这里其实是为包括自己在内的芸芸众生的五蕴皆苦而悲悯难过。由此而进一步生发开去，作家艾玛之所以把自己的这部作品命名为"观相山"，恐怕也与佛教中的五蕴皆苦有关。查阅资料，青岛的确有一座被写为观象的山。将现实生活中的"观象山"改为"观相山"，看似一字之差，却使得小说具有了某种佛教意义上实相或者虚相层面上"相"的意味。既然现实生活中的芸芸众生都处于遍布精神暗伤的五蕴皆苦状态之中，那作家艾玛也就只能依靠她这部高度浓缩的长篇小说而"观相"了。

王春林：山西大学文学院教授、博士生导师。

另外一种视角：让文学走向"荒野"

——高建刚短篇小说《陀螺大师》的生态叙事

任 重 ■

对于一个知名作家的任何一件作品的解读都可能出现多种版本，却终于无法穷尽，还是可能会有一些被忽略的特质。作为一个勤于耕耘的作家，高建刚稳健行走在从青岛到全国的上升之路，在诗歌、戏剧、散文和小说领域，皆有不俗的表现。譬如其《黄大楼》中所体现的先锋小说风格，融入了魔幻神秘主义的色彩和荒诞派元素；其《车位》《自助餐》面向世俗众生，属于社会现实类的题材；其《倒着走的人》则是一篇充满哲理意味的实验类型小说，那其实是他在构建一种"哲理对话"的表现。如果用一句话来概括高建刚的创作，恐怕他敢于在形而上的哲理高度进行尝试是再恰当不过的了，而其近作《陀螺大师》正是这种尝试的延续。① 只不过，如果将《陀螺大师》视为一个生命体的话，其精神可能比作家以往的呈现更接近生态学意义上的"荒野"。需要指出的是，尽管高建刚直言对于生态环境的关切，在创作过程中将故事情节与当时的时代背景紧密结合，像环境污染严重、农民工待遇差等社会问题②，都会无差别进入他的文学视野，然而迄今为止仍很少有人注意到这个小说的生态隐喻。

一、荒野何谓

近年来，"荒野"已经成为一个热词。实际上，"荒野"虽然被解释为"荒凉的野外"③，但生态学或哲学意义上的"荒野"概念，却是一个舶来品。世界文学史上，荒野在宗教和文学中往往与神秘、恐惧相关。因为未知因素很多，人类无法控制，也就充满神秘感，甚至充满危险。因为荒野往往是被诅咒的。但这种观点本身，却也从另一方面带给我们这样的启示："荒野"应该是"人迹罕至"的场所，是人类文明所没有侵及的所在。如果哲学走向荒野，其实在告诉人们，荒野固然是"野蛮"的象

---

① 高建刚《陀螺大师》，《收获》2021年第1期。(本文以下未注明出处的引用，均同此注)
② 张碧琪《一个作家的世相"眺望"》，《新周刊》2018年11月15日。
③ 中国社会科学院语言研究所词典编辑室编《现代汉语词典》(2002年增补本)，商务印书馆2003年版，第553页。

征,却未经人类文明的践踏,因此是本真的、原生态的和天然的,因此理应成为哲学的方向。① 而文学走向荒野,则意味着文学从圆滑、功利和世俗走向本真、原生态和天然。

换言之,当文学走向荒野,意味着在此前文学未曾涉足的领域,开辟出一条新路来。在《陀螺大师》中,这种努力是显而易见的。《陀螺大师》中看不到任何功利的目的,有的却是真的爱、未知、科技发展与传承、牺牲、幻想、梦境,诸如此类。如果说这个小说中存在某种"荒野"的话,那么其意象就是那只陀螺得以存在并能够快速旋转的全部时空。如梦似幻的色彩,有时在孤儿院的阁楼和通往高处、陡峭、弯曲、盘旋而上入左旋陀螺的石径,有时置身于发出蜂鸣、蝉鸣、鸟鸣各种声音的森林,有时将光阴弯曲穿越到明末后宫遗失过一只金陀螺。这些带有特定内涵的词汇符号,构成了《陀螺大师》文本中必要的生态元素,它们和谐地统一于这个文本当中,进可以观照心灵世界,退也可以观照世俗世界,于是整个文本鲜活起来。这自然会使人联想起20世纪90年代韩少功的长篇小说《马桥词典》,以及塞尔维亚小说家米洛拉德·帕维奇的小说《哈扎尔词典》,两部小说都以相互衔接的词汇符号构成了各自的生态系统。尤为可称得上的是,整个小说因为一只陀螺而成就了一种坚强的动感,似乎天、地、人,世界万物随时随地都在转动中,梦中陀螺在飞旋,路径也在旋转,语言与图像在旋转,连"我"伯父办公室的椅子都在旋转。世界在旋转中开始了,作家带我们一次次步入未知的"荒野"。

"陀螺"是小说中的关键意象,是小说的灵魂所系。这只陀螺"我"几乎是随身随时携带着的,一边令其旋转,一边思考问题,许多想不通的问题,这时候都迎刃而解。如果说"荒野"意味着未被开发,那么这只陀螺,将引导读者前去开发。诚然,如果人们只是陷入日渐庸俗的宏大日常中而不能自拔,是很难体会这只陀螺的引导意义的。所以"我"要好的同事说了这样一句话:"别小看了这玩意儿,它跟我们关系密切着呢。……激光、手机、飞机、航母、导弹、卫星都离不开它。"难道它仅仅是一只陀螺吗? 显然不是。它跟我们"关系密切",甚至"激光""导弹"等等这些关涉国防重器的存在都不能须臾离开这只陀螺。究竟是什么使得陀螺旋转个不停? 其背后的原理是什么? 将这些原理与我们的生活链接,与激光、导弹、航母等诸多高端科技事象链接,又是基于怎样的牺牲和付出? 在最终得到陀螺旋转时所给出的启示之前,我们算不算置身荒野之中呢?

---

① 〔美〕霍尔姆斯·罗尔斯顿《哲学走向荒野》,刘耳、叶平译,吉林人民出版社2001年,"代中文版序",第1~11页。

二、荒野的隐喻

生态文学方兴未艾。不过笔者以为，将当下某些仅仅关涉某些生态元素的文字定义为生态文学，是不是过于狭隘了。因为，如果承认人类离不开自然和对自然的观察与思考，那么任何写作都有可能指向这里，只不过是没有得到强调罢了。"生态"观照应该成为全部文学创作的遵循，西方不乏这样的传统，比如亨利·戴维·索罗的《瓦尔登湖》和蕾切尔·卡逊的《寂静的春天》。其实东方也一样，就我国而言，文学很早就进入了"荒野"，比如《西游记》《聊斋》等小说文本中的种种神秘和未知，皆与"荒野"有关。可以说，古往今来所有的文学创作都或多或少折射了某种生存状态及其思考。

我们注意到，高建刚毫不讳言对"自然、简洁和意境高远"的喜爱。[①] 这本身就是一种足可称道的生态观，而在《陀螺大师》中，"我"的童年和少年是在孤儿院度过的，可以想见生活是简陋的，而"大部分的奢侈品，大部分的所谓生活的舒适，非但没有必要，而且对人类进步大有妨碍"[②]，更为重要的是内心世界的丰富。让内心丰富的，是伯父的定期探望，还有他的陀螺，他的与陀螺有关的"故事"，这给了"我"极大的精神满足。换一个维度，作为"孤儿"的"我"，倘若没有伯父和他的陀螺是很难想象的。孤儿院的后院，更是大概率属于荒野范畴。孤儿院是一座带阁楼的三层德式建筑：一楼是办公区，二楼是教室，三楼是阁楼和宿舍，还有一层是地下室。地下室后门通往长满野草的后院，院子近乎废弃，有"潮湿的泥土"和"腐朽废弃物"的气味。听说前任院长，一位人类学家、达尔文的追随者死在这里，"他做研究用的"人和动物的骨骼散落在爬墙虎覆盖的墙边。

应该说，这是有那么一点危险的。"同学们都很怕去后院"，"我"因为好奇私自进后院被同学打小报告，因此有了被罚"去后院站一小时"的经历，但"我"在里面整整待了两个小时，趁机到处搜寻前任院长遗留的蛛丝马迹，结果在草丛发现了"一把朽烂的折叠木尺""一根锈蚀的铁锯""一双走废了的破旧军用皮靴"。而墙角上一个旧汽车轮胎后面，"有一颗呲牙咧嘴的人头骨"，紧挨着"一颗模样相似，但前额扁平像是猿猴的头骨"，两颗头骨上的两双眼洞茫然地望着"我"。这样的景象让"我"陷入思考，"想象前院长生前在此的情景……"令人意想不到的是，"我"居然并不对此感到恐惧，反而脱下外衣，将这两颗头骨裹起来，像拎一只大包裹那样拎回宿舍，摆在靠窗的床头柜上。本想等到夜深人静之时同学们熄灯上床时制造一次

---

① 《高建刚：诗歌源于敏感的生命体验》，中国作家网 2021 年 12 月 21 日。
② 〔美〕亨利·戴维·索罗《瓦尔登湖》，徐迟译，上海译文出版社 2010 年版，第 12 页。

恶作剧,以回敬对"我"的告发,始料未及的是头骨"竟是蟋蟀们的栖息之所",晚上它们发出昂扬激烈的鸣叫,这相当于将"荒野"搬到了宿舍,自然非同小可,因此从第二天开始,院长便永久封闭了地下室后门。

因"荒野"的移位,同学们拒绝再与"我"同住,"我"反而"因祸得福",顺理成章地被调到阁楼一间只能容纳一人的房间。"那是一个带天窗的房间","我"难捺欢喜,因为这里,"星空伴我入睡,鸟鸣唤我醒来",又可以尽情独享海边教堂的钟声那美妙的音乐。从此"我"便拥有"明亮的光线,一个人的自由自在",告别了楼下走廊的"昏暗、空荡、阴冷"以及"满是回声的肃静和不由自主压低嗓子的交流"。能说这不是另一个荒野吗?

三、荒野之爱

"好小说将人性推到极致,要催动心灵。"①《陀螺大师》是有大爱的。其中唯一与"我"关系紧密的人物,是一个被称为伯父的人,因为他几乎每个星期日都会来孤儿院看"我"。他总是拎只神秘的黑皮箱,里面能变出许多稀罕的玩意儿。对于"我"而言,这简直是一个高光时刻,因此每到星期日就像过节般,早早起来刷牙、洗脸,还会把头发弄湿偏分成伯父的发型。伯父的相貌也很神秘,特点是"黑""瘦""高",像一根黑木电线杆,从头到脚的穿戴都是黑的。"我"甚至不知道与他是什么关系,他从何而来、从事何种工作,但仍能感觉到他"像父亲那样亲",虽然"我"从来不知道父亲、母亲是谁。因伯父的到来,整栋楼仿佛都变得充实和暖和了。

"懂魔法"的伯父其实就是父亲,"我"也总感到伯父就是父亲。当在一个渴望父爱的少年心中被想念、被记忆和被崇敬的时候,这个人通常是掌控了悲喜和行将离去的。《陀螺大师》中的伯父如果不是唯一的"大师",也完全可以与大师们并列,因为他本身便有极其崇高的使命。这使得浸润于该文本中的悲伤有了阳光的味道,脱离了小家的喜怒哀乐。这就是为什么"我"虽然没有父亲、母亲,但仍然痴痴地思念和幻想,幻想某一天与亲人们的团聚。伯父脱下帽子,旋转着一扔,帽子便按照螺旋的轨迹落到床上。他还会放下黑皮箱,张开双臂等"我"扑上去,然后把"我"举过头顶,"快速转许多圈"。

须知,伯父有荒野的"黑"。"黑"既是一种色彩,也是一种距离,因而充满神秘。伯父从荒野中来,又到荒野中去,仿佛披荆斩棘,走向光明,所以他是伟大的,他那么黑瘦,那么坚韧,正好反衬了他对于从荒野中开天辟地的豪迈。共和国需要他的黑,和平需要他的黑,他通体的黑,才是万家平安的坚强保证。谁能想到,如此身负

---

① 张碧琪《一个作家的世相"眺望"》,《新周刊》2018 年 11 月 15 日。

神圣使命的开拓者,也有无尽的儿女情长。伯父对"我"充满爱怜。"他通常坐在我的小床上,双臂撑着后倾的身体,微笑着看我,看不够似的。"有时他坐在书桌前,"皱着眉头看我的课本和作业本",有时嗅一嗅"我"的白搪瓷缸,有时捏起被"我"的脚趾顶破的袜子垂吊在手上打量着……

最让人心动的莫过于这样一个场景:

一次,他在我的课本上发现我用铅笔画的两幅"插图",一幅是人头骨和猿猴头骨的四个眼洞里各有一只蟋蟀在振翅鸣叫;另一幅是人头骨和猿猴头骨在接吻,两对蟋蟀分别在两只头骨顶上撕咬争斗……伯父注视着我,沉默许久,他指着"插图"问:"这是什么意思?"怕挨伯父批评,我说:"是课后画的,随便乱画。"没想到伯父却夸我画得好。他从我的铅笔盒里找了支铅笔,在接吻的猿猴头骨和人头骨侧面各画了一只蝉蛹和一只蜕变的蝉,然后说:"这样就更完美了。"伯父画得惟妙惟肖,有透明翅膀的那只像要飞起来。……

伯父对"我"的爱,还在于他总能从那只黑皮箱里变出点什么:或一牛皮纸袋散发着糊香味的糖炒栗子或透明糯米纸裹着的几串亮晶晶的糖球,或一网兜苹果、橘子。在变出这些东西之前,伯父总是让"我"看看并伸手进去摸摸,确认里面是空的,眼看"我"就要失望了,这时候惊喜来了,不仅是好吃的,他还能变出衣服、袜子什么的。他把变出的衣服让"我"穿上,退到远处,欣赏地注视着。即使有时没随身携带那只黑皮箱,他也能变出好东西来,比如有一次他似乎是匆匆赶来的,坐在床上显出少有的疲惫还不停地看手表,没坐多久站起身就要走,又忽然想起来什么似的,让"我"看着他,这时奇迹再次出现:他运足了力气,双手缓慢、艰难地靠拢,仿佛在压缩强力弹簧,然后猛一用力竟从空气中掏出一盒彩色橡皮糖。"我"发烧的时候,梦里会出现伯父的影子,他继续为"我"旋转那神秘无边的陀螺。

我们毫不怀疑,只要"我"愿意,伯父完全可以为"我"做得更多。

四、荒野的孩子

第一颗氢弹爆炸成功,首颗东方红卫星发射升空,是伯父这一形象的深层次背景,也是对"大师"的再度诠释。"我"的同学们都知道院长也对他很尊敬,有的说他像神父,有的说他像特务,有的说他像资本家,或者外国人,甚至是"天上的人"。伯父无疑是一个重要科技研制项目的参与者。他的神秘感,他惯常喜欢做的螺旋状上升的手势,他口中的"天堂",他的黑皮箱,他从黑皮箱里变出的带咖色皮套的徕卡望远镜和一本旧书——开普勒《梦游》,都指向了这一点。从这个意义上说,陀螺,几乎就是荒野王国的导游图。

陀螺是什么？它旋转，变化，前进。"伯父变出的所有东西中，最神秘莫测的是一只陀螺。"这只陀螺本身即充满神秘色彩：形状大小如柿子，周身透明如玻璃，看上去很轻，轻若空气，顶面是八卦图。它不仅能在地上旋转，还能在空中旋转，而且速度极快，快得仿佛静止不动。旋转时其顶部的八卦图不见了，周身放射光芒，同时浮现出各种画面，你对着它说什么，它就会浮现相应的画面，比如太阳、月亮、群山、河流，如同飞行器掠过天空所能见。但这只柿子大小的陀螺，伯父没有送给"我"，又收回到那只黑皮箱中了。这仿佛告诉"我"：希望，总是若隐若现，有一些虚幻的。

"万物都在自转，同时也在公转，星球是这样，原子是这样，人也一样，所以世界就是个大陀螺。"这是伯父亲口告诉"我"的。依"我"的年龄和阅历，可能尚不能透彻理解"世界"二字的含义，那可能就是一片荒野，长满杂草，隐藏着形形色色的大小生命，同时也充满了各种凶险。然而，倘若不征服荒野，不在荒野之中踏出一条成功之路来，我们就没有走向明天的希望。但荒野太过辽阔，"我"不可能进入太多，于是伯父带"我"来到了他不公开的办公室或工作地点。

"我"在伯父办公室写字台上方的墙上，看到过伯父和一个女人合影的照片。照片中伯父手里拿着黑礼帽，穿着黑长衫站在湖边草地上，女人穿着浅色长裙挽着伯父的手臂，"两人都深情地看着我"。"我"想知道这个女人是谁，伯父没有回答，却指着墙上的一排肖像问："他们是谁？"这排肖像中，有的人"我"认识，有的"我"并不认识。他们都是科学家、教育家、哲学家。"我"意图进一步追问，伯父让我看了两本书，一本黑皮书，"我"看见，里面的建筑有夜的颜色，但夜的颜色是透明的，在一处花园中有一男一女在拉着手奔跑，河流蜿蜒远去，山峦起伏，洪水方舟……而另一本是蓝皮书，里面的建筑像天上的云，是蓝色的，也是透明的，其下，巨坑里无数的白骨，"小男孩"和"胖子"的蘑菇云在两座城市上空升起，长江万船齐发，戴袖章的男女云集……

当然，伯父最终也没告诉"我"他是谁，那个女人又是谁。他说："我们都是宇宙的孩子。"或者，小说开篇那位同事的话已经给出了答案：你已经很幸运了，不管他是不是你父亲或者伯父，他是天降的陀螺大师，这一点确凿无疑。诚如评论者所指出的，《陀螺大师》是当下少有的密布着智性纹理的小说。不得不说，高建刚找到了一个极为巧妙丰富的叙事意象，他用"金陀螺"创造了我们的"阿莱夫"，因此，有人将小说视为向中国一代卓越科学家的致敬。[①]

---

① 曹霞《我们的阿莱夫——评高建刚的〈陀螺大师〉》，《文学教育》2021 年 8 月（上旬）号。

五、结语

总之,在 30 余年的创作生涯中,高建刚和众多卓越的当代作家一起,经历了新写实、新状态、新生代等不同的阶段。但其小说始终保持着、坚守着一种韧性或张力的状态,这就意味着他的小说努力挣脱启蒙的 20 世纪 80 年代的沉重桎梏,奔向另一个全新的高度。那种依托于小说来重写历史、重述社会、重构人性的创作自然神圣而崇高,但是进入 21 世纪的文学时空,在生态文明的旗帜之下,小说家或面临更多的选择。有的小说家可能轻车熟路地撞入一个无论是渲染抑或是依托技术拼凑起来的洒脱、游戏的锦绣园林,也有的小说家义无反顾地大步挺进充满挑战和不确定性的荒野之中。高建刚属于后者。作为抱有哲理追求的小说家,他不可能意识不到哪种路径才是更安全和舒适的,但他依然不忘初心,在无人的荒野之中嘹亮呐喊,因此《陀螺大师》一出场就站在了高峰的位置。

任重:浙江农林大学文法学院教授。

一曲历史、人性和审美的壮歌

——评铁流、赵方新长篇报告文学《烈火芳菲》

李恒昌 ■

"铁流砥柱中流,方新催绽芳菲。"由著名作家铁流和赵方新先生共同创作完成的长篇报告文学《烈火芳菲》,是建党百年之际献给广大读者的"一曲气势恢宏的军民壮歌"和"一群感天动地的乳娘群像"。著名文学评论家丁帆先生曾说:"历史、人性和审美,是文学史的不二选择。"其实,不独文学史,对于绝大多数优秀文学作品来说,历史、人性和审美也是其必须具备的应有品质。仔细阅读《烈火芳菲》便会发现,这部长达四十八万字的著作,也具有这种优秀品质,完全可以称之为一部关于胶东革命的历史、人性和审美壮歌。其所蕴含的历史、人性和审美品质,有着属于自己的独特内涵,而且放射着属于时代和人民的生命光泽。

"历史"——《烈火芳菲》真实还原、形象再现了战争年代胶东半岛革命的恢宏历史,引导读者更好地窥见历史的真实,把脉历史的发展规律。

"这是一段隐秘的家国往事,也是一段不应该遗忘的家国记忆。"作者通过长期深入的采访,以真挚的笔触还原了这一历史。可以看出,这是一种极其宏大的历史。其中包括极为悲壮的"一一·四"暴动、史上有名的天福山起义、至今被传颂的"马石山十勇士",从胶东党组织的成立,到胶东抗日武装的建立,到迎接新中国的成立,有胜利,有挫折,有经验,有教训,可谓气势恢宏,波澜壮阔。从中可以窥见革命的艰巨性、复杂性,引导人们更加珍惜今天的美好生活。

这是一种为胶东地区所特有的历史。作品书写的故事,是纯粹的胶东大地的故事,是这片盛产海蛎子味方言、野性奔放大秧歌的土地上的故事,是胶东半岛齐鲁儿女的故事,是大地和海洋之子的故事。因此带有浓郁的地方色彩,更具鲜红的色彩。尤其是作者将民间流传的三百多位乳娘为八路军、解放军抚养一千多个革命后代的故事深度挖掘出来,为她们树立了不朽的艺术雕像,相信从此之后,"胶东十二姐妹""胶东乳娘",将会和"沂蒙红嫂""沂蒙六姐妹"一样成为专用名词,广为传颂在共和国的大地上。

这是具有某种神秘性质,并深具发展规律的历史。作者善于从历史的某些细节中,窥见历史的隐秘,洞见历史发展的内在逻辑。作品曾写道:"这封把胶东共产党人直接引向1935年白银季的血雨腥风的指示信,就像一朵斑斓而吊诡的云朵飘过历史深邃的苍穹,又像历史幽深的小巷里走过的神秘过客。"这意在揭示党组织来信的独特作用。"三个人都是水里来火里去的革命者,在风云诡谲的时代里,每个人都以带有自我个性气质的行动为时代做着注脚。"这里意在揭示个人在时代变革中的地位和作用。"如果有心人,把这封信与1934年8月山东省团工委《关于游击战争问题给胶东特委的指示信》,做一个相映成趣的比对,自然感慨丛生:历史邮递员左手一封信,右手一封信,假设他一不留神,投错了时间和地址,那将会呈现出一种怎样的情形呢?""这封信层层传达到胶东各级党组织,澄清了过往的错误认识,凝聚了曾经涣散的人心,标举了前进的方向,很快扭转了'一一·四'暴动失败造成的被动局面,胶东革命的形势如春潮磅礴的大海奏鸣起新的'命运交响曲'。"这是对历史发展进行深度分析,彰显的是历史的必然与偶然之间的关系。作者如此书写和分析,规避了对历史再现的简单逻辑,使那段独特的历史显得更加神秘和深邃,也更具启示价值。

"人性"——《烈火芳菲》坚持了以人民性为根本的人性原则,彰显了革命者身上的人性光辉,折射出感天动地、征服人心的强大力量。

这是体现人民根本立场的人性,可以说,人民性是这部作品最显著的特征。革命者刘经三曾经自导自演绑架自己父亲的"好戏"。"各位大人,膝下敬禀者乃不肖男经三,为革命事,借贷无门,只得用不恭之举智借大洋三百元,他日事业有成,加倍偿还。不肖之子刘经三敬上。"他为什么这样做?一切只为了革命,为了人民。胶东地区革命领导人理琪,要将两个熟鸡蛋送给神经受了刺激的烈属"疯子"三叔那里,弄子坚决不同意这么做,理由是:"三叔疯疯癫癫,见了你,说不定到处去喊'俺见到共产党啦!'那不坏菜了!"但是理琪却说:"我一定要见见这位烈属,可以不让他看到我,可我非见见他不可。"说完,从衣袋里掏出两个熟鸡蛋,交到弄子手里,说:"弄子同志,这两个鸡蛋,你要亲自交给老人,看着他吃下去!"理琪为什么执意这么做?最根本的原因是他所坚持的人民性立场,是党对烈属的关爱。

这是体现党性原则的人性。作品不仅深刻地体现了人民性原则,而且还体现了严格的党性原则。党员张静源因为革命工作,要撇下妻子和刚出生的孩子,妻子不理解,他说:"我可以丢开你们母子,但不能丢开党呐!我的生命是属于党的。"在总结"一一·四"暴动失败时,柏希有说:"对!我们这次斗争失败,一个很重要的原因就是失去了上级党组织的正确领导,孤军奋战,瞎子摸象,哪有取胜的道理?"当革命遇到困难,迷失方向时,张修竹说:"我们赶紧跟省委写信联系吧,请求省委派人来拉咱们一把!""咱现在就写!明天让老刘头装作看病去济南一趟,看看能不能找到省委。"当理琪和吕其恩面对究竟谁应该担任胶东地区党的负责人问题时,理琪非常诚恳地说:"我这个胶东特委书记是特殊条件下自封的,不算数,还请你来主持工作大局。"吕其恩坦诚地说:"你为胶东党的恢复做了大量有成效的工作,对胶东全面情况比我熟悉,比我更适合担任。"两人相互推让,谁也不肯接棒。当于作海一度被冤枉,感到委屈时,嘟囔着说:"俺、俺一颗忠心被冤枉……"于烺问他:"我们干革命是为了谁?"于作海回答说:"当然是为了党和老百姓了。""既然是为了党和老百姓,在胶东谁代表党?""党就像党员的娘,如果你娘错打了你一下,你也要打回去吗?"这一切,都体现了他们高度自觉的党性原则,即"心中有党,心中有戒"。

这是体现非凡母爱和母性的人性。作品塑造了"胶东十二姐妹"和"胶东乳娘"的系列形象,体现了她们所特有的更为广阔的母性。在极端残酷的战争中,年轻的革命者前赴后继,走向硝烟弥漫的战场;在战场的后方,乳娘们接过组织的重任,以非常秘密的方式,用自己柔弱的双肩和甘醇的乳汁,滋养一千多个革命的孩子。她们在如花似玉的年龄里走进硝烟战火,用圣洁的超越血缘的母性哺育革命乳儿。她们的乳汁哺乳着被战争创伤的生命,她们的慈爱驯化着凶残的炮火。她们中的有些人,为了照顾革命者的后代,不惜牺牲自己的孩子。当我们看到姜明真为了保护革命者的后代福星,无奈牺牲自己的亲生儿子时,怎会不被她这种超越一己之爱的人间大爱所折服和感动?

这还是有着强烈对照的人性。柏开路1933年入党,是胶东特委地下交通员和联络员,一生八次被捕。最后一次在1941年10月,他被国民党地方部队郑维屏部"用铡刀铡成三截"。从中我们看到的是敌人的极端残忍和完全丧失的人性。

"审美"——《烈火芳菲》一改报告文学的传统写法,蕴含了独特优美的审美品质,展现了极强的艺术感染力。

这是一种诗性之美。因为作者采用了诗一般的语言。作品虽然属于报告文学,但参照了小说的写作方法,整部作品像小说一样精彩,像诗歌一样优美。最令人赞叹的书名,体现的是烈火般的质地,芳菲般的诗意。这"烈火",是革命的烈火,也是真理的烈火;这"芳菲",是女性的芳菲,也是母乳的芳菲。纵观全书,虽然写的是异常惨烈的战争,但极具诗情画意。从"白银季"蕴含的革命的"暴风雪",到"山海魂"蕴含的党的精神、人民的力量,再到"芬芳纪"蕴含的女性之美,无不具有诗性的美。"1935年的胶东大地似乎准备好了一切,山海之间蕴藏着风雷,昼夜之间埋藏着闪电,人心之间传递着火焰,空气里弥漫着海腥气,有经验的人都清楚:一场掀天倒海的风暴潮即将不可免地登陆这片古老的土地……""段佩兰就在门外纳鞋底放哨，那时高天流云，神清气爽，她光彩照人，连自己都感到了自己的神采。"这样的诗性语言，贯通全书，俯拾皆是。

这是一种崇高之美。因为作者歌吟了崇高的家国情怀。张静源曾对同志们这样剖白过心迹：我要为党的事业奋斗到底，如果我死了，我别无他求，能在我坟上立块二尺半高的小碑，写上"社会主义者张静源"，表达我对党的忠诚我就心满意足了。于作海曾说："革命家庭要饭吃，也是光荣的。"宋竹庭曾问张连珠："假如有一天革命成功了，你最想干什么工作？"张连珠眼里闪着光说："我跟佩兰一起当小学教员去，每天听着鸟声醒来，听着钟声走向教室，把黑板当成一块田地，撒播上知识的种子，带领孩子们一起采撷鲜花和果实——那你呢？"宋竹庭自己说："现在一年到头在外干革命，不仅没法孝敬老人，还叫他们提心吊胆，等天下太平了，我回老家陪他们种地，热热乎乎地过日子，一想到这些，我心里就痒痒得慌啊。"就连矫凤珍也说："孩子他爹妈都在前线打鬼子，咱给他们抚养孩子也是抗日哩。""保证孩子的安全是第一位的，这是革命的后代，必须确保万无一失，以后咱们还得指望他们建设国家呢。"这些无不体现了他们一心想着国家、一切为了他人的家国情怀。

这是一种女性之美。因为绽放了女性的独特芳菲。在作者笔下，那些革命女性是那么美丽："她怀里抱着刚满月的婴儿，浑身散发着乳香味的母性气息，一脸浓得化不开的甜蜜。""沉重的城门吱呦打开，两位十七八岁的姑娘挎着包袱风一样刮出来，踏着晨曦向西而行。她们犹如两只出笼的山雀子闹喳喳地一阵疯跑，身子轻盈得好像要飞起来……前方那个陌生的地方充满了神秘的磁力，她们的心啊，像小小的铁屑被牢牢吸引了。"即便是被人称为"王四泼"的极为泼辣的女人，作者也赋予其新女性的形象："新的女性，是生产的女性；新的女性，是社会的劳工；新的女性，是建设新社会的前锋……"在作者笔下，"胶东十二姐妹"最美丽的地方，是她们身上散发的独有光芒："胶东王氏十二姐妹如同一束强光，照亮了大水泊的夜空，从来都是男人出将入相的舞台，突然被十二个女子瓜分了戏份，她们的加入，使胶东抗战这部大剧变得更加绚丽多彩，更加摇曳多姿，也将一段浪漫的玫瑰色的记忆永远留在了那个血火奔涌的年代里。"这是最亮丽的风景，也是最具审美的所在。

这还是一种正气之美。因为作品发出的是正义的声音。作品自始至终贯穿着天地的正气、革命的正气和英雄的正气。作品向读者展示了这样一个鲜为人知的历史细节：张连珠被捕后，敌人给他最后一次机会，责令他写"交代书"。他略一思忖，挥笔而就，然后掷笔于地，朗声诵道："天地有正气，冽凛万古存。当其贯日月，生死安足论！"无独有偶，狱中的理琪，借着敌人让他写自白书的机会，也剖白自我的精神世界,写下了一首铿锵有力的诗歌:"铁躯铁棂披铁索,铁棂铁索奈我何?铁骨铮铮铁索断,铁鹰展翅铁窗破。铁人铁肩担道义,铁臂挥刀斩恶魔。铁流汇成铁长城,铁血装点锦山河。革命气节高云天!"这一切,彰显了气薄云天的力量和凛然天地的审美。因此,更具打动人心的力量。

原载于《文艺报》2021 年 12 月 31 日。
李恒昌:中国铁路济南局作家协会副主席。

参差对照的小说世界

——方如创作论

段晓琳　■

　　青年作家方如是"文学新鲁军"中引人注目的女性作家。自 2007 年发表《声铺地》《史诗的飞机场》《现场》《穿越时空遇上你》等中短篇小说以来，方如已经累积创作了百万余字的作品，其中绝大多数是小说，代表性的作品有长篇小说《玫瑰和我们》《背叛》以及中短篇小说集《看大王》《声铺地》等。这些作品以敏锐的女性视角、独特的个性气质、鲜明的文体风格彰显了作家方如的文学才气与艺术追求。2022年 2 月，方如最新中篇小说《雪花白》发表于《人民文学》2022 年第 2 期，标志着方如的文学创作达到了新的高度。

　　总体来看，方如的小说创作，其题材主要包括以下三个方面。

　　一是都市生活题材，如《背叛》《声铺地》《镜中岁月》《山山相望》《心在说话》《子夜广场》《欢颜》《车来车往》《樱花》《柴米夫妻》《怨偶》《暴雨将至》。这类都市小说多从城市普通人的日常生活着手，重点表现普通人婚姻家庭生活中的隐秘创伤与灵魂痛楚，其中以夏静媛①为代表的都市女性的内心情感与精神世界是方如所着重关注、探索与表现的部分。

　　二是客居异国他乡的异乡人题材，如《玫瑰和我们》《史诗的飞机场》《途合》《星米》《表哥逸事》《和谁一起去远方》《伦敦桥下 ABC》《异邦三季》《归乡记》。这部分小说以在国外求学的留学生或移民国外的中国人生活为主要小说内容，重点表现中西方文化夹缝中生存的异乡中国人生活。异乡人艰难非常的生存悲辛与永远生活在别处的"局外人"状态以及千疮百孔、漂泊无根的灵魂困境是方如关注的重心，而以玫瑰（苏媛媛）②为代表的异乡青年女性们则是方如所着重刻画表现的人物群体。这些独在异乡为异客、屡次遭受背叛与伤害的青年女性们，大多数都从明媚耀眼、热烈温煦的异乡生活开端走向了面目全非、冰冷绝望的人生结局，对这一悲剧性的过程，方如给予了惊心动魄而又悲悯深情的呈现。

---

① 方如长篇小说《背叛》中的女主人公。
② 方如长篇小说《玫瑰和我们》中的女主人公。

三是胶东农村生活题材,以《看大王》《别麟儿》《号令一声》《一霎时》《离峨眉》《二堂舍子》《生死别》《空城计》等小说为代表。这类农村题材小说,在主题、内容、人物以及叙事技巧、文体风格和情感价值取向上都具有连贯性、承继性与互文性。这类小说多以京剧唱段为标题,在小说中引入京剧戏文。围绕着因为痴迷京戏而与乡村日常规范格格不入的异类他者,方如展开了对乡村时代变迁与乡村复杂人际关系的呈现。其中以喜平婶①和于淑文②为代表的女性乡村"异端",是方如所着重表现的人物。她们因为痴迷京戏而成为乡村道德规范的对立面,她们在被嫌弃、被指责、被怨恨的人际囚牢中度过了荒寒卑微而又格格不入的一生,但方如在她们灿若明水的目光中看到了理想与浪漫的耀眼光芒。在喜平婶唱戏与于淑文夜奔这样令人印象深刻的高光情节部分,方如给予了她们最纯挚的理解与最真诚的赞美。

尽管方如的三类题材小说在空间、人物、内容、情节结构上差异甚大,但却都有着相似的参差对照追求。"参差对照"作为一种小说写法和美学原则来自张爱玲,它强调对照的重要性,却又反对泾渭分明的高强度对照。而张爱玲之所以喜欢参差的对照,是因为它贴近生活与人性的事实。正因为俗世的生活与人性的内里是混沌不明、丰富驳杂的,因此才需要参差的对照来真实地展现生活与人性的复杂状态和苍凉境地。与张爱玲相似,方如也迷恋于小说的参差对照。频频出现的镜子意象与对镜自照的人物强烈地昭示着"对照"在方如小说中的重要性。除了以镜自照外,还有以他人为镜、以他者为镜照见自身的情况。正是在与他人或他者的彼此参差对照中,自我得以重新认知,自我与世界的关系也得以重新确立。除了人与人、人与他者之间的对照,方如小说中的他乡与故土、城市与乡村、中国旧式传统秩序与新生活中的人际关系等也都构成了参差对照。而之所以选择参差的对照而不是黑白分明的强对照,其根源在于方如对于人性与生活的深刻认知。与张爱玲相似,方如也认为生活本身是参差驳杂而又暧昧不清的,而人性往往是复杂含混而又不彻底的,这些褒贬难辨的人物与暧昧不清的生活需要参差对照的写法来表现。而且方如对生活的认知和对人性的理解也直接影响了她的小说叙事,其参差对照的美学原则下采取的是参差对照的叙事写法。这种写法表现为一种反复出现的、标志性的多视角立体复调叙事,这是方如小说最突出的叙事特征。而这种参差对照的复调叙事,其内核所对应的是一种对话与交流、理解与包容的人生态度。因此,在方如的小说中,"参差对照"不仅是一种艺术手法、叙事策略,还是一种美学原则、哲学追求,它体现了方如对生活本质与人性内里的认知,也彰显了方如文学创

---

① 方如小说《看大王》中的人物。
② 方如胶东河口村小说系列中的人物。

作的精神底色。

一、镜子意象与方如小说中的参差对照

镜子是方如小说中的重要意象。在方如的小说故事中,照镜子的女性总是会频频出现。镜子意象贯穿于方如小说创作的各个阶段,并且在方如文学创作的起步期,镜子就已经是引人注意的存在了:"她从小就喜欢一个人闷在房间里照镜子。要换季的时候,一遍一遍地试衣服,盘算着该去添点儿什么行头;无聊的时候,自己画彩妆,掩盖、突出或重塑,直到自己都不认得自己,然后默默洗去,她不能容忍自己那样出门,却也割舍不掉,让自己的脸悄悄做回调色板的癖好;当然更多的时候,她什么也不做,只是看着自己发呆。这么多年了,镜子大大小小不停地变化,镜子里的自己也真真切切地老了。抬头纹、眼袋自不消说,单这迟滞、空茫的目光,就是抹不去的年纪符号。"①发表于《黄河文学》2007 年第 4 期的《史诗的飞机场》是方如最早发表的作品,它与《声铺地》《现场》《穿越时空遇上你》等作品共同构成了方如文学创作的起点。在《史诗的飞机场》中,敏感任性的女文青史诗,总是挥不去自怨自怜的影子,她在尴尬的婚姻中无地自处、怅然若失,当她揽镜自照时,她不仅照见了自己容貌的衰老,也照见了自己的憔悴、疲惫、悲辛与无奈,在这里,照镜子不仅是认知自我、发现自我的一种方法,也是面对自我处境、应对自我境况的一种隐喻。

在《史诗的飞机场》之后的小说中,方如一再引入镜子意象,并将照镜子的隐喻深度予以强化和扩大。比如《欢颜》中的"她"对自我认知的改变就发生于镜子的"突袭"中:"她把头低下来,然后猛然抬头,冷不丁去看镜子。一下,又一下,几次之后,她终于看到了自己常态的表情。天啊!怎么会是这样?她被自己的表情吓住了。镜子中的那个女人目光散漫、呆滞,刻意涂了淡淡润唇膏的嘴角无精打采地下垂,她的脑子里瞬间闪现出一个倒霉的词儿:'苦大仇深'。"②再比如《车来车往》中的纪晓风在无意间发现了丈夫的出轨秘密后,她在镜子中第一次发现了自己的可笑与悲戚:"她又遭遇了一面镜子。那是用来装饰酒店外墙的暗蓝色的幕墙玻璃。肮脏无比,可一抬头,她借助着鬼火儿般飘忽的光源,竟然在其中看见了自己。她第一次发现,自己头上的那顶帽子是那么滑稽。"③再比如《表情纹》中的吴宁,被困于镜子房的梦就是对她人生绝望境地的最直接呈现:"好像是在一个练功房模样的地方,周围非常空旷,却满是镜子。她一个人在其间左冲右突,折腾得满头大汗,却

---

① 方如《史诗的飞机场》,《黄河文学》2007 年第 4 期。
② 方如《欢颜》,《山东文学》2008 年第 8 期。
③ 方如《车来车往》,《广西文学》2009 年第 4 期。

还是困在原地。因为满眼的镜子里,能看到的只是各个角度的她自己,没方向,更没出路。"①

除了揽镜自照外,方如的小说中还经常出现以人为镜来进行自照的情况,"镜子"不再局限于实物,他人的目光、他人的境遇、他人的活法都成为可以照见自身的"镜子"。方如发表于《西南军事文学》2008 年第 5 期的《镜中岁月》就是讲述以他人为镜的典型作品,小说中的梅红、许晓云、刘英等女性彼此参差映照,互为镜像,每个人都可以在他人的镜子中发现自己。梅红的好友许晓云喜欢给她写信,梅红以信为镜,在好友的信中照见了自己:"梅红发现自己会在忙碌的日子里,喜欢晓云信件的不期而至,就是因为信件里的坦诚,这坦诚是一面镜子,让梅红也常常从其中看见自己这些年来的一路走来。"②身陷裸照风波的某省台新闻主播刘英是梅红的采访对象,看似落魄、晦暗、歇斯底里的刘英却是许晓云心中的偶像。从少女时代就被刘英的光芒所牵引的许晓云,其性格中的敏感、自恋、神经质等特点都残留着刘英的影子。而许晓云也迷恋于梅红关于镜子的说法,她在身边的其他女性身上都看到了镜子和镜子中可能出现的自己:"在单位,我一直负责女工委的工作,那些如阿庆嫂一般絮絮的悲情诉说,那些丑恶或血腥的,对温吞水一般日子的反戈相向,总会花样翻新,层出不穷,它们同样也是一面面的镜子,同样也让我心有余悸。"③小说最后,梅红与许晓云对刘英的认知和同情,也同样出于对镜子的理解:"说是在一幢大楼里总是发生性骚扰事件。后来,居民就想出了个办法,在电梯的三面铁壁上,都安上了些大镜子,结果,从那以后,这类事儿再就很少发生了。有人说,主要是因为我们每个人的心底,其实都本能地不愿意面对自己丑陋的一面。所以,梅红。我就想,像刘英那样,一个要经常照镜子的人,即便坏也坏不到哪儿去。"④

再比如中篇小说《清秋和小寒》中的清秋与小寒,她们是同年出生的堂姐妹,因为父辈"划清界限"所导致的家庭关系变化,让分处于城市与乡村空间中的她们差距越来越大,她们之间有着厚厚的障壁,彼此怨恨又彼此亏欠,相互远离又相互惦念,尽管满腹牢骚却又忍不住相濡以沫、互相扶持。在几十年的艰难人生中,血缘与亲情,都成为一种最磨人、最理不清、最暧昧难明、最无法言说的关系。而且,不管喜不喜欢、愿不愿意,对于清秋和小寒而言,亲人都注定是一面无可摆脱的镜子,

---

① 方如《表情纹》,《广西文学》2013 年第 10 期。
② 方如《镜中岁月》,《西南军事文学》2008 年第 5 期。
③ 方如《镜中岁月》,《西南军事文学》2008 年第 5 期。
④ 方如《镜中岁月》,《西南军事文学》2008 年第 5 期。

因为"总会有一天,你要在有血缘关系的亲人身上看到自己"①。当小寒来到病入膏肓的清秋面前时,她在姐姐这面镜子里重新看到了陌生的自己和曾经的往昔岁月:"今天显然是个特别的日子,卧病在床一言不发的姐姐,竟然也可以成为小寒打开思路的背景。这背景于她,正如对面那块蒙着厚厚尘垢的衣柜镜子,让平日那么喜欢照镜子的小寒都感觉到了自己的陌生。一边抻着脖子,满脸疑惑地打量着镜子里的自己,小寒一边让自己的思路从这句设问出发,贴着时光长河逆行……"②

正如小说《心在说话》中的"我"所看到的,"人从根本上讲是群居动物,在这世上生活,总难免会寻找参照"③,以他人为镜,就是在他者的参照中,重新发现、认知自己,在参差对照的彼此打量中,理解他人,也理解自己,与他人和解,也与自己和解。《心在说话》中的"我"(吴主任)与辛然正是一对参照,在彼此交叉的爱与背叛同时进行的故事里,"我"与辛然彼此相照,映见了自身的风景,发现了琐碎平常的日子里所到处遍布的陷阱与机缘,也看到了爱情与生命在时光的磋磨中一步步走向面目全非的过程。相似地,《车来车往》中21岁的许阳阳、30岁的杜飞雪、40岁的纪晓风以及50岁的李丹都是彼此的镜子,她们在彼此的身影中可以照见自己的过去与可能的未来。此外,《表哥逸事》中的陈良与海涛,《山山相望》中的林修芊、偶偶、田恬,《宴罢》中的吴宁与谢莉,《夜晚去西塘》中的小谢与阿迪达斯女孩,《表情纹》中的丽丽与吴宁,以及《玫瑰和我们》中的玫瑰与"我们"、《背叛》中的夏静媛与其他人等无不构成了彼此的参差对照。正如夏静媛所说,以他者为镜,总是可以照见自身,"现在,安静地在这儿给你写信,影片中 Céline 和 Jesse 的谈话,谈话时的形象还在我的脑海中挥之不去,从他们身上,我看到自己。他们是面镜子,照见了我的愚蠢"④。在自我与他者的参差对照中,自我与他人之间既同中有异又异中有同,不同的人生镜像彼此映照出了相似的风景,而相似的风景又彼此参照出了不同的人生境遇。

事实上,方如以他者为镜的参差对照并不仅限于人与人之间,人与动物,甚至人与植物之间也可以形成对照。比如《甜的猫》与《雪花白》都是从动物视角讲述人类生活的小说,猫咪世界与人类世界形成对照,动物成为人类的他者之镜。在《甜的猫》中猫咪阿蒙的成长与女孩咪咪的成长相互交织而又彼此参照,而《雪花白》更是从动物视角讲述了疫情下的人类生活,方如通过流浪猫的眼睛映照出了人类世

---

① 方如《清秋和小寒》,《芙蓉》2013年第2期。
② 方如《清秋和小寒》,《芙蓉》2013年第2期。
③ 方如《心在说话》,《芙蓉》2010年第2期。
④ 方如《背叛》,同心出版社2015年版,第178页。

界的自私、虚伪与残忍。动物本就是人类的重要参照,人在动物之镜中可以照见自身。作家张炜认为动物是人类"非常重要的生命参照"①,由于动物是离人最近的他者,没有动物他者的参照,人对自我的认识及对生命中自然本质部分的认知就会缺损。因此,小说中的动物书写实质上是在确立人的"生存伦理坐标":"我们探讨小说和动物的关系,更多的不是从文学层面、更不是从写作技法来说的,而是重新思索人类在自然界里生存的伦理坐标。"②这个生存伦理坐标需要文学在动物他者的参照下,来重新思考人和自然的关系、人和万物的依存关联以及人性的发展与健全问题,而文学的价值也在这里:"我们讲动物,更是对生命、对人的社会性、对人性的一次次抽样检查和鉴定。"③除了动物外,在方如的小说中,哪怕是一棵小小的松树也具备人生参照的功能,比如发表于 2021 年的小说《看到》就是从"我"看到一棵几十厘米高的小松树开始写起的。在故乡的山林和故乡的秀芬身上,"我"看到了他者的坦诚与热情,也直面了自己的虚伪与无能,我看到了出来走走、看看的意义,因为这"看到""不但看到别人、山川风物,有时,通过他们,更看到自己"④。

除了人与人、人与他者之间的参差对照外,方如的异乡人题材小说、胶东农村题材小说等,还在他乡与故土、城市与乡村、中国旧式传统秩序与新生活中的家庭人际关系等之间都构成了参差对照。可以说,参差对照已经成为方如小说的突出特质,在方如的文学世界中,参差对照不仅是一种文学艺术手法、叙事策略,还是一种美学原则、哲学追求。

二、参差对照原则与方如小说中的人性观

在中国新文学长河中,最擅长在小说中运用参差对照,并将参差对照上升为美学原则的作家是张爱玲:"我不喜欢壮烈。我是喜欢悲壮,更喜欢苍凉。壮烈只有力,没有美,似乎缺少人性。悲剧则如大红大绿的配角,是一种强烈的对照。但它的刺激性还是大于启发性。苍凉之所以有更深长的回味,就因为它像葱绿配桃红,是一种参差的对照。"⑤张爱玲之所以喜欢参差对照的写法,是因为它"较近事实"。在张爱玲看来,俗世生活并不是泾渭分明的,极端的爱恨与戏剧化的高强度对照并不适合俗世生活的真实内里,善恶美丑、爱恨情仇、真假虚实都是混沌在一起的,只有参差的对照才能真实地呈现人性的复杂状态与人生的苍凉境况。因此除了曹七

①　张炜《附录:张炜谈动物》,《爱的川流不息》,山东教育出版社 2021 年版,第 162 页。

②　张炜《小说与动物——在香港浸会大学的演讲》,《山花》2011 年第 9 期。

③　张炜《附录:张炜谈动物》,《爱的川流不息》,山东教育出版社 2021 年版,第 206 页。

④　方如《看到》,《胶东文学》2021 年第 11 期。

⑤　张爱玲《自己的文章》,《流言》,花城出版社 1997 年版,第 174 页。

巧外,张爱玲的小说中很少出现极端化的人物与极端化的性格,张爱玲用参差的对照,从生活本身出发,在小说中创造了许多"不彻底"的凡人。张爱玲不把虚伪与真实写成强烈的对照,而是"用参差的对照的手法写出现代人的虚伪之中有真实,浮华之中有素朴"①。很明显张爱玲的参差对照是一种"有意味的形式",更是一种有意识的美学追求,"她小说中的人物性格是'参差的',生活本身是'参差的',作家看问题的方式也是'参差的'。'参差'保证了她笔下'凡人'的生活化、真实性,拒斥了'极端的''彻底的''对立的'戏剧化人生观"②。

总体来看,方如与张爱玲在小说气质上具有相似之处,而张爱玲也正是被方如所格外偏爱的作家,张爱玲总是频繁地出现于方如的小说与散文中。比如在长篇小说《背叛》中,女主人公夏静媛在谈起对电影《Before sunrise》和《Before sunset》中女主角 Céline 的共情时,她引用了张爱玲的说法:"我想起从前在张爱玲的散文中,也看过类似的引用,好像张爱玲的说法是'一个男人真正动了感情的时候,他的爱,较女人的爱,要伟大得多'。"③再比如中篇小说《子夜广场》中的方舟对女主人公欣然的评价是"张爱玲迷":"她是个不折不扣的张爱玲迷,知人论事的底子其实都有些灰的。"④再比如中篇小说《夜晚去西塘》中的小谢,她不仅用张爱玲的观点来表达对都市生活的看法,她还不自觉间就会引用张爱玲语录来阐发自己的情感立场:"'生于这世上,没有一样感情不是千疮百孔的。'不觉间,小谢又引用起张爱玲语录来说事儿,这语录增添了她的沧桑感……"⑤而小说《四月》中的"我"也是一个追风看张爱玲《小团圆》的人。此外,在长篇散文《和你在一起》中,方如写道,在难挨的产后时光中,当她反复思量女儿的名字时,她"常常纠缠在张爱玲有关女性精神里有'地母的根芽'这样的论调里",而且方如还在张爱玲的论调中获得了共鸣:"是的,我认同她的说法,男女两性是生命的两部分,但相比而言,女人更踏实和隐忍,她们更容易自觉或不自觉地抛掉曾属于自己的飞扬的想法,她们和男性分别扮演着生命的两种角色,最根本的区别就体现在生育上,女人从始至终扮演的都是承受者、打扫战场的人。"⑥而在另一篇长篇散文《世界原本旧相识》中,方如在回忆和定位西北旅行的性质时,她仍然引用的是张爱玲的观点:"如今回想,留在脑海中

---

① 张爱玲《自己的文章》,《流言》,花城出版社 1997 年版,第 177 页。
② 张保华《"参差对照"的意义——重释张爱玲的"反戏剧化"》,《首都师范大学学报(社会科学版)》2022 年第 2 期。
③ 方如《背叛》,同心出版社 2015 年版,第 190 页。
④ 方如《子夜广场》,《黄河文学》2013 年第 12 期。
⑤ 方如《夜晚去西塘》,《十月》2010 年第 3 期。
⑥ 方如《和你在一起》,《黄河文学》2009 年第 3 期。

最鲜明的记忆，貌似张爱玲的一句刻薄话儿，可作概括：'中国人的旅行，永远属于野餐性质，一路吃过去，到一站有一站的特产……'"①由此可见张爱玲对方如的影响和方如对张爱玲的偏爱。

与张爱玲相似，方如也在小说中迷恋于"参差的对照"："胶东农村只是我婆婆家，我本人并无乡村生活经历，之于胶东风物、乡俗，本是外来者，不熟，也时有不解，写起来总觉欠缺底气，深恐贻笑大方，却又实在着迷于京戏唱段中高调宣讲的传统伦理与当今乡村社会里复杂人际的参差对照，每每感觉有话要说。"②而且，方如的参差对照写法中也内含着与张爱玲相似的生活观与人性观。生活本身是参差驳杂而又暧昧不清的，人性往往是复杂含混而又不彻底的，相较于传统京戏中大开大合、大悲大喜的痛快人生和善恶分明、非黑即白的痛快性格，真实的普通人生活恰恰是不痛快的，庸常、琐碎、平凡的俗世日常中是平凡的不彻底的普通人性。在方如的胶东农村题材小说中，京戏与乡村普通人的生活往往构成参差对照，小说里的人物无不感慨，只有在戏里，人生才会如此爱恨分明、痛快直接，而现实生活则是剪不断理还乱的复杂纠缠、一地鸡毛。《号令一声》中的海涛不喜欢京戏《锁五龙》和《锁五龙》中的单雄信这个人物，因为这形象太痛快、太戏剧化，和他眼底心中的大多数中国人都有些背离。当海涛被父亲的《号令一声》深深感染的时候，他虽眼底灼热，却也明白："只有在艺术作品中，爱和恨才会如此分明、直接、痛至心髓吧？""可是，这分明、这直接和痛快，只是在方寸舞台的戏里啊，真实、琐碎、暧昧难明的日子里，谁不是在被改变？变得中庸、变得通达、也变得厚道……"③《二堂舍子》中的惠孝与海涛有着相似的看法："戏里的人活得痛快呗！你看，说偿命就去偿命，说不当皇帝就不当，咱小老百姓想要当个顶天立地的好人，哪儿那么容易呢？"④也正因为现实的真实生活是鸡零狗碎、暧昧驳杂的，方如胶东河口村小说系列中的戏痴于淑文才会格外迷恋戏中的于念祖："你这个人，过日子只懂惦记这个、惦记那个，就知道难为自己。我还是喜欢你唱戏时的样子，进了戏，你就化成戏里的那个人，那个人有本事治国安家，你就有本事治国安家。那个人风流倜傥、敢作敢当，你就风流倜傥、敢作敢当……"⑤正如学者周海波所说，方如的小说没有过分的讲究，也没有过多的铺排渲染，有的就是日常生活叙事，也正是这种日常生活叙事，"让我们

---

① 方如《世界原本旧相识》，《时代文学》2014 年第 12 期。
② 引文出自方如老师提供的创作谈原稿《关于〈人间四月〉》，着重号为笔者所加。
③ 方如《号令一声》，《天涯》2012 年第 2 期。
④ 方如《二堂舍子》，《黄河文学》2017 年 10～11 期合刊。
⑤ 方如《号令一声》，《天涯》2012 年第 2 期。

重新回到了生活之中，回到了我们熟悉的那种味道，那种嘈杂与紊乱，日常与絮叨。"①

正是方如对普通人日常生活的认知，影响了她对人性的理解。嘈杂而紊乱、琐碎而絮叨的日常真实生活中，大多数人的人性内里都不是极端的或单纯的，每个人的生活与选择都有着属于自己的艰难。在千疮百孔的生活中，普通人的挣扎往往布满艰辛与悲酸，甚至在时光的淘洗中将自己逐渐活得面目全非，但大多数人还是选择将生活顽韧地维持下去或妥协性地中庸化和解。这样的生活中的人性必然是不简单的，无法泾渭分明的生活必然诞生出无法黑白分明的人性。正是对人生复杂境遇的尊重和对人性复杂内质的理解，让方如对笔下的人情世事充满了包容，对笔下的人物也给予了深切的同情。小说《凭吊少女雪茗》典型地体现了方如对生活与人性驳杂纠缠状态的理解。小说中的少女雪茗因为身陷师生恋，而被他者指责、唾骂、怨恨，在决绝而又无望的爱情里，她像飞蛾扑火、不计后果，她的爱单纯、炽热、浓烈、全心全意而又孤注一掷，当她被所谓的爱人字字千钧地当众斥责为不懂廉耻时，她像一颗子弹一样决绝地奔向了学校门口的大马路。被风驰电掣的大卡车呼啸碾过的少女雪茗，将生命永远停留在了 18 岁。小说中的雪茗显然并不是一个常规意义上的好女孩，从道德上讲，与有家室妻儿的老师发生婚外师生恋，显然是有悖伦理、道德有亏的，但方如却借助旁观视角"我"（雪茗好友）的讲述，给予了雪茗深切的同情与理解，对雪茗的行为动机做出了解释。在"我"眼中雪茗一直是一个安静内秀、不事张扬的女孩，她敏感、温良，对心底的神圣尊严给予了谨慎、细致而用心的捍卫，但雪茗却走向了荒寒硬冷、悲凉绝望的结局。正是"我"目光中的雪茗与他者流言中的雪茗共同构成了雪茗的明暗两面。这种斑驳交织、复杂纠缠的人性状态让多年以后的"我"打算再次评价雪茗时，却发现笔下的文字语辞是如此的暧昧不明、褒贬难辨："十几年后，当我无奈地敲下这几个评价雪茗的词语，除了发现自己已丧失掉当年辩解的激情外，还发现词语竟然是如此暧昧，它们竟然也可以背叛，可以玄机四伏，褒贬难辨，就好像，好与坏，冷与暖，缤纷与宁静，他们非但不泾渭分明，反而还会彼此关照，它们就如同爱恨交加的一对情侣，在雪茗的生命故事里，撕扯着，纠缠着，最后相携相依生长在了一起，扎根发芽。"②

纵观方如的全部小说，像雪茗这样暧昧纠缠、褒贬难辨的人物有很多，比如《玫瑰和我们》中的玫瑰、《背叛》中的夏静媛、《樱花》中的吴樱、《宴罢》中的谢莉、《宝宝和贝贝》中的宝宝、晓星晓月系列故事中的莲姐以及胶东农村题材小说系列中的戏

---

① 周海波《日常生活的放大镜——读方如小说〈一墙之隔〉》，《青岛文学》2016 年第 10 期。

② 方如《凭吊少女雪茗》，《当代小说》2008 年第 7 期。

痴于淑文等等。她们或身陷师生不伦恋，或被始乱终弃、未婚生育，或者插足他者婚姻成为婚外恋中的第三者，或者因抛夫弃子、为爱夜奔而遭受了亲人多年的仇恨与厌恶，或者在反复遭受背叛与抛弃的过程中多次堕胎流产，最终走向了绝望的死亡。但在这些小说中，方如都运用了参差对照的写法，在多视角的复调叙事中对人物的艰难处境、内心隐秘、复杂境遇都进行了立体展现，从而让人物获得了被重新认识和被深入理解的入口。方如给予了笔下的人物深切的悲悯与同情，她既写出了生活中的庸常，又写出了庸常中的素朴与温煦，她既呈现了困顿中的卑微，又表现了卑微中的坚忍与顽强，她既揭露了明媚与单纯下的罪恶与污秽，却又在罪恶与污秽中重新发现了更本真的良善与洁白。正如批评家吴义勤所说："方如小说中的人物既不是什么英雄和大人物，也没有绝对的反面人物或小人物，作家对笔下的人物充满了同情与理解，她从不以批判性或反讽性的语调来叙述她的人物，她总是赋予每个人物以饱满的精神、人性或生命内涵，她总是在全力地揭示和呈现人物的内在尊严。"①

三、参差对照写法与方如小说的多视角复调叙事

方如对生活的认知和对人性的理解直接影响了她的小说叙事，其参差对照的美学原则下采取的是参差对照的叙事写法，这种写法表现为一种反复出现的、标志性的多视角立体复调叙事。多视角复调叙事是方如最常用也最擅长的叙事策略，这已经成为方如小说的突出艺术特征。在方如的小说中，参差对照与多视角叙事显然是一种有意味的形式，"结构也是一种态度"，方如的多视角立体复调叙事"反映的是作家重视交流和互相理解的处世哲学"，"反映了作者在人情世事中的包容心态"②。在长篇小说《玫瑰和我们》《背叛》、胶东河口村系列小说（《别麟儿》《号令一声》《一霎时》《离峨眉》《二堂舍子》《生死别》《空城计》）、晓月晓星故事系列（《暴雨将至》《相见》《夜宿昂昂溪》），以及大量的中短篇小说（《子夜广场》《清秋和小寒》《镜中岁月》《穿越时空遇上你》《车来车往》《山山相望》《怨偶》《心在说话》《表情纹》）中，方如都有意识地采取了多视角立体复调叙事。

在十几年的创作生涯中，方如累积创作了多部异乡人题材小说，其中的绝大部分小说内容都被融合进了长篇小说《玫瑰和我们》中，比如《史诗的飞机场》《途合》《星米》《和谁一起去远方》《伦敦桥下 ABC》《异邦三季》《归乡记》《人间四月》，这些小说中的史诗、凯西、林琳、苏媛媛、瑞秋、刘洋、四月等女性都是玫瑰的分身，她们

---

① 吴义勤《心灵隐秘的探寻者》，《文艺报》2016 年 11 月 25 日。
② 温奉桥、张波涛《于灰色中看到诗意——方如小说创作论》，《百家评论》2014 年第 3 期。

的故事情节被全部或局部融合进了《玫瑰和我们》当中。但就《玫瑰和我们》而言，这部长篇小说仍具有着独属于自身的艺术特质，那便是多视角的复调叙事所带来的众声喧哗感与立体对话感。《玫瑰和我们》的叙事是从"我"的第一人称叙事开始的，"我"与玫瑰曾同一时期在伦敦留学，作为"坏女孩"的代表，玫瑰的故事曾在"我"的身边四处流传，而"我"真正见到她却只有两次，一次是刚到伦敦一年多，"我"在一个早春的下午看到了纤细文弱、清秀安静的玫瑰，再见则是八年以后，那时的玫瑰已经形容大变、形销骨立。而在当下，"我"三十三岁生日的今天，"我"偶然得知了玫瑰已不在人世的消息，这时"我"产生了强烈的想要探究、讲述玫瑰故事的冲动。而《玫瑰和我们》整部小说的主体叙事内容，就是"我"对玫瑰故事的探究、整理、讲述过程，这是小说的第一层叙事。由于"我"与玫瑰并无深交，因此玫瑰的人生碎片都由"我"找到的温蒂、李祥、阿平、宁宁、小娣、凯瑟琳等相关者来讲述。这是小说的第二层叙事，在"我"所讲述的关于玫瑰的故事中嵌套进了温蒂、李祥、阿平等人所讲述的关于玫瑰的故事。而在这些他者的故事讲述中，玫瑰本人的信件(邮件)、文字、打印稿、手写稿又被嵌套其中，形成玫瑰关于自身的叙事，这是小说的第三层叙事。在小说中，包括玫瑰本人在内的所有主要人物都发出了自己的声音，构成了关于玫瑰故事的多声部，而主体叙事中的"我"也不过是众声喧哗中的讲述者之一。《玫瑰和我们》所采取的是一种典型的多视角多声部立体复调叙事，每个讲述者都从自己的视角、自己的立场对玫瑰做出了讲述与评价，每个讲述者的声音彼此独立却又相互交织，就像一面面镜子，彼此参差对照而又相互补充，映照出了玫瑰的立体多面。正是这种参差对照写法让读者看到了这个所谓的"坏女孩的代表""很不像样子"的玫瑰外在的生存困境与艰难挣扎，以及内里的美丽良善与脆弱惶惑。在关于玫瑰的众声喧哗中，方如对玫瑰予以了深切的悲悯和同情。这种参差对照的叙事写法所寻求的显然是对话与交流、理解与包容，有着深厚的人道主义关怀："人的内心或许是这世上最难以把握、描摹的东西，可总有'人同此心，心同此理'的情感和梦想，可以让来自四面八方不同的我们心通意会，让观望和理解成为可能，让我们都能成为他人的一面镜子，彼此映衬、观照、提醒……在这镜子里，你会看到对方、看到世界，当然，或许看到更多的还是你自己以及你自己跟这个世界的关系。"[1]

　　而方如的另一部都市生活题材长篇小说《背叛》同样采用的是多视角立体复调叙事。小说的目录就已经很明显地标识着这部小说的复调特征，小说的各个章节全部由夏静媛、邹昂、郑大明、王晓宁、贾东东、吴晓晓、罗兰、聂冰凌等小说人物的

---

[1] 方如《玫瑰和我们》，山东文艺出版社 2015 年版，第 3 页。

话语组成,这些不同的话语集中突显了各个人物自身的立场、观念与准则。《背叛》的"楔子"同样由"我"的第一人称叙事开始,整部小说的主体叙事就是"我"(聂冰凌)这个职场新人对青岛同和经贸公司职场变动的叙事。在"我"的叙事中,总经理夏静媛、人事经理罗兰、IT专员贾东东、财务部经理赵翠娥、销售部经理钱亮、项目经理郑大明、物流部经理王晓宁以及北京公司总部的董事长邹昂、经理戴强等人都在"我"的限制性叙事中一一登场,并被"我"的眼光所打量和评价。这是小说的第一层叙事。而在"我"的主体叙事中,由于"我"使用了夏静媛离职后留下的电脑,"我"得以登录夏静媛的邮箱,由此小说嵌入了第二层叙事,那便是夏静媛、王晓宁、钱亮、郑大明、罗兰、赵翠娥等人之间的聊天记录,以及夏静媛和邹昂之间十年来的邮件往来。正是这些聊天记录与信件往来,让小说中的每个主要人物都得以说出自己的声音、发出自己的声部、做出自己的选择、表明自己的立场。每个人的秘密与算计,人与人之间的信任与背叛、爱恨纠缠,每个人灵魂深处的真诚与虚伪,都通过第一手的文字资料被呈现到了读者面前。而夏静媛这个看上去落荒而逃、败下阵来的失败者,也在众声喧哗的复调叙事中渐渐立体起来,她的过分引人注意的美丽,她的笃定、自信、大气,她对他者温良而真挚的帮助,她在绝望的爱与恨、被欺骗与背叛中的挣扎痛苦与脆弱犹疑,她对信任与希望所秉持的理想主义观念,都让这个人物丰富而真实,复杂而真诚。正是在关于夏静媛的参差对照中,"我"认识到了职场的本质,并在他者的参照中看到了自己以及自己与世界的关系:"我终于意识到其实自己关于职场的本质是冰冷的看法并不准确,意识到周围所有的人,其实都是跟我自己相关的。我忍不住向自己的周围去看,在办公室里,那些正各自忙碌着的同事身上,我越发感知到了亲切,因为我终于发现,其实他们每个人的身上,都能找到夏总的影子。是的,她的影子——她诚恳、自信,她也脆弱、犹疑,她对自身有冷静地打量和反思,他对人与人之间的关系有美好的期待和想象——无论个人情感,还是更为纷乱复杂的职场……"①

方如的胶东河口村小说系列《别麟儿》《号令一声》《一霎时》《离峨眉》《二堂舍子》《生死别》《空城计》等小说在小说主题、空间、人物、故事情节上具有连贯性,若把这十几万字的中短篇小说看作一个整体,那么这就是一部小长篇的规模。胶东河口村小说系列均以京戏唱段为题,小说中的核心人物是因为痴迷唱戏而抛夫弃子、夜奔改嫁的于淑文。她的改嫁给前夫和亲生子家庭以及现夫和非亲生子家庭的生活都带来了转折性的影响,因此河口村系列小说便全都围绕着于淑文来叙事。总体来看,河口村系列小说以于淑文为核心的主体叙事十分简单,讲述的是山后村

① 方如《背叛》,同心出版社2015年版,第262页。

马上要挨家挨户正式签合同拆迁了,由于父亲已经去世,早已分家的四个孩子便把亲娘于淑文搬回了旧家,以主持父亲遗留下来的空屋分配事宜。在新旧两家之间的来回折腾中,于淑文病倒了,病重的她受到了亲生子女与继子女的照顾,最后她不治身亡,孩子们为她理丧办了后事。但河口村系列小说的叙事妙处就在于它仍然是一种众声喧哗的多视角复调叙事,其中《别麟儿》是从淑文三子惠麟的视角讲述的故事,《号令一声》是从淑文继子海涛的视角讲述的故事,《一霎时》是从淑文继女海燕的视角讲述的故事,《离峨眉》则是从淑文亲女儿惠英的视角讲述的故事,《空城计》是从海涛妻子小韩视角讲述的故事,至于《二堂舍子》,则是从淑文长子惠忠和次子惠孝的双视角参差对照中展开的叙事,而《生死别》则是从于淑文本人的视角展开的叙事。在关于惠麟、惠英、惠忠、惠孝、海涛、海燕、小韩以及于淑文本人的叙事中,方如从每个人的视角向读者展示了人物的处境、立场、看法、选择与情感走向。正是这样参差对照的复调叙事让每个人物的内心想法与情感动机都获得了被理解和被共情的可能,而小说中的人物和两个家庭也正是在彼此交流、相互对话中走向了互相理解与彼此和解。这正是参差对照的意义,认识生活的复杂与人性的多面,通过对话与交流促进彼此理解与包容,从而对自我、他人和世界形成新的认知,在与他人和解的同时,也与自我和解、与世界和解。

四、结语:参差对照与方如文学创作的精神底色

综合来看,在方如的小说中,参差对照不仅是一种艺术手法、叙事策略,也是一种美学原则、哲学追求,更蕴含着方如对生活本质与人性内里的深刻认知。虽然方如的总体小说风格是一种"温馨、淡雅、清正、平和"[1]的"轻小说"风格,但实际上方如的精神底色却是热烈而温厚、饱满而深刻的现实主义品格,有着深厚的人道主义关怀。在创作起步期的代表作《声铺地》中,方如在与生活格格不入的田才富身上,发现了普通人的青春理想与自我坚守。在胶东农村题材的开篇之作《看大王》中,方如在"我"与喜平婶的参差对照中真诚地赞美了普通人对浪漫激情与理想主义的非功利追求。在方如的都市题材小说名篇《子夜广场》中,方如在追寻欣然自杀的真相过程中赞美了欣然的认真、可敬、良善与纯挚。在方如的异乡人题材小说中,方如借助"疾病的隐喻",在异乡人的杂乱性失语症和心理性孤独症等疾病中深刻地探讨了文化夹缝中的自我身份认同问题。在方如的胶东农村题材小说中,方如通过京戏唱段与现实乡村复杂人际生活的参差对照,敏锐地揭示了中国乡村古老

---

[1] 朱向前《人生记忆力是小说家的重要秉赋——序方如小说集〈看大王〉引发的一个重要话题》,方如《看大王》,作家出版社 2012 年版,序言第 4 页。

秩序的"正在消失"与城市化进程中中国家庭形式的"正在变迁"。在方如罕见的"重大题材"小说《过火的山林》中,她借助对 1987 年大兴安岭山火的个人化叙事,将个人史、家族史与国家史融合在一起,对这雄伟神奇的出生地以及这出生地上格外顽韧坚强的生命予以了动人心魄而又感人至深的书写和赞美。由此可见,方如并不是一位没有野心的作家,她的敏感细腻、温婉和煦并不能阻挡她建构自我文学世界的强烈欲望,在接下来的创作中,她必将带来更多具有蜕变意义的作品。

基金项目:本文系 2021 年度青岛市社会科学规划项目"张炜儿童文学创作研究"(QDSKL2101011)、中国海洋大学中央高校基本科研业务费专项项目"新时期文学批评'向内转'问题研究"(202113021)的阶段性成果。
原载于《百家评论》2023 年第 2 期。

段晓琳:中国海洋大学文学与新闻传播学院讲师。

温暖的冷湖　温情的拥抱
——读于潇湉儿童小说《冷湖上的拥抱》

徐　可 ∎

　　于潇湉的儿童文学长篇小说《冷湖上的拥抱》，是一部很温暖也很独特的儿童小说。读完小说，我还长久沉湎于小说营造的那股浓浓的温情中。

　　小说讲述了一个寻找的故事。作品开头，把初中女生孟海云微妙的心思写得淋漓尽致，细腻动人。小时候父母离异，前不久母亲车祸去世，自己从温润的海南转学到黄沙漫天的敦煌七里镇，面对的是爸爸的新家庭……这一系列猝不及防的变故，让孟海云心里充满了悲伤和彷徨。好在有人人都爱的杜亦茗同学，还有假小子余君影，让她很快就融入了这个集体，她在慢慢适应新的生活。没想到又一个人物出现了，那就是她的爷爷孟青山。爷爷的出现，让孟海云刚要平静的生活又出现了动荡。

　　前石油人孟青山患有轻度老年痴呆症，也就是阿尔茨海默病，他一会儿生活在现实中，一会儿生活在记忆中。孟海云突然意识到，她要像守护春天的最后一个雪人那样，守护脆弱的爷爷。她决定陪同爷爷重回柴达木盆地，唤醒他的记忆。于是，一个"唤醒记忆"特别行动小组成立了！三个女孩儿在杜亦茗妈妈汪慧的带领下，陪同爷爷上路了。正是这个"唤醒之旅"，展现了深藏在爷爷内心的隐痛，也让孩子们看到了一代代石油人的无私奉献。

　　在爷爷珍藏的一个笔记本里，他们读到了一个名叫"江娟"的女子勘探队员的日记，回到了那个艰苦而火热的激情岁月。小说以日记的形式，再现了当年女子勘探队员艰苦的生活、辛勤的劳动、朴素的感情，以及生命的付出。原来，江娟是爷爷孟青山的初恋情人，他们还没有来得及彼此公开心意，便阴阳两隔，给孟青山的心灵留下了终生的创伤。然后是他的搭档肖缠枝，三十岁不到就为石油事业献出了生命，孟青山一直为此自责，怪自己当时没有拦住他。为了帮爷爷打开心结，他们采取了一系列措施，包括让杜亦茗的表哥假扮"肖缠枝"出现在他面前。

　　作品在叙述方法上，采取的是主副线结构，现实为主线，历史为副线，将现实与历史融合在一起。在对历史的回顾上，除了爷爷的回忆之外，更多的是巧妙地借助于江娟的日记，让现在的人们直接回到历史现场。小说中用很大篇幅摘抄江娟日记，通过一位已经逝去的故人之口还原历史，这种手法是很高明的。既让人有身临其境之感,同时又时时提醒我们这是历史,这是那一代石油人的奋斗史,因而具有一种特别的感染力。

《冷湖上的拥抱》还是一部"情感小说",一部抒情性极强的小说,自始至终蕴含着很深的感情。孟海云对母亲的怀念,孟青山对故人的怀念,孟鹏和肖格对女儿的爱,杜亦茗、余君影与孟海云的同学情,石油人对油田的感情,等等,这些浓浓的感情交织在一起,让人们感受到温暖的人间真情。

与一般儿童小说不同,《冷湖上的拥抱》并不是一部一般意义上的成长小说。孟海云是小说主人公,但小说并不仅仅着眼于她的成长来推进情节。实际上,小说是通过孟海云和她的同伴们的眼睛,来发现石油人的伟大。在这一过程中,他们的心灵受到了洗礼,受到了教育,其实也是精神上的成长。孟海云一直念叨着要回海南,回到外婆身边。从冷湖回来三个月后,她搬家了,准确地说,是她们一家人搬家了。她把妈妈在海南留给她的那套房子卖了,然后在七里镇买了一套大房子。她不但接受了这里,而且喜欢上了这里。

我特别欣赏《冷湖上的拥抱》的语言。作品的语言优美,凝练,形象,生动,特别富于感染力。比如作品开头那段描写:

"那堵墙十秒钟之内就立起来了,土黄色的。"

"砌墙的巨手先是往上推,把墙推过防护林。可怜那整齐划一的白杨树哟,顶梢的绿只一闪,就灭掉了。接着,哗地往下一压,那土黄色太霸道,把整个小镇都盖住了。那只手没有停,像铲车那样,往前滚动。蓝天和白云被铲得越来越少,都被逼着退守到角落了,最后还是被舔了个干净。高楼和公园像被大脚踏平了一般,瞬间倒下不见了。"

"手是风,墙是沙。"

这一段用拟人化的手法,把沙尘暴写得特别逼真、形象,而且为初来乍到的孟海云渲染了一种令人沮丧的氛围。小说中还有一段,引用的是孟海云的作文《随想》:"大漠升孤烟,斜阳染冰霜。飞天水袖轻舞,驼铃声声悠长。楼兰千古,天地苍茫。阳关西出,故人已杳。嘉峪关上,挽一轮清风明月。月牙泉畔,温一碗游魂思乡。西行路上人踯躅,回望江南枫叶黄。一去风沙千万里,何时秋尽归明堂?江南烟雨尽,河西走廊长。笛箫声中,漫天飞雪愁断肠。"没有深厚的古文功底,写不出这么优美蕴藉的词句。这样的例子还有很多,显示出作者娴熟地驾驭语言的能力。

总之,《冷湖上的拥抱》是一部难得的好小说,它并不以很强的故事性取胜,它胜在意蕴幽深,情意绵长,耐人咀嚼,值得细细品读。虽是儿童小说,但我觉得它同样适合或者说更加适合成人阅读。

徐可:鲁迅文学院常务副院长。

历史的足痕

——简评连谏的长篇小说《迁徙的人》

崔均鸣 ■

凡是了解连谏的读者大抵都会产生这样一种印象：这是一位特别贴近当代生活的现实主义作家。她几乎所有的故事都架构在当下陆离缤纷的生活之上，那些由此铺陈开来情场、职场、官场等等，生动地再现了"当下"的生活场景。在她的笔下，你总能找到似曾相识的人与事；在她的书中，你总能与那些熟悉的场景邂逅。从《门第》《家有遗产》到《你是我最疼爱的人》等 30 多部作品，无不如此。

作为"当下"生活的目击者与参与者，连谏不仅拥有一双善于发现的眼睛，也很幸运地拥有了一支生花的妙笔。"时代＋天才"，她在文学上取得较大的成就应该是一件很好理解的事情。但是，自从她的《你好，1978》推出后，我们发现她正在拓展自己的文学言说空间。沿着时间的河流上溯，她开始尝试寻找新的文学基点。及至长篇小说《迁徙的人》面世而清楚地表明，她在这条路上已经走得很远很远了。她不仅要为"当下"的生活立传，还要为一个民族探寻历史的足痕和精神的轨迹。

《迁徙的人》所截取的时间片段应该是 20 世纪 30 年代至 40 年代末。由一个历经坎坷的女人金送子的命运起伏所贯穿的故事，以及由金送子相关联的人与事一一铺陈开来，那些被时代大潮裹挟下的芸芸众生渐次亮相。许多人的结局往往出其不意，细细琢磨却又合乎情理。千言万言归纳起来，你会发现，他们或自觉，或被迫，或阴差阳错，都成了那个时代洪流里"迁徙的人"。

有的人在迁徙的路上走着走着就走丢了性命。比如，天生具有道德洁癖的少爷葛晋颂（也是与金送子彼此相爱的人）突然发现当年自己的命是用峡山湖五十七名抗日土匪的命换来的便心生愧疚，以自杀的方式了结自己的性命。

有的人在迁徙的路上走着走着就走上了岔路。比如，因为怀疑未婚夫"变坏了""成了妖"而逃婚的千金小姐葛锦绣，进入城市后，几经辗转变成了风月场上的白丽丽，毁容后却又无奈嫁给了猥琐的油条王。

也有的人在迁徙的路上，走着走着就走上了邪路。比如，金送子的初恋情人德生,本是想与金送子一起私奔的,却因为一场暴雨洪水的干扰,生活的轨迹完全发生了改变,不仅娶了日本太太,生了中日混血的娃儿,情势所迫之下又成了日本人的翻译,落得尸横河滩。再比如,葛锦绣的未婚夫魏世瑶从军校毕业后,顺理成章地当了国军军官。本来前程一派大好,却先是被未婚妻误解,接着便遭遇了东洋鬼子入侵。在县长跑路后,他只能带领着一众弟兄落草为寇。在沦为土匪后,他一方面不忘"报私仇",另一方面却还能坚持抗日,这是十分可贵的。但在新中国成立前夜,他却没有选择正确的道路,跟着国民党一条道走到黑。最后因为一段未了的痴情,意外被油条王所杀。

当然,有的人在迁徙的路上始终是被幸运之星照耀着的。比如,吃不了农活之苦的少爷葛晋天,无论如何也不愿意当饱读诗书的乡绅了。他的梦想是去北平去上海,在马桶上拉屎撒尿,娶一个念过书的洋学生做老婆。他从起风镇出走后,意外成了一名响当当的革命者。至于油条王,只身手刃国民党师长魏世瑶,从而成了名噪一时的英雄更是具有一种时代的幽默。彼时彼情彼事,也许再无复制的氛围了。但留给读者的唏嘘却总会人浮想联翩。

迁徙的路上,有太多的磕磕绊绊,也有许多不可预测的岔路口。一些人的选择是自觉的,更多的人是在懵懵懂懂中被生活所选择。正所谓:知道了人生的起点,却不知人生的终点。沿途的风景,都是时代给予的。接受,也得接受。不接受,也得接受。

小说《迁徙的人》讲述的是一个大时代背景下的故事,出现的最大官员也就是师长魏世瑶了。其他的诸如副官庞报国(六子)、伪镇长唐立成和他的儿子伪警备队队长唐华山、甩手掌柜葛佑安和他那嘴不饶人的老婆何桂枝、窝窝囊囊了一辈子的长工老浦,等等,都是一些微不足道的小人物。即使如此,他们仍然在时代的大潮面前逃脱不了命运的折腾和翻转。沉沉浮浮之间,卑微与崇高,妥协与据守,脆弱与坚强,人性的光辉与瑕疵统统暴露了出来。这其实更像是一批小人物的人生悲歌,更像是一个大时代的绝唱。连谏向我们奉献出的长篇小说《迁徙的人》,其实就是中国近代史上一段必须给予正视的足痕。沿着那深浅不一的痕迹,你会发现:中华民族绵延久长的历史演进脉络中包含着或明或灭的强大的文化基因。

我们承认,连谏女士是一位特别会讲故事的作家。她的文章机杼万端,情节生动多变。秉烛夜读,往往不忍释手。这也是她拥有众多读者群的重要原因之一,"畅销书"的标签已经跟随她太久。与此同时,也有个别人把她的作品与严肃文学分置在不同的场域来讨论。我认为,这不准确,也不公道。观照其以往的作品,在人性剖析与灵魂追问方面,她是一位极其严肃的作家。当下,她用《迁徙的人》已经向我们清楚无误地作出了最好的证明。相信,今后她会有更多的作品向我们继续证明。

原载于《时代邮刊》2022 年 2 月第二期(下半月)(第 406 期)。

崔均鸣:青岛日报社高级记者。

夕阳路上的生命交响

——孙秉伟散文集《烟雨人生》序言

孙宝林 ■

"雨水"节气初过,中国散文学会会员孙秉伟将他即将付梓的文集《烟雨人生》从网上发给我,望我作序。读后的第一印象是,文笔清澈、文字秀丽、意蕴茂密,书中奔涌着热烈的情意和高尚的精神。我站在窗前,脑海中不断浮现着作品中描述的情景和感人的细节。冷风从海的那个方向吹来,我却感到吹面不寒。我知道,温暖是文集带来的心理感受。

一

走进《烟雨人生》用文字构筑的诗性世界,我不禁又想起了海德格尔。这位举世闻名的德国哲学家,钟情荷尔德林"诗意栖居"的理念并身体力行。为推攘都市生活的喧嚣,独自一人遁隐在南黑森林的山坡小屋,留下了隽永的文思。《烟雨人生》的文字,也如空山雨后,散发着脱俗的清气,但它却不是引导读者潜入山林,而是希望蘸着人间烟火,书写生命的崇高、充盈、深刻与美丽。

凝视文集,尽管有些篇章的"事件时间",最早的刻度是作者童年,是他人生的早晨,但"叙事时间"却主要是他从企业领导岗位退下的这 10 多年。当我们的目光注向这个时间框架,会看到他的"秋天"依然阳光灿烂,景色迷人,到处洋溢着对退休生活的热情,以及被热情浸润过的日子——组织老年合唱团、帮助亲人编纂文集、采访各行英俊、游览名胜古迹、读书思考写作、与网友文事交流……

当然,读者也会看到他向过去岁月投去的眼神,比如 20 世纪 60 年代的拾荒记忆、激情燃烧的青春岁月"老铁路"们的苦乐酸甜……但是,这些"过去",已经不是纯然的"过去",而是暮年人带着当下的情感和理解对往事的回眸。在某种意义上说,这些"往事"已经具有了"现在"的性质,折射着当下书写时的思情,这似乎可以套用荣格的那句名言"一切历史都是当代史"。文集中还有一些篇章,可能并不是作者本人的生活,比如,《飘飘一方红丝巾》《叶子梦圆》《外窗台上的雀儿》《京城风雪夜》。但是,作者的本意很明显,是想借助这些"他人"故事,向世界表达自己现在的心声,即对爱和正义的呼唤。这也许是故事的结尾,常有一条呼唤真善美的"光明的尾巴"的原因。由此来看，如果把社会比作人生的竞技场，作者和他的文集组成的"方队"，入场时高举的"引导牌"，上面所写显然是"退休生活及其情思"。

请不要让目光绕过这些呕心沥血的耕耘，也不要视为一阵微风拂面而过，这部讲述"退休生活及其情思"的文集，有温度也有重量。

对于作者来说，文集是一条精神的纽带，作者用它连接他所热爱的时代、祖国和信仰。一位叫阿赫玛托娃的苏联女诗人说："我至今没有停止写诗。对我来说，诗歌是我和时代、和我的人民的新生活联系的纽带。"文集作者与诗人并不站在同一国度同一时代，但他们的思维之手紧握在一起。有人认为，退休，离开体制，意味着可以从此关上那扇与时代、与社会、与信仰交往的大门，闭门独居，就如日落而息、鸟儿归巢，合情合理。然而，这位从基层工人做起，和共和国一起并肩前行的同龄人，却并不这样认为。文集，是他"老骥伏枥，志在千里"的宣示，也是"老有所为"的行动证明，是他献给祖国、亲人和友人的一份珍贵的心灵礼物。在他的人生词典里，退休，只是进入了另一个社会房间，信仰和进取的阳光同样透过窗户照在心上。生命之舟减速但航向依旧，船体吃水变深但高度未变。他要借这些句句走心的文字告诉社会、告诉信仰：退休生活的服装"虽然穿在身"，但那里面依然是装着长江黄河、镰刀锤头的"中国心"。

对于进入暮年的同行人来说，文集是与他们亲切交流的心语。记得许多年前观看电影《英雄儿女》，那些站在路边，手持喇叭、挥舞竹板，鼓动战士奔赴前线的宣传队员特别让我感动。不要小看文集发出的声音，作者同样也是一名站在时代大道鼓舞暮年群体积极前行的呐喊者。文集中的话语，或如一盏灯，为迷路者指引方向；或像一缕光，为寒风中的老者送去温暖；或是一束小花，在夕阳西下的阡陌小路上向同伴微笑；或似一记暮鼓晨钟，把昏睡者从梦中唤醒。

对于社会来说，文集是对人类精神家园的守护。在一个物质膨胀的时代，信仰、理想、诚信、爱……人类一切美好和价值，被消费主义和工具理性的联盟所霸凌时，社会多么期待多一些"思想的闪电"（马克思语），射入被黑暗和雾霾侵占的心灵空间？文集虽然不是"思想的闪电"，但同样有热力、有震撼。这是一位从企业领导岗位退下来的老者，为捍卫人类精神家园不至于枯萎而做出的努力。当我们深情唱出那句歌"只要人人都献出一点爱……"也许有人仅仅想到扶起倒地的老人，或者给边远山区的孩子送去衣物，而文集，却是在给社会生产精神食粮，它会让共和国巨人的骨骼更加健壮。

二

许多人都说，一切伟大的作家都是思想家，"思想"的厚度是判断一部作品价值的重要尺度。文集作者虽然不能与"伟大的作家"比肩,但读他的文集,其中涌动着的"思想的风暴"(马克·吐温语),却清晰可感。这是这部文集的重要特色。

弄清作品中"风暴"的源头并不太难。文如其人。大学本科学历,长期从事工会、文联和思想宣传工作的历练,酸甜苦辣的人生经验,以及勤于阅读思考的素养,这些资源在时间的熔炉里淬火锻打,等到暮年时节出炉,当然会脱去"为赋新诗强说愁"的稚气,让澄澈的眼睛多了些深沉,清词丽句下跳跃着睿智。

读读文集中那些家国抒怀,相信你会同意这种看法。这类作品在文集中占有不小的篇幅。我们可以很容易地排出一列名单:《五星红旗遐想》《镰刀锤头之歌》《国旗傲立广寒宫》《大红"福"字寄情思》《刘公岛·家国情》《秋夜遐想》《莲花情思》《钟表楼子的诉求》……毋庸讳言,这些文章给读者带来的首先是情感的冲击,那些国破家亡的悲愤,勇赴国难的呐喊,胜利之日的欢欣,改革开拓的激昂,像冲出地壳的岩浆,在字里行间喷涌,交织成灼灼烈焰,令人血脉偾张,难以平复。

不过,作品的情感之流始终都没有脱离理性的河床。《刘公岛·家国情》,讲述作者在细雨蒙蒙的暮秋登临刘公岛,环顾海天一色,抚摸历史留下的飞甍广厦,他和26岁时的闻一多一样,情感的海洋洪波顿涌,但是,这一切很快就让位给理智,让位给对民族"梦碎、梦醒、筑梦、圆梦"历史逻辑的诗性剖析。其他几篇也是如此:他凝视猎猎飘舞的五星红旗和镰刀锤头旗帜、张贴在华夏世代儿女大门上的大红"福"字,以及青岛火车站德国文艺复兴建筑风格的钟楼,视线都没有停留在情感的肤表,而是引领读者推开这一扇扇岁月大门,走进历史深处,抚今追昔,追根溯源,去思索造成国家悲剧的历史根源,以及中华民族必然复兴的理由。这些对"意识到的历史内容"(恩格斯语)的冷静审视,不能不引起我们的警醒和思考。

这种对"思想"的表达方式,就是常说的"寓理于情"。还有不少篇章采用了"因事及理"的手法。聆听所在合唱团的一首新歌《我是一条小河》,作者浮想联翩,思绪落在普通人应该具有的生命姿态:不要因微小而自卑自弃,而应像"一条小河"那样,永远"向着太阳",奔赴"理想和信念"的大海。他借一位诗人的诗句"一粒松子的悄然落下,迎接它是整座空山",深刻阐发那条普世价值观念:敬畏生命、生命至上。他由一位同事急闯斑马线而酿成车祸,悲叹之余谆谆告诫:年事已高,要服膺生理和心理变化的自然规律,承认生命已经不能承受快捷生活之重,"慢半拍"应该是为暮年生活点亮的明灯。

至此,读者应该大致可以看到文集的思想风采,然而,作者的脚步并未到此为止,有些篇章实际已经不是一般地表现思想,而是进入了哲理层面。有人说,泰戈尔是"歌手加哲人",因为他不满足于一般地歌唱思想,而是歌唱"对思想的思想",

也就是哲理。文集作者似乎听到了那个遥远国度传来的教诲,不少篇章也同样充满了哲理的声音。如在《凌波仙子》中,他给我们讲述了一个颇具传奇色彩的故事:十多年前购买的一块药材,其中潜伏的绿植生命,度过漫长岁月,终于绽放花容。从表面看,这是对生命力顽强的礼赞,但实际上是让我们感悟那个朴素的哲学道理:事物的发展不以人的意志为转移,内因一定会在包括时间在内的外因条件下,沿着那个叫"规律"的轨道执着前行。这种哲理的形象化诉说,在《山涧走马意无穷》《"二八"法则的感悟》《自大一点就是臭》《要提倡老年人"活在当下"》等篇章中,都有精彩的表现。

思想让人深刻,而哲理不仅让人深刻,还让人思索生命中一些终极"大道",找到那些撬动思维"地球"的阿基米德支点。然而,"那种把思想诉诸语言的努力,则像高耸的杉树对抗风暴的场景一样"(海德格尔语),已经非常不易,何况"对思想的思想"。但是,我们钦佩地看到,作者在向那个高度顽强攀登。

三

我一向认为,每部优秀作品里都蕴储着一种特有的芬芳,或弥漫在人物、事件、景色、物象里,或散溢于作者的感思、怀想中。踏入其中,宛如走进一座景色旖旎的花园,可以闻到桂花的浓郁、栀子的雅淡、荷花的清幽。阅读《烟雨人生》时,这种感觉总是不断袭来。

我觉得,这部文集特有的芬芳,来自传统文化和古典审美的余韵。请读一读《西子湖秋游遇雨》《崂山太清宫之秋韵》《两颗璀璨的星辰》《蒙蒙细雨花海行》……作者走进自然天地,把一处处春色秋景、花海人潮,描绘得如诗如画、如梦如幻,令人心神摇荡。可赞的是,他还不时从遥远的古典天空,采撷几句绝美的诗词美文,让我们久久沉浸于或豪放、或婉约的幽幽意境。

再读读这几篇文章:《披一蓑烟雨任平生》《从辛弃疾"壮志难酬"说起》《竹里花间的人生韵味》……作者或借友人赠送的一纸墨宝,或循着与家人旅行的游踪,把苏轼、辛弃疾、李清照、蒲松龄等文学巨匠,请到读者面前,让我们见识他们"会挽雕弓如满月。西北望,射天狼""生当作人杰,死亦为鬼雄"的家国豪情、"梦里挑灯看剑,梦回吹角连营"的英雄壮志、"大江东去,浪淘尽千古风流人物"的宏大胸襟,描鬼画妖背后的浩然正气,以及虽然报国无门、厄运如聚,却泰然自若、笑对风雨、从容前行的快意人生。

还可以看看《铭记那些沉痛的文字》《那一束清淡的白丁香》《一针一线老娘情》《妈妈的时间都给宸宸了》《我陪女儿考司法》《我帮母亲出文集》《"马姐"淑贞》《此

情绵绵无绝期》和《来世我们还做好兄弟》。在这些篇章中,用爱筑就的家园,处处摇曳着温馨的亲情之花;夫妻双方父母对儿女的舐犊之情、作者与女儿将这种情愫的绵绵传承、子辈对父母的跪乳情深、作者与爱妻"执子之手,与之偕老"的相濡以沫、作者母亲与胞妹、作者与胞弟之间的手足相依,以及作者为文友著述作序、点评的一片冰心……篇篇章章感人动心,比如这个生活画面:作者年轻时早晨上班,犹如"开电车",自行车大梁上一个童座,坐着大女儿,(妻子)淑贞坐在后座上,手里拖着一童车,二女儿躺在里面。那情那景,犹如电影的一个经典镜头,看了就不会再忘记。

中国的传统文化,是以儒家为主,辅以道、佛,三位一体的思想集合体。儒家的自强不息、热爱生命、积极进取意识,"父慈、子孝、兄友、弟恭、友信",以及夫妻互敬互爱的伦理规则,"精忠报国"的爱国情怀,道家和佛家的顺应自然、从容豁达的人生态度,汇成了一股强大的精神之流。相信读者会从上述作品的家国和亲情抒怀中感受到,来自遥远但清晰的传统文化的精神余韵,沿着悠长的历史文化隧道,汩汩流进了作者的笔端,让历史老人的谆谆叮咛,氤氲在他作品的字里行间,我们只要轻轻呼吸,就会感到那股芬芳气息扑鼻而来。

这里,特别要提一下作者对从容淡定生活态度的礼赞与践行。它是弥漫于文集中最浓郁的芬芳。作者在许多篇章里都如冬日期盼温暖的阳光,殷殷呼唤。他将这种思绪在文集"后记"中做了总结式的归纳。他高度肯定作家余秋雨对"成熟"的阐释:对事不再偏激、张扬,而是持中、大度。他向读者描绘心目中至美的一道"风景":北宋文学家苏轼出行遇雨,众人狼狈不堪,他却吟咏长啸,悠然徐行。他深情赞美其中流露的从容淡定,用诗一般的语言表示:"我喜欢人生这般成熟、这般从容、这般潇洒、这般淡定、这般豁达。"他还因此将书名定为"烟雨人生"。

从表层来看,这抹芬芳是作者进入暮年人生的真实心声。人是环境的产物,环境是围绕于人生存的各种因素的聚合。作者退休后身处和平年代,脱离了当年体制的漩涡中心,大部分时间回归家庭,加上经历了太多的坎坷,惯看秋月春风。对作者这样善于驾驭生活之舟的智者来说,心态的转向实属必然。试想,假如时代战火纷飞,假如仍然居于基层领导岗位面对是是非非,再假如每日还是和一帮"年轻的朋友来相会",我相信,他照旧会气宇轩昂,"指点江山""挥斥方遒"。从这个意义上说,从容淡定是他"与时俱进"的生存智慧,是为退休生活而设置的精准的精神坐标。

这个坐标的确定,在很大程度上仍然受益于中国传统文化精神的熏陶,特别是"中庸之道""顺乎自然"等理念的馈赠。积极意义的"中庸""顺乎自然",不是圆滑,而是参透世间万物本质规律的一种睿智。"中庸"理念,在看待和处理人与外界事物的关系时,寻找事物上下、左右、前后、表里的平衡点,以求达到事物矛盾各方的和谐共处。主张不走极端,凡事"适度",深知任何事情都是"过犹不及"。文集作者深谙其理。他赞成处理人际往来的"半斤八两"说,因为"剃头挑子一头热"不会持久。他同意吃饭穿衣诸事要遵循"二八法则",适可而止,不可满打满算。他借一则寓言性质的画马故事,说明作画要学会"留白",以一当十,留有余地,不可过满。他借一件小事,告诫人们在自我评价时不要触碰极限,偏执自大。《西子湖秋游遇雨》是一篇文笔优美、可读可咏的记游散文。西湖美景在晴雨之间的变奏,散发着一种"浓妆淡抹总相宜"的和谐之美。文中引出那首"水光潋滟"的千古绝唱,是东坡先生"顺乎自然",阴晴皆喜的和谐中庸之观,也是作者与前贤心有灵犀的表征。

因为以上所述,我相信,《烟雨人生》会让读者受到启迪,得到净化,变得睿智,眼睛会更加明亮,呼吸也会更加沉稳。请读者记住这部作品,记住这部夕阳路上的生命交响。

是为序。

孙宝林:青岛职业技术学院教授。

西方哲学与东方智慧的心灵双修

——高伟的杂文印象

黎　权 ▋

青岛市作协副主席高伟素以勤奋著称，佳作频出，传播甚广。大家读得多的可能是她的诗歌，殊不知近年来她在杂文领域声名鹊起，文学创作生涯又掀起了一个新的高潮。

高伟的杂文以考量日常生活为基础，抓住一人一事之后，她往往会调阅大量传记、理论著作、科普书籍或其他参考资料，集中精力进行辩证分析。她以随笔的表达方式，使理性剖析与形象描绘实现完美统一，树立起有益于提升人生品质和完善社会关系的论述形象。她与市井庸俗之气、物欲浅视之风、哀怨糊涂之习进行抗辩，澄清当代人情感生活当中的妄念与迷途，向当局者呈现真善美为基调的身心灵修行之道。高伟的创作，不同于置身事外的居高临下，又有别于心有"千千结"的悲愤之作，而是注重建立系统化的论述主题，并在表现技巧和艺术形象呈现上特色鲜明，自成派别。经过深刻内省和反复自我确认之后，她的杂文创作，走上了一条具有新时代中国特色的积极的艺术创作路线。

一、杂文的功能与作家的起心动念

杂文的功能在不同作家那里必有不同的呈现，不一定都是刀刀见血的匕首投枪，抑或泻火走毒的方剂良药。但是杂文都得说理论道，杂文的功能实现于辨析之处，实现于杂文家对世界认识的过人之处，实现于对所持观点的反复探索验证的笃定之功。杂文家很难以一文而成就天下，必定是连篇累牍陈述相应的思想观点，以自成体系而教化于人，导引于社会。

高伟投身杂文写作其实已有多年，文集都出了数部，却从来没有声张，是不是因为深知获取杂文的力量绝非一日之功？一个久久为功的杂文家，必有哲学家的殚精竭虑，数学家的缜密逻辑，心理学家的人性通透，科学家的试验剖析。就像高伟那样，肩负起社会学家的时代紧迫感，又以艺术家的激情揭示生活的必然性，在"幸福人生"的城堡里勤勉建筑。一位好的杂文家，创作之初的起心动念绝不会感情用事，哪怕拍案而起，也必定早有万般不离其宗的价值体系基础。

本人对高伟杂文作品的研读只有一百多个篇章,也就她当前杂文成果的三成多一点吧。只算得管中窥豹,却分明看到了她围绕特定主题所持的强烈的立意追求——构建二十一世纪幸福人生的价值体系。她的系列作品(如"传奇三部曲")足以使之称得上杂文家。"我看到尘世太多的女人,她们的爱拖泥带水,疑惑又纠结,自恋又自怜……假如爱情不在了,纠结一下就罢了,要是没完没了……这样只会让男人觉得离开你是多么正确的选择。"(《你要勇敢爱了,就要勇敢分》)[1]"恋爱是一件让女人成长的事情,失败的恋爱尤其是。……如果女人把内心修炼得足够坦荡,外在十分优雅,那么她已具备了迎接崭新爱情的能力。"(《宁愿让别人羡慕嫉妒恨》)[2]我想,高伟的杂文一定是在为当代女性的情感旅程导航。"全世界没有一个人弃绝对于幸福的追求,这是个原定律。"高伟的系列论著显然不够"愤怒",但却是和平年代最重要的"民生"命题,足以成为一个杂文家重要的创作领地。在高伟已出版的《她传奇》《他传奇》《爱传奇》《不要晃动生命的瓶子》《感情时间》《生命从来不肯简单》《每一次破碎都是盛开》《爱自己就是接纳自己》《痛苦,是化了妆的礼物》《包扎伤口还是刀子》《打击你的力量就是你的力量》等文集当中,爱与幸福人生的话题无所不在。高伟作为对社会生活如此专注的类型作家,她的杂文显然具备了特有的艺术魅力和文学功能。

二、关心个体提升与身心灵修持

"穷养"还是"富养"是高伟论述过的一个题目。受过高等教育、身处发达城市的年轻父母们,在教育子女时却迷惑了。选择太多,声音太多,导向太多,"专家"太多,所谓成功经验的"心灵鸡汤"太多,"不知所措"成了当代市民的一个社会化话题。人们需要科学的辨析和良心的证伪,这不是个小题目,文学功能足以在此施放重要作用。社会发展又让人们面临了许多新抉择,这难道不是杂文家大有作为的时代吗? 高伟在杂文《穷养还是富养》中论述:"儿童身边的那两个大人,有着杰出的、良善的人格和品性,这比穷养和富养之类的东西重要得多。""在情爱那个领域,谁能用物质富养出来一个百毒不侵的女人?""无论男孩和女孩,支撑必要的生活物质的贫乏都是灾难。""真正的富养只有一个,就是用对的方法,和对的言传身教,启发孩子……与物质有关的,都不是富养,甚至是另一种穷养。"[3]

是的,以教育为原点向外扩展,辨析"个体提升"的正确途径是高伟杂文的战

---

① 高伟《痛苦,是化了妆的礼物》,九州出版社 2016 年版,第 9~10 页。
② 高伟《痛苦,是化了妆的礼物》,九州出版社 2016 年版,第 34 页。
③ 高伟《包扎伤口还是包扎刀子》,群众出版社 2015 年版,第 23~25 页。

场。身处高速演变与迭代的时代,芸芸众生在变幻无穷的境况里辗转腾挪,错综交叉的生存场景使得个体生活变得纷纭繁复。如何拨乱反正,为读者消除烟尘扫清雾障,揭示谬误坦露正道,使之抵达美好的幸福人生的终极目标,这难道不是弘扬当代杂文的一个新课题?"只要实,不怕小",这难道不是兴盛当代杂文的一个创作方向?"小"也有"小"的狠劲,高伟在《打击你的力量就是你的力量》中论述到:"这生离死别给予我们的力量就是我们的力量……这疤痕带给我们的力量就是我们的力量。人与人本质上的疏离给予我们的力量,也成为我们的力量。各种打击我们的力量最终构成了我们自己的力量。""我看到那么多人,在用酒精麻痹自己,以回避自己的那种丧失的痛苦和被打击的痛苦,我不愿意和他们一样,不愿意成为那样的可怜人。""我现在要学着的,就是将这种平缓的或者是猛烈的力量,平和地落实到自己的生命里面。"①《求是》杂志原副总编朱铁志曾这样评价高伟:"这个一生只向真理低头的快乐女子,善于把打击自己的力量当作自己的力量,因而具有双倍的力量。"②

"身心灵修持"正在成为处理自己与自己、自己与他人、自己与社会关系的"法门",它们指出了躯体、心理(主要指情绪)、精神(即人的意识、思想、思维活动)之间的互动关系。高伟说"每个人生注定是痛苦的",她要将打击自己的力量"平和地落实到自己的生命里面"。"身心灵修持"使她找到了这种"平和的落实"的模式。她的杂文虽然态度异常坚决,然而语言却十分平实柔和,她总以女性之隐忍,努力诱导"身、心、灵"三者之间关系的良性发展,进而实现个体提升的目标。高伟的杂文既具有西方心灵哲学的基础,又饱含东方禅修的智慧。杂文中的论述对象(人)是一个身心灵的统合体,而非扁平化的"概念人",以寻求论述形象整体的健康与灵性的成长。

批判过度商业化是杂文家新时代的又一个战场,高伟对此保持了严肃的警惕。近年来被推崇的生活禅和生活修行,也有打着帮助个体在爱情、工作、亲子等关系中寻求灵性成长旗号而故弄玄虚的,高伟对这些商业圈套,以及所谓的"心灵鸡汤"进行了持续猛烈的抨击。

三、相信"爱"的力量与高伟杂文创作基石

刘勰在《文心雕龙·杂文》里说:"或典诰誓问,或览略篇文,或曲操弄引,或吟讽谣咏,总括其名,并归杂文之区。"刘勰是杂文最早的论述者,他认为杂文是诗赋

---

① 高伟《包扎伤口还是包扎刀子》,群众出版社 2015 年版,第 93~97 页。

② 高伟《包扎伤口还是包扎刀子》,群众出版社 2015 年版,第 6 页。

赞颂之外的闲杂文体,"负文余力,飞靡弄巧",是消遣的东西。鲁迅则是杂文最具代表性的作家,他立志用杂文来唤醒民众,改变"愚弱的国民"的精神,他的杂文最终成为中国社会、时代、历史的一面镜子。刘勰之说存在其局限性,是因为南梁之前的杂文,与当代意义上的杂文旨趣相差了十万八千里。或者说杂文是一种能够主动追随时代步伐,自我快速革新发展的文体,历经数代杂文家的努力,其内涵早已实现了质的飞跃。优秀的杂文家必有远大的理想抱负,必有持之以恒的决心,必有以坚实学问为基石的才华和方向明确的论述目标,必有敢作敢为、百折不挠的勇气与毅力……

杂文家在自身学识才华和秉持的理论体系基础上,各自拥有独具特色的"武器装备"。如果说鲁迅笔下飞出的是"匕首"和"投枪"的话,高伟的笔下则是敢于开膛破肚的真实和一颗激情飞扬的爱心。她的杂文相信"爱"的力量,探索人们之间"相爱"的智慧。在《一生只向真理低头》(杂文集《包扎伤口还是包扎刀子》的序言)里,高伟说:"爱,不死就成。在这个互联网时代,物质成为这个世界的大牌,我却还在固执地认定钻木取火的方式获得的爱与善,才是生命真正的养分;固执地相信这个世界本质上起作用的,依然是亘古不变的天律和道德律;固执地认定养育身体的是食物,养育心灵的是爱与美。我相信真实比所谓的正确更有力。"①

高伟的杂文,关心的是普罗大众在日渐富足的当代社会中并不幸福的人生。所以,她从传统的真、善、美的道德基调出发,考察、解剖和呈现了形形色色的人生轨迹,然后以辩证唯物主义的哲学来讨论某一具体现象与其主体意识之间的关系,围绕价值体系的修正与完善,帮助不同情况的个体靠近或抵达幸福人生的目标。那些慈母般温情的文字的源头,来自她在诗歌里称之为"这个国宝级的汉字"——爱。"世界上唯一越给越多的东西,就是爱。这爱,是仁,是大爱,是输出之爱。可是,我们的人际关系中到处显示的那种'爱',是交换原则中的那种有目的的'爱',是为了换回。这样的爱,是一种游戏规则,不是生命本真的焕发。那种生命中本真焕发的爱,在这样的欲望时代,在物质变得越来越成为主角的时代,我们既得不到她,也给不出她。"(《幸福的情绪有它自己的理性》)②

至于"爱"能化解社会机体中多少痼疾和落后习俗中的顽症,我们无从统计,但她至少能够逐步消解个体思想中的"魔怔"。高伟认真研读幸福心理学家泰勒·本·沙哈尔著作《幸福的方法》之后,指出了"要想幸福,必须成功"的荒谬。"老师们把学习成绩公布出来,让高分的成功者高兴,让低分的不成功者难受,继而让这难受

---

① 高伟《包扎伤口还是包扎刀子》,群众出版社 2015 年版,第 4 页。
② 高伟《痛苦,是化了妆的礼物》,九州出版社 2016 年版,第 267~269 页。

的感觉变成动力去追寻成功。高分的成功者为了保住成功的态势,依然争分夺秒保先进。这之中的哪一个状态都不会幸福。"①她所揭示的不正是全世界广泛存在的"人类内卷"吗?她又进一步辨析"幸福是一种欲望"的症结:一旦欲望得到了满足,就能获得永恒的幸福吗?考察的结果是否定的,因为"本原欲望基本是导致人毁灭的。"她论证这种缘木求鱼的方法,是导致现代人的不幸福的根源,"是错误的价值观批发给我们的,是长久时间的零存换回来的一次性整取"。她通过杂文进一步深入论证:"我们的心灵和真善美的东西一接触,就会发出本真的欢快。可是,如今的我们,嘴唇上刚说出这样的词语,自个儿都觉得不好意思。"进而她得出结论:"幸福和真实的自己有关,与安详的自己有关。如果我们与自己分裂过于巨大,如果我们的面具戴得太多,幸福不可能恩宠我们。我们连自己是谁都会认不出来,何来真实自己的那种幸福?"(《幸福的情绪有它自己的理性》)②

四、从诗人到杂文家的演变逻辑

高伟同时是一位具有影响力的诗人。读高伟的诗歌有三点感受。一是纯粹真挚的情感。我们常说"浓得化不开",只有极端的诗歌语言才能配高伟使用,才能抵达情感风暴的"台风眼"。如《像妖一样去热爱》:"爱要有妖的决绝 人的缠绵是不够的/生命也是 要像妖一样执著/孤注一掷地去爱 爱得鱼死网破。"③二是直抒胸臆的文本。她写得酣畅淋漓,我们读得喘不过气来,这些风箱里即将爆炸的诗篇,仿佛火焰的呼吸。如《爱我你就要活过我》:"你不能死 不是为了你/而是为了我 你不能死/你死了也必须给我重新活过来/不然你就是图财害命/杀人不眨眼 你就是希特勒。"④三是天然聪慧的底色。要是以为高伟的诗是"意气用事",那就大错特错了,首先她的爱是真实的,而非泛泛之辈所谓的"爱得正确",她诗中的情感真正称得上"如假包换,假一罚十";因为其激情爆棚的诗句却逻辑缜密,前后气息贯通而非乱花飞舞;因为其谋篇布局肌理清晰,表面猛烈的诗歌,却常有多层次的修辞设计,掩卷长叹之后总能引发人往深处思考,而绝非一吐为快或一读了事。如《你必须假装到我老糊涂了才行》:"你必须这么假装下去 你必须/假装到我老糊涂了才行 假装到/我笑着去死 假装到/每一天都爱我爱到天荒地老 假装到/我每一天都在你的假装里面真实地生存。"⑤

---

① 高伟《痛苦,是化了妆的礼物》,九州出版社2016年版,第267～269页。

② 高伟《痛苦,是化了妆的礼物》,九州出版社2016年版,第267～269页。

③ 《安徽诗人》微信公众号平台《实力库:高伟的诗》,安徽诗人编辑部2020年11月13日。

④ 《安徽诗人》微信公众号平台《实力库:高伟的诗》,安徽诗人编辑部2020年11月13日。

⑤ 《安徽诗人》微信公众号平台《实力库:高伟的诗》,安徽诗人编辑部2020年11月13日。

高伟先写诗,后写杂文。年轻时,她也是因为诗歌写得好才被调到《青岛晚报》担任副刊编辑的。在报社工作势必要写一些其他文章,比如及时把最新发生的世态说道一番,没想到得到了读者和领导的认可,报业集团便给她开了两个专栏,她一写就是若干年,后来又在其他报纸、刊物、网站开设专栏。她开始并不知道写的是杂文,以为那些只不过都是"随笔",直到杂文类杂志频繁转载她的文章,找她约稿,甚至一次次选编进入杂文年选或文集当中。她这才明白自己一不小心成了杂文领域的生力军,可以说是"无心插柳柳成荫"。

诗歌的形象思维与杂文的理性分析似乎是一对矛盾;诗歌是岩浆的喷发,杂文是火山的凝固,似乎存在过程与结论之间的差异;诗无达诂,其修辞方法创造出"一千个哈姆雷特",杂文说一不二,论点论证论据坚如磐石……一位艺术家灵活地跳跃于两者之间,一定有其底层逻辑的存在。所以研究高伟的创作历程很有意义,毕竟一位在诗歌与杂文两方面都成绩显著的作家,她似乎已经为我们找到了二者之间的这种底层逻辑——以诗歌自省,以杂文救赎。我的意思是说,高伟的杂文是不是她的诗歌的延续? 或者说杂文的辨析与论证,正是她诗歌情感的出口与结果,好比一棵石榴树,五月开了一树红花,十月挂了一树红果。

高伟的杂文题材以女性、恋爱、婚姻、家庭、幸福人生追求为主,特别注重创建独立自主的女性人格和自强不息的(公平的)价值观。而她的诗歌题材则勇敢地呈现出女性内心世界渴望,即便一花一草,一事一物,也不折不扣地展示了女性的视角与情感,她的纯粹,就在于忠实地遵循思想意识与内心情绪的走向。熟悉高伟的人都知道她简单而炽烈的品格,当她将诗歌的笔触伸向杂文领域的时候,依然忠实地遵循了当初的思想意识与内心情绪的走向。难能可贵的是,正是因为杂文文体的需要,碰巧为这些反复吟哦的情感找到了一个顺理成章的归宿,那就是如何在纷扰熙攘的尘世里构建幸福人生的结论。

高伟的文字有一股将军般霸气的气场,在当代纯文学领域鲜有人像她那样大胆采用"长标题"。《痛苦是我们生命中的垃圾》《女人,不要浪费了自己的受伤》《女人,有爱无爱、有钱无钱都是利润》《聚少离多是个替死鬼一样的词》《把"假如"从生命的字典中删除》《接纳黑暗比追求美好更重要》《商场是创作我们欲望的地方》《我们就像一只把自己当成了猫的麻雀》……无独有偶,她的诗歌创作同样也都用这种判断句式作为诗歌的标题,主词与宾词之间如同铆钉的两头,牢牢地钉在屋梁之上。我认为只有内省透彻再无二心的人,只有敢于刀刃向内,敢于刮骨疗毒的作家,才能坚决摒弃模棱两可,朝着一针见血而去。"高伟的杂文最为可贵的一点是她在针砭时弊的同时,常常毫不留情地解剖自己"(朱铁志"当代杂文名家书系"

总序）。①

  作为读者，我们何其有幸遇见高伟这样的"诗人杂文家"，甚至可以将她的诗歌与杂文当作"互文"来交替欣赏。人们在品评杂文的时候，常以"嬉笑怒骂皆文章"概而论之，然而忽略了"情有独钟"才是形成一篇杂文的根据。杂文对"理"唯一性的认可，与诗歌对"情"专一性的注重，又是何其一致。"情理由衷"——高伟的作品正在给新时代的杂文增添新的内涵。

  黎权：青岛市文艺评论家协会副主席。

---

① 高伟《包扎伤口还是包扎刀子》，群众出版社 2015 年版，第 6 页。

从点横撇捺到天地人生

——读张金凤《汉字有张人类的脸》

彭　程 ■

　　对一位写作者来说，至关重要的一点，是找到属于自己的题材领域。在散文写作中这一点尤为重要，因为这种文体崇尚充分自由，鲜有拘囿，这当然是其优长之处，但也可能导致一种情形，就是选材上容易浮泛汗漫，造成同质化的弊端。这种情况下，具备个性、易于辨识的内容表达，就更容易吸引阅读者的目光。张金凤的散文较为鲜明地体现了这种品质，她的新作《汉字有张人类的脸》仿佛众声喧哗中一个独特的调门，一群模糊的身影里一个清晰的面孔。

　　在收入这部书里的数十篇散文中，作者聚焦一个个最为常见的汉字。这些生活中不可或缺无法避开的符号，对平常人可能是工具，但对于一个习惯于沉浸在精神生活中的人来说，则更多是滋养心灵的营养品，是每一天的空气和阳光。每一篇作品，都是立足于一个或者几个具体的汉字，作者仔细地辨识、从容地品匝，从字形结构入手分析其意义和蕴含，揭示其深意和玄妙。所有的情感抒发、思绪驰骋，都是以这一个个不起眼的方块字作为原点而展开，演化铺陈出满天云霓，一地风絮。

　　书中首篇《点横撇捺》有一种总括的意味，仿佛一双眼睛自高空俯瞰在下方田野上排列的士兵方阵，而每一个士兵便是一个汉字。在作者眼里，汉字的几种最为基本的笔画是"汉字的经络"，偏旁是"汉字的骨架"，部首是"汉字的血肉"，而音韵平仄是"汉字的气韵灵魂"。它们的组合构成了一个汉字血肉丰满的生命，它们是支撑起意义空间的底座，是一座房子牢固的地基。

　　在这样一种视野下观察某个具体的汉字，就好像一个人被近距离地端详打量，眉目清晰。它们都被赋予了作者的理解，这种理解是带着温度的、打上了自己的灵魂印记的。如在《简与淡》一文中，"'简'的构字'门内有日，门前有竹'"，"门厅内旭日升，所以阳光祥和，心境开朗，所以简必不贫；门前有千竿竹，青翠窈窕，淡泊高雅，所以简必不陋"，而"'淡'就是'三水'携'二火'，是中国字里最矛盾也最具哲学意味的字"，"火属阳，水属阴，阴阳调和共生才是大势。人生，悟透一个'淡'字，境界就大了"。经由作者的表达，这两个字仿佛一对姐妹，彼此呼应唱和，引领读者走向一处远离浮华喧嚣、平和宁静的胜境。而在《贪与贫》《拿与舍》《进与退》等文章中,题目上的同义或近义变作了反义,进一步宕开了思考的空间,蓄积了表达的张力,相反相成,对立互补,辩证思维的特征也更为明显。

作者对于被自己选中的每一个汉字,都是剥茧抽丝般一层层地考察辨识,鞭辟入里。每篇文章的展开都遵循了这样的路径,每个字的解读都体现出某种试图穷尽的努力,小中见大,见微知著。在这样的追寻中,对象的意涵在不断地显露、扩展和延伸,最终构建出了一个个独特的小天地,通向的是纷纭而深邃的启发。这种目光注视下的一个个汉字,精微而宏大,言近而旨远,藏着生命的脉动、生活的玄奥、天地的道理,恰如作者所言,"一字藏天机"。

这种解析不是程式化的机械的拆卸,而是融入了作者的心性趣味。如一个"小"字,从字体上看,"这个字的字形有些娇憨的憨态,中间的'竖钩'就像一个初入学堂的小学生一样,笔直地站着,等待先生交代事宜。但他的幼小顽皮之态无法限制得住,他'勾起'了脚尖,显示出他的不安和好动的本性。"对于这样的解说,是作者的性灵和胸怀的投射,反映了她的想象、情调和美学。这使探颐索隐变得趣味盎然,仿佛道路两旁摇曳生姿的杂花野卉,能够让一个孤独的旅人感觉到情志畅达。

所有这些对汉字的解析、阐释和想象,都有一个共同的旨归,一条贯穿其间的脉络,就是揭示或者建构它们与现实人生的关联,诉说自己对生命和生活的感悟,表达令其心仪的美学观念和价值追求。通览之下,我们看到的是作者对这样的人生境界的认同:静默、沉潜、淡泊、洒脱,心无挂碍,神驰天地,过一种审美的、智性的人生。在表达情感诉求和人生姿态的背后,是作者对于自己赖以行止歌哭、安身立命的优秀传统文化的致敬。某一个或几个具体而微的汉字,是每篇作品中的主角,但全部作品背后一个共同的隐形主角,是博大精深的中华文化。"那些或简单或繁复的字,就是一脉脉儒家经纶,道家智慧,佛家禅意,更是一脉华夏的文明圣泉。"了解一种物质的特性需要从分子层面入手,这部散文集也是从汉字这个最基本的文化单元开始,踏上了追溯一种悠久而灿烂的文明的途程,从极小极微迈向至广至大。

对一个醉心写作的人来说,所有意义与价值,首先是在文字中获得寄寓和衍生的。作为文学的最基本构件,一个个汉字就如同一块块方砖,垒砌成了历代文学杰作的房舍和楼阁。诚如书名所言,"汉字有张人类的脸",表情流露出的是心思。在形形色色的文字中,我们能够读到有关天地人生的种种消息。因此,对于它们持久而专注的凝视,以及将获得的种种感悟诉诸表达,自然也就具有了独特的价值。

原载于《文艺报》(文艺评论版)2022 年 5 月 18 日。
彭程:《光明日报》高级编辑,中国文艺评论家协会理事。

艺术广角

虚拟现实动画中的四要素探究

李艳英　盖筱晗 ∎

美国当代著名学者 M・H・艾布拉姆斯在其扛鼎之作《镜与灯——浪漫主义文论及批评传统》中，提出了四要素理论。他认为完整的艺术系统需由世界（universe）、作品（work）、艺术家（artist）、受众（audience）这四要素构成，缺一不可。在这个系统内，四要素相互作用、相互制约。作品是中心，经由它把其他三要素勾连起来；世界与艺术家的联系被映射在作品中，而创造活动的成果就是作品；艺术家与受众的联系也是通过作品，作品成为两者的中介和桥梁；受众则通过作品去认识和理解生活，扩大对世界的认知。四要素理论作为一个"分析的系统"，对于具体的批评实践，无疑提供了一种"参照结构"，评价分析艺术作品或艺术形态时，在方法上必然立足于又不限于作品，既深究作品的内部构成，又相关地去考察它与其他因素的关系。四要素理论经过美籍华人文论家刘若愚和当代文论家童庆炳的先后改造与完善后，变得更为丰富，其前沿性和逻辑的精密性，对当下的艺术创作和研究仍然产生着巨大影响。

在媒体融合的大背景下，新旧媒体的边界在数字化时代逐渐消解，虚拟现实（以下简称 VR）得以共享日臻成熟的动画场景与叙事资源，而动画也直接跳过了赛璐珞时代，融合 VR 技术飞跃到数字化的人机交互新时代。这意味着动画的想象性思维融入了高沉浸感的虚拟现实人机界面，其创作技巧和表达手法气象一新，艺术思维和审美境界均发生了深刻的变革。因此在探究 VR 动画的新议题上，本文借助艾布拉姆斯《镜与灯》中建构的文学理论和艺术批评的关于四要素的坐标框架，站在 VR 动画的总体视角，重新归纳出生产者、VR 动画作品本身、虚拟世界和观众的衡量体系，借以证实 VR 动画审美事实的现象和评价，有针对性地探究当下VR 动画发展过程中所呈现出的艺术特质和审美现象。

一、创造者：反思技术哲学所创造的 VR 未来工厂

（一）"5G＋AICDE"的 VR 未来工厂

"5G＋AICDE"的 VR 未来工厂是指以第五代移动通信技术（5G）为接入方式

与人工智能(AI)、物联网(IoT)、云计算(Cloud Computing)、大数据(Big Data)、边缘计算(Edge Computing)等前沿信息技术的创新融合。5G 作为最新代的蜂窝移动通信技术,搭起了互联网互联互通的"智慧高速公路",解决了 VR 实时通讯的难题。而面对用户参与互联网产生的海量数据,云计算和边缘计算承担起了 VR 的"四驱"。海量的数据信息在云端被处理、运算、反馈,边缘计算负责分析低信息量、需要及时响应的数据,与云计算的深度解析相互补充,解决了 VR 算法瓶颈。人工智能和大数据一方面为云计算提供决策数据的能力,为云计算不断"加油";另一方面把握 VR 用户喜好的"方向盘",提供差异化、个性化的服务,增强 VR 的用户体验感。面对这些基础设施的数据资源优势,VR 正高速行驶在物联网时代的快车道上,而 VR 创造者更像是赛车手,决定着 VR 作品的走向。

近两年受到疫情影响,人类生活像被按下暂停键。VR 在防疫封闭之时获得发展的"风口",在垂直文娱、教育、医学、复产复工等领域,不断突破传统媒介意识和观念,在危机中抓住机遇。在疫情的聚光灯下,线下娱乐在云端重启,"宅经济"促使人们关注并购买 VR 用户端设备,VR 用户活跃度不断攀升。在 Steam 平台的一款休闲小游戏 *Virus Popper*(2020),把 VR 动画应用于卫生与健康方面的信息化教育,生动逼真展示了洗手的各个步骤及其重要性。VR 直播也屡次登上热搜,央视频道联手中国电信天翼云 VR 24 小时全景直播高清雷神山医院搭建;中国移动通过 5G+4K+VR+AI 技术,带全国人民云游武汉大学校园,赏樱花。VR 与 5G 介入医疗领域,为医护人员提供 VR 远程查房、远程培训、辅助科研等服务。第五届全球虚拟现实大会(GVRC)则首次通过全景虚拟动画的形式,云端聚集学术大咖、技术高精尖人群、行业先锋线上论坛。在新冠疫情的特殊时期,VR 制造者开启 VR 融合 AICDE、5G 通信技术的新征程,加速"VR+"应用落地,搭建出一幅欣欣向荣的 VR 未来工厂的新景观。

(二)创造者技术与艺术的哲学反思

高鑫在《技术美学研究(上)》中提出:"随着科学技术的高速发展,随着科学技术对艺术深化介入和干预,所谓技术美学,更多的是高科技给艺术带来了全新的美学新质。"那些将 VR 技术仅仅作为数字工具的使用者,他们一再追求刺激的虚拟体验表征,而过度重视工具,忽视了 VR 动画的艺术形式和审美研究,使得用户黏性不高。真正的 VR 动画的创造者应当将数字工具看作艺术创作的手段。这不仅仅是 VR 技术和动画艺术的物理相加,更是 VR 动画这一新的艺术形式在受众认同机制中不断沟通、调节直至整合。在不久的将来,5G 与人工智能、物联网、云计算、大数据、边缘计算等数字工具会代替人类完成视觉科技的技术工业。VR 动画创造者在未来工厂应将更多的时间更新 VR 动画软硬件设备以及 VR 动画作品本身,利用科技创造出新的 VR 内容和丰富的艺术体验,蜕变成真正的"计算机艺术家"。随着 VR 技术跨越媒体游走在科学和艺术的边缘,VR 动画的理论研究和实践反馈使 VR 动画创作者正在艺术和科技的两级中找寻 VR 动画的自我定位和审美趋势。

VR 不仅在技术层面展现了实用性的内在魅力,更在哲学层面凸显它本体的价值及意义。美国虚拟现实技术专家克鲁姆在为海姆的《从界面到网络空间——虚拟实在的形而上学》一书作序时说道:"如果虚拟实在仅仅是一项技术,那么你就不会听到这么多有关它的事情了。"实际上 VR 囊括了从技术到艺术等多学科门类,我国动画公司平塔工作室(Pinta)CEO 雷峥蒙认为,VR 就是艺术与科技的交叉点,他给 VR 动画做出理性定位后,于 2016 年组建了来自一线游戏、动画、特效公司的年轻精尖团队,目前已出品《拾梦老人》《烈山氏》《Ello》《奇奇岛》等优质 VR 动画作品。借助 VR 技术可以构建可视化的虚拟动画世界,使观众眼前一亮,但也引发创造者对于技术哲学的反思——唯有优质的艺术内容才更能打动人。2018 年《烈山氏》入围第 74 届威尼斯电影节 VR 竞赛单元,它承载中国视觉风格,沿袭"神农尝百草"的中国故事,创新了神农氏(列山氏)的角色形象;2011 年日本发售的轻小说《狼与香辛料》IP,同时在漫画、游戏、动画、周边等领域开花;2019 年 Spicy Tails 制作的《狼与香辛料 VR》上线 Steam 平台后,收获狼辛粉的特别好评。在我国拥有超高人气的动漫形象猪猪侠于 2018 年被评"年度影响力 IP",2019 年上映了它第 14 部长篇动画系列作品,2020 年咏声动漫与 VeeR 合作制造了《猪猪侠恐龙日记 VR》。因此 VR 动画的创造者应聚焦动画领域的艺术创作,为虚拟现实提供优质的内容深度信息和服务,支持虚拟现实技术着力垂直方向的深耕细作。

二、VR 动画作品:多线叙事结构和长镜头影视语言转型

(一)人机交互的多线叙事结构

与传统动画不同,含蕴沉浸感、互动性和想象性体验特征的 VR 动画作品,需关照和审视其在叙事层的多种可能性。观众在体验 VR 动画作品时可以协同智能终端设备,捡拾动画虚拟场景中的道具与动画角色进行交流,形成了一套崭新的人机互动新叙事模式。Google Spotlight Stories 上线的 VR 动画 *Buggy Night* (2014)讲述了黑夜下虫子求生的故事。画面开始时一束光源映在屏幕正中心,代表着观众的视线"照"向了黑夜下毫无遮蔽的五只虫子。惊慌失措的虫子们纷纷看向观众,打破了空间叙事的第四堵墙,这种面面相觑的对视将观众拉入剧情中,让

观众身临其境地参与其中。突然一只青蛙出现,卷走了一只虫子,其他幸存的虫子慌张地寻找藏身之处,同时触发观众去转动头戴设备寻找虫子的剧情设置。观众观察到地面有闪闪发亮的足迹,并追随着虫子的踪迹开启观众参与剧情的新征程。这种人机交互模式对叙事文本的内容要求比较高,如何让观众自然地接受 VR 动画的画面和剧情,并主动参与其中,VR 动画在人机互动模式的数字叙事中仍有很多艺术可能性。

法国电影理论家让·米特里认为,影像叙事形式应当遵循影像的审美需求和艺术特征。在 VR 动画叙事重构的内在逻辑下不仅包含着主体对互动机制的娱乐精神追求,也包含着对外部现实世界虚拟化想象的思考。这种思考让 VR 动画的审美范式经历了时间跨度和历史维度的断裂后,实现了多线叙事语境重塑。Virtual Reality Company(VRC)的首部 VR 动画片 *Raising a Rukus*(2017)提供了两种视角可供观众体验,观众可以选择孪生兄妹中的任意一个角色,展开探索不同的分支剧情。好莱坞导演乔恩·费儒与沉浸式工作室 Wevr 推出了治愈系 VR 动画短片 *Gnomes & Goblins*(2016),让观众成为驱动故事的主要人物,自主选择剧情发展方向。故事发生在哥布林森林世界,观众以第一视角与胆小而贪吃的地精互动。观众在交互过程中既可窥探地精的起居生活,也可捡起地上的果子与地精交流,而他们的行动将影响动画叙事的最终走向。创作者赋予观众(用户)更多自由的权利,使其可以依据个人经验及审美水平,获取开放的剧情结构和独特的视听体验。

(二)全景视域和长镜头的视听语言转型

VR 动画作品在视觉表现方面不同于传统的动画作品,它既不能任意转换景别,例如动画电影《飞屋环游记》中主人公带着屋子飞向天这段从特写到远景的镜头运用,利用不同的摄影角度营造特定氛围;也不能频繁组接画面,例如《飞屋环游记》中通过"换领带"的动作承接人物一生不同的时期,完成时间和空间的切换。VR 动画的前后期制作流程更为庞杂,表现形式却更为直接。Baobab Studios 工作室制作的 VR 动画 *Invasion*(2016)让观众佩戴超广视角和曲面屏幕的头戴式显示器,沉浸在全景球幕展示的冰湖场景中。一只小兔子瞪着好奇的大眼睛与观众互动,忽然入侵的外星飞船从天而降,小兔子害怕地跑走了。360°全景让观众不自主地扭动脖子寻找小兔子,从而彻底摆脱传统动画有限边框的视觉束缚,完成了视听语言中镜头的组接。但大量的视觉信息容易分散人的注意力,针对全景视域是否会影响 VR 体验,工作人员对体验过 VR 真人短片 *Help* 的用户进行了问卷调查,统计研究表明大部分观者认为自己是完整观看了该部作品。但事实表明大部分观众在被怪兽追逐期间,一直惊恐怪兽或专心地逃跑,并未注意两边视域同时发生了

"刺激好玩"的事情。此种情境下，观众因为失去了有效的视点画框，他们在 VR 动画的视点会变得无序而多向。而为了让观众能完整地体验该作品，*Help* 通过音响、色调和光影等手段，提醒和加强视觉引导观众视线。

长镜头作为影视修辞方式的一种，特别适合用于 VR 动画培养观众深度的沉浸体验。但过山车视角的固定长镜头并不能满足观众的审美需求，生硬的蒙太奇剪辑易使观众意识跳离虚拟世界。因此传统经典蒙太奇开始瓦解，变成了镜头内蒙太奇的长镜头。谷歌出品的 VR 动画 *Rain or Shine*（2016）就很好适应了演员内部调度的长镜头准则，小女孩 Ella 新买的墨镜终于到了，可是她一戴上，有片乌云便飘过来下雨。倾盆而下的大雨让她四处躲藏，镜头也跟随着 Ella 的脚步"一镜到底"。但不是所有 VR 动画叙事都适合长镜头的语言体系，剪辑也是其常用的手段，因此 VR 动画并非摒弃剪辑，而是适当运用。Penrose 工作室制作的 *Allumette*（2017），故事取材安徒生童话《卖火柴的小女孩》，深夜徘徊的女孩划亮了一根魔杖，亮光过后是妈妈将魔杖送给一个盲人的温暖回忆；女孩又划亮了第二根魔杖，当亮光熄灭是妈妈为了拯救他人自己葬身于火船的悲痛记忆。该部 VR 动画通过火柴的亮光组接镜头同时推动叙事，每次的转场都撩拨着观者的心弦。VR 动画正尝试减少过多影视剪辑痕迹，降低场景转换频率，强调虚拟世界的真实性和沉浸感，并在不断的尝试和摸索中，逐步完善并形成一套新的数字叙事和视听语言体系。

三、虚拟世界：跨世界同一性的可能世界和伦理局限探讨

（一）通达关系和再中心化构造的"可能世界"

玛丽-劳尔·瑞安认为："现实是由不同世界构成的宇宙，现实世界是这个宇宙的系统中心，而它被众多可能世界包围，现实世界只是众多可能世界的一个存在。"虚拟世界是创造者通过 VR 技术虚构、模拟出来的"可能世界"，与艾布拉姆斯提及的世界存在某些共性。它们与现实世界存有内在逻辑性，其构建源于现实物料，是建立在对客观现实正确认识的基础上，可以是客观现实的映射。《猪猪侠恐龙日记 VR》中的"可能世界"是完全还原白垩纪一草一木的生态面貌，使观众化身超星特工，沉浸在无齿翼龙、镰刀龙、霸王龙等史前生物生存的 3D 虚拟世界。2018 年幻维数码创作了 VR 动画版的凡·高《星月夜》，带领观众从画框进入凡·高绘制的《星月夜》奇妙空间，更是走进凡·高自决生命前的精神世界。通达关系使得"可能世界"具有跨世界的统一性，因此虚拟世界并非凭空想象或虚构，而是对客观现实世界的数字化模拟，并将人类的智慧和想象以符号化空间的方式在计算机中模拟而成，最终发现或改造这个客观现实。

虚拟世界与现实世界具有跨世界的同一性，但虚拟世界比客观现实的"存在"含义更加丰富，客观现实是具有一定物理结构的客观存在，而虚拟空间既是沉浸可感的"存在"，又是一种没有真实形态的"虚像"。就虚拟世界本质而言，它是虚实结合、有无共存的数字新世界，也是人类心理建构的可能性领域。据此，瑞安提出了"再中心化"思想："如果将现实世界看作模态系统的中心，将替代性的可能世界看作围绕它旋转的卫星，那么整个宇宙能以围绕它的任何行星再中心化。"《猪猪侠恐龙日记VR》以超星特工(观众)作为出发点，重新组织了虚拟世界的模态系统，迷糊老师弄丢了霸王龙的资料，于是派超星特工与猪猪侠、阿五乘时光机去白垩纪时代采集霸王龙信息，不料反遭暴躁霸王龙猛烈追击。头脑清晰而又擅长开车的超星特工成了虚拟世界创造的"产物"，当观众沉浸在虚拟世界时，移情于"车神"超星特工，即使没有驾驶经验的观众也忘却了没有驾照的客观事实，于是驾驶赛车躲避霸王龙并成功采集信息成为读者心理的现实世界，因此体验虚拟世界的模式就是"再中心化"。

(二)人类意识的产生和虚拟世界伦理局限性探讨

当观众真切地与虚拟影像交互时，虚拟世界为观众提供了认识自我的机会。随着观众沉浸在虚拟空间并与影像角色沟通交流，可以从对方的面部表情和言谈举止中认识自己，了解自己在这场虚拟"旅途"中扮演了何种角色。首部入围奥斯卡的VR动画 *Pearl*(2016)，讲述了父女两人开着一台叫"珍珠"的老爷车，穿越各个国家，追逐音乐梦想的故事。女儿与父亲的音乐流浪之旅短暂而温馨，在驾车驶进隧道时父女两人同时憋气的幼稚动作，常常会勾起观众童年关于亲情的回忆。随后女儿茁壮成长，父亲两鬓的头发变得斑白，在一声叹息中，父亲为了给女儿一个安稳的家，放弃了音乐梦，观众以冷静的在场方式体验着他人的人生，并感叹放弃何尝不是人生的一种无奈之选。而当观众看到叛逆的女儿与父亲争吵，与新结识的伙伴驾车出走，又不禁为人生扼腕叹息。观众体验过虚拟影像之后，可能会重新认识自我。尤其是女儿再次驾车驶进隧道依然会屏住呼吸，仿佛她还是曾经在父亲怀里的小女孩，最终女儿主动与父亲和解，带父亲一起完成音乐梦。观众在这趟虚拟"旅程"中产生了强烈的自我认同感，等到他们回到现实世界，遇到相似的场景，可能会做出更加准确的价值判断。

虚拟世界更像一面镜子，是真实世界与想象世界相融合的奇幻镜像。观众初次踏进虚拟的镜像空间，会质疑自己感知世界的真伪，而当虚拟世界的大门逐步敞开，人体的感觉器官受到虚拟影像的包围，人类的思维感知会误以为身上发生的一切是真的。随着人机共融，人类主体与客体世界的界限越来越模糊。而赛博空间成为人类除现实世界之外的第二个生存空间,人类意识极易沉浸在声色光影的虚拟世界之中,而无法正确识别真实与虚拟。过度沉溺虚拟世界,人类主体可能会失去自我表达的权利,纯粹的自然人最终会被"电子人"等取代。在这个数字化的空间中,人类的眼耳口鼻、四肢甚至大脑借助外在电子设备,获得镜花雪月般的虚拟感受。但长此以往,在应对纷杂的文字信息、图片影像,以及高强度接触声音、气味和触觉时,人类视知觉会超负荷,视觉的混乱也会干扰大脑正常运转,对现实世界的生活和工作将产生消极影响。

四、观众:超越性审美体验和赛博格主体建构

(一)沉浸和实时互动的超越性审美体验

一部 VR 动画作品的完成不仅需要创作者,更需要观众沉浸并参与其中,才能赋予作品艺术价值。所谓沉浸感,始于观众的身体及感知系统高度投入虚拟世界的一种审美体验。观众的"身体是世界上存在的媒介物",世界中的"被知觉物"只有被观者感知到才存在,虚拟世界也只有向人显现才有意义。以此来说,参与者的身份具有身体和世界的双重属性,身体属于并处于世界空间中,反之处于空间的身体也会受到具体的处境而做出相应的反应。这体现了沉浸式传播通过在场的身体为媒介,它既是世界的中心,又是其显现的载体。梅洛-庞帝从行为和知觉出发构建了一套"身体现象学",并提出"具身主体性"概念,即身体不是一个无思想和机械的身体,而是精神主体根植于"我"的身体。诉诸梅洛-庞蒂《意识与身体》中强调的意识也具有肉体化特征,通过投射到虚拟身体中或通过肉体做出实际动作,因而观众可以从多角度沉浸在 VR 动画世界,通过身体与其实时互动获得身心合一的超越性审美体验。未来穿戴设备的轻便化趋势和智能化发展,将为观众提供高沉浸度审美体验。VR 头盔(裸眼 3D)配合无线交互设备会大大拓展观者的感官系统,提升个人观看体验,而 VR 观影场所也会变得更加日常和私密化。

当观众坠入纯粹的沉浸世界,便失去了主体的能动性,沦为被动的体验者。而纯粹的互动,则会使 VR 动画"游戏化",观众变身游戏玩家,以游戏思维激起胜负欲。Baobab 工作室制作的 VR 动画 *Crow：The Legend*(2019)带给观众较为自然的交互体验。观众可以挥舞双臂,届时花朵会绽开,雪花会飘落。乌鸦 Crow 飞往天堂的过程中,观众可触碰宇宙中的行星,像指挥家一般触发有韵律的音符,当触及有效的行星,还可以帮助 Crow 实现目标。当然观众也可以什么都不做,这样也不会影响叙事继续进行。人机交互是 VR 区别于其他艺术样式的新特质,VR 动画的艺术形式不仅限于枯燥文字、静态的图片或一段视频,而是可感知、操控和获得

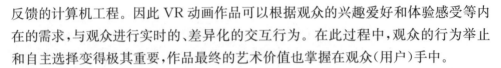

反馈的计算机工程。因此VR动画作品可以根据观众的兴趣爱好和体验感受等内在的需求，与观众进行实时的、差异化的交互行为。在此过程中，观众的行为举止和自主选择变得极其重要，作品最终的艺术价值也掌握在观众(用户)手中。

(二)赛博人接受过程中动态的自我身份建构

"赛博空间"是由计算机控制台控制、互联网支持的数字化信息世界，它连接了世界上所有的计算机和人类信息，主要是一个概念空间。而VR则是赛博空间的技术基础，是针对个人设计的人机杂糅的新对话方式。体验VR动画的观众在联网状态下可以摆脱个人与局部的限制，参与多人交流与互动，开创人人赛博格的新局面。VR虚拟世界最吸引人的地方便是为赛博人提供了多种数字身份信息，为主体提供虚拟化的社会身份，但同时也极易引发赛博人对身份结构的质疑："我是谁?"赛博人根据虚拟社交环境的改变表达不同的自我，可以幻想成理想自我或继续表达真实，也可以表达积极乐观的自我或者倾诉自己的悲伤，动态的自我分裂有利于赛博人进行自我反思和认同。但作为一名身心健康的赛博人仍需统一身份，这就要求赛博人在体验VR过后将离线身份(真实身份)与在线身份(虚拟身份)融合。疫情让很多人丧失了生命。VR Pine这家公司联系专业医疗机构开发VR体验，让阴阳两隔的亲人得以"相见"。在一定程度上可以告慰生者，减少痛苦，让失去亲人的人们振作精神，重建生活信心。

观众在赛博空间得到了情感的满足和精神的自由，从被动的观看变成了操纵选择的主体。因此，VR动画的观看权利被完全颠覆。Oculus Story Studios制作的短片 Henry(2015)，讲述了一只小刺猬因为身上坚硬的刺无法与其他动物做朋友，只能孤独地过生日的故事。观者的视角是一种无身份的旁观，小刺猬每每与观众眼神交流，仿佛观众是有身份的在场角色的视角，但回到叙事逻辑上又经不起推敲。Veer VR平台上线的《冷冻人苏醒》(2019)打破了观者无身份的凝视机制，以第一人称的视角赋予观者主体性的身份和视角。美术馆雕刻石头，更是赋予观众工具和权利，让观众自由发挥，而不受限于伦理道德的约束，有很好的解放自我、发挥艺术才能以及减压的效果。因此要提高赛博格主体的能动性，使观众在充满想象的赛博空间中，可以操控角色选择情节走向。以此来说，观众的操控将会为作品重新赋值，一百个观众将会塑造出一百个哈姆雷特。

五、结语

受惠于艾布拉姆斯《镜与灯》中建构的艺术四要素，本文在元宇宙的语境对VR动画的四要素进行了考察，试图掌握当下VR动画创造者、作品、虚拟世界和观众四要素的发展现状和动态关系。VR 动画的创造者正逐步重视技术美学,利用多元数字工具技术(VR＋5G＋AICDE),在客观现实的基础上创造出适合观众体验的虚拟世界。虚拟世界作为观众审美体验发生、形成和发展的场所,不仅构成 VR 作品的反应对象,还是创作者与观众通过作品对话的数字新世界。VR 动画作品提供了一套新的人际交互的多线叙事模式,在影视表现形式上扩大了观众视域,以长镜头和巧用剪辑的方式培养观众的深度沉浸体验感,使得观众获得身心合一的超越性审美体验,在沉浸与互动中认识自我,并调动起主体能动性,为 VR 动画重新赋能。VR 动画四要素是动态变化的,彼此相互依存、互相渗透,四者关系的审视和观照有助于 VR 动画审美研究。

VR 动画创作者利用数字技术改变了人类观察世界的视角,让观众可以通过硬件设备沉浸于虚拟世界和可能现象。同时技术的具身性对人类的认知能力和行为活动也产生了根本性转变,虚拟世界提供的未知世界和数字身份,扩大了人与世界的关系,观众通过身体经验实时交互又决定了人与世界的行为和活动。可见,VR 技术将人类的身体变成了可操纵之物,这样的好处可以让 VR 动画创作者积极寻找观众审美的对接点,在兼顾商业利益的同时将观众需求和内容创作作为首要出发点,构建优质的 VR 动画作品。但过度沉浸于技术媒介,不仅会消耗人生宝贵的生命,还会反过来侵蚀影响人类的感知和身体健康。后人类时代的到来,开启了人人赛博格的新局面。人类通过赛博格身体在 VR 动画世界遨游,让人类主体可以摆脱肉体的束缚,获得虚拟自由的想象体验。但值得深思的是,在技术设定了规章制度的虚拟世界中,人们开始反向适应数字时代的生活,就像如今人们出门可以不带钱但是不能不带手机。对传统动画而言,VR 动画是一种破坏性创新。数字化转型为 VR 企业打开了新的增长空间,VR 体验也从单一渠道转变为全渠道模式。未来 VR 动画会如何发展? VR 动画产业已做好迎来新一轮热潮的准备。以新技术为依托的跨界融合创新将产生新的产业格局,虚拟综合文化娱乐平台将提供大规模的"个性化定制"服务。这种以新技术为依托的跨界融合创新,将产生新的产业格局,观众需求更加多元化,希冀互动沉浸感极强的游戏化审美体验,指向生活本质的写实性审美表象被娱乐性、体验性的审美幻象取代,审美对象将呈现"碎片化""去中心化"的视觉转向。

原载于《当代动画》2022 年第 4 期。

李艳英:青岛大学文学与新闻传播学院副教授。

盖筱晗:青岛大学文学与新闻传播学院硕士研究生。

界面·身体·空间

——VR 影像"超真实幻觉"产生的三个关键词

乔洁琼 ∎

虚拟现实(Virtual Reality,以下简称 VR)是一个偏正结构词语,简单说就是虚拟出来的现实。综合各类关于虚拟现实概念的表述,可以归纳为:虚拟现实是以计算机技术为核心、结合多媒体技术、通信技术、摄影技术、传感技术、数字合成技术、人工智能技术等的一个综合性的技术(艺术)形式。虚拟现实技术主要有两种,一种是桌面级的虚拟现实,通过人工操作输入设备,控制和驾驭计算机屏幕上的虚拟情境。一种是投入的虚拟现实,使用户完全投身于虚拟情境,主要有基于头盔显示器的系统,投影式的虚拟现实系统和远程存在系统。虚拟现实生成了一个三维虚拟空间,用户借助于必要的装备,可以体验到超越真实的感官感受,通过交互装置获得交互体验。广义上讲,通过网络空间的互动如游戏、直播等都属于虚拟现实。狭义的虚拟现实"专指始于知觉模拟段人机交互界面,受众与技术物产生实时的交互"。①

计算机能够根据用户的实时数据进行反馈,强调用户的感知体验。本文讨论的是狭义的虚拟现实所指。虚拟现实具有沉浸性、360 度真实空间、交互性、人工性、远程在场等特点。

21 世纪,随着大数据和人工智能技术的飞速发展,虚拟现实技术越来越成为一个综合性的技术系统。在多种新技术的加持下,VR 技术加速应用于医疗、娱乐、教育等领域,发挥着越来越重要的作用。新型的 VR 产业吸引着越来越多高科技公司的加入。据统计,"2015 年 VR 与 AR 总共吸引了 225 笔风投,掀起了 VR 产业投资的全球风潮。"②2016 年,世界各大科技公司进军 VR 产业并推出各种产品,被称为"虚拟现实元年"。虚拟现实作为一种以感官体验为目的的技术,与影视本体具有天然的亲缘性,一经进入影视业,便引起了诸多的关注。2017 年,墨西哥大导演冈萨雷斯创作的《肉与沙》进入戛纳电影节的展映单元,产生了轰动一时的

---

① 苏昕《虚拟现实中的身体与技术》,中国科学技术大学博士学位论文 2021 年,第 33 页。
② 陈亦水《虚拟现实(VR)艺术的媒介文化研究》,《电影评介》2020 年第 16 期,第 4 页。

效果。随后,威尼斯电影节、柏林电影节、北京国际电影节相继设立 VR 展映或者竞赛单元。VR 技术在电影中的大量运用,带来了 VR 的"艺术转向",也吸引着人们重新思考"电影是什么"这一终极命题。

迈克尔·海姆在《从界面到网络空间:虚拟实在的形而上学》中认为:"最终的虚拟实在是一种哲学体验……当我们有限的理解力面对无限的虚拟世界时,便会产生这种感觉,因为在这里我们随便找个地方就能安顿下来。"①据此,海姆认为虚拟现实最终会引起意识的革命。虚拟现实之所以能够引起一场意识到革命还在于,虚拟现实技术产生了一种"超真实幻觉"。鲍德里亚认为,如果说以前的仿真有着现实的本源,那么今天用模型生成的是一种没有本原或者现实的真实:超真实。"'超真实'是现代电子技术和生物技术按照模型再生产出来的真实,是一种比真实还要真实的虚拟真实,它不再是一些单纯的现成之物,而是人为地生产和再生产出来的'真实'。"②VR 虚拟影像将人的身体、运动与背景合成在一起,这些背景是通过计算机建模构建,是一种典型的没有本原或现实的真实。带上头盔后,人与现实的联系被切断,在一种完全人工的环境下体验"超真实影像","超真实影像"与现实无关却可以诱使我们将拟像信以为真。如《头号玩家》中,人们的娱乐、社交等日常生活都在虚拟等"绿洲"世界里进行,VR 虚拟影像却取代了真实和原初世界,成为人类具身感知的对象,人们将虚拟信以为真。人类居住的废墟作为真正的现实在人的感觉中萎缩了,"真实变成了沙漠"。斯皮尔伯格认为,VR 影像的陷阱正在于此。VR 将"超真实幻觉"的创造提升到了前所未有的高度,通过构建"虚拟环境"和"感官沉浸",重新定义影像真实与现实真实。"虚拟环境"和"感官沉浸"两个核心观念通过界面、身体、空间的建构来完成,本文从这三个角度来探讨"超真实幻觉"如何产生以及可能的意义。

一、界面:从消融到交互

界面是什么? 迈克尔·海姆在《从界面到网络空间——虚拟实在的形而上学》中指出:"界面原来指的是用来连接电子线路的硬件适配器,后来又指用来窥视系统的视频硬件,最后,则是指人与机器的连接,甚至是人进入一个自足的网络空间。"界面包含两种意义,"一是计算机的外围设备和显示屏,一是通过显示屏与数

---

① 〔美〕迈克尔·海姆《从界面到网络空间:虚拟实在的形而上学》,金吾伦、刘钢译,上海科技教育出版社,第 142 页。

② Jean Baudrillard, *Simulacra and Simulation*, tr. Shelia Faria Galer, Ann Arbor: The University of Michigan Press, 1994, p23.

据相连的人的活动"。① 列夫·马诺维奇在《新媒体的语言》中认为交互界面包含着浏览器的交互界面和操作系统的交互界面,计算机屏幕是人机交互界面的重要元素,计算机交互界面是一种"符码",承载着文化信息。"人机交互界面"出现在计算机作为工具时代。"随着互联网的使用和普及,人——计算机——文化交互界面成为计算机呈现文化数据的方式。在马诺维奇看来,印刷使用文字、电影使用三位空间内的视听叙事,而人机交互界面则是一套机器的控制系统。"②VR 界面是电影与计算机交互系统的融合,它消融了影视的"界面",由单向传播走向人机互动。

影视系统的界面主要是屏幕,屏幕"把我们置于界面之前",这一中介连接了观众与影像,桌面级虚拟现实也延续了影视的屏幕形态,通过人为操控虚拟情境,参与并投入虚拟环境中。从接收者的角度来看,屏幕的存在依然使他们受到周围环境的干扰。VR 影像消融了传统电影的"界面"——银幕。在 VR 影像中,主要通过头盔、手套、皮肤衣、虚拟现实技术中的手柄和单车等技术中介物来连接用户与影像,我们可以进入到界面之中。从传统影视到 VR 影像,界面"消融"到技术中介物中,传统的电影语言所营造的封闭空间的幻觉性被 VR 系统营造的超级真实幻觉所取代。

传统影视的真实幻觉主要是由两方面促成,一方面来自影视语言修辞。银幕上各类因素的安排受制于画框。为了给观众营造一个封闭空间的幻觉,经典的好莱坞镜语体系强调轴线规律、视线缝合、零度剪辑等语言语法的目的,是为了隐藏分镜头的痕迹,隐藏人为操作的痕迹,使观众忽略银幕和自身空间的存在,使他们融入剧中,产生一种真实的时空连续的幻觉。然而这种幻觉是建立在画框原则之上。电影真实幻觉的另一方面来自电影界面的物质性。银幕作为一个物质界面,"是观众(取景人)需要经过的门槛,通过它达到视觉经验"③。为了"消解"银幕的物质性,电影通过强化画外空间、演员直面镜头与观众产生交流,从而突破电影二维平面的限制,"扁平的银幕给出了第三个维度,可以被体验为深度或时间"④。有学者认为电影语言的使用导致真实幻觉是一种修辞型越界,而由突破电影物质本体所产生的幻觉是一种本体型越界。⑤ 传统电影的"越界"是建立在电影单向传播的基础上,观众在封闭的黑暗空间中,通过想象完成幻觉。这种越界不是真正的越

① 〔美〕迈克尔·海姆《从界面到网络空间,虚拟实在的形而上学》,金吾伦、刘钢译,上海科技教育出版社,第 80 页。

② 〔俄〕列夫·马诺维奇《新媒体的语言》,车琳译,贵州人民出版社 2020 年版,第 79 页。

③ 〔美〕安德鲁·达德利《电影是什么!》,高瑾译,北京大学出版社 2019 年版,第 132 页。

④ 〔美〕安德鲁·达德利《电影是什么!》,高瑾译,北京大学出版社 2019 年版,第 118 页。

⑤ 徐小棠《界面的消融:电影数字叙事的越界与电影类型》,《电影评介》2020 年第 22 期,第 64 页。

界,银幕在相当程度上阻碍了"真实时空幻觉"的产生。从早期学院画幅发展到 3D 电影,人们一直试图突破银幕的物质性,使影像"钻出银幕",呈现在观众面前。不过,银幕始终是矗立于观众与故事之间的中介物,银幕提示着画框内故事的封闭性,强调着观众与故事的距离,提醒着观众现实世界与虚拟世界的界限以及观众的不在场。同时,开放的观影环境也干扰着观众对故事的注意力。新媒体时代,电影早已经突破了边框限制,与装置艺术、博物馆展览、网络空间相融合,形成"扩展的电影"新定义。

VR 影像对电影本体产生革命性的变化在于它从修辞到本体都对传统电影界面进行了"消融"。VR 使"画框"彻底消失,使得传统电影语言失效,如景别、运动、构图、视点视听手法的修辞性不复存在,观众不是一个封闭故事的窥视者,而是置身于故事空间。"界面"的消融使得观众身体"越界"到虚构的故事中,实现了观众与剧情的真正"互动"。1924 年,巴斯特·基顿执导的电影《福尔摩斯二世》中年轻的放映师发现影片的情节与自己的遭遇十分相像,他在梦境中走入银幕故事,体会着银幕中的各种场景,后来化身为机智的福尔摩斯二世,凭借智慧战胜了坏人,逢凶化吉。《福尔摩斯二世》仿佛是一个对未来 VR 电影的寓言,观众不仅可以作为旁观者"偷窥"故事,而且可以跨越界面,进入虚拟的影像世界,参与到剧中人物的故事中,进而改变情节。电影的蒙太奇分切技巧使主人公产生了种种的晕眩也先知地预演了 VR 观众对于影视视听语言的不适。在影片中,电影不是单向传播,而是观众进入银幕,与剧情深度"互动"。

VR 电影中,观众从旁观者身份跳出来,成为虚构故事的角色,传统电影中的客观视点、导演视点、主观视点等多种视点转变为了一个视点——体验者的主观视点,因此虚拟现实也意味着传统电影中自由视角的消失。因此,"受众位置的质变是 VR 带来的核心质变"[1]。这一质变对传统电影自由视角叙事带来了威胁,叙事成为第一人称的游戏,而故事讲述者彻底隐退和消失。

二、身体:从感官沉浸到意识沉浸

唐·伊德在《技术中的身体》中,将身体分为物质身体、文化身体以及技术身体。物质身体是由肉身建构,我们通过肉身的感觉器官感知世界,获得对物质世界的感受。肉身之上,人之所以为人,在于我们不仅仅能够感知世界,还在于能够创造社会政治、经济、文化、艺术,这些建构了人类的文化身体。随着时代的发展,技术越来越进步,人类创造的技术物反过来又对身体产生了各种影响,形成了"技术

---

[1] 谢波、孙鹏《交互的可能与真实的边界——论无边的交互电影》,《当代电影》2020 年第 9 期,第 121 页。

身体"。在唐·伊德看来,身体与技术有四种关系,一是具身关系,二是解释关系,三是背景关系,四是他者关系。具身关系是指技术成了人身体的延伸,如眼镜本来是一种技术物,人戴上眼镜后获得更加清晰的视觉,眼镜成为视觉器官的一部分。解释关系是指一些技术物解释了我们身体,如温度计、运动手表,能够将身体的诸多指标通过数字的形式进行解释。背景关系指我们生活在技术赋能的生活中,很多技术物"隐身"在生活之后,成为一种背景,如电灯让人们在夜晚也能够像白昼一样正常工作,我们感受到了灯光带来的便利,却忽视了电灯的存在,电灯越来越隐退为我们生活的背景。"他者关系"是指人将技术视为客体,人通过技术认识世界,技术反过来又影响甚至控制了人的生活,因此技术是一种"他者"。

在 VR 影像中,四种关系交融互渗,综合起来指向技术的具身性,技术真正成了人身体的延伸。头盔、手柄、皮肤衣等各种技术装备集中作用于人的肉身,成为各类感觉器官的延伸。同时人身体的各项指标通过计算机系统被记录并反馈到计算中心,解释着人的思维与身体的反应,如在一个 VR 辅助戒毒的实验中,戒毒者可以通过 VR 影像体验到真实的吸毒场面,同时他的脑电波也被计算机系统所记录,呈现出其对毒品的渴求度,技术解释着各种复杂的身心现象。另外随着技术的进步,辅助工具越来越便捷化,人类可能无须佩戴任何装备即可体验到虚拟现实场景,技术最终会退化为一种背景,当人类最终生活在《头号玩家》中所呈现的世界中时,人的主体性何在?技术作为一种"他者"如何反客为主进一步控制了我们的生活?可见,唐·伊德所提出的技术与身体的四种关系并非割裂的,尤其是在 VR 时代,为我们提供了一个深层思考人与技术关系的维度。

人的知觉活动是以身体为中介的,传统电影作用于人的视听器官,观众通过想象体验着银幕上的形象。如看到剧中人物的手被玻璃割破,观众通过想象唤起"被割破"的感觉,这就是梅洛·庞蒂所谓的"联觉感知"。在传统电影的观赏中,观众作为观看主体是"离身"于银幕的客体形象。所谓"触感"只能通过想象完成。VR影像则突破了主客体的边界,主体"沉浸"于感官世界,真实"触摸"到虚拟世界的物体,因此,VR影像体验从视觉中心转变为全感官"触觉中心"。马克·汉森认为,当代媒体艺术在审美文化的基础上实现了范式转换:从主导性的视觉中心主义美学转变为植根于具身情感的触觉美学。如果说传统的影像艺术体现的是人作为观看主体对银幕/扬声器的视/听感知,VR 则模糊了看与被看、观众与角色的界限,用户既是影像的观看者,也是剧情的参与者。身体具有了双重性,一是作为用户的身体,一是作为内容的身体,身体既具有实在性,又具有了虚拟性。体验过程中,用户的所有感觉官能被打开,视、听、触、嗅等全身沉浸于影像中,观众不需要通过"联觉"即可获得真实的感官体验,进而进一步引导着观众对情感,"离身性"观看转变为"具身性"观看。如 2017 年威尼斯电影节亚利桑德罗·冈萨雷斯导演的《肉与沙》,与传统电影放映不同,《肉与沙》更像一种装置电影,放映场所设在一座废弃的机库,里面用废弃的材料模拟建成墨西哥墙,观众触摸墙体有摩擦刺痛的感觉,地面铺满粗糙的沙粒,室内温度寒冷。这一切把观众直接带入美墨边境。接下来,观众戴上头盔,会看到难民、警察等。硌脚的沙子、寒冷的温度、难民的喊叫、巡警的枪声,所有这些真实触感作用于肉身后,观众不知自己是旁观者还是剧中人。在这里,"虚拟环境"与"感官沉浸"获得一种超真实的体验。传统电影观看中观众的离身性被 VR 体验的具身性所取代,视觉中心转向了"触觉中心"。从视觉中心向触觉中心的转变意味着电影从"视觉沉浸"转移到"身体沉浸"。影像文本意义的产生和情感体验不再局限于视觉,每一种触觉都创造着意义和情感。传统的电影银幕是一个独立和封闭的叙事系统,观众与故事之间并没有"越界",而 VR 影像则致力于身体的"越界",VR 影像中,身体与技术互相"侵越"。看与被看、触与被触、感知与被感知相互交融,观众"近距离和无距离地具身体验任务所见所触所听所感",现实身体"越界"进入虚拟身体,观众"带着自己的身体进入想象世界",这不仅改变了电影的感知方式,也改变了电影的生产和放映方式。

人通过体验 VR 影像,经由感官沉浸进入更深层次对意识和情感沉浸。意识是个体独立存在的基本标识,是一种高级的知觉感知的心理。弗洛伊德将人的心理结构分为意识、潜意识和前意识,容格将心理结构分为意识、个人潜意识、集体潜意识,又将心理功能分为思维功能、情感功能、知觉功能以及感觉功能。情感功能与直觉属非理性范畴,思维与感觉属于理性范畴。VR 影像不仅可以实现人的全感官沉浸,还可以超越单纯的感官体验,唤起人深层的意识和潜意识,使人自由地在梦境、幻觉等意识的世界里穿梭。VR 影像剥离了身体,压缩了思维与理性空间的同时放大了情感、幻觉等非理性空间,产生了一种"幻真"效果。如果说感官沉浸是一种较浅层次的知觉体验,意识沉浸则可以深度改变人的认知。例如,VR 技术在毒瘾的辅助治疗中有较大的成效,就是借助于 VR 技术,作用于人对毒品的意识,从而达到戒毒的目的。首先,戒毒人员戴上头盔,看到自己置身于一个吸毒的场景中,甚至有人递过来吸毒用具,这种超级真实的环境诱发了戒毒者的毒瘾。接下来的场景则出现了吸毒者溃烂的皮肤、爬满身体的蛆虫,强化吸毒带来的可怕记忆。经过多次虚拟现实治疗后,吸毒人员只要一产生想吸毒的念头,马上就会出现意识的条件反射,对毒品的渴求度大大降低。VR 戒毒系统就是通过意识沉浸改变心理对毒品的依赖,进而达到戒毒的目的。

电影可以表现梦境、幻觉、潜意识等非理性活动。20世纪20年代欧洲先锋派电影《一条安达鲁狗》就通过划破眼球、手心钻出蚂蚁等似真似幻的影像表现了焦虑情绪。然而由于"离身性"观看，观众对于影片呈现出潜意识或者意识流的影像还是难以理解。然而VR观看则可以实现完全的意识沉浸，观众可以从现实生活的意识流、非理性经验出发理解影像的非连贯和非理性。装置VR作品《沙中房间》，体验者可以感受到超越肉身的体验，可以飞行、潜水、急速下滑等，进而体验一种"灵魂出窍"的感觉。《沙中房间》的导演劳瑞·安德森说："我创作的所有作品，都是关于一个主题——身体剥离，观众无须按照指示去完成某个动作，而是以超越肉身的终极观察者视角，在沙中房间中徜徉，在通过巧妙的互动，让观众彻底迷失在虚与实，真与假中。我的目的，就是让观众感受到真正的自由。"VR电影最终通过意识沉浸，产生了文化价值。迈克尔·海姆曾说，VR电影将"引起一场意识革命"，"VR真正起作用的地方是在潜意识层面，虚拟实在的本质最终也许不在技术而在艺术，也许是最高层次的艺术"[①]。如果虚拟现实的终极目标是重复一个现实，是为了塑造一个替代现实，这毫无意义。虚拟现实的意义在于这个替代世界"所能唤起我们的替代性思想和替代性情感的能力"[②]。因此，VR影像应最终诉诸人们的意识和情感，通过VR影像，人们漂泊的心灵找到了泊位，能够对其他苦难之人产生密切的共情，其意义才可能被凸显。

三、空间：从复制到合成

VR技术主要作为一种新型的应用工具大量运用于教育、医学、航空、公安等领域，随着VR影像的"艺术转向"，VR进军影视业，VR动画、VR电影、VR纪录片等创作在近几年呈现出井喷之势。一方面，电影赋予了VR制造幻景的基础，VR电影被视作传统电影的革命性延续；另一方面，VR技术又使电影再一次面临着"电影是什么"以及"电影已死"的终极问题。从电影的空间幻觉来看，从其诞生之初，先驱们将影像"再现一个声音、色彩、立体感等一应俱全的外在世界的幻觉"[③]视作电影技术发展的最高目标，巴赞所说的电影"是现实的渐近线"即指随着技术的进步，电影空间将无限向现实靠拢。从无声到有声、从黑白到彩色、从标准

---

① 〔美〕迈克尔·海姆《从界面到网络空间，虚拟实在的形而上学》，金吾伦、刘钢译，上海科技教育出版社，第146页。

② 〔美〕迈克尔·海姆《从界面到网络空间，虚拟实在的形而上学》，金吾伦、刘钢译，上海科技教育出版社，第142页。

③ 〔法〕安德烈·巴赞《"完整电影"的神话》，杨远婴主编《电影理论读本》，世界图书出版社2012年版，第197页。

银幕到宽银幕再到 3D 电影、从单声道到环绕立体声,无不为电影体验更接近现实的基因。而 VR 影像 360 度空间沉浸则彻底打破了传统电影 180 度空间的限制,更接近巴赞的"完整电影"神话了。

VR 影像在空间美学上是反蒙太奇的。蒙太奇通过镜头组合产生意义和情感,创造出影像的美学风格,而 VR 影像则努力创造一个单一空间,所有产生意义和情感的元素在这一单一空间中出现,通过声音等因素等引导,实现时空的转换。如《肉与沙》中,沙子、边境墙、难民、警察都是出现在一个场景中的不同元素,这些元素的强调并不是通过蒙太奇实现,而是通过声音的引导来完成。观众不是置于故事之外,而是置于虚构空间,以人物的视角来体验着并不存在的空间。

VR 电影与传统电影的空间建构逻辑存在着巨大的区别。以胶片为载体的电影"追求'逼真'的写实效果,以'现实主义'作为美学原则;而新兴的'幻真电影'追求'亦真亦幻',以'虚实主义'作为美学支撑"①。因为新型电影不再以胶片作为介质,因而电影也就不再具有"物质现实复原"的包袱。随着数字时代的来临,电影成为多种技术融合的媒介形式,VR 电影是在互联网、游戏、动漫、移动影像、虚拟合成、人工智能等一系列信息技术普遍应用而建立起来的一种世界观。VR 电影空间从表面上看,仿佛将现实三维立体空间进行了完整呈现,然而这种空间是通过多种"人工"方式构建的,是一种计算机合成的"现实"。创作者或者通过计算机从无到有创建一个虚拟空间,或者通过合成现有的影像,或者将计算机创建与合成相结合等技术手法来实现空间的"真实感"。"数字合成"取代"胶片复制",改变的不仅是电影的创作方式,还改变了电影的空间观念。因为数字合成是将多种不同元素的影像通过协调、配合整合在一起。"一个合成空间由一系列运动影像层组成,这比真实空间中的一个镜头更具有模块性。在整个生产过程中,各个元素保留了各自的特性,因此很容易修改、替换、或删除。""从逻辑上来看,与其说它们属于传统图像或电影范畴,不如说它们更像结构化的计算机程序。"②如果说传统电影遵循着现实复原的本体逻辑,那么 VR 电影则具有合成的"超真实"世界观,在这个合成世界中是以"隔绝现实"为前提,电影从对真实的"再现"转向了对真实的"建构"。在这种世界观的支配下,VR 电影不仅可以复制"物质现实",同时也可以复制"思维意识",复制一切人脑能想象出来的"幻象"。使观众沉浸在"似真似幻"的计算机合成空间中,在这样的影像观念中,VR 虚拟影像已经不是根据现实世界去构建了,它们与现实世界甚至毫无关系。它是一种"超稳定的、程序化的、完美的描述机

---

① 薛峰《虚实主义与幻真电影:人工智能时代的电影美学转向》,《文艺争鸣》2020 年第 7 期,第 113 页。
② 〔俄〕列夫·马诺维奇《新媒体的语言》,车琳译,贵州出版集团 2020 年版,第 141 页。

器,提供关于真实的所有符号,割断真实的所有变故。"就像《头号玩家》中所描绘的那样,真实世界消解了,人们最终存在于虚无的仿真世界。

电影空间从复制到合成、从单向度观看到空间沉浸不仅仅是一种技术的进步,人们更加接近"完整电影"的神话,更重要的是一种对于现实的观念的变化,一种世界观的变化。VR 虚拟影像切断了与现实的联系,构建了一个封闭的"超真实幻觉",我们要警惕的是仿真世界的日益膨胀和现实世界的日益萎缩。VR 影像在为我们找到心灵泊位的同时,我们也应关注现实的位置及其意义。

四、结语

VR 技术通过界面消融、身体沉浸、空间沉浸制造了一种"超真实幻觉"影像,与传统电影强调影像与现实存在联系不同,VR"超真实影像"以屏蔽现实为前提,主体越过物质界面,消融在客体之中。VR 影像以意识沉浸和情感沉浸为目的,通过人工化、数字化的技术建构了一个合成对话空间。从一定意义上来讲,VR 影像重新建构了一套关于现实的观念。迈克尔·海姆对 VR 技术持乐观态度,认为 VR 影像为我们提供了精神的泊位,有限的人在无限的虚拟世界中可以获得崇高的审美精神。鲍德里亚对于"超真实"作为一个符号系统取代了我们真实的存在,最终消解了真实世界的含义,也为我们提供了反思 VR 技术的哲学依据。VR 影像终将以席卷之势改变我们的意识,我们需要做的是,不要被其奴役,而是将其化为我们理解现实的工具。

原载于《视听理论与实践》2022 年第 1 期。
乔洁琼:青岛科技大学传媒学院副教授,青岛市首批签约文艺评论家。

"个人观看设备"下对电影的重新定义

马　达

电影是各艺术门类中最近形成的一种艺术,从电影形成技术基础到现在仅过了不到两百年的时间。在 2015 年前,被广泛认可的最早的电影是卢米埃尔兄弟在 1895 年在法国巴黎的一家印度风味咖啡馆里向三十多人放映的《工厂大门》《水浇园丁》等十部短片。在电影史里,人们也把电影这门艺术以及电影院的概念设置为有"观者"、有"银幕"以及"电影内容储存在胶片上"。

他们改造了美国发明家爱迪生所创造的"活动电影放映机"(Kinetoscope),将其活动影像能够借由投影而放大,让更多人能够同时观赏。

但是如果按照这个标准,在 1889 年,爱迪生申请专利的 Kinetoscope,也具备了"银幕""胶片"和"观者"三个要素。这个发明比卢米埃尔兄弟的发明早了六年的时间。

但事实是,卢米埃尔兄弟的电影放映机和放映形式,后来演变成了普遍意义上的电影和电影院的形式,而爱迪生申请专利的 Kinetoscope 却逐步演化变成了游乐场里常出现的"洋画机"。为了找到其区别,学者们又形成了一种新的共识:卢米埃尔兄弟的电影放映场景是一部设备同一时间在为多人放映,也就是要有观众——"观众"的"众"的概念出现了。也就是不能仅是为一个观众放映。而爱迪生的 Kinetoscope 满足不了多人观看的需求,所以被定性为"个人观看设备"。从此之后相当长的时间,"银幕""胶片"以及"观众"成为电影以及电影院形式的三个要素被广泛采纳。1895 年和卢米埃尔兄弟,几乎成了所有电影历史教科书的通识认识。

但是,随着流媒体(OTT)的出现,尤其是"手机移动放映平台"的出现,普通观众看电影的选择途径已经有了根本变化。原先放映电影的银幕,成了手机屏幕;胶片放映机转变成了手机、平板电脑等移动设备上的数字内容。

卢米埃尔兄弟①

1895 年的有声活动电影机②

1894—1895 年的电影院③

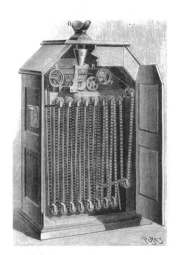

1889 年的"活动电影放映机"的内部构造④

---

① http://www.institut-lumiere.org/francais/patrimoinelumiere/brevehistoire.html
② Publicity photograph of man using Edison Kinetophone，ca. 1895.
③ Publicity or news photograph of San Francisco Kinetoscope parlor，ca. 1894-95.
④ Originally published as an illustration to "Le Kinétoscope d'Edison" by Gaston Tissandier in La Nature：Revue des sciences et de leurs applications aux arts et à l'industrie, October 1894；Vingt-deuxième année, deuxième semestre；n. 1096 à 1121, pp. 325-326. Republished with "Mechanism of the Kineto-Phonograph" by Arthur E. Bostwick (Science editor) in The Literary Digest. v.X No.4（24 November 1894），p. 15 (105).

最核心的问题是"观众"——在原有"电影"的定性下,有两个以上观众,这个"卢米埃尔电影"与"爱迪生电影"的分水岭之间谁是电影最早的发端的问题又重新出现。很显然,手机是一个典型的"个人观看设备",也就是说,如果我们承认在手机上看电影算是完成了看电影的行为的话,就相当于颠覆了原有电影和电影院的定义,也就相当于认可了"个人观看设备"上放映的胶片也是电影。那世界上最早放映电影的就不应该是卢米埃尔兄弟而是爱迪生。

从命名角度,爱迪生的 Kinetoscope 来自希腊语"kineto"(活动)和"scopos"(观看),这也与我们今天手机来看电影的形式和内涵极为接近。

而传统电影使用的电影院 cinema(来自辞源"剧院")、film(来自媒介名称)、movie(来自电影的活动影像属性)是很难准确涵盖"个人观看设备"的认知属性的。

而事实上,爱迪生的"活动电影放映机"对电影历史的贡献从技术角度上讲,有两大杰出的贡献。第一,统一了胶片标准。爱迪生在活动电影放映机上出品的作品《蝴蝶之舞》的 35 毫米电影胶片,成为早期电影全球电影胶片的标准;第二,对有声电影的探索性实践。从 1895 年之后,当时的有声活动电影机就开始用内置留声机的形式出现,并在放映设备上加入了"耳机"的要素,可以说是一个跨时代的探索。直到 20 世纪 20 年代有声电影出现之前,"活动电影放映机"式有声方式,还是机器环境(非乐队环境下)下唯一的电影出声的方法。

随着"个人观看设备"的广泛出现,我们应该对电影的定义重新进行要素定义,把观看电影的人从"观众"重新回归到"观者",在当下语境下,重新判断电影出现的时间是 1889 年还是 1895 年。

马达:青岛市委党校副教授,青岛市文艺评论家协会副主席。

"清"的审美品格与苏轼的书法传统

刘春雨 ∎

苏轼认为书法风格的变化包含在历史积累的书学传统之中,书法传统源远流长、变化不居;而书法传统之中的"古今之变""变"与"常",是苏轼书法史的讨论焦点。如何在历史传统中确立个人的书法风格和时代的书法风格是苏轼及他的同人们共同关心与一致努力的方向。

一、"古今之变"与苏轼的书法传统

对于苏轼如何理解艺术史的传统以及传统之中的艺术创造问题,我们有必要再细读一下相关文献资料——《书黄子思诗后》,这是苏轼为《黄子思诗集》写的一篇序跋文。学界普遍认为研治宋代文艺思想史,《书黄子思诗后》是一篇不可忽视的重要文献。文章首先讨论书法传统之颜柳之变,然后论及诗歌在晋唐传统中的创作问题:

> 予尝论书,以谓钟、王之迹萧散简远,妙在笔画之外。至唐颜、柳始集古今笔法而尽发之,极书之变,天下翕然以为宗师,而钟、王之法益微。至于诗亦然。苏、李之天成,曹、刘之自得,陶、谢之超然,盖亦至矣。而李太白、杜子美以英玮绝世之姿,凌跨百代,古今诗人尽废,然魏晋以来,高风绝尘,亦少衰矣。李、杜之后,诗人继作,虽间有远韵,而才不逮意,独韦应物、柳宗元发纤秾于简古,寄至味于淡泊,非余子所及也。唐末司空图,崎岖兵乱之间,而诗文高雅,犹有承平之遗风。其诗论曰:"梅止于酸,盐止于咸,饮食不可无盐梅,而其美常在咸酸之外。"盖自列其诗之有得于文字之表者二十四韵,恨当时不识其妙,予三复其言而悲之。闽人黄子思,庆历、皇祐间号能文者。予尝闻前辈诵其诗,每得佳句妙语,反复数四,乃识其所谓。信乎表圣之言,美在咸酸之外,可以一唱而三叹也。①

在此,苏轼指出,魏晋时期的书法和诗歌具有共同的风格特征是"萧散简远"——平淡朴素之中寓有深远意境,高风绝尘;而唐代的书法和诗歌其最高境界

---

① [北宋]苏轼《书黄子思诗后》,孔凡礼点校《苏轼文集》卷六十七,中华书局 1986 年版,第 2124 页。

则是另一种样态,即"英玮绝世之姿,凌跨百代""雄秀独处,格力天纵"。苏轼对苏李的"天成"、曹刘的"自得"、陶谢的"超然"、李杜的英玮绝世,以及柳宗元、韦应物"发纤秾于简古,寄至味于淡泊",都给予高度评价。

苏轼所论涉及艺术的时代风格以及艺术风格生成的古今关系问题。唐代相对魏晋而言,属于"今",唐代的伟大艺术家们创造了有别于魏晋时代的具有唐代特征的书法和诗歌的风格,这一点是苏轼重点关切的问题,而且文章最后着落于与苏轼更近时代的前辈黄子思的诗歌的风格之上。《书黄子思诗后》是一篇序跋写作,考虑到人情世故,苏轼对黄子思的诗歌褒奖有加。但苏轼在文中的真正关切,是艺术家包括苏轼自己应该如何在传统之中创造艺术的风格的问题。当然,《书黄子思诗后》也集中表达了苏轼对陶渊明、韦应物直至司空图等人诗风的一体化看法;他在从魏晋到晚唐,乃至黄子思的诗歌之中所体认诗歌风格的一贯之道——清远。这种"清远"的气息也是魏晋书法以来直至宋代都应该具有的风格品质。

苏轼在赞许智永的书法时说:

永禅师欲存王氏典刑,以为百家法祖,故举用旧法,非不能出新意求变态也,然其意已逸于绳墨之外矣。云下欧、虞,殆非至论,若复疑其临放者,又在此论下矣。①

对苏轼而言,传统典型书法杰作是书法传统的重要一部分,但传统的形成和延续不是一些静止不动的楷模典型,书家对书法意味真正的把握对书法传统的生成和延续而言更重要。苏轼反对机械地模仿书家典型书作,认为应该像智永这样不为典型所囿,在传统的形式之中表现书法笔墨应有的意涵,以达到抒情达意的目的。

苏轼认为,文艺传统生成于历代文艺家们思想观念和创作活动的积累。这一点,他也曾在其他题跋中有所论述:

智者创物,能者述焉,非一人而成也。君子之于学,百工之于技,自三代历汉至唐而备矣。故诗至于杜子美,之文至于韩退之,书至于颜鲁公,画至于吴道子,而古今之变,天下之能事毕矣。②

跋文中,苏轼明确指出,艺术的传统是个积累的历史过程,并非某个艺术家凭借一己力量可以完成这种积累和演进;从三代到汉晋,再到唐代,汇聚古今之变的唐贤们创造了伟大的艺术形式,像杜甫、韩愈、颜真卿和吴道子是其中最杰出的代

---

① [北宋]苏轼《跋叶致远所藏永禅师千文》,孔凡礼点校《苏轼文集》卷六十九,中华书局,第 2176 页。

② [北宋]苏轼《书吴道子画后》,孔凡礼点校《苏轼文集》卷七十,中华书局,第 2210 页。

表。在赞扬这些前贤们所创造的卓越艺术成就之时,苏轼也在思考如何在自己的艺术创作中保持这种创造力的延续。诗、文、书、画这些代代积累的文化形式传统,是一种"文"的表现形式,涉及道统问题。

苏轼对书法传统的理解,与后世项穆在《书法雅言》中所阐述的书法传统有所区别。项穆(1596年前后在世)在《书法雅言·取舍》中云:

> 逸少一出,会通古今,书法集成,模楷大定。自是而下,优劣互差。……智永、世南,得其宽和之量,而少俊迈之奇。欧阳询得其秀劲之骨,而乏温润之容。褚遂良得其郁壮之筋,而鲜安闲之度。李邕得其豪挺之气,而失之竦窘。颜、柳得其庄毅之操,而失之鲁犷。旭、素得其超逸之兴,而失之惊怪。陆、徐得其恭俭之体,而失之颓拘。过庭得其逍遥之趣,而失之俭散。蔡襄得其密厚之貌,庭坚得其提妞之法,赵孟得其温雅之态,然蔡过乎模重,赵专乎妍媚,鲁直虽知执笔,而伸脚挂手,体格扫地矣。苏轼独宗颜、李,米芾复兼褚、张。苏似肥艳美婢,抬作夫人,举止邪陋而大足,当令掩口。米若风流公子,染患痈虎,驰马试剑而叫笑,旁若无人。数君之外,无暇详论也。择长而师之,所短而改之,在临池之士玄鉴之精尔。①

项穆把王羲之书法视作模楷,这一模楷被圣化为一个绝对的观念,其独立并超越在中国书法实践的传统之外,不可超越。后来的诸多优秀书家也只能在王羲之藩篱的笼罩之下进行书法之书写和创作。项氏把王羲之在书法史中的地位提升到儒家思想史中孔子的地位:

> 宰我谓仲尼贤于尧舜,余则谓逸少兼乎锺张,大统斯垂,万世不易。第唐贤求之筋力轨度,其过也严而谨矣。宋贤求之意气精神,其过也纵而肆矣。元贤求性情体态,其过也温而柔矣。②

但这种以模楷确立为主要理论基点的书法传统论,并非中国书法传统的全部。至少,苏轼的书法传统就不完全如此。

丛文俊在《中国书法史·先秦卷》中曾对中国书法的传统问题作出过阐释,他以项穆《书法雅言》中"书统"的思想立论,提出书法传统首先是一个"模楷"确立问题,在此基础上才会有传统之统绪传承和中和权变。中国书法的风格变化演进也是在以模楷为基准在可接受的限度内微调。③"模楷"具有定型和固化作用,并且具有至高的权威。丛文俊提出传统之两面:传承与权变。

---

① 项穆《书法雅言·取舍》,《历代书法论文选》,上海书画出版社1979年版,第533页。
② 项穆《书法雅言·书统》,《历代书法论文选》,上海书画出版社1979年版,第512页。
③ 丛文俊《中国书法史·先秦、秦代卷》,江苏教育出版社2007年版,第4~17页。

苏轼是怎么理解书法传统的呢？苏轼的书法传统之中有许多优秀的书家，但他并不认为这些书家的书法成就是不可以超越的。正如他在《书唐氏六家书后》中所指出的那样：

颜鲁公书，雄秀独出，一变古法，如杜子美诗，格力天纵，奄有汉魏、晋、宋以来风流，后之作者，殆难复措手。柳少师书，本出于颜，而能自出新意，一字百金，非虚语也。其言心正则笔正者，非独讽谏，理固然也。①

在苏轼的理解中，只有书法家形成自己书法风格时，其书法艺术才进入最高阶段，艺术创造首先表现为对传统的继续——是既富于创造又务必遵循传统法则。这一点类似孙过庭《书谱》中所说："无间心手，忘怀楷则，自可背羲、献而无失，违钟、张而尚工。"②

在《评杨氏所藏欧蔡书》中苏轼说：

自颜、柳氏没，笔法衰竭，加以唐末丧乱，人物落磨灭，五代文采风流，扫地尽矣。独杨公凝式笔迹雄杰，有二王、颜、柳之余，此真可谓书之豪杰，不为时世所汩没者。国初，李建中号为能书，然格韵卑浊，犹有唐末以来衰陋之气，其余未见有卓然追佩前人者。独蔡君谟言书，天资既高，积学深至，心手相应，变态无穷，遂为本朝第一。然行书最盛，小楷次之，草书又次之，大字又次之，分、隶小劣。又尝出意外飞白，自言有关心翔龙舞凤之势，识者不以为过。③

苏轼似乎在接着《书黄子思诗后》论述书法传统的发展问题，其大体的路径就是：颜柳之后笔法衰绝之后，五代杨凝式出现，笔迹雄杰，风格卓越；之后，书法又没落，而蔡襄在宋代领尽风骚，变态无穷，有翔龙舞凤之姿。苏轼并没有像后来的项穆一样，为书法史的传统设立一个模楷式的代表风格，以此模楷作为基准展开其书法史的叙事。他所关心的是一个书法史传统如何在历代书家的努力之下逐渐积累的过程，其中随着时间的推移，书法史会出现一个又一个的高峰式的书家代表。对苏轼来说，他的责任则是如何延续历代以来积累的文化形式传统。

苏轼的书法传统实际上是在探讨一个士大夫们应该如何在书法风格的历史中进行自我创造的问题。英国艺术史家贡布里（E. H. Gombrich）（1909—2001）认为：理解艺术家的"创造性"以及通过"问题—解决"的"创造性"过程构建艺术史是

① ［北宋］苏轼《书唐氏六家书后》，孔凡礼点校《苏轼文集》卷六十九，中华书局 1986 年版，第 2206 页。
② ［唐］孙过庭《书谱》，华东师范大学古籍整理研究所《历代书法论文选》，上海书画出版社 1979 年版，第131 页。
③ ［北宋］苏轼《评杨氏所藏欧蔡书》，孔凡礼点校《苏轼文集》卷六十九，中华书局 1986 年版，第 2187 页。

他艺术史研究的重要任务之一。① 这种艺术史的观念可以帮助我们理解与阐释苏轼书法传统的构建以及其书法风格的创造。

苏轼在《孙莘老求墨妙亭诗》曾对各时代风格迥异的书法风格作了描述：

> 兰亭茧纸入昭陵,世间遗迹犹龙腾。
>
> 颜公变法出新意,细筋入骨如秋鹰。
>
> 徐家父子亦秀绝,字外出力中藏棱。
>
> 峄山传刻典刑在,千载笔法留阳冰。
>
> 杜陵评书贵瘦硬,此论未公吾不凭。
>
> 短长肥瘦各有态,玉环飞燕谁敢憎。
>
> 吴兴太守真好古,购买断缺挥缣缯。
>
> 龟趺入座螭隐壁,空斋昼静闻登登。
>
> 奇踪散出走吴越,胜事传说夸友朋。
>
> 书来讫诗要自写,为把栗尾书溪藤。
>
> 后来视今犹视昔,过眼百年如风灯。
>
> 他年刘郎忆贺监,还道同时须服膺。②

孙觉熙宁四年(1071),原知广德军移守湖州。熙宁五年(1072)二月,孙觉在吴兴府第中建一亭,以藏古碑刻法帖,亭命名为"墨妙",写信向好朋友苏轼求诗题咏。苏轼便在杭州作此诗,并书写寄给他。诗中苏轼列举了几种书法风格：王羲之的"龙跃天门,虎卧凤阁"(梁武帝语),颜真卿的"细筋入骨如秋鹰",徐峤之和徐浩父子的"秀绝",以及李阳冰等典雅秀丽等都各具姿态,不可以单以肥瘦短长等形态方面来衡量孰高孰低。他以此批评杜甫"书贵瘦硬方通神"的观点。他认为正如杨玉环和赵飞燕这两位古代的美人一样,肥瘦各有其美。值得一提的是,苏轼在诗的末位两句提到后来人会怎么看待他的书法的问题。他确信未来对他和他这个时代的书家书法的评价也会遵循他对古代书家评价的这种标准,并对这个时代的书写给予应有的评价和赞誉,他对他的书写表现出相当自信。

结合苏轼的书法遗迹来看,他并没有追求与先贤在书法风格样式上完全一致的表现手法,而是以自己区别与前人的书法风格样式来阐释他对于抒发传统的理解。苏轼强调书法传统中风格的创造性表现,他自己也是这一理想的践行者。

---

① 李建盛《艺术学关键词》,北京师范大学出版社 2007 年版,第 7 页。

② [北宋]苏轼《孙莘老求墨妙亭诗》,王文诰辑注,孔凡礼点校《苏轼诗集》卷八,中华书局 1982 年版,第 371 页。

二、"清"与苏轼的书法传统

苏轼认为书法史的传统价值所在对于各个时代而言仅仅提供了某些规范性观念。这些价值观念存在于历代优秀书家的书写之中,通过品读历代书家流传下来的墨迹,观察其书写风格和用笔特点,就可以领会其中的观念。这些观念领会随着时代发展而逐渐积累而形成书法的传统要义。基于对传统观念的理解,受到时代风格的影响并与之互动,这样各时代的书家在自己的时代的书写创造才会"古不乖时,今不同弊",才会产生出代表时代风格的优秀书法作品。苏轼对书法风格的创造和其对书法传统的理解不同于后代的项穆。项穆所确定的王羲之大统斯垂、万世不易的书法模楷地位,在苏轼这里不存在。对于王羲之这样的伟大书家,只是苏轼所理解的书法传统之一部分。

苏轼有一段《记温公论茶墨》的跋文,记叙他与司马光讨论茶和墨的同异:

> 司马温公尝曰:"茶与墨政相反。茶欲白,墨欲黑,茶欲重,墨欲轻,茶欲新,墨欲陈。"予曰:"二物之质诚然,然亦有同者。"公曰:"谓何?"予曰:"奇茶妙墨皆香,是其德同也。皆坚,是其操同也。譬如贤人君子,妍丑黔晢之不同,其德操韫藏,实无以异。"公笑以为是。

司马光从墨和茶的质料上去观察,认为茶和墨正相反;而苏轼则认为茶和墨有不同的质料表现,但其德操之"性"则相同。比如说,墨和茶皆具有香气,是它们的德同;而具有坚硬的特点,是因为它们操守相同。苏轼还以贤人君子作譬,认为贤人君子容貌有妍丑、肤色有黑白,但它们品德操行相同,没有差别。这段文字,诙谐幽默,苏轼的思想理路也很清晰明了。苏轼在不同的事物中寻找出它们的共同处,把这种共同点,作为一种形而上学式的价值理念进行探讨。

我们不妨这样判断:书法史的传统是众多优秀的书家在不同的时间段内进行的书法创造而汇成的一条河流,每一位伟大的书家,如王羲之、颜真卿、杨凝式都是书法史传统的一部分。他们以不同的书写面貌和样式为中国书法的传统增加不同形式的内容,就像苏轼所论的墨和茶的不同质料一样,虽然不同历史时段的诸位伟大书家的书写都有区别于其他书法家的样式和质料,但书法史传统得以维护并使得这一传统继续前行的动力,就隐藏在诸位伟大书家创造的形式风格背后。在苏轼看来,这些伟大的书家之所以伟大,就在于他们作为有道德的君子,通过自己的书写表现,创造了有道德感染力的风格形式。

那么,苏轼书法传统中的核心观念是什么? 苏轼如何在核心观念的基础上构建自己的书法传统呢? 这涉及苏轼运用什么样的词汇来阐释其核心观念的问题。

我们不妨对文献资料中记载的苏轼对书法风格描述语汇进行分析和归类,来找出苏轼书法风格描述中使用频率较高的词汇,这些使用频率较高的词汇是苏轼对书法风格和书法传统体认的核心词汇。我们可以在苏轼书画题跋中逐一提炼出所有的风格描述语汇:

笔迹雄杰;格韵卑浊;衰陋;(宋)寒(而李)俗(《评杨氏所藏欧蔡书》)

险瘦;清而复寒;重而复寒;太俊(《杂论》)

高韵(《论沈辽米芾书》)

迈往凌云;清雄绝俗;超妙入神(《与米元章札》)

清雄;清远;气韵良是(《题颜鲁公书画赞》)

骨撑肉,肉没骨;瘦妙(《题自作字》)

骨气深稳,体并众妙,精能之至,反造疏淡。散缓,奇趣。妍紧拔群;寒寝,劲险刻厉;清远萧散;简远;雄秀独出;格力天纵;工(《书唐氏六家书后》)

用笔意趣;险势(《跋怀素帖》)

劲险;中实;劲;弱(《跋蔡君谟书》)

神气完实;有余韵(《记与君谟论书》)

方阔;神采秀发;膏润无穷(《跋欧阳文忠公书》)

东晋风味,奇丽(《跋秦少游书》)

自然绝人之姿(《跋刘景文殿公帖》)

笔势险劲;字体新丽;笔画之工(《题欧公帖》)

苏轼所常用的风格语汇,可以分为两类:一类是褒扬的风格,另一类是非褒扬的风格。苏轼褒扬的风格语汇有:笔迹雄杰;高韵;迈往凌云;清雄绝俗;超妙入神;清雄;清远;气韵良是;骨撑肉,肉没骨;瘦妙;骨气深稳;体并众妙;疏淡;散缓,奇趣;妍紧拔群;清远萧散;简远;雄秀独出;格力天纵;神气完实;有余韵;方阔;神采秀发;膏润无穷;奇丽;中实;劲;笔势险劲;字体新丽;笔画之工;自然绝人之姿;工。

非褒扬语汇:韵格卑浊;衰陋;寒;俗;险瘦;清而复寒;重而复寒;太俊;寒寝;劲险刻厉;险势;劲险;弱。

不难发现,"清"是苏轼最为常用的风格褒奖的语汇,与"清"字相连用的语汇也最多,如"清雄绝俗""清雄""清远""清远萧散";另外,"疏淡""散缓""简远""方阔"等词汇属于与"清"最相近的表述语汇。而在贬抑风格的语汇中,"寒"字运用尤其频繁,比如"寒""清而复寒""重而复寒""寒寝"。"清"自然会给观赏者一种清爽自然的审美愉悦;而"寒"会使得观者有紧张和战栗的体验。"清"产生"气韵""余韵"和"高韵";"寒"则"衰陋""险瘦""劲险刻厉"。"清"给人以轻松自由之感觉,并在其中体味出意想不到的乐趣和韵味,苏轼称之为"奇趣";而在形式的外观表现上则是"笔迹雄杰""肉撑骨,骨撑肉""神气完实""神采秀发""膏润无穷""奇丽""新丽",有"自然绝人之姿";在笔画要求方面,则是"中实"的、"笔势险劲""工"。反之,"寒"则"韵格卑浊""俗""衰陋";在笔画形态表现方面就"弱"。如果按照当时的"四品"品评的标准,在苏轼的品评中虽然没有明确的"逸、神、妙、能"之类明确的划分和区别,但在其品评之时,这一品评原则是在起着一定作用的。如果他所褒扬的书家,都可列在"神""妙""逸"品之列,那么,他所贬抑的书家则只能列入"能品"或者根本不能够入品。

在苏轼书法品评中"清"和与"清"有关的语汇大量运用在他所赞扬的书法风格之中,那么这种"清雅"的风格正是他所认定的在书法传统中最为重要的价值。清淡超逸的书法风格追求也与苏轼关系密切,同时也是"宋四家"之一的米芾所追奉的最高艺术准则。他们一方面强调,对包括书法史在内的艺术史做历史的研究,形成自己对书法的知识体系;另一方面,他们把萧散淡远、自然奉为最高的艺术趣味追求。在传统的脉络中去寻找这一旨趣,并在现实的艺术创作中去实践。

正如我们在前面所提到的,苏轼的书法传统,是一种具有创造性的传统,而"清"是在创造性传统中最为稳定的审美因素,并成为书法审美追求的旨趣。苏轼对清淡超逸书法风格的推崇和追求,是中国古典审美对简古风格崇尚的一部分。或者说"清"的旨趣由简古的风格形式表现出来。简古是简朴古雅的意思,在古人的思维中,只有简朴古雅才是艺术的正途,简古之中蕴含着"清"的风格意味。简古是一条贯穿中国审美传统的一条主线。唐代韩愈《王公神道碑铭》:"翔于郎署,骞于禁密,发帝之令,简古而蔚。"陆游《入蜀记》:"熙宁元年,沈叡达为之记,又作八分书寺额,四字笔意极简古。"元代刘埙《隐居通议·诗歌五》:"韦应物发纤浓于古简,寄至味于淡泊,非余子所及。"苏轼《书后》:"《楞伽》义趣幽眇,文字简古。"在《书黄子思诗后》他说"韦应物、柳宗元发纤秾于简古,寄至味于淡泊",简古成为苏轼最为重要的审美风格。

清雅是一种古代君子之风,苏轼的书法传统产生于传统的社会背景之中,与魏晋以来的人伦鉴识有着密切的关联。对于苏轼来说,书法史传统是观念的,如"清"这一观念支配着其书法模楷的确立、传承,也支配着苏轼书法风格的开创和确立。

三、"中和"与苏轼书法传统的建构

我们确认苏轼书法传统的观念性的,如"清"的观念和旨趣就是苏轼在其社会文化背景之下对"古"与"今"、"变"与"常"之间的关系深入思考之下产生的。在这

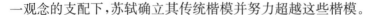

一观念的支配下,苏轼确立其传统楷模并努力超越这些楷模。

苏轼早年书法学习多以王羲之为主,中年取法颜真卿尤多。他钦佩这些伟大的书家,学习前辈伟大书家所留下的法帖。他对书法传统中的伟大书家们,如"二王"和颜真卿、柳公权等的接受态度是批判地继承,在苏轼书法的古今观念中"古"并非是一个不可以超越的目标,而是一种学习和创作的源泉。每一个时代的伟大书家都在书法传统的基础之上创造新的传统,如唐代的颜真卿就是魏晋以来最为伟大的书家之一,他对于书法的贡献在于其书法雄秀独出,一变古法,格力天纵,所谓"天下之能事毕矣"。颜真卿的书法在宋代士大夫中间受到普遍推崇,但苏轼等对颜真卿书法也是批判地继承,这一点如同他们并不赞同"圣化"王羲之书法一样。对历史上伟大书法家批判地继承是推动书法传统延续的动力所在,而且,宋代文人士大夫们对书法史传统的观念加强了,其批判性也更强,这应该是中唐以来文人士大夫们主体意识增强的表现之一。学界通常说宋代书法"尚意",就是强调宋代书家的主体性和他们书法艺术中对主体意识的表现。

苏轼对书法传统的批判是建立在"中和"的基础上的,这多少有些折中主义的意味。他的批判并非做彻底颠覆的革命,在洞察古今之变,并掌握其中的"常理"这是苏轼书法批判的基础。过于书法风格"古今之变",孙过庭在《书谱》中就有所论述。在谈到汉魏到晋末这一历史进程中四位伟大书家——钟繇、张芝、王羲之、王献之——的书法风格时,《书谱》中说:

> 评者云:"彼之四贤,古今特绝;而今不逮古,古质而今妍。"夫质以代兴,妍因俗易。虽书契之作,适以记言;而淳醨一迁,质文三变,驰骛沿革,物理常然。贵能古不乖时,今不同弊,所谓"文质彬彬,然后君子。"何必易雕宫于穴处,反玉辂于椎轮者乎!

孙过庭在此纠正评书者所谓"今不逮古"的认识,认为:书法风格随时代而变化,受时代风俗影响很大,"古质而今妍"是时代变迁的常理所然。他强调身处当下的书法家对古代风格接受不可以违背时代审美风尚,同时又要与时代潮流可以保持某种距离。对此,孙过庭用孔子那句话作了形象的譬喻,认为古今之间必须找到最佳相融合的方式——即在任何时代代表古风的"质"和代表时风的"妍"必须相杂相容[①],书法风格才会有文雅的君子之气。

孙过庭引用孔子"文质彬彬,然后君子"用以说明"古质"和"今妍"两种书法风

---

① 《论语·雍也第六》:"子曰:'质胜文则野,文胜质则史。文质彬彬,然后君子。'"朱熹注:"彬彬,犹班班,物相杂而适均之貌。"[南宋]朱熹撰《论语集注》卷三,《四书章句集注》,中华书局1983年新编诸子集成,第89页。

格需要配合得至为恰当。① 杨伯峻对于"文质彬彬,然后君子"解释为:"文采和朴实,配合适当,这才是个君子。"又说文质彬彬形容人既文雅又朴实。② 那么,孙过庭强调在"古质"与"今妍"之间寻找至为恰当的契合点,就是一个中庸之道的问题。所谓中庸:"中者,不偏不倚、无过不及知名。庸,平常也。"③在传统儒家思想中,中庸占有崇高道德标准的地位,孔子说:"中庸之为德也,其至矣乎!"④而"程子曰:'不偏之谓中,不易之谓庸'。中者天下之正道,庸者天下之定理。"⑤中庸涵盖"中和""中正""正"等语义。根据我们上文对"雅"的释义,"雅"与中庸在语义上有所重叠。文赋所谓"以'雅'居正,主乎中和","雅"在此指写作手法和表现风格。孙过庭在书谱中论述古今书法风格时强调"文质彬彬",寻找古今最为恰当的风格契合,即是对"中庸"和"雅"的追求。

苏轼对书法传统的阐释大致与孙过庭对"古质今妍"而"文质彬彬"的阐释理路相同。他对于书法传统之中后来书家对前辈书家的超越做出积极评价,认为任何一位书家都应该在传统和时代风尚之间找到最佳契合点进行书写。当然,只有处在时代当下的书家把握书法传统并深刻理解时代风尚,传统和时代才会完美契合。

"古今之变"是苏轼书法传统的中心问题,而"中和"无疑是"古今之变"这一书法传统变革与创新机制的中枢。苏轼在书法传统中寻找所谓的"常理"——一贯而统一的审美旨趣——清雅,并深刻把握他那个时代的时代风尚,他把这些通过书写呈现出来,形成他独有的书法风格。

刘春雨:青岛市文艺评论家协会副主席。

① 郑晓华《书谱注释》,中华书局 2012 年版,第 12 页。
② 杨伯峻《论语释注》,中华书局 1958 年版。
③ 《中庸章句》,〔南宋〕朱熹撰《四书章句集注》,中华书局 1983 年新编诸子集成,第 17 页。
④ 《论语·雍也第六》,《论语集注》卷三,〔南宋〕朱熹撰《四书章句集注》,中华书局 1983 年新编诸子集成,第 91 页。
⑤ 《论语·雍也第六》,《论语集注》卷三,〔南宋〕朱熹撰《四书章句集注》,中华书局 1983 年新编诸子集成,第 91 页。

东汉时期摩崖刻石刍议

于生德 ▊

一、东汉时期摩崖刻石概况

冯云鹏《金石索》曰："就其山而凿之,曰摩崖。"摩崖刻石是中国古代的一种石刻艺术,指在山崖石壁上所刻的书法、造像或者岩画。最早起源于远古时代的一种记事方式,盛行于北朝时期,直至隋唐以及宋元以后连绵不断。摩崖石刻有着丰富的历史内涵和史料价值。在我国的摩崖石刻中,东汉摩崖刻石更是不可多得的一朵奇葩,规模较大,气势最雄,风格多变,异彩纷呈,为我国古代文化的光辉结晶。

现存的东汉摩崖刻石多为隶书。据不完整统计有:《何君阁道碑》东汉光武帝中元二年(57 年)全文共 52 字,排列 7 行,在四川雅安;《开通褒斜道摩崖》永平六年至九年(63 至 66 年)隶书兼篆 16 行,每行 5 字至 11 字,在陕西汉中;《大吉山买山地摩崖》建初元年(76 年)隶书稍兼篆意 5 行,每行 4 字,在浙江会稽乌石村;《石门颂》建和二年(148 年)隶书 22 行,每行 30 字至 31 字,在陕西汉中;《李禹通阁道记》东汉永寿年(155 年)隶书 7 行,每行 10 字至 13 字,在陕西汉中;《西狭颂》汉建宁四年(171 年)隶书 22 行,每行 20 字,在甘肃成县;《郙阁颂》建宁五年(172 年)据现存明拓为 19 行,前 9 行每行 27 字,自 10 行起左上角缺,故末行仅存 17 字,在陕西略阳;《杨淮表记》熹平二年(173 年)隶书 7 行,每行 25 字至 26 字,在陕西汉中;《刘平国治路颂》永寿四年(158 年)隶书 8 行,每行 12 字至 15 字,在新疆阿克苏;等等。

书法史上经典的摩崖刻石当属《开通褒斜道摩崖》,以及并称"汉三颂"的《石门颂》《郙阁颂》《西狭颂》。这些摩崖隶书刻石多以记述修通栈道,构筑古堰,赞颂了我国古代劳动人民在崇山峻岭之间架桥建阁,把天险变为通途的历史功绩。文字虽然已经不全,但还是可以保存不少历史材料,为我们研究当时历史、军事、交通、科技、人文等方面和书法艺术提供了很好的依据,具有非常重要的意义。宋代欧阳修的《集古录》、洪适的《隶释》、赵明诚的《金石录》等著作中对东汉摩崖石刻都有著录。清代以来,对摩崖石刻研究著录、评论、书法创作日益见多。东汉摩崖刻石的风格及美学特征对当代书法创作不无启示,深入研究,必将受益良多。

二、东汉时期摩崖刻石代表作品列举

《何君阁道碑》在史学界有"汉隶之首"之称,此碑刻成后其拓片曾于宋代出现过,自古以来许多典籍及名家对此碑多有赞誉。其书法上承秦篆,具早期汉隶的典型特征。笔画横平竖直,波磔不显,古朴率真,中锋用笔,以篆作隶,方中带圆,削繁就简,随形结体,章法错落参差,一任自然,整体浑然天成,气魄夺人。

《何君阁道碑》

《开通褒斜道刻石》俗称《大开通》。内容反映的是太守鄐君主持开通褒斜道,立石记其功绩之事。因年久为苔藓所封,故人莫知之。至南宋光宗绍熙五年(1194)三月,始为南郑县令临淄晏袤发现,并刻长篇题记于其旁。但此后600余年又满被苔藓,无人问津。到清乾隆间,金石家毕沅撰《关中金石志》,复搜访而得之,遂有拓本传世。此摩崖刻石系石门十三品中最早的刻石,1970年因修建石门水库,迁至汉中博物馆。铭文内容具有重要史料价值,书法亦别具特色,具有很高的历史价值。清翁方纲评:"至其字画古劲,因石之势纵横长斜,纯以天机行之,此实未加波法之汉隶也。"笔画细而有力兼容秦篆、汉隶二者之特点,独具形态特征,也为我们提供了一个篆隶递变和隶书演变的具体实物依据。杨守敬谓:"余按其字体长短广狭,参差不齐,天然古秀若石纹然,百代而下,无从摩拟,此之谓神品。"《开通褒斜道刻石》气息高古,过目难忘。其结字方古舒阔,笔画虽细但遒劲有力,以圆笔为主,融入篆意,以拙取胜,加之就崖刻字,相比严谨的碑刻要灵动多变,天然成趣,高古伟岸,大巧若拙,气势磅礴。

《开通褒斜道刻石》

《大吉买山地记》东汉建初元年刻于会稽跳山（今属浙江绍兴）。清陆增祥《八琼室金石补正》载："拓本高四尺五分，广五尺五寸。""字径七寸至尺余不等。"分上下两列，上列竖书"大吉"两字，下列分 5 行，行 4 字，共 22 字。每字字径约为 16.7 厘米，最大为 23 厘米。汉隶字存于世者，以此为最大。此碑运笔古厚，淳朴，唯拓本流传极少，影响不大。清汪鋆《十二砚斋金石过眼录》："书势朴拙，乃西汉之遗。"马衡题云："汉隶大字极少见，诸碑无逾二三寸者，摩崖以此为最。"此摩崖刻石，字大近尺，汉隶中少见。用笔厚重，结体极开张之势，饱满生动，古意益然。章法错落有致，虚静平淡，宽和缓逸。

《大吉买山地记》

《石门颂》由汉中太守王升撰文，内容为汉中太守王升表彰杨孟文等开凿石门通道的功绩，是东汉隶书的极品，对后来的书法艺术发展产生了巨大的影响。清代张祖翼评说："三百年来习汉碑者不知凡几，竟无人学《石门颂》者，盖其雄厚奔放之气,胆怯者不敢学也,力弱者不能学也。"杨守敬《平碑记》称"其行笔真如野鹤闲鸥,飘飘欲仙,六朝疏秀一派皆从此出"。通篇看来,字随石势,参差错落,纵横开阖,洒脱自如,意趣横生。用笔纯用篆法,字画瘦硬,圆浑劲挺,结字极为放纵舒展,体势瘦劲开张,纵逸多变,劲挺有姿,疏密不齐,意态飘逸自然,历来又被书家称为"隶中之草"。

《石门颂》局部

《西狭颂》局部

《西狭颂》主要内容是赞颂武都太守李翕为谋求民利,开通西狭中道之事。历代石刻中以《西狭颂》有书者署名仇靖,开书家落款之先河。杨守敬《平碑记》:"方整雄伟,首尾无一缺失,尤可宝重。"梁启超《碑帖跋》:"雄迈而静穆,汉隶正则也。"碑文和书法均有很高的考古研究和临摹鉴赏价值。线条凝重深厚、朴茂丰腴扎实停匀,极其讲究整体字形的对称和均衡。在结构上庄严雄伟,内松外紧,方整博大,呈现出超迈高华的意趣,浑穆的气象。开张的架势,遒劲的笔力,沉郁含蓄、稳如磐石之气象,无不体现汉人博大的胸襟。

《郙阁颂》是为纪念汉武都太守李翕重修郙阁栈道而书刻。康有为《广艺舟双楫》:"吾爱《郙阁颂》体法茂密,汉末已渺,后世无知之者,惟平原章法结体独有遗意。"《郙阁颂》以拙取胜,形拙而神巧。浑厚茂密,古朴静穆,磊磊落落,有伟丈夫气,隶法淳朴古拙,用笔圆浑凝练、波画不故作燕尾,含蓄而有余韵、风格强烈,整体上奠定了饱满宽博、雍庸大度的精神基调。

《郙阁颂》局部

清康有为在《广艺舟双楫》中评《杨淮表记》云："润泽如玉，出于'石门颂'，而又与石经《论语》近，但疏荡过之。"该碑书法奇逸古雅，与《石门颂》相近。从时间上来看，《杨淮表记》与《石门颂》仅差 23 年，从表面上来看，二者确有相承之相。二者异曲同工，共趋妙境，同属经典之作。其书法雄古遒劲，笔势开张，用笔沉着扎实，结字参差古拙。线条运用，与《石门颂》很接近，不强调粗细变化，是篆书用笔，但不像《石门颂》那样强调横画收尾的波磔。《杨淮表记》有独到的个性，其整体章法因石势而书，纵成列，横不成行，随字赋形，大小长短方扁，多彩多姿，变化自然，古奇纵逸，疏荡天成，天真烂漫的拙趣着实让人陶醉。

三、东汉时期摩崖刻石的书法意义

（一）东汉摩崖刻石艺术风貌是汉代文化艺术精神、思想发展的体现

刘熙载说："秦碑力劲，汉碑气厚，一代之书，无有不肖乎一代之人与文者。"书法艺术的创造者，无法摆脱社会、时代的影响，一个时代的艺术精神就一定会通过其艺术思维自觉或不自觉地在具体作品中展现。汉代的

《杨淮表记》

书法是书法史上的重要时期,总体上呈现出宏阔博厚、雄奇朴茂、高古巨丽的审美意象,创造了风格多样、气象万千的书法艺术。汉代书法的雄强朴茂之风与当时的社会风气、时代背景有关,汉隶蕴含着一种博大的气势,艺术魅力无穷无尽。当然东汉摩崖刻石书法也深受地域特点影响。丹纳在《艺术哲学》中说:艺术作品的产生不仅取决于"时代精神",也取决于"周围的风俗"。任何事物诞生,都离不开它特定的自然环境、历史环境,书法亦然。《开通褒斜道刻石》《石门颂》等摩崖刻石与《曹全碑》《乙瑛碑》等碑刻的风格差异,固然因其形制的不同而致,却又和它们所处的地理区域的不同而密切相关。东汉摩崖隶书刻石大多分布在远离东汉国都洛阳的边远地区,而《曹全碑》《乙瑛碑》等出在当时儒学盛行的曲阜。受到这个地域内自然的、人文的氛围的影响,书丹与刻工那率真、随便的审美意识得到充分的施展和表示,为他们宽松的创作心态奠定下良好基础,使他的作品也打上这种地域文化的烙印。摩崖隶书刻石无世俗之气,有的是率真与随意的淡然之美。反映到书风上便是前者质朴率意,后者工整规矩。汉代是我国刻石隆盛之时,社会的需要,迫使刻工钻研技法,反映书法风格。东汉摩崖刻石能给人以书法艺术美的感受,书者和刻者同样付出了宝贵的劳动,是汉代书和刻两者的艺术结晶。

(二)东汉摩崖刻石为书法创作提供了新的途径和审美方向

汉文化的特征是气势与精丽并存,尚气势者以摩崖刻石为代表,尚精丽者以碑刻为代表。碑刻以石碑为材质,镌刻的文字或其他内容石碑。碑刻的形制有一定的规范性,摩崖石刻相比较刻碑而言,比较自然随意,将需要的内容直接刻在山崖石壁上,而且形式多变,几乎没有固定的形制模式。由于碑刻和摩崖石刻的形制不同,其艺术性有非常大的区别。而东汉摩崖刻石自然高古的艺术展现,不能不说与悬崖石壁的石质、岁月风化以及所在地域有着密切的关联。摩崖刻石则没有过多的约束,为恣肆的笔势提供了自由驰骋的天地。摩崖石刻书法在用笔和结构上比较自由放荡,少有拘束,表现野逸率真之气较多,更易于艺术性的发挥。摩崖石刻因势附形,大多字形布白奇险,纵横交错,浑然天成。气势磅礴的摩崖刻石擘窠大字,与《礼器碑》《乙瑛碑》《史晨碑》等碑相比,风格则是天地之别,构成强烈的对比,更能体现出摩崖隶书刻石古、拙、朴、厚、大、真的特点。依山凿石,宏伟壮观的摩崖隶书刻石,与山体相连,同大自然融为一体,让人感触到了汉代那种囊括天地,气吞八荒的时代特征。古朴自然,言简意远,驰骋八极,吞吐六合之大巧若拙的格调,足以让我们为之倾倒折服不已。汉代摩崖隶书刻石展现出了率意纯朴的自然美特征、风格给人以丰富的遐想空间,开拓了书法创作新的美学范围,也正是书法艺术创作梦寐以求的艺术真理。

（三）东汉摩崖刻石在当代书法大放异彩，创作中运用广泛

在清代以前，东汉摩崖石刻隶书艺术影响不如碑刻隶书，因为崖刻不易拓传，又在偏远地带，难以被人知晓。随着科技的发达，书法的学习资料日渐丰富翔实，为书法创作取法、研究提供了便利的条件。清代名家邓石如、陈鸿寿、伊秉绶、杨岘等明显受到摩崖石刻隶书影响。当代隶书受到摩崖隶书影响的名家也较多，如王镛、石开、沃兴华、何应辉、周俊杰。当代师法摩崖刻石是隶书创作的重要方面，可以大体归纳为以下三个方面。

1. 取法《西狭颂》《郙阁颂》《大吉山》等沉雄浑朴、古拙魁伟。《西狭颂》雄迈静穆，是隶书审美的标准。其线条语汇丰富，用笔外方内圆。清代之后推崇备至的汉隶极品，书法家争相临写的经典之作。清代杨岘、吴让之、黄易等均有临作；当代名家林散之、刘文华等取法此类摩崖刻石。

2. 取法《大开通》《何君阁道碑》等古秀苍劲、淡雅简朴，且颇具奇趣。隶书妙在高古，必以篆法为之，《大开通》在当代深受重视，师法成功典范当属周俊杰、张爱国等先生。周俊杰先生的隶书根植汉代摩崖刻石《大开通》，结体奇特，恣肆宏阔，笔力遒劲苍茫，常以"涨墨法"挥毫，酣畅淋漓，表现了一种正大气象。《开通褒斜道刻石》的章法与其他汉碑也有很大的区别，几乎属于无行无列，有时字距大于行距，整篇书法所具有的充实、缥缈的行气也为当代诸多书家借鉴。《开通褒斜道刻石》以其天然古秀、巧拙成趣的特点颇得学书者的喜爱。清杨守敬评价《大开通》为"神品"。非过誉，没有宽博广阔的胸襟气度很难将此碑学到入神之境界。

刘文华临《西狭颂》

3. 取法《石门颂》《杨淮表记》等意态恣肆，朴素雅逸。《石门颂》《杨淮表记》，其章法变幻万千，字间距离不等，任其自然。《石门颂》的章法，纵向紧密，行间疏朗。这种章法只有纵行，横向错落不成列，常见于西汉的简帛书之中，它是汉人手写体的形式，用于石刻之上，较纵、横有列的汉隶章法，更显自然随意《石门颂》的碑阴部分通篇力求大气磅礴之势，用笔圆劲，体势匀

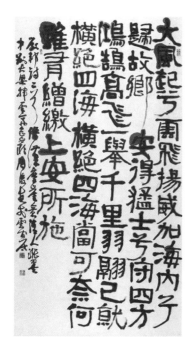

周俊杰作品

张爱国临《开通褒斜道刻石》

而不整。采用纵有行、横无列的章法，上下、字与字之间的空间疏密有致、字形的大小也有变化，这种布局在汉碑中不多见，因字就势，参差不齐，奔放飘逸，自然灵动，富有生气，抒情性极强，从艺术角度讲，有其独特的价值。清代及近现代人学《石门颂》的人很多，何绍基、萧娴、龚望、来楚生等名家均有《石门颂》临本出版。当代名家何应辉、章祖安、王镛等先生也多有涉猎此碑。由于《石门颂》的艺术内涵极为丰富，各位书家的艺术取向各不相同，取其浑厚老辣，取其劲健爽利，取其态肆豪迈，所以效果迥异。

摩崖刻石书法用笔也是各有千秋，或上承篆法或方圆并用，中实稳厚又灵活运用。结字更是匠心独具，意态独韵，都是值

章祖安临《石门颂》局部

得取法、研究的。独特的质地,刻凿方法和自然风化状态,使这些作品散发出一种浓厚的自然气息,毫无矫饰造作之风,并具有强烈的个性美,给当代书家带来了艺术上的灵感。摩崖刻石书法创作使书家审美眼光、创作思维得以在更广阔的空间探索拓宽。当下隶书创作确实存在着盲目跟风、低俗浅薄、面目雷同的现象,正确理解、研习东汉摩崖刻石隶书,充实丰富书法的创作是必要的,不仅要取其形式,而且要把握精神。

原载于《书法导报》2022 年第 16 期。

于生德:青岛沧口学校一级教师,李沧区青年书法家协会主席。

艺术中简而不简的生命内涵

杨　健

蒙德里安"格子与基本色"的表达极简,不仅与数千年前中国易经太极图的"黑白"图式殊途同归。而其"法简意繁"的表达,所展现的"以少见多",也是东西方视觉表达中智慧与创造的高度体现。

表达,无论采用什么形式与方法,其目的在于通过不同的形意之选与主观提炼,呈现对自然、时代和人类命运相契的生命之真。而形式与内容的不可脱节,使既是意图又是魂魄的"删繁就简三秋树",在领异标新的"二月花"中,产生"赏心只有两三枝"的精神碰撞。

1922 年法国蒙德里安《红黄蓝构图》

迹简,作为中国视觉表达的突出特征,亦如草书形态对笔划的提炼,一直是表达关注的焦点。因而从画面结构及形色的主次或语言的质性,都需要在相互的碰撞中,进行睿智的取舍与形意相契的纯化。而这种纯化,并非单纯的空间与对比关系的强弱,而是为了将有质有意的部分,在极简的少或小的凝聚与放大中,形成一种指向人文关怀和精神高度的焦点,使其超越一般的表达,在有限的凸显中获得意义的无限。

山水画的"马一角",和全景山水容量的多及空间的大相比,是一种少和小。而这种少或小在观赏全景山水的过程中,极有可能被忽视、冷落和不见,更谈不到有意关注,去感知作者的表达意指与创造。因而"马一角"的少和小,如惜墨如金的见形、见意、见多、见质的凸显。看似表达形式简化的少或小,并非表达内涵的"少和小"。

形意的相互交响,是对形式或物象的质性,如诊断病情的透视"切片",对病质进行精准的识别与鉴定。而用何种元素同表达的所指相契,既需要"四两拨千斤"的质性认知,又需要形意的简洁和可感的放大。就像马远《寒江独钓图》中的孤舟、渔夫与几笔江水之线的"法简",却有着画家源自生活胸襟的宽广和人文"意繁"的寄托。使法简的每个元素,即画面的结构与主次、比例、位置,都与主题相契的探索和表达思考的唇齿相依,而非无新意的平庸、炫技或唯趣的表象。而异域的大卫·霍克尼的油画《大水花》,在跳水板、水花及池边空椅的简洁中,有意设置了一个与主题相关的"人在哪"的接受障碍。目的是借助暗示,激发观者的想象去寻找主人的在场,而非惯性的直白展示。

宋代马远中国画《寒江独钓图》

作为视觉表达,其形式的出新,也有没有草书之在,难有大写意之出的相互关联。但如何在极简中,体现宗白华"艺术家的使命是在形式中注入生命"的识见,让极简的表达,不仅不能损意遮意,还要有让人感悟和理解的尽意与达意,应是一种视觉表达的尺度和原则。由记者迈克尔·维尔斯20世纪80年代抓拍的《手——乌干达干旱》,画面虽然只有"一黑一白、一大一小、一胖一瘦两手叠放"的形态,却将连年自然灾害,给灾区人民带来的生命威胁和人道的刚需,进行了刻骨铭心的呈现。体现出极简的放大,对现实无奈的折射与需改变的强诉。而这种强诉,来自存意的形态与"简而不散"的点状结构,所凸显的尖锐性和精准性。因而使这件作品,成为摄影史中耳熟能详的经典。

1980年迈克尔·维尔斯摄影作品
《手——乌干达干旱》

将生命的不同体验与可见,进行深层的思考和感悟,并在聚焦的放大和取舍的纯化中,创造出超越现实,又有新的内涵与生命相契的表达,是艺术史上有创造力的表达,从未放弃的追求。中国画的形神,虽不是西方写实绘画或摄影的形态,但其象外之象的呈现,须有形象再造的识别性与"信息之意"的原生性,以及转化为寄情表意的新质性。如清代渐江,在体现黄山本色形意的简洁和宁静中，依然折射着自然生命的坚毅与恢宏的张力。而八大山人，则将不止于自身与其生存现实无法摆脱的冷遇和不平，释放在荒诞离奇的"白眼向上"之中。现代卢禹舜的《静观八荒》，看似是全景山水的承续，但画面结构的对称性及奇幻之光下的生命形态，与意蕴空蒙、神秘而超现实的恢宏之境，既回响着传统"以心观物"的智慧，又建构着与古人荒寒之见完全不同的精神意象。呈现出苍穹之下的生命本质和心象之上的迁想与妙得。

传统极简的表达，在进入新时代的现实生活时，在不同的"通与变"的殊途中，传递出非凡的能量与时代变化的特征。如吴凡的版画《蒲公英》，从形式、语言到意境，呈现着承意不承形的转化与内美的传情。陈绍华的招贴画《绿·来自您的手》，在具象与抽象的融合中，将植树造林的意义，通过手尖飞动的绿叶，生发出一片勃勃生机的绿海。而用视觉传史见证国家历史并通过质性梳理，正确地认识及用恰当的时间节点，寻找意义与形神相通的"精神高点"的洞见，同样面临着艰难的挑战。如红色记忆的历史专题创作，不仅需要大场景的再现展示，还需要像闻立鹏在油画《红烛颂》中，以"烛、光、

1959 年吴凡水印版画《蒲公英》

火"与闻一多形象的特殊建构，所抒发的一种为民族光明而燃烧生命的悲怆。更需要如李青稞在中国画《西风烈》中，通过长征红军女战士在"反围剿"的特殊历史语境中，以深度感悟的"守护革命火种"的核心聚焦，将拯救民族命运使命的信仰与不懈坚守的崇高，进行了永恒回望的视觉诠释。让简而不简的少与小，在表达的智慧和形式契合的新意中，体现出表达，不仅要有形式的非常态构想，更要有"点石成金"的形神内涵，来回应时代与历史的呼唤。

假设极简的表达，只是某种减法的形式，而缺乏来自生活深度、不同于已有的独特和坚韧的生命，也就失去了绘画所具有特殊性、创造性和表达的思考性。任何形式的艺术表达，都不能缺少历史与社会的现实支撑。亦如蒙德里安的"格子"，来自其经历战争和肆虐全球的西班牙大流感，在画室中被隔离时对心灵触动的生命感悟，使其"通神"的表达，在极简的形式与秩序中，呼应着宇宙平衡、和谐的天人合一，以及世界需要和平、安定与单纯共存的热切期望。

1979 年闫立鹏油画《红烛颂》　　　　　　1996 年李青稞中国画《西风烈》

视觉表达的简而不简,作为一种表达的智慧和策略,涉及为什么要用这样的视角、结构、形色来指向有新意的凝聚与放大。其形色关系的压缩取舍,点线面语言与质性的关联,亦如"法简意繁"的微言大义,呈现出少与多和小与大之间,在意图探寻的感与想中,有着超时空的简化与磨砺,以及不止于应物象形的表象展示,使其成为任何从事视觉表达的人所应有的素养和识见。因为任何形式的表达,既不能机械简单地直面现实,也不是缺少与表达之质相契的浅薄游戏,而是一种承载生命之真与精神内涵"以一当十"的识见传递。这不仅是表达的品评焦点,也是推动表达不断出新的动力。

简而不简如跑步,但能否到奥运会上去跑,就不是一个简单的问题。其中的惊奇之变与赋予生命的磨砺,对任何有使命担当的视觉表达,都是终生难以放弃的挑战!

原载于《美术报》2022 年 7 月 30 日。
杨健:青岛六中原高级美术教师。

话剧《主角》：一阵风，留下一段绝唱

张　彤

陈彦是颇受关注的文坛骁将，根据他的原著改编的电视剧《装台》亮相央视一套，好评如潮。陈彦在戏剧行浸淫多年，台前幕后的故事信手拈来。也就是在《装台》热播时，《人民文学》和《当代》杂志联手推出了他的新作《喜剧》，同样备受好评。

不管是《喜剧》还是《装台》，不管是文学作品还是电视剧，在原著者的介绍里都会有一句：陈彦，作品《主角》曾获茅盾文学奖。至少到现在，《主角》是陈彦系列作品里的"主角"，以话剧形式呈现的《主角》更应该是陈彦舞台文学世界里的"主角"。

《主角》的故事并不新奇。山里放羊的女孩忆秦娥跟着做鼓手的舅舅走进县秦腔剧团，耳濡目染就成了秦腔艺人。忆秦娥有戏曲的天分，她学戏的时代，正是改革开放初期，许多秦腔老艺人被中断了数年的舞台生涯，这门古老艺术中的许多绝活，也面临着失传。当忆秦娥出现在"忠孝仁义"四位秦腔大师面前的时候，四位大师齐齐地瞪大了眼睛。

戏曲表演是天才的事业，或者说一切艺术都取决于天赋。作曲家马思聪先生在谈论艺术创作时说，这是"鬼神事业非人工"；在作家王安忆的随笔中，阿城装模作样地为每一个人看命相，看到王安忆时，他说你们这种人的命已经托出去了，托付给了虚构。如果一个人的命托了出去，托给了某一项艺术，那么他与现实会是一种什么关系呢？王安忆的说法是，既有关系，也没有关系。

这是艺术与真实的一种奇特关系。像《主角》里的忆秦娥，她在秦腔舞台上是无所不能的人，到了现实生活中，就成了低能的人。她搞不定自己的爱情，眼睁睁地看着所爱的人离她而去，而他们明明是两情相悦的。她搞不定自己的生活，只能一点点地卷入漩涡。

《主角》有两条主线，一条是忆秦娥的舞台生涯。她从一个烧火丫头一步步成长为秦腔皇后的过程本身也充满了戏剧性。比如少年时的忆秦娥虽然唱腔与身段均很出色，但是在感情表达方面却懵懂未开。在秦腔舞台上，眉目传情是非常高效的手段，两只眼睛被称为"灯"，她的一位老师当年就以一双"骚灯"闻名。一个未经历过爱情的少女，大概率是不会在眼神中传递什么情感的。而她与同学封潇潇正萌发着朦胧的爱情，正是这段爱情的滋长，让忆秦娥的眼睛中有了光彩。这是艺术创作的独特规律,相信只有深谙舞台之道的作者才会这样设计情节。诸如此类的情节比比皆是。调到省秦腔剧团的忆秦娥开始只想做个配角,但是团长却说:如果不当主角,我们费那么大劲把你调来干什么? 戏曲是角儿的艺术,从事舞台表演的人,无一例外都想走到主角的位置上。种种是非,皆因主角而起,既然你是主角,就要忍受这一切。在《主角》中,编剧秦八娃是一个重要角色,戏剧的主题是经由秦八娃之口说的,即"主角就是自己把自己架到火上去烤的那个人,需要有比别人更多的牺牲、奉献和包容。有时甚至需要宽恕一切的生命境界。唯有如此,你的舞台才可能是无限延伸放大的"。

《主角》的另一条线是忆秦娥的三次爱情。她与青梅竹马的封潇潇擦肩而过,令人唏嘘。官二代刘红兵一直对她死缠烂打,在关键时刻还上演了英雄救美的戏码。刘红兵终于抱得美人归,他能够保护忆秦娥,看起来是一桩美满的婚姻。但是悲剧还是上演了,当婚姻进入平淡期时,刘红兵居然出轨了。在他们的婚姻中,男方一直处于弱势,他对自己倾慕的女神百依百顺,而忆秦娥虽然与他结了婚,但似乎也没有产生过什么炽热的爱情。这次婚姻从一开始就缺少了一点什么,随着时间的推移终于失衡,他们离婚了。

约翰·列侬说过,生活就是在你忙于做其他计划的时候,降临在你身上的事情。而在我们的生活经验中一定会有这样的事:当你遇到了一件烦心事,不知如何是好的时候,另一件更烦心的事就突然发生了。在《主角》的上半场结束时,忆秦娥的两件烦心事突然到来,一是与刘红兵的婚姻面临解体,二是她联系的一场演出发生事故,几位观众丧生,一直支持她的团长也不幸遇难。

《主角》的下半场是在尼姑庵里开始的。舞台的喧嚣与寺院的寂寥貌似天壤之别,但两者又有共通之处——它们均不是生活的本相,是悬浮于世的某种幻觉,更何况,此处的寺院还有办社戏的传统。在看过忆秦娥的表演后,老尼姑说了一段特别有哲理的话:如果没看过你的戏,我会劝你放下尘世,看过你的戏,我知道你并不属于这里。不能在此处悬浮,就只能到彼处悬浮。忆秦娥注定不能双脚踏入泥土,等待她的是另一段残酷的爱情。画家石怀玉俘获了她的芳心,这个同忆秦娥一样具有天分的艺术家似乎重新照亮了忆秦娥的生活,但最终等待他们的却是毁灭——一幅忆秦娥的传神之作面世后,石怀玉的生命也随之终结了。

戏曲皇后如何离开她的舞台? 多年前毕飞宇写过一部小说《青衣》,后来还被徐帆和傅彪搬上荧屏。在《青衣》中,弟子春来站到舞台中央,筱燕秋怅然离去,这似乎也是梨园行的常态。曾经的风华总会随风飘逝,忆秦娥看到与她同样身世的宋雨成为《梨花雨》的主角时,一部悲喜剧就已经落幕了。一代名伶的身世沉浮,如梦如幻,更像一阵没由来的风,风吹过,留下的是绝唱。

　　一部 70 万字的长篇小说,经过浓缩后变成了一台三个小时的精彩大剧。观看《主角》的那晚并不是周末,演员们谢幕时已经到了 11 点,但是所有的演员三次谢幕后,观众鲜有离席。面对一部有诚意的戏剧,我相信观众的内心一定是不平静的。

原载于《青岛早报》(文艺评论版)2022 年 10 月 22 日。

张彤:青岛市文学创作研究院副院长。

于写意之上的戏剧表达

——评京剧《红色特工》的戏剧性

孟　聪 ▮

大荧幕上的谍战剧层出不穷,各有千秋,令观众欲罢不能,而戏曲舞台上却很少见到以谍战为主线的剧目。在红色戏剧井喷的当下,上海京剧院的京剧《红色特工》可以说是独树一帜,它有着鲜明的特色,令观众耳目一新,在谍战与特工成为主线的剧情框架下,将戏剧性在京剧的舞台上淋漓尽致地展现了出来。

戏曲作为中国戏剧的代表,从其诞生之际就被刻上了鲜明的"中国特色"。它更善于抒情,载歌载舞,充盈诗意。戏曲是诗化的结构,很少有话剧那般紧凑的剧情。它长期以来形成的舞台特征固然是很吸引人的,但是如果在此基础上适应当下观众对于戏剧性和情节性更高的要求,是不是会更好看呢? 上海京剧院的《红色特工》做到了,在不失戏曲本体的情况下,把戏剧性深入到整部剧中,让整个舞台充满可看性,令观众跟随着剧情和演员的表演,不自觉地进入到"戏"中。

一、开门见山有"戏"看

李剑飞与江溢海两个意气风发的少年,他们曾共同怀着救国图存的志向,却在后来走上了截然不同的道路,在戏的开头伴随着幕后合唱"孰料再聚成劲敌"的反复进行,很显然已经向观众交代了后面剧情的走向,可偏偏就是这种猜得到、想得到的剧情,京剧《红色特工》把"戏"做足了。

剧情快速地推进,国共两党合作失败,国民党残杀大量共产党员,在这样的戏剧情境中,推动着人物的"成长",也开启李剑飞这个人物形象开始在舞台上被塑造的过程,主要人物的命运开始显示出来,人物在舞台上开始有了行动的动力和目的,潜入国民党内部获取情报,与老同学江溢海斗智斗勇,经历生与死的考验,这是他接下来将会面对的,长路险夷,悬念就此埋下,观众开始期待着李剑飞深入虎穴,激烈的戏剧冲突也即将开始。

看戏之所以是有趣的,是因为双方之间产生了相互的影响,观众能够感受到双方在过程中的变化和较量,以及对彼此的影响。美国戏剧理论家贝克对"戏剧性"一词曾进行过说明。他说"戏剧性"这个词的意思有三个,其中有一条就是能产生情感反应的，可见，戏剧性非常重要的方面就体现在这种"交流感"和"影响力"上。

李剑飞怀揣着目的来到中统，江溢海也带着"有色"的眼光审视着这位过去的好朋友，这种天然的分属两个阵营的矛盾，在谍战戏里当然是不可缺少的。《红色特工》在细节上更是在强化和突出这种矛盾，江溢海设置种种关卡，一步步地审问着李剑飞。一个坐着，一个站着，李剑飞处于被审视的境地，一个在明，一个在暗，两个人在对峙着，试探着，矛盾一触即发。江溢海凝视着李剑飞，他对这位已十几年未谋面而找上门的朋友半信半疑，信念的探讨，理想的追求，他试图一点点地深入李剑飞的内心，而李剑飞从容应对，不露一点破绽，人物之间的冲突逐渐缓和，李剑飞的表现使江溢海放松了警惕，卸下了一丝防备，人物之间的"影响力"体现了出来，戏剧性得到显现。剧情进一步发展，一通电话，一幅画，李剑飞再一次被江溢海怀疑，人物关系又一次升级，李剑飞在险境中又一次脱身，这一次他真正获得了江溢海的信任，两人的这种"交流感"加强，戏剧性进一步体现。

京剧《红色特工》的这种"戏剧性"在李剑飞潜入中统与江溢海的交流中得以体现，两人的矛盾不断升级，环环相扣，悬念丛生，观众跟随着剧情仿若来到那个险象密布的时代，不仅仅是在这些戏剧性的矛盾、情境的设置上，在细节上将其更直观、形象地展现，做到了"有戏"。

二、定制舞美，"戏"味氤氲

戏剧性不单单是体现在剧情上，舞美也可以用来铺垫戏剧情境，表达戏剧性，戏曲的舞美不同于话剧，不在于展示足够的真实，而是要起到画龙点睛的作用，它不能破坏戏曲的本质，不能淹没了戏曲的本体，戏曲舞台上的舞美是需要写意的，起到"假亦真时真亦假"的作用，寥寥几笔就勾勒出一个异彩多变的世界。

早期戏曲舞台的一桌二椅的"标配"砌末，如今也最多只能在传统戏曲剧目的舞台上得以见到，几乎所有新创排的戏曲剧目都抛开了原有的一桌二椅的简单设置，而是在此基础上"定制"舞美，为剧目量体裁衣。京剧《红色特工》也是如此，虽然也有一桌二椅，但是是有着明显剧目特色标签的一桌二椅，再加上灯光、服装、化妆，这些共同组成了专属于京剧《红色特工》的"舞美标签"，这种在传统砌末之外的"定制"，将"戏"味做足。

对于戏曲演员来说，他们习惯于在舞台上通过虚拟性的表演来确定时间和空间，他们要在自己的脑海中形成一个"在场"的画面，从而带领观众进入，这样虚拟性的表演有一定的难度，对演员的要求也非常高，如果在不破坏戏曲本体的情况下适当地引入一些舞美灯光，对于演员和当代欣赏戏曲的观众，会更有帮助，对演员来说可以借助它们更快更好地入戏，呈现给观众更精准的表演，而观众也可以通过现代的声光电更好地借助这一外部的"渲染"逐渐深入戏曲本体，了解戏曲内在表达。

椅子依然存在，京剧《红色特工》的舞台上就是符合剧情年代的皮质转椅，就是这样一把椅子成了两位主角斗智斗勇的"延伸"，成为一个单独的"舞台"，李剑飞和江溢海轮流坐上这把椅子，一个站着一个坐着，一个俯视一个仰视，人物关系与视角即刻转换，椅子成为展现人物关系，体现人物心境的重要道具，它或被旋转来表达人物焦急的心态，或被旋转用来展现喜悦的心情，此时这把椅子就是舞台，借助椅子人物形象关系复杂性和可看性被放大，一个小道具的使用，就让"戏"剧性彰显。

灯光、多媒体作为现代舞台上的"佼佼者"，以其灵活多变受到了舞台艺术更多的关注和青睐，灯光与多媒体的这种无实物的"气质"与戏曲本身的虚拟写意风格相符合，也更多地被运用到舞台上，与剧情和人物实现了更好地融合，被赋予更多的意义。京剧《红色特工》通过灯光、多媒体的配合，为观众呈现了一出别开生面、惊心动魄的场面。剧中共产党员被射杀，若是在传统舞台上，最多只能通过演员的表演来表现出被害的痛苦，而有了灯光和多媒体的加持，舞台呈现生动化，进一步强化和丰富了人物的表现力。那一束束从天而降的光是那被射杀的子弹，一束束灯光交织起的网格是那被封锁住的前方，光影交织，李剑飞身无乏术，被挡在了外面，他焦急又悲痛着，聚光灯跟随着主角，好像一点点深入他的内心，一点点聚焦着他的内心。那灯光是他内心心境的放大，在那灯光下是李剑飞自己内心的焦灼与担忧的外部表达。故事越往后发展，越能在舞台上看到灯光对人物和剧情的影响，当最后障碍扫清，前途明亮之时，灯光也逐渐亮了起来，直至变成红光，预示着无数英雄用鲜血换来的革命的胜利，象征着那遍地待放的红花种子已开遍神州大地！

三、戏曲本体联结谍战"戏"

舞台为行动的场所，通过舞台上的人物行动所释放出的信息，观众才能进入和了解这个舞台上的世界。在戏曲舞台上的行动，就是程式化的唱念做打。作为戏曲的舞台语言，唱念做打是在长期的发展中形成的对于古代生活的美的提炼，以这些程式为基础，结合剧情在舞台上就可以组合成一出大戏，新编现代京剧如何利用这些程式融入现代的情境中是一直以来新编戏创作的难点。

对于戏曲舞台来说，唱自然是重头戏，尽管现在很多新编现代戏已经一定程度上摆脱了"话剧加唱"的模式，但是对于"唱"本身的重视和回溯却甚少，"唱"是多了,但是"唱"词的质量却上不去,大多是水词、流水话,毫无雅韵气质,更不用说戏剧表达上的深刻意义了,而《红色特工》可贵在唱词无论是在欣赏性还是戏剧传达上都非常出色。在李剑飞刚与江溢海见面之时,两人都对彼此持谨慎态度,在两人进行试探一番后唱出的"霎时间楚汉分界,布阵其间,劲敌在眼前,眼前非少年,一身千人面,踏浪龙潭间"这一段,既在文字上简练大气,有典故俗语穿插其中,又表现出了两人在交谈之后对于对方的判断,表意精确,韵味淳厚。中统重要机密被传出,江溢海须彻查内奸,李剑飞身处囹圄,秘书张来想趁机扳倒李剑飞,于是三人之间有了一段精彩的"背功"唱段。"张来他吞吞吐吐有蹊跷""李剑飞弯弯绕绕话里藏刀""他们一个阴狠一个残暴",唱词表现出来三人不同的心思。江溢海的疑心、张来的嫉妒、李剑飞的沉稳,人物的内在即刻显现,短短几句唱词,就将人物关系与剧情走向展现出来,简练鲜明地向观众交代了人物,让观众进入到三人的"心"世界。

谍战剧有着自己独特的节奏,往往是剧情紧凑、情节紧张,生死就在一线之间,在停顿与接续之间让悬念加速升级,以有张有弛的节奏带动剧情发展。而京剧,在一定程度上也是制造节奏的"专家",以板鼓定下节奏,衬托出或紧张或压抑的氛围。正是在这方面,谍战与京剧有了契合,两者的结合让京剧《红色特工》的程式有了最好的注脚,原本卡在节奏点上的程式因而有了并不突兀的表达。停顿,也是一种无声的程式表达,每一次停顿,都转化成无声的语言,于停顿处即是无尽的留白。这些停顿既是节奏的暂停,又是人物思想的确认、确信。谭霈生先生在《论戏剧性》一书中写道:停顿是否具有戏剧性,正是取决于人物在这一瞬间心理活动的内容。这一次,在谍战剧的情境之下,停顿所展示的人物心理有了具体的解释。在遇到危机的时候,在李剑飞听说中共沪西区委书记胡兆雄的行踪被发现时,想要打电话告知,刚拿起电话,他停顿了,这个停顿是及时的,此处的停顿恰是李剑飞反侦察能力的展现,他立马察觉到电话会被监听,可能会暴露,这一刻的停顿是主人公快速的反应。因为这次事件,江溢海要求李剑飞与女儿和儿子一起到嘉定去,以此对李剑飞造成威胁。女儿回到家,母亲显然已经知道这件事情,她的神情是凝重的,但是她不知道该怎样开口,她告诉女儿,今天是她的生日,但是作为母亲并没有帮她准备蛋糕,谁知女儿不仅没有抱怨,还贴心地说道:"那就等弟弟七岁生日的时候罚你一起准备两个蛋糕。"此时的母亲停顿了,她此刻心情是复杂的,她多么愧疚又是多么自责,她为女儿的懂事停顿了,她为女儿的未来停顿了,她的停顿是一种情绪上的休整,她不能让女儿看出来有什么异样。这些停顿都是在剧情进展中表达着人物的情绪,让观众不出"戏"。

近年来,红色题材戏剧如雨后春笋般涌现,京剧、话剧、音乐剧、舞剧等各个门类的艺术形式都在进行红色题材创作,这些作品中有部分作品收获了好评,在艺术与商业及主题意义上都达到良好的效果,但这仅仅是少数,许多的剧目都会有让人"看不下去"的感觉,是戏剧本身的情节性故事性的缺乏,只做到了主旨性,却忽视了戏剧本体,忽视了戏剧性,这样的戏演一时容易,但想长久地演下去还必须在戏剧本体上下功夫。

傅谨教授在《中国的百年红色戏剧》一文中写道:当传统的艺术理念与表现手法得到更多的尊重与传承时,优秀作品就有可能不断涌现。回顾戏曲领域中红色戏剧的历程,正是对中国当代戏曲发展规律的认识逐渐深化的过程,这也是戏曲繁荣发展的希望之所在。京剧《红色特工》在确保了红色基因的情况下,进一步夯实了戏剧本体,在戏曲语汇的运用上下足了功夫,将程式完美地融合在了谍战戏中,匠心巧思,不落窠臼,并且更进一步地提高了剧目的戏剧性,让人看得下去、想看下去。这样的剧目是观众需要的,也是经得住市场检验的。

原载于《中国京剧》2022 年第 6 期。
孟聪:青岛市京剧院文艺宣传员。

新时代文艺作品创作方向探析

孙　洁 ■

　　随着网络自媒体时代的加速来临,包括文艺作品在内的精神产品也被彻底地裹挟进大众消费娱乐之中。我们不得不重新审视聚焦文艺作品的创作中存在的诸多问题,同时倒逼我们思考出现这种娱乐化、低俗化倾向的原因以及新时代文艺作品创作出版的正确方向。

　　古人常论"诗言志、歌咏言",又曰"文以载道"。从这些关于文艺的古老命题和理论中,我们已经察觉到文学被赋予的重任:探索历史、抒发激情、再现社会、抚慰人心。然而,这种文艺观念在文艺界的正式确立,却源于近现代的文化转折。晚清以来,民族积贫积弱、国家忧患重重,这样的局面让一大批志士仁人焦虑不已,文学成为众多知识分子济世匡时的寄托。从梁启超大力推崇小说,陈独秀、胡适等创刊《新青年》倡导白话文到鲁迅的国民性批判,他们先进的启蒙思想和积极入世的姿态形成了一份庞大的文化遗产,后来到新中国成立后涌现出的赵树理、柳青等深入人民、书写人民的作家,再到王蒙、路遥等新时期反映时代气象和人民心声的作家,他们造就的强大文学传统延续至今。他们的创作主题从民族国家这种重大的题目到一个人的性格成长史,从一个家族几代人的迥异命运到某个普通人的不凡奋斗,恩怨情仇,荣辱兴衰。但不得不引起重视的是,现今文艺作品的创作和出版不能忽略的还有一种正在经历深刻巨变的文化环境——发达的大众传媒体系。从曾经的各种报纸、杂志,从互联网上眼花缭乱的各种网站到微博、微信等自媒体,这一切时刻簇拥在文艺作品周遭,成为强劲的竞争对手。大众传媒不仅以快速传播和海量的信息见长,而且以优厚的待遇诱惑各种各样的文艺爱好者的加盟,人人都可以做自媒体。在五花八门的海量信息涌入到大众视线之后,看似延长了文化感官,实则人们被碎片化的信息占据了大脑,从而形成一种新的遮蔽:正如 20 世纪 80 年代文学的黄金时代过去以后,90 年代商品经济的快速发展,让文学逐渐失却了它本应担负的严肃使命:反映我们伟大的时代与生活;正如晚清时期鸳鸯蝴蝶派的"消闲""娱乐"文学成了长期霸占市民阶层的"抢手货"。这种遮蔽应只是暂时,绝不应该是长久:这要求作家不应该拘泥于身边琐事和个人的悲欢离合,不应该是个人的小我和"才子佳人"式的"莺莺燕燕",更不应该是固定格式的模式化写作和程式化复制。这些故事的讲述应该是在充分把握了时代走向和社会巨变后展开的,是站在新的历史起点,用文学之中的经验和思想力图为我们的人生提供重大的启迪:这一代人怎么生活,什么是更有价值的生活。新时代文艺创作就应该承担着去除这种遮蔽的重任,传媒之外的事件和状态应该更多地被文艺工作者纳入到视界中来,启蒙与救亡的走向绝不应该是娱乐和平庸,若只追求精神快餐式的消费模式,这不仅把文艺推向单调平庸,而且把大众也推向单调平庸。

社会主义文艺理论是从历史唯物主义观点出发,认为人民才是历史和时代的创造者。新时代文学经历了百年发展,无论是五四新文学,还是新中国文学,抑或是新时期文学,一直都是将群众满意与否作为检验文学的最高标准。"娱乐"化显然不符合这种标准,它甚或可以说是文化工业的产物。其文化创造目的和创造手段与工业生产方式类似,它是一种标准化的、复制性的、大批量的生产,其目的是创造消费使用价值,经济效益是其运作杠杆。文化工业寄生于大众传播技术,并不知不觉地把文学艺术与商业融合起来,使文艺领域都染上了商品的特征。它不仅让文艺创作内容庸俗化商品化,也使文艺作品出版走向机械复制:它消泯了以往的传统的文艺作品中所附着的艺术家的个性、气质和灵感,让文艺作品的独特性和独创性在单一的技术制作中变得匮乏和单调。例如,一部电影,一首流行歌曲,一本畅销书在经过商业包装后会迅速成为焦点,被迅速地复制和传播,当初被银幕、电视和杂志分别实现的功能只需一台电脑便可轻松实现,并且完成得很出色。在更快速、更深入的标准化面前,艺术同时也彻底失去了个性和创造性。在这种效应下,流量便成了大多数人认可的唯一标准。在资本的操纵下,为追逐最大限度的利润而表现出某种强制性。例如,对于商品消费的操纵,常常将商品形象转变为某种文化符号,诱发公众消费欲望,引导流行的习俗风尚,比如前几年娱乐圈的流量明星、不磨炼演技只为成名而"抠图演戏"以及所谓"饭圈文化"。这必定造成人的精神世界的匮乏和平庸及对美的感知能力的下降,从而盲目地陷于资本制造的时尚中,乐此不疲地追逐虚假流量。近十年来商品经济的快速发展和大众传媒的高速融合,使得文艺作品的创作和出版出现了某种"娱乐化"现象,让娱乐和流量成为一些人打开市场的万能钥匙。原本"来源生活、高于生活"的艺术独创性,正被当代艺术作品娱乐化的追求所打破,成为无深度、无意味、无主流、无中心的商业艺术。

党的十九大以后,中国特色社会主义进入了新时代,我们的文艺事业也必将迎来新的机遇和挑战。面对更加复杂的文化环境,文艺工作者的职责不再是单纯地记录生活表象,更不是满足于制作一份社会学文献,而是成了手握虚构的特权,为人民立传,为时代立传的耕耘者。这一切无不汇聚为文艺的特殊要求。真实生活的人就成了文艺工作者观察创作的对象。艺术家必须真正走进人民中去,感受他们的生命、领悟他们的心声,从"入眼"到"入心",只有摒弃走马观花、蜻蜓点水、大同小异的流水线创作方式,才能真正创作出具有强大艺术穿透力和感染力的作品。从这层意义上来看,这才是文艺始终存在的理由。

2021年,习近平总书记在中国文联十一大、中国作协十大开幕式的重要讲话中为新时代文艺工作者指明了方向:坚守人民立场、为时代书写生生不息的人民史诗。近年大受欢迎的《革命者》《山海情》《觉醒年代》《扫黑风暴》《人世间》的出现,力证了文艺作品创作和出版娱乐化的现象正在被纠正,大众也拒绝在这场娱乐风暴中成为"单向度"的人,人们不再为那些粗制滥造的文艺产品买单。"流量"回归到了"演技",文学创作回归到了正常轨道,文艺出版也找到了清晰的方向。这些优质的现实主义题材电视剧无一不是改编自严肃文学,是新时代的文艺工作者站在新的历史起点上,回归书写人民史诗的优良传统,回归"出精品、出力作"的优秀出版方向,向新时代和新一代大众交出的答卷。

原载于《中国出版传媒商报》2022年11月8日。

孙洁:青岛市文学创作研究院编辑,青岛市作家协会秘书长。

青·艺：观察与品评

文脉传统与时代精神

——青岛画院中国画人物创作回顾展评述

陈　明 ■

　　中国人物画成熟很早，远在魏晋南北朝时期即已具备较完善的形式，此后历经唐、宋、元、明、清，逐渐风格化和程式化。特别是在文人画兴起之后，抒写胸中逸气成为中国画创作的核心精神，其主导思想是忽略现实和理想化的，促使人物画语言形态朝着"逸笔草草"的写意方向发展。然而，晚清以来的"西学东渐"又促使中国人物画发生了前所未有的变化。随着新式教育的蓬勃发展，新文化的不断涌入，以及画家士夫身份的转变，中国人物画创作进入了一个全新的阶段。这反映在绘画上表现为风格语言的多样，题材的广泛与丰富，以及新思想的出现等。在风格语言上，19世纪末新兴的艺术形式如西画、漫画、月份牌、新年画的出现，打破了传统的文人画、宫廷绘画、民间美术之间的壁垒，新的艺术形式不断出现，受到近代社会阶层特别是新兴市民阶层的欢迎，呈现出明显的启蒙色彩。在题材方面，新的事物大量出现，如西式建筑、服饰、人物、近代化城市的各种设施和景象、市民阶层的日常生活、新群体的社交场景等都成为新兴绘画的重要内容，大大拓宽了中国人物画的创作范围。迥异于传统创作资源的大量出现，新图像、新形式的产生，使得美术与现实生活之间的联系变得密切。在美术思想方面，康有为对文人画的批判、对院体画的推崇，以及科学主义的美学观和提倡写实的观念，新文化运动中陈独秀、吕澂的"美术革命"思潮，成为20世纪初国画改良运动和中国人物画"中西融合"观念兴起的思想源头。这样的思潮一直延续到中华人民共和国成立之后，20世纪五六十年代的"国画改造"和新浙派人物画的崛起，从根源上来说也是这一思想发展轨迹的自然结果。正是在这一观念影响下，1949年后人物画创作的视角转向现实社会，特别是革命战争时期和社会主义建设时期的英雄人物与普通群众。为实现这一转变，传统笔墨语言被加以改造、融合，以适应新的题材和审美需求，以"徐蒋体系"为代表的创作体系成为主流。在传统笔墨的现代性转换过程中，新中国人物画家们凭借深厚的传统修养，面对新的表现对象形成新的美学趣味和审美特征，完成了艺术与社会、中国传统与西方传统融合的历史使命。

　　20世纪以来的中国画变革促使人物画创作大大改变了古代传统的发展路径，

以自我革命和融会贯通的方式推进,最终体现为新的语言和审美体系的建立,为中国画人物创作的进一步发展开拓了巨大空间。新时期以来,中国画人物创作迎来新的繁荣和发展。这首先表现在思想的解放上。改革开放带来的新思想,传统文化观念与外来的西方思潮交织、冲突,构成观念多元、形态丰富、潮流混杂的时代特征。在这一背景下,各种新的艺术语言和形式大量出现,现代水墨、抽象水墨、新水墨等新的概念不断涌出,对中国画创作造成很大冲击。受此影响,新时期之后的中国画人物创作面貌更为个性化和多元化,无论是题材内容还是风格形态都呈现出多样、繁杂的趋势。与前辈画家相比,这一代艺术家的艺术观念更加开放,艺术风格更加多元,艺术语言更具个人化特征。与此同时,表现现实生活和现实主义思想的创作也不断出现。这构成了当代中国人物画创作的基本历史背景。

一、时代课题与传统笔墨语言的转换

当代人物画创作对传统笔墨的利用较以往更为深入,其中重要的一点是更注重传统笔墨语言的纯粹性,通常依据传统笔墨表现的规律塑造人物形态,而不是将笔墨作为造型的辅助。画家对笔墨的重视,促使人物画的创作语言、形态更加个性化,更具精神性,这是当代中国人物画创作多样化的重要原因。基于东西方艺术交融上的创新,既为中国人物画的进一步发展提供了条件,同时也对人物画家们提出了如何融合传统与当代的重大课题。面对这一课题,人物画家们不但需要解决深厚传统的继承问题,还需要以极大的智慧去面对形形色色的新事物和新的审美取向。在探索过程中,涌现出一大批优秀的人物画创作群体,他们既没有忽略传统的价值,也不惮于当代社会文化所带来的新课题,从而获得新的发展,青岛画院是其中不可忽视的一支队伍。

青岛画院的中国画人物创作近些年越来越受到美术界的瞩目,与其创作成果的丰硕是分不开的。40余年来,在水墨观念日趋复杂多样的背景下,青岛画院的人物画家们始终保持平静和深沉的心态,在题材上紧密联系现实生活,在观念上坚持现实主义思想,在表现手法上重视传统(既包括古代传统,也包括现代传统)。他们的创作注重反映当代人的生活,表现中国社会的发展,同时观照过去,反映重大历史。具体而言,有如下几个特征:一是创作题材广泛。在近些年的中国画人物创作中,重大历史、日常生活,现代都市、边远农村,军旅生活、百姓日常等主题均有涉及,表现的视角和方式丰富多样。二是重视传统笔墨,追求个人风格。青岛画院的人物画家在绘画语言上虽各不相同,但都注重对传统笔墨语言的吸收;在风格上又有各自的取向,特别是融入了很多现代形态,呈现出多元化的特征。三是具有鲜明的时代精神和积极乐观的情调。尽管人物画创作的题材不同,语言和风格也各不相同,但总体上都呈现出鲜明的时代气息和乐观的精神。上述特点构成青岛画院人物画创作的总体面貌,其要义如以一句话来概括,可谓之文脉传统和时代精神。

自20世纪五六十年代以来,经历"中西融合"和"国画改造"的人物画创作在吸收东西方语言、元素的基础上,逐渐形成具有中国式技法和审美的创作体系,这不仅是历史和时代发展的产物,也是中国人物画发展的必然结果。新时期之后,延续这一路径探索的人物画家更多注入了个人化的体验,形成更具个人面貌的艺术风格,其中,赵建成是具有代表性的一位。在绘画语言上,赵建成在继承"徐蒋体系"技法的基础上,进一步与个性化的绘画语言相结合,将写实性与写意性恰如其分地融合,同时又开创性地将皴法、积墨、泼墨、没骨的技巧引入人物画创作中,从而形成十分鲜明的特征。他的很多作品在笔墨上近似于山水画,有些人物的结构似山石一般厚重,往往呈现出山水画一般的肌理效果,赋予人物一种肃穆感。如2021年完成的巨制《开国大典》,以高度的写实性和庄重对称的图式,谨严细腻地描绘,表现了中华人民共和国成立典礼时的历史瞬间,具有纪念碑式的崇高感、庄严感。画家在表现这些历史人物时,既能够照顾到人物本身的造型特点,又可以依据个人的体验和情感进行艺术的表现,使画面上的人物形象统一于"历史的真实"和"艺术的真实"之中。赵建成于2007年开始创作的人物系列作品《先贤录》以浑厚坚实的语言和质朴厚重的风格表现中国现代艺术大师与文化大师,笔墨沉酣,气韵淹雅,散发出厚重的历史气息。在这一系列作品中,赵建成以坚实准确的造型表现人物的容貌,又将写意性融入画面中,充分利用"计白当黑"的画面效果,将虚实和黑白之间的复杂关系巧妙地表现在画面上,具有古典历史画特有的"高贵而单纯""静穆而伟大"的气质,以及中国画"机到笔随""形忘意会"的妙境。

在结合笔墨语言和写实性造型的创作中,中年一辈的人物画家也在各自的探索道路上寻求新的可能。王伟的人物画创作充分利用水墨浓、淡、干、湿的微妙变化,以大块墨色塑造人物形象,通过线墨之间的交融、变化,表现对象的形态特点和精神状态。他在2004年创作的《战士》用沉厚润泽的笔墨表现革命斗争中浴血奋战的战士群像,造型坚实,用笔浑穆而流利。2018年的作品《何香凝》实际描绘了何香凝、傅抱石、潘天寿三人,画家在这件作品中充分利用墨的交叠、晕染,线条的虚实变化,淋漓尽致地描绘出三位艺术大家的神情姿态,人物神态跃然纸上。与王伟有所不同的是,谭乃麟在创作中加强了线条的作用,在以线造型的基础上,将墨色的丰富变化融入画面,形成墨线交融的艺术效果。这一特点在其于2014年创作的《凉山谣》中体现得尤为明显,画中众多人物均以线勾勒,再辅之以墨色渲染,暗

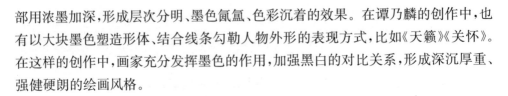

部用浓墨加深,形成层次分明、墨色氤氲、色彩沉着的效果。在谭乃麟的创作中,也有以大块墨色塑造形体、结合线条勾勒人物外形的表现方式,比如《天籁》《关怀》。在这样的创作中,画家充分发挥墨色的作用,加强黑白的对比关系,形成深沉厚重、强健硬朗的绘画风格。

二、新时代语境下的工笔与写意语言探索

在工笔人物画的创作上,青岛画院的画家也走出了一条面貌显著的道路。客观而言,无论是造型还是色彩、构图,当代工笔人物画创作都深受西画的影响,这在很多创作中显而易见。从风格学的角度来说,近些年工笔人物画形成造型写实化、构图现代化、色彩繁复化的特点,逐渐远离了中国传统的矩范,反而与西方古典传统有了不少相似之处。一方面,这为工笔人物画的当代发展提供了新路;另一方面,则为工笔人物画创作带来与传统原则冲突或断裂的危险。因此,在传统和时代之间,如何把握和权衡这一点,是当代工笔人物画家必须面对的问题。对于这一课题,青岛画院的画家以立足于中国传统的姿态,结合新的题材,融合新的审美和趣味,获得了值得关注的成果。

在工笔人物画创作中,季颁的工笔重彩作品汲取了唐宋工笔画堂皇的气象,造型优美,线条劲秀,色彩艳丽。他常将人物放置在深色背景下,利用冷暖色的对比和丰富的色彩关系,构建出华丽明艳的画面空间。如《春到高原》《仰望星空》就将藏族人物放置在深褐色的背景上,通过红色、白色、青色、黄色与深褐色的对比,突出人物形象。《高原之鹰》和《塔吉克老人》则将身着深色衣服的塔吉克人放置在青色的背景上,同样取得了突出人物的效果。孙春龙的创作具有明显的构成意识,他常打破现实主义的原则,将人物安排在超现实的空间中,如《雪域之情》《逐梦太空》《生命之光》。在这些作品中,画家打破客观现实的形态,将物象进行重新组合拼接,建立起似梦似幻的画面,从而呼应画面主题。在《逐梦太空》一作中,画家将宇航员的形象与天地、宇宙错落、叠加在一个空间里,不同形态的墨色块面和单纯深沉的色彩相互渗透,不仅使画面充满神秘感,也增加了很强的构成性。孙娟娟的工笔人物画创作将装饰性与写实性融为一体,人物形态优美娴静,色彩温润古雅,画面有光影的流动感,古典艺术之"静"与现代艺术之"动"交融在同一画面中,十分动人。《对话》《飞天梦》《舞动青春》系列等都是表现现代青年人精神的作品,通过这种新颖的表现手法得以获得十分鲜活的时代感。侯媛媛的创作注重画面的节奏感,同时也体现出装饰性的趣味,如她在2014年创作的《我们当年还是娃娃兵》、2021年创作的《冬日》、2022年创作的《逐梦深蓝》,均利用人物形象的形体和动态

构成有趣的动感。与孙娟娟相比,侯媛媛的人物画在色彩上更显淡雅秀气,线条也更加纤细温婉,体现出温文尔雅的气质。

在传统人物画中,工笔和写意之间并无绝对的界限,如宋元以来的工笔人物画也常在工写之间获得新鲜活泼的趣味。青岛画院的人物画创作也有将工笔与写意进行有机融合的方式。如赵峰的创作既有工笔画的严谨庄重,也有小写意画的意象趣味。他的作品《大河·石油人》《雪域高原的光明使者》《天的尽头是海》《驰援》《走过40年》,在造型上追求工写之间的趣味性,构图上则利用了构成效果,以平涂的背景衬托主体人物。如《驰援》一作中,赵峰结合造型的写实性与写意性的表现方式来表现主题,但在背景中却用工细的手法表现飞机的翅膀。画家将背景以深色进行渲染,以突出人物群像,而在群像当中,又以亮色突出走在前面的三位战士,从而形成层次分明、工写结合的艺术效果。王山具有扎实的写实功底,其人物画创作吸收了西画的技巧,造型准确,色彩温润,在笔墨语言中渗入水彩的透明感和流动感,具有地域性的特征,如《子夜有你陪伴》《正青春》《聆听》《简单幸福》《意》。特别是《意》这件作品将写实的前景人物与意象性的背景结合在同一画面上,使人物形态有了更具有深意的趣味性,同时也缩小了工与写之间的距离。王志东笔下的农村题材创作语言质朴、色彩沉着,如《家园》系列、《在路上》作品,人物形象朴实可爱,充满了浓郁的生活气息。王志东在工谨描绘人物的基础上,常以写意性笔调的场景作为画面背景,通过微妙地权衡把握工写之间的变化,获得两者之间的协调。

三、结语

关注现实生活,关心所处时代和现实人物的生存状态,是1949年以来中国人物画创作的共同特征,这一特征在青岛画院的中国画人物创作中体现得十分鲜明。在过去40多年的发展中,青岛画院的人物画家身处社会的变迁与发展,在多元融合的文化语境中寻求探索艺术发展的方向,实现了语言和风格上的不断推进,并获得累累硕果。从这个角度来看,青岛画院的人物画创作成果不仅反映了当代中国人物画创作的多元繁荣,而且其拓展之路亦可看作40多年来中国人物画创作的缩影。自然,对于青岛画院的中国画人物创作来说,数十年来的成果已然成为历史,未来还有很长的探索之路要走,但不管如何,他们坚守传统和时代精神始终不变。更重要的是,在面对传统和当代的课题时,青岛画院的人物画家总是以深掘传统的姿态和开放的精神努力完成时代所赋予的使命,以优秀的艺术作品回答这一课题,这是我们关注青岛画院中国画人物创作的最大理由。

陈明:广州美术学院美术学研究中心研究员。

岛城影像记忆五题

宋文京 ■

新冠疫情三年之中,位于青岛旧城改造城市更新核心区的洛川家美术馆却十分红火,其中,岛城几位摄影大家的摄影展分外抢眼,蒙任锡海、张岩、法磊先生之托,写了五篇序言,聊作摄影评论,亦算对岛城影像史料的一个角度的记忆。

张秉山:温情永在历史镜像中

好友张岩是一个摄影家,他们一家三代人都搞摄影。张岩的父亲张秉山老人生前曾任青岛日报社的摄影记者,一生曾因工作留下许多影像。

此次展出的历史照片主要拍摄于20世纪五六十年代,非常忠实地记录了青岛城乡当年的社会生活。在老先生的镜头下,有当时的街道场景,有过年的欢庆场面,有乡村小学的课堂,有人民公社的食堂,有海港的繁忙,有劳动的热闹,有栈桥的人群,有交谊的舞会等等,主要是日常生活的方方面面,涉及工农商兵学和男女老幼等各阶层各类人群,均为黑白照,让人有时空穿越之感,一下子回溯到半个多世纪以前。如果以那时的人物与场景和如今的做一个比对,让人恍如隔世,别有一番沧海桑田式的慨叹。这些照片焊接了我们对城市的碎片化记忆,为青岛封存了异常珍贵的历史影像档案。

中国摄影在20世纪80年代后曾有过纪实摄影的热潮时期,涌现过如侯登科、朱宪民、任锡海、解海龙、黑明等当时新锐,但窃以为他们还属于具有表现主义摄影倾向的一路,而以中央和各地通讯社和报刊记者为大群体的老一辈摄影家,如时盘棋、魏德忠、张秉山先生则是再现主义,更倾向于"平铺直叙"式的记录,无疑这两支摄影力量同样拥有价值,同样不可或缺,前者往往具有内在艺术性和震撼力,而后者恰恰同样拥有叙述力和真实性。在他们的摄影面前,我们都不需要过多的语言文字的描述,因为有时一张照片可以抵得过一万个字,所谓的"有图有真相",还没那么简单。

李白诗云:"今人不见古时月,今月曾经照古人。"虽然张秉山先生镜头中的人物场景才过了半个世纪,但我们已经能感受到历史的镜像和力量,已经让我们回味和思忖。镜头也是一个镜子,照出许多意味。

乔治·奥威尔说:"谁管着过去,谁就管着未来。谁管着现在,谁就管着过去。"很拗口,有道理,镜头中,有话语。

任锡海之一:镜头留住浓浓的年味儿

进了腊月门,春节似乎就在眼前了。

过了小年,大年就近在咫尺了。

年轻人口中的"春节",在许多老年人那里往往被称作"过大年"。

这许多年来,每逢"过大年",不少人兴叹:这"大年"过得越来越没有"年味儿"了——当然,说这话的中、老年人居多。

可当问及"年味儿"究竟是个什么样子,他们又一时半会儿说不清楚,像对待许许多多消逝的东西一样,别样滋味在心头。

幸好,我们有了摄影术,有了摄影家任锡海先生 40 多年前拍摄的 40 幅"过大年"的照片。借助它们,我们或许会从中嗅到改革开放新时期崂山乡间"过大年"时散发的那"浓浓的年味儿",依据通感,慢慢回忆品出"年味儿"是个什么样的味道。

任锡海先生是我尊敬的人,是时代的有创造力的记录者,是具有国际影响力的摄影家,他以万千决定性瞬间凝结岛城无数沧桑变化,雕刻时光。他镜头中的光影成为历史的纸上雕塑,他拍老母亲,拍十号大院,拍寻常巷陌,拍改革新气象,等等,成为档案式绝唱和艺术精品,让人回味咀嚼,据此,见客观,见时光,见本真,见天地,见世道人心。

时事变幻,白云苍狗。与昔日相比,现今的"年味儿"的确有了许多改变。"年味儿"似乎淡了,但人们对"过大年"的期盼却始终没有淡化——迎接春天的到来,期盼来年新生活的开始。

王国维诗云:"万物沉酣新雨后,百昌甦醒晓风前。"

"年味儿"曾经来过,不曾走远,也许还会复苏。

任锡海之二:凝视人生 志异瞬间

早在 20 世纪 80 年代,任锡海先生即享誉全国摄影界。80 年代以及此后的 90 年代,亦可谓是中国当代摄影的又一个黄金时代。从思想层面说,这也许与前一个时代的压抑与迸发有关;从物质层面说,与手机的尚未大规模使用有关,许多的摄影家尤其是纪实摄影家横空出世。

摄影史家顾铮认为 20 世纪 80 年代中国当代摄影是"重新启动":"随着新时期到来,自主观看的可能性终于出现。80 年代摄影最值得重视的方面是个体的苏醒、归来,以及个体为争取个人观看的权利的不懈努力。"

任锡海先生也就是在此时出现了井喷式的佳作,他的摄影艺术形象和风格也逐渐被他自己塑造了出来,他的知名度和美誉度也应运而生,让人不服不行。

许许多多看似寻常的城市角度和乡村场景,在任老师的镜头中总是别有意趣,他的记录并非按下快门那么简单,而充满深入思考的意味,他又具备瞬间抓取却凸显意义的本领。他的年代时尚系列,里院系列,城市变迁系列,年味系列等,每一帧都能令人玩味琢磨,一见难忘。

此次展览的系列是任老师在国外拍摄的作品集成,虽然大多为街拍的人物等外在影像,却反映了无数瞬间真切,由景物与人物构成了张力与趣味无处不在,光影和构图巧拙中生发情思,直指内心。从中可以见自己,见天地,见文化,见众生。

美国作家帕特里夏·海史密斯说:"一切艺术都是共通的,一切艺术家的内核都是相似的。所有艺术都是基于对交流的渴望,对美的热爱,以及从无序中创造有序的需要。"

可能不光艺术是相通的,人生和人心更是相通的。钱锺书先生说:"东海西海,心理攸同,南学北学,道术未裂。"对于摄影艺术而言,亦是如此。镜头语言跨越文字语言,是中国的,外国的,世界的,人类的。

大疫三年,人们走动的少了,亦是非常怀念那些可以尽情旅行的时光,任老师的这组影像,正适时满足我们迫切感受世界的影像记录和变化的需求。

一百多年前,是魏源、郭嵩焘等人睁开眼睛看世界的时代,也大概是摄影术传入中国之时,也大约是青岛作为城市开埠之时,回顾历史,凝视影像,前后对比,古今互映,也不禁浮想联翩。

任老师的镜头速写,让我窥看到寻常行走者不寻常的摄影瞬间之美。

约翰·伯格说观看之道:"他凝视着生命,恰如生命之凝视自身。"

在任锡海先生的镜头中,我们从青岛的吉光片羽看向更大的人生场景的万紫千红。

传神阿堵　丹青写照
——关于李学亮的《翰墨光影》

著名摄影家李学亮先生的这组翰墨光影照是他在 2009 年至 2010 年一年间拍摄的,选取了岛城老中青 30 位书画艺术名家,拍摄他们的肖像和生活照。十数年后,我们目睹回顾这些照片,感慨系之,世事变幻,白云苍狗,照片中的人物整体勾勒出了青岛的翰墨丹青画卷。学亮兄曾在画册的后记中写道:"多年从事新闻采访工作的经验给了我很大帮助,拍摄大多都是在欢声笑语中进行,在愉快的交谈中拍取了书画大家丰富的内心世界,留下了典型的瞬间。后来,《翰墨光影》书样与书画大家见面时,总能听到'这就是某某'的话语。"可以说,用拍摄大家卡尔·布勒松的说法,他抓取了"决定性瞬间",拍出了与众不同,独一无二的"这一个"。拜观学亮兄镜头中这 30 位书画名家的影像,有三个关键词汇浮上心头,那就是:怀念,神采,细节。

一曰怀念。翻开大画册目录页,30 位书画家的名字映入眼帘,但我们会发现,有 11 位艺术家已经进入了历史,冯凭、张杰三、蔡省庐、崔子范、高小岩、苏伯群、张镇照、晏文正、周永家、刘栋伦、陈锡岩。他们中的绝大多数都是高龄离世,有四五位百岁以上的老人,多数是八九十岁辞世。学亮兄做了一个艺术肖像的"抢救"工作,他的创作初心即源于发现 2019 年 91 岁的艺术大师张朋先生因病离开竟少见其晚年瞬间的照片,痛惜之余,感到了责任。这些老人的音容笑貌,被他的镜头,定格于岛城的艺术史上,给了我怀念的依凭之据,功德无量。也因此,学亮兄的这组照片也具有了珍贵的影像文献价值。

二曰神采。学亮兄在抓取"典型的环境中的典型人物"这一瞬间中做足了功课,同时又以摄影家的敏锐和快捷凝于一刹那。刘勰在《文心雕龙》中云:"故寂然凝虑,思接千载;悄焉动容,视通万里。"凝虑与动容,在艺术家的神采与光影的碰撞中闪现。古代的书法理论者讲"书之妙道,神采为上,形质次之"。古代的绘画学者讲绘事"六法"中的前两法为"气韵生动,骨法用笔"。其实,神采与气韵,恰是艺术家肖像中的性格和生命力。这 30 位艺术家,或谦谦君子,或蔼蔼长者,或中年汉子,或青年俊彦,却各有神气。他们性格不一,相貌各异,但精气神都恰在不经意中,学亮兄捕捉到了惊鸿照影的神采和气韵,做到了形神兼备的传神阿堵,如丹青写照。

三曰细节。细节决定成败。学亮兄在另一本摄影集《街里》的导读中写道:"他们愿意把自己的喜怒哀乐,家长里短说与我听,也愿意把埋伏在心底的秘密分享给我。因此,我在细节的挖掘式叙述里,让图片的画面感拥有了更多的温暖和故事性。"细节,还是细节,对艺术至关宝贵。特别是艺术家与家人和朋友在一起时,非常放松,学亮兄邂逅这一场景,拍摄大量的书画家与老伴、子女、朋友、弟子在一起的生活关系,关系之中见真情,细节之中有乾坤。王安石讲:"糟粕所传非粹美,丹青难写是精神。"精神恰恰藏在芋头、书本、京剧、古董、陈设、空间、对视等等看起来毫不相干的细节中。因此才能达到康有为形容魏碑十美中的骨气洞达,血肉丰美,是丰满的人物表现。

顺带说个意思,学亮兄作为新闻工作者在选取被拍摄对象时带有一定的新闻性、纪实性和偶发性。其实岛城还有一些艺术家在彼时彼地因为各种缘由未能进入镜头,比如常居外地青岛籍艺术家的杜大恺、姜宝林、赵建成、隋建国、李秀琴、陈坚,青岛书画家刘文泉、徐立忠、乔法珍、窦世魁、项维仁、张白波、邱振亮、贺中祥、高东方。相信不日,学亮兄也还会延续这个拍摄专题。

同样是书画家的杨在茂主席在《翰墨光影》的序言中指出:"绘画、文字、摄影,这些艺术是相通的。《翰墨光影》用艺术的神韵、忠实的镜头,带给我们美好的视觉享受和积极向上的力量。"

信然,也祝福艺术性和真实性也如影随形一直萦绕在学亮兄镜头之中,闪耀出生活和生命的光芒。

法磊:天机清妙　景气和畅

我和摄影家法磊先生不算稔熟,总共也没见过几面,但我却乐意写这篇文字,缘由至少有两个,一是他的作品本身,一是他这个姓。

法磊的摄影作品整体上有一种恢宏且神秘的气势和气质,有一种天外视野的清净,令人敬畏,几年前飞美国曾于云上眺看北极圈有一种人力不可达到的出旷,当然作品做到这一点并不是光依赖好的机器设备就能做到,这证明法磊有思想,有艺术追求,且能风餐露宿,不辞劳苦地去拍,而艺术家就是靠作品说话的。

姓法的人氏若干年只知道法乃光先生,后来又知道法满,买过他编的书,认识法磊后才知他们都是一门亲戚,叔侄关系,都是胶州大书画家法若真的后人,看来世家有传承,艺术非偶然。

作家卡夫卡说想要有智慧必须"聆听、沉着、安静,以及独处。世界会摘掉面具,放下挑剔,以其赤裸裸的面貌,在你的脚下欢欣地展开"。可以说,当你安安静静地独自欣赏法磊镜头下的情境时,你也会有此感觉。

国学大师王国维在其词学名著《人间词话》中将词境分为"有我之境"和"无我之境",在我看来,法磊的摄影是看似"无我之境"的"有我之境"。王国维还指出"一切景语皆情语,一切情语皆景语"即"意境",法磊的摄影是看似客观的无情感投入的记录,但其中的光影色彩形状节奏无不包含着深深的情感。

法磊在国际国内获过许多奖,这不需我来赘言,有努力就会有收获。艺术是一个窄门,容不下太多的人,更容不下偷懒和不真诚。而法磊恰恰诚恳,有才华而且努力,相信他镜头下的辉煌曝光还多着呢!

年轻时对风光摄影大家比较服气的有二人,外国的服安塞尔·亚当斯,他的

《月出》那种禅意静穆震住我了,中国的服郎静山,用中国的水墨语言在技术不发达的年代诠释了东方美学,渐渐也知道了同是一个景物,不同的心灵眼睛和镜头,其艺术差别判若天壤。

祝贺法磊的摄影展览成功圆满。

祝法磊拍出更多更美的心象画图。

宋文京:青岛市文艺评论家协会副主席。

水溢乾坤气　彩纳山海魂

——论王绍波的水彩画艺术

亓文平 ■

格雷戈里·巴特科克说:"任何特定艺术品的方法、风格或形式,都揭示出其制作时所处的时代和地区的流行观念。不考虑作品的原初环境,观者就无法全面认识到作品的意义和目的,也常常会完全领会不了作品的中心意思。"①当我们以风格史或者文化史的角度来认识王绍波的水彩画艺术时,我们发现他既未能远离时代的社会语境,但又在时代限定的范围做出了个体画家最有力的回应。

但如果用几个词语笼统地概括王绍波的水彩画风格特征往往带有偏颇性,毕竟这样一位具有开创性的水彩画艺术家身上充满了风格的复杂性。为了研究的方便,我还是愿意用一句话来表达我强烈的个人印象——东方意蕴与西方古典写实庄重肃穆画风巧妙杂糅,而这恰恰很好地体现了王绍波对 20 世纪中国绘画探索方向的自我思考。

众所周知,20 世纪由于西方绘画的介入改变了中国传统绘画发展的语境,这在清末民国就已经清晰地表现出来。除了对新生事物的好奇之心外,随之带来的是一种身份的焦虑,即随着油画、摄影等视觉形式涌入,追求视觉的真实成为一种新的社会风尚,所由此带来审美趣味的改变与传统的文人审美形成了一种矛盾。这种两种审美观念的对抗和融合所带来的两种片面的结果。一类是过分强调视觉的真实,陷于物象表象的无限追求,而忽视传统绘画的民族化特性;另一类就是过于注重传承而对于时代的变化视而不见。王绍波对水彩画的探索恰是基于这两点的有效实践。不管怎样王绍波的水彩画在各个阶段从未脱离雄浑、壮美的美学特征,这与他的师承和对写意画、油画等其他类型绘画触类旁通不无关系,与他生活的地域文化、人生历练也往往联系在一起。

尽管王绍波先生似乎对风格并不十分着意,但是恣意纵横的才情和全面的绘画修养的确赋予王绍波的水彩画独特的气质。在轻松自然的画面之中总是有一股难以遏制的激情,换句话说,这也是一种极高绘画天才的表现,尽管这一点在他的

---

① 〔意〕廖内洛·文杜里著《艺术批评史》,邵宏译,商务印书馆 2017 年版,第 6 页。

大写意画中得到了尽情的释放,但是恰恰是他的水彩画创作很好地约束了这样一股力量,使他的画面呈现出感性精神和理性精神的巧妙融合,进而获得感人至深的力量。

一、墨彩兼施与观念性写实

与很多水彩艺术家不同的是,王绍波最早先接触的是水墨画,因此其水彩生涯的开启带有偶然性,按照画家的话就是自己是"水彩世界的闯入者",因此,从某种程度上说,王绍波水彩画学习更多源于直觉。

克罗齐曾说:"现在,应当牢记在心的第一点是,直觉的知识不需要老师,也不需要依靠任何人;她不需要借助他人的眼光,因为她有自己出类拔萃的眼光。"[1]王绍波对于水彩的敏感和兴趣正是基于此,这也可以看成画家才情的体现。在其绘画创作的早期阶段,有两方面值得关注,一是早期的写意绘画训练,二是中央美术学院的进修经历。王绍波在少年时代就有幸得到青岛写意花鸟名家宋新涛教诲,尽管后来他的国画成就往往被水彩画所掩盖,但是不得不说,早年扎实的传统国画训练,赋予了其水彩画别样气质。尤其是他的恩师宋新涛先生不仅传授其传统写意花鸟画技巧,更是从人格信念上奠定了其一生对于绘画的理解。尽管王绍波后来做了更多的尝试,但宋新涛雄浑大气、典雅中正的审美很好地传递到王绍波水彩画的审美理想中。因此,当他 20 世纪 90 年代到中央美术学院进修油画的时候,他并没有追随当时现代艺术时尚的潮流,而试图在写实中实现自我的绘画理想。后来王绍波曾做过这样的解释:"我迷恋写实风格。天生的质朴和不善思辨的思维反应,使我对变幻迷离的现代艺术'望而不及',好在以写实法,表现平实人,其意在'实',也无所谓'笔墨当随时代'了。"[2]但是这种写实主义的主张在后来的创作中略有调整,正如马蒂斯对于艺术的理解一样,王绍波一定意识到表现事物除了原生态展示它们之外,还可以艺术化地召唤它们。因此,后来他常常在写实主义前面冠之以"观念性",实际上,用他的话来说就是"观念性即眼中所见,对现实的理解,是艺术家思想的表现和创造,并非简单的形式"。因此,王绍波在后期的水彩画实践中很好地回应了"准确不等于真实"这样整个现代艺术的命题。

但是,我认为王绍波早期钟情于写实主义,与儒家人文主义理想熏陶不无关系。我们也可以这样理解年轻的王绍波希望通过视觉图像来表达个体对社会的关爱和认知,因此,我们也可以看到王绍波早期创作的水彩画题材多选取了北方农村

① Benedetto Croce, *Aesthetic*, New York: Noonday Press, 1953, p. 2.
② 参见《艺术文献》栏目拍摄的纪录片《画到精神飞扬处·王绍波》,2017 年。

的田园景象。他如同一个诗人一样,努力地在这些故园中寻找一种原始的诗意。《岁痕》《冬至》等都是这个时期的佳作,在充满激情的笔触以及带有水墨画干湿浓淡效果的色彩图像背后透露着画家凝聚历史的眼光。在那些斑驳的墙上,苍老的树皮中,甚至在那些凌乱但是又充满了秩序美的枝条中,王绍波似乎在极力寻找一种历史的记忆,或者说他想通过图像的形式去凝固历史瞬间。在石屋升起的袅袅炊烟、夕阳洒染的草垛、繁花乱舞的桃树林等意象中,画家构建了一个理想的田园梦。这些早期的水彩更像是一首首乡村的散文诗,舒缓悠扬,却缺少了鸿篇巨制的视觉冲击力,这似乎也是20世纪水彩画集体面临的问题,即如何摆脱水彩小画种的局限,而真正与油画和水墨画的深厚历史相提并论,这样的思考最终强化了王绍波绘画中的经典意识和历史意识。

2007 年王绍波《岁痕》(220 厘米×150 厘米)   2010 年王绍波《冬至》(72 厘米×53 厘米)

二、历史意识和主题性表达

今天回顾其水彩历程,真正让王绍波的水彩画广为世人所知还是十届美展的金奖作品《渔歌》。这幅画的意义不仅仅是为山东水彩画赢得了荣誉,更重要的是它在水彩画发展历史中的探索意义。实际上,在这张作品获奖之前,王绍波的水彩画创作,尤其是他一系列获奖的作品已经隐约显露出历史意识。

1998 年第四届全国水彩·粉画大展的金奖作品《秋》开始呈现出与以往作品

2005 年王绍波《渔歌》(170 厘米×150 厘米)

不一样的感觉。画家把烦琐的细节表现开始归纳于单纯的形式之下,带有纪念碑意义的构图形式和浓烈而又极度深沉的红颜色变成了对秋的诗意赞歌。精细入微的技巧已经被浓烈的情感所覆盖,令人惊奇的是,画家通过高超的经营,秋天枯萎的物象并没有给人一种消极的感叹,反而变成一种张扬向上的精神力量。王绍波的那种外露才情被有效地控制在一种含蓄之中,对古典绘画肃穆、静谧的诉求与儒家文化中对典雅、中正的典范进行了一次亲密的接触,这便构成了一种亘古、向上的精神力量,这在后面一些重要的作品中得到了延续。而1999年创作的《四季歌》则是另外的一种尝试,这张作品彰显出早年写意花鸟研习对于画家所起的作用。王绍波采用了长幅的构图形式,这往往是传统写意花鸟画的构图方式,前景的西红柿和黄瓜等物象的表现也多借鉴了传统中国画的表现技巧,但是与国画不同的是,画家利用透视加深了画面的空间关系,尽管中景的菜地和远景的塑料大棚并不是画面的重点,但是却巧妙表达了新农村建设的主题。众所周知,新中国成立以后,写意花鸟画在社会服务的方面往往表现出捉襟见肘的尴尬,但是水彩画却在这两者之间架起了一座桥梁,因此也赋予传统写意花鸟画所不具备的社会功能。

1998 年王绍波《秋》(58 厘米×88 厘米)　　**1999 年王绍波《四季歌》(190 厘米×70 厘米)**

在积累了几次大赛的经验后，王绍波便将他的经典意识和历史意识拓展到人物画领域。这个时候王绍波在水彩画面里至少想实现两个方面的突破：一是避免水彩画的轻薄肤浅色调而寻找一种厚重的语言，二是打破小幅水彩画的墨彩小情趣而创作出尺幅巨大的力作。因此，2000 年创作的《酥油茶》便成为这种意识的序曲，画家把在风景画中积累的技法经验，具体说来就是将一种深沉的酱油色调有效地运用

2000 年王绍波《酥油茶》(128 厘米×113 厘米)

到藏族人物形象表现中，形成一种恢宏气象。尽管这样的少数民族题材在当时的绘画创作中并不少见，但是与那些作品相比，《酥油茶》很容易让我们和西方绘画许多经典的作品联系起来，这是一种超越现实的力量和智慧，正如陈丹青的《西藏组画》，一种质朴的情感压制了所有的技巧，通过细节的重组和再现，画家让观者相信我们亲临了这样的历史场景，也就是历史学家哈斯克尔所说"让往昔恢复生命"。我觉得这种对于生活细节的处理以及人物形象的塑造能力从根本上说是画家的历史意识所导致，但具体却与画家对生活的敏感分不开。在深沉的色调中，头饰的红色和柴火的白色烟雾显得格外明亮，我们在琐碎斑驳但又被画家处理的写意轻松自然的笔触中，仿佛感受到一种时间的痕迹，王绍波通过这张画向我们展示了他过人的绘画技巧和全面的绘画修养以及人性中最动人的情感，但是这种表达似乎还不够充分，直到作品《渔歌》的出现。

对于《渔歌》的阐释可以参考的资料众多，既有画家本人的阐发也有他人的评论，但是我更想将《渔歌》放置于近四十年的水彩画史中去考察其意义。张苗苗在总结改革开放以来中国水彩艺术发展的时候曾说："在主题性创作方面的突破是这一时期水彩画繁荣发展的重要表征。在 20 世纪中国美术的宏大叙事中，水彩画一度处于'缺席'的状态，这是因为水彩的语言特性限制了它在主题性创作中的发展。进入 20 世纪 90 年代，一批画家努力打破水彩画是'轻音乐'的固有格调，创作出一批尺幅较大的主题性水彩作品，凸显了当代水彩艺术在现实表达方面的新动向……"[1]

---

[1] 张苗苗《开放建构到多维发展——改革开放以来的中国水彩艺术》，《美术》2008 年第 12 期，第 13 页。

这无疑是《渔歌》所要突破的方向,当然除了《四季歌》《酥油茶》等主题绘画创作积累的经验,不得不说 2004 年秋的法国、意大利之行给王绍波的创作带来了巨大的灵感启发。正是这次与西方经典绘画的对话机会深深地震慑和冲击着他的内心。王绍波曾经在访谈中谈到见到这些原作时的激动之情:"卢浮宫收藏的大画很多,有时候一面墙就是一幅画,人物的生动用呼之欲出来形容都不够——上百人在黑夜中奔跑的画面,《拿破仑加冕》里上百人的丰富表情……太棒了!"①后来王绍波曾将这种大尺幅的表现力和米勒绘画中所透露的饱满的情感,看成影响《渔歌》创作的重要因素,再加上画家长期生活在海边对于渔民的熟知,最终便促成《渔歌》的成功。这张作品无论是在尺幅还是在"厚重"感的艺术表达方面无疑是一个标杆,尽管在这张画之前,或者之后也都有类似成功的人物题材的水彩画,但是却少有像这张画一样产生了深刻的影响。

在我看来,当时王绍波本人并未完全把心思定位在如何去构建一张主题性绘画,或许仅仅出于画一张好画,并希望这张画将会与那些艺术史中的作品一决高下这样的目的。王绍波谈到《渔歌》时曾说:"《渔歌》是我画得比较'细'的作品。它的场面宏大,内容情节丰富,画面充满了微妙变化。我在对形象的处理上追求深入的刻画,力图去揭示内在之美。这就需要有表达激情的方法,要有感受地去'细'画。因为人是有生命的,空气是流动的,物体都是充满生机的。画法要有表现力,就不能仅仅是死磨硬抠。如果把'细画'的局部放大,就会展现出大笔触画法的效果。所以,水彩画家最好不要再去做'无为'的'细活'。"或许也正是因为这样的动机,使得这张画与同时期的水彩人物画题材相比较表现出它特有的品质。这种品质首先表现在作品中是透露出一种国际范,这可以理解为对于油画经典语言和构图形式的借鉴,也就是画家常常强调的用"厚"与"重"感去调和水彩画"松灵通透"所带来的表现劣势。其次,这张作品中流露出浓浓的地域文化的味道,换一句比较通俗易懂的话就是海边人常说的"海蛎子味"。这是与画家本人对于故乡的情感以及对于生活的提炼是分不开的。恰如艺术学者曹意强所说:"正是作者的艺术真实,使之超越了史实和表现技法的局限,达到了更高的真实。在这中间,艺术真实的灵魂是艺术家的真诚。这种真诚赋予了作品以永恒的感染力。历史画和其他艺术作品一样,也许其题材意义会随着时间的推移而逐渐淡化,甚至为后人所不理解,而其艺

---

① 参见中华网山东频道的采访《心存美好,画才美好——著名画家王绍波的绘画哲学与艺术境界》,2021年。

术的品格会保持不变,其艺术感染力会永存不衰。"①

正基于此,当我们回头环顾改革开放以来水彩画发展的时候,我们更能看到《渔歌》的经典性和永恒性,它不是为了迎合的突发奇想,也不是带有时代痕迹的写实记述,而是它不经意把历史的真实融入了作品之中,成为拉斯金所强调的记述伟大民族之书中最值得信赖的艺术之书,也唯有此视觉图像才真实地记录了他的时代。

三、水彩民族化与地域画风探究

在中国现代水彩画发展的过程中,如何实现本民族特色,是水彩画家绕不开的问题,也是不得不面对的问题。尽管突破的点不一样,但是整体方向是一致的,即追求一种带有中国审美意趣的绘画新形势。早期水彩画在关于民族性的理解上有时候难免简单,或简单套用中国画的构图等方式,或类似于水墨的表现方式,或利用传统绘画的用色审美趣味。

王绍波对于水彩画民族化的思考首先反映在他对于水彩媒介的深刻认识上。他说:"水彩作为独立的艺术形式,因'水'而独具魅力,但是水彩画家可以成于'水',亦可以败于'水'。'水'不可小视。水彩画恰当地表现'水'的韵味,可使画面产生无穷的趣味;反之,水泽泛滥,画意必将沉于水下。从近年全国性美术大展来看,已有部分水彩画家注意到对'水'的控制及适度的运用和发挥,但还是有不少画家未能很好地把握这一点。现在玩'水'者众多,正因为水彩以'水'作为艺术的媒介,所以和国画家在创作中常常'惜墨如金'一样,水彩画家也要'惜水如金''水'的表现要与艺术表现的形式和形象相融合,画面应当是以'水'构成而又看不到'水',让水迹化于形象和艺术氛围之中。在我创作《渔歌》时,为了表现天空的辽阔和舒展,大面积用了水。人物形象和环境都局部用水,以'水迹斑斑'来显示水彩画法的效果。水彩重'水意'的表现,而不重'水分'的表现。"②近代几位国画大家如黄宾虹、傅抱石等人无不强调用水的重要性,潘天寿曾说"用水画才有神,墨非水不醒,笔非水不透,醒则清而有神,运则化而无滞,二者不可偏废"③。王绍波正是对水的精准把握使其水彩画面多了氤氲气和轻松自然感,在物象的写实和画面的抽象之间实现了有机融合,这有效地化解了写实绘画"细""匠"等缺陷,从而使他的水彩画创作更多跟"气韵生动""写意"等美学观念结合起来。除了这种技法的融合外,王

---

① 曹意强《图像证史与图像撰史——关于历史画创作中几个理论问题的思考》,《美术》2016年第11期,第110页。

② 张侗瑀《水彩创作手法与思路散谈》,《美术观察》2005年第11期,第65页。

③ 徐春红《试析中国画中水的运用》,《文教资料》2015年,第40页。

绍波还在水彩画中打破了传统写意花鸟画和静物画的界限,恰如潘天寿将山水画和花鸟画创造性地融合尝试一样,这为当代水彩画的发展无疑提供了一种崭新的思路。

2006 年王绍波《水云之乡》
(197 厘米×50 厘米)

早期的《四季歌》,以及后来的作品《水云之乡》很好诠释了画家的这种尝试。在《水云之乡》长幅的构图中,画家按传统花鸟画起承转合的方式,用纵横交错的荷杆搭建起画面的结构。但是与国画平面化的表现方式不同,画家用充足的水分渲染出一个光影的空间世界,"惚兮恍兮,其中有象;惚兮恍兮,其中有物"。在水彩抽象的世界中,莲蓬和荷花的形象愈发婀娜,充满动感的线条和色彩把观者带入一个美好的精神世界。

近几年,王绍波的绘画的民族化探索有意识地与地域文化理解联系起来,题材越来越关注本土化的山、海、城等题材。实际上,这也可以算作王绍波精神回归的一种表现,换句话说,是他对"水彩画归于何处"这样一个命题的深度思考。尽管这种现代性的探索带有一定的刻意意识,但是王绍波对水彩的理解的确进入一种更加精神化的诉求。这种诉求几乎回到了中国文化或者文人画的最初目的,加强物象的象征性处理,以一种拟人化的手法把现实的物象上升到精神对话的层次,极力用视觉图像的形式来构建对于特定地域和特定的心理意识的解读。当然,反过来,地域文化的气质也使得王绍波的水彩画越来越有个人的意识,并真正为他的水彩画注入了灵魂。

《驼峰铁铸》是近期明显带有地域文化探索的作品。在这张画中,画家不再像早期描绘北方乡村的作品一样仅仅把作品当成一首崂山的赞美诗,而是通过这样的一个风景载体去凸显物象的精神象征,恰如潘天寿的名作《雨后青山铁铸成》一样,王绍波更多通过这样的作品来强化作品的思想性。画家用全景式的构图展示了一个宏大的场面,主观性的色彩加深了作品的浪漫主义气氛,坚硬褶皱的崂山石在白雪映衬中越发刚硬挺拔,画家把中国画中"雪中寒梅"的精神意象嫁接到这样的一张风景画中,进而对"齐鲁文化"所强调的沉雄、浑厚等精神做了视觉的解读。《激浪》《凝涌》《惊涛》等一系列表现大海题材的作品无不表达这样的精神内涵，我们可以将其追溯到早期其老师宋新涛所带给他的审美理想，也可以看到研习西方经典绘画强化的古典意识，但是我们更应该看到这种拟人化、主观化的处理正是根植于传统中国画的土壤中，尤其是文人画潜移默化的影响使他的写实主义越来越突出浪漫主义气质。

2016 年王绍波《驼峰铁铸》　　　　2015 年王绍波《激浪》

（150 厘米×100 厘米）　　　　　（150 厘米×100 厘米）

　　尽管后来创作《崂峰灈霞》试图在这样精神表达的基础上强化形式感，甚至还在《雪城》系列中有意识弱化写实成分而增加对于形式美的探求，但我们整体来看，这些作品仍然与王绍波一以贯之的艺术主张相吻合："在艺术创作中，应该有严肃的创作态度。要正确理解水彩画创作的意义，不应该将水彩画仅仅看成是'水'和'彩'的游戏之作。作为水彩画家，在创作时应进行深入思考，在艺术思想的深化上下足功夫。水彩画的创作要加重其文化含量。踏踏实实地研究和探寻艺术思想和表现手法，以求最大限度地提高作品的艺术质量。水彩画创作和研究应该'脱'水彩之'俗'，要在观念认识上提升境界，要有大艺术观，既要重'技'，更要重'艺'。"

2019 年王绍波《崂峰灈霞》（100 厘米×294 厘米）

四、总结

贡布里希在《艺术的故事》开篇即说:"实际上没有艺术这种东西,只有艺术家而已。"①它的意思是艺术不是一个天然范畴,而是一个文化构建。艺术是不稳定的,它永远在遭到重新定义和重新建立。艺术概念的复杂性和丰富性正是基于艺术家个体的丰富。王绍波是一位创造力丰富的艺术家,恰如其充满激情、豪爽的性格一样,他的水彩画作品中永远散发着一股不可遏制的激情。敏锐的洞察力、高超的绘画技巧、全面的绘画修养以及炙热而真诚的情感使其作品如同跃动的音符牢牢牵动着观者之心。这与画面所构建的安静的、纯洁的灵魂世界相得益彰,在这个世界中半点形秽的东西都不能掺杂其中,正如皓月、白雪、梅花、磐石等意象,他将水彩画艺术带入传统文人画的精神空间。

总之,能够在水彩画领域有突出探索者少,又能在水墨有所成就者更少,二者之间来去自由者寥若晨星。因此,水彩画艺术在王绍波的世界中,只是建立个体与世界对话的一种视觉的途径,在其水彩淋漓、笔触飞动的画面中更重要的是一个鲜活生命的存在。因此要真正地了解他的水彩画艺术首先还要了解这样一个鲜活的艺术家,布封曾说"风格即人",王绍波也曾用自己的话对此做了最好的解读:"除了天赋、学养、技术表达等,我觉得一个人的内心世界很重要。如果你的心里没有纯净和美好,就构不成创造它们的条件。心里没有,眼中便没有。人不好,画不出好画来,这是真理。"②

原载于《山东画院》2022 年第 1 期。
亓文平:青岛大学美术学院副教授,青岛市文艺评论家协会副主席。

---

① 〔英〕贡布里希著《艺术的故事》,范景中译,林夕校,生活·读书·新知三联书店 1999 年版,第 17 页。
② 亓文平《盈尺写豪情 方寸溢清新——观王绍波扇面艺术作品展》,《青岛大学校报》2016 年 5 月。

杨乃瑞、刘咏、刘健三家书法蠡评

姜寿田 ■

　　青岛是一座年轻的城市。它开埠于本土现代性启蒙进程之中，从一个滨海的无名渔村，成长为举世闻名的"东方瑞士"。由此，现代与开放性，构成青岛的城市品格，而它所处齐鲁传统儒家文化中心地域的背景，又使它自然地具有对传统文化的亲和。五四新文化运动以来，大批文化名人移居青岛，更给它带来现代文化的厚度与生机。而一代国学大师康有为，于1924年买下汇泉湾"提督楼"，隐身青岛，则更给青岛注入了文化灵魂。

　　在青岛现当代文脉中，书法占据着重要地位。以康有为为代表的晚清民初遗老书家，在青岛留下了重要创作活动轨迹及很多传世作品。他们的创作也构成青岛书法文脉的源头。20世纪60至70年代，是青岛书法在民间开展得最为蓬勃并最富有生气的时期。

　　这个时期，在一批前辈先生薪火相传、砥砺后进的提携传带下，培养起一支创作实力不凡的青年书家队伍。由此，在当代书法复兴初始，青岛书坛便一鸣惊人。在1979年上海《书法》杂志主办的"全国群众书法征稿评比"中，有10位获奖书家，青岛便占据二席，可谓走在全国前例。当下青岛书坛，60年代书家已成为承上启下的重要一代，他们虽韶华不再，开始从中青年书家向中老年书家转渡，但人生与创作历练的丰赡，又使他们具有更高的创作向度而起到书坛引领作用。

　　杨乃瑞、刘咏、刘健，无疑是青岛60年代代表性书家。他们以其不凡的创作实力与综合学养，在当下青岛书坛居于中坚地位。

　　在青岛中青年一代书家中，杨乃瑞是较早致力于帖学创作探索的代表人物。他几乎心无旁骛地致力于米芾书风研悟，心意闲淡，以古融今，对米芾书风赋予了个性化理解与诠释。在当代帖学取法中，米芾也许还有王铎，是被普遍追摹和竞相效仿的人物。米芾书势风格的相对强烈，反倒给人们提供了一种程式化的暗示，所以天下习米者滔滔，而真正能赋予米芾以个性化理解，写出点自己的东西和味道的人并不多。这除了综合学养和笔法的独到认识研悟外，心性化的沉潜则是更重要的方面。它与学养相关，但又并非尽是学养所能涵盖，而体现出生命直觉况味。大多习米者，皆偏于笔势澜翻的腾挪转移，以挑剔呈露为能，而忽视了米字风樯阵马之外的雅逸品格,这来自米芾晋唐一体化的独到审美意境追寻。对于始终沉潜于米字的杨乃瑞来说,如何避开时风,放弃表面化的追摹是他一直思考并努力追寻的,可以看到,杨乃瑞的米字不事张扬,他没有一般习米者沉湎于米字表面的流利与强烈风格表现,而是从平正上窥米字之奇,得沉逸乃至浑穆之气。由此,杨乃瑞的米字娓娓写来,笔笔精谨而尽其情态。这种心性化书写又与书家的心态有关,杨乃瑞低调平淡,将书法归之于一种生命状态,而非牟利邀誉之具,这反映到他书法中,便平添一种自然从容之境。

在这一方面,杨乃瑞长期读书思考并致力于书法研究,也给他的书法注入郁郁拂拂的书卷气。这使我们又愈加重新逼近一个老问题:书法的文化属性和书家的文化确认。一个没有文化底蕴的书家是算不得真正的书家的,这是来自书史立场的认识。苏轼说:"古之论书者,兼论其生平。苟非其人,虽工不贵。"又说:"世之工人,或能曲尽其致,而至于其理,非高人逸才不能辨。"此书家与写字匠之别矣。

作为青岛书坛代表书家,在读书养气,孜孜学问方面,杨乃瑞对青年一代书家是具有启示、引导之重的。

刘咏书法具有开放性视野。源于画家对形式和造型的敏感,使他更倾向于从风格层面来寻绎书法的美学表达。如他并不倾力帖学,也不将自身创作引向纯粹帖学化,而是更多地汲取碑学因素,试图在生拙、朴茂、奇肆的陌生化图式结构中,来表现内心的感性自由。这一点对书家来说是尤为重要的。这牵涉到对书法本体的理解和书法美学的认知。书法家通过书法所要传递和诠释的,一是内心的审美自由;二是个性化诠释下创造力的表达,因而失去了感性自由和个性化表现,其书法便失去风格价值。刘咏的书法,亘于碑帖间而表现出创作的执着。他倾力于碑学的骨势峻宕,笔势洞达,而又回避了"穷乡儿女造像"的一味荒率;他对帖学间而采之,取"宁支离毋轻滑之"立场,但帖学之雅却使他心向往之。这便是他碑帖兼容创作路子的关键所在;雄不失雅,雅不失骨。刘咏作为资深出版人,这充分表达出他的书法创作的文人化立场。

在当代书法经典化转向的大势中,碑帖问题又凸现出来了。首先我们反对一味尊碑抑帖或尊帖抑碑论。应充分认识到,碑学和帖学是两种各自独立的伟大书法传统,它们两者间无所谓孰优孰劣。问题出在继承者身上。没有不好的传统,只有不好的继承者。作为近现代碑帖二元对立形态及后来碑帖融合模式,都是书史面临特殊境遇应激反应的结果,因而在碑帖融合过程中也会出现基于不同碑帖观念而产生不同的创作模式,并表现出奇变与非耦合性。如何绍基、包世臣、赵之谦、沈曾植、康有为、李瑞清、吴昌硕、于右任、谢无量、沙孟海,皆走出碑帖融合的独特之路,并获得巨大成就。但应该看到,近现代碑学对帖学的压制,阻断了帖学的独立发展。有清三百年(除王铎、傅山由晚明入清外)几无草书存在。清末民初帖学的复兴之路也堪称沉滞艰难。因而,当代所面临的碑学、帖学问题,除了碑帖融合之途,在清末民初以来臻至高峰之后,是否从新的书史境遇重新反思探索这一创作途径并赋予它新的意义追寻之外,帖学的独立发展也成当代书法应该加以思考应对的问题。无疑,刘咏在这方面的探索也为我们呈现了一种有意义的路径。

刘健作为从学院中走出的书家,他的书法创作,始终将审美理性与生命感性紧密地结合在一起。他始终反对盲目的创作,而认为当代书法是立足传统的当代反应——作为历史与逻辑的统一,它始终是在统一性中开辟未来的。由此,刘健作为在大学期间便投身到当代书法复兴所引发"书法热"中的青年书家,他除了为书法的文化魅力所吸引和倾慕外,从当代书法文化形态、美学感性来体验观察当代书法,也成为他这一代书家的人文特质。当代书法史也恰恰提供了这种思想契机。"书法热""文化热"与"美学热"同时并起,并引动社会启蒙思潮,它既引发了时代审美仪式狂欢,也将书法引向更深层次的文化绵延之域。

从大的取法方面言之,刘健书法创作还是倾向帖学的。只是正如他自己所言,"我一开始学习书法就十分关注书法艺术作为一门传统文化艺术形式的当代生存状态"。而并没有如一般习帖者,究极一家,沉湎笔法不能自拔,"却直接从当代管领风骚者那里获得了更多,如何看待传统的启示。在学习和创作中,始终被流荡激越的时代风尚所牵引"。

这种清醒执着的当代意识,使刘健于帖学怀有一种期待视野,即以符合书法审美理想的特定意趣来综贯帖学,从中发展升华出自身风格。所以他并不赞同一种单一风格的生成,而是认为风格应是多种传统成分所整合。其帖学创作的传统背景,至少融合了二王、孙过庭、怀素、宋四家等。这种博涉多优与取法多元,使刘健的帖学创作具有风格的开放性。他始终没有固着一端,趋近于某家某帖的形似,而是以笔法为中心与追寻表现审美感性自由:雄阔、绵深、高迈、纵逸。近年来,刘健帖学创作开始由雅正的小行草转向圆简澹荡的大草,线条绵肆精谨,具有强烈的空间表现意识。应该说,刘健顺应了当代帖学经典化转向及大草复兴之势。假以时日,他的大草创作自会迈入高旷之境。

原载于《中国书法报》2023年第9期。
姜寿田:中国书法家协会学术委员会委员,《书法导报》副总编。

妙处可与君说

郭　强 ▪

早在 1600 年前东晋时期"岁在癸丑"三月三日，右将军、会稽内史王羲之及谢安、谢万等于兰亭雅集，随后有千古绝唱《兰亭序》。岁在癸卯，暮春之初，天朗气清，惠风和畅，"疫君"溃退，琴岛万象更新，万物复苏。此时阳历的 3 月 3 日，在面海观澜的崂山角下，在书籍浩瀚的青岛出版艺术馆里，群贤毕至，少长咸集，我们同聚同祝"复归平正——杨乃瑞、刘咏、刘健书法作品展暨创作研讨会"的隆重开幕。三位大兄诚邀我致辞，此时此刻，感慨万千，叹服岁月无情，大有"江山代代无穷已，江月年年只相似"时空交叉叠加感觉。此时我记起唐时曹松有《览春榜孙鄂成名》的两句诗，以"风光若有分，无处不相宜"的诗句赞颂兄弟成名的深厚情谊。作为书坛中人，绝知青灯黄卷，磨墨临帖的孤寂，个中甘苦唯书法中人自知耳！

回首往事，我与诸兄因墨结缘，相得情谊，读书挥洒，青梅煮酒，国内城市间参展、办展、研讨会、雅集，韩国、新加坡，俄罗斯……展出交流，恰如宋张孝祥词里说的"悠然心会，妙处难与君说"，此处此时应该是"悠然心会，妙处可与君说"，一起分享笔墨共情共容共性的欢慰和快乐。

此展中国书协学术委员会委员、著名书法理论家姜寿田先生在《杨乃瑞、刘咏、刘健三家书法蠡评》中给予高度评价："当下青岛书坛，60 年代书家已成为承上启下的重要一代。他们虽韶华不再，开始从中青年向中老年书家转渡，但人生与创作历炼的丰赡，又使他们具有更高的创作向度而起到书坛的引领作用。"

"杨乃瑞、刘咏、刘健无疑是青岛 60 年代代表性书家。他们以其不凡的创作实力与综合素养，在当下青岛书坛居中坚地位。"应当说评价得到位、准确、客观。

三位书家在长达 40 多年的书法生涯里，读书思考，挥写，早已融合在他们的生命里。他们曾经跟随 80 年代"书法热"，激情奔放地一路读书求学，经世游历，习书借鉴，创作探索，爱惜羽毛，勤于思考，砥砺前行。此次展出的 40 余件精品力作，虽多为小品，但可见深厚的传统功力和清新的探索精神。书种齐全，真、行、草、隶、篆以及现代书法，功力深厚，气韵生动，气象宏阔。扇面、对联、立轴、斗方，样式新颖，构思精巧。基本上体现了三位书法家的生活情怀、学养、风骨和品格。在随后的创作研讨会上，各位领导、教授、书法学博士对三位书家的读书与思考，书法学习路径与创作观念，借鉴与回归，探索与愿景等方面的客观中肯评价，我完全同意。他们一致认为，三位书家作品虽少，但匠心独运发乎于心，用笔处见功力，块面处知胸襟，细节处显学养，妙处生味道。应当说，此展具有较高的学术价值。

"复归平正"是唐代书法家孙过庭提出的著名书法创作"三段论"说，以此命展，其旨意是尊重传统，深入经典，探索创新的有力发力点，此必将对青岛市书法界产生一定的、广泛的积极影响。

我和三位大兄自 2004 年同届当选为青岛市书法家协会副主席并连任 18 年。18 年来，风雨同舟，凝心聚力，在市文联的领导下，按照市书协在各个时期的计划安排和其他副主席一道，为青岛市书法事业的普及与提高，书法教育与书法进校园，书法理论与创作，书法宣传与出版等方面做出了积极的贡献。在送福的路上能见到他们挥洒的情景，在书法进课堂的校园里能见到他们声情并茂的身影，在大学的课堂上能听到他们铿锵激越的声音，在奥帆赛、上合会议等大型会议场馆里可见到他们的静心力作……这些我是亲历者也是组织者，今天，青岛书法界共同推我为青岛市书法家协会主席，主其事、谋其事，我代表市书法家协会诚挚向他们致谢，并以此开启书界树立传承有序，尊老携幼，沉潜理论，深入经典，风正气清的书法新风气。

三位大兄虽然退休赋闲，"共有人间事，须怀济物心"（杜荀鹤《与友人对酒饮》），但他们的书法艺术是青岛市文化艺术资源的一部分，是市书法家协会的宝贵财富，并有责任和义务继续为市书法家事业的繁荣与发展发力，保驾前行。

借此机会，祝福三位书家，复归平正从头越，艺术长青不老松。

郭强：山东省书法家协会副主席，青岛市书法家协会主席。

青岛琅琊台秦代刻石考证

王德成 ■

一、青岛琅琊台的历史渊源

琅琊台位于青岛黄岛区西南 26 公里的琅琊镇境内，三面环海，海拔 183.4 米。其东南为斋堂岛，北为龙湾，西南为沐官岛，西北为琅琊城故址。琅琊台一名最早见于《山海经·海内东经》："琅琊台在渤海间，琅琊之东。"《水经注》对琅琊台的规模有记载："台孤立特显，出于众山上，下周二十里，傍滨巨海，台基三层，层高三丈，上级平敞，方二百余步，高五里。"春秋战国时期，琅琊是齐国的重要城邑，齐桓公、齐景公尝游此，数月不归。《吴越春秋》载："越王勾践二十五年，徙都琅琊，立观台以望东海。"前 472 年，越王勾践灭吴后，北上称霸，由会稽徙都琅琊，起观台，以望东海。秦始皇统一六国后，于皇二十八年（前 219 年）东巡，至琅琊，重筑琅琊台，立刻石于其上。《史记·秦始皇本纪》载："盖海畔有山，形如台，在琅琊，故曰琅琊台。"《史记·秦始皇本纪》曰："……南登琅琊，大乐之，留三月，乃徙黔首三万众琅琊台下，复十二岁，作琅琊台，立石刻，颂秦德，明得意。"是说，秦始皇统一中国后，于始皇二十八年、始皇二十九年（前 218 年）、始皇三十七年（前 210 年）三巡其地，迁民 3 万户于琅琊台下，大兴土木，修筑琅琊台，以观海望日，于台下修成"阔三四丈"的御路三条，刻石立碑，颂秦功业，祭祀"四时主"，在琅琊台两度遣徐福等方士携童男、童女入海求仙。秦始皇驾崩后，秦二世元年（前 209 年），秦二世登琅琊台，刻诏书于始皇所立石旁。这就是琅琊台和琅琊台秦刻石的历史由来。汉武帝亦曾多次涉履琅琊。西汉末年，琅琊台建筑毁于地震，从此渐被湮没。后李白、白居易、李商隐、熊曜、苏轼、颜悦道、王无竟、丁耀亢、刘翼明、高凤翰、李澄中等文人学士，皆曾登临其地，留有《登琅琊台观日赋》(熊曜)、《书琅琊篆后》(苏轼)、《琅琊为秦碑布告游人诗》(刘翼明)、《太古园集》(王无竟)、《艮斋笔记》(李澄中)等。明万历二十六年(1598)，诸城知县颜悦道重修琅琊台，在台上建海神庙、礼日亭，并立碑石，刻记他登琅琊台的奇遇。万历四十一年(1613)，诸城知县颜悦道在台顶修建海神庙和礼日亭，后人陆续树碑，史称"七十二通龙头碑"，后庙、亭、碑尽毁，仅台基保存完好。自山腰以上，三层台基层次分明，均系夯土筑成，部分地段由砖、石所砌，上

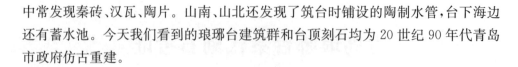

中常发现秦砖、汉瓦、陶片。山南、山北还发现了筑台时铺设的陶制水管,台下海边还有蓄水池。今天我们看到的琅琊台建筑群和台顶刻石均为 20 世纪 90 年代青岛市政府仿古重建。

二、青岛琅琊台秦代刻石探究

目前,琅琊台最珍贵、最具研究价值的文物是秦刻石。琅琊台刻石是目前发现中国最早的刻石之一,刻于秦代,是秦始皇统一全国后,于前 219 年巡游东地,登琅琊台时所立,刻石内容是对统一事业的赞颂,具有开国纪功的意义。始皇令筑琅琊台后,"立刻石,颂秦德,明德意",刻石立于琅琊台上,故名"琅琊刻石"。秦二世东行郡县时又在石后增刻诏书。全文载于《史记·秦始皇帝本纪》。刻石全文 496字,其中正文 289 字,附文 207 字,其文二字一韵,四字一句,文笔流畅,言简意赅。正文记述了秦始皇统一宇内的丰功伟绩,附文记录了李斯、王绾等 10 个随从大臣的名字及议立碑刻的事迹。据传,碑文出自李斯的手笔。始皇死后,秦二世亦循其父踪迹巡游天下,在始皇碑刻旁加刻文字。因年代久远,到北宋时,琅琊台始皇颂德碑已亡失大半,仅存从臣姓名。因历年久远现仅存 13 行,86 字。从现存国家博物馆的琅琊台刻石看,残石高 129 厘米,宽 67.5 厘米,厚 37 厘米;现存碑文 13 行,86 字,是秦刻石存字最多者,中国现存最古刻石之一。篆文用笔劲秀圆健,结体严谨工稳,刻石是秦代小篆的代表作,在书法史上占有重要地位。经研究,《琅琊台刻石》是秦代传世最可信的石刻之一,笔画接近《石鼓文》,用笔既雄浑又秀丽,结体的圆转部分比《泰山刻石》圆活,确实为小篆第一代表作。所以研究篆书、篆刻学和学习小篆的书法爱好者都十分重视这个刻石。现发现,传世秦代小篆刻石,除《琅琊台刻石》外,余皆属覆刻。而《琅琊台刻石》存字独多,且字形较《泰山刻石》更为完美。孙过庭《书谱》说"篆尚婉而通"。王澍评其书法"笔法敦古,于简易中正有浑朴之气,不许人以轻心掉之"。清杨守敬跋《琅琊台刻石》说:"嬴秦之迹,惟此巍然,虽磨泐最甚,而古厚之气自在,信为无上神品。"故颇为世重,堪称国宝。

三、青岛琅琊刻石书法影响

前 221 年,秦始皇结束战国以来诸侯割据的局面,统一中国后,采取了一系列重大措施巩固国家统一,其中之一便是统一文字,以小篆作为正规字体。我们今天研究秦代小篆,完全可靠的刻石资料只有秦始皇刻石中的《琅琊台刻石》,这更凸显它的重要和珍贵。刻石以书法的正规化、幅面的宽博、字体的大体量、用笔的雄强婉通见长而更能典型地体现秦代的审美风范。文字专家称"小篆不是直接由籀文省改而成的,而是由春秋战国时代的秦国文字逐渐演变而成"。小篆对大篆的省改和整理,亦即将大篆应物象形、繁复短浮、奇诡变化的图画性演变为规范装饰、较为抽象、简化的小篆图案性,为下一步汉字形体挣脱象形的束缚实现线的符号化奠定了基础。小篆与金文相比,各种偏旁的形体是统一的,每个字所用的偏旁定为一种,不用他种代替。每个字所用偏旁有固定的位置,不能随意搬动,每个字书写的笔数和笔顺也是相对固定的,这些原则对后来隶书的形成有重要影响。从书法艺术角度看,笔顺的基本固定则尤有意义,因为它意味着逐步确定笔势运动的合理连贯性。

琅琊台刻石的用笔特点:

其一,线质浑劲圆凝,有"书如铁石""千钧强弩"之誉。

其二,笔法笔形单纯化,表现了秦人对殷周古文书法的基本用笔方法与线的审美经验的提炼和总结。中锋圆笔从此成为中国人传统审美的一个基本范畴:中正、充实以为美。

其三,笔势变化的基本特征为婉转圆活的曲笔和挺健舒长的直笔交互为用,无杂其他(点在小篆中也延为线),构成律动的交响。而作为主调的直纵笔势一以贯之,合之以一律纵长的笔势,有长风万里之概。小篆通过曲直之势强烈的对比和统一,使书法的基本笔法的使和转运用得以突出和升华。

秦始皇刻石小篆的空间构造,具有鲜明的中正、匀称、严整有序、封闭内向而趋于静态的大小一律,长宽比例大约合于黄金分割律的长方形,就字结构的内部关系看:

其一,表现出明确的汉字方块中轴对称的构成观念,强调字的中轴左右两边的体量对应相称,布白均衡。

其二,取纵势,通过上敛下纵的对比手法强调纵势,既抬高重心,示人以高峻肃穆,又以此调整全篇疏密关系,在统一中寓以有序的变化。刻石结构、章法的整体,表现出安稳劲重如万石洪钟的审美特征,那中轴对称的基调所展现的严肃方整,透迤变化但又井井有条的美。

概言之,秦始皇刻石书法,突出地表现了统一、严整的秩序、矩度的形式美,蕴含着深沉、冷静、严肃的理性精神,与宏毅的内在力量,这正折射出当时要求稳定的社会心理和严刑峻法、天下统一的时代精神,但它又是以约束朴素的个性和艺术表现的丰富性、生动性为代表,何绍基评价:"遒肃有余,而浑噩之意远矣。用法深刻,盖亦流露于书律。"

这块秦代琅琊台刻石,是中国最早的刻石,因刻立在琅琊台上,故称"琅琊刻石",也称秦碑,传为秦相李斯所书。是谁所书并不重要,重要的是它确实是秦始皇命人所书所刻,是秦朝遗产,是历史文化见证,是秦朝统一全国文字的典范之作,为历代史学家和书法家研究考证提供了可靠依据。研究琅琊刻石,对于研究秦代社会、政治、文化变革和中国书法发展渊源具有重要的意义。

琅琊刻石有着极为重要的历史及书法艺术价值,历代都有很高的评价。《文心雕龙》作者刘勰说:"始皇政暴而文泽。"宋代欧阳修、朱熹等,还作跋予以赞扬。文学家苏轼为官密州时,曾赴琅琊台考察,并写了《书琅琊篆后》评说:"秦虽无道,然所立有绝人者,文字之工,世亦莫及。"元人郝经作长诗,颂扬其书法艺术:"拳如钗股直如筋,屈铁碾玉秀且奇。千年瘦劲益飞功,回视诸家肥更痴。"鲁迅先生也极为赞赏,认为"质而能壮,实汉晋碑铭所从出也"。秦朝的小篆,体势纵长,结构匀称,气度雍容。后世研习篆书者,莫不以秦篆为宗,以此笔为祖。

四、青岛琅琊台刻石保存考证

琅琊刻石,历经沧桑,经过了两千余年的风风雨雨。颂德诗在北宋时已失。当时苏轼为官密州时,曾记述云:"秦始皇二十六年,初并天下,二十八年亲巡东方海上,登琅琊台观日出,乐而忘归,徙黔首三万家于台下,刻石颂秦德焉。二世元年,复刻诏书其旁,今颂诗亡矣,其从臣姓名仅有存者,而二世诏书具在。"宋政和元年(1111),金石学家赵明诚,闲居青州时,偕夫人李清照,曾回故里诸城,去琅琊台摩挲刻石,作了深入考证。他在其名著《金石录》中记述:"秦琅琊刻石,在今密州(诸城),其颂诗亡矣,独从臣姓名及二世诏书尚存。"据此可见其保存梗概。以后经金、元及至明代万历年间,诸城知县颜悦道,曾大修琅琊台,在庙院内立大碑一座,将二世诏书刻石,嵌于碑上,得到了妥善保护。后至清代乾隆二十八年(1763),刻石行将进裂,诸城知县宫懋让"束之铁箍,得以不泐"。清道光年间,铁束散断,知县毛澄筑亭复之。清光绪二十六年(1900)亭圮,石刻又遭雷击而破碎,散失在荆棘中。民国十年(1921),诸城县教育局局长王景祥,奉省令保护古迹,遂派县视学王培祜,偕诸城有名的诗人金石收藏家孟昭鸿(方陆),共赴琅琊台考察,将散落于荆棘丛中的石刻碎片,收集运回保存,经校对尚缺数石,次年(1922)春,王培祜及孟昭鸿等,又去琅琊台,访求诸道院及台下居民,又得数石运回,再为校对,竟成完璧,黏合后,嵌立在教育局古物保护所中。王景祥亲自撰文《秦碑收集记》,由孟昭鸿用隶书体书写,并由鞠瑞墀刻石以志之,其文云:"吾邑琅邪台秦刻石,残蚀破碎,或传倾落海中。中华民国十年,景祥承之邑中教务,选奉省令保存古迹,遂属县视学王君培祜,亲往琅邪台,从事搜寻,见零星断石,弃置荆棘中。地处滨海,保护匪易,恐日久湮没,乃亟运城中,详绎其文尚多残缺。翌年春,王君复往访诸道院及台下居人,又得数石,综校前后所获得,竟成完璧。爰命工粘合,嵌置于教育局古物保护所中。二千余年前古物,由破碎而完成,非有鬼神呵护,曷以致此,因详书颠末,以志欣幸。中华民国十五年五月,诸城教育局长王景祥识,孟昭鸿书,鞠瑞墀刻石。"志文详尽地记述收集刻石情况及其始末,是十分难得的文字资料。现志文石刻已失,仅存拓片照片。

1938年,日寇侵占诸城。为保护琅琊刻石安全,人们将刻石迁于文庙孔子牌位后收藏。后因日寇欲将文庙作为军火库,强令迁出孔子牌位,遂将刻石移往天齐庙。1940年,伪县政府整修天齐庙,又将刻石移至庙东道士房内。1945年,又移至臧氏班经堂内收藏。其间,日寇发现刻石,如获至宝,强令送往日军驻地文庙,企图运回日本。当时有爱国人士崔子山,巧妙应付,将刻石装入箱内,抬往后营小学,委托校长李锡琪、教员马警民等妥为收藏,藏于校南院小楼底下。为安全起见,大家将刻石及王景祥撰文、孟昭鸿书写的"秦碑收集记"刻石,一并嵌于墙内,后由徐天石用泥涂抹掩盖。经过多人的努力,刻石得以保存。1949年,胶东行署文管会派诸城人、著名雕刻家、教授石可亲至诸城收集刻石,在诸城金石爱好者、雕刻家、书法家王子光带领下找到了刻石。后来,刻石被运至行署,后又调往济南省文物保护部门保存。1959年,调往北京,现存国家博物馆,为国家一级文物。

琅琊刻石保存非易,它历经二千余年的沧桑之苦,多次濒临泯灭,多亏众多热爱古老文化的有识之士,予以多方保护,才赖以保全。今虽然残破不堪,文字也模糊不清,但它历史价值和书法价值,却永存于世,以供人们去追寻历史的脚步。

五、青岛琅琊台刻石原文赏鉴

琅琊刻石共有两块。第一块为秦始皇颂德石刻,是秦始皇二十八年第一次巡狩琅琊时所刻,全文有496字,文字之多,为全国之最。其文云:

维二十六年,皇帝作始。端平法度,万物之纪。以明人事,合同父子。圣智仁义,显白道理。东抚东土,以省卒士。事已大毕,乃临于海。皇帝之功,勤劳本事。上农除末,黔首是富。普天之下,搏心揖志。器械一量,同书文字。日月所照,舟舆所载。皆终其命,莫不得意。应时动事,是维皇帝。匡饬异俗,陵水经地。忧恤黔首,朝夕不懈。除疑定法,咸知所辟。方伯分职,诸治经易。举措必当,莫不如画。皇帝之明,临察四方。尊卑贵贱,不逾次行。奸邪不容,皆务贞良。细大尽力,莫敢怠荒。远迩辟隐,专务肃庄。端直敦忠,事业有常。皇帝之德,存定四极。诛乱除害,兴利致福。节事以时,诸产繁殖。黔首安宁,不用兵革。六亲保持,终无寇贼。

欢欣奉教,尽知法式。六合之内,皇帝之土。西涉流沙,南尽北户。东有东海,北过大夏。人迹所至,无不臣者。功盖五帝,泽及牛马。莫不受德,各安其宇。维秦王兼有天下,立名为皇帝。乃抚东土,至于琅邪。列侯武城侯丑离、列侯通武侯王贲、伦侯建成侯赵亥、伦侯昌武侯成、伦侯武信侯冯毋择、丞相隗林、丞相王绾、卿李斯、卿王戊、五大夫赵婴、五大夫杨樛从,与议于海上,曰:"古之帝者,地不过千里。诸侯各守其封域,或朝或否,相侵暴乱,残伐不止。犹刻金石,以自为纪。古之五帝三皇,知教不同,法度不明。假威鬼神,以欺远方。实不称名,故不久长。其身未没,诸侯倍叛,法令不行。今皇帝并一海内,以为郡县,天下和平。昭明宗庙,体道行德,尊号大成。群臣相与诵皇帝功德,刻于金石,以为表经。"

另一石刻为"二世诏书",系秦始皇死后二世胡亥登基,于二世元年,来琅琊在颂德石刻之旁刻诏书,世称"二世诏书"。全文共79字,其文云:

皇帝曰:"金石刻尽始皇帝所为也,今袭号而金石刻辞不称始皇帝,其于久远也,如后嗣为之者,不称成功盛德"。丞相臣斯、臣去疾、御史夫二臣德昧死言:臣请具刻诏书金石刻,因明白矣。臣昧死请。制曰:"可"。

王德成:青岛市书法家协会秘书长。

水彩让城市更精彩

——评青岛首届中国当代水彩画邀请展暨水彩画学术论坛

赵鹏飞 ▋

2022年12月，由中共青岛市委宣传部、青岛市政协文化文史和学习委员会、青岛市文学艺术界联合会、青岛旅游集团有限公司联合主办，山东省美协水彩画艺委会、山东水彩画会、青岛市美术家协会、青岛画院承办的"水彩让城市更精彩"——青岛首届中国当代水彩画邀请展暨水彩画学术论坛在青岛国际会议中心举办。此次展览特邀中国美术家协会水彩画艺委会成员和部分国际水彩艺术家的作品，以及国内近30个省市的优秀水彩画家的作品共559件。中国水彩画学术论坛同期举行，通过线上、线下的方式，来自国内的水彩画专家、艺术家代表和青岛市水彩画界的代表展开了深入交流。此外，19位水彩画艺术家还以书面形式提交了学术论文，汇编成册。这是青岛市近几年来举办的规格最高的水彩展览之一，是青

2019年李晓林水彩画《阿布都拉·艾克不拉力》（76厘米×57厘米）

2021年陈坚水彩画《老朋友》（76厘米×56厘米）

2017 年陈勇劲水彩画《东湖石 9》(55 厘米×75 厘米)

岛用水彩赋能艺术城市建设、让人文青岛享誉世界的具体举措。这些优秀的作品汇入青岛,点燃了青岛水彩的火焰,奏响了水彩让城市更精彩的华美乐章。

一、多地联动　展现时代新貌

通过展览,我们欣喜地看到了全国各地区不断进步的水彩艺术创作水准,感受到了水彩画家们蓬勃向上的艺术激情,这些作品打破时间与空间的维度,展现出令人兴奋的新特质、新面貌和新取向。

此次入围的 559 件作品,题材丰富,形式多样,既呈现出中国水彩画创作的新面貌,又多角度地反映了不同地域的水彩画艺术风格。北京、上海、安徽等地的水彩画作品在把握水彩艺术特性的前提下,呈现出更多实验性和探索性,给予观者新的视觉感受。来自广西、贵州、陕西等地的作品,具有浓郁的本土地域特色,体现出当地的民俗风情。广东、湖北、四川、重庆等地依托学院教学,近年来水彩画整体水平大步提升,体现了它们独特的学术品格,拓宽了水彩画艺术的内涵与外延,展示出水彩画本身的特殊质感以及它在时代发展中潜在而深厚的影响力。山东、天津、辽宁、吉林等地的水彩画创作则紧紧围绕本地域的城市特征,通过乡土文化、工业建设等题材,将北方艺术家特有的写意气派发挥得淋漓尽致。

2013 年周刚水彩画《午后谐趣》　　2022 年赵云龙水彩画《无风的夏日·70》

（56 厘米×76 厘米）　　　　　　（55 厘米×75 厘米）

2022 年陈流水彩画《夏天的大海草山》(55 厘米×75 厘米)

　　除了体现明显的地域性特征之外,此次展览中还有以传统语言进行主题性创作的水彩画作品。这类作品将社会性、大众性、现实性结合在一起,以多元化的视角和语言来表达身边的人、事、景或含蓄倾诉微妙的心理感悟,表达对新时代的认知和思索,体现了创作者的社会责任与时代担当,丰富了当代水彩画创作的思想深度。这些作品多关注社会现实,以大场景、大构图,展现社会发展的前进性状态。在具体形象的刻画上,注意表现人物的精神状态,以水彩的笔触彰显时代精神;在具体物象上,则以象征性的所指和精微的描绘,连接当下情感。如陈坚的《老朋友》、王绍波的《岛城》、刘永健的《阿泰——藏族青年》、叶献民的《陕北大爷》、单虹的《老伙计》。同时,也有以体现美丽家园、幸福生活为表达主旨的水彩画作品,它们以明快的手法、清新的色调，形成唯美的画面氛围，如晏文正的《激浪》、李连一的《晨》、李忠民的《崂山道》。这些作品在主题与形式、客观描绘与主观表达上达到了较好的平衡。

经过几代水彩画家的努力，中国当代的水彩画在创作观念、审美理想、艺术技巧等方面有了实质性的提高，水彩画家的创作空间、思维模式、艺术观念在不断拓宽和更新。从此次展览中也能看到当代水彩画在体现民族传统精神内涵、表现中国时代风貌等方面进行了大量探索。除了注意对自身的形式、结构、材料、技法的表现外，水彩画家们还深入挖掘民族文化传统、民族文化的内在精髓，通过赋予作品鲜明的民族风格来体现这一深层次的内涵。

2022 年王辉宇水彩画《朋友》　　　　　2018 年曲宝来水彩画《西城》
（54 厘米×74 厘米）　　　　　　　　（56 厘米×76 厘米）

二、直面现场　共商进阶之道

在同期召开的学术论坛上，针对这次展览以及中国水彩画的未来发展，专家们也指出了一些问题和不足，并给出了中肯的建议。中国美术学院教授、中国美协水彩画艺委会委员、云南省美术家协会副主席陈流肯定了中国水彩画的发展，同时也指出了中国水彩画发展的主要问题是缺少学术和思想的延展。黑龙江省文联副主席、省美协主席、哈尔滨师范大学美术学院院长赵云龙则表示，中国水彩画从美术史的角度来看有"高原"无"高峰"。他认为，要迈向"高峰"需要重建水彩精神，而这个承上启下、继往开来的重任就落在了当代水彩画家的身上，需要我们这一代人合作努力将水彩推向学术高峰。

中国美术学院教授、中国美协水彩画艺委会副主任周刚提出今天的中国水彩画站在怎样的高度上的问题，他将水彩与其他画种进行横向对比，认为目前中国水彩画的发展已居于世界前列，在理论、技术、观念方面都相对领先，但依旧要勤于省思,既要面对自然,敬畏自然,在自然中实践和思考创作,也要努力借鉴更智慧、更有想象力的成果。中央美术学院教授、中国美协水彩画艺委会副主任李晓林提出,中国水彩画在形式语言和媒介的融合、拓展上,还有很大的空间,目前来看还没有把材料和语言运用到极致,还需要往高处、深处走。他提到,在艺术表现形式上,可以把科学技术以及新的工具材料渗透到水彩画的创作中,可能会获得意想不到的效果。天津财经大学艺术学院院长王刚以天津水彩画发展为例,提倡中国水彩画应以"开放胸襟、海纳百川"的姿态面对未来,不要限于架上、传统的语言表达形式,要尝试借鉴旁类艺术形式,从而达到"全新、高端"的目标。因为当代水彩画的发展离不开对其他画种的了解、学习和借鉴,艺术门类之间相互影响、相互促进,有助于创作者培养想象力、提高感受力、增强表现力、提升境界。

2022 年骆献跃水彩画《大陈岛》
(55 厘米×77 厘米)

2022 年林文静水彩画《光明来到
海面上》(75 厘米×55 厘米)

当然,个人艺术风格的形成是须要长期探索、艰难寻觅的,这既有艺术家自身的主观原因,又有社会历史等客观原因。艺术家个人的生活阅历、文化教养、艺术修养等都对个人风格的形成有着直接的影响。其中,艺术修养对个人风格的形成具有重要作用。布封说"风格即人",画家个人的艺术风格是其艺术修养的直接体现。中国美协水彩画艺委会主任、中国美术学院特聘教授陈坚曾表示,现在的水彩画家在磨炼和表现技巧上花的时间较多,而没有花时间去考虑自己真正擅长画什么,假如每位画家都能找到自己擅长的题材,全身心投入进去,自然而然就能找到属于自己的技巧或风格,它是画家真正投入情感创作的一种漫长磨炼的成果。他指出，太过注重技术造成的结果往往就是作品缺少更高层次的意蕴、意境和格调。对此，李晓林也表示，我们与顶尖的大师之间还有距离，包括精神生活、价值观、对待艺术创作的认真程度，真正的水彩画大师是不做表面文章的，他们既研究客观世界，也探索水彩画绘画语言和丰富个人精神内涵。我们的艺术创作真正想走到国际上，不止要有在媒介上的相互交融，还要有精神境界、民族文化上的碰撞。

水彩画家要对生活及事务有正确而深刻的见解，才能揭示生活的本质和规律，才能创作出具有生命力的作品。作品是艺术家创作思想的载体，表达着他们对社会、人生和自然的审美认识与思考，能否具备深刻而进步的思想，常常是衡量创作者素养高低的重要标准。吴冠中比喻自己的艺术创作是"十月怀胎"，丰富的生活阅历是艺术创作的原始材料，精湛的艺术技巧则是创作的表现手段，两者如有一方缺失，其作品都会缺少生命力。

2021 年蒋智南水彩画《形与影系列之三》
（76 厘米×56 厘米）

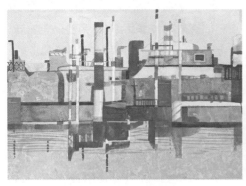

2022 年李同舟水彩画《静谧》
（54 厘米×76 厘米）

2022 年李小白水彩画《刹那忘记》
（52 厘米×74 厘米）

三、艺术赋能　打造青岛品牌

青岛是一座年轻的海滨城市,海的广阔孕育了其广博的胸怀和容纳百川的气质,山的厚重承载着其百折不挠、逆流勇进的精神。这种山海文化孕育出了富有鲜明本土化特征的艺术表现形式——青岛水彩画,这一艺术表现形式也体现并滋养着这个城市的文化品位。

青岛"彩色""时尚""洋气"的城市风格,连同地处沿海的湿润气候及善于接受和融入外来文化的开放情怀,在 20 世纪上半叶就吸引了徐詠青、吕品等一大批仁人志士会集于此,投入水彩画的写生、创作和教育中。至 20 世纪 90 年代,青岛水彩画迎来了全面发展,无论是在创作尺幅还是表现技法上,无论是画作在反映时代观念还是家国情怀上,无论是作品的数量还是质量上,都具有了突破性进展,这使得青岛这座城市成为"水彩高地"。

水彩画在青岛发展的进程中,不断糅进了本土的山海文化,使得青岛水彩画带着一股浓烈、潮湿的"海腥味",这股"海腥味"并没有破坏青岛水彩画的"洋气",反而使其更加接地气,更加大气,成为青岛水彩画区别于其他地区水彩画的重要风格特征。这次参展的 106 件青岛本土作品中,既有歌颂青岛新时代建设成果、辛勤劳动者的作品,也有表现青岛山海城市风貌的作品。青岛本身碧海蓝天、红瓦绿树、帆影片片的地域风貌与欧陆风情的城市人文景观,也为水彩画家提供了丰富多彩的创作素材与别样的灵感。青岛的水彩画家植根现实生活,将"山海性格"赋予水彩画之中,在水彩的创作中熔炼出"山海情愫"——质朴与豪气、厚重与平静、稳重与广阔的现实主义创作特点。

2022 年王绍波水彩画《岛城》　　　　2021 年王迪水彩画《即将消失的记忆》
（78 厘米×108 厘米）　　　　　　　（45 厘米×60 厘米）

对青岛而言,水彩画不单单是一种艺术表现形式和追求时尚的选择,而且它已成为青岛这座城市的美术名片。2021 年 9 月"中国美术馆学术邀请系列展——青岛水彩"在北京举办,将青岛水彩画的发展推向一个新的高度。这是一座城市的一个画种、一群中国优秀水彩画家的优秀作品在中国美术馆的一次集中呈现。《青岛日报》曾报道:"水彩之都"成为靓丽的城市文化品牌,青岛水彩画首度以城市文化品牌作为学术"样本"在首都面向全国展览,成为研究中国水彩本土化发展的典型案例。近年来,青岛水彩画在响应国家文化发展战略、拓展艺术学术范围、活跃艺术品市场、加强国际艺术交流与合作、提升本土艺术发展状况和延伸艺术教育空间等诸多方面发挥着越来越重要的作用。今后,青岛水彩画将进一步加强对水彩画语境的深入研究和广泛交流,不断汇总、吸纳其他艺术学科的精髓及当代水彩画艺术的前沿观念,以可持续、良性、高水准的发展思想持续拓展青岛水彩画的发展空间,努力把青岛水彩画整合成集学术、培训、收藏、投资、交流、拍卖、水彩衍生艺术品开发与融合等多种功能于一体的复合型文艺品牌。

原载于《美术》2023 年第 4 期。

赵鹏飞:青岛市美术家协会副主席兼秘书长。

以崇高之名
——巴奈特·纽曼艺术的视觉体验与形式转向

宋寒儿 ■

　　巴奈特·纽曼（Barnett Newman，1905—1970）出生并成长于纽约，他的艺术生涯起步较晚，最初更多是以批评家与理论家的身份参与到艺术事件中。纽曼于1948年发表重要论文《崇高的到来》（*The Sublime Is Now*），同年，纽曼在作品《太一Ⅰ》（*Onement* Ⅰ，1948）中发展出一种色带形式——"拉链"（zip），成为其艺术的鲜明标志。本文将由纽曼"崇高"（sublime）概念的显现为切入点，具体探讨纽曼的作品如何运用"崇高"，实现在精神性指引下，对美与形式的挑战；在悲剧命运前，对生命与自我的追寻；以及在位置关系中，对观看与体验的思考。

一、抽象形式的转换

　　首先，纽曼与"崇高"概念的连接源于1948年，《老虎眼》（*Tiger's Eye*）杂志策划了有关"崇高"的研讨专题，纽曼受托撰写了名为《崇高的到来》的文章。纽曼阅读了朗吉弩斯（Longinus）、埃德蒙·柏克（Edmund Burke）、伊曼努尔·康德（Immanuel Kant）等人的论述，并以此为线索追溯了崇高的概念生成。但纽曼对崇高的理解并不执着于哲学概念，而是借由此说明，艺术形式在崇高与美的辨析语境中面对的问题。一方面，纽曼以希腊艺术对理想美的追求，指出欧洲现代艺术虽试图破坏美，但仍盲目地希望"存在于感官现实（无论是扭曲的还是纯粹的客观世界）中，并在一种纯粹造型的框架（古希腊的美的理想，无论这种造型拥有浪漫的生动外表，还是古典的固定外表）中构建艺术"[1]。他们在"美的观念"与"崇高的渴望"中挣扎，也因陷入美和形式而无法抵达真正的崇高。另一方面，纽曼以哥特式与巴洛克艺术为例，其"崇高"包括"对破坏形式的渴望，在此形式可以是无形式（formless）"[2]，从而指出真正的崇高是对形式的超越。

---

① 　Barnett Newman，"The Sublime Is Now"（1948），in J. P. O'Neill，*Barnett Newman：Selected Writings and Interviews*，Berkeley and Los Angeles：University of California Press，1992，pp. 170-173.

② 　Barnett Newman，"The Sublime Is Now"（1948），in J. P. O'Neill，*Barnett Newman：Selected Writings and Interviews*，Berkeley and Los Angeles：University of California Press，1992，pp. 170-173.

"二战"后纽约代替巴黎成为西方艺术的中心,以纽曼为代表的抽象表现主义艺术,建立在立体主义(Cubism)等欧洲抽象风格的基础上,在克莱门特·格林伯格(Glement Greenberg)形式主义分析的主导下,对于再现艺术的抵抗与纯粹形式的探索显而易见。而在这里,纽曼强调他们这群美国艺术家"不受欧洲文化影响……完全否认艺术与美的问题有任何关系"①,指出其与欧洲抽象形式进行区分的努力。纽曼对皮埃·蒙德里安(Piet Mondrian)的态度也证明了他希望摆脱纯粹抽象的愿望:"即使是蒙德里安,在他试图坚持纯粹形式来脱离文艺复兴艺术时,也只是将白色平面和直角提升到了崇高的境地,很矛盾的是,在此崇高成为了绝对完美的感知。完美的几何形式吞噬了形而上的部分(他的崇高)。"②面对纯粹极致的色彩和线条,蒙德里安设置了严苛的比例要求,画面元素如同"几何公式"一样,在作品中有不同的关系组合。与蒙德里安的"关系型"(relational)形式相比,纽曼坚持形式应该是"非关系型"(non-relational)的,因为如同"几何公式"的形式组合会使作品浮于表层的形式之美,从而无法抵达深层的精神"崇高"。

纽曼向蒙德里安与几何学发起挑战,在 1948 年之前的《欧几里得的深渊》(*Euclidian Abyss*,1946—1947)与《欧几里得之死》(*Death of Euclid*,1947)中,纽曼希望以标题传达出对欧几里得,这位引领当代艺术的几何学家的感受:"几何学濒临危险,同时意味着旧抽象观念的终结。"③在《欧几里得之死》中,画面右方仍可见某种生物形态的存在。这种生物形态可以追溯到纽曼早年受"自动主义"(Automation)影响的纸上绘画,主题与生命起源创作相关,如《祝福》(*The Blessing*,1944)。在《欧几里得的深渊》中,这种生物形态消失,只剩下简单的黑色色域与黄色色带。这种非结构化、随意的"抽象"外观在纽曼看来,既不是象征性的,也不是神话性的,更不是形式性的。④ 以蒙德里安为切入点,纽曼指出新艺术家们"不关心几何形式本身,而是关心创造形式"⑤。尽管在反对再现的语境下,他们采用了抽象的形式语言,但这种形式是一种可以承载内在精神的有生命力的形式。

① Barnett Newman,"The Sublime Is Now"(1948),in J. P. O'Neill, *Barnett Newman: Selected Writings and Interviews*,Berkeley and Los Angeles: University of California Press,1992,pp. 170-173.

② Barnett Newman,"The Sublime Is Now"(1948),in J. P. O'Neill, *Barnett Newman: Selected Writings and Interviews*,Berkeley and Los Angeles: University of California Press,1992,pp. 170-173.

③ Thomas B. Hess, *Barnett Newman*, New York: Walker and Company,1969,p. 54.

④ Richard Shiff, Carol Mancusi-Ungaro, Heidi Colsman-Freyberger, *Barnett Newman: A Catalogue Raisonne*, New Haven and London: Yale University Press,2004,p. 30.

⑤ Barnett Newman,"The Plasmic Image"(1945),in J. P. O'Neill, *Barnett Newman: Selected Writings and Interviews*,Berkeley and Los Angeles: University of California Press,1992,pp. 139-140.

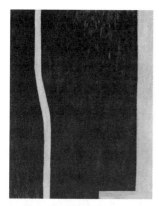

1946—1947 年巴奈特·纽曼纸板油彩、蜡笔画《欧几里得的深渊》(70.5 厘米×55.2 厘米,私人藏)

1947 年巴奈特·纽曼布面油画《欧几里得之死》(40.6 厘米×50.8 厘米,洛杉矶弗里德里克魏斯曼艺术基金会藏)

纽曼在《太一Ⅰ》中,找到了一种成熟的抽象语言表达。纽曼先用红褐色覆盖了整个画面,然后在画面中央垂直粘贴了一条纸带,并在上面涂抹了一条橙色色带。对于抽象形式(非具象形式)的采用,与纽曼的犹太后裔身份,以及他强调的隐喻方式有关。托马斯·B. 赫斯(Thomas B. Hess)提及,纽曼在《太一Ⅰ》用红褐色色域映衬的橙色色带,或许对应着"一道光"①,以此营造出一个虚幻的"进出"空间。纽曼强调创造的力量,这条橙色的"拉链"对应的是《创世纪》(*The Book of Genesis*)中划分光明与黑暗的光。"太一"系列共有 6 幅,纽曼对标题添加了说明:"太一"(onement)源自"赎罪"(atonement)②,意为"合一"。纽曼在《太一Ⅰ》前后都会使用标题来暗示自己的精神指向:不论是《太一Ⅰ》前,与圣经相关的"起源"命名:《开始》(*The Beginning*,1946)、《创世纪——破晓》(*Genesis—The Break*,1946)与《瞬间》(*Moment*,1946)等。还是以圣经人物的命名:《约书亚》(*Joshua*,1950)、

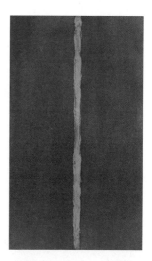

1948 年巴奈特·纽曼布面油画《太一Ⅰ》(69.2 厘米×41.3 厘米,纽约现代艺术博物馆藏)

① Thomas B. Hess,typescript interview notes for Barnett Newman (1968),in Richard Shiff, Carol Mancusi-Ungaro, Heidi Colsman-Freyberger, *Barnett Newman*:*A Catalogue Raisonne*,New Haven and London:Yale University Press,2004,p.109.

② 赎罪日(Yom Kippur)是犹太教的重要节日,在这一天人们会忏悔罪责,祈求宽恕。

《夏娃》(*Eve*,1950)与《亚当》(*Adam*,1951—1952)等。纽曼表示自己非常清楚"亚当"这个词在希伯来语中的多重含义(有"土地",也接近"红色"和"血"的意思),《亚当》中的红色条纹因此被认为亚当的象征。①

但是如果将垂直的"拉链"视为是光,则无法解释,此后纽曼所创作的"太一"系列(共 6 幅作品)中,有 2 幅作品的"拉链"是水平方向的。伊夫-阿兰·波埃斯(Yve-Alain Bois)也指出,仅以隐喻象征或色带形式来解释《太一Ⅰ》,无法说明纽曼最关键的创新,作品真正的突破在于它打破了"形式仅仅传达了先前存在的内容"②。相比于称呼这条色带区域为"线条"(line)、"色带"(band)或者"条纹"(stripe),纽曼认为"拉链"更适合,因为"拉链"代表了一种动态而不是一个"形状"。《太一Ⅰ》中的橙色"拉链"并不是分割了画面,它实际代表的是用于连接的区域:"拉链"是画面整体的焦点,通过"拉链"将色域都聚合在一起。纽曼后期才意识到他与真正的蒙德里安有许多共同点,他一直是在与假想的"蒙德里安"对抗,因为蒙德里安作品中对于形式间关系组合的关注,与他一再强调的"整体性"(wholeness)概念完全矛盾。如果说美是对形式的具体分析,那么"崇高"则是对形式的整体体验,这意味着作品不仅要反对具象艺术,同时也要走出抽象艺术中形式主义的桎梏。

回到纽曼创作《崇高的到来》与《太一Ⅰ》的前一年(即 1947 年),针对纽曼为贝蒂·帕森斯画廊(Betty Parsons Gallery)组织的群展"表意绘画"(The Ideographic Picture)。格林伯格在《国家》(*The Nation*)上发表了评论,纽曼回应称美国艺术家们创造了一个真正的、只能用隐喻方式来探讨的抽象世界,并宣告了一种新"真实性"③的创造。1948 年,纽曼以"崇高的到来"为美国艺术寻找合适的论据,重申其抽象艺术精神与欧洲纯粹抽象的区别。在作品中,"太一"不仅仅是与上帝的"合一",也是"拉链"与色域的整体性表达。它表明"崇高"既是对宗教性与精神性的形而上探索,也是对脱离纯粹形式与幻想世界的最好诠释。

二、人性力量的显现

纽曼在《崇高的到来》中提出:"如果我们身处一个没有传说或神话可以被称为

---

① Claude Cernuschi, *Barnett Newman and Heideggerian Philosophy*, Maryland: Fairleigh Dickinson University Press, 2012, p. 37.

② Rosalind Krauss, Hal Foster, Benjamin H. D. Buchloh, David Joselit, Yve-Alain Bois, *Art Since 1900*: *Modernism · Antimodernism · Postmodernism*, London: Thames and Hudson Ltd, 2012, p. 426.

③ Thomas B. Hess, *Barnett Newman*, New York: Walker and Conpany, 1969, pp. 36-37.

崇高的时代……我们如何才能创造一种崇高的艺术?"①纽曼同样用"崇高"进行了回答,他以拉丁文为 1950 年创作的一幅重要作品命名:"Vir Heroicus Sublimis",意为"人:英雄和崇高"。1961 年这幅作品刊登在《艺术新闻》(*Art News*),随后引发了欧文·潘诺夫斯基(Erwin Panofsky)与纽曼间的一场争论。起初潘诺夫斯基指出标题"崇高"的错误(Sublimis 写成了 Sublimus),是因为纽曼希望凌驾语法之上,纽曼回应是印刷错误且反驳语法问题的假设。随后潘诺夫斯基又称"Sublimus"不可用于修饰人,纽曼则回击称艺术家在使用古老术语以及实现视觉艺术上都有权获得"诗意的许可":"艺术从来不是一个单纯的语法问题,它不必严格遵守既定词汇或规则。相反,它是一种生成,即创造新词汇和新规则,修改甚至压倒原先的经典。"②纽曼没有过多纠缠于"崇高"的词汇辩论,而是充分表达了对当下艺术创造的渴望。

纽曼曾在访谈中说作品的标题是在努力唤起自我的情感。③ 1951 年纽曼对《人、英雄和崇高》中的一条色带进行了调整,纽曼回忆是在 4 月 11 日进行的修改,因为这一天当他在作品前工作时,从收音机里听到了哈里·杜鲁门(Harry Truman)解除道格拉斯·麦克阿瑟(Douglas MacArthur)职务的广播④,当纽曼描述这一戏剧性事件时,他称:"杜鲁门炒了麦克亚瑟,我说:崇高的英雄人物!"⑤纽曼此刻感受到的"崇高",是对现实世界中人的勇气的赞美,如果说作品中的"拉链"象征神圣的创造之光,那么"这种创造不再属于上帝,而属于平凡世界中的人"⑥。纽曼以"崇高"的命名强调了人类的英雄主义与创造价值,突显出艺术关注的重要命题——人性的力量。

此后纽曼似乎没有再使用过"崇高"一词。综合纽曼后期的文本与陈述,也有更多研究指出,"崇高"只是临时替代了纽曼反复提及的"悲剧"(tragedy)⑦。如同"崇高"一样,"悲剧"的概念也在西方文化语境中不断演进。对于纽曼及其他抽象

---

① Barnett Newman, "The Sublime Is Now"(1948), in J. P. O'Neill, *Barnett Newman:Selected Writings and Interviews*, Berkeley and Los Angeles:University of California Press, 1992, pp. 170-173.

② Pietro Conte, "The Panofsky-Newman Controversy", *Aisthesis-Pratiche Linguaggi e Saperi dell Estetico*, 8(2), 2015, pp. 87-97.

③ 田辉、夏岚编著《纽曼论艺》,人民美术出版社 2001 年版,第 30~31 页。

④ 1950 年朝鲜战争爆发后,麦克阿瑟被任命为联合国军总司令,1951 年 4 月 11 日杜鲁门宣布解除麦克阿瑟职务。该事件在美国引起轩然大波,但麦克阿瑟在美国民众间的支持度依旧很高,麦克阿瑟在回到美国后被视为英雄受到了热烈的欢迎。

⑤ Thomas B. Hess, *Barnett Newman*, New York:Walker and Company, 1969, p. 55.

⑥ 邵亦杨《20 世纪现当代艺术史》,上海人民美术出版社 2018 年版,第 119 页。

⑦ Rosalind Krauss, Hal Foster, Benjamin H. D. Buchloh, David Joselit, Yve-Alain Bois, *Art Since 1900:Modernism·Antimodernism·Postmodernism*, London:Thames and Hudson Ltd, 2012, p. 427.

表现主义艺术家而言,"悲剧"一词更具有战后的时代特征。与悲剧相关的还有纽曼在原始主义艺术中就已经反复提到的"恐惧"(terror)概念。纽曼对原始艺术中不同的"恐惧"进行了区分,比如太平洋艺术的恐惧源于一种无形的自然力量——变幻莫测的海洋和旋风:"恐惧是无法定义的洋流,而不是实在的形象。"①相比于原始艺术面对的未知恐惧,现在艺术家所面对的是核能与原子弹充斥的世界,恐惧不再是未知的:"我们现在知道了恐惧的对象是什么。我们在广岛事件中找到了真相……我们现在所面对的,更像是一个悲剧性的局面,而不是一个令人生畏的局面。"②同时:"不管个人表现得多么英勇、多么无辜、多么有道德,这种新的命运注定挥之不去。因此,我们便生活在希腊戏剧当中;每个人都是俄狄浦斯,在毫不知情的情况下,无论作为还是不作为,都会杀死自己的父亲,侮辱自己的母亲。"③俄狄浦斯(Oedipus)是希腊神话中的悲剧人物,他无法逃脱弑父娶母的命运。在纽曼这里,原子弹是"新的命运",每一个现代人都成为"俄狄浦斯",现代的悲剧发生在混沌的社会之中,作为个体在其中是无助的。面对太多问题:大萧条时期、各种战争、大屠杀、原子弹……战后的不安情绪影响了艺术家。现代人面对的不是对未知的恐惧,是明知注定却无能为力的悲剧,而通过"悲剧"与"崇高"的链接,纽曼希望以一种新形式来捕捉人类真正的绝望和抗争。

对于自我的探索是对于悲剧命运的一种抵抗。为纪念马丁·路德·金(Martin Luther King),纽曼后期的雕塑《破碎的方尖碑》(*Broken Obelisk*,1963—1967)被安置在罗斯科教堂(Rothko Chapel)外,这是纽曼最庞大的雕塑。作品是两种力量的剧烈碰撞:一边是向下俯冲的方尖碑,一边是向上直指的金字塔。方尖碑并不是一件完整的雕塑,而是上方有所断裂的,这意味着作品趋向于无限高,是纽曼对于未知性与可能性的探索。纽曼在创作《破碎的方尖碑》时,萌生念头创作了三角画布作品:《沙特尔》(*Chartres*,1969)与《耶利哥》(*Jericho*,1969)。相关声明④的附注中提及,纽曼1968年参观卢浮宫,泰奥多尔·席里柯(Theodore Gericault)的作品《梅杜萨之筏》(*The Raft of the Medusa*,1819)带给他诸多启示。《梅杜萨之筏》本身展现了一个悲剧性事件,作品中的斗争是普通人为了争取生存

① Barnett Newman, "Art of the South Seas"(1946), in J. P. O'Neill, *Barnett Newman:Selected Writings and Interviews*, Berkeley and Los Angeles:University of California Press, 1992, p. 100.

② 〔美〕迈克尔·莱杰著《重构抽象表现主义——20世纪40年代的主体性与绘画》,毛秋月译,江苏凤凰美术出版社2014年版,第87页。

③ 〔美〕迈克尔·莱杰著《重构抽象表现主义——20世纪40年代的主体性与绘画》,毛秋月译,江苏凤凰美术出版社2014年版,第87~88页。

④ Barnett Newman, "Chartres and Jericho"(1969), in J. P. O Neill, *Barnett Newman:Selected Writings and Interviews*, Berkeley and Los Angeles:University of California Press, 1992, p. 193.

而进行的搏斗,这也是纽曼在作品中试图呈现的人的力量。联系纽曼对《人、英雄和崇高》标题的叙述,即使麦克阿瑟被杜鲁门解除职务,英雄的努力最终以失败告终;即使在注定的命运之中,个人的英雄行为是徒劳的,但重要的是采取行动,在这一过程寻找到"自我"的存在。直面悲剧命运中的自我,是抵达崇高的必经之路。

1961 年《人、英雄和崇高》被刊登的同时,罗伯特·罗森布鲁姆(Robert Rosenblum)发表了《抽象的崇高》①(*The Abstract Sublime*)。他关注了纽曼等四位抽象表现主义艺术家,

1969 年巴奈特·纽曼布面丙烯画《耶利哥》(262.9 厘米×285.8 厘米,巴黎蓬皮杜艺术中心藏)

也列举了德国浪漫主义风景画家卡斯帕·大卫·弗里德里希(Caspar David Friedrich)以及英国风景画家约瑟夫·马洛德·威廉·透纳(Joseph Mallord William Turner)的作品,进而论述观者在抽象艺术面前所感受到的精神力量。曾经在与浪漫主义相联系的"崇高"中,透纳的作品或许更接近柏克所论述的崇高体验,因为其中蕴含着能够激发人性深处情感的痛苦和恐惧。在《暴风雪》(*Snow Storm*,1812)中,画中人物面对残酷自然与无情命运进行过殊死搏斗,最终虽无法脱离命运的掌控,但观者感受到的冒险精神,将引领观者进入崇高的世界。而相较于透纳的崇高,诸如纽曼一类的抽象艺术家已建立起一种崇高转向,这种崇高,不再依托于展现自然界中隐藏的普遍精神,而是面对抽象作品,在超验的精神体验中寻找自我的存在。正如纽曼在《崇高的到来》中说:"我们不是以基督、人或'生命'来建造教堂,而是以我们自己,以我们自身的情感来建造。我们所创造的形象是一种不言而喻的启示,它真实而具体,任何人只要不带有怀旧的历史的眼睛去看,都可以理解它。"②"崇高"是在与悲剧命运相连的苦痛中探讨人性的多种可能,同时开启对"自我"问题的探索。但正如同人类无法战胜大自然一样,抽象的崇高也并非鼓吹人的强大力量,而是在追求无限的过程中意识到自我的有限从而获得新生。

---

① Robert Rosenblum,"The Abstract Sublime"(1961),in Clifford Ross,*Abstract Expressionism*:*Creators and Critics*,New York:Harry N. Abrams,1990,pp. 273-278.

② Barnett Newman,"The Sublime Is Now"(1948),in J. P. O'Neill,*Barnett Newman*:*Selected Writings and Interviews*,Berkeley and Los Angeles:University of California Press,1992,pp. 170-173.

三、位置关系的生成

潘诺夫斯基与纽曼的"崇高"之争，也显示出观者与作品建立关系的重要性，因为理解抽象图像的前提是"共情和感受，是内心空间与外部空间的碰撞，是精神触角的延伸和接纳。"[1]1950年，新工作室为纽曼创作第一幅巨幅作品——《人、英雄和崇高》提供了足够的空间，这幅作品展出时即占据了贝蒂·帕森斯画廊的整面墙壁。纽曼大面积地使用了红色，同时画面中有五条颜色、宽度不一的垂直"拉链"。面对这样气势撼人的巨幅作品，纽曼却发表声明："人们倾向于从远处观看大画，但本次展览的大画旨在近距离的观看。"[2]观者只要走近几步，立刻会迷失在巨大的画布中，被扑面而来的红色紧紧裹挟。而"拉链"提供了一种类似于"锚"[3]的功能，将观者的视线牢牢固定在画面之中。纽曼的大尺幅本身会产生"一种直接的、全面的反应，将感觉转化为一种交流，使观者与作品之间是一种参与的关系而不是被动的反应"[4]，而近距离地观看进一步限制了视觉的活动路径，因此观者所体会到的是一种更亲密的感觉。类似的作品还有《安娜之光》（Anna's Light，1968），与《人、英雄和崇高》一样将观者浸没在以水平方向展开的巨幅红色画面中。

创作《人、英雄和崇高》的同年（1950年），纽曼还创作了一幅垂直方向的狭长形作品《荒野》（The Wild，1950）。这幅作品高达2.43米，但是宽度只有4.1厘米，极端对比的高度与宽度搭配在一起，使作品看上去就像是一条孤零零的、被放大的色带。在纽曼看来，尺寸（size）并不等同于尺度（scale），尺寸是画面大小的实际数据，但尺度是一种感觉。《荒野》实际更强调画面的垂直属性，带给观者更强烈的冲击，因此在看似尺寸很小的地方同样可以产生如同《人、英雄和崇高》一般的情感。《荒野》放大"拉链"的效果，被认为像是直接放置了一个物体在墙上，纽曼也由此被视为"成形画布"（shaped canvas）的开创者，作品也被认为显现出极少主义艺术的"物性"（objecthood）特质[5]。纽曼非常关注极少艺术一代艺术家，他与唐纳德·贾德（Donald Judd）、罗伯特·莫里斯（Robert Morris）、丹·弗莱文（Dan Flavin）等

---

① 诸葛沂《图像学之困：纽曼研究察微》，见《美术》2020年第9期，第24页。

② Barnett Newman，"Statement"（1951），in J. P. O'Neill，*Barnett Newman：Selected Writings and Interviews*，Berkeley and Los Angeles：University of California Press，1992，p. 178.

③ Ann Temkin，*Barnett Newman 1905—1970*，New Haven and London：Yale University Press，2002，p. 178.

④ 张敢《绘画的胜利还是美国的胜利？：美国抽象表现主义绘画研究》，江苏凤凰美术出版社2021年版，第160页。

⑤ Rosalind Krauss，Hal Foster，Benjamin H. D. Buchloh，David Joselit，Yve-Alain Bois，*Art Since 1900：Modernism · Antimodernism · Postmodernism*，London：Thames and Hudson Ltd，2012，p. 425.

人都有往来。纽曼对于他们的艺术而言,意味着一种"父亲式的形象存在"①。当前研究多侧重纽曼作品的独特形式对极少主义的影响,但对他们更为重要的,是纽曼如何构建起观者与作品之间的对话关系。

纽曼希望观者与作品的关系是:"当你站在我画前时你有一种你自己的尺度感。这就是我理解的你所表达的意思,这也是我努力去做的:在我画前的观者知道他在那儿。"②阿瑟·丹托(Arthur Danto)引述了纽曼,他认为纽曼所指的"尺度感",是暗示了观者的身体,通过引发自我意识进而产生崇高的情感体验。③ 纽曼认为绘画应该赋予观者一种"位置"感,即他知道他在这里,如果他意识到"自我"的存在,那么他可以体验到作品带来的情感。因此纽曼谈到《人、英雄和崇高》时才会说:"人在与他的意识的关系上,会是或者就是崇高的。"④1992年纽曼研讨会上,理查德·塞拉(Richard Serra)对纽曼"崇高"的理解是:"位置感是崇高概念产生之处,因为你在那个位置以一种你在其他位置没有过的方式体验自我……纽曼的绘画成为一种敏感或感觉或超验的催化剂。"⑤因此"位置感"与"崇高感"是互为关联的概念,想要抵达崇高,观者需要在与作品的关系中先找到自我的位置。

纽曼以"位置感"将"拉链"延展至三维空间,创作了《此地》系列雕塑。除了雕塑的主体部分与"拉链"的形态相似外,纽曼还特别关注了对于底座的选择。因为在绘画中,"拉链"是一种从上至下经过色域的运动状态;而在雕塑中,底座的使用有助于将这些"拉链"呈现出由地面上升的姿态。《此地Ⅰ》的底座形似小山丘,下方还有一个支撑的台子,两版主体部分有区别:《此地Ⅰ》(Here Ⅰ,1950)使用了白色石膏,《此地Ⅰ(给马西亚)》(Here Ⅰ to Marcia,1950—1962)使用了青铜。让-弗朗索瓦·利奥塔(Jean-Francois Lyotard)以纽曼论述"崇高"时,更重要的是"阐释纽曼作品造成的审美效应"⑥。利奥塔认为纽曼作品最特别之处即在于"时间就是画本身"⑦。他将作品分为创作生产时间(time of production)与消费时间(time of consumption),纽曼的作品中没有用来解释画面的线索,因此观者没有什么可以

① Thomas B. Hess, *Barnett Newman*, New York:Walker and Conpany, 1969,p. 61.

② 田辉、夏岚编著《纽曼论艺》,人民美术出版社2001年版,第30页。

③ 〔美〕阿瑟·丹托著《美的滥用——美学与艺术的概念》,王春辰译,江苏人民出版社2007年版,第144页。

④ Barnett Newman, "Interview with David Sylvester"(1965), in J. P. O'Neill, *Barnett Newman*:*Selected Writings and Interviews*, Berkeley and Los Angeles:University of California Press,1992, pp. 257-258.

⑤ Richard Serra, symposium on Barnett Newman(1992), in Richard Shiff, Carol Mancusi-Ungaro, Heidi Colsman-Freyberger, *Barnett Newman*:*A Catalogue Raisonne*, New Haven and London:Yale University Press,2004, p. 115.

⑥ 毛秋月《作为哲学家的巴内特·纽曼》,见《艺术理论与艺术史学刊(第3辑)》,中国社会科学出版社2019年版,第138页。

⑦ 〔法〕利奥塔著《非人——时间漫谈》,罗国祥译,商务印书馆2000年版,第86页。

"消费"的,观者对纽曼作品的理解来自观看作品的瞬间。正如纽曼作品的命名:《此地》(Here)与《此时》(Now)一样,利奥塔论述纽曼的崇高是"此时此地"的:"正是现在的这里才有这幅画,此外什么也没有,这就是崇高。"①观者无法在画面中直接找到那位"崇高的英雄",因此要依靠"此时此地",对纽曼作品的参与,实现一种崇高的情感体验。

与极少主义艺术相关的艺术家梅尔·博赫纳(Mel Bochner)曾回忆在纽约现代艺术博物馆(Museum of Modern Art)遇到了一个正在观看《人、英雄和崇高》的参观者:"一个女人站在那里……全身都是红色……我意识到,是照在画上的光线反射回来,填补了观众和作品之间的空间,创造了空间和场所。这幅作品对自我的反映,即绘画作为主体对观者的反映,是一种全新的体验。"②博赫纳的论述反映出纽曼对观者艺术感官体验的影响。"崇高"的体验实际关乎观者与作品之间如何产生关联,对此,纽曼给出了两个重要信号:尺寸问题(大尺幅)与观看方式(近距离)。"走近看""被包裹"也意味着艺术家希望观者并不是仅仅通过视觉(看)来捕捉作品的全貌,而是将单一的观看方式转化为由身体介入的多元感知体验,同时以"位置感"找到自我的存在,进而体会到一种由自我引发的崇高情感。

四、结语

哈罗德·罗森伯格(Harold Rosenberg)认为:"对于纽曼而言,绘画是一种实践崇高的方式,而不是传达它。"③以崇高与美的区分,"崇高的到来"宣告了美国抽象艺术与具象传统叙事以及抽象语言结构的分离。通过与"悲剧"的关联,"崇高"不仅是对战后人类命运的关注,同时也是对自我命题的关注。而如何抵达"崇高"的情感,则是建立观者与作品关系的问题。以"崇高"之名,纽曼的作品既不是为教会服务,也不是为意识形态服务,而是指向蕴藏在人生命中的自我价值。在纽曼的"崇高"这里,或许不再需要仰视权威,人可以在与作品的对话关系中,通过不断的自我反思与自我重构,建造起属于人自身的权威殿堂。

原载于《美术观察》2022年第6期。

宋寒儿:中国石油大学(华东)文法学院美术系讲师,青岛市首批签约文艺评论家。

---

① 〔法〕利奥塔著《非人——时间漫谈》,罗国祥译,商务印书馆2000年版,第104页。

② Mel Bochner, symposium on Barnett Newman(1992), in Richard Shiff, Carol Mancusi-Ungaro, Heidi Colsman-Freyberger, *Barnett Newman*: *A Catalogue Raisonne*, New Haven and London: Yale University Press, 2004, p. 85.

③ Harold Rosenberg, "Meaning in Abstract Art(Continued)", *New Yorker*, January 1, 1972, p. 46.

谈艺录

《雪山大地》创作谈

杨志军 ■

在当下争奇斗艳的文学语境里,能以生活的原色为父辈们树碑立传的写作已经很少了。父辈们的故事正带着斑斑锈迹被遗忘埋入地下,就算偶尔谈起,也不过是深远的背景里一抹已然熄灭的火焰。但在我看来,正是父辈们的生命史构成了青藏高原近代发展史举足轻重的一部分,"父辈们"这个词从来都是一种诗意的表达和故事的象征,它属于只要经过磨砺就会发光的钻石,而并非风吹即散的灰土。

父辈们的故事开始于 1949 年。譬如我的父亲,一个从洛阳来到西安西北大学读书的青年知识分子,在结束冒着生命危险的"护校"任务之后,便和一帮志同道合的人一路西进,来到西宁,在一家破破烂烂的马车店里开始创办《青海日报》。母亲其时正在贫困中求学,听说有一家叫作"卫校"的学校又管饭又发衣服,便立刻从这边退学到那边报名。就这样她成了由第一野战军第一军卫生部管辖的卫校的学生,之后又考入医学院,成了青藏高原第一批国家培养的医生。我的岳母更是激情澎湃,她正在开封读书,面临的选择是:要么赶赴昆明,跟已经离开家乡汝阳的亲人团聚,然后同去中国台湾,要么西上传说中无比荒凉实际上比传说更荒凉的青海,跟已经先期到达的未婚夫见面。她没有多少犹豫,就选择了后者。

后来几乎年年都有西进的人,有的是个人志愿,有的是组织分配,有的是集体搬迁。来到高原后,几乎所有工作都是从零开始,就算你想扎根,也得自己找地方挖坑浇水。青藏高原地旷人稀,到处都是处女地,只要你为她做过一件事,她就会认为你是她的人,而你的回应便是:只要她为你提供过一夜的光亮、一冬的温暖、一餐的饱饭,你就会认为她给你的是家,是整个故乡。所以父辈们的故乡概念历来比较模糊,原籍和老家远远没有脚下的土地来得亲切,不知不觉就有了一种情怀:愿意为高原付出一切,即便以生命为代价也在所不惜。

地广人稀加上高寒缺氧,促使这里的人对温情充满渴望。他们热爱交际,喜欢抱团,人跟人的关系异乎寻常得亲近,好像只有这样才能抵御生存的严酷,消解自然的荒凉和环境的落后带给人的种种窘迫。"人人相亲,物物和睦,处处温柔,爱爱相守,家国必忧,做人为首"的信念就像注入高海拔的氧气,终此一生都在父辈们中间氤氲缭绕。我的父亲就是带着这样的信念走向了草原牧区,目的地便是不断迁徙的帐房。他在那里学藏话,吃糌粑,记笔记,跟着牛羊翻越缓缓起伏的草山,发现牧人的生活单纯而寂寞,孤独成了所有物体的属性,包括牧草与微风、太阳与月亮。采访或者蹲点结束之后,无以回报的他总是会留下自己在城里的地址。这样的生活持续了好多年,他住过的帐房在他的脑海里变成了星斗的分布,虽然稀疏,却熠亮无比,可以说黄河源有多长,他到过的草原就有多广。

我迄今还能历历在目地梦到小时候的情形:不止一个牧人,也不止一个牧人的妻子或孩子,拿着仔细保存好的地址,来到我家,目的只有一个:看病。他们不睡床,不睡炕,就裹着皮袍躺在家里的地上,一眠到天亮。他们带来了风干肉、糌粑、奶皮和蕨麻,说着扎西德勒,放在了 1960 年的冰锅冷灶上。他们抱起我们弟兄俩,放进宽大的袍襟,抹一点酥油在我们的额头上,这是祝福吉祥的意思,而我们却毫不犹豫地抓下来,送进了嘴里,每回都这样。以后二十多年,年年都有牧人骑着马跋山涉水来到我家看病。母亲只是个妇产科医生,治不了他们的包虫病、风湿病和因生活艰辛、高寒缺氧、食物单调而引起的各种疾病,但她会带他们去西宁最大的省人民医院,寻找相关的同事,请求他们给予治疗,每次都会恳切地说:"从那么远的牧区来,不容易,你给好好看看。"那些病有的治好了,有的没治好,留给我们许多庆幸和遗憾,久久地成为心中的亮迹和划痕,有的抹掉了,有的盖住了,朝前涌动的生活总会让过往变得越来越浅淡,让故人变得越来越遥远。渐渐地,他们不来了。我曾经想:难道是我们的接待不周伤害到了他们? 或者是父亲的去世让他们觉得不便再来打搅? 可我的母亲依然健在,并保留着一个医生的牵挂,常常会念叨:放到现在就好了,许多过去治不好的病能治了。

直到后来,我跟父亲一样,动不动要下乡去草原时,才明白我们的猜测是不靠谱的。当医院和卫生所已经普及到每个县、每个乡时,当大部分牧人的孩子因为接受过教育有了工作而负担起亲朋好友的健康时,当便利的交通包括迅速延伸而来的高速公路取缔了草原的辽阔和遥远时,当商品经济的发达已经让许多牧人在城市有了安家落户的可能时,父亲的房东以及他们的亲友还有什么必要千里迢迢、风餐露宿地来到省会,居住在我家,并拜托母亲寻求医疗呢? 偶尔一个机会,母亲在超市的货架前看到一个曾经来过我家的牧人也在往购物车里挑选东西,这才意识到能够穿越时空的,并不仅仅是幻想。

我的不断下乡的父亲死于肺心病,也就是典型的高原反应症。许许多多死于青藏高原的人也都是因为环境对生命的制约。但在我的感觉里,他们从来没有死过,因为他们是一些在人心里播撒种子的人,是雪山大地上几乎所有事业的拓荒者。他们和当地人一起建造了草原牧区的第一所学校、第一座医院、第一家商店、第一家公司、第一处定居点、第一座城镇，他们培养起一代又一代的民族人才，把迟来高原的包括商品意识在内的现代观念移植到人们的脑海中，把好日子的模样和未来的景象用心灵捧着，希望愿意前行的人追寻到底。一个地区从落后到进步的足迹是那样深刻，里面贮满了父辈们的血汗和被时间演绎成荒丘的生命，并在多少年以后开出了比第一次绽放还要艳丽的花朵。

由于有了父辈们从1949年开始的不断"扎根"，便有了我们这一代，有了我们对青藏高原更加彻底的皈依。对我们来说这片高海拔的山原已是真正意义上的故乡，它代表家族传承、土地滋养、风情融入、血脉联系、情感浸润、精神认同，代表生命长河的起源与归属。它让我们告别了过去生活中情感表达的简单之美，走向了复杂而茂盛的第二次建树，并在草原与城市、离开与回家、清醒与迷惘、拥有与失落、欢乐与痛苦的交替中，经历着从物貌到人心、从肉体到精神的变迁。而最大的变迁便是传统意义上的游牧民正在脱离数千年如一日的生存模式，加入了有固定居住地的新牧人或者新市民的行列。一种新的生活方式正从一个不断更新的环境中破土萌发，由此发生的思想观念和精神世界的今非昔比，会让我们看到人的变化是一切变化的根本，沧海桑田用来形容人的精神风貌才算恰如其分。

在西宁，我住的小区中居民多一半是藏族，很多人几年前都还是逐水草而居的游牧民，如今已是开着汽车到处跑的城里人了。每当看到他们提着一袋一袋的蔬菜和水果进出小区大门时，我都会高兴地说一声"乔得冒"（你好），脑海里会浮现二十多年前当我知道某个草原乡的牧民人均寿命只有四十多岁时的惊讶，之后的好几天我都在追根溯源，才知道是长年累月只吃高蛋白和高脂肪的牛羊肉以及奶制品，营养严重不均衡导致的结果。现在好了，出门就是大超市，对他们来说，那就是一个可以随便摄取维生素和微量元素的营养通道。有一段时间，小区门外的路边公园里天天坐着一个戴着酱色礼帽的黑脸膛老人，我跟他聊起来，没说几句他就问医院在哪里。还说在家乡拉乙亥的时候他知道看病的地方，隔三岔五就得去一趟，如今到城里住了两年多，不知道医院在哪里。我问他是不是生病了，他说没有。我说你肯定是不需要看病才不知道医院在哪里的吧？他想了想，露出豁掉的牙齿嘿嘿笑了。后来我意识到，老人其实并不是在打听医院，而是想通过这种方式显示他现在的生活多么惬意，连医院都不用去了。生活质量的提高意味着身体的健康和寿命的延长，这样的变化一时看不出来，却是真正巨大的变化，也就是说不仅仅是日子变好了，更是生命美好了。

对我来说，没有新发现的旧生活和没有历史感的新生活都不值得去表现，所以每一次写作都是一种既熟悉又陌生的行走，是我感恩大地、探索人生的新起点。青藏高原给了我写作的可能,而写作又让我看到了"人"的黑暗与曙光。我一向认为,我们不仅要有人的理想,更应该做一个理想的人。我在第一个中篇小说《大湖断裂》中写道:"全部生活就是一种怎样做人的选择。"几十年过去了,关于"人"的探索,几乎涵盖了我的全部作品。我在《环湖崩溃》中描写人与自然的冲突;在《海昨天退去》中展示人的生命在时间面前的悲剧;在《大悲原》中梳理人的尊严和生存价值;在《藏獒》中大写道德——"人"的支柱;在《伏藏》中寻找人与爱的融合与分裂;在《西藏的战争》中发掘信仰之于"人"的意义;在《潮退无声》中寻求人被自己隐藏在复杂性后面的真本;在《无岸的海》中思考爱恨情仇对"人"作用;在《最后的农民工》中眺望"人"的地平线;在《你是我的狂想曲》中探讨音乐熔炼"人"的过程;在《海底隧道》《巴颜喀拉山的孩子》《三江源的扎西德勒》等儿童小说中追问"人"可以干净纯真到什么程度,如何做一个对别人有用的人。在《雪山大地》中追求"人"的质量,和主人公一起经历在人性的冲突中如何保有大地赋予的优良品格的过程。我觉得除了爱,一个人不可能再有更靠近"人"的标准的抒发,可以说《雪山大地》是一部关于爱的诠释,爱自然,也爱社会;爱旷野,也爱城市;爱自己,也爱他人;爱升迁,也爱降职;爱富有,也爱清贫;爱健康,也爱疾病;爱活着,也爱死亡;爱人类,也爱所有的生命。

我希望雪山大地的绵延能成为更多人的体验,希望在我讲述父辈们和同辈们的故事时,能有共情者跟我一起歌哭而行,流连忘返,希望绿色之爱也是人心之爱,在广袤的故乡厚土上,延续一代比一代更加葳蕤的传承。

杨志军:作家,茅盾文学奖获得者。

海洋生活与生活海洋

——我的海洋文学创作谈

许　晨 ▉

屈指一算，我来到青岛文联工作已有十二年了，并在研究与创作海洋文学方面取得了些许成绩——两次跟随科考船远赴西太平洋深入生活，写作发表了海洋报告文学三部曲《第四极：中国"蛟龙"号挑战深海》《一个男人的海洋》《耕海探洋》，后来又陆续出版了《山海闽东》《全海深：中国"奋斗者"探秘深渊》《渤海魂》《人与海》等系列海洋作品。

为此，有关媒体送上一项"海洋作家"的称号，自然这其中有过奖溢美之词，但也说明我在海洋文学领域的努力已见成效。而这一切，都与我们美丽的海滨城市——青岛有不解之缘。可以说，这里不但是海洋经济、海洋科技、海洋军事重镇，也是海洋文化重镇，我之所以能够取得些许成果，离不开青岛这个"福地"。

是的，生在鲁北大平原上，我却十分钟爱大海。

二十岁以前，我只是在画报、电影和文学书籍里见识了那浩瀚无垠的蓝色世界。它的魅力，如同磁石一样牢牢吸引了我的眼睛和心灵。俄罗斯画家艾伊瓦佐夫斯基的油画《九级浪》、法国作家儒勒·凡尔纳的科幻作品《海底两万里》、美国作家海明威的获奖小说《老人与海》，还有国产优秀故事片《海鹰》《甲午风云》等等，都使我对波澜起伏而又变幻莫测的海洋产生了极大的向往。

记得第一次看见大海就是在青岛，那是 20 世纪 70 年代末冬季的一天，我在山东省文化局创办帮助编辑诗集，出差前去约纪宇、刘辉考、栾纪曾、梁青生等人的诗歌作品。下榻栈桥边上的市委招待所后，我立马跑到海边，终于看见了心仪已久、波涛汹涌的海洋了。

正是傍晚涨潮的时候，蓝蓝的海水从远处一层又一层地涌过来，举着一束束白色的浪花，像欢迎远来的朋友似的。长长的栈桥又好似我幻觉中伸向海中的手臂，急切切，要把海湾拥抱在怀里。我沿着石阶走下去，小心翼翼地站在一块礁石上，迎着凉爽的海风，挺胸昂首大声呼喊：大海，我来了！

海啊，冥冥中你渗透进了我的血液中。你的浪花荡涤了杂念，你的博大开阔了胸襟，你的深邃启迪了心智。我对海的神往与眷恋与日俱增。从部队转业到《山东文学》期刊社,每年不管多么忙碌,我都要设法前往青岛、威海、烟台、日照等海滨城市转上一圈,向朋友们组稿、品味海滨生活。感谢上苍,我们山东家乡濒临祖国的两大海——黄海、渤海,不用出省就能享受到蔚蓝色的风韵。

时光流转,命运女神再次眷顾——为了投身于半岛蓝色经济区建设,研究与创作海洋文学,经省、市委有关领导研究批准,2011年8月我辞去《山东文学》社长职务,调来青岛市文联工作,受到了市委宣传部、文联领导和各位文艺界朋友的热诚欢迎与极大支持,我很快融入了这个光荣的集体。

儿时的梦想、多年的心愿,终于变成了现实。怎能不仰天长啸,壮怀激烈呢?!我情不自禁地再一次喊道:大海,我来了!尽心尽力致力于海洋文学事业。一晃十二年过去了,令人感到欣慰的是:自己没有虚度和空谈,而是迅速调整角色和思路,扎扎实实干事创业,做了一个青岛作家应该做的工作,尤其在海洋文学创作上有可喜的收获。

2012年夏天,我刚到青岛工作不久,就看到了我国载人潜水器"蛟龙"号七千米海试成功归来,举国欢腾,立时决定为打造这件海洋重器的人们树碑立传。此后,我受中国作协和国家海洋局之邀,以科考队员的身份随"蛟龙"号前去探海。归来后,我凭借着远洋之旅中积累的丰厚素材,历时四年,完成了长篇报告文学《第四极——中国"蛟龙"号挑战深海》,以亲历的独特视角,讲述我国载人潜水器的研发、海试历程,以及海洋科学家、工程师的感人事迹。

作品定稿后,《中国作家》和《时代文学》分别发表,中国作家出版社和青岛出版社联合出版专著,很受欢迎,被《文艺报》《中国文化报》《齐鲁晚报》《新民晚报》《青岛早报》等报刊选载、连载,获得2016年全国报告文学排行榜第三名,2017年获山东省"中国梦"征文一等奖。2018年,更大喜讯传来,《第四极:中国"蛟龙"号挑战深海》荣获第七届鲁迅文学奖。其中,把深海与南极、北极(地球第一、二极地)、珠峰(地球第三极)相比而言,概括为"第四极"的探索,已经获得了社会各界的承认,新华社和央视等媒体常将深海事业称为"逐梦第四极"。而这来自我的书名,我备感光荣与自豪。

此后,我又接连深入采访、体验、思考,写作了讲述英雄航海家郭川故事的报告文学《一个男人的海洋》,《北京文学》2017年第4期首发,由青岛出版社出版,在2019年获得全国"七十年七十部优秀有声读物奖";还有反映新中国海洋科研起步与发展的作品《耕海探洋》,2018年11月整版发表于《人民日报》,并列入中宣部2019年重点主题出版物,由浙江教育出版社出版。2021年获得"泰山文学奖"。连同《第四极:中国"蛟龙"号挑战深海》一书,这就构成了我的海洋纪实三部曲。并且每一部都有不俗表现,荣获了不同的文学奖项。

由此,我深深体会到,要想写好海洋文学作品,最重要的是全身心投入海洋生活——这不仅仅是指有机会出海,更多的是深入了解你所要写的海洋选题。同时,这也与文学创作的"老生常谈"有关,即投身于生活海洋。只有做到二者有机结合,方可写好作品。就以上述"海洋三部曲"为例,实际上我写了三条船,一是载人深潜器"蛟龙"号,二是郭川驾驶的"青岛"号,三是我国最先进的科考船"科学"号。每一条,我都是千方百计走近它,融入它,除"青岛"号失联于太平洋外,其他两条我均跟随前往深海大洋。这样从感情上和素材上,我就不仅仅是报道者,而是参与者了。尽管对于报告文学来说,重大题材是公开的,谁都可以写,但如果作者没有深入其中,全凭在外界采访,效果往往不佳。

通过这些海洋作品,我找到了新的文学之根,呼吁全国文坛高扬海洋文学的旗帜:因为我国传统上重陆轻海,反映海洋题材的好作品确实不多,这与目前我们建设海洋强国很不相称。2018 年,我应邀参加中国作协在海南组织的博鳌文化论坛,发言强调重视海洋文学。后来,《文艺报》发表了我写的评论《走向"深蓝"的文学》,反响甚佳。因此我更有激情、更有意识地采写海洋作品,并连续获奖,得到了"海洋作家"的美誉。同时,青岛市文联郑重聘任我为市作协名誉主席,说明这是为青岛文学增光添彩(名誉主席不需开会选举,而是主管单位聘请)。不久,青岛航海文化研究会成立,大家又推举我为首任会长,这样能够为海洋文化多做些事情,我欣然接受并尽力而为。

我们青岛是海洋大市,山东是海洋大省,中国是海洋大国,在实现中华民族伟大复兴的征程上,海洋文学十分重要且必要! 只要处理好"海洋生活"与"生活海洋"的关系,我们有理由相信:今后关注海洋题材的作家、创作出好的海洋作品会越来越多,海洋文学在中国当代文学史上,将会越来越显示出其不可或缺的位置。

如今,从经历和阅历上来说,我已步入了心无旁骛、荣辱不惊的人生阶段,可胸中还是没有生长皱纹。就像我们赖以生存的可爱的城市一样,虽说走过了 120 多年的历史,但在发展蓝色经济、建设"活力海洋之都,精彩宜人之城"的国际化都市背景下,青春焕发,充满了激情与力量。青岛,永远是青春之岛! 海洋,永远是澎湃海洋! 我愿将自己的后半生,与文学界、海洋界的朋友们携手并肩、与时俱进,写出更多更好的无愧于时代的作品。

许晨:作家,鲁迅文学奖获得者。

遥远的故事

——《冷湖上的拥抱》创作谈

于潇湉 ■

冷湖，一个坐落于柴达木盆地北部边缘、因石油而兴起的小镇。《冷湖上的拥抱》的故事背景就取自这里。

这本书的创作灵感来源已久，2019 年初，我在《中国青年报》上看到过一则新闻，叫《冷湖之吻》。那篇报道说，在青海油田敦煌生活基地与花土沟生产基地之间有一条必经之路，班车在那里停靠，油田双职工在那里换班时，匆匆见上一面就告别，有一个浪漫的说法叫"冷湖之吻"。

新闻短短几百字，配了一张石油工人们在湖边交谈的照片，影子落到湖水里，由于他们都穿着红色工装，就像水里有火苗一样，非常好看。

这个场景在我脑海里久久徘徊，我有时会搜索一下那里的地矿地貌，试图在脑海中想象他们的生活。那种与现代城市便捷化、高度发达的对照，太鲜明了。你几乎无法想象，现在还有人在那么艰苦的地方工作着。说实话，是好奇心驱使我想去看一看。

2021 年我终于成行，去青海油田采访。采访过程中，我从一个石油"小白"，半啃书半参观地恶补了一番知识。青海油田有着世界上海拔最高的油井，那里空气稀薄、人烟稀少，经过一代又一代人的奋斗，有了现代化的采油、运油线，但依然过着相对艰苦、封闭的生活。他们留在这片恶劣的大地上，却把花开出来，他们奉献了自己的青春，又奉献了自己的子女。在油田，他们亲切地互相问着："你是油几代？"

油一代、油二代、油三代、油娃等这样的名词，都显示出石油人的自豪感。但人是矛盾的，一方面石油人为自己的工作自豪，另一方面为亏欠家人而感到痛苦。甚至在油田学校读书的孩子，都不太清楚自己父母工作的细节和内容。

我感觉，几代人之间是有情感鸿沟的。孩子责怪父母不能长久陪伴身边，让自己成了另一种留守儿童，父母则内疚于不能陪伴孩子长大。有的石油工人在采访时几度哽咽，他们对于孩子来说，是最熟悉的陌生人。

我想在作品里弥合这种情感上的裂痕，达到一种彼此了解、和解的情感期望，因此就设置了一个对油田毫无了解的"闯入者"主角孟海云。妈妈离世，她投奔到了爸爸的新家庭，那里位于敦煌七里镇——青海石油基地。爸爸工作很忙经常出差,孟海云和继母以及同父异母的妹妹一起生活。她感觉自己是个外来者,突然闯入陌生的城市和家庭,心中怀着巨大的落差,与家人有着强烈的隔阂感。她的视角,就是慢慢了解、逐步接受的过程。

从 2019 年到 2021 年动笔,用了三年去准备。我会把素材搁在心底,每过一段时间就拿出来看一看,也把青海油田附近的地图、新闻都看一看,我要进入那里。但这些纸上工作都比不上亲自到柴达木盆地上走一趟。站在海拔 3000 多米的井架前,远处是昆仑山,工业和自然的反差太奇妙了,让人血气上涌。

采访时我印象最深的是一个女孩,她说和原生家庭关系不好,父母都忙于油田的工作,对她的管教只有"学习好",而没有深度情感交流。她最惦记的就是在四川的爷爷,爷爷生病了,她想攒点钱,等放假了买票去看爷爷。

还有一个油田工人,是劳动模范,过年时在工地上录抖音视频,隔空与很久未见的儿子对话,结果还没开口,就哽咽了。

我把这两个人物都写进小说里了,他们的形象始终在我脑海里回放,像电影人物一样,开始自己跳出来行动了。

经常有人问我:你写儿童文学,是给自己的孩子看吗?我回答不是,我只是在与我内心的小孩儿对话,我书写,更像是送给自己的礼物。青春期的我似乎没有长大,还活在我心里的某一部分,也许有一天,当她的呐喊和表达欲消失,我就不会再用儿童视角去书写了。

这本书用冷写暖,用软写硬,与其说是在写石油,不如说是在写我所理解的家庭。每个人身上都带着原生家庭的烙印,如果能找到破解原生家庭矛盾的钥匙,也就能从某种程度上弥补自身的一些缺陷。书中的三个女孩家庭都存在一些问题,最后也都找到了和解的方法。其实儿童文学更像是给残酷的现实圆梦,在小说的精神乌托邦里完成情感弥补。

我记得曾经和朋友去玩一个 20 世纪 80 年代背景的剧本杀,玩的人全部是"00后",大家都被代入那个年代了,毫无障碍,因为人生的母题和选择是相似的,情感的需求是相似的。时代在变,但人的情感不变。对于亲情的呼唤,对于父辈的了解、叛逆、回归,是永恒的,一代又一代年轻人在经历。只要写出共情,就不怕没共鸣。

海浪由每一滴水组成,气势磅礴。山脉由每一座山峰组成,起伏恢宏。我认为时代的浪潮就是由无数普通人构成的,小人物的人生选择举重若轻,反射出时代的变迁。日子往往就藏在细微看不见的变化里,只有回溯才能看清楚,家与国始终是绑在一起的。

原载于《青年报·生活周刊》2023 年 5 月 21 日 08 版。

于潇湉:作家,鲁迅文学奖获得者。

觅渡　觅渡

——我的学书心路

杨乃瑞 ■

每个人学习书法的契机都是不一样的。尽管各自的生活境遇不同,最终能够同书法结缘,我姑且认为缘起都是因为享受书写的快乐。

我的家乡,在山东即墨。即墨是个拥有 2000 多年历史悠久的古县。明清时"周、黄、蓝、杨、郭"五大家族的诗礼世家文化对本埠文化影响深远。"即墨杨氏以教育起家,是个诗书的家族。"有这样的家族衍续,家族中丰厚的文化基因传到我们这里,如族人的谱牒、家乘,族人中做官者作的诗集。因为社会途经"文化大革命",书籍翰墨几经扫除,还尚存砚台、镇纸等文房小物。能看到祖父一代成捆的信札压在樟木箱的最底层,每年小年前尚需扫除……每到春节前家族中的老人酿酒、缝纫、写春联这样的童年"大事件",对我幼小的心灵刺激大,印象深。念想着:长大了我也能写春联就好了。这恐怕就是我喜欢书法的慧根。

1960 年即墨县极"左"路线盛行,致使饿殍遍地,出生率骤降。是年腊月初,老天爷似有些报复的意思,及时把我投入人间。母亲无奶水哺乳,父亲养了一只奶羊,活了我的命。尽人皆知,那个年代本无所学,毕业回乡务农,所学皮毛,又都归还给老师。幸得大考开始,匆忙应试,得以混进城里,谋以差事,混口饭吃。幼童时喜欢写字的慧根便开始激活、迸发。

20 世纪 80 年代是一个激情四射,诗意盎然,梦想成真的时代。我美梦初始,想当个作家。毕业后于济南谋生,1983 年冬参加了由《苦菜花》作者冯德英先生主持的"山东省首届文学讲习所"。冯先生延请山大、山师、曲师知名教授和一些全国及本省著名作家授课。文学、哲学成为必读书,期间不能不说孜孜以求,结果短期斩获甚微,但读书养成,收益颇大。转而回归到我最喜欢的书法上。因要执业养家糊口,平时工作烦冗,尽失脱身进京、往沪、赴杭拜名师识大家的缘分,更无进培训班学习的机缘。纯粹是:我后来自命为"原生态的裸写"。那时书坛,全国设有四年一届的三大展(全国展、中青展、新人新作展),展览少,档期长。一经入展便亮瞎眼睛,获奖者则一奖冲天,一夜成名。对于我等既无名师点拨又酷爱书法的习书者,学书无路苦为径,苦临一家,打开通道。感谢先前的文学功底帮了我的忙。寻路、觅渡、觅渡，硬性迫使我有倾向性地研读书法理论，窥探书法技道，寻绎书法可行的便捷。此一时期，恶补中国书法史、书法美学、书法论文选，并对宗白华、徐复观、李泽厚、熊秉明等书法理论注释着、眉批着、摘录着、笔记着深读。也对现当代的沈尹默、白蕉、沙孟海、林散之、启功诸家的写字技法论用心揣摩，反复体验着读。如此这般，七七八八的几年里，书学论文被选入《全国第七届书法作品展论文集》，《俗书散论》一文还获得了第五届"中国文艺评论奖"。总算补偿了一下，满足了一下虚荣心。同时书法创作也突围出来，多次入选国家级展览，岂知拿了中国书协会员证，就是个进入书法界的门证，仅获得了谈论书法的资质，真正要社会接纳你，回头一望，发现你还在山腰上盘旋着仰望顶峰。但是，此时你已经实现了学习书法的自由。不再被某展带了节奏，学书之路自此从容了许多。正如面对一桌美酒佳肴，你现在可以按自己脾胃喜好，味蕾记忆，体质素质所需有选择地进食，再也不需要狼吞虎咽，食而不知其味地哽咽。伴着读书，渐入佳境，根据不同时期选择不同的书家和不同的碑帖，真正享受书写的快乐。

回顾自己学书的路径，颜楷筑基，辅以褚字，继而浸淫米芾最久。后患米芾程式化，憎其"全国一片米"，当读到林散老，有习行草书不习篆隶恰似入深山徒手而归之意。再回头扎好马步研习《礼器》《石门颂》《封龙山颂》《好大王》等，偶涉宾翁拟古意篆，以篆隶笔法，涵养行草书线质和灵魂，滋补并治理笔力疲软、柔弱、肉筋脆骨的线条。期间也在二王今草、张旭狂草、黄庭坚大草等盘桓、踅摸、膜拜良久，努力争取到了书写挥洒进出自由的通行证。掌握了书写中自我调节的功能，不囿于一家，犹如进食，少餐多餐、细嚼慢咽，尽可能地尝试面目的多样性。也不急于形成自己的"风格"，以免书写感觉结壳。这样留在经典的隧道里，因书所需，可以咂吮汲取古人营养揉进作品些许。远避俗气、江湖气和市井气，养我努力争取的书卷气，能读出古人的信息，写到古雅，追到韵胜就知足了！我把这当作终身努力的方向。

世人总认为读书是获得知识进阶的一个必要的途径。写字是辅助读书的一个方法，至多是读书写字。当下，把写字当成一种新的行当，有如刺绣、蜡染、年画一般。书法艺术渐成一个技术活。反复书写若干遍遂成作品，再奉成艺术。真不知道被我们奉为经典的"天下三大行书"是如何经过培训冲刺出来的？

觅渡，觅渡……

我因孤陋寡闻，缘无专家引导。仅凭自己读书思考，在研习创作书法中求得生活快乐，获得精神生命给养是也。如有缘蒙名师点拨，对苦写40多年，涉猎多家，研习多体的书法行人，这好比人体的脾胃，风餐露宿地吃进了40多年的五谷杂粮。

养分和糟粕一并相互消解，虽养活了生命，也溃疡了相关的器质。如能求得名师把脉，开处方，得妙药。再温馨提醒，饭前饭后的禁忌。使自己体健笔壮，梦笔生花，岂不快哉！

美梦。只要不被惊醒，梦总是要接着做的……

杨乃瑞：青岛市书法家协会顾问，青岛市文艺评论家协会顾问。

素处以默写文心

刘　咏　■

六十一甲子，从 1983 年大学毕业从事编辑工作，到今天告别出版职业生涯整整 40 年！时间就是这样在一堆堆稿子、一堆堆书卷的陪伴下，在平淡甚至乏味的 40 年案头耕读中倏忽而过。记得刚到出版社工作的时候，已故画家周永家老师到我办公室，看到我用胶纸贴在墙上的书法涂鸦，郑重其事地对我说："刘咏你别画画了，你这个职业最适合搞书法。"从那天起，我便彻底放下学习多年的油画，工作之余专心研习书法，如此，一晃又是 30 余年！

幸好，30 多年来我把书法这个爱好坚持下来了，并且越走越远，越钻越深。记得少时学画，老师曾说，画不好画就去写字，写不好字就去读书，当时很不以为然，待真正进入书法之后才终于明白，书也好画也好都不在手上，源头在心。更值得庆幸的是，编辑这个案牍劳神的职业不但为我搭起了书法学习的平台，而且提供了取之不竭的心灵滋养。命运注定这一生就这样伴书终老——编书、校书、读书、评书、赏书、写书，当然还要天天临书……也是通过出版这个机缘，从 20 世纪 90 年代开始，责编了大量人文艺术类的图书，陆续结识了林岫、刘艺、刘正成、朱培尔、于明诠、胡抗美、张旭光、鲍贤伦、曾翔、刘彦湖、白砥、姜寿田等当今书法领域的名家师友，结识了冯其庸、李泽厚、冯骥才、杜大恺、姜宝林、王鲁湘等学界前辈，以及身边众多学有成就的同道们，跟他们多年的来往讨教、学习交流是我的眼界不断开阔、水平不断提高的重要前提。

我的书法受早期习画的影响，对造型和气韵比较敏感，最不喜欢程式化描摹。受碑学风格影响，书法入手即被魏碑、墓志、造像题记这些比较古拙、苍劲，意趣横生的书风所吸引，继而浸淫汉魏北朝摩崖石刻，近十年来专注于北齐摩崖刻经书风的研习消化。从 20 世纪 90 年代跟随流行书风开始，重点用功于碑学，并吸收帖学的营养，在反复临摹碑帖，掌握笔法、墨法、章法的同时，不断去生、去火、去燥，不断否定过去、否定自己，并融入自己创作观念，力求古拙、醇厚、率真、雅逸。如此反复，形成今天这个模样。

多年来我对鲍贤伦先生的书法比较关注，2017 年我到杭州向先生请教，他对我在摩崖书法方面的吸收借鉴给予了肯定，并认为汉魏北朝摩崖石刻是人力与自然的妙和，比庙堂里的东西生动有趣得多。要缩小目标深入进去，要到痴狂、纯粹的程度，切勿受今人的干预和影响，将必有所获。鲍贤伦先生的点评为我下一步形成自己的面目指明了路径。

书法的学习是在"技"与"道"之间不断进阶、感悟提升的过程，技是方法，道是规律，没有成功，没有终点。技近乎道，技通道而非道。无论古代还是现代，技法的掌握都是书法学习最基本的积累，是一生的功课。而道就没那么简单，一切艺术皆发乎于心，书法艺术最终是艺术家情怀、学养、风骨、品格的外化，是诉诸笔墨的激情与创造力的瞬间迸发，不是单纯视觉的形廓，是心灵的样式。黄庭坚说东坡书"学问文章之气，郁郁芊芊，发于笔墨之间"。书为心画，书法的一切技法只是表达文心思悟的一种手段。

书法和绘画一样首先需要"法"，进而又排斥"法"。中国书法的生成与发展大体经历了秦以前象形表意的"刻画"阶段，秦至唐八法齐备的"书写"阶段，到唐以后的"文人化"尚意表现阶段。中国书法晋唐以后逐渐融入了文人属性，并以士人文化精神为核心。古代没有专事书法的"书法家"，文人士大夫们所谓抒胸中逸气，文章与笔墨是一体而不可分的，书法只是他们的"副产品"，历代的书法经典也多是文学经典的墨痕。

"五四"以后西学东渐，对中国传统文化是一次较大的冲击，直至"文化大革命"，传统文化的根脉和人文精神出现断层。同时，科学发展使汉字的书写由毛笔转为硬笔，再转化为键盘，至今已经完全脱离了笔墨。今天的书法，文心与笔墨书写已经分离，学问家们已经断了笔墨，书法家们能兼笔墨学问之双翼者又少之又少，书法作为文人心性自由的超逸与表达渐渐淡远。科技与功利主义使物质社会丰厚起来，但书法作为联结人文共识与文人精神的纽带，已经很难修复与重建。

当今，随着民国一批文化巨匠的相继离世，像熊秉明先生所说的"书法是中国文化核心的核心"大约也只剩下一个文化空心化的皮壳，使书法一方面走向艺术，一方面走向技术。于是，来源于"非主流"的民间书法催生出今天的"艺术书法"，使书法向纯视觉艺术发展，传统书法经典的笔法、字法、章法无限外拓，与流行的当代艺术交融，随之，书法的外延与当代艺术的界限就难以界定了，这是当今书法的精进与创新，还是走向边缘远离核心，面对当下各种形态的书法创作，是美是丑，只好留待历史评说。

我们这批"双60后"是中国改革开放40年的亲历者，也是中国书法40年众多展览、活动的入选者、参与者，多年的展厅文化激发了我们这一代人对书法形式和视觉表达的激情与创造，也造就了我们在当代书法创作多元化背景下对书法传统经典与风格塑造的深刻认知。

中国书法的发展演进,自晋唐以后就是一次次被"文人化"的过程,即使在书法被无限多样化呈现的当今,也不能抛掉其"文心"的内核。我想,书法的本质属性和最高境界,还是中国文化精神,是书家蕴藏于作品之中的文气、正气、豪气,是对生命意义的感怀,是承载着人格力量的笔墨文章,不论历史如何更代,这一点不容置疑。

60岁对我而言,是书法研习的一个新开端,技法、学养、心性、观念,火候刚刚好。有了人生阅历的积淀,读书而有所化,历世而有所悟,自然润化为翰墨之所得。有了笔墨心性的淬炼,多了些不碍于尘俗的超逸与淡定,少了些技法和个性上的呈气使意。

绚烂之极归平淡,素处以默写文心。耳顺之年,余生可待。不为形役,不为名羁,写字品茗、抚琴听经,随心所欲而不逾矩,不亦快哉!

刘咏:青岛市书法家协会名誉主席。

我的书法观

刘　健　

我对于书法艺术的爱好与学习始于 20 世纪 80 年代初。随着全国"书法热"的兴起和各种展览赛事的此起彼伏，我不由自主地被"卷"进了这股潮流中，同一大批中青年书法家劈涛斩浪于书海墨潮里，成了勇敢的弄潮者。这种特点决定了我们这批人缺少对经典碑帖顶礼膜拜的那份虔诚，却直接从当代管领风骚者那里获得了更多如何看待传统的启示。也正因为如此，我一开始学习书法就十分关注书法艺术作为一门传统文化艺术形式的当代生存状态，在学习和创作中始终被流荡激越的时代风尚所牵引。我没有把着力点和兴趣只停留在经典技法技巧的操作把握和临习上，而是很快就转入了对自我创造的实践上。四十年来，读书、思考、挥写，不断体会着中国书法艺术的博大精深。有人说："书法，抒也。"抒其情，抒其志，抒其神，抒其韵。书法艺术是体现一个人的精神、风采、气质、神韵的艺术样式，这就是我理解书法艺术的妙处所在吧。

对于一个书法家来说，风格就是个性化的体现，这个风格应该是书法家在长期对书法艺术的追求中领悟的。如果问我在师承中熔铸了哪些家数，我想很难说清楚。我学过钟繇及"二王"、怀素、孙过庭、"宋四家"以及明清诸家。我均择需而学。近几年又接受了许多墓志以及民间书法的东西，从当代诸位大家以及现代书法中汲取营养。我想一个人的作品毕竟是时代的产物，所以我的作品中具有时代气息是不可避免的，应该说是不可少的。在我的作品中传统的成分是对古人线条律动的理解，而现代的新鲜的东西是对当代整体文化氛围浸淫下表现出来有趣有味的东西。贾平凹先生曾经说过："宁肯与有趣的'坏人'交往，不愿与无趣的'好人'相待。"我想这就是形成我现在书法风格的主客观两个方面的原因。

当然书法艺术创作是对自身的考验，也是对历史的挑战。我的书法艺术之路还很远，这种困惑、痛苦和汗水是常人难以想象的，而创作中的激情、冲动、快乐、喜悦也是常人难以体会的。正是这种艰难性、超越性，我选择了书法，选择了挑战。让我们在书法艺术的长廊中流连忘返吧。

刘健：青岛市书法家协会顾问。

岛上文事

不可重构的美术史

——读臧杰著《青岛美术寻踪（三卷）》

王宏芳 ■

近年来，臧杰陆续出版关于青岛的文学史和美术史书籍，我想这跟他从事文学、艺术史学工作的地域青岛是分不开的。他的著述主要围绕文化批评与研究、近代美术史料研究文学逸事等。著有《民国美术先锋》《民国影坛的激进阵营》《天下良友》《艺术功课》《大师的背影》等，主编有《良友》《闲话》《闲话文库》《大家文库》……

2022年臧杰的新作——由中国海洋大学出版社出版的新书《青岛美术寻踪》，涵括了《中国水彩先驱徐咏青》《油彩青岛》《青岛美术史稿》三卷。

长期以来，自己作为一名文艺史学追随者，总是碎片化地读着部分艺术史学，而臧杰的这三本著作是青岛近现代美术史首次系统书写的书籍，依托策展实践、文献收藏和口述历史采集，通过查寻钩稽、调查采访，历时十年积累，是在拥有扎实的史料搜集梳理的基础上完成的研究著述。《青岛美术史稿》中可以看到国画、油画、水彩、版画、雕塑、年画、连环画在青岛的一个在地性发展脉络。书中史料、图像、轶事梳理出的个性独具的艺术人物形象，对各种流派画作画风及技巧形式也有独到的挖掘与深入的理解梳理，对于个人治史者而言绝非易事。这需要清醒的艺术史观的认知。

《中国水彩先驱徐咏青》以徐咏青先生晚年寓居青岛的七年为突破口，全面理清了"中国水彩第一人"徐咏青一生的脉络，从土山湾画馆到商务印书馆，从上海到中国香港，再从香港一路北上到青岛的艺术行迹历程，徐咏青在相对的变与不变的时期是怎样度过他的一生，产生了什么画作。书中查考呈现的近一百八十幅图像，这对于一位在美术史上"作品缺失"的画家而言，这些作品的呈现尤为不易，涵括水彩、月份牌画、素描、速写、漫画等，这些作品让享誉于画坛的水彩画大师徐咏青带着诸多绘画作品鲜活地重新回到大众视野。作为寻找"复活"的重要文化记忆，该著述填补了中国现代美术史和水彩画史的研究空白，对青岛水彩的追本溯源、明确宗师与艺术传承的谱系、融汇互证青岛水彩史和中国水彩史的关系，丰富了整个美术史。不但阐释清了徐咏青是中国水彩画的先驱，同时又暗含着他为发展中国艺术教育事业作出了重要贡献。人类精神的创造物不仅有审美视觉性，也有文化或政治的视觉性,以及其他视觉性。这就由阅读者本身研究的方向和领域包括认知决定了读者能从书中挖掘到自己需要的点。在徐咏青从水彩画领域淡出,逐渐被定格为一名月份牌画家后,其后续地位、声名的沉降是难以抑制的。如同书中由之回看包豪斯运动在西方艺术现场的革命性意义以及中国工艺美术的学院化致力历程,会引发另外一个向度的思考,也会更加深化对罗杰·弗莱所示结论的体悟。而从这样一个维度上去重新审视与认知对徐咏青的生命和艺术历程的追寻,也许会升华出超越艺术个案研究的意义,使之拓展成一个更辽远、更可深查细究的学术课题。

《油彩青岛》全面梳理了包括徐咏青、王济远、刘海粟始,延及李剑晨、倪贻德、庞薰琹、吕斯百、张充仁、吴冠中等四十位中国现代美术家在青岛写生创作的状况,以百余幅经典油画和水彩写生的搜集,以破译青岛写生的机缘和际遇为着手点,对来青岛写生的画家的个案研究,从图像的视角观照青岛美术史,又对油彩图像的多样性进行分析和对绘画的风格研究,由此带出了臧杰对青岛油彩图像史的总体思考,其中家国与时代对艺术本身的影响对艺术创作和风格、题材和技术的影响也是阅读本书带来的思考。而书中每一个案研究都将成为该领域所不可或缺的重要研究成果,包括文献中的人物关系、背景、意图,只有充分扎实地去发掘,才能有理解和共情。

纵观《青岛美术寻踪》以创作种类、地域和艺术家三个维度切入,强调线性发展过程中的网状结构,既包括体制的结构,也包括人事的结构,还包括美术创作与"生产"的结构,以期发现美术创作的内在驱动力。结合文献用娴熟的专业技巧为我们揭开一些蒙尘已久的神秘画家的面纱,理清了许多历来困扰大家的问题,诸如画家生卒年、生活环境、履历、交游、师承、画迹等。在青岛美术和史学中诸多画家经由了留学西洋和从东洋学西洋的过程。随着时间和实践的历程,画家们不约而同地辨识和探索着中国油彩画、中国画的道路。阅读过程也是一个审美历程,画家们都在用实践进行审美的表达,并以地域性呈现着近代青岛美术史里中西艺术的融合和趋同,体现出中西绘画的反抗、裂变与本土重生。从青岛美术史研究中也反映出在特定的历史条件下,区域美术史可能是整体美术史的主流。区域史研究不仅是对主流历史的丰富与补充,在特定的时期,可能代表着国家的意志,体现出的就不单单是局部的,更是整体的。

美术史书的书写,尽管具有专业性、地域性,但它与社会生活史、意识形态史紧密关联。

青岛美术寻踪"从反映外部世界转到表现内心世界"——在本书中得到了比较

充分的呈现。按汉学家魏斐德的话说：世界史织入了地方事件，地方事件织出了世界史，而中国也改变了。换言之：中国美术史织入了地方事件，地方事件织出了中国美术史，而"重构"了中国美术史。

原载于《美术报》2022 年 8 月 13 日第 20 版。
王宏芳：宁夏固原市职业技术学校教师。

探索地名由来　弘扬地名文化
——评《青岛市地名志》

刘宜庆 ∎

　　地名标记人类文明，承载历史文化。地名反映地理风貌，折射历史变迁。地名显示经济物产，带有军事色彩。地名锁定吉兆祥瑞，表达美好希冀。

　　《道德经》曰："无，名天地之始；有，名万物之母。"自从有了名字，一个地方就有了情感的温度，有了文化的积淀。

　　有的地名宛如大地上的水井，经千年淘洗，仍甘甜清亮，滋润人们心田。有的地名如同海滨的灯塔，经历史的风浪，仍高高耸立，照亮人们回家的路。

　　多日读《青岛市地名志》，深感地名文化源远流长，不仅是生活的标识，交通的导引，更是地理、历史和人文的三维空间，一个小小的地名可以蕴含着辽阔无垠的文化空间。在研读《青岛市地名志》的过程，有时恍然大悟，有时融会贯通。地名就是美好的家园，激发人们的归属感和认同感。地名就是精神的故乡，是我们心灵的寄托。地名带有情感和温度，遍布人生的旅程。地名带着开拓和创新，让城市延展，让城市更新。

　　一本厚重的《青岛市地名志》，堪称青岛地名文化集大成者，山川河流，江河湖海，海湾岛屿，地理的自然风貌进入地名之中，一个个地名是陆地海洋的标识点，纪念碑。

　　《青岛市地名志》博大精深，也是青岛的百科全书，编撰者从民政工作的角度出发，以市区、街道、社区为纲目，纲举目张，政治、经济、军事、文教、人口、物产等脉络清晰可见。

　　《青岛市地名志》的地名编织，如同大地锦绣，打开书，令人目不暇接。就笔者读志的发现和感受，进行简单分析，与各位热爱家乡、探源地名的朋友分享。

一、地名标记人类文明

　　早在 7000 多年前的新石器时代，东夷族先民就以劳动和智慧，创造了青岛地区最早的人类文明，留下了丰富的文物沉睡于大地之中，等待后人发现。青岛先民遗留的文明遗址，被不断考古发现。这些历史文物遗址，既有记录原始社会的北辛文化、大汶口文化、龙山文化遗址，又有以平度东岳石村命名的岳石文化遗址。

　　1930年，考古学家李济主持章丘城子崖遗址的第一次大规模发掘，取得了重大的成果——发现了龙山文化。随后，青岛发现的龙山文化遗址就有多处。

　　城子龙山文化遗址，位于城阳区城阳镇城子村东北100米处的高台地上。遗址东西长200米，南北宽100米。西面与北面均为断崖，高约2.5米。有一米左右厚的灰褐色文化层，断断续续地暴露在表面，内含文化遗物比较丰富。根据考古学家考察确认，这是一处龙山文化类型的文化遗址，距今已有4000多年的历史，为研究青岛地区的原始文化提供了重要的参考资料。

　　城阳、城子的来源，源自古代不其城。据王献唐先生考证，原始社会末期，在不其山（今铁骑山）周围生活着"不族"和"其族"，山以二族得名。不其城位于不其山西15千米，胶州湾东岸3.5千米。一座土城扎根在城阳大地，人类文明和悠久的历史，使得城阳和城子具有厚重的文化内涵。

　　半千子遗址位于城阳区惜福镇街道博家埠村东北约200米处，是首次在崂山西麓较大规模发掘的一处史前时期的聚落遗址。据新闻报道："考古发现了距今约4000年前的房址、灰坑、灰沟、墓葬等遗迹，聚落布局清晰、房址朝向较为统一，墙体和柱洞统一呈东北—西南走向；聚落为向心式布局，两座规模较大的房址位于发掘区中部，南北两侧皆分布有小型房址，房址方向对应中间两座较大的房址。"4000年前生活在崂山西麓的"青岛人"，具备统一规划聚落布局的能力，体现了先民的智慧。

　　半千子遗址发掘出土的遗迹遗物年代多为龙山文化早中期，其中也包含了大汶口晚期、岳石文化时期的文化。城阳半千子遗址的发掘为"探源青岛"工程提供了丰富的宝贵材料。

　　"半千子"这个地名是怎么来的呢？相传早前此处有500户居民，故名"半千子"，其住地随之称"半千子"。遗址地势较高，东临铁骑山，西望胶州湾，南有小河，北有沟渠，自东而西，常年流水。

　　如今青岛市境内，文化遗址灿若星辰，竞相辉映。再比如，胶州三里河属新石器时代大汶口文化和龙山文化的综合文化遗址。

二、地名承载历史文化

　　在胶东半岛，与"莱"字有关的地名多。莱西是怎么来的？位于莱阳之西。莱州、莱阳、蓬莱、莱西，胶莱盆地，莱州湾，胶莱河，这些带"莱"字的地名，与古代的莱子国有很大关系。胶东半岛不少地区商朝为莱侯国，西周时为莱子国。莱西属莱夷地、莱子国。

在齐鲁大地蜿蜒起伏的齐长城,田单大摆火牛阵的即墨故城,气壮山河的即墨田横岛,秦始皇三次东巡的琅琊台,享誉海内外的平度天柱山魏碑,这些地名与历史事件或历史遗迹相结合,承载了厚重的历史。

深挖地名文化内涵,书写在大地上的历史就会清晰呈现。比如《青岛市地名志》记录了平度古岘镇的由来。前567年,齐灵公灭莱之后,在此建城,成为齐国的下都。因城西临墨水河,故名即墨城。又因为春秋大夫朱毛居住于此,也称朱毛城。城内由大十字口、东小十字口、南小十字口和棋盘式街巷组成。因其地处山脚下,有"十口为古、出门见山"之说,得名古岘镇。秦汉时期,古岘即墨城为胶东的政治、经济、文化中心。西汉时,胶东国康王刘寄建都于即墨城,因此又叫康王城。

古岘镇够"古",城头变幻大王旗,一个地名见证了诸多历史时期和历史人物。

莱西市日庄镇岱墅村东100米,一处叫作"点将台"的高地上清理出两座西汉木椁墓。1978年,身高1.93米的莱西大木偶走出墓穴,一跃成为莱西市博物馆的镇馆之宝。莱西是木偶戏的重要发源地之一。岱墅村因出土大木偶和西汉古墓群而出名。

历史地理学家谭其骧曾将地名比作人类历史的活化石,用地名可以标注文化。而文化是靠着历史层层累积的,秦时的琅琊港、宋代的板桥镇、清代的金家口港,吞吐着历史的云烟。从历史上来看,青岛的特色是东方大陆的出海口、重要的港口城市,海洋文明的胎记,伴随着青岛的成长。

三、地名反映地理风貌

青岛拥有漫长的海岸线,属于丘陵地带,很多地方的得名展现了自然的风貌。

青岛市区带有岛、湾的地名很多。如团岛、小青岛、大鲍岛、小鲍岛、燕儿岛、大麦岛、小麦岛、湖岛,胶州湾、青岛湾、汇泉湾、浮山湾、崂山湾、鳌山湾……西海岸新区有唐岛湾、灵山湾、古镇口湾、龙湾、琅琊台湾、棋子湾。

湾湾相扣,延伸发展。如今,青岛打造全球性的海洋中心城市,变得大而美,富而强,胶州湾渐渐成为"城中湖",环湾保护,拥湾发展,成为青岛未来发展的战略路径——以胶州湾为核心,鳌山湾、灵山湾两翼齐飞,紧紧锚定建设新时代中国特色社会主义现代化国际大都市的总目标,围绕"活力海洋之都、精彩宜人之城"的城市愿景。

除了海外,青岛市区还有各具特色的山。观象山、信号山、八关山、贮水山、太平山、浮山、午山、孤山、双山,象耳山、楼山(初为漏山,又称娄山)等。说起每一座山的名字,都有来历。生活在青岛的人们,不可不察。比如,午山在石老人村北,因该山的走势呈正南正北,形同子午线,故称"子午山",后简称"午山"。比如,双山原名口子,明代设有海防警报的烟墩,1934 年沈鸿烈为此地新落成的口子小学剪彩,看到北山有两座大小高低相同的山头,建议将村名与小学名改为"双山"。

海上仙山崂山绵延,是青岛的一大文脉。追溯名称之演变,在不同的历史时期有不同的名称。崂山本名应为"劳"或"嶗",逊清遗老劳乃宣来到青岛,认为崂山就是自己的祖地和归宿,因此深爱崂山,虽以高龄,还多次拄着拐杖崂山行。汉代称"不其",晋及南北朝称"牢",唐代有"大劳""小劳"之分和"辅唐山"之称,明清两代以"劳""嶗"为主,"牢""鳌"兼而用之,到了近代才专用"崂"字。《青岛市地名志》编纂者引经据典,查阅大量的古代文献,得出以上结论,权威、可信。

胶州湾是青岛市的发源地,自然条件优越。胶州湾东部以崂山山脉作依托,南和西南部有小珠山为屏障,西北部和大沽河下游平原连接,只有东南部有一口和黄海相通,形成了一个半封闭的自然港湾。

胶州湾畔风物俱美,概因有河流注入之故。看地图,那些蓝色的水系,在大地上流淌,奔腾入海。注入胶州湾的河流有漕汶河、岛耳河、洋河、南胶莱河、大沽河、桃源河、洪江河、石桥河、墨水河、白沙河、李村河、海泊河等 10 余条河流。大沽河、白沙河等在河口区造成较宽阔的河口三角洲、潮坪等地貌单元,再加上湿地,组成了胶州湾畔丰富多样的地理风貌,呈现多元的生态区域。

四、地名折射历史变迁

《青岛市地名志》的主编,花费大量的时间进行考证,对"青岛""胶澳""胶州湾"等核心地名进行梳理考证,折射出青岛城市历史的变迁,堪称高屋建瓴之妙构、浓墨重彩之华章。

青岛地名源自青岛近海的两座小岛,一座是位于前海青岛湾内的"青岛",一座是位于即墨田横岛群的"青岛"。1579 年版《即墨县志》中记有"青岛"两处,一处未注明具体地理方位,另一处记"青岛,在县东一百里"。后者当指"县东"即墨田横岛群里的"青岛"(胶州湾的青岛位于"县南")。同版《即墨县志》收录即墨知县许铤《地方事宜议·海防》一文,记有:"本县东南滨海,即中国东界,望之了无津涯,惟岛屿罗峙其间。岛之可人居者,曰青,曰福,曰管,曰白马、香花,曰田横、颜武……"此处"青"当指"县东南滨海""中国东界"的田横岛群"可人居"的"青岛"。此为"青岛"之名最早载于文献。此青岛有耕田,有水井,有树木(望之青翠),的确适合人居。

两个"青岛",位于即墨县南的后来居上。到了晚清,这个"青岛"虽小,却频频出现在海内外的视野中。青岛湾中的小青岛,是青岛之根脉。海湾,口岸,村庄乃至整个市区,由此得名。清同治年间天后宫《募建戏楼碑记》记载:"窃闻青岛开创以来,百有余年矣。迄今旅客商人,云集而至。"碑文中的"青岛",已不再指一个岛、一个村、一座山和一个海口,而是这一地区的总称。

德国地理学者李希霍芬在其1898年出版的《山东及其门户胶州》中也提到"青岛"地名,是西方著作中有关"青岛"地名的最早记载之一。次年,德国翻译谋乐编纂《山东德邑村镇志》称,德国人把青岛口称为下村或下青岛,把通过一山谷和几块田地区分开的青岛村称为上村或上青岛。

德国占领青岛后,与清廷签订《胶澳租借条约》,1899年,德皇威廉二世将胶澳租借地内的新市区定名为青岛。

1922年"中华民国"政府收回胶澳主权后,颁布《胶澳商埠暂行章程》,设立胶澳商埠,辖域与胶澳租借地一致;商埠内设市,"市定名为青岛市,以青岛市街、台东镇及台西镇之界址为区域",是中央政府以法令的形式命名的中国第一个市,却因政局混乱,未能实施。

1929年青岛特别市设立时,青岛湾中"青岛"因与市名重名,遂改称为"小青岛"。1984年,海岛普查时,位于即墨田横岛群的"青岛""小青岛",又因与青岛湾内的"小青岛"重名,改称"三平岛"。

胶澳,则是胶州湾的别名,古称少海、幼海。德国与清廷签订《胶澳租借条约》后,胶澳成为这一地区的法定名称。青岛与胶澳,同中有异,志书中有详细的辨析。

五、地名显示经济物产

青岛有很多地方闻名遐迩,这与丰饶的物产、特产相得益彰。比如,青岛啤酒、崂山绿茶、王哥庄大馒头、会场螃蟹、青山黄山的海蜇、沙子口鲅鱼和金钩海米、红岛蛤蜊、流亭猪蹄、郑庄脂渣、胶南海青镇的西施舌……经济活动是人口创造的,特产也是历史的积淀。近代青岛的发展,离不开外来人口,而外来人口聚居,促进了城市工商业的发展。

码头工人聚居大港小港附近,纺织工人和铁路工人聚居四方。而"卯子工"(临时工、搬运工)多为青岛周边地区外来务工者,多聚居在海泊河两岸,形成太平镇、太平村……

六、地名带有军事色彩

相传唐王李世民率军东征,在青岛境内留下诸多与唐王东征的地名。胶州市胶东街道大店村,初为李世民赐名"存军店"。村里两棵1000多年的银杏树,传说是李世民东征时种植的。唐王东征经过流亭杨埠寨时,在此停歇补充给养,故名养补寨,后演化为今名。西海岸新区的唐岛,颇有名气,传说唐王李世民率水军东征,驻军该岛,故名唐岛。唐岛湾公园已经成为黄岛的一个文化地标。

即墨区移风店镇源于金代屯兵,称移风寨,系金人占领此地后,为强化治安、移风易俗而命名,亦为明清时间较大市集,开有旅店,后演变为移风店。

宋金海战是中国古代史上最大的海战,也是火器应用后的第一次大规模海战。南宋李宝率水军在陈家岛以少胜多,载入史册。陈家岛位于唐岛附近,已经消失了,但这个带有军事色彩的地名,像一枚钉子,钉入黄岛海域。

青岛境内的鳌山卫、灵山卫、浮山所、雄崖所、即墨营(营上),是明代的卫所制度的产物,是海防要地。台东镇、台西镇,也是因烽火台而得名。

七、地名锁定吉兆祥瑞

1922年中国政府收回青岛主权后,改了很多地名。表达长治久安、繁荣昌盛的愿望,地方命名时,多赋予祥瑞、祈福、纳吉、平安之意。于是,青岛就有了太平山、太平湾、太平角。

惜福镇古称"歇佛寺"。古时即墨县内有若干佛寺,所造石佛大多在崂山打造,载佛马车外运时大多在此寺庙歇息,故称"歇佛寺"。1934年,沈鸿烈考察崂山时,将"歇佛寺"改为"惜福镇"。一方面取歇佛寺谐音,一方面取"惜福"二字的吉祥寓意。

《青岛市地名志》中,这样的地名俯拾皆是,如今小区取名,更是如此。

八、地名表达美好希冀

青岛的很多地名,在历史中变动、易名,主要是把不大好听的地名改为美好希冀、幸福和谐的名字。青岛是一座宜居之城,很多地名强化了这一特点。

会前改为汇泉,阴岛改为红岛,大窑沟改为大雅沟(梁实秋的文章有记录),大窑村改名大尧村,小窑村改名逍遥村。

总之,读《青岛市地名志》,会发现更多青岛地名命名的规律和特点,比如以宗族姓氏命名村庄,以历史古迹或人文地理实体命名地名,不一一赘述。这本书不仅是一部工具书,更是一部接地气的乡土教材、社区读本。

一方水土养育一方人。《青岛市地名志》还具有简明村庄志的性质,每一位关心家乡的人,相信一定会有探索家乡地名来历的精神需要。

　　"直笔著信史,彰善引风气。"《青岛市地名志》的出版,记史存史,资政辅政,文化教化,把青岛地名融汇一炉,也是了解青岛的一个窗口。

　　一方览古今,十年铸一剑。《青岛市地名志》是由青岛市民政局主持的、广大地名工作者参与的、赵夫青主编和总纂的青岛历史上第一部大型地名志书,是集体智慧的结晶。

　　"志存高远,力学笃行。"《青岛市地名志》的编纂者甘坐冷板凳,在卷帙浩繁的文献中萃取有用的信息,为社会贡献了一本权威、可靠、全面、翔实的地名志,必将载入青岛的史册。

　　刘宜庆:青岛市文艺评论家协会副主席。

青岛市首批签约文艺评论家签约仪式暨"青岛印记"文学创作学术研讨会举办

　　2023年8月10日上午，由青岛市文联主办，青岛市文艺评论家协会、青岛市作家协会承办的"青岛印记"文学创作学术研讨会暨青岛市首批签约文艺评论家签约仪式在海林山庄举办。青岛市文联党组书记、副主席、一级巡视员魏胜吉出席活动并讲话。活动由青岛市文联党组成员、副主席单伟主持。青岛市首批签约文艺评论家以及来自山东大学、中国海洋大学、中国石油大学（华东）等驻青高校和青岛日报社、半岛都市报等新闻媒体的专家学者出席活动。

　　在中共青岛市委宣传部和山东省文艺评论家协会的关心指导和大力支持下，经过调研摸底、制度制定、项目申请、推荐申报、人选评审等各项工作，青岛市首批6位签约文艺评论家今天正式签约。会上，市文联党组成员、副主席单伟介绍了青岛市首批签约文艺评论家的相关情况。6名签约文艺评论家分别是：赵坤、冯强、宋寒儿、邹威特、张乐、乔洁琼。6名签约文艺评论家均来自高校且多数具有博士学位，他们政治素质高、专业能力强、发展潜力大，是岛城中青年文艺评论家队伍的优秀代表，相信以这次签约为契机，青岛市首批签约文艺评论家整体的创作实力和水平将不断提升，也将有力引领和带动青岛市文艺评论事业蓬勃发展和精品创作。

　　魏胜吉代表青岛市文联与青岛市首批签约文艺评论家一一签约。签约文艺评论家代表邹威特、乔洁琼、张乐、宋寒儿依次发言。他们纷纷表示，成为青岛市首批签约文艺评论家，既是一份殊荣，也是一份责任，将以此次签约为动力和新的起点，聚焦"青岛印记"文艺作品，与时俱进，潜心研究，努力创作出更多文艺评论佳作，为青岛文艺事业繁荣发展贡献力量。

　　青岛市文联自2014年8月开始着手实施作家签约制度，当时在全省17市属于首家。同时，自2018年5月实施签约制画家制度。目前，市文联已经成功签约5批作家、2批画家。今天，签约文艺评论家制度的正式实施，使青岛市同时具有26位签约作家、画家和文艺评论家，从签约数量到文艺门类的覆盖面，均走在全国副省级城市前列。

　　学术研讨会中，山东大学副教授、博士生导师、青岛市首批签约文艺评论家赵坤，青岛大学副教授、博士、青岛市首批签约文艺评论家冯强，青岛大学教授、博士生导师、青岛市文艺评论家协会名誉主席周海波，半岛都市报文体新闻中心副主任、青岛市文艺评论家协会副主席刘宜庆,中国海洋大学教授、博士生导师、青岛市文艺评论家协会副主席徐妍,青岛日报社副刊主任编辑张祚臣,中国海洋大学讲师、博士、山东省签约文艺评论家段晓琳,中国石油大学(华东)讲师、硕士生导师、博士、青岛市文艺评论家协会副秘书长罗蕾,中国海洋大学讲师、博士李莹,青岛农业大学讲师、博士林树帅,中国海洋大学博士霰忠欣,山东省文艺评论家协会副主席、中国海洋大学教授、博士生导师、青岛市文艺评论家协会主席温奉桥,山东省作家协会副主席、青岛市文学创作研究院院长、青岛市作家协会主席铁流依次发言。

各位专家学者针对"青岛印记"文学创作的成就、特征、主要代表性作家作品等方面,从不同的角度、不同的侧面,进行了广泛而深入的探讨,既有宏观性的梳理把握,也有具体作家的深入阐释。专家学者们一致认为,所谓"青岛印记"文艺作品就是在文学艺术创作中突出青岛的形象特征,突出青岛地方特色和美学风范,突出青岛作为传播学意义上的文化符号的创作特征;是青岛独特的自然风貌、风俗文化,特别是世世代代积淀而成的文化心理、思维方式、价值观念等等在审美上的呈现,承载着青岛地域文化的独特意义,使青岛的城市形象在文化传播过程中获得更大的影响力。研讨会的成功举办对于回顾和总结"青岛印记"文学创作的成绩,进一步引导广大学者和作家对青岛文学创作的研究和关注,讲好青岛故事,传播好青岛声音,推出更多有影响力的"青岛印记"精品力作,具有重要意义。

魏胜吉在总结讲话中,对刚刚签约的文艺评论家表示祝贺,对各位专家学者的精彩发言表示感谢。魏胜吉说,市文联始终坚持牢牢把握创作生产优秀作品这一中心环节,为推动创作更多体现青岛印记的精品力作,先后组织召开重大主题创作重要活动推进工作座谈会、推动"青岛印记"文学创作研讨会、推动"青岛印记"美术、书法、摄影作品创作座谈会等,统筹各文艺家协会重点文艺创作规划,从主题策划、创作引导、扶持激励、展览展示、宣传推介等多个层面共同发力,不断激发全市文艺创作的内生动力。青岛文艺家聚焦青岛文艺资源,立足本土文艺特色,写青岛、画青岛、拍青岛、唱青岛,已经成为广大作家、艺术家的一种高度的文化自觉和责任使命,一批思想精深、艺术精湛、制作精良的"青岛印记"优秀文艺作品脱颖而出,为推介宣传青岛、塑造城市形象,作出了积极贡献。希望大家把牢正确的方向导向,谱写新时代新征程文艺评论的青岛篇章;坚守人民立场,深入文艺实践,肩负起铸就社会主义文化新辉煌的重任;潜心创作耕耘、追求德艺双馨,用高质量的文艺评论作品讲好青岛故事。

(来源:青岛市文艺评论家协会)

"复归平正——杨乃瑞、刘咏、刘健书法作品展暨创作研讨会"举办

　　2023 年 3 月 3 日,由青岛市文学艺术界联合会主办,青岛市书法家协会承办,青岛出版艺术馆、青岛收藏家协会、青岛理工大学艺术与设计学院、深深白文化传媒公司、山东千熙酒业有限公司协办的"复归平正——杨乃瑞、刘咏、刘健书法作品展暨创作研讨会"在青岛出版艺术馆开幕。此次展览共展出三位书法家的精品力作 40 余件,集中体现了作者 40 多年来的书法生涯:读书、思考、挥写的内心观照;折射出作者的生活情怀、学养、风骨和品格,是一场具有较高的学术价值的作品展示。

　　山东省人民政府参事、青岛市人大原副主任徐航,市政协原副主席、市文史研究会会长李众民,南海舰队政治部原副主任、少将张伯硕,市文联党组书记、副主席魏胜吉,市政府原副秘书长、市书法家协会名誉主席姜岱积,市委宣传部原常务副部长、市文联名誉主席吕振宇,青岛出版集团董事长贾庆鹏,市书法家协会名誉主席徐健,市书法家协会名誉主席张伟,山东省书法家协会副主席、青岛市书法家协会名誉主席范国强,市书法家协会主席、青岛画院副院长郭强,中国书法家协会学术委员会委员、河北美术学院教授姜寿田等出席了开幕式。

　　青岛出版集团党委书记、董事长贾庆鹏在致辞中表示,杨乃瑞、刘咏、刘健是青岛书法领域的中坚力量、德艺双馨的艺术家,取得的成就有目共睹。三位书法家都是去年卸任青岛书协副主席,无论是书法造诣还是在个人事业,都进入了新的阶段,这也正契合了这次展览的主题——复归平正。希望这次展览既能回顾总结三位艺术家取得的书法成就,也能够成为他们开始人生新阶段的起点。"建设艺术城市,让人文青岛享誉世界"是青岛市委、市政府作出的重要部署,青岛出版集团期待与大家携手推动艺术融入城市、融入生活,共同为青岛文化事业的繁荣发展作出新的贡献。

　　青岛市书法家协会主席、青岛画院副院长郭强在致辞中表示,"复归平正"是唐代书法家孙过庭提出的著名书法创作"三段论"说,以此来定义今天的展览,其主旨是尊重传统、深入经典、探索创新。三位书家在 40 多年的书法生涯里,读书思考、创作生发,早已融合在他们的生命里。他们曾经跟随 20 世纪 80 年代"书法热",激情奔放的一路读书求学,经世游历,习书借鉴,勤于思考,创作探索,砥砺前行。今

天呈现在各位面前的 40 余件精品力作,既展现了深厚底蕴的传统功力,又有时代清新的探索精神。这充分体现了三位书法家的生活情怀、知识学养和风骨品格。应当说,此展具有较高的学术价值,必将对青岛市书法界产生一定的、广泛的积极影响。

青岛市书法家协会顾问、青岛理工大学教授刘健在致辞中表示:"我们三位都到了耳顺之年,应该让我们的心灵静一静,让我们的书写停一停,分析梳理以前学习书法的得失,故有了此次'复归平正'的展览。虽然这次展览作品不多,但已能基本反映我们三位的创作状态。从 2007 年开始,我们陆续在日本、韩国、新加坡、俄罗斯等世界各地举办十余场展览,可以说是中国书法走出去的一张亮丽名片。同时我们也在丰富广大人民生活的过程中不断提升自身,作品的高低由观众说了算,作品的价值由藏家说了算,我们的人品和艺品由社会说了算。既知平正,务追险绝;既能险绝,复归平正。"

随后,青岛市文联党组书记、副主席魏胜吉宣布"复归平正——杨乃瑞、刘咏、刘健书法作品展暨创作研讨会"展览正式开幕。

开幕式后,由中国书法家协会学术委员会委员、河北美术学院教授姜寿田主持,市文联党组书记、副主席魏胜吉,市书协名誉主席张伟,山东省书法家协会副主席、市书协名誉主席范国强,市书协主席、青岛画院副院长郭强,市书法家协会顾问张景、赵善亭,市收藏家协会会长杨宏书,市收藏家协会副会长高振洪,市书法家协会副主席高岩、宫秀芬,市书法家协会副主席、青岛农业大学艺术学院院长李慧斌、市书法家协会副主席张紫溪,青岛画院专职书法家、书法博士刘春雨,青岛农业大学艺术学院、艺术学博士宋吉昊等嘉宾参与了"复归平正——杨乃瑞、刘咏、刘健书法作品展暨创作研讨会"。

与会嘉宾就三位书法家的读书思考、书法创作路径、创作状态、创作修养、创作风格、创作观念及借鉴与回归、探索与愿景等方面进行了梳理发言并给予高度评价。大家一致认为书法创作"三段论"说是坚持四个自信,尊重传统、探索创新、共容共生、螺旋式渐入佳境的科学的学书路径。三位书法家的展品虽少,但匠心独运、发乎于心,用笔处见功力,大处知胸襟,细微显学养,妙处生味道。

(来源:青岛市书法家协会)

"时代心象——中国画人物创作回顾展暨研讨会"举办

2022年9月16日上午，"时代心象——青岛画院中国画人物创作回顾展暨青岛画院中国画人物创作现象研讨会"在青岛画院美术馆成功举办。

青岛市人大常委会原副主任孙加顺，青岛市政协原副主席李众民，青岛市文联党组书记、副主席魏胜吉，青岛市文联主席、青岛大学美术学院院长王绍波，青岛美术家协会名誉主席王伟、戴淑娟，青岛画院院长、青岛市美协主席张风塘，青岛画院副院长、青岛市书协主席郭强，部分青岛高校的专家学者以及青岛画院全体画家等一起参观了展览。

青岛画院自1980年建院以来，各类画科均涌现出一大批杰出的创作者，人物画更是人才济济，人物画创作队伍呈阶梯式发展，成功培育了特色鲜明、内涵丰富的人物画群体风格和样貌，逐渐形成了扎实厚重、丰富凝练的笔墨传统，以关注时代、关注民生，服务社会为己任的"时代心象"构成了青岛画院人物画创作的靓丽风景，令人瞩目。参加本次展览的画家分别为赵建成、王伟、谭乃麟、季颁、孙春龙、孙娟娟、赵峰、王志东、王山、侯媛媛，老中青三代，继承发展，风格多元，共展出近百件优秀人物画作品。

自20世纪80年代至今，青岛画院在全国历届美展及重要大展屡有斩获，披金戴银，获奖无数。自1984年六届全国美展以来，赵建成连续五届获奖，其作品《金秋》获第八届全国美展最高奖，2004年第十届全国美展，王伟国画作品《战士》与赵建成《西部放歌——灵光》同时获银奖、谭乃麟《祥云》获优秀奖，近期赵建成绘制出《开国大典》鸿篇巨制，并成为当代人物画的砥柱中流。中年一代纵横驰骋，造型精准，风格突出，笔墨厚实。青年俊彦，后来居上，潜心创作，不务虚名，诚恳前行。2014年第十二届全国美展侯媛媛作品《我们当年还是娃娃兵》获奖提名，2019年第十三届全国美展孙娟娟作品《对话》获奖提名。青岛画院已基本形成了内容上以现实主义为基础，形式上以写实主义为本的群体风貌。在青岛画院历届画家笔下，筑路工人、藏区儿女、八路战士、先进模范、彝乡姐妹、特战队员、五四青年、维吾尔族老者、古代志士、医护人员、宇航英雄、黄海渔民……人物形象鲜活生动，传统人物绘画中的"成教化，助人伦"的文脉在此得以延续。

40余年以来，青岛画院的人物画家们广泛吸收中国传统写意画风和工笔画派以及壁画创作的各种手法,转益多师,运用现代中外的许多画种技巧,不设樊篱,大开户牖,从而百花齐放,面目纷呈,各显样貌,和而不同。新技术、新观念、新方法也助力了青岛画院人物画的繁荣。青岛画院多年来倡导实地写生,分赴大江南北,长城内外,名山大川,田间地头,深入火热的生活,多次安排人物画家走进贵州山区、四川凉山、云南雨林、黄土高原等写生。青岛画院还特别鼓励人物画家走出青岛,进修深造,历年派出画家到北京等美术高等院校、研究机构、国家画院等学习,多次举办异地艺术交流及各类主题活动,这些无疑都促进了人物画现象的生成。"艰难困苦,玉汝于成。"

本次展览体现了青岛画院人物画创作实力和潜力,有目共睹,又令人期待。

伴随着展览的开展,"时代心象——青岛画院中国画人物创作现象研讨会"同时举行,由于新冠肺炎疫情影响,研讨会采取线上与现场相结合的方式进行,来自全国各地的美术史专家、学者、艺术家等20余人参加了本次研讨会。中国艺术研究院中国画院艺术委员会主任赵建成,山东省美术家协会主席张望,青岛文联主席、青岛大学美术学院院长王绍波,中国艺术研究院美术研究所副所长(主持工作)杭春晓,首都师范大学美术学院教授张鹏,国家画院理论研究所所长陈明,中国艺术研究院一级美术师阴澍雨,广东画院理论部主任刘三齐,浙江师范大学美术学院教授潘欣信,天津画院理论部主任孙飞,山东画院副院长王磐德,国艺美术馆馆长王清杰等分别做了线上发言。青岛市的部分文艺理论家宋文京、刘春雨、马丽、亓文平、林承琳、王文丰等先后做了现场发言。专家们从1949年以来中国人物画发展的背景下分析、探讨青岛画院中国画人物画现象,对青岛画院人物画家们所取得的成绩,给予了高度评价,同时也在学术的理论的高度给画院画家提出了一些发展的建议。青岛画院院长张风塘做了总结发言,倡导画院在职年轻画家们向前辈艺术家们学习,树立远大的艺术理想,追求更高艺术境界。

(来源:青岛画院)

"一尘不染——纪念苏白先生逝世 40 周年暨艺术回顾学术研讨会"举办

　　2023 年是青岛市著名篆刻家苏白先生逝世 40 周年,为深切缅怀苏白先生的高洁品格和艺术风范,弘扬传承苏白先生以人民为中心的创作理念,以及其在 20 世纪篆刻艺术领域所取得的卓越成就和为篆刻教育作出的杰出贡献,2023 年 6 月 8 日下午,"一尘不染——纪念苏白先生逝世 40 周年暨艺术回顾学术研讨会"在青岛画院美术馆举行。本次活动是青岛市书法家协会开启为青岛书坛作出重要贡献的老艺术家学术成果研究和艺术档案梳理的序幕。活动由青岛市文联主办,青岛市书法家协会、青岛画院承办。

　　青岛市书法家协会为纪念苏白先生逝世 40 周年特意制作了生平短片。中国书法家协会名誉主席张海,中国书法家协会副主席、篆刻委员会主任王丹,中国书法家协会理事、西泠印社副社长李刚田等艺术家向研讨会发来视频。

　　中国书法家协会副主席、山东省书法家协会主席顾亚龙,上海博物馆研究员、上海文史研究馆馆员刘一闻,中国书法家协会篆刻委员会副主任、国家画院研究员崔志强,中国文联书法艺术中心副主任郑培亮,中国书法家协会学术委员会委员姜寿田,山东省书法家协会副主席兼学术委员会主任靳永等从全国各地来青出席研讨会。出席研讨会的青岛嘉宾有:苏白先生夫人孙蕴才及家人,青岛市文联党组书记、副主席、一级巡视员魏胜吉,青岛市文联党组成员、副主席粟云海,青岛市文联名誉主席李恺心、吕振宇,著名老艺术家蓝立克、刘世骏、王进家,青岛市文联副主席、青岛画院院长、青岛市美术家协会主席张风塘,青岛市书法家协会名誉主席张伟、徐健、刘咏,青岛市美术家协会名誉主席戴淑娟,青岛市书法家协会顾问靳元浩、杨乃瑞、刘健、宋文京、王开生等。青岛市书法家协会主席团全体成员、青岛印社全体社员、青岛画院全体专职画家,苏白先生亲属、朋友、书法篆刻爱好者共 200 多人参加了研讨会。研讨会由青岛市文联主席团委员、青岛市书法家协会主席、青岛画院副院长郭强主持。

　　魏胜吉致辞对全国各地来青参加苏白先生逝世 40 周年学术研讨会的全国专家表示感谢。他说 2023 年 5 月 26 日是著名篆刻家苏白先生逝世 40 周年纪念日,青岛市书法家协会和全国书法名家一起举办"苏白先生逝世 40 周年纪念会暨学术回顾研讨会"是弘扬和传承中华优秀传统文化的重要举措。他强调指出文艺工作者都肩负着启迪思想、陶冶情操、温润心灵的重要职责，承担着以文化人、以文育人、以文培元的神圣使命，希望青岛市广大文艺工作者深入学习苏白先生用毕生追求艺术的可贵精神，弘扬苏白先生高尚的从艺道德情操，以苏白先生为榜样，对艺术充满敬畏、对专业永葆赤诚、对人民满怀热情，围绕市十三次党代会提出的加快迈向"活力海洋之都、精彩宜人之城"的城市愿景和"建设艺术城市，让人文青岛享誉世界"的目标要求，潜心耕耘创作，勇攀艺术高峰，以深厚的文化修养、高尚的人格魅力、文质兼美的作品，成为先进文化的践行者、社会风尚的引领者，争做人民喜爱和尊重的艺术家，在新时代新征程上发挥好文艺培根铸魂的重要作用。

附：苏白先生简介

　　苏白先生，1926 年生于烟台福山，5 岁来青岛定居，1983 年 5 月英年早逝。生前为青岛市工艺美术研究所篆刻研究室主任、工艺美术师，山东省书法家协会常务理事，西泠印社社员，中国书法家协会会员。苏白先生自幼喜欢书法、绘画，12 岁时学习篆刻，1956 年拜师邓散木大师，其作品大度，强调刀笔意味，具有淳朴刚健、古拙浑厚、气势磅礴的风格。出版有《苏白印蜕》《可染楼印稿》《不三不四楼印集》《鲁迅笔名》等。1983 年 3 月，在全国首届篆刻征稿评比中，其作品《身无媚骨》获一等奖，其篆刻艺术在全国矗立了丰碑。苏白先生是 20 世纪全国篆刻界最具艺术影响力代表性艺术家之一。

　　（来源：青岛市书法家协会）